ULLSTEIN

Das Buch

Lady Elys, aufgewachsen in einer Familie normannischer Aristokraten, soll nach den Plänen ihrer frommen Mutter ins Kloster gehen. Für einen anderen, einen unabhängigen Weg hat ihre behütete Kindheit sie nicht vorbereitet. Die einzige Alternative für Elys, die ganz und gar keine Lust hat, in einem Kloster eingesperrt zu sein, wäre eine Heirat. Doch ihre Mitgift ist bereits an die Nonnen weitergegeben worden. Wie soll sie also einen Mann finden?
Als Elys von einer Wallfahrt zurückkehrt, lernt sie auf der Reise den jungen Ritter Fulk und den Bildhauer und Steinmetz Aylwin von Winchester kennen, der sie in ihrer Rebellion ermutigt. Zurück in dem vom Bürgerkrieg gespaltenen England, beschließt sie, ihrer Mutter keinesfalls ins Kloster zu folgen und versucht, sich als Stickerin von Altardecken ein eigenes Leben aufzubauen.

Die Autorin

Dinah Dean war Lehrerin für Geschichte und stellvertretende Schulleiterin, bevor sie 1974 freie Schriftstellerin wurde und historische Romane veröffentlichte. Sie lebt in Waltham Abbey, Essex.

In unserem Hause sind von Dinah Dean bereits erschienen:
Bernstein und Bronze
Tochter des Abendlandes
Die Rosenbraut

Dinah Dean

Seide und Stein

Ein Roman aus dem Mittelalter

Aus dem Englischen von
Stefanie Kuhn-Werner

Ullstein

Ullstein Taschenbuchverlag 2000
Der Ullstein Taschenbuchverlag ist ein Unternehmen der
Econ Ullstein List Verlag GmbH & Co. KG, München

Titel der englischen Originalausgabe: Silk and Stone
Übersetzung: Stefanie Kuhn-Werner
Umschlagkonzept: Lohmüller Werbeagentur
GmbH & Co. KG, Berlin
Umschlaggestaltung: Init GmbH, Bielefeld
Titelabbildung: AKG, Berlin
Druck und Bindearbeiten: Ebner Ulm
Printed in Germany
ISBN 3-548-25104-8

Vorbemerkung der Autorin

Viele der Charaktere dieses Buches haben wirklich existiert, und viele der dargestellten Ereignisse haben sich wirklich zugetragen. Sie basieren auf einer Chronik, die gut vierzig Jahre später von dem hier »Siebenter Rauchfaßträger« genannten jungen Mann geschrieben wurde, dessen richtiger Name unbekannt ist. Zwei Kopien dieser Chronik befinden sich unter dem Titel *Tractatus de inventione Sancte Crucis nostre* in der Manuskriptsammlung Robert und Edward Harleys im Britischen Museum.

Da ich keine Latinistin bin, bin ich Dr. K.N. Bascombe, F. Baker und Dr. L. Watkiss, auf deren Übersetzungen der Manuskripte ich mich stützen konnte, zu großem Dank verpflichtet; gleichzeitig bitte ich sie und den Chronisten, mir die Freiheiten nachzusehen, die ich mir bezüglich des zeitlichen Ablaufs und bei der Schilderung von Matthews Wunderheilung genommen habe.

Zu den »realen« Personen zählen, neben dem Siebenten Rauchfaßträger, Lady Mabilia, Sir Richard (der später das Oberhaupt der englischen Templer wurde), Matthew, Crispin (die zwei nicht namentlich genannte Schwestern hatte), all die erwähnten Kleriker, Lukin Dulpain, Matilda Mayngod, Robert von St. Albans, Alvin Bisemare, Humphrey de Barenton und natürlich jene weitaus bekannteren Charaktere wie Heinrich von Blois, Robert von Gloucester, die Kaiserin Mathilde, Geoffrey de Mandeville und Gilbert de Montfichet.

Das Hauptschiff der Kathedrale von Waltham steht noch

immer, eine sehr schöne, vielbesuchte Pfarrkirche, und Steinmetzen wie damals William von Norwich und seine Loge bemühen sich derzeit um die Erhaltung des Baus, restaurieren die im Lauf von achteinhalb Jahrhunderten entstandenen Schäden, und das mit einem finanziellen Aufwand, der Bischof Henrys Schatzkanzler entsetzt hätte!

Antescriptum

Die Engelsbrücke war von Menschen übersät, einer Flut von Menschen, die über den Tiber auf die Peterskirche zuströmte. Da mischten sich Pilger aus fernen Ländern, die nach wochenlanger Reise verwahrlost und in staubiger Kleidung hergekommen waren, um den Schrein des Apostels zu sehen, mit Bürgern aus allen Schichten der römischen Gesellschaft, von wohlhabenden Kaufleuten mit ihren drallen Frauen und Kindern bis hin zu zerlumpten Bettlern aus den ärmlichsten Gassen, alle wohl oder übel zu Fuß, da hier weder Pferde noch Wagen erlaubt waren.

Die meisten Pilger blickten umher, voller Neugier auf die zerstörte Pracht der zweitwichtigsten heiligen Stadt ihres Glaubens, und die Bürger betrachteten die Pilger mit abwägenden Blicken, überlegten, woher sie wohl gekommen waren, welche Neuigkeiten oder Krankheiten sie mitgebracht hatten und vor allem, wieviel Geld sie bei sich trugen. Diejenigen Pilger, die nicht auf das große Schloß vor ihnen schauten oder auf das Dach der Kirche, die sie zu ihrer Linken über der zerbröckelnden Stadtmauer erkennen konnten, beteten, den Blick auf den Boden oder die Fersen des Vordermannes geheftet, während die Bürger miteinander schwatzten; die Reichen begutachteten heimlich den Sonntagsstaat der anderen Reichen, und die Armen, die neben ihnen einherschlurften und von den Bessergestellten beiseite gestoßen wurden, fragten sich, ob man sie überhaupt in den Dom einlassen und ihnen Gelegenheit geben würde, zu hören, wie der Heilige Vater die Messe zelebrierte.

Aus dieser buntgemischten Menge stach eine Gruppe ganz besonders hervor und weckte großes Interesse, das jedoch nicht durchweg beifällig oder freundlich war. Es waren zwölf Soldaten, die ausgeblichene schwarze Umhänge über ihren Panzerhemden trugen und einander stark glichen, da der Nasenschutz ihrer runden Helme ihre Gesichter verbarg; sie gingen paarweise und wurden von einem hochgewachsenen Ritter in einem weißen Umhang angeführt, der so zielstrebig und ohne Zögern einherschritt, daß es aussah, als teile er die langsam vorwärts treibende Menge wie der Bug eines Schiffes die Fluten. Zwischen ihm und seinen Gefolgsleuten gingen drei Frauen, die sich beeilen mußten, um mit ihm Schritt zu halten; sie waren schlicht gekleidet und verschleiert, der Stoff ihrer Gewänder jedoch von ausgezeichneter Qualität.

»Templer!« sagte ein übellaunig dreinblickender Priester zu seinem Begleiter. »Schändlich! Bewaffnete Männer, die sich als Mönche ausgeben, Waffen tragen und Blut vergießen mit der Rechtfertigung, für den Herrn zu kämpfen, und das alles mit dem Segen des Heiligen Vaters. Ich sage dir, das ist nicht recht, ob der Heilige Vater und Bernhard von Clairvaux für sie eintreten oder nicht.«

»Aber sie bekämpfen doch sicher nur die Heiden im Heiligen Land und beschützen die Pilger?« wandte sein Begleiter zaghaft ein. »Jemand muß die christlichen Königreiche in Übersee doch schützen, sonst werden die Heiden dort einfallen und die Heiligen Stätten entweihen.«

»Dann sollen Laien das tun!« sagte der erste Priester ungehalten. »Kämpfende Männer sind gottlos, wo auch immer sie kämpfen. Sieh sie dir nur an – sie rühmen sich, ihr dreifaches Gelübde besser einzuhalten als Mönche, und doch stellen sie hier ihre Frauen in der Öffentlichkeit zur Schau. Schändlich nenne ich das, und es ist mir gleich, wer mich hört!«

Elys de Wix hörte ihn, als sie im Kielwasser ihres Onkels dahineilte, eingeklemmt zwischen ihrer Mutter, Lady Mabilia, und Maud, der Kammerfrau ihrer Mutter. Letztere war so weit von der Menge zurückgewichen, daß sie an Elys' Seite gedrängt wurde und sie beim Überqueren der Brücke beide schon zweimal zu Fall gebracht hatte. Als sie sich nach dem Sprecher umsah, konnte Elys aus dem wütenden Blick zwar sein Mißfallen herauslesen, doch sie beherrschte nicht genügend Italienisch, um zu verstehen, was er sagte.

Die Brücke mündete durch einen Torweg auf einem weiten Platz innerhalb der Mauern des Schlosses, dann machte die Straße eine Biegung nach links und führte durch ein weiteres Tor hindurch auf die Piazza vor der Fassade der Peterskirche. Wie Wein aus dem Bauch einer Flasche ergoß sich die Menge über die weite Fläche und bewegte sich langsamer vorwärts, da sie nicht länger von den Nachfolgenden gedrängt wurde, doch der Tempelritter, Sir Richard Hastings, schritt noch schneller aus, und seine Begleiter beschleunigten ihren Gang, um mitzukommen. Elys hatte kaum Zeit, einen Blick auf die Basilika zu werfen, als sie auch schon die Stufen erklommen und erneut langsamer gehen mußten, da der Menschenstrom einen weiteren Engpaß betrat, den großen, dreibogigen Eingang, der zwar hoch, jedoch nicht breit genug war für all jene, die hindurchzugehen wünschten.

Sir Richard hatte offensichtlich keine Schwierigkeiten, sich durch das Gedränge zu kämpfen und seinem Gefolge den Weg zu bahnen, und schon bald befand Elys sich nicht, wie sie erwartet hatte, in der Basilika, sondern in einem gepflasterten, mit kleinen Bäumen in Kübeln und Blumen bestandenen Garten, in dem es durch das Geplätscher mehrerer kleiner Springbrunnen kühl und angenehm war. Fünf Wege verliefen durch dieses Atrium, und Sir Richard ging entschlossen auf dem breitesten, dem Mittelweg, auf die mittlere der fünf Türen der Basilika zu.

Die Türen wurden diskret von dunkel gekleideten, unauffällig bewaffneten Männern bewacht, die die meisten der Betwilligen durch die kleineren Türen in die beiden Seitenschiffe schickten, sich jedoch leicht verbeugten, als Sir Richard näherkam, und ihn und seine Begleiter in das Hauptschiff winkten.

Im Innern war es erstaunlich still nach dem Stimmengewirr draußen, denn die Leute schienen beim Eintreten zu verstummen, und nach dem hellen Sonnenlicht sehr dunkel, doch als sie die Mitte des langen Kirchenschiffs erreicht hatte, konnte Elys nach und nach erkennen, daß das Bauwerk lang war im Verhältnis zu seiner Breite und das Schiff eine beträchtliche Höhe aufwies. Elf kleine Fenster waren jeweils unmittelbar unter dem Dach in die Wand eingelassen, so daß der größte Teil des einfallenden Lichts auf den hölzernen Dachstuhl fiel und nur wenig davon den Boden erreichte. Die Seitenschiffe waren tatsächlich sehr dunkel und schienen keinerlei Fenster zu besitzen, doch man konnte erkennen, daß es darin von Menschen wimmelte, die sich schiebend und stoßend ihren Weg bahnten und in das Hauptschiff drängten, nur um erneut von anderen dunkel gekleideten Wachposten, die den wenig bevölkerten Mittelraum für bedeutende Persönlichkeiten freihielten, in die Seitenschiffe zurückgewinkt zu werden.

Da ihre Augen vom Licht angezogen wurden, blickte Elys wieder nach oben und erkannte, daß die Wände ringsum und unter den Fenstern mit ausgebleichten, verblaßten Bildern bemalt waren, vermutlich Bilder von Heiligen und biblischen Szenen, und sie sah rasch eine der Wände an in dem Versuch, das dargestellte Thema deutlicher zu erkennen. Dies lenkte ihren Blick nach Westen, auf das Gewölbe am anderen Ende des Hauptschiffes, und sie hielt den Atem an. Hier war ein Bild, das sie deutlich erkennen konnte, denn die gesamte Decke des Gewölbes war mit einem lebhaften Mosaik ausgefüllt, das aufleuchtete, als das durch die Fenster einströmende Licht die goldenen Steinchen des Hintergrundes erfaßte. In der Mitte befand sich in Überlebensgröße die Gestalt Jesu Christi, und auf beiden Seiten und etwas unterhalb verharrten zwei Figuren in anbetender Haltung. Die eine trug zwei Schlüssel und stellte eindeutig Petrus dar, die andere, die Robe und Krone trug und ein Modell der Basilika in den Händen hielt, mußte Kaiser Konstantin sein.

Sir Richard blieb plötzlich stehen, wandte sich zu den drei Frauen um und bedeutete ihnen mit einem ungeduldigen Kopfnicken, nach vorn zu kommen, und Elys sah, was bisher hinter seinem breiten Rücken verborgen geblieben war. Hinter dem großen Gewölbe mit seinem Mosaik leuchtete ein blendender Lichtschein von einem goldenen Baldachin herab; er bildete eine Spitze, die eine goldene Krone trug, und war von einer großen Zahl goldener Lampen umgeben, die alle die Gestalt eines Delphins hatten und heller strahlten als eine Kerze. Der Baldachin wurde von sechs weißen Säulen aus Stein getragen, in deren Schaft goldene Spiralen, Wellenmuster oder Diamanten eingearbeitet waren. Im Schutz des Baldachins, hoch auf einem Podium, stand der Altar; man näherte sich ihm über zwei Treppen, zwischen denen sich eine Öffnung auftat, als führten weitere Stufen zu einer Ebene unter dem Altar hinab.

»Bleibt in der Nähe«, sagte Sir Richard ruhig und wies die drei Frauen mit einem Wink auf die Nordseite des schmalen Weges aus dunklem Marmor. Elys zögerte, weil sie dachte, er schicke sie in die falsche Richtung, doch dann fiel ihr ein, daß dies eine der ganz alten Kirchen war, in denen der Altar sich auf der Westseite befand. Lady Mabilia wählte ihren Standort in der Nähe des Mittelgangs, und Elys, die Maud hinter sich herzog, stellte sich dicht neben sie, während die Templer sich paarweise auf der Männerseite des Gangs aufstellten, neben Sir Richard, der den Blick fest auf den Altar richtete und alles andere unbeachtet ließ.

Elys hatte in den vergangenen Jahren so viele Kirchen besucht, daß sie über die Anlage einer Basilika Bescheid wußte, und sie reckte ein wenig den Hals, um zu sehen, ob sich hinter dem Altar eine Apsis befand. Sie stellte fest, daß es eine Apsis gab, mit einem Sitzplatz für den Zelebranten, wenn dieser auch nur niedrig und kein Bischofsthron war, denn schließlich war dies keine Kathedrale. In diesem Augenblick ermahnte sie ein Rippenstoß ihrer Mutter, sich auf ihre Gebete zu konzentrieren, und sie schloß gehorsam die Augen, während sie ein Gefühl der Aufregung beschlich, weil sie endlich das Ziel ihrer Pilgerfahrt erreicht hatten, der längsten und schwierigsten, die sie jemals unternommen hatten und die, wenn es Gott gefiel, die letzte und erfolgreiche war.

Stille senkte sich über die überfüllte Kirche, nur unterbrochen vom eilig beschwichtigten Weinen eines Kindes, dem Rascheln des Seidenkleides einer reichen Frau in ihrer Nähe und dem Schlurfen von Lederschuhen auf dem Marmorboden, wenn jemand das Gewicht verlagerte oder sich nach vorn drängte, um eine bessere Sicht auf den Altar zu haben.

Jetzt lief ein Murmeln durch die Menge – das Gerücht, der Heilige Vater sei aus seinem Palast im Lateran gekommen – und erstarb wieder im Schweigen. Ein kurzer Moment, dann vernahm man den Gesang von Stimmen, Geisterstimmen gleich, die im steinernen Gewölbe des Querschiffs widerhallten, als die Chöre auf beiden Seiten eintraten und auf ihre Plätze zu beiden Seiten des von einem Geländer umgebenen Altarraums zuschritten.

Elys sah den Heiligen Vater nicht eintreten, doch plötzlich war er da, eine hohe, schlanke Gestalt, die in einem goldenen geistlichen Gewand erstrahlte und eine weiße, in eine goldene Krone eingearbeitete Kopfbedeckung trug, die sich von allen Mitren unterschied, die sie bis dahin gesehen hatte.

Die Pracht des Schauplatzes, das helle Licht der vielen Dutzend Lampen, das strahlende Gold, die strengen, steifen Bewegungen der Priester und Meßdiener ließen Elys die Messe seltsam fern und ungewohnt erscheinen, und sie wünschte sich mit einem Mal, sie wären wieder zu Hause in England und würden die Messe in irgendeiner ganz gewöhnlichen, kleinen Kirche hören, mit ein paar Kerzen und einem Priester in einer schlichten Albe. Dies hier war zu prachtvoll, zu überwältigend, und ein schneller Blick zeigte ihr, daß das Hauptschiff voller wohlhabender, gutgekleideter Leute war. Wo waren die armen, zerlumpten Menschen, die sie draußen gesehen hatte? In die Seitenschiffe verbannt, in den hinteren Teil der Kirche, vielleicht noch immer vor der Tür...

Nach der Messe befahl Sir Richard seinen Leuten, draußen im Atrium zu warten und schloß sich den Frauen an, während die Kirche sich allmählich leerte. Sofort kam ein Priester herbei und zog ihn flüsternd ins Gespräch, und aus den wenigen Worten, die sie mitbekam, und den Gesten des Priesters schloß Elys, daß er Sir Richards Identität feststellte und ihn fragte, weshalb sich Frauen in seiner Begleitung befanden. Sie sprachen Französisch.

»Meine Schwester und meine Nichte«, hörte sie Sir Richard antworten, wobei er, wie die meisten Leute, die arme Kammerfrau völlig übersah; ein weiterer Wortwechsel folgte, den sie nicht verstehen konnte, und schließlich ein ungehaltenes »Gewiß nicht! Ich habe unser Ordenskapitel konsultiert, und man hat es einstimmig gebilligt. Gehört es nicht zu unseren Pflichten, Pilger zu beschützen?«

Der Priester hob mit einer beschwichtigenden Geste die Hände, machte eine leichte Verbeugung und sagte: »Es ist alles in Ordnung, Herr. Sicher wollen Sie am Schrein beten, und danach werde ich Sie zu Seiner Heiligkeit führen. Bitte nehmen Sie sich so viel Zeit, wie Sie wollen. Ich werde hier warten.«

»Ein Kaplan des Heiligen Vaters«, flüsterte Sir Richard seiner Schwester zu. »Spricht gut Französisch, aber mit provenzalischem Akzent. Kommt jetzt, trödelt nicht. Ich darf den Heiligen Vater nicht warten lassen.«

Er ging voran in den Altarraum, wo ein Meßdiener herbeisprang und die Tür im Altargitter öffnete, um sie hindurchzulassen, und sie stiegen die Stufen hinab zu einem kleinen Raum unterhalb der Vorderseite des Altars. Dort war kaum Platz für vier Personen, deshalb trat Maud zurück, noch ehe man sie dazu aufforderte, und wartete demütig, während sie zwischen den anderen hindurchspähte, um einen flüchtigen Blick auf den Schrein zu erhaschen.

»Befindet sich der Heilige Apostel darin?« fragte Lady Mabilia nervös.

»Ja«, erwiderte Sir Richard knapp und trat vor, um seine beiden Hände flach gegen die Marmorwand zu legen, die etwa zwei Fuß zurückgesetzt unter dem Sockel des Altars verlief und von den beiden Säulen eingerahmt wurde, die die schwere Steinkonstruktion darüber trugen.

Elys, die sich eingeschüchtert fühlte und sich ob ihres Mangels an Frömmigkeit schämte, trat neben ihren Onkel und legte ihre Hände genau wie er gegen den Stein. Die Wand bestand aus weißem, blaugeädertem Marmor, in den zur Verzierung schmale Streifen aus purpurrotem Porphyr eingelegt waren. Er war kalt, wie jeder Marmor, und sie empfand eine leise Enttäuschung. Dies war das Grab des Apostels Petrus, eines Mannes, der den Herrn gekannt hatte, mit IHM gesprochen, IHN berührt, mit IHM gelebt und gearbeitet hatte, Tag für Tag, viele Monate lang. Von allen Schreinen, die sie besucht hatte, war dies der bedeutendste, der einzige eines Heiligen, der den Herrn höchstpersönlich gesehen hatte, und doch fühlte er sich an wie jeder andere Schrein.

»Sei nicht dumm«, sagte sie zu sich selbst. »Wie soll er sich denn sonst anfühlen? Es ist schließlich nur Marmor. Die Reliquien befinden sich dahinter, und Petrus selbst ist im Himmel.« Sie schloß die Augen und konzentrierte sich auf ihre Gebete, bat den Apostel um Fürsprache für den armen, lieben Matthew, für ihre Mutter und den Onkel, für ihren anderen Bruder und ihre Schwester im fernen England und, mit einem Anflug von Schuldbewußtsein, für Maud, die Kammerfrau. Dann zog sie sich still zurück und überließ der armen Frau ihren Platz.

»So«, sagte Sir Richard bestimmt, als sie ihre Gebete beendet und den Altarraum verlassen hatten, »ich habe jetzt eine Audienz beim Heiligen Vater, und ihr könnt in unsere Unterkunft zurückkehren. Mein Sergeant und zwei andere Wachen werden euch begleiten.«

»Du wirst doch nicht vergessen, ihn um ein Gebet für Matthew zu bitten...«, sagte Lady Mabilia und ergriff seinen Arm, als er sich zum Gehen wandte.

»Natürlich nicht, aber bei meiner Audienz mit ihm geht es um Angelegenheiten des Tempels, nicht um persönliche Dinge. Ich werde mich bemühen, eine Gelegenheit zu finden, bei der ich Matthew erwähnen kann – ich denke, das läßt sich rechtfertigen, da er sich nach seiner Heilung dem Orden anschließen will.«

»Ich werde noch in die Kathedrale gehen, bevor wir in unsere Unterkunft zurückkehren«, meinte Lady Mabilia nachdenklich.

»Paulus ist dort, und das Haupt Petri...«

»Wie du möchtest, aber du hast bereits dreimal in San Giovanni gebetet und zweimal auf Knien die Heilige Treppe erklommen. Es erscheint mir wenig sinnvoll, immer wieder dasselbe zu tun«, äußerte Sir Richard seine praktischen Erwägungen. »Du würdest besser deine Kisten packen und dich ausruhen. Wir treten morgen die Heimreise an.«

»So schnell?« protestierte Elys. »Aber wir haben doch kaum etwas von der Stadt gesehen!«

»Das, was du hier wolltest, hast du erledigt, und es gibt keinen anderen Grund für deinen Aufenthalt hier«, erwiderte Sir Richard scharf. »Ich bringe heute meine Angelegenheiten zu Ende und muß nach Hause zurückkehren. Ich darf dich daran erinnern, daß sich England in einer Art Bürgerkrieg und am Rande der Anarchie befindet, und Gott weiß, was dort vor sich geht.«

»Ja. Gott allein weiß«, echote Lady Mabilia leise. »Ach, diesmal wird es bestimmt geschehen, Elys. Petrus und Paulus werden es bestimmt zuwege bringen.«

»Ich hoffe und bete, daß es so ist«, antwortete Elys, doch ihr Herz sank ein wenig bei dem Gedanken an all die anderen Male, als sie voller Hoffnung zurückgekehrt waren, nur um enttäuscht zu werden. Wenn diese Wallfahrt ihren Zweck verfehlte, würde die nächste sie sicher nach Jerusalem führen...

1. Kapitel

»Warum hast du angehalten?« fragte Elys' Onkel gereizt, während er sein Pferd neben dem ihren zum Stehen brachte. Sie betrachtete die vor ihr liegende Landschaft, den Mund leicht geöffnet und die sanftbraunen Augen so in den Anblick vertieft, als fürchte sie, auch nur eine Einzelheit zu übersehen. Den ganzen Morgen war die Gesellschaft die Via Bononia entlanggeritten, die sich durch die Ausläufer des Apennin hinabschlängelte und plötzlich nach einer Windung zwischen zwei steilen Felsen hindurch in die breite lombardische Ebene hinein fortsetzte.

Die alte Straße führte zunächst bis zu einer befestigten Stadt am Rande der Ebene und verlief dann weiter, eine gerade gepflasterte Linie zwischen niedrigen, grünen Böschungen, bis sie sich im Dunst des Horizonts verlor. Zu beiden Seiten lagen fruchtbare, goldbraune, frischgepflügte Felder, die sich völlig eben bis in endlose Fernen erstreckten. Sie wurden nur durch die Reihen hoher, federförmiger Pappeln unterbrochen, die so typisch für die Landschaft waren, und hier und da verstreut lagen kleine Bauernhöfe, deren Backsteinmauern und rotgedeckte Dächer in der untergehenden Sonne leuchteten. Elys fand es schön und doch bedrückend, denn sie hatte erwartet, die Alpen würden sich im Hintergrund erheben, doch die flache Ebene schien sich vor ihnen und zu beiden Seiten bis ans Ende der Welt auszudehnen.

»Elys! Ich habe mit dir geredet!« rief Sir Richard, die dunklen, geraden Augenbrauen finster zusammengezogen und den Mund ärgerlich zusammengekniffen.

Sie fuhr auf, was ihr Pferd veranlaßte, den Kopf hochzuwerfen, und sie packte verstohlen eine Handvoll seiner Mähne, da sie sich unsicher fühlte im Damensitz, so hoch über dem Boden.

»Es tut mir leid«, antwortete sie. »Ich war überrascht ... die Landschaft hat sich so plötzlich verändert, und die Straße verläuft so kerzengerade ...«

»Was erwartest du von einer römischen Straße im Flachland?« fragte Sir Richard ungeduldig. »Beim Heiligen Antlitz von Lucca, Mädchen, wir werden nie in London ankommen, wenn du jedesmal stehenbleiben willst, wenn du etwas Ungewöhnliches erblickst! Mabilia, warum kannst du nicht zusammen mit deiner törichten Tochter in einer Sänfte reisen? Es schickt sich nicht für Frauen, zu reiten und sich den Blicken von Fremden preiszugeben.«

Lady Mabilia, die sie eingeholt und auf Elys' anderer Seite angehalten hatte, drehte sich im Sattel um und sah ihren Bruder an. Sie war eine kleine, entschlossene Frau mit scharfen, beinahe schwarzen Augen und einer der wenigen Menschen in Sir Richards Umgebung, die keine Angst vor ihm hatten, dem Seneschall des englischen Zweigs der Armen Ritter vom Tempel Salomons, in der christlichen Welt bereits als Tempelritter berühmt.

»Bist du jemals in einer Sänfte gereist?« fragte sie kühl. »Wenn ja, würdest du nicht fragen, warum ich es vorziehe zu reiten! Und Elys ist zweifellos der gleichen Ansicht – sie ist schließlich keine Närrin!«

»Sie benimmt sich aber so!« sagte Sir Richard barsch. »Können wir um Himmels willen jetzt weiterreiten, oder möchte Lady Elys den Rest des Tages vielleicht damit zubringen, Norditalien anzustarren?«

Die zwei Sergeanten und das halbe Dutzend Soldaten, die die Vorhut ihrer Eskorte bildeten, sahen ausdruckslos vor sich hin, wie es die Disziplin des Ordens strikt vorschrieb;

nur Sir Richards Knappe, der erst vor kurzem in seinen Dienst getreten war, gestattete sich ein heimliches Grinsen, verbarg es jedoch, indem er sich zu den kräftigen, buschigen Fesseln seines besonderen Schützlings, des Streitrosses, hinabbeugte, das er führte.

»Interessantes Land, vom militärischen Standpunkt aus gesehen«, gab Baldwin, der erfahrenere der beiden Sergeanten, sein fachliches Urteil ab. »Sieh dir an, wie weit zurückgesetzt auf beiden Seiten die Straßengräben verlaufen, und keine Hecke und kein Gehölz ist nahe genug, um im Hinterhalt liegende Truppen zu verbergen. Allerdings kein gutes Land für Pferde – zu viele Deiche und Entwässerungsgräben, und die Erde sieht feucht und schwer aus. Ungesund, wahrscheinlich – zuviel Wasser insgesamt. Eine ideale Gegend für Wechselfieber, möchte ich ...« Er zögerte; »wetten« hatte er sagen wollen, da er jedoch wußte, daß ihm das Wort eine ernste Rüge von seinem Vorgesetzten einbringen würde, mit der Begründung, ein Templer gehe niemals Wetten ein, ergänzte er einen Bruchteil zu spät » ... annehmen.«

»Es hat dich niemand um deine Meinung gebeten«, sagte Sir Richard kühl. »Erreichen wir heute noch Bologna, oder verbringen wir hier die Nacht und schauen uns die Landschaft an?«

Mit diesen Worten setzte der Seneschall mit lebhaftem Trab den Hang hinab, umweht von seinem weißen Umhang, den Rücken steil aufgerichtet aus militärischem Stolz und Verärgerung. Seine Soldaten folgten ihm in Zweierreihen, und die Damen hatten Mühe mitzukommen und wieder ihre Position hinter der Vorhut und vor dem Gepäckwagen einzunehmen, in dem Lady Mabilias Kammerfrau reiste. Dahinter kamen die Pferdeknechte mit den Ersatzpferden, gefolgt von weiteren sechs Soldaten, die die Nachhut bildeten.

»Ärgerst du deinen Onkel absichtlich oder ungewollt?«

erkundigte sich Lady Mabilia, als sie ihren angestammten Platz in der Kavalkade wieder eingenommen hatten.

»Ungewollt«, antwortete Elys. »Ich gebe mir Mühe, ihn zufriedenzustellen, aber wenn ich etwas sage, tut er meine Bemerkungen oder Fragen geringschätzig ab, und wenn ich schweige, sagt er, ich schmolle. Ich weiß nicht, warum er mich so wenig mag.«

»Du bist eben eine Frau«, erwiderte ihre Mutter.

»Aber du auch, und trotzdem achtet er auf das, was du sagst!«

»Weil ich älter bin als er, und Gewohnheiten, die man in der Kindheit annimmt, bestehen oft das ganze Leben über. Er erinnert sich zweifellos an die Zeiten, als ich ihn vor Schlägen bewahrt oder seine Tränen getrocknet habe, wenn er doch einmal Prügel bekam. Du bist dir doch bewußt, daß wir ohne seine Hilfe kaum diese Wallfahrt nach Rom hätten unternehmen können? Wegen des Krieges in England sind die Templer die einzigen Ritter, die das Land verlassen können, ohne ihren Treueeid gegenüber – Graf Stephen oder der Lady – ich meine der Kaiserin Matilda...« Es war symptomatisch für die Schwierigkeiten des englischen Volkes in bezug auf Recht und Unrecht bei der Thronfolge, daß Lady Mabilia sich bemühte, selbst gegenüber der eigenen Tochter neutral zu sein und bei diesem Versuch eine untypische Verwirrung offenbarte.

»Aber wer von beiden, Mutter? Jeder muß sich für den einen oder anderen entscheiden und die eventuellen Folgen einer falschen Wahl riskieren! Ich wundere mich, daß nicht alle einen Vorwand gefunden haben, um ins Ausland zu reisen.«

»Zumindest der liebe Matthew braucht sich nicht zu entscheiden«, erwiderte die Mutter ausweichend, und ihre strengen Züge wurden weich bei dem Gedanken an ihren geliebten ältesten Sohn. »Das ist das einzig Gute an seiner

Lahmheit, und ich bin sicher, daß er nach seiner Heilung, die vielleicht bereits eingetreten ist, in einen Orden eintreten wird. Ja, wir alle werden das tun zum Dank für die Gnade, die Gott ihm erwiesen hat!«

»Alle?« rief Elys aus. »Was willst du damit sagen?«

»Du und ich werden Judith ins Kloster von Wix folgen. Dein Onkel ist natürlich bereits Templer, und Matthew hat versprochen, ihm zu folgen oder sich, wie dein Bruder Crispin, einem anderen Orden anzuschließen. Die ganze Familie wird sich in Seinen Dienst stellen! Ein sehr befriedigender Ausgang der ganzen Angelegenheit!« Lady Mabilia lächelte und nickte bei der Vorstellung erfreut vor sich hin.

»Aber ich eigne mich nicht zur Nonne«, protestierte Elys entsetzt. »Ich könnte nie in einem Kloster eingesperrt leben! Du weißt, wie krank es mich gemacht hat, als wir im vorletzten Jahr diese schrecklichen Wochen in der Priorei von Wix verbracht haben.«

»Hättest du deine Aufmerksamkeit richtig auf deine Gebete für den lieben, armen Matthew konzentriert, hättest du nicht einmal die Wände um dich herum wahrgenommen«, antwortete ihre Mutter scharf. »Da du dich vorrangig mit deinem eigenen unbedeutenden Unbehagen beschäftigt hast, mußte die Abgeschiedenheit natürlich vergeblich sein! Nun, mach was du willst, wie du es immer tust! Ich werde nach Wix gehen und ins Kloster eintreten, sobald Matthew geheilt ist, und du mußt entweder mitkommen oder für dich selbst sorgen. Was könntest du überhaupt tun? Deine Mitgift wurde bereits den Nonnen ausgehändigt.«

»Ich möchte heiraten und Kinder haben«, antwortete Elys mit dem dringenden Wunsch, sich ihrer Mutter verständlich zu machen. Während des einmonatigen Aufenthalts in der Priorei von Wix hatte sie sich dem Wahnsinn nahe gefühlt aufgrund ihrer Klaustrophobie, doch ihre Mutter verstand sie so wenig, daß sie von »Unbehagen« sprach.

»Das ist meine Berufung, Frau und Mutter zu sein, und nicht eine Nonne, eingeschlossen in ihre vier Wände!«

»Du triffst die schlechtere Wahl«, erklärte ihre Mutter.

»Das glaube ich ehrlich nicht, Mutter. Es ist von Bedeutung für die Welt, daß Männer gute Frauen und Kinder gute Mütter haben.«

»Für die Welt schon, aber der Himmel ist weitaus wichtiger als dieser unvollkommene Ort! Keuschheit ist unendlich viel gottgefälliger als zu heiraten und Kinder zu gebären.«

Elys war nicht ihrer Ansicht, doch klug entschied sie, das Thema erst einmal auf sich beruhen zu lassen. Schließlich hatten sie noch eine lange Reise vor sich, und niemand konnte garantieren, daß sie Matthew geheilt vorfinden würden! Wie viele Male waren sie nun schon voller Hoffnung von einem der vielen Schreine in England, der Normandie, aus Anjou, Burgund oder Paris zurückgekehrt..., nur um festzustellen, daß es ihrem Bruder ein wenig schlechter ging und er trotz all ihrer Anstrengungen und Gebete nicht geheilt worden war. Gebe Gott, daß es diesmal anders war, nach dieser langen, mühsamen Reise nach Rom und zurück!

Die Gesellschaft erreichte Bologna vor Einbruch der Dunkelheit, und früh am nächsten Morgen, nachdem man der Messe beigewohnt hatte, machte man sich wieder auf den Weg. Sie ritten in nordwestlicher Richtung durch die Ebene, trotteten eine gepflasterte Straße entlang, die seit Jahrhunderten nicht mehr repariert worden und dennoch gut zu benutzen war. Es war ein Tag wie viele andere zuvor, den Elys in wechselnder Gemütsverfassung verbrachte.

Zuerst empfand sie es als reizvolle Abwechslung, nach der langen Zeit in den Bergen durch flaches Gelände zu reiten, und betrachtete interessiert die freundlichen Gehöfte, jedes mit dem dazugehörigen Weingarten, die kleinen Dörfer, die Menschen bei der Feldarbeit, gelegentlich eine Stadt; aber bereits lange vor Mittag war sie steif und verkrampft, verspürte durch die verdrehte Haltung, die das Reiten im Damensitz mit sich brachte, einen bohrenden Schmerz im Rücken, und die Landschaft fesselte nicht länger ihre Aufmerksamkeit, da sie mit nur geringfügigen Abweichungen ständig das gleiche Bild bot.

Von Zeit zu Zeit machten sie halt, um die Pferde zu füttern und zu tränken, doch Sir Richard, der durch die Tätigkeit für seinen Orden an lange Reisen gewöhnt war, nahm auf die Reiter weniger Rücksicht und gestattete ihnen nur kurze Zeit, um die steifen Glieder zu dehnen und etwas umherzugehen. Sobald die Pferde versorgt waren, mußten sie weiter.

Zu Mittag erlaubte er einen knapp halbstündigen Halt in einem Wirtshaus am Wege, um eine aus Brot und Käse bestehende Mahlzeit einzunehmen; die Hälfte der Zeit verstrich über dem Aufsagen der sechzig Paternoster, die jedes Ordensmitglied vor dem Essen zu beten hatte. Bei Tisch war weder Wein noch Wasser erlaubt, und nach dem Essen blieb kaum Zeit für einen Becher des herben, einheimischen Weins, und sie mußten aufsteigen und weiterreiten.

Während der Mahlzeiten war keine Unterhaltung gestattet, und es war den Sergeanten und Soldaten verboten, eine der Frauen direkt anzusehen oder gar auf der Straße mit ihnen zu sprechen. Elys redete ab und zu mit ihrer Mutter, aber die Gespräche mit ihrem Onkel beschränkten sich auf eine gelegentliche gereizte Bemerkung seinerseits über ihr unschickliches Beharren zu reiten, anstatt diskret in einer Sänfte verborgen zu reisen, über die leuchtenden Farben ihres Kleides und ihres Umhangs, die in Wahrheit von einem matten Blau und Rostbraun waren, und, was heute sein besonderes Mißfallen erregte, über die Verwegenheit ihrer Haartracht: das Haar lugte in der Stirn unter dem Schleier hervor und hing ihr, gut sichtbar für jeden, der es sehen wollte, in einem langen, dichtgeflochtenen Zopf auf dem Rücken bis zur Taille herab.

»Ungehörig«, beharrte Sir Richard. »Deine Mutter hält ihr Haar züchtig bedeckt, und du solltest das gleiche tun!«

»Aber die Mode hat sich geändert, seit der Zeit, als Mutter ein Mädchen war«, protestierte Elys. »Selbst die Kaiserin trägt ihr Haar so wie ich.«

»Und wenn schon! Ist diese Frau ein Beispiel, dem eine anständige Frau folgen sollte? Voll anmaßenden Stolzes und ohne ausreichenden Verstand, die Herrschaft über London zu bewahren, nachdem man sie ihr übergeben hatte. Sie hat sich Kirchenbesitz angeeignet und gute Leute vor den Kopf gestoßen, die bereit waren, ihrem Vater, König Henry, die Treue zu halten und sie zur Herrscherin Englands zu machen, trotz der eindeutigen Tatsache, daß keine Frau geeignet ist, ein Königreich zu regieren. Führe nicht die Kaiserin Matilda zu deiner Verteidigung an, Mädchen! Ebensogut könntest du den Teufel zitieren.«

Elys, die die Ausbrüche ihres Onkels fast ebenso häufig amüsant wie ärgerlich fand, sah sich veranlaßt, verschmitzt zu bemerken: »Du würdest also Stephen von Blois als König vorziehen?«

»Ich habe nichts dergleichen gesagt«, erwiderte Sir Richard knapp. »Der Tempel beteiligt sich nicht an den kleinlichen Streitereien von Königen. Stephen täte gut daran, dem Beispiel seines Vaters zu folgen und ins Heilige Land zu gehen. Dort könnte er seine militärische Stärke besser einsetzen, als das Königreich zu verwüsten, das er sich anzueignen versucht hat.«

»Aber besitzt er denn militärische Stärke?« fragte Elys mit der mutwillig aufgesetzten Miene eines Menschen, der um Aufklärung bittet. »Er wurde doch in der Schlacht von Lincoln gefangengenommen, oder?«

»Er hat tapfer gekämpft – man kann es ihm schlecht ankreiden, daß die Hälfte seiner Leute desertierte und die andere Hälfte sich wie Trottel aufführte und sich von

Robert, dem Bruder der Kaiserin, zum Narren halten ließ.«

»Wenn Robert von Gloucester der Bruder der Kaiserin ist, warum ist der nicht der König?« fragte Elys, denn dieser Umstand hatte sie verwundert, obwohl sie einen bestimmtem Grund vermutete.

»Weil er ein Bastard ist«, erwiderte Sir Richard scharf, »falls du weißt, was das ist, obwohl ein Mädchen, das im Begriff steht, in ein Kloster einzutreten, von derlei Dingen nichts wissen sollte, weiß der Himmel.«

»Ich bin nicht im Begriff, in ein Kloster einzutreten«, erklärte Elys klar und deutlich. »Gott fordert nicht von mir, Nonne, sondern Frau und Mutter zu werden.«

Sir Richard stöhnte. »Ich habe immer gesagt, daß du eine Närrin bist. Wie willst du diesen Ehemann finden, den zu heiraten dir Gott angeblich befohlen hat? Eine Heirat ist eine Angelegenheit, die sorgfältig ausgehandelt und arrangiert werden will, und für eine Waise ohne Mitgift, die nichts außer ihrem guten Namen besitzt, ist dies so gut wie unmöglich. Von mir wirst du keine Unterstützung bekommen. Niemand sollte heiraten – es mißfällt Gott, dessen Wunsch es ist, daß alle Männer und Frauen keusch bleiben.«

»Aber wenn niemand mehr heiratet, würde nach einer Generation die Welt aufhören zu existieren«, protestierte Elys.

»Genau, und warum sollte diese Welt länger bestehen, wenn es eine bessere zu erlangen gilt?«

»Wenn keine Söhne mehr geboren würden, hättest du keine Soldaten mehr, die für deinen Orden kämpfen und die Pilger auf dem Weg nach Jerusalem verteidigen könnten.«

»Und die Sarazenen hätten keine Männer mehr, sie anzugreifen«, antwortete Sir Richard spöttisch. »Du mußt dich entscheiden, Mädchen. Du mußt zu den Nonnen nach Wix gehen, sobald mein Neffe geheilt ist, oder deinen eigenen Weg gehen und hungern – oder Schlimmeres.«

»Schlimmeres?« fragte sie. »Was würde schlimmer sein als zu hungern?«

»Wie kann deiner Ansicht nach eine Frau leben, die kein Land besitzt, das sie ernährt, und keinen Mann, der sie beschützt?«

»Matthew wird ...«

»Matthew wird in den Orden eintreten, sobald er geheilt ist. Sein Platz erwartet ihn, und er wird nach Jerusalem zurückkehren, um seine Ausbildung abzuschließen. Im Leben eines Templers ist kein Platz für eine Frau, sei es Schwester, Mutter oder – oder etwas anderes! Unsere Ordensregel gebietet uns, keinen Umgang mit dem weiblichen Geschlecht zu haben.«

»Aber du warst doch bereit, Mutter und mich nach Rom zu bringen.«

»Ich habe nichts dergleichen getan. Es kam mir zeitlich gelegen, diese Stadt zu besuchen, und die vorrangige Pflicht meines Ordens ist die Verteidigung von Pilgern. Es war ... günstig ... dieser Pflicht zu genügen, während ich Papst Innozenz um Privilegien für die Besitztümer unseres Ordens in England bat.«

»Wieso kann der Papst Privilegien für Besitz in England gewähren? Das darf doch nur der König, oder?«

»England hat keinen König, nur einen weichherzigen Narren auf der einen und eine intrigante, hochmütige Frau mit einem ehrgeizigen, schurkischen Ehemann auf der anderen Seite.«

Sir Richard gab einen Laut des Unmutes von sich und wandte seine Aufmerksamkeit dem Äußeren eines Sergeanten zu, das er kritisierte, weil auf seinem schwarzen Umhang ein Anflug von gelblichem Schmutz zu sehen war.

Am späten Nachmittag, als die Dämmerung hereinbrach,

erreichten sie die große Benediktinerabtei in Polirone. Sir Richard bemängelte, daß ein Tagesritt sie eigentlich bis nach Mantua hätte bringen müssen, obwohl beide Sergeanten, die die Strecke bereits kannten und die Leistungsfähigkeit der Reitpferde sehr wohl einschätzen konnten, bei dieser kühnen Behauptung die Stirn runzelten. Der Hospitaliter hieß sie willkommen, und Sir Richard führte seine Schäfchen in die Klosterkirche, um für die Seele der ehemaligen Schutzherrin, Matilda von Canossa, Gräfin der Toskana, zu beten, noch ehe sie sich vom Staub und Schmutz der Reise befreit hatten.

Als sie schweigend das nur von den Altarkerzen erleuchtete dunkle Gebäude betraten, fragte Elys sich, warum Sir Richard eigentlich so großen Wert darauf legte, für die Seele einer Frau zu beten und diesem Gebet vor allem anderen Vorrang einräumte, doch als ihr Onkel leidenschaftlich die Tugenden der Gräfin aufzählte, war ihr dies Aufklärung genug.

Der Steinboden der Kirche fühlte sich äußerst hart und kalt an unter ihren Knien, obwohl sie, so gut es ging, ihre langen Röcke darunter geschoben hatte. Sobald sie sich vergewissert hatte, daß Sir Richard die Augen geschlossen hatte, wanderten ihre Blicke umher, um das Wenige aufzunehmen, was von dem Gebäude zu sehen war. Die flackernden Schatten verbargen die meisten Einzelheiten, doch sie erhaschte hier einen flüchtigen Blick auf ein gemeißeltes Kapitell, dort auf eine Marmorsäule, und dachte darüber nach, daß es in italienischen Kirchen offensichtlich weitaus mehr Schnitzwerk gab als in den vielen Kirchen, die sie auf den zahlreichen Wallfahrten für den armen Matthew in England unternommen hatten.

Schließlich waren die Gebete beendet, und die Gruppe erhob sich steif von den Knien und folgte dem Hospitaliter, der höflich im Dunkel der Kirche auf sie gewartet hatte, zum

Gästehaus, wo es für die Damen ein wenig lauwarmes Wasser zum Waschen gab – die Männer mußten sich wie die Mönche mit kaltem begnügen –, und danach servierte man ihnen das Abendessen im Refektorium des Gästehauses; die übrigen Gäste hatten bereits gegessen und waren gegangen.

Das Mahl bestand aus einer guten, sämigen, großzügig bemessenen Suppe, gefolgt von einer Fülle von Trauben, ein paar Äpfeln und einem guten, äußerst würzigen Käse, der nach Aussagen des Hospitaliters aus Parma kam. Sir Richard murmelte (jedoch unhörbar für ihren Gastgeber), die Benediktiner seien erheblich von ihrer früheren reinen Lebensweise abgewichen, wenn sie tatsächlich Käse kauften, statt ihn selbst herzustellen, beruhigte sich jedoch, als der Hospitaliter hinzufügte, er werde speziell für die Gäste besorgt, die Mönche äßen nur ihre eigenen Produkte.

Lady Mabilia, Elys und der Kammerfrau wurde eine kleine Zelle zugewiesen, mit zwei schmalen Holzpritschen, einem Rollbett und einem Kruzifix als einziger Ausstattung, und sie schliefen sehr gut auf mit Heu gefüllten Matratzen und jeweils einer warmen Wolldecke; die Männer aber schliefen, in ihre Mäntel gewickelt, im Schlafsaal des Gästehauses auf Stroh, und sie waren es zufrieden, denn die Streu war genauso dick wie die in den Ställen für ihre Pferde.

Das wichtigste Ereignis des folgenden Tages war die Überquerung des Po. Von Mündungen abgesehen, war es der breiteste Fluß, den Elys je erblickt hatte, denn die Hinreise hatten sie bis Marseille über Land und dann auf dem Meer zurückgelegt. Sie hatte eine schwierige, vielleicht sogar gefährliche Überfahrt – zum Beispiel auf einer Fähre – erwartet, doch zu ihrer Überraschung gab es eine Brücke. Sie war offensichtlich sehr alt und nicht gerade im besten Zustand, erfüllte jedoch ihren Zweck, und in ein paar Minuten hatten sie den Strom überquert, der dunkel und nach einem langen, trockenen

Sommer in seinem Bett geschrumpft, unter ihnen dahinfloß. Sie war ein wenig enttäuscht.

Sie waren spät in Polirone aufgebrochen, da Sir Richard allen befohlen hatte, die Gelegenheit zur Beichte zu nutzen – seit dem letzten Mal waren mehrere Tage verstrichen –, und vielleicht hatte Elys deshalb die Flußüberquerung für gefährlich gehalten. Ihre eigene Beichte hatte nicht lange gedauert, da sie nur wenige Sünden zu gestehen hatte; die größte bestand in einem rebellischen Geist und einem undankbaren Groll über die verächtliche Haltung des Onkels ihr gegenüber. Sie wurde angewiesen, die Tugend der Geduld zu üben, und mit der unerheblichen Buße belegt, einen kleinen Riß in einem der Altartücher des Klosters zu flicken, was sie geradezu genoß, da sie eine ausgezeichnete Näherin war und das Tuch aus dem feinsten und glattesten Leinen bestand, das sie je in Händen gehalten hatte. Die Stickerei jedoch war, gemessen an ihren eigenen Maßstäben, ein wenig grob und ungleichmäßig. Als sie dem Sakristan das ausgebesserte Tuch zurückgab, fragte sie ihn in ihrem korrekten Latein, wer es gestickt habe.

»Ein paar Nonnen aus Parma«, antwortete er. »Gefällt Ihnen die Arbeit?«

»Ehrlich gesagt, nein«, erwiderte sie. »Meine Mutter und meine Schwester könnten es besser.«

»Und Sie?« fragte er spöttisch.

Sie zögerte, dann sagte sie: »Nun, ja, ich glaube schon.«

»Dann sollten Sie das Sticken zum Beruf machen! Die Nonnen geben ihr Bestes, ihre Priorin würde auch nichts anderes durchgehen lassen, aber sie lieben die Arbeit nicht, und ich bin der Ansicht, wenn man etwas ohne Liebe tut, zeigt sich das immer am Ergebnis! Ihre Stopfarbeit ist wirklich hübsch, meine Tochter. Ich danke Ihnen.«

Als Elys ihn verließ, keimte in ihr der Gedanke an eine Möglichkeit, im Notfall auf diese Weise Geld zu verdienen.

Sir Richard brauchte auffallend lang für seine Beichte, und sie fragte sich, welche Last sein Gewissen wohl beschwerte, daß es so lange dauerte, bis er sich ihrer entledigt hatte, aber sie konnte nicht wissen, daß sein Beichtvater in Jerusalem gewesen war und die Gelegenheit wahrnahm, in Erinnerungen zu schwelgen und Neuigkeiten über Menschen und Orte im Heiligen Land zu erfahren.

Aufgrund der Verzögerung erreichten sie Mantua erst am Nachmittag.

Die Wachen an den Toren von Mantua waren wachsamer und gründlicher als diejenigen in Bologna, doch Sir Richard besaß für seine Gruppe Pässe vom Großmeister der Templer und von Papst Innozenz, so daß sie ohne Schwierigkeiten passieren durften und zu einem Gasthaus im Zentrum der Stadt geschickt wurden, das an einer Seite des alten Forums lag. Es stand gegenüber der Kathedrale, die einen der höchsten Glockentürme besaß, die Elys je gesehen hatte, und sie fragte sich, wie man ihn dazu gebracht hatte, auf diesem sumpfigen Boden stehenzubleiben.

Das Gasthaus war ein verschachteltes Gebäude, ziemlich niedrig und dunkel, doch sehr sauber, und der Wirt war offensichtlich ein fröhlicher, herzlicher Bursche, der sie mit einem strahlenden Lächeln, wild gestikulierenden Händen und einem nicht enden wollenden italienischen Wortschwall empfing, was alles einen sehr gastfreundlichen und ermutigenden Eindruck erweckte. Er führte sie zu einem Raum für die Damen, mit einem großen Bett, das mit sauberen Laken und einer Matratze mit Federfüllung prunkte, und einem kleinen Schlafsaal für die Männer, den sie, wie er sagte, für sich allein haben könnten, da es für seine anderen Gäste noch einen anderen Raum gebe und sie als Ordensleute doch sicher von den Laien getrennt bleiben wollten. Selbst Sir Richard schien von seiner Aufmerksamkeit ein wenig beeindruckt, und die beiden Sergeanten waren bei ihrer Rückkehr aus den Ställen voll des Lobes über die Wärme und Trockenheit des Gebäudes, die üppige Streu und die Qualität von Hafer und Heu.

Allerdings gab es, wie in den meisten Gasthäusern, einen Nachteil – es stand den Gästen nur ein gemeinsamer Aufenthaltsraum zur Verfügung, doch war er zumindest von dem Schankraum getrennt, in dem sich die Stadtbevölkerung traf, um ihren Wein zu trinken, und sie mußten ihn nur mit zwei weiteren Gästen teilen. Beide befanden sich im Raum, als Sir Richard mit seiner Begleitung eintrat, um zu Abend zu essen; mit lebhaftem Interesse blickten sie den Ankömmlingen entgegen und erhoben sich, um sich vor den Damen mit der angemessenen Höflichkeit zu verbeugen.

Der größere der beiden erregte Elys' Aufmerksamkeit, so daß sie den anderen kaum bemerkte, denn er war auffallend hübsch, mit seinem gekräuselten dunklen Haar und Bart, der geraden, gut geschnittenen Nase, den dunklen Augen unter den langen Wimpern und den wohlgeformten roten Lippen, die seine strahlend weißen Zähne freigaben, wenn er lächelte, was er häufig tat. Er stellte sich als Fulk Fitzmichel vor, Ritter in den Diensten von Henry von Blois, des päpstlichen Gesandten von England und Bischofs von Winchester, und sprach dabei das deutlich akzentuierte normannische Französisch der herrschenden Klasse Englands.

»Engländer also!« rief Sir Richard aus.

»Normannischer Engländer«, berichtigte Sir Fulk ihn liebenswürdig, mit unerschütterlichem Charme und seinem anziehenden Lächeln.

Sir Richard stelle sich und diejenigen seiner Begleiter vor, denen dies aufgrund ihres Ranges zustand. Als sie auf den Hockern und Bänken rund um den Tisch Platz genommen hatten, fragte er: »Sind Sie kürzlich aus England gekommen? Haben Sie Nachrichten über die Vorgänge dort?«

»Ich war seit Juni in Rom und befinde mich jetzt auf dem Heimweg, aber ich wurde von meinem Herrn gebeten, meinen Gefährten hier zu suchen und ihn mit nach Hause zu bringen, denn er ist seit fast zwei Jahren in Italien, und der Bischof braucht ihn«, antworte Sir Fulk und wies auf den anderen Mann, der wieder seinen Platz am Herdfeuer eingenommen hatte und mit einem Silberstift in einem großen Notizbuch schrieb oder zeichnete. »Aylwin von Winchester«, setzte er hinzu, um seinen Begleiter vorzustellen.

Der zweite Mann sah auf, erhob sich, um sich zu verbeugen, ließ sich dann wieder auf seinem Hocker nieder, schloß sein Notizbuch und betrachtete die Ankömmlinge, wobei sein Blick von einem zum anderen ging und hier die Form eines Ohres, dort die Linie einer Nase oder eines Kiefers oder den Faltenwurf eines drapierten Ärmels einer Tunika in sich aufnahm; doch er sprach kein Wort.

»Noch einer von Bischof Henrys Rittern?« fragte Sir Richard in leicht herablassendem Ton, denn seinem Namen nach war der Mann Engländer, und wie jeder Ordensmann hielt ein Ordensritter wenig von weltlichen Rittern.

»Sein Meistersteinmetz«, antwortete Aylwin auf französisch, jedoch mit englischem Akzent. »Er hat mich hierhergeschickt, damit ich mir die großen Kirchen in Rom und anderswo ansehe und Eindrücke sammle für seine eigenen Bauwerke. Mein Hauptinteresse gilt der Bildhauerei.«

Sir Richard, seine Schwester und seine Nichte sahen Aylwin einen Moment schweigend an, alle drei leicht verblüfft. Ein Landsmann, im Dienst eines der größten Männer Englands – ja, des größten im Hinblick auf seine Position und seine Macht – und er reiste in Begleitung eines Mannes, der ihrer eigenen Klasse angehörte – und war doch – ein Steinmetzmeister? Ein Handwerker? Welchen Rang nahm ein solcher Mann nun wirklich ein?

Sir Richard, der sich mit dem Bau von Kirchen und Schlössern recht gut auskannte, stellte ihn auf eine Stufe mit seinem Knappen. Einem Ritter nicht ebenbürtig, jedoch mit

Anspruch auf Respekt und, wenn seine Fertigkeiten groß waren, mit der Aussicht, genügend Reichtum und Ansehen zu erlangen, damit seine Söhne oder Enkel zu Rittern aufsteigen konnten. Lady Mabilia dachte, daß er wie ein vernünftiger, fähiger Mann aussah – mehr als Sir Fulk – und beschloß, ihn genauso zu behandeln wie ihren Haushofmeister, mit dem er eine gewisse Ähnlichkeit aufwies. Elys konnte zwar seinen Rang nicht einordnen, sah ihn jedoch als Menschen, der etwas erschuf und daher interessant war, denn die wenigen Männer ihrer Bekanntschaft waren Ritter, Soldaten, Bedienstete oder Ordensleute und folglich zerstörten sie, verrichteten eintönige Arbeiten oder beteten.

»Bearbeiten Sie Holz oder Stein?« fragte sie.

»Beides. Ich ziehe Stein vor«, antwortete er und warf ihr einen ernsten, forschenden Blick zu, ehe er seine Aufmerksamkeit Sir Richard zuwandte, der mit Sir Fulk Neuigkeiten austauschte; soweit sie englische Angelegenheiten betrafen, waren sie alle seit mindestens vier Monaten überholt. Elys hatte Muße, ihn mit schüchterner Neugier zu mustern und mit dem hübschen Ritter zu vergleichen, was ihm nicht durchweg zum Nachteil gereichte.

Aylwin besaß einen dichten Schopf glatten, blonden Haares, das unterhalb der Ohrläppchen ziemlich kurz abgeschnitten war und den Hang hatte, ihm in die Stirn zu fallen, tiefliegende graublaue Augen und einen entschlossenen Mund in einem schmalen Gesicht. Er war glattrasiert und trug eine schlichte, kurze dunkelblaue Tunika mit langen Ärmeln und einfachem Ledergürtel, die nur an Hals und Handgelenken von einem schmalen Stickereistreifen eingefaßt war, eine passende Hose und Lederstiefel, deren Verzierung aus einem gestanzten Band zwischen zwei Reihen von stählernen Ringen am oberen Rand und am Knöchel bestand.

Sir Fulk dagegen war nach der letzten Mode ausstaffiert.

Seine dunklen Haare fielen ihm bis auf die Schultern, wo sie sorgfältig zu keinen Löckchen frisiert waren. Sein Bart war gewachst und in der Mitte gescheitelt, und an seinem reich bestickten Überwurf, der ihm fast bis zu den Knöcheln reichte, blitzten Goldfäden und Glassteine auf. Er trug einen Gürtel aus Metall, der den Anschein von Gold hatte und mit Edelsteinen besetzt war. Obwohl er sich mit Sir Richard unterhielt, glitt sein Blick hin und wieder zu Elys hinüber, und sie war froh, eines ihrer feineren Kleider angezogen zu haben. Ihre Mutter erlaubte ihr nicht, ihre Taille in ein Korsett einzuschnüren, aber sie war schlank genug, daß ihr Kleid auch ohne diese Hilfe wie angegossen saß, und dieses Kleid und den langen, dazu passenden Gürtel hatte sie selbst mit seltenen kleinen Vögeln und Blumen bestickt. Sie hatte ihr Haar gebürstet und neu geflochten und ihren besten Goldreifen auf ihren Kopfschleier gesetzt und war sich bewußt, sehr gut auszusehen, obwohl sie sich keineswegs für eine Schönheit hielt.

Nun gab es Anzeichen dafür, daß das Essen gleich aufgetragen würde, und Sir Richard brach das Gespräch ab, um sich seinen religiösen Pflichten zu widmen. Er und seine Begleiter erhoben sich vom Tisch und knieten sich im Kreis auf den kahlen Bretterboden vor dem Fenster. Lady Mabilia und Elys folgten ihrem Beispiel, so wie es ihrer Gewohnheit und Sir Richards Erwartung entsprach. Sir Fulk zögerte und ließ sich dann mit einem resignierten Achselzucken neben Elys auf die Knie fallen, doch Master Aylwin setzte sich nur auf seinem Hocker zurecht, öffnete sein Skizzenbuch und betrachtete prüfend die Spitze seines Silberstiftes.

»Wollen Sie sich uns nicht anschließen?« forderte Sir Richard ihn auf.

»Ich habe meine Gebete schon gesprochen, vielen Dank«, erwiderte Aylwin unbewegt und beugte den Kopf über ein neues Blatt in seinem Buch. Von Zeit zu Zeit blickte er kurz auf, während die sechzig Paternoster eintönig heruntergebetet wurden, und falls jemand darauf geachtet hätte, wäre ihm vielleicht aufgefallen, daß sein Blick sich jedesmal auf Elys richtete.

Nachdem die Gebete beendet waren, ließ Sir Richard das Essen auftragen, und alle nahmen am Tisch Platz. Sir Richard setzte sich auf den Platz in der Mitte der erhöhten Tafel, die die Form eines T hatte, Lady Mabilia zu seiner Rechten, Elys zu seiner Linken, und forderte Sir Fulk auf, ebenfalls zu seiner Rechten Platz zu nehmen. Sir Richards Knappe saß neben Elys, daneben Maud. Die Soldaten und Pferdeknechte hatten sich bereits in der richtigen Ordnung zu beiden Seiten des langen Tisches niedergelassen, die Sergeanten am oberen Ende, und nur Sir Fulkys Knappe und Master Aylwin hatten noch keinen Platz. Letzterer, der niemandem die Mühe machen wollte, ihm einen Platz zuzuweisen, setzte sich an die Schmalseite des erhöhten Tisches auf Elys' Seite, legte seinen Silberstift sorgfältig in seine Börse und das Buch unter seinen Stuhl auf den Boden. Der Knappe postierte sich hinter seinem Herrn, doch Sir Richard gab ihm zu verstehen, da die Bediensteten des Gasthauses gerade dabei seien, das Essen zu servieren, solle er sein Essen einnehmen, solange es heiß sei, und Sir Fulk bedeutete ihm huldvoll, an der anderen Schmalseite der Tafel, gegenüber von Aylwin, Platz zu nehmen.

Nun setzte ein Kommen und Gehen von Dienern ein, die Teller und Tabletts mit Brot hereintrugen, Schüsseln mit schlüpfrig aussehenden Nudeln und Gemüse, Platten mit Fleisch, Becher aus Horn für die einfachen Leute, Pokale für die Adeligen, und der Wirt persönlich brachte Lederflaschen mit Wein.

»Unsere Ordensregel läßt nicht zu, daß Getränke zum Essen serviert werden«, teilte Sir Richard ihm steif in fehlerhaftem Italienisch mit.

»Aber wir unterliegen nicht alle Ihrer Regel!« warf Sir Fulk ein und verhinderte, daß die Flaschen wieder hinausgetragen wurden. »Ich bin sicher, Sie werden uns anderen einen Schluck nicht mißgönnen, denn ich zumindest bin sehr durstig!«

Sir Richard gab mit einem verdrießlichen Nicken seine Einwilligung, und Sir Fulk lud Lady Mabilia ein, Wein zu trinken, und schenkte ihr, sich selbst und seinem Knappen ein. Meister Aylwin streckte seinen langen Arm aus, um eine Flasche vom Tablett des Wirts zu nehmen, als dieser vorbeiging, und füllte ohne ein Wort die Gläser von Elys und Maud, aber als Elys ihn ansah, um sich zu bedanken, verriet er ihr mit einem fast unmerklichen Blinzeln, daß er Sir Richard offensichtlich für eine Spur zu pompös hielt, dann schloß er die Augen, während Sir Richard das Tischgebet sprach.

Normalerweise nahmen die Templer ihre Mahlzeiten schweigend ein, aber es war schwierig für Sir Richard, Sir Fulk am Reden zu hindern, wenn dieser dazu aufgelegt war, und das war er. Glücklicherweise beschränkte er sich darauf, mit Lady Mabilia und seinem Knappen zu sprechen, und respektierte in bezug auf Sir Richard die Ordensregel. Meister Aylwin aß die meiste Zeit schweigend und erheblich ordentlicher und unauffälliger als Sir Fulk, der das Essen hinunterschlang und mit vollem Munde sprach, aber ab und zu sagte er etwas zu Elys, was sie schließlich ermutigte, ihm eine Frage zu stellen.

»Mir ist aufgefallen, daß die hiesige Kathedrale einen sehr hohen Glockenturm hat«, sagte sie. »Wissen Sie, wie man es geschafft hat, ihn auf einem solch sumpfigen Boden zu errichten?«

Aylwin, der gerade einen Löffel der sämigen Suppe zum Mund führte, sah sie interessiert an, legte den Löffel in die Schale zurück und antwortete: »Die Stadt selbst steht auf einer Insel in den Marschen, daher ist der Boden fester, als man denkt, doch solch ein riesiger Turm erfordert ein tiefes Fundament. Steht es tief genug in festem Erdreich, kann man einen hohen Turm bauen, aber je höher der Turm werden soll, desto tiefer muß das Fundament sein. Außerdem ist es eine Frage des Gleichgewichts.«

Er nahm ein paar Brötchen, zerlegte sie schnell und säuberlich in einzelne Stücke und baute daraus einen Turm; dann führte er vor, daß er stehenbleiben würde, solange der Mittelpunkt des Gleichgewichts im Fundament läge, jedoch umfallen würde, falls er sich zu stark neigte. Alle, die an der erhöhten Tafel saßen, und die Sergeanten verfolgten die Demonstration entweder interessiert oder erstaunt, nur Sir Richard blickte finster, preßte die Lippen zusammen und hätte zweifellos nur zu gern eine kritische Bemerkung geäußert, doch die Disziplin seines Ordens hinderte ihn daran.

»Wie seltsam!« bemerkte Sir Fulk. »Willst du damit sagen, man könnte tatsächlich einen Turm aus Stein bauen, der so schief ist?«

Aylwin nickte. »Falls jemand so verrückt wäre, den entsprechenden Wunsch zu äußern! Er wäre nie vollkommen sicher, denn auch nur eine leichte Verschiebung des Fundaments könnte ihn zum Einsturz bringen, ein niedriger Turm dagegen könnte auf diese Weise jahrhundertelang stehen!«

Er sammelte seine Bausteine wieder ein und verwendete sie dazu, die restliche Suppe in seiner Schale aufzutunken, dann versorgte er Elys und die Kammerfrau mit dem Fleisch, das den nächsten Gang darstellte. Als Sir Richards Aufmerksamkeit einen Moment abgelenkt war, füllte er erneut ihre Weingläser und erkundigte sich bei Elys, ob sie etwas von den Bauwerken Roms gesehen habe. Da sie eine aufmerksame Beobachterin war, hatte sie in der Tat eine Reihe davon gesehen, und den Rest des Mahles unterhielten sie sich aufs angenehmste darüber; Sir Richard lauschte dem

Gespräch mit widerwilligem Interesse, erstaunt darüber, daß seine Nichte so vernünftig über Dinge redete, die er überhaupt nicht bemerkt hatte, und ein Experte auf diesem Gebiet ihren Bemerkungen mit offensichtlicher Aufmerksamkeit folgte.

Nach einem abschließenden Gebet räusperte er sich und fragte Aylwin: »Waren Sie lange in Mantua?«

»Ein paar Tage.«

»Haben sie vielleicht... Ich glaube, hier gibt es eine Heiliggrabkirche. Haben Sie sie gesehen?«

»Meinen Sie eine runde Kirche?« fragte Aylwin.

»Ja.« Das »natürlich« schwang unausgesprochen mit.

»Sie ist genaugenommen San Lorenzo gewidmet. Wenn Sie wollen, führe ich sie morgen früh hin.«

2. *Kapitel*

»Ihr Onkel ist also Templer?« erkundigte sich Sir Fulk, als sie am nächsten Morgen die Straße zu San Lorenzo entlanggingen. »Ich glaube, ich bin bisher noch keinem begegnet. Es wird zur Zeit viel über den Orden geredet, seit Papst Innozenzens Bulle ihnen so viele Privilegien eingeräumt hat. Ich zerbreche mir den Kopf über die beiden anderen Männer, die gerade hinter ihm gehen – sie haben anscheinend Befehlsgewalt über die gewöhnlichen Soldaten, aber sie tragen schwarze Umhänge. Ich dachte, alle Templer müßten weiße Mäntel tragen.«

»Nur die Ritter«, antwortete Elys. Sie ging zwischen Sir Fulk und ihrer Mutter, doch Lady Mabilia betete still vor sich hin, um sich für die Messe vorzubereiten, und nahm von dem jungen Mann keine Notiz. »Die Sergeanten tragen Schwarz und Braun.«

»Können sie sich das aussuchen?«

»Nicht direkt. Schwarze Wolle wird immer braun, wenn die Farbe verblaßt.«

»Aha, ich verstehe. Ich trage keine der beiden Farben.«

Diese Aussage überraschte Elys nicht, denn er bevorzugte offensichtlich leuchtende Farben. An diesem Morgen trug er eine lange, karminrote Tunika, darüber eine hellgelbe, bis zu den Knien reichende Übertunika und einen grünen Umhang, der mit diagonalen, in leuchtendem Seidengarn bestickten Bändern verziert war. Seine schwarzen Locken wurden von einer kegelförmigen Kappe aus dem gleichen Stoff wie seine Tunika gekrönt. Elys fand ihre Aufmachung im

Vergleich dazu sehr bescheiden, denn Kleid und Umhang waren von einem langweiligen Stahlblau, wenn sie auch mit feinen, schöngeschnittenen Ärmeln und etwas Gold- und Silberstickerei an Hals und Manschetten geschmückt waren.

Es war ein schöner, sonniger Morgen, und die Bürger Mantuas, die ihren täglichen Geschäften nachgingen, beäugten neugierig die kleine Prozession, die über ihren Gemüsemarkt schritt. Sie wurde angeführt von Sir Richard und Meister Aylwin, der auf die Besonderheiten der Bauwerke hinwies, an denen sie vorüberkamen, was den Templer offensichtlich absolut nicht interessierte. Hinter ihnen gingen Sir Richards Knappe und die beiden Sergeanten, dann Lady Mabilia, Elys und Sir Fulk, dessen Knappe ihm auf den Fersen folgte; dahinter stapften schwerfällig die Soldaten, die umhersahen, jedoch ihr übliches, düsteres Schweigen bewahrten.

»Sie sind also auf dem Heimweg von Rom?« sagte Sir Fulk, doch seine Feststellung klang mehr nach einer Frage. »Ich dachte immer, Templer reisen nicht in Begleitung von Damen.«

»Wir sind auf einer Pilgerreise«, erwiderte Elys. »Mein Onkel hatte in Rom zu tun und erlaubte uns, unter seiner Eskorte zu reisen, denn die vorrangige Pflicht seines Ordens ist es, Pilger zu beschützen.«

Aylwin und Sir Richard hatten vor einer kleinen, runden dunkelroten Kirche haltgemacht, die am Ende einer schmalen Gasse stand. Als Elys bei ihnen angelangt war, betrachtete sie die Kirche mit großem Interesse und fragte sich, ob sie wirklich der Heiliggrabkirche so ähnlich war.

»Ich dachte, es wäre eine Templerkirche«, sagte Sir Richard.

»Nicht alle runden Kirchen wurden von Ihrem Orden oder von dem anderen errichtet«, gab Aylwin zur Antwort.

(Er bezog sich auf die Johanniter, unterließ es jedoch, ihren Namen zu nennen, da die beiden Orden einander nicht sehr gewogen waren.) »Tatsächlich ist diese Kirche mindestens dreißig Jahre älter als Ihr Orden. Sie wurde von einigen Leuten der Stadt errichtet, die eine Pilgerreise nach Jerusalem gemacht hatten. Wollen wir hineingehen?«

Ein paar Leute, offenbar auf dem Weg in den Gottesdienst, betraten die Kirche; Sir Richard und seine Begleitung folgten ihnen und befanden sich gleich darauf im Halbdunkel, da es nur einige kleine Fenster in der Außenwand gab. Ein Gang mit einer doppelten Reihe schmaler Bögen lief um das ganze Kircheninnere und trug eine Empore sowie eine kleine Kuppel in der Mitte. Direkt unterhalb der Rundung der Kuppel war die Mauer von weiteren kleinen Fenstern durchbrochen, die die gemalten Fresken des Gewölbes nur schwach erhellten. Auch die Wände über und zwischen den Bögen waren mit Fresken bedeckt, man erkannte biblische Szenen und Heilige, die sich im flackernden Licht der Altarkerze zu bewegen schienen.

»Dort hinauf«, befahl Sir Richard knapp und wies die Damen zu einer Treppe in der dicken Außenmauer. »Euer Platz ist auf der Empore.«

Lady Mabilia führte ihre Tochter und die Kammerfrau gehorsam die Stufen hinauf, die eng und steil waren, und sie traten auf die Galerie, wo schon ein paar andere Frauen entlang der Brüstung standen und auf den Beginn des Gottesdienstes warteten. Die Neuankömmlinge fanden Plätze, von wo aus sie auf den Altar hinabblicken und ihre männlichen Begleiter sehen konnten, die in einer Gruppe weit vorn standen, wie es den beiden Rittern ihrem Rang nach zukam.

Die Liturgie wurde sehr schön von einem Priester, einem Diakon und einem kleinen Chor vorgetragen, und Elys fühlte sich inspiriert und zufrieden darüber, daß diese Kirche von Menschen gebaut worden war, die die Heiligen Stätten mit eigenen Augen gesehen hatten und vermutlich dazu angeregt worden waren, von einem dieser Bauwerke eine eigene Nachbildung zu bauen. Sie war mutig genug, später ihrem Onkel gegenüber von diesem Gefühl zu sprechen, doch er tat es mit einem verächtlichen Schnauben ab und erwiderte: »Nichts dergleichen! Das einzige, was sie mit dem Heiligen Grab gemeinsam hat, ist der runde Grundriß! Sie gleicht dem Original ungefähr so wie die Sandburg eines Kindes einem echten Schloß!«

»Trotzdem gut gebaut«, meinte Aylwin und blickte zu dem Ziegeldach auf, denn sie standen draußen und warteten auf Lady Mabilia, die zurückgeblieben war, um für Matthew eine Kerze anzuzünden.

»Was für ein Gestein ist das?« fragte Elys mit einem Blick auf die Mauern. »Ich habe schon mehrere Gebäude aus diesem roten Stein gesehen, und ich stehe vor einem Rätsel.«

Sir Richard murmelte etwas derart, daß einem Narren eben alles rätselhaft sei, und entfernte sich, Aylwin aber lächelte zu ihr herab und fragte: »Worin besteht das Rätsel?«

»Die Steine sind stets flach und sehr gleichmäßig, was Größe und Form betrifft, und man sieht keine Spuren von Werkzeugen.«

»Es sind Backsteine.«

»Backsteine? Was ist das?«

»Es sind handwerklich hergestellte Steine; sie werden aus Lehm geformt, der mit Stroh und anderem vermischt wird, und in einem heißen Ofen gebacken.«

»Wie Ziegel und Töpfe?«

»So ähnlich, aber es ist ein komplizierterer Prozeß als die Herstellung von Ziegeln. Die alten Römer verstanden sich darauf, und die Italiener haben offenbar von ihnen gelernt. Wir in England haben diese Kunst vergessen, aber ich hoffe, wir werden sie eines Tages wieder lernen. Vielerorts wäre es billiger, mit Backsteinen zu arbeiten, als die Steine über lange Wege aus den Steinbrüchen zu transportieren.«

Aylwins Interesse galt eindeutig mehr dem Gebäude als Elys, denn sein Blick war zu den gewölbten Dächern des Umgangs und der Kuppel darüber zurückgekehrt, und seine Hand suchte in der Börse an seinem Gürtel nach seinem Silberstift. Er fand ihn, zog sein Skizzenbuch unter seinem Umhang hervor und begann mit schnellen, sicheren Strichen ein Detail des Daches zu zeichnen.

Elys wagte es, den Hals zu recken, um einen Blick auf seine Arbeit zu werfen, und sie erkannte auf dem gegenüberliegenden Blatt die wunderschöne Zeichnung einer Madonna, die im Gebet den Kopf gesenkt und die Augen geschlossen hielt. Die Konturen ihres Profils waren ebenmäßig und scharf geschnitten, das Haar umrahmte ihre Wangen und fiel ihr über die Schulter nach vorn.

»Welch ein hübsches Gesicht!« rief sie aus.

Aylwin sah sie erschrocken an, dann lächelte er, als hätte sie etwas Lustiges gesagt.

»Das dachte ich auch«, sagte er. »Erkennen Sie sie nicht? Ich glaube, ich habe sie recht gut getroffen.«

Er drehte das Buch so, daß sie besser hineinsehen konnte, aber nachdem sie das Blatt gründlich betrachtet hatte, schüttelte sie den Kopf und antwortete: »Nein, es tut mir leid. Ich bin sicher, daß ich sie nie gesehen habe.«

»Vermutlich ist es schwierig, das eigene Profil zu sehen, es sei denn, man hat ein paar gute Spiegel«, sagte Aylwin, ergänzte das Haar auf seiner Zeichnung durch ein paar Striche und prüfte es dann mit kritischem Blick. »Es ist sehr ähnlich. Was meinen Sie, Mylady?«

Die Frage richtete sich an Lady Mabilia, die soeben eiligen Schrittes aus der Kirche gekommen war. Sie sah erst das Bild, dann Meister Aylwin an, wobei sie ihn mit durchdringendem Blick mustere.

»Sie sollten um Erlaubnis bitten, bevor Sie das tun, junger Mann«, sagte sie. »Ich will Ihnen jedoch verzeihen, weil es ein schönes Bild ist. Was haben Sie damit vor?«

Aylwin zog ein kleines Messer aus seiner Brieftasche, schnitt die Seite heraus und reichte sie ihr mit einer höflichen Verbeugung. »Ich wollte niemanden beleidigen, Mylady. Ich zeichne alles, was ich vielleicht eines Tages brauchen kann.« Dies war eine Entschuldigung, doch der Ton, in dem sie geäußert wurde, klang eher nach einer Feststellung.

»Aber das bist nicht du, Mutter«, sagte Elys und betrachtete über die Schulter der Mutter hinweg die Zeichnung.

Lady Mabilia lachte und rollte das Stück Pergament vorsichtig auf. »Gott segne das Mädchen! Sie erkennt sich selbst nicht. Nun komm – mein Bruder hat unsere nächste Strecke bestimmt schon zur Hälfte zurückgelegt und ist aufgebracht, daß wir so lange säumen.«

Als sie die Straße entlangeilten, sagte Elys schüchtern zu Aylwin: »Sie müssen mich für töricht halten, weil ich mich nicht erkannt habe ...«

»Haben Sie nie Ihr eigenes Profil gesehen?« fragte er.

»Nein.« Bis jetzt hatte sie nur ihr volles Gesicht im Wasser gespiegelt gesehen, oder hin und wieder in dem geschliffenen Bronzespiegel ihrer Mutter; doch dies waren nur schnelle, verstohlene Blicke gewesen, denn Lady Mabilia verurteilte Blicke in den Spiegel als unangemessene Eitelkeit bei einer jungen Dame und bewahrte ihren Spiegel in ihrer abgeschlossenen Kleidertruhe auf.

»Dann haben Sie heute etwas entdeckt.«

Elys schenkte ihm einen fragenden Blick.

»Daß Sie hübsch sind«, klärte er sie auf.

Sie wußte nicht, was sie darauf sagen sollte, denn sie war es nicht gewöhnt, Bemerkungen dieser Art zu hören, schon gar nicht an sie selbst gerichtet. Sie war peinlich berührt und erregt zugleich, aber ihre natürliche Verwirrung legte sich, da seine Worte nicht wie ein Kompliment, sondern einfach wie eine Feststellung geklungen hatten, wie seine Bemerkung vorhin, die Kirche sei gut gebaut. Da ihr keine passende Antwort einfiel, sagte sie nichts, in der Hoffnung, er werde nicht bemerken, daß sie rot geworden war. Mit einem Seitenblick stellte sie fest, daß er sie nicht einmal ansah, sondern die Kathedrale betrachtete, die gerade am Ende der Straße sichtbar wurde. Ihre Verlegenheit wandelte sich in eine Art Empörung, als ihr einfiel, daß er sich angemaßt hatte, ihr Gesicht zu zeichnen, ohne sie um Erlaubnis zu fragen, und vorgehabt hatte, es für seine Arbeit zu verwenden. Schließlich war er nur ein Handwerker, und ein Engländer obendrein!

Andererseits war es angenehm zu wissen, daß jemand – ein Mann *und* ein Künstler – sie für schön hielt. Wenn sie schöner war, würde es vielleicht leichter für sie, einen Ehemann zu finden, obwohl es niemals eine fehlende Mitgift aufwiegen könnte. Sie seufzte und verspürte einen Anflug von Angst vor der ungewissen Zukunft, doch sie war um so entschlossener, nicht zuzulassen, daß man sie in ein Kloster einsperrte.

Statt umgehend zur nächsten Etappe ihrer Reise aufzubrechen, gab Sir Richard seinen Leuten nach dem Essen die Erlaubnis, den Rest des Tages nach ihrer Wahl zu verbringen, fügte jedoch hinzu, er erwarte, daß sie vorher alle erforderlichen Reparaturen oder Wartungsarbeiten am Geschirr erledigten, für das Wohlbefinden der Pferde sorgten und sich um den Wagen kümmerten, dessen Achsen geschmiert werden mußten. Seinem Knappen, der den Fehler beging, bei dem Gedanken an einen halben freien Tag erfreut dreinzublicken, befahl er, sein Kettenhemd neu einzufetten, weil es sonst in der Feuchtigkeit der Gegend bestimmt rosten würde, und sein Streitroß und zwei Reitpferde neu beschlagen zu lassen.

Nachdem er alle bis auf die Edelleute und Meister Aylwin aus dem Gästeraum des Wirtshauses geschickt hatte, erörterte Sir Richard mit Sir Fulk, auf welcher Route man am besten weiterreisen würde.

»Natürlich hätten meine Ordensbrüder gern einen Führer und zuverlässige Informationen zur Verfügung gestellt«, sagte er. »Ich habe diese Reise über Land noch nie gemacht, da ich auf früheren Reisen immer von Rom nach Marseille zu Schiff gefahren bin. Unglücklicherweise war den schwächeren Mitgliedern meiner Begleitung auf dem Heimweg nicht wohl, und sie weigern sich, die Strapazen ein zweites Mal auf sich zu nehmen.«

»Falls du mit ›schwächeren Mitgliedern‹ Elys und mich meinst«, unterbrach ihn Lady Mabilia scharf, »kann ich nur bestätigen, daß mich niemand überreden kann, nochmals mit dem Schiff zu reisen, es sei denn, es gäbe keine andere Möglichkeit!«

Elys und sie waren inzwischen nicht müßig gewesen. Sobald es sich herausgestellt hatte, daß die Reise an diesem Tag nicht fortgesetzt würde, hatten sie Maud nach ihrem Stickzeug geschickt und sich an das Fenster gesetzt, das auf den großen Platz hinausging, um für ihre Arbeit gutes Licht zu haben. Aus dem gleichen Grund saß Aylwin bei ihnen und zeichnete in seinem Buch.

»Dies ist meine dritte Rückreise von Rom«, sagte Sir Fulk bescheiden. »Ich denke, ich darf zu Recht behaupten, den Weg inzwischen zu kennen, und würde Ihnen mit Vergnügen als Führer dienen und dabei den Vorteil Ihrer Eskorte genießen. Die Straße ist zwar einigermaßen sicher in diesen Tagen, aber im Gebirge gibt es noch andere Gefahren als Straßenräuber.«

»Ich hatte vor, einige Tage in Mailand zu bleiben«, sagte Aylwin entschieden.

Sir Fulk schien etwas verärgert, doch anstatt ihm zu sagen,

dies käme nicht in Frage, meinte er zu Elys' Erstaunen nur in versöhnlichem Ton: »Es wäre auch für uns sinnvoll, mindestens einen Tag dort zu bleiben, dafür zu sorgen, daß die Pferde ordentlich beschlagen werden, und Vorräte für die Überquerung des Gebirges zu kaufen.«

»Welchen Paß sollten wir Ihrer Ansicht nach nehmen?« fragte Sir Richard.

»Den Paß, der von Aosta ausgeht und nach dem heiligen Nikolaus benannt ist. Auf der Paßhöhe gibt es ein Hospiz, wo wir für eine Nacht Obdach finden können, während es bei allen anderen Strecken kaum eine Unterkunft gibt. Es ist einer der regulierten Orden, der es unterhält und dem die Mitarbeiter angehören.«

»Welcher?« fragte Sir Richard stirnrunzelnd. »Doch nicht etwa die Hospitaliter?«

»Nein, nein!« erwiderte Sir Fulk hastig, um ihn zu beruhigen.

»Es sind Kanoniker – Augustiner.«

Sir Richard schnaubte verächtlich, da er von Kanonikern, reguliert oder weltlich, nicht viel hielt, und entnahm seiner Brieftasche eine Pergamentrolle, die er vorsichtig auf dem Tisch ausbreitete, an dem er und Sir Fulk saßen.

»Dies ist eine Zeichnung der Route, die mir in Rom empfohlen wurde«, sagte er. »Ist es die, von der Sie sprechen? Sie führt anscheinend ins Rhônetal hinab.«

Aylwin erhob sich schweigend von seinem Hocker, klemmte sein Buch unter den Arm und ging zum Tisch hinüber, wo er sich zwischen den beiden Rittern vorbeugte und die Karte betrachtete. »Recht gut«, bemerkte er. »Das Hospiz ist an der falschen Stelle eingezeichnet, und man hat den anderen Paß weggelassen. Dieser biegt hinter Aosta links ab, und die römische Straße folgt ihm, aber später ist es der schwierigere der beiden Pässe. Auch dort gibt es ein Hospiz.«

»Kennen Sie die Strecke?« fragte Sir Richard.

»Ich bin sie schon geritten.« Aylwin hatte offensichtlich das Interesse verloren, nachdem er gesehen hatte, was es für eine Karte war: lediglich ein paar Linien, an denen hier und da die Namen von Dörfern eingetragen waren, und einige kleine Dreiecke, die die Berge anzeigten. »Ich glaube wohl, daß Fulk und ich Sie geleiten können. Auf jeden Fall können Sie sich in St. Rhémy einen Führer nehmen.« Er kehrte zu seinem Schemel zurück, überließ es den Rittern, weitere Einzelheiten der Reise zu erörtern, und fragte Elys: »Arbeiten Sie an einer Altardecke?«

Es war eine berechtigte Annahme, denn sie arbeitete an einem langen Stück weißen Leines; der Teil, den sie bestickte, war über einen kleinen Stickrahmen gespannt, der Rest in ein anderes Tuch eingeschlagen, um ihn sauber zu halten.

»Ja,« antwortete sie, »und meine Mutter macht die übrigen, dazugehörigen Tücher. Sie sind für die Kirche der Nonnen zu Wix bestimmt, wo meine Mutter ins Kloster eintreten will, sobald mein Bruder geheilt ist.«

Lady Mabilia blickte mißbilligend auf, doch als sie sah, daß die Aufmerksamkeit des Mannes der Stickerei und nicht dem Mädchen galt, schwieg sie.

»Ihr Bruder ist krank?«

»Nicht eigentlich.« Elys zögerte, dann jedoch überlegte sie, daß Aylwin vielleicht für Matthew beten würde, wenn er erst seine Geschichte kannte, und Gebete aus einer zusätzlichen Quelle nicht zu unterschätzen seien, und fuhr fort: »Matthew – mein Bruder – fuhr mit meinem Onkel, Sir Richard, ins Heilige Land, um seine Ausbildung zu beginnen, in der Hoffnung, sich den Templern anzuschließen. Er wurde von ein paar Sarazenen in einen Kampf verwickelt... Haben Sie schon einmal von griechischem Feuer gehört?«

»Ja. Das ist eine Art geheime Mixtur, die brennt.«

Sie nickte. »Die Sarazenen verwenden es auf verschiedene

Weise, schleudern es, in Gefäße gefüllt, mit dem Katapult in Städte und gegen Schiffe. Bricht das Gefäß entzwei, entweicht die Mixtur und setzt alles in Brand, womit es in Berührung kommt. Manchmal schleudern sie auch eine kleine Menge davon gegen Menschen . . . Das geschah Matthew. Ein winziges Stück traf seinen rechten Fuß und brannte durch den Schuh ins Fleisch. Das war vor fünf Jahren. Es will noch immer nicht heilen.«

Elys blickte Aylwin an und sah, daß er das Entsetzliche verstand, was sie ihm erzählte.

»Es wird immer schlimmer, ganz allmählich«, fuhr sie fort. »Zuerst war es nur ein kleines Loch, nicht größer als der Nagel meines kleinen Fingers, aber langsam breitet es sich aus und wird größer und tiefer. Als wir diesmal abgereist sind, bedeckte es bereits den halben Fuß und breitete sich bis zum Knöchel aus, und in der Mitte der Wunde fraß es sich in den Knochen . . .«

»Und welche Heilmittel sind angewendet worden?« fragte Aylwin.

»Jedes Mittel gegen Verbrennungen, Geschwüre und Fäulnis, das wir entdecken. Meine Mutter und ich haben seinetwegen Wallfahrten unternommen nach Holywell, St. Cuthbert in Durham, St. Edmundsbury, Canterbury, Winchester, Lindisfarne, Glaston, St. Denis, St. Rhémy, Köln . . . ach, zu unzähligen Orten! Jedesmal kehren wir voller Hoffnung heim, nur um festzustellen, daß es ein wenig schlimmer geworden ist . . .«

»Und jetzt waren Sie in Rom.« Das war eher eine Feststellung als eine Frage. »Da bleiben nur noch die Heiligen Stätten.«

»Bestimmt geht es ihm diesmal besser . . .«, stammelte Elys in dem Wunsch, beruhigt zu werden, denn sie hatte fast schon alle Hoffnung aufgegeben und fühlte sich schuldig wegen ihres fehlenden Glaubens.

»Ich bete, daß er geheilt werden möge«, antwortete Aylwin ernst. »Ich werde jeden Tag für ihn beten, wenn Sie erlauben.« Er sah Lady Mabilia an, während er sprach.

»Erlauben?« fragte sie knapp zurück. »Wir sind Ihnen zutiefst dankbar dafür. Dafür brauchen Sie doch nicht um Erlaubnis zu bitten. Mein Sohn kann jedes Gebet gebrauchen, das jemand für ihn zu sprechen bereit ist! Ich bin sicher, der Herr und die Mutter Gottes werden ihm dieses Mal Heilung gewähren. All diese aufreibenden Wochen des Reisens – die sind doch sicher etwas wert?«

Meister Aylwin zeichnete schweigend einen kleinen, verschämten Teufel in eine Ecke seines Blattes und sagte mit ernstem, nachdenklichem Blick: »Ich hoffe es. Ich glaube nicht, daß Gott mit sich handeln läßt, bitten Sie ihn nur um Gnade.« Eine Zeitlang sagte er nichts mehr, dann kam er auf ein gänzlich anderes Thema.

»Die Tage werden allmählich kürzer«, stellte er fest. »Hätten Sie Lust, mit mir einen Spaziergang über den Markt zu machen, solange es noch hell ist?«

Lady Mabilia lebte bei diesem Vorschlag sichtlich auf und erklärte, sie habe bemerkt, daß dort gutes Obst und andere nützliche Dinge zum Verkauf angeboten würden. Sie verschwand kurz in dem Raum, den sie mit Elys und Maud teilte, und kehrte mit Umhängen für sich und Elys zurück; um die Taille trug sie einen stabilen Gürtel, an dem eine lederne Börse befestigt war. Sie machten sich auf dem Weg; zurück blieben Sir Richard und Sir Fulk, die die Eroberung Jerusalems in alle Einzelheiten erörterten, ungeachtet der Tatsache, daß zur Zeit des Geschehens noch keiner von beiden auf der Welt war.

Die Sonne schien noch, doch es war schon das stumpfe, messingfarbene Licht des Spätnachmittags. Es fiel auf Aylwins helles Haar, denn er trug keine Kappe, und vergoldete die Trauben auf den Marktständen. Lady Mabilia kaufte mehrere Handvoll und gab sie der geduldigen Maud zu tragen; dann ließ sie sich an einem anderen Stand auf einen langwierigen Handel um zwei Stahlnadeln ein, wobei sie voller Begeisterung ein Gemisch aus Französisch und Latein sprach und ab und zu die wenigen Wörter ihres seltsamen Italienisch einfließen ließ, wann immer sie es für angebracht hielt. Der Besitzer des Standes warf die Arme in die Luft, schlug die Hände über dem Kopf zusammen, rief die Hälfte aller Kalenderheiligen an zum Zeugnis, daß er ruiniert werde, und war zu guter Letzt bereit, sich von den kostbaren Stücken zur Hälfte des Preises zu trennen, den er anfangs verlangt hatte.

»Und zwei Rollen Garn«, fügte Aylwin auf italienisch hinzu und wies auf zwei große hölzerne Spulen, die mit feinem Leinengarn umwickelt waren.

Der Standinhaber informierte den heiligen Ambrosius von Mailand, der anscheinend unsichtbar direkt über seinem Kopf schwebte, daß dieser Mann ein Tyrann, ein echter Blutsauger sei, der den Armen das letzte Hemd ausziehe; was Aylwin gutgelaunt damit beantwortete, er werde dem heiligen Edmund von England mitteilen, dieser Händler nehme zu hohe Preise für seine Waren und beraube eine arme Witwe damit der Möglichkeit, feine Leinentücher zur Verschönerung des Altars ihrer Pfarrkirche herzustellen, und dafür müsse er zweifellos im nächsten Leben büßen.

»Ist sie wirklich Witwe?« fragte der Händler, von einem entsetzlichen Zweifel gepackt. Aylwin nickte feierlich und schwor beim heiligen Edmund, daß dies zutreffe, und der Besitzer des Standes fing auf der Stelle an, sich zu entschuldigen und legte noch drei Spulen mit Garn zu den kostbaren Nadeln sowie ein kleines Stück Bimsstein, um sie zu reinigen und zu schärfen. Viele Monate später, als das Garn einer Spule völlig aufgebraucht war, entdeckte Elys, daß sie sehr schön aus gedrechseltem, hübsch gemasertem Olivenholz gefertigt waren.

Lady Mabilia folgte dem Gespräch und seinem Ergebnis mit lebhaftem Interesse, wobei ihre Augen vor Vergnügen blitzten, und sobald sie außer Hörweite des Verkäufers waren, dankte sie Aylwin für seine Vermittlung und erklärte, er sei ein Mann nach ihrem Herzen. Elys fand alles einigermaßen erstaunlich, doch sie achtete nicht allzu sehr darauf, denn auf dem Markt gab es weitaus Interessanteres zu sehen als das Feilschen um Preise.

Aylwin verwirrte sie. Er war schließlich nur ein Engländer und ein Handwerker, und doch benahm er sich, als wäre er Sir Fulk, und bis zu einem gewissen Grade sogar Sir Richard, ebenbürtig. Außerdem hatte sie bemerkt, daß sein Notizbuch noch etwas anderes als Zeichnungen enthielt – einige der Bilder waren mit schriftlichen Anmerkungen versehen, demnach konnte er lesen und schreiben, was nicht einmal ihr Onkel konnte.

Diese Vermutung bestätigte sich einige Tage später in Mailand, wo sie mehrere Kirchen besuchten. In einer davon, einer winzigen Taufkapelle neben der alten Kathedrale von Santa Maria, las Aylwin eine Inschrift vor, die besagte, daß der heilige Ambrosius hier den heiligen Augustin von Hippo getauft hatte.

Mailand war die letzte große Stadt, durch die die Reisenden vor der langen Durchquerung des Gebirges kommen würden, deshalb gab es einiges an Vorkehrungen gegen die vor ihnen liegenden Gefahren zu treffen. Die Überwachung der notwendigen Pflege von Pferden und Wagen sowie den Kauf von Lebensmittelvorräten konnte man getrost den Sergeanten überlassen, doch da es in den Bergen kalt sein würde, mußte zusätzliche Kleidung angeschafft werden, und die Damen wollten ein paar persönliche Dinge besorgen, ehe sie die unwirtliche Reise durch das Gebirge antraten. Der einzige der Gruppe, der sich keine Gedanken über die Vorbereitungen zu machen schien, war Aylwin, der es Sir Fulks

Knappen überließ, sein Pferd zum Hufschmied zu bringen, und sich zur Kirche San Lorenzo, die gerade wieder aufgebaut wurde, begab, um ein paar Stunden mit seinen Steinmetzkollegen zu verbringen. Er kehrte pünktlich zum Abendessen in das Gasthaus zurück, in dem sie sich aufhielten, staubbedeckt und mit einem Schnitt in der Wange, den ein Steinsplitter verursacht hatte: jemand war unvorsichtig mit dem Beil umgegangen – jedoch nicht er selbst, wie er ihnen mit einem Grinsen versicherte. Offensichtlich hatte er mit seinen flüchtigen Freunden Steine behauen, und es schien ihm eine Menge Spaß gemacht zu haben.

Sir Fulk schaute ein wenig betreten ob der unordentlichen Erscheinung seines Gefährten, doch Aylwin hatte nicht vor, sich in diesem Zustand zum Essen niederzusetzen. Er entschuldigte sich höflich und verschwand, und als die übrigen ihre Plätze am Tisch einnahmen, kehrte er mit feuchtem Haar, Gesicht und Hände frischgewaschen, und in eine saubere Tunika gehüllt, zurück. Seit die beiden Leute des Bischofs von Winchester sich der Gesellschaft angeschlossen hatten, war Sir Fulks Zeit von Sir Richard und den Vorbereitungen für die Weiterreise in Anspruch genommen worden, doch nun war alles für einen frühen Aufbruch am nächsten Morgen bereit, und er wandte seine Aufmerksamkeit geselligeren Dingen zu. Es war ihm gelungen, mit Sir Richards Knappen den Platz zu tauschen, und er saß so zwischen Elys und Maud. Da letztere ihre Stellung zu gut kannte, um zu erwarten, daß man sie in die Plaudereien bei Tisch einbezog, konnte er seine ungeteilte Aufmerksamkeit Elys zuwenden und führte eine freundliche, leichte Unterhaltung mit ihr, zuerst über Rom und die dortigen Sehenswürdigkeiten.

Für Elys hatten diese fast ausschließlich aus Kirchen bestanden, denn ihre Mutter und sie hatten sich zu einem einzigen Zweck dort aufgehalten, und das bedeutete lange Stunden des Gebets in möglichst vielen der sakralen Bauten sowie tägliche Besuche der Schreine von Petrus und Paulus in der Peterskirche beziehungsweise San Paolo fuori le Mura.

»Wenn es Ihnen auch unmöglich war, viel von der Stadt zu sehen, so haben Sie doch bestimmt die Mode bemerkt«, sagte er, als sie ihm dies erklärt hatte. »Wie fanden Sie sie?«

»So ähnlich wie überall sonst, nur daß mehr Leute seidene Gewänder trugen. Ich habe gehört, daß man die Römerinnen als große Schönheiten betrachtet. Fanden Sie sie schön?«

Sir Fulk schien hocherfreut über diese schlichte Frage, beugte sich näher zu ihr und murmelte: »Ich habe es vergessen. Eine Schönheit, die mir jetzt viel näher ist, hat jede Erinnerung an andere aus meinen Gedanken vertrieben.«

Elys, die nicht einmal unbewußt auf ein Kompliment aus war, war verblüfft, besaß jedoch die Geistesgegenwart, kühl zu erwidern: »Sie schmeicheln mir, mein Herr«, doch in ihrem Innern verspürte sie einen Hauch von Erregung darüber, daß ihr solch ein hübscher Ritter ein Kompliment machte.

»Das tu ich ganz gewiß nicht!« antwortete er in schmeichlerischem Ton und beugte sich noch näher zu ihr. »Ich erkläre feierlich, daß ich nur die nackte Wahrheit sage und glücklich wäre, Ihnen auf jede Art zu dienen, die mir zu Gebote steht.«

Elys vergewisserte sich vorsichtig, ob ihre Mutter oder ihr Onkel Sir Fulks Benehmen bemerkt hatten, und stellte erleichtert fest, daß dies nicht der Fall war. Dennoch hielt sie es für das beste, das Gesprächsthema so taktvoll wie möglich zu wechseln. »Dann können Sie mir vielleicht etwas sagen«, erwiderte sie und rückte ein Stück von ihm weg.

»Alles, was ich Ihnen anvertrauen kann, ohne meine Ehre zu verletzen!« sagte er großspurig, neigte den Kopf und sah sie mit schmachtendem Blick an.

Elys zog ob dieses aufdringlichen Flirtversuchs die

Augenbrauen hoch und blickte erneut zu ihrer Mutter hinüber, aber Lady Mabilia unterhielt sich mit Maud.

»Etwas ganz Einfaches«, sagte sie hastig, rückte ein weiteres Stück von ihm ab und überlegte, ob er ihr Avancen machte, und zu welchen Zweck. »Es geht darum, daß jedermann von ›Lady Matilda‹ oder ›der Kaiserin‹ spricht. Selbst Leute, die auf ihrer Seite stehen, bezeichnen sie nie als ›Königin‹, obwohl die Anhänger König Stephens dessen Frau diesen Titel zubilligen. Ich wüßte gern, warum, das ist alles.«

»Weil der Titel Kaiserin einen höheren Rang darstellt als die Bezeichnung Königin«, antwortete Sir Fulk enttäuscht. »Natürlich ist sie entweder Königin von England oder Gräfin von Anjou, je nachdem, auf welcher Seite man steht, aber sie bevorzugt zweifellos den höheren Rang, den sie durch ihre erste Heirat erlangt hat. Es wäre auch sehr verwirrend, da die Frau des Königs ebenfalls Matilda...«

»Es gibt noch einen einleuchtenderen Grund«, meldete sich Aylwin von seinem Platz am Ende des Tisches zu Wort. »Wir benutzen den Titel ›Königin‹ in England nicht. Es ist ein Import aus dem Ausland.«

Seine Äußerung fiel zufällig in eine jener plötzlichen Gesprächspausen, die ab und zu auch bei einer größeren Anzahl von Personen eintreten, um so mehr in der gegenwärtigen Gesellschaft, da keiner der Templer während der Mahlzeiten sprach. Alle sahen Aylwin an, und Sir Richard öffnete den Mund, als wolle er etwas sagen, besann sich jedoch rechtzeitig und steckte statt dessen ein Stück Brot hinein, runzelte die Stirn und starrte den Steinmetz schweigend an.

»Mit ›wir‹«, fuhr Aylwin gelassen fort, »meine ich natürlich die Engländer, im Gegensatz zu den Normannen, den Angevinen oder den Schotten. Wir haben die Frau unseres Königs immer als *›Die Lady‹* bezeichnet. Nur die Frau Aethelreds des Zweiten wurde jemals mit Königin angeredet, und das auch nur von ihren ausländischen Verwandten. Mein Großvater hat mir erzählt, sein Vater habe die Frau unseres vorletzten Königs sehr gut gekannt, und er habe sie immer als ›Lady Edith‹ bezeichnet.«

»Edith!« rief Lady Mabilia aus. »Aber unser vorletzter König war Rufus ... Er hatte keine Frau!«

»*Unser* vorletzter König«, antwortete Aylwin mit einem kleinen Lächeln, »war Eadward!«

Elys bemerkte, daß er den ersten Vokal des Namens, wie schon bei Aethelred, mit der vollen englischen und nicht mit der verkürzten normannischen Betonung aussprach.

»Ach, du machst dich nur lustig«, sagte Sir Fulk lachend, als er das Rätsel plötzlich durchschaute. Aylwin lächelte noch immer, aber mit einem bitteren Zug um den Mund, und Elys fragte sich zum erstenmal im Leben, was die Engländer in diesem siebten Jahrzehnt nach der Eroberung wohl wirklich von ihren normannischen Oberherren hielten.

»Ihr Urgroßvater kannte König Edwards Frau persönlich!« rief Lady Mabilia aus. »Wie interessant! Arbeitete er vielleicht an der großen Kirche des Königs in Winchester?«

»Er war ein Than und Mitglied im Witanagemot, der gesetzgebenden Versammlung der Angelsachsen«, antwortete Aylwin ruhig. »Was man hier als Baron bezeichnen würde, mit einem Sitz im Kronrat des Königs.«

Wieder hätte Sir Richard um ein Haar gegen die Schweigepflicht bei Tisch verstoßen, während er, wie alle übrigen, Aylwin anstarrte und seinen Rang und seine Stellung in der Welt neu beurteilte. Lady Mabilia mußte erraten haben, wie groß das Bedürfnis ihres Bruders zu sprechen war und was er fragen wollte, denn sie stellte ihrerseits die Frage.

»Aber wie kommt es, daß sein Urenkel ein – ein Steinmetz ist?«

Das kleine Zögern wurde schnell überspielt, aber es war

unüberhörbar gewesen und rief bei Aylwin ein weiteres bitteres Lächeln hervor. »Steinmetzmeister«, verbesserte er sie milde. »Das ist sehr viel mehr als ein einfacher Handwerker, Mylady. Mein Urgroßvater wurde in der Schlacht getötet. Sein Land und sein Titel waren damit verloren.«

Er brauchte nicht zu sagen, in welcher Schlacht. Für jeden, der in England geboren war, ob Engländer oder Normanne, gab es nur eine einzige Schlacht, die nicht näher bezeichnet werden mußte. Die Äußerung bewirkte ein leichtes Erschauern bei allen, die sie vernahmen, so wie ein leichter Wind ein Weizenfeld durchläuft, und die anwesenden Soldaten gaben bis auf den letzten Mann ein schwaches Seufzen von sich.

»So wie mein Großvater«, sagte Sir Richard rauh und erhob sich. Von einem der Sergeanten kam ein halb keuchender, halb schluckender Laut vor Schreck darüber, daß der Seneschall selbst die Ordensregel brach, doch hielt Sir Richard die Übertretung offensichtlich für gerechtfertigt. »Man kann vermutlich sagen, daß der Verlust Ihrer Familie der Gewinn meiner Familie war, Meister Aylwin.«

»Das ist alles lange her«, erwiderte Aylwin und sah ihm fest in die Augen. Der Ritter erwiderte den direkten Blick und nickte.

»Manchmal treibt es mich, meinen Platz in der Welt – sagen wir, nachzuweisen«, fuhr Aylwin zur Erklärung und keineswegs entschuldigend fort. »Nicht um alte Feindschaften wachzurufen, sondern um deutlich zu machen, daß ich bin, was ich bin.«

Wieder nickte Sir Richard, da er genau verstand, was Aylwin meinte, und er ging mit ausgestreckter Hand zum Ende der erhöhten Tafel. Aylwin stand auf, streckte ebenfalls die Hand aus, und sie tauschten einen festen Händedruck, wobei einer den anderen verständnisvoll und anerkennend anlächelte.

»Es wird Zeit, daß die Engländer wieder eine Nation werden«, sagte Sir Richard. »Vor mehr als einem Jahrhundert haben Sie die Dänen absorbiert, und bald werden auch Ihre jüngsten Invasoren Engländer sein. Bei der Herrlichkeit Gottes, ich selbst habe mich in Rom als Engländer bezeichnet, als Seine Heiligkeit nach meiner Nationalität gefragt hat, und ich dachte mir nichts dabei. Mein Vater hat seine Ländereien in der Normandie aufgegeben, als der Eroberer starb.«

Er kehrte zu seinem Platz zurück und setzte sein pflichtgemäßes Schweigen fort, doch unter denjenigen, die die Freiheit besaßen zu sprechen, wurde die Unterhaltung noch eine Weile weitergeführt, und dies ohne jede Spur von Verlegenheit, denn Aylwin schien völlig unbefangen und beantwortete gutgelaunt alle Fragen.

»Wo lag das Land, das Ihre Familie bewirtschaftete?« fragte Lady Mabilia, in der Hoffnung, so zu erfahren, wem der Eroberer es zugesprochen hatte.

»Wir *besaßen* Güter in der Nähe von Winchester und in Essex«, erwiderte Aylwin, wobei er das Verb leicht betonte, denn niemand außer dem König hatte seit der Eroberung in England Ländereien besessen. »Mein Urgroßvater hielt sich häufig in der Umgebung des Königs auf, und es kam ihm sehr gelegen, Land in der Nähe der wichtigsten königlichen Paläste zu besitzen.«

»Besitzen?« fragte Sir Fulk zweifelnd. »Du meinst, er unterhielt sie als Kronvasall?«

»Nein. Sie wurden ihm vom König *geschenkt*. Bei uns gab es keinen Lehnsbesitz und kein Vasallentum. Das Land gehörte uns, wir konnten es nach eigenem Gutdünken behalten und weitervererben, kaufen oder verkaufen.«

»Ihr Urgroßvater unterstützte also Graf Harold?« fragte Elys.

»Natürlich. Er war unser rechtmäßiger König, gewählt

vom Witanagemot und mit Zustimmung der drei Stände gekrönt.«

»Aber ich dachte – hat König Edward die Krone nicht Herzog William versprochen?«

»Falls er es getan hat, besaß er nicht das Recht dazu. Wer die englische Krone trug, wurde aufgrund einer Wahl bestimmt, nicht durch Blut oder Vererbung. Stephen von Blois hätte vielleicht seinen eigenen Anspruch, König zu sein, mit der gleichen Methode begründen und so die Unterstützung der hier geborenen Engländer gewinnen können – und das gleiche gilt für die Kaiserin!«

»Willst du damit andeuten ...«, begann Sir Fulk verwirrt, aber Aylwin unterbrach ihn: »Ich deute gar nichts an. Ich interessiere mich nicht für Staatsangelegenheiten, denn ich bin nur ein Engländer! Niemand hört auf uns, also nehmen wir so wenig wie möglich Notiz von ihnen und konzentrieren uns darauf, zu leben und zu arbeiten. Siehst du, das ist einer der Vorteile, den ein erobertes Volk hat – keiner erwartet von einem zu denken, zu empfehlen, zu raten oder Verantwortung zu übernehmen!«

Sir Fulk lachte herzlich über den Scherz, aber Elys dachte ernsthaft darüber nach, wobei sie ein wenig die Stirn kraus zog, und sie kam zu dem Schluß, daß es mitnichten ein Scherz, sondern eine bittere, tiefempfundene Beobachtung war, und von nun an betrachtete sie Aylwin mit noch größerem Respekt.

3. Kapitel

»Angenommen, die Schlange führte die Frau in Versuchung, und die Frau dann den Mann«, fragte Meister Aylwin langsam und deutlich, »wer hätte dann die meiste Schuld?«

Sie ritten durch das Aostatal, immer tiefer ins Gebirge hinein, und Sir Fulk, der das stundenlange Reiten langweilig fand, hatte angeregt, jeder solle der Reihe nach das Thema für ein Streitgespräch vorschlagen. Mit ›jeder‹ meinte er natürlich Sir Richard, Aylwin und sich selbst, da er voraussetzte, daß allen übrigen Teilnehmern der Reise der Geist und die Fähigkeit abgingen, über irgend etwas nach der strengen Methode von Gelehrten zu disputieren.

Entgegen der Annahme des jungen Mannes hatte sich bereits Lady Mabilia mit entschiedenem Nachdruck an der Erörterung von Sir Richards Thema beteiligt, bei dem es um das alte, heikle Problem ging, ob ein Ritter das Recht besitze, zur Verteidigung seines Oberherren einen anderen Menschen zu töten oder nicht. Die Debatte darüber war allerdings rein akademisch, da keiner der Ritter auch nur im geringsten daran zweifelte, daß die gegenüber dem Lehnsherrn bestehende Treuepflicht das Töten auf jeden Fall rechtfertige. Ganz besonders traf dies auf Sir Richard zu, dem es als Templer untersagt war, sich an einem Kampf zu beteiligen, mit Ausnahme zur Verteidigung von Pilgern und der Heiligen Stätten.

Elys, die interessiert zugehört und die Schwächen der vorgebrachten Argumente registriert, jedoch klug geschwiegen hatte, dachte, daß Sir Fulk und Meister Aylwin einen scharfen, gutgeschulten Verstand hatten. Beide hatten bei ihren Argumenten die Ansichten bedeutender Männer zitiert, und sie vermutete, daß beide lesen konnten und dies auch taten oder wenigstens in der Vergangenheit schon häufig in guter, intelligenter Gesellschaft an solchen Streitgesprächen teilgenommen hatten.

»Die Schlange, von der die Versuchung ausging, würde ich sagen«, antwortete Sir Fulk, der genau über seine Worte nachgedacht hatte, bevor er sie äußerte. »Hätte sie das nicht getan, wäre keiner der anderen in Versuchung geraten.«

»Man könnte sagen«, erwiderte Aylwin, während er zu der Gebirgswand hinaufblickte, die sich zu beiden Seiten des Tales immer höher erhob, und ohne seinen Worten besondere Aufmerksamkeit zu schenken, »daß, wenn es nicht verboten gewesen wäre, von der Frucht zu essen, auch kein Grund zur Versuchung bestanden hätte, was hieße, Gott die Schuld zu geben, was wiederum Ketzerei wäre.«

Sir Richard reagierte voller Schärfe auf dieses Argument, worauf Aylwins Lippen zuckten, und Elys schloß daraus, daß er es darauf angelegt hatte. Er hatte wie gewöhnlich sein Skizzenbuch in der Hand – oder besser, eines seiner Skizzenbücher, denn das Gepäck, das er in den Wagen geladen hatte, bestand aus einem kleinen Kleiderbündel und drei Beuteln derartiger Notizbücher – und zeichnete mit schnellen, sicheren Strichen einen Pflüger bei seiner Arbeit in dem fruchtbaren Tal, vollständig, mit Pflug und Ochsen. Er überließ es offensichtlich seinem Pferd, die Gangart zu bestimmen, und achtete mehr auf die Dinge um ihn herum als auf den Weg.

»Und da die Schlange Satan persönlich, also zwangsläufig böse ist, bin ich der Meinung, die Frau ist schuld, denn sie erlag nicht nur selbst dem Versucher, sondern führte dann auch noch einen anderen Menschen – nämlich den Mann – in Versuchung, und er erlag der Sünde!« befand Sir Richard.

»Und was meint Lady Elys dazu?« fragte Aylwin plötzlich und wandte sich zu den Frauen um, die zwischen den beiden Rittern ritten.

Einen Augenblick herrschte Schweigen, denn die Vorstellung, seine Nichte hätte eine Meinung und eine hörenswerte dazu, machte Sir Richard sprachlos, und Sir Fulk, der nicht ganz so intolerant war, schaute erst erstaunt, dann mit nachsichtigem Interesse drein, als habe man sein Pferd zum Sprechen aufgefordert.

»Ich glaube«, sagte Elys, während sie versuchte, ihre Verwirrung zu meistern, »daß der Mann die größte Schuld trägt.«

»Welch ein Unsinn! Wie wäre das möglich?« rief Sir Richard spöttisch.

Elys senkte ein wenig das Kinn und blickte finster, entschlossen, sich nicht einschüchtern und von ihrer Meinung abbringen zu lassen. »Weil von ihm anzunehmen war, daß er sich als der Überlegene, der Stärkere der beiden erweisen würde«, fuhr sie fort. »Die Frau, die schwächer und ihm unterlegen war, brauchte die List des Teufels, um sich zum Bösen verleiten zu lassen, der Mann aber wurde von der schwachen Frau zur Sünde verführt und hätte doch der Versuchung widerstehen und ihr zeigen müssen, daß sie gefehlt hatte. Statt dessen aß er von der Frucht und gab ihr dann die Schuld an seiner eigenen Schwäche!«

»Gut gesprochen!« rief Aylwin, und sein Gesicht strahlte vor Belustigung. »Ich erkläre Lady Elys zur Siegerin!«

»Aber die Frau hat zuerst Böses getan«, beharrte Sir Richard hartnäckig.

»Weil sie zuerst in Versuchung geführt wurde!« gab Elys zurück. »Da sie sie für die Schwächere hielt, erwartete die Schlange, bei ihr Erfolg zu haben. Ich bezweifle, daß selbst sie damit gerechnet hätte, den starken Mann so leicht verführen zu können.«

Sir Richard runzelte die Stirn und ritt schweigend weiter, wobei er offensichtlich über die Sache nachdachte. Nach einem längeren Schweigen sagte Sir Fulk zögernd: »Soll ich jetzt ein Thema vorschlagen?«

»Aosta ist nur noch eine knappe Meile entfernt«, antwortete Sir Richard. »Ich hoffe, wir finden dort eine geeignete Unterkunft. In welcher Richtung führt von dort die Straße über den großen Paß?«

»Dort entlang.« Sir Fulk zeigte auf einen Weg zur Rechten der vor ihnen liegenden, befestigten Stadt. »Sie können sie sehen, sie folgt dem Wildbach, der diese Gebirgswand hinabstürzt. Sie steigt bis zu dem Bergrücken an, wo Sie ein winziges Dorf erkennen können, und verläuft dann auf der anderen Seite dieses spitzen Berges, bis sie sich nach Norden wendet und über die Paßhöhe führt.«

»Über diesen hohen Berg?« Elys starrte erschreckt geradeaus, wo ein hoher, schneebedeckter Gebirgskamm hoch in den Himmel hineinragte.

Aylwin folgte der Richtung ihres Blickes und sagte beruhigend: »Wir reiten um die hohe Gebirgskette herum. Fulk meint den kleinen Berg rechts, direkt oberhalb von Aosta. Wir werden Sie doch nicht bei Schnee über die Hochalpen führen. Dort halten sich nur die Gemsen auf.«

»Was sind Gemsen?« fragte sie.

»Wilde Ziegen. Sie werden wahrscheinlich welche sehen, wenn wir das Gebirge durchqueren. Ach, sehen Sie sich den großen Bogen an! Über tausend Jahre alt und so stabil wie ein Felsen. Warum nur können wir nicht so dauerhaft bauen wie die Römer?«

Er bewunderte den Triumphbogen, der die Steinbrücke, die sie überquerten, auf der anderen Seite überspannte, und kaum war sie hindurchgeritten, tat er erneut einen begeisterten Ausruf wegen der massiven, dreibogigen Toreinfahrt in der Stadtmauer.

Sie fanden Unterkunft im Gästehaus der Priorei von St. Orso, die, wie sie feststellten, von Erzbischof Anselm gegründet worden war, und brachen früh am nächsten Morgen zu der schwierigen und gefährlichen Durchquerung des Gebirges auf. Die Mönche von St. Orso versicherten ihnen, sie brauchten keine Wegelagerer zu fürchten, da Bernhard von Montjoux, ein früherer Chorherr der Kathedrale von Aosta, vor achtzig Jahren die Straßen von ihnen befreit hätte, und würden in dem Dorf St. Rhémy, in halber Höhe des Passes, ein sicheres und sauberes Quartier und einen Führer finden, falls sie einen benötigten.

»Und auf dem Gipfel? Gibt es das Hospiz dort noch?« fragte Sir Fulk.

»Tatsächlich ist das Hospiz des heiligen Nikolaus gerade instandgesetzt worden und kann Sie aufnehmen«, versicherte man ihnen, »und auf der anderen Seite finden Sie in Matigny einen guten Gasthof. Der Weg ist eindeutig – Sie können ihn nicht verfehlen.«

»Ist Ihnen aufgefallen«, fragte Elys, als der steile Gebirgspfad sich verengte und sie gezwungen waren, hintereinander zu reiten, »daß in Aosta alle Leute französisch gesprochen haben?«

Aylwin ritt hinter ihr und antwortete, obwohl sie ihre Frage an Sir Fulk gerichtet hatte, der vor ihr war. »Sie halten sich selbst mehr für Franzosen als für Italiener«, sagte er, »obwohl das für mich nicht viel ändert – es ist genauso eine Fremdsprache wie Italienisch.«

Es klang eine Spur Bitternis aus seiner Stimme, und Elys, die es ihrem Reitpferd überließ, sich auf dem steilen Pfad selbst seinen Weg suchen, fragte sich, was es für einen Mann, dessen Urgroßvater ein bedeutender Landbesitzer und Mitglied des Kronrats gewesen war, bedeuten mußte, nun in den einfachen Stand eines Handwerkers versetzt zu sein – und doch, überlegte sie, konnte man ihn wirklich als einfachen

Handwerker abtun? Er war ein gebildeter Mann, der geschickt argumentieren, lesen und schreiben konnte, ein ausgesprochen begabter Künstler, nicht nur ein Steinmetz ...

Sie wurde aus ihren Grübeleien gerissen, denn ihr Pferd strauchelte plötzlich und stürzte beinahe, als das lose Geröll unter seinen Hufen wegrutschte. Einen Moment lang, der ihr wie eine Ewigkeit vorkam, klammerte sie sich an die Mähne des Tieres und blickte in den jähen Abgrund zu ihrer Rechten, die steile Felswand hinab bis zu dem felsendurchsetzten Sturzbach aus zornig schäumendem weißen Wasser, tief genug unter ihr, um ihr vor Augen zu führen, daß sie kaum eine Chance hatte, solch einen Sturz ohne schwere Verletzungen zu überleben. Dann hielt Fulk plötzlich sein Pferd an und ritt rückwärts, drehte sich im Sattel um, um ihre Zügel zu packen und ihr Pferd zu beruhigen, während Aylwin von hinten heranritt und sein eigenes Pferd zwischen das ihre und den Abgrund trieb, bis dieses sein Gleichgewicht wiedergefunden hatte.

»Danke«, sagte sie schwer atmend.

»Sitzen Sie locker und lassen Sie dem Pferd die Zügel«, rief Sir Fulk über die Schulter zurück, ohne zu wissen, daß sie genau das getan hatte.

»Ich wünschte, Sie säßen richtig zu Pferde«, sagte Aylwin besorgt. »Dieser Damensattel ist nicht im Gleichgewicht, und wenn der Abhang auf der anderen Seite ist, könnte ein solches Stolpern dazu führen, daß Sie über die Felskante stürzen. Können Sie im Herrensitz reiten?«

»Ich denke schon«, erwiderte Elys, obwohl sie es nie ausprobiert hatte.

Im Moment sagte er nichts weiter dazu, doch als sie anhielten, um den Pferden eine Ruhepause zu gönnen, teilte er Sir Richard, als wäre er ihm ebenbürtig, mit, er sei der Ansicht, man riskiere unnötig, daß die Damen sich den Hals brächen, wenn man sie auf Gebirgspfaden im Damensitz reiten lasse. Sir Fulk stärkte ihm den Rücken, indem er anschaulich und auf furchterregende Weise schilderte, wie ein stolperndes Pferd beide Frauen in den Abgrund reißen könnte, falls dieser sich zufällig auf der linken Seite befände.

Sir Richard wandte natürlich ein, für Damen schicke es sich nicht, im Herrensitz zu reiten, doch je mehr er die Sache bedachte, um so schwächer wurde sein Widerspruch, und er sah ein, daß es ein sinnvoller Vorschlag war. Schließlich sagte er widerwillig, es müsse noch ein Sattel im Gepäckkarren sein, den eine der Damen, wenn sie wolle, benutzen könne.

Er wurde natürlich Lady Mabilia angeboten, und da sie eine vernünftige Frau war, nahm sie an. Er wurde auf ihr Pferd gelegt, und es gelang ihr, sowohl beim Aufsteigen als auch beim Sitzen im Sattel, ihren langen, üppigen Röcke auf schickliche Weise zu drapieren. Ihr Reitpferd machte keine Schwierigkeiten, da alle Pferde erst an normales Reiten gewöhnt wurden, ehe man sie im Damensitz ritt.

»Lady Elys kann meinen Sattel haben«, sagte Sir Fulk, als sei dem Angebot keine Bedeutung beizumessen, und er hatte ihn von seinem Pferd genommen, noch ehe ihn jemand darauf hinweisen konnte, daß er damit einen langen, schwierigen Ritt auf dem ungesattelten Pferd auf sich nahm.

Der Wechsel wurde vorgenommen, und Elys fühlte sich im Herrensitz sofort viel sicherer, auch wenn ihre Röcke ständig nach oben rutschten und ihre Beine bis zu sechs Zoll über den Knöcheln sichtbar wurden, was ihr ein ungehaltenes Knurren ihres Onkels eintrug. Sie war sich sehr wohl bewußt, daß der hinter ihr reitende Meister Aylwin einen hervorragenden Blick auf ihre Waden hatte, auch wenn sie sittsam in Tuchhosen gehüllt waren; es blieb ihr jedoch verborgen – und das war ihrem Seelenfrieden durchaus zuträglich –, daß eine halbe Seite seines aktuellen Notizbuches bald mit Skizzen des ungewöhnlichen Faltenwurfs ihrer Röcke, ihrer Knöchel und Füße bedeckt war.

Der Rest des Rittes über den St.-Nikolaus-Paß verlief ohne Zwischenfälle. Sie verbrachten eine unbequeme und teure Nacht in St. Rhémy, wurden in der darauffolgenden Nacht von den Kanonikern des Hospizes sehr viel herzlicher bewirtet und bequemer untergebracht, ritten durch das lange, enge Tal nach Martigny hinunter und erreichten dann ohne Komplikationen und bei mildem Wetter das obere Rhônetal. Die Damen ritten, sobald dies gefahrlos möglich war, wieder im Damensitz und ersparten es so den Männern in ihrer Begleitung, ausdruckslos in jede beliebige Richtung mit Ausnahme der verbotenen zu starren, die ihnen (wie entsetzlich) den Blick auf ein weibliches Bein ermöglicht hätte!

Elys war darauf gefaßt gewesen, vom Gebirge beeindruckt zu sein, doch es war viel höher und mächtiger, als sie gedacht hatte und dementsprechend auch viel beängstigender. Sie fand die Gegend eher wild, öde und verlassen als schön, auch wenn Aylwin, der, obwohl sie nichts sagte, ihre Gefühle zu ahnen schien, meinte, um die Alpen in ihrer vollen Schönheit zu erleben, müsse sie im Frühsommer durch das Gebirge reiten, wenn sie mit wilden Blumen übersät wären. Sie begrüßte das üppige Grün des Rhônetals mit Erleichtertung, und als sie die Gestade des Genfer Sees erreichten, hatte sie längst aufgehört, zu den schneebedeckten Gipfeln aufzublicken und gönnte selbst den Dents du Midi nur einen flüchtigen Blick. Die Tage schienen zu einem langen, endlosen Unterwegssein zu verschmelzen, nur unterbrochen von schlaflosen Nächten in Gästehäusern von unterschiedlicher Größe und Sauberkeit sowie dem täglichen Besuch der Messe in kleinen Kirchen auf dem Land, wo Aylwin sie gelegentlich am Arm berührte und stumm auf eine Schnitzerei oder einen wohlgestalteten Bogen hinwies.

Der Genfer See zog sich so in die Länge, daß sie dachte, sie würden das andere Ende nie erreichen, und tatsächlich kam es auch so, denn Sir Richard entschied sich für den schwierigeren Weg über die Berge nach Clairvaux, das sie seiner Ansicht nach unbedingt besuchen mußten.

»Die Reliquien welches großen Heiligen befinden sich dort?« fragte Lady Mabilia erwartungsvoll.

»Keine Reliquien, sondern eine lebender Heiliger«, erwiderte ihr Bruder. »Der große Abt Bernhard. Wenn er für Matthew betet, ist die Genesung des Jungen sicher. Bete zu Gott, daß er mir eine Audienz gewährt, denn er schätzt unseren Orden sehr und hat bei unserer Gründung auf sehr bewegende Weise über uns geschrieben, um uns zu unterstützen.«

»Clairvaux!« rief Aylwin in empörtem Ton aus. »Abt Bernhard ist vielleicht all das, was Sie sagen, aber sein Kloster ist jedem Steinmetz ein wahrer Greuel. Er gestattet keine Schnitzereien, keinen Schmuck. Alles muß völlig kahl sein... Ich habe kein Verlangen, mich diesem Ort zu nähern!«

»Er liegt auf unserem Weg nach Paris...« warf Sir Fulk besänftigend ein.

»Ganz und gar nicht!« gab Aylwin zurück. »Ich bin überrascht, daß du dorthin willst, denn es war sein Widerstand, der verhinderte, daß unser Herr Erzbischof von Canterbury wurde. Geh hin, wenn du unbedingt mußt, aber erwarte nicht von mir, dich zu begleiten. Ich reite ohne Aufenthalt nach Paris weiter und warte dort auf dich.«

Trotz aller Versuche Sir Fulks, ihn umzustimmen, blieb er fest, und als sie auf die Nebenstraße nach Clairvaux einbogen, blieb er allein auf dem direkten Weg nach Paris, mit dem Versprechen, dort auf sie zu warten. Sir Fulk hatte sich verpflichtet gefühlt, mit ihm zu reiten, doch Aylwin erklärte ihm freundlich, er wolle ihn nicht des Vergnügens berauben, Abt Bernhard zu sehen, oder gar der Gesellschaft seiner

Freunde; bei seinem letzten Satz blickte er vielsagend in Elys' Richtung, und Sir Fulk gab gnädig und einigermaßen erleichtert nach.

Elys sah den Steinmetz mit Bedauern ziehen. Er war der einzige in ihrer Begleitung, der sie je in einer ernsthaften Angelegenheit nach ihrer Meinung gefragt und höflich ihrer Antwort gelauscht hatte, und sie hatte viel von ihm über von Menschenhand geschaffene Kunst erfahren, während sie ihm zuhörte und dabei die Bauwerke betrachtete, die sie gemeinsam betreten hatten. Auch Sir Fulk vermißte ihn, denn sie hatten ihre methodischen Streitgespräche fortgeführt, um sich während der langen Stunden unterwegs die Zeit zu vertreiben und dabei voll Freude und stets gut gelaunt eine Vielfalt von Themen erörtert.

Sir Richard hatte sich seit dem unglücklichen Gespräch bei Aosta nicht mehr an den Diskussionen beteiligt, und da die militärischen Gesprächsthemen erschöpft waren, machte er sich kaum noch die Mühe, mit dem jungen Ritter zu sprechen, sondern verbrachte seine Zeit mit Gebet und Meditation oder unterhielt sich mit seiner Schwester und den beiden Sergeanten. Sir Fulk wandte seine Aufmerksamkeit nach und nach Elys zu; er ging ungezwungener mit ihr um und redete nicht länger mit ihr, als wäre sie ein geistig zurückgebliebenes Kind.

»Sie haben vermutlich noch nichts von Pater Bernhard gehört«, begann er ein Gespräch, als sie sich Clairvaux näherten.

»Oh doch, das habe ich«, gab sie ein wenig scharf zurück, »ich weiß eine ganze Menge über ihn.«

»Ach.« Sir Fulk schaute verblüfft. »Dann wissen Sie auch, daß Sie sich ihm nicht auf Sprechweite nähern dürfen?«

»Ich weiß, daß er Frauen ablehnt und der Meinung ist, weder Frauen noch Männer sollten heiraten.«

Sir Fulk schenkte ihr einen seiner schmachtenden Blicke

und seufzte: »Wie grausam – einem Mann den Trost und das Glück zu verwehren, die Frau seines Herzens zu heiraten. Arme Liebende zu verdammen, für immer getrennt zu sein. Ich hoffe – ach, ich hoffe in allem Ernst –, daß Sie seine Ansicht nicht teilen!«

Elys sah ihn zweifelnd an, denn sie war sich nicht schlüssig, ob auch nur ein Teil seiner schmeichlerischen Reden ernst gemeint war. Dennoch fand sie sie unbestreitbar angenehm und aufregend und wollte auf keinen Fall einen so annehmbaren jungen Mann entmutigen, falls auch nur die geringste Chance bestand, daß er meinte, was seine Worte und sein Verhalten andeuteten; deshalb erwiderte sie diplomatisch: »Ich glaube, einige Leute sind dazu berufen, ehelos zu bleiben, aber nicht alle. Meine Schwester ist Nonne, aber ich fühle mich nicht berufen, ihr ins Kloster zu folgen. Ich möchte lieber eine gute Ehefrau als eine schlechte Nonne sein.«

Während sie das sagte, spürte sie in ihrem Innern Hoffnung aufkeimen, denn auf Sir Fulks Gesicht malte sich ein Lächeln, das sich nur als erleichtert bezeichnen ließ, als er antwortete: »In der Tat – es wäre schlimm, solch ein hübsches Gesicht und eine solche Figur in der kalten Zelle eines Klosters verkümmern zu lassen. Ich bin überzeugt, selbst Abt Bernhard würde es schwerfallen, Sie zur Ehelosigkeit zu verdammen.«

Elys schauderte bei dem Gedanken und sagte grimmig: »Ich bin froh, daß er keinen Einfluß auf mich hat, denn er würde ihn bestimmt nutzen. Wenn ich daran denke, wie er Meister Abaelard vernichtet hat...« Ihre Stimme nahm bei diesem letzten Satz einen tiefbekümmerten Klang an, denn sie hatte von der Tragödie um Abaelards scholastische Philosophie gehört, die wegen des heftigen Widerstands Bernhards von Clairvaux verhindert und zu klösterlichem Schweigen verurteilt wurde, wie auch von der ebenso tragischen Geschichte der Liebe zu seiner ehemaligen Schülerin, deren Name, Héloise, ihrem eigenen Namen so ähnlich war. Sie kannte nicht *alle* Einzelheiten der Geschichte und war daher geneigt, Bernhard die alleinige Schuld zuzuschreiben.

»Abaelard war ein Ketzer«, meinte Sir Fulk selbstgerecht.

»Tatsächlich?« fragte Elys kühl und erhielt lediglich die ausweichende Antwort: »Sie sind wie Aylwin – er bewundert Abaelard über alle Maßen«, denn Sir Fulk war etwas ratlos.

Ein paar Minuten später versuchte er es mit einem anderen Thema. »Ihr Onkel bewundert den Abt, wenn ich recht verstanden habe.«

»Ach, nur weil er dem Papst einen Brief geschrieben und die Templer empfohlen und ihre Ordensregel aufgestellt hat. Jeder, der die Templer unterstützt, verdient es nach Onkel Richards Einschätzung, heiliggesprochen zu werden.«

Trotzdem hoffte Elys, Gelegenheit zu haben, Abt Bernhard zu sehen und ihn vielleicht sogar predigen zu hören, denn sie hatte von den verschiedensten Leuten genug über ihn gehört, um zu wissen, daß er ein großer Mann war. Sie wurde jedoch enttäuscht. Bernhard von Clairvaux' Mühen im Dienste Gottes hatten seine körperliche Gesundheit ruiniert, daher lebte er ruhig und zurückgezogen in einer Hütte auf dem Gelände seiner Abtei und trat nur noch in Erscheinung, um auf Reisen zu gehen, wichtige Gäste zu empfangen oder die Messe zu besuchen. Elys sah nur eine ferne, dünne und zerbrechliche Gestalt zwischen den anderen weißgekleideten Mönchen im Altarraum der Abteikirche, so weit von ihrem Platz im Schiff entfernt, daß sie nur wußte, welcher von ihnen es war, weil Sir Richard ihr freundlicherweise zugeraunt hatte, der hagere Mann unmittelbar hinter dem Prozessionskreuz sei der Abt.

Sir Richards Bedeutung, immerhin war er die zweitwichtigste Persönlichkeit der englischen Templer, war groß genug, um ihn einer kurzen Audienz für würdig zu befinden, und er kehrte mit der guten Nachricht zurück, Bernhard habe eine ganze Viertelstunde mit ihm für Matthew gebetet, aber an einer zu heftigen Migräne gelitten, um mehr als ein paar Worte mit ihm zu wechseln.

Hinter Clairvaux gab es zu Elys' großer Erleichterung keine Berge mehr, nur die endlosen, staubigen Straßen Burgunds und schließlich der Ile de France. Sir Fulks Verhalten wurde mit der Zeit weniger gönnerhaft, als er begriff, daß sie ihm an Verstand und Wissen gar nicht so sehr unterlegen war. Ihr scharfer Blick entdeckte häufig etwas, das er übersehen hatte, und wenn sie auf ein ungewöhnliches Bauwerk, eine schöne Schnitzerei in einer der unzähligen Kirchen, die sie betraten, oder eine besondere Art von Pflug hinwies, reagierte er allmählich mit echtem Interesse und ehrlicher Anerkennung statt mit herablassendem Gesichtsausdruck, als habe er Nachsicht mit einem Kind. Als sie Paris erreichten, hatte er gelernt, Elys ihres Verstandes wegen zu respektieren und sie um ihrer Anmut und Schönheit willen zu bewundern, und sie schätzte ihn mittlerweile als Freund, hielt ihn für gutaussehend und tapfer und gestattete sich ab und zu den Luxus, über die Möglichkeit einer Heirat mit ihm nachzudenken.

Sie blieben einige Tage in Paris, die Männer im Ordenshaus der Templer und die Frauen in einem Kloster in der Nähe. Das war gegen Elys' Willen, denn sie fürchtete den bloßen Gedanken an ein Kloster und verspürte einen kalten Hauch von Angst und erstickender Klaustrophobie, als sie, wenn auch nur vorübergehend, die Klosteranlage betrat.

Um alles noch schlimmer zu machen, bestand Lady Mabilia darauf, daß sie sich ausruhten als Vorbereitung auf den letzten Teil ihres langen Heimweges; deshalb durfte Elys nur ein einziges Mal kurz ausgehen und ihre Mutter in die Kathedrale begleiten, um für Matthew zu beten.

Das Nonnenkloster, in dem sie untergebracht waren, befand sich auf dem rechten Ufer des Flusses, und sie mußten ihn mit dem Boot überqueren, um in die eigentliche Stadt zu gelangen, die zusammengedrängt auf einer nicht allzu großen, von einer steinernen Mauer umgebenen Insel lag. Die Straßen innerhalb der Mauer waren sehr eng und dunkel, da die Häuser sehr hoch waren, um den begrenzten Raum auszunutzen. Die Bürger scherten sich offenbar wenig um die in solcher Enge dringend notwendige Sauberkeit, so daß der in den Städten übliche Gestank hier geradezu überwältigend war. Der königliche Palast stand in der Mitte der Insel, doch war er so eingeengt, daß man unmöglich eine Vorstellung von seiner Größe entwickeln konnte, und äußerlich zeigte er keinerlei Anzeichen von Pracht.

Auch die Kathedrale wurde auf fast allen Seiten von schmalen, baufälligen Häusern bedrängt und war so klein, daß sie diese kaum überragte. Die einzige unbebaute Seite lag nach Westen, wo ein kleiner Vorhof dem Eingang wenigstens etwas Würde verlieh, doch selbst hier lagen Abfall und Müll knöchelhoch, und auf der einen Seite des Haupteingangs lag ein kräftiges Schwein und schlief fest.

Im Innern war das Gebäude so finster und muffig, daß es eher einem Keller als einer Kirche glich, doch Elys nahm an, wenn erst die Lampen für einen Gottesdienst angezündet würden, würde alles beeindruckender aussehen. Sie hatte jedoch keine Chance, dies herauszufinden, da sie nur eine halbe Stunde dort blieben.

»Könnten wir nicht auf den Markt gehen?« fragte sie ihre Mutter beim Verlassen der Kirche.

»Wozu? Wir haben alles Nötige in Italien gekauft. Die Stoffe sind hier wahrscheinlich die gleichen, wie wir sie schon in Italien gesehen haben, nur viel teurer, weil sie weiter transportiert werden müssen. Außerdem weiß ich nicht, wo hier der Marktplatz ist, und die Stadt hat einen schlechten Ruf.«

Auf dem Rückweg zum Kloster zeigte ihnen der Bootsführer die Brücke, die die Stadt mit dem linken Ufer verband; hier lagen Häuser verstreut und bildeten eine Vorstadt, wo Studenten hausten und die Gelehrten ihren Unterricht und ihre wissenschaftlichen Disputationen abhielten, doch das war alles, was Elys von dem berühmten Zentrum der Gelehrsamkeit erkennen konnte. Eine bessere Aussicht hatte sie auf die große Festung der Templer, da sie weiter zurück hinter den Sümpfen auf dem rechten Ufer lag, dann kehrten sie in das Kloster zurück, und sie wurde wieder eingesperrt, bis es Zeit war, Paris zu verlassen.

Zuerst gab es von Aylwin keine Spur, doch Sir Fulk, der sich von seinem Gespür leiten ließ und die Gewohnheiten seines Freundes kannte, fand ihn bald bei der Arbeit in St. Denis. Er schien hoch erfreut, seinen Gefährten zu begrüßen, und frage ihn: »Hast du denn den trefflichen Bernhard gesehen?«

»Nein«, erwiderte Sir Fulk mit einem Achselzucken. »Er hatte Migräne.«

»Die arme Seele«, sagte Aylwin so ausdruckslos, daß es schwer zu beurteilen war, ob dies ernst gemeint war oder nicht. »Komm und sieh dir an, was ich gemacht habe.«

Es war ein kunstvoll gemeißeltes Kapitell mit der Darstellung eines Teufels, der einem Mönch sichtlich zufrieden den Kopf abbiß. Es gab keinen Hinweis darauf, daß der Mönch einem bestimmten Orden angehörte, doch während er Sir Fulk seine Arbeit vorführte, bemerkte Aylwin: »Das sollte ihn von seiner Migräne heilen!« Worauf Sir Fulk – wenn auch schuldbewußt – in Lachen ausbrach.

Elys freute sich, Aylwin wiederzusehen, beschränkte ihre Begrüßung jedoch auf ein kühles »Wie geht es Ihnen, Meister Aylwin?« und ein freundliches Lächeln, worauf er mit einer knappen Verbeugung und einem höflichen »Gut, danke, und wie geht es dem gnädigen Fräulein?« antwortete.

Sie verließen Paris in Richtung Calais am nächsten Morgen, da Sir Richard die französischen Templer für seinen Geschmack etwas zu weltlich gefunden hatte, und Lady Mabilia, die während der langen Reise über Land so tapfer und geduldig gewesen war, fing an, ihre Bedenken über die bevorstehende Überfahrt zu äußern.

»Das ist das letzte Mal, daß ich mich auf das Meer wage«, erklärte sie. »Ich werde zu alt für die Gefahren einer Seereise. Sollte Matthew durch diese Wallfahrt nicht geheilt worden sein, werden wir nochmals alle englischen Heiligtümer aufsuchen, aber nie mehr ins Ausland reisen!«

»Mutter, du zweifelst doch nicht etwa an seiner Heilung?« fragte Elys, Besorgnis in Stimme und Blick, denn Lady Mabilia war so zuversichtlich gewesen, daß die Reise nach Rom das Wunder bewirken würde.

»Nein – nein! Natürlich nicht!« erwiderte sie etwas zu hastig und begann eine scharfzüngige Unterhaltung mit ihrem Bruder, nachdem sie Elys überholt hatte, um neben ihm zu reiten.

»Sie ist erschöpft von der langen Reise«, sagte Aylwin ruhig. »Müdigkeit bedrückt das Gemüt und läßt die Hoffnung vergebens erscheinen. Machen Sie sich keine Sorgen.«

Elys drehte sich im Sattel um und sah ihn überrascht an, denn er ritt zu ihrer Rechten. »Sie meinen, das ist alles? Ich frage mich, ob sie vielleicht die Hoffnung aufgibt. Wir haben so viele Wallfahrten unternommen und sind mit der Überzeugung zurückgekehrt, Matthew geheilt vorzufinden; jedesmal wurden wir enttäuscht. Ich fürchte, meine arme Mutter verliert nach so vielen Fehlschlägen das Vertrauen. glauben Sie wirklich, es liegt nur daran, daß sie müde ist?«

»Daran und an dem kleinen Kanal zwischen Calais und Dover!« gab er zur Antwort.

»Gebe Gott, daß es nicht stürmisch ist!« rief Elys aus.

Doch es war stürmisch. Das Wetter schien noch gut und ruhig zu sein, als sie Calais erreichten und an Bord eines Schiffes gingen, das Sir Richard persönlich auf seine Seetüchtigkeit und die Tauglichkeit, die wertvollen Streitrösser zu transportieren, untersucht hatte; über die menschlichen Passagiere schien er sich weniger Gedanken zu machen. Die Pferde wurden sicher in Boxen untergebracht, in denen es Seile gab, um ihnen bei stürmischer See Halt zu geben, den Frauen aber wurde eine winzige Kabine zugewiesen, in deren Türrahmen lediglich ein Vorhang aus grobem Segeltuch hing, um eine gewisse Ungestörtheit zu garantieren, während drei Strohsäcke auf Brettern entlang der Schiffswand als Betten dienten. Es war feucht, muffig, ungemütlich und stank entsetzlich nach Pferden und Schlimmerem.

Lady Mabilia und Maud begaben sich sofort zu Bett und wappneten sich gegen die kommenden Strapazen. Im Glauben, sie wüßten es sicher besser, folgte Elys ihnen widerwillig, obwohl dies gegen ihren Instinkt verstieß, in der frischen Luft an Deck zu bleiben. Als das Schiff endlich ablegte, war ihr ausgesprochen übel, und Lady Mabilia hatte sich bereits zweimal übergeben. Das wurde nicht besser, als sie den Hafen verließen, denn die See war unruhig, und der Wind wehte quer zur Flut. Nach einer knappen halben Stunde stöhnten und beteten Lady Mabilia und Maud abwechselnd, und Elys fühlte sich so elend, daß sie nicht protestierte, als der Vorhang beiseite geschoben wurde und Aylwin in die Kabine stolperte.

»Verzeihen Sie, meine Damen«, sagte er, »aber Sir Richard schickt mich, um zu fragen, ob Sie etwas brauchen.« Die einzige Antwort war ein dumpfes Stöhnen Lady Mabilias, und nach kurzem Zögern fuhr er fort: »Ich versichere Ihnen, Sie würden sich an Deck, in der frischen Luft, viel besser fühlen. Könnte ich Sie nicht dazu überreden . . .«

»Gehen Sie, junger Mann!« unterbrach ihn Lady Mabilia schroff. »Lassen Sie uns in Frieden sterben!«

Aylwin blickte erst sie, dann die stöhnende Maud einen Augenblick an, zuckte die Achseln und wandte seine Aufmerksamkeit Elys zu, die auf einer großen, am Boden befestigten Truhe saß, sich mit beiden Händen daran festhielt und sich zwang, nicht zu erbrechen, jedenfalls nicht, bevor dieser hartnäckige Bursche verschwunden war.

»Sie müssen verrückt sein!« erklärte er Elys scharf. »Kommen Sie hier heraus!« Und er packte sie, hob sie hoch, warf sie wie ein lose zusammengerolltes Kleiderbündel über seine Schulter und bahnte sich zwischen den Pferdeboxen hindurch einen Weg nach draußen; dabei paßte er seinen Schritt, so gut es ging, dem Auf und Ab des Schiffes an, taumelte jedoch ziemlich oft, da die Bewegung ungleichmäßig war. Er erreichte sicher die Kajütstreppe, kletterte sie hinauf und trat auf das Deck hinaus.

Der scharfe Wind sprühte Elys eine Ladung Gischt ins Gesicht, die ihr den Atem verschlug, und sie hielt sich verzweifelt mit beiden Händen den Mund zu, doch Aylwin kam ihr zu Hilfe und führte sie rasch zu der nach Lee gelegenen Seite, wo sie sich gefahrlos hinausbeugen konnte, und hielt sie fest, bis die Krise vorüber war.

»Besser?« fragte er.

Sie nickte schwach, und er hieß sie, sich auf die Planken zu setzen, während er sie mit seinem Körper schützte und seinen Umhang um sie wickelte.

»Sie hätten an Deck bleiben sollen. Es ist verhängnisvoll, nach unten zu gehen, es sei denn, man hat einen besonders starken Magen!« sagte er. »Frieren Sie?« Sie nickte kläglich, deshalb legte er brüderlich den Arm um sie und zog sie an sich, behandelte sie wie ein Kind, für das er sie wahrscheinlich auch hielt.

Nach einer Weile fühlte sie sich nicht mehr so durchgefroren und elend und schaute umher. Sie saßen im hinteren Teil des Schiffes an Deck, im Windschatten der Schiffswand und unmittelbar im Schutz des Achterdecks. Überall waren Seeleute an der Arbeit, die auf Befehl ihres Kapitäns Taue aufrollten oder an ihnen zogen, von ihren eigenen Leuten war jedoch nichts zu sehen.

»Wo ist mein Onkel?« fragte sie.

»Bei den Pferden. Genau wie Fulk, die Knappen und die Sergeanten. Die Soldaten sind auf dem Vorderdeck und spielen Mühle – aber natürlich ohne Einsatz«, sagte er ironisch.

Elys hatte sich genügend erholt, um ihm einen argwöhnischen Blick zuzuwerfen, denn seine Worte klangen sarkastisch, auch wenn er ein völlig unschuldiges Gesicht machte. Plötzlich merkte sie, daß sie, von seinen Armen umschlossen, viel zu dicht neben ihm saß, und sie rückte ein wenig beiseite. Automatisch glitt sein Arm von ihrer Schulter, und auch er entfernte sich etwas von ihr.

»Geht es Ihnen besser?« fragte er, und als sie das vorsichtig bejahte, holte er ein sauberes Stoffbündel aus seiner Tasche und wickelte zwei kleine Weißbrötchen aus. »Knabbern Sie das«, befahl er und reichte ihr eines davon, während er selbst sich über das andere hermachte.

Elys begann, im wahrsten Sinne des Wortes zu knabbern, wobei sie jeweils nach einigen Krumen eine Pause machte, um zu testen, was wohl ihr Magen dazu sagte. Sobald sie ein wenig gegessen hatte, fühlte sie sich besser und war mit ihrem Brötchen beinahe fertig, als Aylwin seinen letzten Bissen herunterschluckte.

Da der Wind günstig war, war die Überfahrt schnell vorüber, und, eingehüllt in einen warmen Mantel und in der frischen Luft an Deck, gelang es Elys sogar, sie zu genießen, auch wenn sie nichts gegen ein oder zwei weitere Brötchen einzuwenden gehabt hätte, denn sie hatte jetzt wirklich Hunger.

Es war bereits Nacht, als sie im Hafen von Dover einliefen und längsseits des Kais festmachten. Der große Lukendeckel wurde abgenommen und die Pferde über eine Rampe hinausgeführt; alle Männer waren eine Zeitlang damit beschäftigt, sie am Kai auf und ab zu führen, bis jedes Pferd seine vier Beine wieder unter Kontrolle hatte. Erst als er sich überzeugt hatte, daß alle in Ordnung waren, sah Sir Richard sich nach den Frauen um.

Elys war bereits an Land und hatte sogar eine kleine Runde gemacht, um ihr Pferd zu bewegen; doch es erforderte vier starke Männer und zwei geschlossene Sänften, um die beiden älteren Damen vom Schiff zu bringen, und Lady Mabilia verlangte schwach nach einem guten Gasthaus, heißem Wasser und einem stabilen, nicht schwankenden Bett.

Trotz seiner Eile, nach London zurückzukehren und sich über die Situation im Land zu informieren, akzeptierte Sir Richard mit grimmiger Resignation, daß sie Dover nicht vor dem nächsten Tag verlassen würden. Er erteilte knapp die diesbezüglichen Befehle, dann fiel sein Blick auf seine Nichte, und er sagte: »Was ist los, Elys? Du siehst nicht gerade krank aus!«

»Mir geht es gut, danke«, erwiderte sie strahlend. »Gibt es bald Abendessen? Ich habe großen Hunger.«

Es gab tatsächlich bald Abendessen, und Sir Richard sah mit nachdenklichem Gesichtsausdruck zu, wie seine Nichte mit ihrer Portion kurzen Prozeß machte.

»Außerordentlich«, murmelte er. »Ich habe immer angenommen, alle Frauen würden seekrank. Die Welt ist voller Überraschungen.«

»Das ist sie in der Tat«, pflichtete ihm Sir Fulk bei. »Es freut mich zu sehen, daß Lady Elys nicht unter den Elementen zu leiden hatte. Es würde mich sehr betrüben, wenn sie sich nicht wohl fühlte.«

Sir Richard sah ihn streng an und sagte kurz angebunden:

»Sie täten gut daran, sich nicht mit ihr zu befassen, Sir. Sobald ihr Bruder genesen ist, werden ihre Mutter und sie meiner anderen Nichte ins Kloster nach Wix folgen.«

»Ich werde nicht ins Kloster eintreten«, erklärte Elys ruhig und bestimmt. »Ich habe Ihnen bereits gesagt, daß ich nicht Nonne werden will, und Sie können mich nicht zwingen, den Schleier zu tragen, Onkel!« Sie äußerte ihren Protest ganz bewußt, denn ihr war klar, daß es gut sein würde, möglichst viele Zeugen für ihre Weigerung zu haben, falls ihre Familie versuchen sollte, auf ihrem Eintritt ins Kloster zu bestehen. Während sie sprach, warf sie einen hastigen Blick auf Sir Fulk und stellte gekränkt fest, daß er aussah wie jemand, dem man soeben eine schlechte Nachricht unterbreitet hatte, denn er starrte finster auf seinen Teller. Verletzt biß sie sich auf die Lippen und spürte, wie ihr das Blut in die Wangen schoß.

»Niemand wird dich zwingen«, antwortete Sir Richard ruhig. »Deine Mitgift ist bereits im Besitz der Nonnen, also bleibt dir gar keine andere Wahl! Kein Mann wird dich ohne Mitgift heiraten, und ich kann nichts für dich tun; wie willst du also außerhalb des Klosters leben?«

»Ich werde Matthew den Haushalt führen«, erwiderte sie mit erhobenem Kinn und fester Stimme, obwohl sie wußte, daß er recht hatte. Wieder flog ihr Blick zu Sir Fulk hinüber, und sie stellte fest, daß er zwar in ihre Richtung starrte, jedoch an ihr vorbeisah, anstatt sie anzusehen und äußerst nachdenklich an seinem Zeigefinger nagte. Plötzlich spürte sie ein bleiernes Gewicht im Magen und war nahe daran, die Haltung zu verlieren oder in Tränen auszubrechen. Da sie jedoch ihr Leben lang gelernt hatte, sich zu beherrschen, tat sie keines von beidem, sondern biß die Lippen aufeinander und hoffte, daß man ihre Röte ihrem Zorn zuschreiben würde und nicht der Scham über Sir Fulks eindeutige Reaktion auf die Nachricht, daß sie einem künftigen Ehemann keine Mitgift zu bieten hatte.

»Matthew wird dem Orden beitreten und ins Heilige Land ziehen«, bemerkte Sir Richard. »Noch etwas Fleisch, Sir Fulk? Komm, Knappe! Du versäumst deine Pflicht!«

Da die beiden Knappen nicht sicher waren, wen er meinte, beeilten sich beide, ihren eigenen Herrn zu bedienen, während Elys den Rest ihres Essens stehen ließ und sich in den Raum zurückzog, in dem Lady Mabilia und die arme Kammerfrau sich im Schlaf von den Nachwirkungen der Reise erholten.

Um sie nicht zu wecken, gab sie sich alle Mühe, ihre Zornestränen zu unterdrücken, denn sie hatte allmählich insgeheim gehofft, Sir Fulk habe vielleicht die Absicht, sie zu heiraten, doch ihr Onkel hatte ihre diesbezügliche Hoffnungen endgültig zunichte gemacht. Sir Fulk war auf der Reise durch Frankreich immer aufmerksamer und liebenswürdiger geworden und hätte seine teilnehmenden Worte, die die harte Antwort ihres Onkels herausgefordert hatten, sicher nicht geäußert, wenn er nicht die Absicht gehabt hätte... Schließlich würde ein erfahrener Mann seines Ranges sein persönliches Interesse an einer Dame nur dann in Gegenwart ihres Vormundes äußern, wenn er höchst ehrenwerte Absichten hatte!

Es kam ihr natürlich nicht in den Sinn, sich zu fragen, ob sie vielleicht in Sir Fulk verliebt war. Liebe war etwas für Bauern, falls es sie überhaupt gab! Ihr würde es genügen, daß er jung und stattlich, seine Gesellschaft angenehm und seine Herkunft und Erziehung tadellos waren. Kein Mann und keine Frau erwarteten mehr bei einem Ehepartner, und die meisten waren mit weit weniger zufrieden, doch kein Mann, der so viel zu bieten hatte, würde die Heirat mit einem Mädchen ohne Mitgift auch nur in Erwägung ziehen.

Diese bitteren Gedanken beschäftigten sie, als sie sich rasch in dem kalten Raum entkleidete und in das schmale Bett schlüpfte. Es war mit sauberen Laken, einem Federbett und vielen Wolldecken ausgestattet, doch sie nahm von diesem Luxus keine Notiz. Ihr war kalt, und sie fühlte sich einsam, fröstelnd lag sie zusammengerollt da und betete verzweifelt zu jedem Heiligen, der ihr einfiel, ihr dabei zu helfen, der engen, abgeschiedenen Klosterwelt zu entgehen. Sie hatte allerdings wenig Hoffnung, erhört zu werden, denn alle Heiligen, die sie kannte, waren ehelos gewesen und würden kein Mitgefühl für ein Mädchen aufbringen, das dafür betete, die Braut eines Mannes und nicht die Braut Christi zu werden.

Zu guter Letzt schlief sie ein und erwachte am Morgen deprimiert und hoffnungslos, wohl wissend, daß ihre Gebete auf taube Ohren gestoßen waren. Doch nach der Messe, beim Frühstück, als sie nur mit Mühe einen Bissen Brot die Kehle hinabgewürgt hatte, die ohnehin wegen der unvergossenen Tränen schmerzte, drangen seltsamerweise plötzlich aufmunternde Worte an ihr Ohr. Es waren keine himmlischen Stimmen, die da sprachen, sondern Aylwin, der in seinem leicht schnarrenden Wessexer Dialekt in aller Ruhe sagte: »Eine gute Stickerin kann immer Arbeit finden und sich selbst ernähren.«

Sie sah ihn bestürzt an und blickt sich rasch um, ob vielleicht sonst noch jemand dies gehört hatte, doch die anderen standen alle um den Tisch herum und nahmen ein eiliges, aus Brot und Ale bestehendes Frühstück zu sich, bevor sie in Richtung Canterbury und zu ihrem nächsten Nachtquartier aufbrachen. Sir Richard zum Beispiel fragte seine Schwester soeben in einem Ton, der eigentlich nur eine zustimmende Antwort zuließ, ob sie vorhabe, die Reise in einer Sänfte fortzusetzen.

Lady Mabilia, die an diesem Morgen alt und grau aussah, erwiderte grimmig, sie werde reiten. Niemand fragte Maud, die noch viel schlechter aussah als ihre Herrin, und sie war zu schüchtern, dagegen zu protestieren, auf den holprigen Wegen im Gepäckwagen fahren zu müssen.

»Aber wie?« flüsterte Elys und wandte sich wieder Aylwin zu.

»Bewahren Sie von Ihren besten Arbeiten, gleich welcher Art, Muster auf und gehen Sie in jede große Kirche, ob Münster oder Kathedrale; zeigen Sie sie dem Küster und bitten Sie um Arbeit«, antwortete er, doch es blieb ihm keine Zeit, mehr zu sagen, da Sir Fulk ihm zurief, der für das Gepäck zuständige Mann wolle wissen, ob er noch etwas in den Karren packen wolle, und er mußte gehen und seine Habe überprüfen, um sicherzustellen, daß nichts übersehen worden war.

Als sie die alte Römerstraße entlangtrotteten, merkte Elys sehr bald, daß Sir Fulk ihr deutlich weniger Aufmerksamkeit entgegenbrachte. Er übersah sie nicht etwa oder ließ es in irgendeiner Form an Höflichkeit fehlen, aber er machte sich nicht länger die Mühe, sich Gesprächsthemen auszudenken, die sie interessieren könnten. Sie hatte das erwartet und war entschlossen, sich nicht aus der Fassung bringen zu lassen, deshalb dachte sie statt dessen über Aylwins Vorschlag nach und fing an, sich auszudenken, welche Stickmuster ihr Können am besten zur Geltung bringen würden, und schaffte es, so einigermaßen bei Laune zu bleiben.

Als sie Canterbury erreichten, hatte Lady Mabilia sich wieder erholt und versäumte nicht, die Kathedrale zu besuchen, um ein weiteres Mal zu St. Wilfrid und den anderen Heiligen, deren Gebeine dort verehrt wurden, zu beten. Elys begleitete sie, ging jedoch in der Kirche ihre eigenen Wege und betete am Grab des Erzbischofs Anselm. Er war nicht heiliggesprochen worden, doch im Leben ein guter Mensch gewesen, und sie flehte ihn um Fürsprache für Matthew an, damit ihre lange Reise, die sie auch durch seinen Geburtsort geführt hatte, nicht umsonst gewesen wäre.

Eine weitere Tagesreise brachte sie nach Rochester. Sir Richard sagte nichts über mögliche Gefahren auf der Straße, als sie sich London näherten, doch Elys bemerkte, daß ihre Eskorte nun bewaffnet ritt und sie auf allen Seiten abschirmte, und daß sowohl der Templer als auch Sir Fulk ihre Kettenpanzer und Helme trugen und seit Canterbury ihre Streitrösser ritten.

»Wer beherrscht London jetzt?« fragte sie abends vor dem Essen.

»Der Sheriff und der Richter natürlich«, antwortete Sir Richard stirnrunzelnd. »Falls du wissen willst, wer England beherrscht – so ist die Antwort noch offen. Stephen hat London und den Osten, die Kaiserin und Robert von Gloucester den Westen des Landes.«

»Vielen Dank«, sagte Elys demütig, was ihr einen mißtrauischen Blick ihres Onkels eintrug.

Sie erreichten London am nächsten Tag in der früh hereinbrechenden Dämmerung eines tristen Tages; es war zwei Tage vor Weihnachten, und in einem Graupelschauer holperten sie über baufällige Holzbrücken, vorbei an einer Reihe wachsamer Bürger, die den weißen Umhang des Templers und die schwarzen Mäntel seiner Männer weder feindselig noch begeistert musterten, wie es die Neutralität des Tempels im Bürgerkrieg verdiente.

»Es ist an der Zeit, diese Brücke aus Stein zu bauen«, sagte Aylwin mit ungewohnter Schärfe. »Es ist eine Schande, daß es in Englands zweiter Stadt nichts Besseres als dieses baufällige Ding gibt. Es hat nie etwas getaugt, seit die Dänen versucht haben, es mitzunehmen.«

»Wer hat schon Zeit, sich um eine Brücke zu kümmern, wenn das Land von einem Bürgerkrieg zerrissen wird?« fragte Sir Fulk mürrisch, und niemand sonst machte sich die Mühe zu antworten.

4. Kapitel

Trotz der vielen, schönen Städte, die sie auf ihren Reisen gesehen hatte, hielt Elys London noch immer für die schönste von allen, und ihre Vorliebe beruhte nicht nur auf Chauvinismus, denn es war wirklich eine schöne, ansehnliche Stadt, die trotz der Probleme des Landes florierte, als dessen Hauptstadt sie nun von den meisten Leuten angesehen wurde.

Kurz nach Stephens Aneignung des Thrones hatte ein verheerendes Feuer den größten Teil der Stadt zerstört – ein böses Omen, wie viele Leute behaupteten. Es hatte die meisten der strohgedeckten Holzhäuser vernichtet, die zu dicht aneinandergebaut und mit der Zeit unhygienisch und altersschwach geworden waren, und die Stadtverwaltung, angeführt vom Sheriff, hatte beschlossen, auf den Ruinen eine bessere Stadt zu errichten. Die Wohlhabenden hatten jetzt Steinhäuser, und eine Vorschrift, die auf Brandmauern aus Stein bestand, war im wesentlichen befolgt worden, so daß diejenigen, die sich keinen Stein leisten konnten, freistehende Holzhäuser gebaut und damit das Risiko verringert hatten, daß sich ein Feuer so schnell ausbreiten konnte wie in der Vergangenheit. Mit Ausnahme der ärmlichsten besaßen alle Häuser Gärten, um darin Gemüse und Obst zu ziehen, und in nahezu allen der engen Gassen standen Bäume zwischen den Häusern. Die Straßen waren gepflastert und wurden sauber gehalten durch Rinnsteine oder die Falken und Raben, die ihren Schlafplatz zwischen Strohdach und Ziegeln oder in den Türmen der vielen Kirchen hatten.

Diese Kirchen waren es, die Elys' Ansicht nach die Stadt von weitem wie einen Ort aus einem Märchen aussehen ließen und ihr innerhalb der Mauern Schönheit und Reiz verliehen, denn an jeder Straßenecke sah man wenigstens in einer Richtung einen Turm in den Himmel ragen.

»Wie viele Kirchen gibt es in London?« überlegte sie laut, als die Gesellschaft an St. Magnus vorbei Fish Street Hill hinaufritt.

»Hundertsechsundzwanzig«, antwortete Aylwin postwendend. »St. Paul natürlich mitgerechnet, obwohl sie derzeit in einem schlechten Zustand ist.«

Er sprach unvermutet in solch geringschätzigem Ton von der Kathedrale, von der Elys angenommen hatte, mit ihr befinde sich eine der größten Kirchen Europas in ihrem Anfangsstudium, daß sie fragte: »Was gibt es an der Kathedrale auszusetzen? Ich fand, daß sie trotz der Beschädigung prachtvoll aussah, als wir das letzte Mal in London waren.«

»Bischof Maurice hätte die alte Kirche stehen lassen sollen«, antwortete Aylwin. »Sie war schön gebaut und groß genug, aber er mußte ein weitaus größeres, imposanteres Haus für seinen Thron haben. Ein Schiff mit zwölf Jochen . . . ! Nicht einmal London kann so eine Riesenmenge Steine aufbringen, also wird die Arbeit schluderig ausgeführt. Es wäre besser, sechs Joche auf massiven Steinpfeilern zu errichten statt zwölf auf hohlen, aus kleinen, dünnen Steinen gebauten Säulen, die mit Bruchsteinen gefüllt werden! Sie können das Gewicht nicht aushalten. Als die Kirche '36 in Brand geriet, zerbarst die Hälfte von ihnen, und die Füllmasse lag überall umher.«

»Ist das nicht die übliche Methode, Säulen zu errichten?« erkundigte sich Sir Richard, der, seit er im Dienste des Templerordens stand, den Bau mehrerer großer Steingebäude hier und im Heiligen Land gesehen hatte.

»Doch, und für kleine, nicht besonders hohe Bauwerke ist sie auch angemessen, aber nicht für eine große Kathedrale mit Steingewölben«, antwortete Aylwin. »Sie hätten die Füllmasse wenigstens mit Mörtel mischen müssen. In hundert Jahren werden sie wahrscheinlich zusammenbrechen, und unsere Nachkommen werden über die mangelnde Qualität unserer Arbeit spotten, anstatt den Ehrgeiz oder den Geiz der Bauherren dafür verantwortlich zu machen.«

Er sprach erregt, mit tieferer Stimme und stärkerem Wessexer Akzent im Vergleich zu seinem sonstigen melodischen, gewandten Französisch, aus dem nur ein leichter Akzent herauszuhören war, und Elys sah ihn neugierig und ein wenig verwundert an. Er redete, als käme es ihm sehr darauf an, was kommende Generationen von der Arbeit seiner Steinmetzkollegen hielten. Gebäude zu errichten und in Stein zu meißeln, mußte ihm wirklich viel bedeuten, dabei hatte sie, ohne ernsthaft darüber nachzudenken, immer angenommen, ein arbeitender Mensch sehe in der Arbeit lediglich ein Mittel, seinen Lebensunterhalt zu verdienen.

»Wäre es Ihnen lieb, wenn Ihre Urenkel Ihre Stickereien als schlechte Arbeit aus minderwertigem Material verachteten?« fragte er und suchte ihren Blick.

Sie ließ in Gedanken die langen Stunden vorübergleiten, die sie mit ihrer Nadel verbracht hatte, und die vielen kleinen Opfer, die sie bringen mußte, um sich echte Goldpailletten, Seidengarn und feines Leinen oder Damast für ihre Altardecken leisten zu können. »Nein, das wäre es nicht«, erwiderte sie mit ebensoviel Bewegung, wie er bei seinen Worten über den künftigen Zusammenbruch großer Kirchen gezeigt hatte.

Sie bahnten sich ihren Weg durch West Cheap, über den von Menschen wimmelnden Markt, auf dem es trotz der späten Stunde noch lebhaft zuging, denn bis zum Weihnachtsfest war nicht mehr viel Zeit. Selbst in der Hauptdurchgangsstraße, die normalerweise freigehalten wurde, hatte man Stände errichtet, und sparsame Hausfrauen kauften Rüben, Kräuter und Fleisch erst jetzt, nachdem die Standbesitzer ihre Preise gesenkt hatten, um ihre verderbliche Ware loszuwerden, bevor der Markt für diesen Tag zu Ende ging. Lebensmittel, die sonst nur in bestimmten Straßen verkauft wurden, wurden jetzt auch auf dem Hauptmarkt angeboten, und an einer Ecke molk sogar eine Frau eine Kuh, wobei sie die warme Flüssigkeit direkt in die Krüge oder hölzernen Eimer spritze, die ihre wartenden Kunden bereithielten. Fackelschein und Hornlaternen beleuchteten das bunte Treiben, warfen seltsame Schatten und erhellten die ängstlichen, erregten, frohen oder gemeinen Gesichter von Käufern und Verkäufern. Es herrschte ein ungeheurer Lärm; Verkäufer schrien, Gänse schnatterten, die Kuh muhte, als wolle sie ihr eigenes Produkt anpreisen, umherziehende Musiker sangen und flöteten und zupften mit mehr Begeisterung als Können, während die zahllosen Londoner Hunde, von denen es fast so viele wie Menschen gab, alle auf einmal zu bellen schienen.

Mit einiger Anstrengung kämpften Sir Richard und seine Begleiter sich durch das Gewühl hindurch zu der ruhigeren Hauptverkehrsstraße jenseits von West Cheap und verließen die Stadt durch das neue Tor. Sie ritten bergab, über die Brücke und wieder hinauf nach Holborn Bars, wo die Templer in den beengten, unzulänglichen Gebäuden übernachten mußten, die in England ihre Unterkunft darstellten. Vor dem Pförtnerhaus blieben sie stehen.

»Es tut mir leid, daß wir keinen Platz für Gäste haben«, wandte Sir Richard sich an Sir Fulk in noch schrofferem Ton als gewöhnlich, weil es ihm peinlich war, nicht gastfreundlich zu erscheinen.

»Aylwin und ich müssen weiter nach Westminster, um den Bischof aufzusuchen«, antwortete Fulk. »Wir danken Ihnen für die Gesellschaft und die Eskorte, die unsere lange Reise so viel leichter und angenehmer gemacht haben. Wir bedauern es, von Ihnen allen Abschied nehmen zu müssen, aber, so Gott will, werden wir uns eines Tages wiedersehen.«

Es war eine fehlerlose und höfliche Rede, aber Elys spürte, daß die Gedanken des jungen Ritters schon nicht mehr bei ihnen weilten, sondern schon mit Plänen für seine eigene Zukunft befaßt waren. Sie tauschte den Friedenskuß zum Abschied ohne besondere Bewegung mit ihm, denn sie hatte sich auf der Reise von Dover hierher mit dem Gedanken vertraut gemacht, daß die Pläne, die er in bezug auf ihre Person vielleicht gehegt hatte, in seinen Erwägungen keine Rolle mehr spielten, seit er von ihrer nicht vorhandenen Mitgift wußte. An der Stelle, wo ihr Herz hätte sein sollen, schien sich ein Eisblock zu befinden, und sie empfand Furcht und Hoffnungslosigkeit.

Während Sir Fulk mit seinen Lippen ihre kalte Wange berührte, verspürte er ein Gefühl der Erleichterung darüber, daß er sich noch nicht erklärt hatte, bevor er die mangelnde Eignung des Mädchens entdeckt hatte. Sie war hübsch und ihre Gesellschaft anregend, aber eine Frau, die selbst einen förmlichen Kuß mit der unbeweglichen Starre einer Statue entgegennahm, würde wohl kaum eine sehr amüsante Bettgenossin sein.

Lady Mabilia hatte ein wenig gezögert, ehe sie das Gesicht hob zum Zeichen, daß Aylwin sie küssen dürfe, als er an sie herantrat, um sich formell zu verabschieden; doch seine Gleichrangigkeit wie immer stillschweigend voraussetzend, küßte er wie selbstverständlich ihre wettergegerbte Wange, ohne von ihrer herablassenden Haltung Notiz zu nehmen, und ging dann weiter zu Maud, die zufällig daneben, etwas hinter ihrer Herrin stand und brachte sie damit geradezu in Verwirrung, denn wie die meisten Menschen hatte Sir Fulk sie übersehen. Aylwin gab ihr einen herzhaften Kuß, dankte ihr dafür, daß sie bei einer längst vergessenen Gelegenheit sein Hemd geflickt hatte, und wandte sich dann Elys zu.

»Sollten Sie irgendwann einmal Hilfe brauchen, lassen Sie mir über meinen Bischof eine Nachricht zukommen«, flüsterte er. »Ich erhalte sie innerhalb einer Woche, an welchem Ort in England ich mich auch aufhalte. Lassen Sie sich nicht in eine Zelle einsperren.« Er ergriff ihre beiden Hände und beugte sich vor, um sie auf die Wange zu küssen, doch durch eine zufällige Bewegung ihres oder seines Kopfes trafen seine Lippen auf die ihren und verharrten dort einen Augenblick, erst flüchtig und der Form entsprechend, dann plötzlich mit mehr Nachdruck.

Elys gab einen leicht erschreckten Laut von sich, wobei ihre Lippen sich öffneten, und er ergriff die Gelegenheit, sie geziemend – oder ungeziemend – zu küssen, sie war sich nicht ganz sicher. Ein seltsames Zittern durchlief sie, wie ein Windhauch, der über das Wasser streicht. Ihre erste Reaktion war Empörung darüber, daß er so vermessen war, dann Bedauern, daß der englische Handwerker diese Vermessenheit besessen hatte und nicht der eher dazu berechtigte Fulk.

Bevor sie sich freimachen konnte, hatte er ihre Hände losgelassen und sich abgewendet, um sich von Sir Richard zu verabschieden; dieser gab ihm ohne Zögern den zeremoniellen Kuß, sie wechselten ein paar Worte über die neuen Gebäude, die die Templer auf dem Grundstück unten am Fluß errichten wollten, das sie kürzlich erworben hatten, und Aylwin gab ihm den Rat, auf angemessene Fundamente zu achten, da der Grund möglicherweise sumpfig sein könnte. Dann, nach ein paar allgemeinen Worten zu den Sergeanten und Soldaten, bestiegen er, Sir Fulk und der Knappe wieder ihre Pferde und trabten in westlicher Richtung, gen Westminster, davon.

»Warum glauben sie, daß der Bischof von Winchester in

Westminster ist?« fragte Elys abwesend, während sie den kleinen Gegenstand, den Aylwin ihr in die Hand gedrückt hatte, in die an ihrem Gürtel hängende Börse gleiten ließ. Es interessierte sie nicht wirklich, aber sie spürte, daß sie etwas sagen mußte, um nicht in Tränen auszubrechen, so unglücklich und einsam fühlte sie sich.

»Er wird natürlich beim König, seinem Bruder, sein«, antwortete ihr Onkel kurz angebunden. »Ich bringe euch jetzt am besten zu eurer Unterkunft, Mabilia, vor dem Abendläuten.«

Die Damen mußten in einem nahe gelegenen Gasthof übernachten, der als einzigen Vorzug Sauberkeit aufzuweisen hatte, denn er war klein, die Betten klumpig, und das ganze Haus stank nach dem gekochten Kohl, der sich als Hauptbestandteil jeder Mahlzeit mit Ausnahme des Frühstücks erwies. Dort sollten die Frauen Weihnachten verbringen und sich von der Reise erholen, sagte Sir Richard, ehe sie nach Wix und zu einem hoffentlich geheilten Matthew zurückkehrten.

Erst als sie sich in einem winzigen Raum in Schrankgröße, der neben der Kammer ihrer Mutter lag, für die Nacht entkleidete – auch diese Kammer war gerade groß genug für Lady Mabilia und Maud –, hatte Elys Gelegenheit nachzusehen, was Aylwin ihr geschenkt hatte. Sie nahm das kleine, in ein Stück blauer Seide gewickelte Päckchen aus ihrer Börse und legte es auf ihr Kopfkissen, während sie im düsteren Schein des Binsenlichts ihre Gebete sprach; dann wickelte sie sich in ihr Nachthemd, kroch, in dem ungeheizten Raum vor Kälte zitternd, unter die Decken und faltete den Stoff ziemlich aufgeregt auseinander, denn sie hatte bisher wenige Geschenke erhalten.

Das Stück Seide war größer, als sie erwartet hatte – groß genug, um einen Schleier für den Kopf daraus zu machen, denn das Gewebe war sehr fein. Während sie es auseinanderrollte, nahm sie sich vor, die Kanten mit Blumen zu bestikken, vielleicht mit Gänseblümchen. Dann glitt der Stoff ganz auseinander, und sie vergaß die Seide und starrte voll Verwunderung auf den kleinen Vogel in ihrer Hand. Es war ein Sperling, der etwa ein Viertel der Größe eines echten Vogels hatte, aus Holz geschnitzt, wobei die Maserung des Holzes geschickt genutzt worden war, um das Gefieder und die Zeichnung, die für diesen Vogel typisch waren, zu betonen. Es sah aus, als säße er auf seinem Nest, unter dem Körper, eingezogen zwischen den Federn, waren deutlich die festgekrallten Füße zu erkennen, und selbst die Schuppen an den Beinen waren durch winzige Schnitte angedeutet. Sie hielt ihn in der gewölbten Hand, und er schien zu ihr aufzublicken, seine strahlenden schwarzen Augen, zwei winzige Stückchen polierten Steines, funkelten in dem trüben Licht.

»Ach, bist du schön«, rief sie leise aus und küßte ihn, fast mit der Erwartung, die Berührung von Federn an ihren Lippen zu spüren, so lebensecht war er. »Wie freundlich von Meister Aylwin! Es hat ihn sicher viel Zeit gekostet, dich zu machen! Wie geschickt er ist.« Sie kuschelte sich tiefer in ihr Bett und drehte den kleinen Vogel hin und her, um ihn zu betrachten, bis das Binsenlicht schließlich blakte und erlosch. Für einen Moment hatte der Vogel die Bürde aus Furcht und Elend, die sie bedrückte, ein wenig leichter gemacht, doch im einsamen Dunkel schien es ihr eher ein Kinderspielzeug und kein Geschenk für eine Frau zu sein.

Am Heiligen Abend nahm Sir Richard gemeinsam mit ihnen das Essen ein – das heißt, er saß bei ihnen und kaute ein Stück trockenes Brot, während sie aßen, denn er hielt eine strenge Fastenzeit ein, erwartete dasselbe jedoch nicht von Laiinnen – und erkundigte sich, wo Lady Mabilia am nächsten Morgen die Messe hören wolle.

»Ich werde natürlich unsere Kirche besuchen«, fuhr er

fort, »Frauen sind dort nicht zugelassen, aber es gibt in der Nähe mehrere Pfarrkirchen. Ihr könntet natürlich in die Kathedrale gehen.«

»Ist der erste Weihnachtsfeiertag nicht einer der Tage, an denen der König seine Krone trägt?« fragte Lady Mabilia nachdenklich.

»Ja. Warum fragst du?«

»Da er in Westminster ist, wird er vermutlich der Messe in St. Peter's Abbey beiwohnen. Wir werden dorthin gehen«, erklärte sie entschlossen. »Ich habe noch nie einen König mit seiner Krone gesehen, und wenn wir dort sind, können wir an König Edwards Grab beten. St. Paul's hat keinen Heiligen von besonders großem Wert.«

Elys, die inzwischen eine umfassende Kenntnis darüber besaß, welche Kirchen die Reliquien welcher Heiligen enthielten, öffnete den Mund, um gegen diese schnöde Einschätzung mehrerer Heiliger, die sie für sehr wertvoll hielt, zu protestieren und darauf hinzuweisen, daß König Edward trotz Stephens Bitte an den Papst noch nicht heiliggesprochen war; doch sie schloß ihn wieder, als ihr aufging, daß ihre Mutter dies wußte, denn sonst hätte sie nicht von *König* Edwards *Grab* gesprochen und davon, daß der Bischof von Westminster sicher beim König sei und bestimmt seine Ritter mit in die Kirche bringen werde...

»Ihr seid euch darüber im klaren, daß ich euch nicht begleiten kann«, erklärte Sir Richard stirnrunzelnd. »Abgesehen davon, daß es meine Pflicht ist, unsere eigene Kirche zu besuchen, verhält sich der Tempel neutral in diesem Wettstreit um die Thronfolge in England, und ich darf daher weder Stephen von Blois noch der Kaiserin mein Wohlwollen signalisieren, indem ich anwesend bin, wenn einer von ihnen die Krone trägt.«

»Die Kaiserin ist noch nicht gekrönt worden, also kann sie auch keine Krone tragen«, erwiderte Lady Mabilia, die für Neutralität wenig übrig hatte. »Wir werden uns ein paar Knechte aus dem Gasthof als Geleitschutz nehmen.«

»Das werdet ihr ganz bestimmt nicht!« rief ihr Bruder entrüstet. »Ich schicke euch drei unserer Laienbrüder zur Begleitung, jedoch ohne offizielle Ordenszeichen.«

Und so ritten die Frauen, begleitet von drei kräftigen Männern, früh am nächsten Morgen bei leichtem Schneefall am Ufer des Fleet entlang bis zur Brücke unterhalb von Ludgate, wo sie sich nach rechts wandten und dem Ufer der Themse bis nach Charing folgten und von dort zu der von Mauern umgebenen Anlage des königlichen Palastes und St. Peter's Abbey auf Thorney Island gelangten.

Als sie die Brücke über den Tyburn überquerten, mußte Elys daran denken, wie sie sich damals in Rom der anderen Peterskirche genähert hatten; denn obwohl es nur ein kleiner Übergang über einen seichten Fluß war, war er von Menschen übersät, und sie kamen nur langsam vorwärts, bis sie durch das Tor in die Anlage geritten waren und dem breiten Kiesweg bis zur Westfassade der Kirche folgten, wo sie unter den wachsamen Blicken der königlichen Wachen ihre Pferde anbinden und das Münster durch den Eingang zwischen den Zwillingstürmen betreten konnten.

»Noch eine Kirche!« dachte Elys voller Überdruß; so viele hatte sie in den letzten Jahren betreten, immer in der Hoffnung, der Heilige, dessen sterbliche Überreste sich darin befanden, möge sich als derjenige erweisen, der ihrem Bruder Heilung brächte. Natürlich war sie schon früher hier gewesen, denn auch wenn König Edward nicht eigentlich ein Heiliger war, war er seit seinem Tod in ganz England und der Normandie als solcher verehrt worden, und viele, die zu seinem Schrein gepilgert waren, schrieben ihre Heilung seiner Fürsprache zu. Wie in Rom bestand auch hier die Menge, die sich in die Kirche drängte, fast zu gleichen Teilen aus Pilgern und Einheimischen aus London und den umliegenden Dörfern.

Lady Mabilia schlug ihren Mantel zurück, um ihre feine Kleidung zu enthüllen, und zusammen mit ihrer selbstbewußten, stolzen Haltung sorgte dies dafür, daß sie und ihre Begleiter Plätze in der Nähe des Hauptaltars und des Mittelgangs bekamen, von wo sie, soweit es die Dunkelheit des Gebäudes erlaubte, einen guten Blick auf die großen Männer haben würden, wenn sie durch das Allerheiligste zum Chorraum der Mönche und der Kanzel darüber schritten.

Sie waren zeitig gekommen, um sich diese Plätze zu sichern, und mußten lange warten, doch zumindest Elys hatte nichts dagegen, still dazustehen und sich diskret umzuschauen, in dem Versuch, die Besonderheiten zu erkennen, auf die Aylwin in den Kirchen, die sie mit ihm besucht hatte, ihre Aufmerksamkeit gelenkt hatte. Es dauerte mehrere Minuten, bis Lady Mabilia merkte, daß sie nicht betete und sie mit dem üblichen Ellenbogenstoß an ihre Pflicht erinnerte. Gleich darauf kündigte entferntes Singen das Eintreten der Mönche in den Chorraum an, unsichtbar hinter dem mächtigen, herrlich geschnitzten Altar.

Wenige Augenblicke später bewegte sich eine Prozession vom Westportal das Mittelschiff herauf, und Lady Mabilia wandte den Kopf gerade so weit nach rechts, daß sie die hohen Herren vorübergehen sehen konnte, und Elys und Maud wagten, ihrem Beispiel zu folgen. Die Laienbrüder, die sich jenseits des Ganges auf der Männerseite befanden, drehten sich um und gafften die näherkommenden Herren unverhohlen an.

Die Barone, die Stephen unterstützten und nicht durch wichtige Geschäfte verhindert waren, schritten feierlich paarweise in ihrer prächtigsten Kleidung einher, jedes Paar von zwei Pagen flankiert, die Kerzen in riesigen Haltern trugen. Da es ein sehr trüber Morgen war und das spärliche Tageslicht nur durch die kleinen Fenster im Dachgeschoß in das Gebäude drang, dachte Elys, die Kerzen der Pagen seien wahrscheinlich notwendig, damit die Barone sich in der Kirche zurechtfinden konnten. Das einzige andere Licht kam aus den Kapellen in den Seitenschiffen, wo alle Altarkerzen brannten, doch nur wenig davon drang bis in das Hauptschiff.

Den Baronen folgten die Geistlichen, die ebenfalls von Pagen eingerahmt wurden; alle trugen prächtige Meßgewänder und Chorröcke, deren Gold und Edelsteine aufblitzten, wenn das Licht ihre Falten erfaßte, und Elys sah sich die Verzierungen lange und eingehend an. Der letzte der Priester, der amtierende Geistliche, der die Messe lesen würde, war ein hochgewachsener, auffallend vornehmer Mann mit einem dichten schwarzen Bart, der unter dem Meßgewand anstelle der üblichen weißen Albe ein purpurrotes Gewand trug, und Elys dachte deshalb, daß er der päpstliche Gesandte, Sir Fulks Herr, Bischof Henry von Winchester, sein müsse. Zu ihrer Enttäuschung wurde er nur von Meßgehilfen und nicht von seinen Rittern begleitet.

Dem Klerus folgte eine weitere kleinere Gruppe von Baronen, die einen Priester im Bischofsrang, vermutlich der Abt, und einen anderen Mann umgaben, der groß genug war, um sich gegen die Schar seiner Begleiter abzuheben, auch wenn er nicht die steife Robe aus goldenem Stoff und eine juwelenbesetzte Krone getragen hätte, die funkelte, wenn er den Kopf lächelnd nach rechts und links wandte und allen leutselig zunickte, die seinen Blick suchten, während er langsam vorwärts schritt, das Zepter in der einen, die Weltkugel in der anderen Hand.

Elys starrte ihm nach, als er in würdevoller Haltung um den Altar herumging und durch den Bogen des Altarraums verschwand, und wünschte, sie hätte mehr als sein Profil gesehen, als er an ihr vorbeigegangen war. Vielleicht würde sie sein Gesicht von vorn sehen, wenn er nach der Messe zurückkehrte. Sie dachte bei sich, daß ihre Mutter trotz ihrer gewohnt unerschütterlichen Ruhe im voraus ein Gefühl der Erregung darüber verspürt haben müsse, tatsächlich den König in seinem Staat und mit Krone zu sehen. Sie beugte sich vor, um Lady Mabilia ins Gesicht zu schauen, aber ihr Ausdruck war so distanziert wie immer, und sie sah aus, als hätte sie nichts von der prickelnden Erregung gespürt, die angesichts des prächtigen Schauspiels in ihrer Tochter aufgestiegen war.

Lange Zeit gab es nichts zu sehen; nur entferntes Singen war zu hören, während am Hochaltar hinter dem Chorraum der Mönche die Messe zelebriert wurde. Elys folgte dem Gottesdienst nur unkonzentriert und gestattete ihrem Blick und einem Teil ihrer Gedanken abzuschweifen, um sich das Wenige anzusehen, was von der Kirche und der Gemeinde zu erkennen war. Die Kirche war langgestreckt, wie sie wußte, und besaß ein Steingewölbe, das im Vergleich zu den meisten anderen, die sie gesehen hatte, sehr hoch war. Die Pfeiler waren dick und massiv, die Bögen mit kunstvollen Mustern verziert, und die vertikalen Oberflächen waren, soweit man erkennen konnte, mit Figuren, vermutlich Heiligen und biblischen Gestalten, bemalt, die sich im flackernden Kerzenlicht zu bewegen und lebendig zu sein schienen.

Ein mahnender Rippenstoß machte ihr bewußt, daß sie zu sorglos umhergesehen hatte, und sie gab ihr Vorhaben, sich die Gesichter der Menschen um sie herum anzusehen, auf und blickte nur noch streng geradeaus, wobei ihr Blick auf den Altar im Mittelschiff fiel, der von den zahlreichen Kerzen auf beiden Seiten hell erleuchtet wurde. Sie besah sich das weißgoldene Altartuch und stelle fest, daß die Stickerei darauf gut vorgezeichnet und sauber ausgeführt war, aber bei aller angemessenen Bescheidenheit kam sie zu der Überzeugung, dies ebenso gut zu können, und fühlte ihren Mut steigen. Falls ihre Familie sie enterbte, weil sie sich weigerte, in das Kloster von Wix einzutreten, könnte sie vielleicht in einer der Stickereiwerkstätten der Stadt Beschäftigung finden und sich von ihrer Nadelarbeit ernähren ...

In diesem Moment ging der Schlußgesang des Gottesdienstes zu Ende, die Prozession erschien durch den Bogen des Altarraums und schritt in der gleichen Anordnung wie vorher das Kirchenschiff hinab. Elys hielt Ausschau nach dem Bischof und sah ihm forschend ins Gesicht, als er kam und zu beiden Seiten die Menschen segnete, an denen er vorüberging. Er hatte einen durchdringenden Blick, dem nichts zu entgehen schien, einen festen, schmallippigen Mund, der von einem Bart umrahmt war, und sah sehr intelligent und fähig aus.

Als der König erschien, verglich sie im Geist die beiden Gesichter und stellte eine große Ähnlichkeit fest, nur fehlte Stephens Zügen der wache Verstand seines Bruders. Statt dessen sah er liebenswürdig, gutmütig und freundlich aus, und vielleicht ein wenig schwach um Mund und Kinn. Sie hatte den Eindruck, daß er wahrscheinlich ein sympathischer Mensch war, war jedoch durchaus nicht sicher, ob er auch einen guten, mächtigen König abgegeben würde. »Er ist genauso, wie ich dachte, nach allem, was ich über ihn gehört habe«, sagte sie sich, drehte sich um und schaute der Prozession nach; dann überflog sie mit raschem Blick die Gesichter auf der Seite der Männer, in der Hoffnung, Fulk zu erblicken, doch es war nichts von ihm zu sehen. Dafür meinte sie, flüchtig Meister Aylwins Kopf und Schultern zu erkennen. Er stand neben einer der Säulen und blickte zu ihrem Kapitell auf, und ein Lichtstrahl, dessen Quelle ihr verborgen blieb, fiel auf seine Gesichtszüge und sein blondes Haar. Zweifellos zeichnete er das Kapitell in eines seiner Skizzenbücher.

»Komm schon, Elys, träum nicht, sonst verbringen wir noch den ganzen Tag hier!« zischte Lady Mabilia und ging voran in den Nordflügel, wo ein Laienbruder wartete, um den Pilgern zum Grab König Edwards Zutritt zu gewähren.

Das Seitenschiff war fast stockdunkel, daher war der blendende Lichtschein, der sie traf, als sie hinter dem Chorraum die Vierung betraten, um so atemberaubender. Man hatte der letzten Ruhestätte des Königs eher das Aussehen eines Schreins als das des Grabmals eines Gründers gegeben; er erhob sich in zwei durch Steinmetzarbeiten verzierten Schichten übereinander genau in der Mitte der Vierung, wo er durch die Oberlichtfenster des Turms, von den Dutzenden von Kerzen des Hochaltars, sowie den Kerzen auf dem Grabmal selbst und den Votivkerzen davor beleuchtet wurde. Es war mit einem kostbaren Bahrtuch bedeckt, das, wie der Laienbruder ihnen in gelangweiltem Ton mitteilte, ein Geschenk König Williams des Ersten zu Ehren seines Vorgängers war. Dann wies er die Pilger an, neben dem Schrein niederzuknien und ihre Bitten durch die seitlich in den Stein gehauenen Bögen zu sprechen.

Elys wartete mit ihrer Mutter, bis sie an die Reihe kam, stand schließlich dicht vor einem der kleinen Bögen und sprach flüsternd die Bitte aus, ihr lieber Bruder möge geheilt werden. Dann setzte sie leise hinzu: »Und, bitte, Freiheit für mich!« Der Gedanke kam ihr, daß es merkwürdig war, sich Freiheit zu wünschen, denn was bedeutete das? Niemand war *frei*. Jeder hatte Pflichten gegenüber anderen Menschen, warum also hatte sie dieses Wort gewählt?

Doch es blieb ihr keine Zeit, über die Sache nachzudenken, denn nachdem Lady Mabilia ihre Pflicht getan hatte, sorgte sie sich nun um die Pferde draußen in der Kälte, fürchtete, es könnte stärker schneien, und ging davon aus, daß es bestimmt gleich Essenszeit sei. Als sie eilig durch das Mittelschiff zurückgingen, riskierte Elys die Frage: »Fandest du die Prozession nicht auch sehr eindrucksvoll, Mutter?«

»Eine ungeheure Verschwendung von Kerzen«, erwiderte Lady Mabilia tadelnd. »*Wachskerzen*, nur um ihnen zu leuchten. Beeil dich, Maud. Immer bleibst du zurück!«

Die Tage gingen friedlich dahin, während sie sich von ihrer langen Reise ausruhten und auf besseres Wetter und Neujahr warteten. Aylwins Vogel war nicht das einzige Geschenk, das Elys erhielt; am Neujahrsmorgen schenkte die Mutter ihr nach der Messe eine der kostbaren Nadeln, die sie in Mantua gekauft hatte, sowie ein kleines Holzkästchen, um sie darin aufzubewahren, und zu ihrer Überraschung überreichte Sir Richard ihr einen silbernen Fingerhut mit der Belehrung, ihn einzusetzen, wenn sie mit ihrer Nadel Werke für Gottes Ruhm und Ehre schaffe. Sie erinnerte sich an Aylwins Überzeugung, sie könne mit ihrer Stickarbeit ihren Lebensunterhalt bestreiten und nahm die beiden Gaben als gutes Vorzeichen, beziehungsweise als Talisman, der ihr helfen würde, ihre Freiheit zu behalten und nicht ins Kloster eingesperrt zu werden.

Sir Richard hatte auch für seine Schwester ein kleines Geschenk, ein Kruzifix aus Gold und Elfenbein, am Gürtel oder um den Hals zu tragen, das er in Rom gekauft hatte. Der Papst persönlich hatte es gesegnet. Und was noch besser war, er hatte einen Brief von Matthew mitgebracht.

Anders als die meisten Ritter, war Matthew gebildet, denn er hatte in den letzten drei Jahren, in denen sein verletzter Fuß zu stark schmerzte, um aufzutreten oder gar damit zu laufen, lesen und ziemlich gut schreiben gelernt. Seine Mutter konnte natürlich nicht lesen, was er geschrieben hatte, ebensowenig wie sein Onkel oder seine Schwester, aber Sir Richard hatte daran gedacht, einen Priester mitzubringen, der bereit war, ihnen den Brief laut vorzulesen; also nahmen sie an dem Tisch in dem kleinen Wohnzimmer Platz, wo die Damen sonst ungestört ihre Mahlzeiten einnahmen, und konzentrierten sich aufs Zuhören.

Sie hatten erwartet, Matthew schicke ihnen die gute Nachricht seiner Genesung, doch er begann, nach den üblichen, höflichen Grüßen an alle, mit der unerwarteten Neuigkeit, er habe Wix mit seinem jüngeren Bruder Crispin verlassen und sei nach Waltham gegangen, das ebenfalls in Essex, jedoch im westlichen Teil der Grafschaft lag und kaum zwanzig Meilen von ihrem gegenwärtigen Standort entfernt war.

»Aber warum hat er das nur getan?« rief Lady Mabilia aus. »Er sollte mit seinem kranken Fuß nicht reisen – außer – außer – Schreibt er, ob . . . ?«

»Wenn Sie mich bitte nicht unterbrechen wollen«, sagte der Priester streng. »Ich bin nicht daran gewöhnt, weltliche Schriftstücke zu lesen, und dieses hier ist auch noch auf Französisch. Er hätte auf lateinisch schreiben sollen.«

»Aber dann hätten Sie es auch übersetzen müssen«, machte Elys ihm klar.

»Schriftstücke sollten nicht dazu degradiert werden, eine barbarische, gewöhnliche Sprache festzuhalten«, sagte der Priester in mißbilligendem Ton. »Wünschen Sie, daß ich fortfahre, oder soll ich später noch einmal wiederkommen, wenn Sie damit fertig sind, den ersten Satz zu erörtern?«

Elys fand ihn äußerst grob, aber Lady Mabilia bat ihn wegen der Unterbrechung demütig um Verzeihung und forderte ihn auf weiterzulesen. Aus dem Rest des Briefes ging hervor, daß Matthew erfahren hatte, das Münster in Waltham beherberge ein großes Kruzifix, das bei den Engländern berühmt sei, weil schon viele Kranke, die davor gebetet hatten, geheilt worden waren, und er habe beschlossen, die große Anstrengung auf sich zu nehmen und selbst dorthin zu gehen, denn er sei zu dem Schluß gekommen, Wallfahrten, die andere seinetwegen unternähmen, könnten die Heilung seines Fußes nicht bewirken.

»Das Geschwür wird von Monat zu Monat breiter und

tiefer«, fuhr er fort. »Ich spüre, wie es sich in Fleisch und Knochen frißt, als wäre es ein Lebewesen. Die Chorherren hier in Waltham sind freundlich. Sie haben uns ein Haus neben der Kirche besorgt und Dienstboten, die uns versorgen. Crispin ist bereit, hier bei mir zu bleiben, da er seine Studien für das Priesteramt hier bei den Chorherren fortsetzen kann – ihre Schule und Bibliothek sind ausgezeichnet. Ich hoffe, daß ihr mir hierher folgt und eure Gebete den meinen anschließt, denn ich spüre ganz deutlich, daß ich in Waltham finde, was ich suche.« Der Brief endete mit der gleichen Förmlichkeit, mit der er begonnen hatte.

Einen Moment blieb es still, als der Priester zu Ende gelesen hatte, dann sagte Sir Richard zu ihm: »Vielen Dank für Ihre Mühe, Pater. Wissen Sie etwas über dieses Waltham? Was das für ein Ort ist? Stimmt es, daß dieses Kruzifix Heilungen bewirkt hat?«

»Ganz gewiß nicht«, antwortete der Priester ungehalten. »Das ist reiner Aberglaube! Es trifft jedoch zu, daß einige Gegenstände sehr stark mit der Liebe Gottes erfüllt sind und die in ihrer Umgebung gesprochenen Gebete Gott schneller erreichen. Ich habe von diesem Kruzifix und dem Münster von Waltham gehört.«

Etwas in seinem Ton weckte die Aufmerksamkeit aller drei Zuhörer, und Lady Mabilia fragte scharf: »Was gibt es an dem Ort auszusetzen?«

Der Priester schloß einen Moment die Augen und erwiderte dann: »Nichts. Es ist eine kleine Stadt – kaum mehr als ein Dorf – mit einer großen Kirche, die in letzter Zeit nach und nach von den jeweiligen Frauen unseres verstorbenen Königs wieder aufgebaut, jedoch, soviel ich weiß, noch nicht fertiggestellt wurde. Jahrhundertelang war an dieser Stelle ein Gotteshaus, aber es wurde vor rund achtzig Jahren von – von Graf Harold, dem Usurpator, neu gegründet, und sein Leichnam ist angeblich dort, hinter dem Altar, beigesetzt, natürlich ohne Erwähnung. Das zeigt vielleicht, was an diesem Ort zu kritisieren ist, nämlich, daß die Chorherren des Kollegiums, das er dort angesiedelt hat, es gewagt haben, einen Abtrünnigen, einen Meineidigen, in ihrer Kirche zu beerdigen! Und das ist noch nicht alles!«

Er machte eine dramatische Pause und fuhr, als er sicher war, daß ihre Blicke in entsetzter Erwartung auf seinem Gesicht ruhten, fort, wobei er seine Stimme zu einem effektvollen, tiefen Flüstern dämpfte: »Die Chorherren sind Weltgeistliche der alten, unreformierten Art, und viele von ihnen ...« Wieder machte er eine Pause, als müsse er sich zwingen, das Unaussprechliche über die Lippen zu bringen. »... Viele von ihnen *leben nicht im Zölibat*!«

»Nicht im ...?» echote Lady Mabilia mit erwartungsvoll geöffnetem Mund, Elys' Anwesenheit völlig vergessend.

»Sie sind verheiratet«, zischte er.

»Oh.« Lady Mabilia klang ein wenig enttäuscht. »Nun, viele Priester der alten Gründungen sind noch verheiratet, selbst heute noch. Die Engländer waren, glaube ich, daran gewöhnt, daß ihre Priester verheiratet waren, bis Erzbischof Lanfranc die neuen Regeln einführte.«

»Aber Lanfrancs Zeit ist seit drei Generationen vorbei«, bemerkte der Priester. »Mittlerweile sollte es in England keine verheirateten Gemeindegeistlichen mehr geben, geschweige denn ein ganzes Kollegium.«

»Aber Sie haben von Pilgern nach Waltham gehört, die geheilt worden sind?« unterbrach Sir Richard ihn ungeduldig.

Der Priester räumte widerwillig ein, daß dies zutreffe und sich mehrere andere, offensichtlich wunderbare Dinge ereignet hätten, die anscheinend mit der Existenz von Walthams großem Kruzifix im Zusammenhang stünden. »Würden diese sündigen sogenannten Priester durch regulierte Kanoniker meines eigenen Ordens, der Augustiner, ersetzt, würde es zweifellos weitaus mehr Heilungen und Wunder geben«, fügte er hinzu, hartnäckig entschlossen, dafür zu sorgen, daß man ja nichts Gutes von verheirateten Chorherren dachte.

»Das Entscheidende ist, daß Matthew offensichtlich glaubt, dort Heilung zu finden«, sagte Elys ruhig. »Er war nie fest genug davon überzeugt, einer Heilung für würdig befunden zu werden, um die Anstrengung auf sich zu nehmen, selbst einen weiteren Schrein aufzusuchen.«

»Der Junge ist zu bescheiden!« rief seine Mutter liebevoll aus. »Ich bin sicher, es gibt in der ganzen Christenheit keinen Menschen, der es mehr verdient hätte.«

Elys sagte nichts darauf, aber Sir Richard schnaubte verächtlich, denn er hatte ein tiefes, angeborenes Mißtrauen gegen jedes Gefühl, das nicht gänzlich von der Religion inspiriert wurde, und keine hohe Meinung vom Urteilsvermögen einer Frau, schon gar nicht dem einer liebenden Mutter. »Am besten begebt ihr euch nach Waltham und findet dort heraus, was weiter geschehen soll«, sagte er.

Und das taten sie; sobald mit dem Dreikönigstag das Ende der zwölf Weihnachtstage gekommen war, brachen sie auf. Es war bitter kalt, der Erdboden war einige Zentimeter hoch mit Schnee bedeckt, und ein tiefhängender, gelblich-grauer Himmel versprach noch mehr davon, doch Lady Mabilia machte sich über Elys lustig, als sie vorschlug, ein paar Tage abzuwarten in der Hoffnung auf besseres Wetter. Sir Richard begleitete sie nicht, da er nach seiner langen Abwesenheit viel mit den Angelegenheiten der Tempels zu tun hatte, doch er gab seiner Schwester und Nichte zwanzig Soldaten und drei Sergeanten zum Geleit mit, was in Elys' Augen zeigte, wie unsicher das Land nach dem siebenjährigen Streit um die Thronfolge geworden war. Unglaublich, daß eine simple Reise von ein paar Meilen von Westminster nach Waltham und die Anwesenheit des Königs eine größere Eskorte erforderten als diejenige, die sie sicher die ganze Strecke von Rom hierher begleitet hatte.

Offensichtlich gab es Gerüchte in der Stadt über Umtriebe des Grafen von Essex, des berüchtigten Geoffrey de Mandeville, der dafür gesorgt hatte, daß jeder aufrecht denkende Mensch in England, ob Mann oder Frau, ihn zutiefst haßte. Er hatte sich geschickt erst Stephens Vertrauen, dann das der Kaiserin erschlichen und dadurch seine Grafenwürde und die Befehlsgewalt über den Tower ebenso wie das Amt des Sheriffs in zwei oder drei Grafschaften erlangt; wann immer es ihm von Vorteil erschien, wechselte er die Seiten und verhandelte heimlich mit dem einen Thronanwärter, während er den anderen offen unterstützte, plünderte die eingeschüchterten Städter und Dorfbewohner in den östlichen Grafschaften aus und tyrannisierte die Londoner, was ihm bei allen den Ruf eines Teufels in Menschengestalt eintrug. Sollten er und seine Leute irgendwo auf der Strecke nach Waltham auftauchen, würden dreiundzwanzig bewaffnete Männer als Eskorte kaum ausreichen.

Glücklicherwiese war Graf Geoffrey anderweitig beschäftigt, doch die Reise nach Waltham wurde so schnell zurückgelegt, wie das Wetter es zuließ, und alle hielten ständig Ausschau nach einem möglichen Hinterhalt, näherten sich argwöhnich jedem Wäldchen – beinahe jedem Busch – und wenn sie die Dörfer durchquerten, wagten sie nur, sich flüsternd zu verständigen aus Furcht, die Aufmerksamkeit auf sich zu lenken.

Nach einem langen Tagesritt, der einige Zeit vor Tagesanbruch begonnen hatte und erst endete, als die Sonne hinter einer blutrot gefärbten Wolkenbank verschwand, ritten sie endlich über den Damm durch die Sümpfe des Lea und erreichten die Stadt Waltham.

Es war eine sehr kleine Stadt, die weder eine schützende Mauer noch einen Palisadenzaun besaß. Sie bestand aus einer großen Steinkirche, um die sich eine Gruppe von Strohdächern drängte wie eine Schar Küken um eine Henne. Die Hauptstraße begann ein paar hundert Meter westlich der Kirche, verbreiterte sich kurz dahinter zu einem Marktplatz auf der Nordseite der Straße und verengte sich dann vor einem Fluß und einer wackeligen Fußgängerbrücke über den Mühlbach, der unmittelbar vor den beiden gedrungenen Westtürmen über die Straße lief und dann im Bogen die Südseite des Kirchhofs umfloß, um an der breitesten Stelle des Flusses, in Höhe des Friedhofstores zu versiegen.

»Am besten gehen wir zur Priorei und fragen nach dem Aufenthaltsort meines Sohnes«, sagte Lady Mabilia zu dem diensthabenden Sergeanten, der die Gegend kannte, da er nicht weit davon entfernt auf die Welt gekommen war.

»Es gibt keine Priorei, Mylady«, antwortete er entschuldigend. »Die Pater haben alle ein Haus inmitten der Stadtbevölkerung. Sie wohnen nicht zusammen wie die regulierten Chorherren. Es gibt nur die Kirche, die Schule und ein paar andere Gebäude.«

Lady Mabilia gab einen ungehaltenen Laut von sich und sah sich um; sie wußte nicht, was sie jetzt tun sollte. Die Reisenden hatten haltgemacht, nachdem sie den Fluß überquert hatten, und standen nun zusammen auf dem kleinen Vorplatz der Kirche. Es waren keine Personen von Bedeutung zu sehen, nur Bauern auf dem Heimweg von der Arbeit, und Lady Mabilia vermutete, daß weder diese über genug Verstand verfügten, noch sie selbst über genügend Englisch, um daraus Nutzen zu ziehen.

Elys, durchgefroren und erschöpft, hob kaum den Blick von einem bestimmten Punkt zwischen den Ohren ihres Pferdes, auf den sie während der letzten Stunde unverwandt gestarrt hatte, um in ihrem ungesicherten Sattel das Gleichgewicht zu halten. Das plötzlich einsetzende Läuten einer Glocke ließ sie zusammenfahren, und sie blickte auf, um zu erkennen, woher es kam, wobei ihr Blick von einem Turm zum anderen wanderte. Sie stellte fest, daß beide viereckig und gedrungen waren und das Gebäude dazwischen, wo eigentlich das Westportal und das Westfenster sein sollten, nur aus einer provisorischen Holzkonstruktion bestand, denn das Schiff der Kirche war noch nicht fertiggestellt. Die Glocke, die jetzt in Schwung gekommen war und gleichmäßig läutete, befand sich weiter östlich und mußte entweder in einem Mittelturm oder in einem separat stehenden Glockenturm hängen. Sie war so von ihrer Niedergeschlagenheit und Müdigkeit in Anspruch genommen gewesen, als sie den Fluß überquert hatten, daß sie der Kirche beim Näherkommen keinen Blick gegönnt und nun keine Vorstellung von ihrer Länge oder Höhe oder von der Lage des anderen Turmes hatte.

Einer der vorübergehenden Bauern blieb stehen und besah sich neugierig die große Zahl der in schwarze Umhänge gehüllten Soldaten, die drei Frauen und einen Gepäckwagen bewachten, kam dann in einem seltsamen, ungleichmäßigen Gang näher und fragte selbstbewußt: »Sucht Ihr Pater Brian?«

»Wer ist Pater Brian?« fragte der erste Sergeant.

»Das ist der, der für die Kirche zuständig ist, wenn der Dekan nicht da ist«, antwortete der Mann und betrachtete mit Interesse Kettenhemd und Umhang des Sergeanten. »Sind Sie ein Templer?«

»Ja«, erwiderte der Sergeant mit einer Spur Überlegenheit.

»Ja, das habe ich mir gedacht, bei dem Umhang. Ritter tragen weiße und gewöhnliche Burschen schwarze. Ich hab' drüben in Chingford welche gesehen.«

»Wo ist der Dekan des Kollegs?« fragte Lady Mabilia scharf, denn es kam ihr so vor, als werde zuviel Zeit für Unwichtiges verschwendet, und dieser schlichte Bursche schien zumindest eine Spur Verstand zu besitzen und nicht auf den Mund gefallen zu sein.

»Oh, der ist beim König – oder dem Grafen, je nachdem, wie man es sieht, Lady, weil nämlich der eine der Bruder vom anderen ist.«

Alle sahen ihn bei diesen Worten verständnislos an, denn die meisten hatten nur sehr beschränkte Englischkenntnisse, die nicht ausreichten, um eine so komplizierte Aussage zu verstehen, doch Elys konzentrierte sich, dachte angestrengt über seine Worte nach und rief aus: »Ach, Sie meinen, der Dekan ist der Bruder des Königs.«

»Genau, Mylady«, sagte der Mann und grinste. In der zunehmenden Dämmerung fiel es schwer, ihn deutlich zu erkennen, doch es war ein merkwürdiger Bursche, mit langer Nase und vorspringendem Kinn, kleinen, tiefliegenden Augen und einem blonden Haarschopf, der unter einer bis über die Ohren gezogenen, nach oben schmaler werdenden Stoffkappe hervorquoll. »Bischof Henry hat nicht oft Zeit, nach Waltham zu kommen, deshalb hat Pater Brian, der rangälteste Chorherr, die Leitung, und der wohnt da drüben.« Er wies auf ein hübsches kleines Haus, das sich dicht an den nördlichen der beiden Westtürme drängte.

»Vielen Dank, guter Mann!« rief Lady Mabilia und holte etwas aus ihrer Börse. »Hier, nehmen Sie das für Ihre Bemühung«, und sie reichte ihm die kleinste Silbermünze, die ihre kalten Finger finden konnten. Es konnte kaum mehr als ein achtel Penny sein, doch wahrscheinlich war es ebensoviel, wie der Mann sonst an einem ganzen Tag Arbeit verdiente.

Er hatte die Hände in die Ärmel gesteckt, um sie zu wärmen, während er dastand, und er ließ sie auch dort, als er würdevoll entgegnete: »Gott segne Sie, Mylady, das ist nicht nötig. Wenn Sie etwas brauchen, solange Sie in Waltham sind, Lukin Dulpain ist der richtige Mann, bin nämlich der Vogt hier.«

»Kennen Sie meinen Sohn, Matthew de Wix?« fragte Lady Mabilia, der plötzlich aufging, daß er kein einfacher Bauer war.

»Und ob! Der wohnt gegenüber dem Kirchhoftor«, antwortete Lukin. »Der ist ein Bruder von Pater Crispin. Gehen Sie am Zaun des Friedhofs entlang, und Sie finden ihn im letzten Haus rechts«, und damit schob er seine Hände noch weiter in die Ärmel, machte eine Reihe ruckartiger Verbeugungen in alle Richtungen wie eine Bachstelze und hüpfte auf merkwürdige Weise, beinahe, als würde er tanzen, über den baufälligen Steg davon.

Das letzte Haus auf der rechten Seite schien größer und stabiler gebaut zu sein als die meisten anderen Häuser der Stadt, doch als sie dort ankamen, war es schon ziemlich dunkel, und man konnte kaum etwas von seinem Äußeren erkennen. Ein adrett gekleideter Bediensteter öffnete auf ihr Klopfen die Tür und bat sie mit einer Verbeugung herein, sobald er gehört hatte, wer sie waren. Die Eskorte, die ihre Pflicht erledigt hatte, blieb draußen und entfernte sich nach kurzer Beratung, um in einem der Gasthäuser ein Quartier für die Nacht zu suchen.

Durch die Außentür des Hauses kam man in einen Korridor, der bis in den Hof hinter dem Haus und in die Küche führte, die sich, wie sie später feststellten, in einem separaten Gebäude befand. Auf der rechten Seite führte eine Tür in die Halle, die den größten Teil des Hauses einnahm und bis zum Dach offen war. Hierhinein geleitete der Diener die Neuankömmlinge. Sie blieben einen Augenblick stehen und blinzelten ins Licht, denn an den Wänden brannte ein halbes Dutzend Fackeln in Leuchtern, und im Kamin in der Mitte des binsenbestreuten Fußbodens flackerte ein gemütliches Feuer. Davor standen ein kleiner Tisch, ein paar Schemel und ein merkwürdiges Möbelstück, das die Form eines Lehnsessels hatte, dessen Sitz jedoch vorn verlängert worden und mit strohgefülltem Stoff gepolstert war.

Ein junger Mann mit gelocktem braunen Haar und im schlichten schwarzen Gewand eines Geistlichen saß auf einem der Schemel, und im Sessel ruhte ein anderer, nur wenig älterer Mann, der ihm sehr ähnlich war, jedoch glatte Haare, ein bleiches, abgezehrtes Gesicht und dunkle Schatten unter den Augen und den Wangenknochen hatte. Seine Beine ruhten auf dem verlängerten Sitz, der rechte Fuß war mit Bandagen umwickelt. Seine Miene drückte Schmerz und Erschöpfung aus, als könne er es kaum noch ertragen, dort zu liegen, besäße jedoch auch nicht die Kraft, etwas anderes zu tun.

»Matthew!« rief Lady Mabilia, breitete die Arme aus und stürzte quer durch die Halle auf ihn zu. Er zuckte zurück, als fürchte er, sie würde ihn berühren, aber ein paar Fuß vor ihm hielt sie inne, ging die letzten drei, vier Schritte sehr langsam auf ihn zu und beugte sich nieder, um ihn auf die Stirn zu küssen.

»Mutter!« sagte er und brachte ein mattes Lächeln zustande. »Ich bin froh, dich wieder gesund zu Hause zu sehen. Und Elys.« Er streckte seiner Schwester die Hand entgegen, und Elys tat einen Schritt vorwärts, um sie mit beiden Händen zu umschließen, denn er hatte kaum Kraft genug, sie lange so zu halten.

»Wie geht es dir, lieber Matthew?« fragte sie und kniete neben ihm nieder.

Er seufzte und schüttelte leicht den Kopf, dann sagte er, während er sich um eine gewisse Munterkeit bemühte, und mit einem Unterton fester Überzeugung, den Elys, soweit sie sich erinnern konnte, noch nie bei ihm gehört hatte: »Aber hier werde ich geheilt, ich bin ganz sicher, und Crispin ist es auch. Es herrscht eine Heiligkeit, ein Frieden an diesem Ort, eine wohltuende Stimmung, die heilend und beruhigend ist. Crispin empfindet es genauso.«

Crispin, der sich von seinem Hocker erhoben hatte und

geduldig abwartete, bis seine Mutter und seine Schwester sich seiner erinnerten, nickte lächelnd.

»Ein gesegneter Ort«, sagte er. »Ich werde hierbleiben, komme, was da wolle, meine Studien vollenden und danach, so Gott will, ein Mitglied des Kollegiums werden.«

»Crispin, mein lieber Junge.« Lady Mabilia streckte ihm die Hände entgegen, küßte ihn jedoch nicht, denn immerhin hatte er bereits die Priesterweihen empfangen. Er berührte nur flüchtig ihre Hände, lächelte jedoch und sprach leise einen Segen, dann tat er das gleiche bei Elys.

»Matthew sieht müde aus«, sagte er. »Die Reise hierher war sehr anstrengend für ihn, und den ganzen Nachmittag über war er in der Kirche und hat meditiert und gebetet. Aber ihr müßt selbst erschöpft und hungrig sein. Wir haben einen Raum für euch vorbereitet, ein Dachzimmer über dem hinteren Raum, wo ihr ungestört sein könnt. Wenn ihr wollt, könnt ihr euch dort frischmachen, und dann essen wir zu Abend, bevor ich zur Abendandacht gehe.«

Lady Mabilia räumte ein, sie habe Hunger, denn zu Mittag hatten sie in einem schäbigen, kleinen Gasthaus, das sonst nichts anzubieten hatte, nur etwas Gemüsesuppe gegessen. Elys war zu durchgefroren und erschöpft, um besonderen Wert auf Essen zu legen, doch sie folgte ihrer Mutter und Crispin, erst durch eine Tür auf der Rückseite des niedrigen Podestes am anderen Ende der Halle, die zu einem von Matthew und Crispin bewohnten Zimmer führte, dann eine Holztreppe in der Ecke hinauf in den darüberliegenden Raum. Crispin hatte eine brennende Kerze bei sich, mit der er andere Kerzen und zuvor vorbereitete Binsenlichter anzündete, und zeigte ihnen ihr Schlafzimmer, ehe er sie eilig verließ, so als befände er sich an einem unpassenden Platz.

Es war ein großer Raum, in dem es genügend Platz gab, um drei Damen bequem unterzubringen, mit drei schmalen

Holzbetten, die mit Laken, Wolldecken und Fellen ausgestattet waren. In jeder Seitenwand befand sich ein Fenster mit fest schließenden Läden und dem Luxus eines mit geöltem Leinen bespannten Rahmens, der tagsüber Licht hereinließ, jedoch Wind und Regen abhielt. An der Rückwand befanden sich zwei lange Querstangen für Kleidungsstücke, es gab einen kleinen Tisch mit Wasserkrug und Waschschüssel, einen Nachtstuhl hinter einem Vorhang in der Ecke und zwei Schemel mit gepolsterten Sitzen. Ein paar Bedienstete kamen polternd und keuchend mit dem Reisegepäck die Treppe herauf, und eine kräftige, verständig aussehende Dienerin brachte einen Krug heißes Wasser.

Nachdem sie sich gewaschen hatten, aus ihren feuchten Reisekleidern geschlüpft waren und ihnen ein wenig wärmer war, kehrten die Damen rasch in die Halle zurück, wo man inzwischen Tische aufgestellt und für das Abendessen gedeckt hatte. Es waren acht Diener im Raum, doch Crispin erklärte, das Küchenpersonal äße in der Küche. Vier Knaben bedienten die Adligen an der Tafel auf dem Podium mit reichlichem, schmackhaftem Essen, und Lady Mabilia stellte fest, daß die Bediensteten anscheinend das gleiche aßen wie ihre Herren.

»Es sind alles freie Leute, die für einen festen Lohn und ihr Essen arbeiten«, antwortete Crispin. »Unsere Ansprüche sind bescheiden, ich würde also eher sagen, wir essen das gleiche wie unsere Diener – gute, gesunde, einfache Kost.«

Die beiden Brüder brannten darauf, etwas über die Reise ihrer Mutter und Schwester, vor allem Interessantes aus Rom, zu erfahren, aber Lady Mabilia erzählte ihnen nur wenig, denn wie sie sagte, bliebe ihnen für den Rest noch viel Zeit, und sie wolle viel lieber wissen, wie es ihren beiden Söhnen ergangen sei.

Crispin erzählte, sie hätten von einem Pilger, der zufällig durch Wix gekommen sei, von dem heiligen Kreuz von Waltham gehört; er sei auf dem Weg nach Harwich gewesen, um sich dort zum Kontinent einzuschiffen.

»Matthew hat in der folgenden und noch ein paar weiteren Nächten davon geträumt und fühlte sich berufen, herzukommen. Ich begleitete ihn, und sobald wir ankamen, wußten wir, daß wir die richtige Entscheidung getroffen hatten.«

»Aber wie hast du Matthew bis hierher gebracht?« fragte Elys, die wußte, wie sehr Matthew fürchtete, auch nur ein paar Meter von der Stelle bewegt zu werden, da auch nur der leiseste Stoß große Schmerzen in seinem verletzten Fuß verursachte.

»Ich bin im Wagen gekommen«, erwiderte Matthew verbissen. »Es war unangenehm, aber jetzt bin ich schließlich hier. Pater Brian und die anderen Chorherren waren sehr freundlich und hilfsbereit. Pater Radulf kennt sich aus mit Wunden, und seine Frau macht vorzügliche Heilkräuteraufgüsse und Salben . . .«

»Seine Frau!« rief Lady Mabilia aus. »Es ist also wahr! Diese Chorherren hier sind von der alten englischen Art. Verheiratet!«

»Nur drei oder vier«, protestierte Crispin. »Sie sind der Ansicht, ihre Frauen seien ihnen bei der Arbeit von großem Nutzen, und ich denke deshalb nicht schlechter von ihnen. Die hier geltende Regel besagt, daß ein Chorherr bei seinem Eintritt ins Kollegium zwischen Heirat und Zölibat wählen, aber später von diesem Entschluß nicht mehr abrücken kann, falls er sich für den besseren Weg entschieden hat.«

»Rom ist gegen einen Klerus, der das Zölibat nicht einhält«, wandte Lady Mabilia ein.

»Aber Rom ist von England weit entfernt, wie du nur zu gut weißt, und das war immer so«, erwiderte Crispin mit leisem Lächeln. »Die Engländer sind immer ihren eigenen Weg gegangen. Außerdem besteht selbst Rom erst in den letzten fünfzig Jahren auf der Ehelosigkeit des Priesterstandes, Mutter. Denk daran, auch der heilige Petrus war verheiratet.«

»Woher willst du das wissen?« fragte Lady Mabilia empört. »Ich bin sicher, davon steht nichts in der Bibel. Nenne mir die Stelle, wo es heißt, Petrus hätte eine Frau.«

»Ich kann dir eine Textstelle nennen, die besagt, daß er eine Schwiegermutter hatte«, antwortete Crispin mit seinem ruhigen, unerschütterlichen Lächeln. »Es sind gute Männer und gute Priester, liebe Mutter, und gelehrt sind sie außerdem. Sie besitzen eine hervorragende Bibliothek und eine ausgezeichnete Schule.«

»Wie viele sind es?« fragte Lady Mabilia, überrascht darüber, daß eine Kirche in einer so kleinen Stadt eine Bibliothek und sogar eine Schule besaß.

»Zwölf. Sie versorgen mehrere Gemeinden hier in der Gegend, halten abwechselnd Gottesdienste in den Kirchen ab und stellen weiter entfernt liegenden Gemeinden Vikare zur Verfügung. Es gibt auch einen Dekan des Kollegiums, der normalerweise hier wohnt und der Priester dieser Gemeinde ist, aber der derzeitige Dekan hat ungewöhnlicherweise noch andere, wichtigere Ämter inne und kann nur selten herkommen, deshalb trägt Pater Brian die Verantwortung für Waltham.«

»Der Dekan ist der Bischof von Winchester«, sagte Elys ruhig und merkte, daß sie ein seltsames Gefühl des Trostes verspürte, als sie diese Worte aussprach, als drückten sie eine gute Nachricht aus. Doch warum sollte das so sein? Henry von Blois, der päpstliche Gesandte und Bischof von Winchester, war eine ferne, bedeutende Gestalt, von der man oft sprach, doch Elys hatte ihn nur ein einziges Mal gesehen und wußte nur wenig von ihm, nur daß er angeblich klug, schlau, ehrgeizig und nicht besonders fromm war, dabei trotzdem nicht als schlecht angesehen wurde, weder als Mensch noch als Bischof. Sie hatte die Leute flüstern hören, er gäbe einen besseren König ab als sein Bruder, doch all dies hatte keinerlei Bedeutung für sie, warum also fühlte sie sich bei der Erwähnung seines Namens weniger unglücklich und ängstlich in bezug auf die Zukunft?

»Allerdings, und ein großzügiger Wohltäter«, bemerkte Crispin. »König Henrys Königinnen hatten begonnen, das hiesige Münster wieder aufzubauen, aber es war unvollendet, als die – die Unruhen ausbrachen, und Bischof Henry hat beschlossen, das Werk fertigzustellen.«

Vielleicht schickt er Meister Aylwin, um bei den Arbeiten zu helfen, dachte Elys, und vielleicht begleitet ihn Sir Fulk, oder er besucht ihn wenigstens von Zeit zu Zeit... Doch sie behielt ihre Gedanken für sich.

5. Kapitel

Elys erwachte frühmorgens, während ihre Mutter und Maud noch schliefen, kroch aus dem Bett und trat leise an das nahe Fenster, wo sie vorsichtig einen Flügel der Läden öffnete und durch die geölte Leinwand hindurchzuspähen versuchte.

Närrin! dachte sie. Es ist ja noch dunkel draußen! Wie sollte man also etwas erkennen? Sie schlüpfte wieder zwischen die steifen Laken, rollte sich in der Wärme wohlig zusammen und begann, vor sich hin zu dösen, wobei sie unzusammenhängend über ihre gegenwärtige Situation nachdachte.

Sie empfand Schuldbewußtsein bei dem ständig wiederkehrenden Gedanken, daß, solange Matthews Fuß noch nicht geheilt war, keine unmittelbare Gefahr für sie bestand, ins Kloster geschickt zu werden, und sie bat um Vergebung dafür, daß sie am Leiden ihres armen Bruders und der Enttäuschung ihrer Mutter etwas erfreulich fand.

Lady Mabilia hatte gestern abend wenig von der langen Wallfahrt nach Rom und zurück erzählt. Elys wußte, daß sie sich so viel davon erhofft hatte und völlig erschöpft zurückgekommen war, einzig und allein von der Hoffnung gestützt, die Reise habe ihrem lieben Sohn die langersehnte Heilung gebracht. Der Schock, ihn nicht gesünder, ja, seinen hohlen Wangen und dunklen Augenringe nach zu urteilen sogar in schlechterem Zustand anzutreffen, mußte ein schwerer Schlag für sie gewesen sein.

Noch während Elys über Matthew nachdachte, hörte sie

ein leises Stöhnen aus dem Raum unter ihnen, und dann Crispins ruhige, besänftigende Stimme, die ihm zuredete: »Trink das, Matthew. Es lindert den Schmerz.«

»Du hast mir gestern abend wieder einen stärkeren Arzneitrank gegeben, nicht wahr?« hörte sie Matthew antworten. »Wie lange kann ich so weitermachen, Crispin? Eines Tages muß der Trank so stark sein, um den Schmerz zu vertreiben, daß er mich umbringen wird.«

»Soweit ist es noch lange nicht«, erwiderte Crispin. »Sei jetzt still, Bruder – es sind nur die Dielen zwischen uns und unserer Mutter, und wir dürfen sie nicht aufwecken.«

Elys biß sich auf die Lippen, drücke das Gesicht ins Kopfkissen und weinte lautlos; sie war so unglücklich, daß sie erwog, in ihren Gebeten anzubieten, widerstandslos ins Kloster einzutreten und ihr Leben dort zu fristen, wenn Matthew nur geheilt würde, doch sie erinnerte sich, daß jemand gesagt hatte, man könne mit Gott nicht handeln ... Wer war das noch gewesen? Natürlich ... Meister Aylwin!

Sie versuchte, ihren Grübeleien über Matthew ein Ende zu setzen, und konzentrierte sich statt dessen darauf, sich einige der interessanten Dinge ins Gedächtnis zurückzurufen, die sie auf ihrer letzten und größten Wallfahrt gesehen hatte, bis Lady Mabilia plötzlich erwachte und wissen wollte, warum sie immer noch im Bett liege, statt längst aufgestanden und angekleidet zu sein.

Der Januartag war kalt und trübe, doch Lady Mabilia war entschlossen, mit Crispin in die Messe zu gehen, und Elys mußte sie begleiten. Sie hatte nichts dagegen einzuwenden, denn Matthews Worte über das große Kruzifix hatten sie mit Neugier erfüllt, und so trat sie, in ihren wärmsten Mantel und eine Kapuze gehüllt, als erste der drei auf die Straße; dort blieb sie, gefesselt von dem Anblick, der sich ihr bot, jäh stehen.

Die Straße war schmal, und sie blickte darüber hinweg,

über einen Holzzaun, in den schneebedeckten Kirchhof, wo ein paar schwarze Bäume starr aus dem Schnee in den grauen Himmel ragten. Zwischen den Bäumen, ein warmes goldenes Grau im Nebel, erhob sich die massige Gestalt einer großen Steinkirche, deren hornbedeckte Fensterhöhlen vom Kerzenschein erhellt wurden. Ein untersetzter Mittelturm erhob sich über der Vierung, aus der die kurzen Querschiffe vorsprangen, doch er war ein wenig höher als die beiden Westtürme, die sie am Abend zuvor gesehen hatte. Sie fand, daß die Kirche einem großen Tier glich, das sich im Schnee zusammenkauerte, und etwas an ihrer ruhigen Kompaktheit weckte ihre spontane Zuneigung.

»Was stehst du hier im Weg, Elys?« fragte ihre Mutter ungehalten und versuchte, sich an ihr vorbeizudrängen. »Wohin starrst du?«

»Ich habe mir die Kirche angeschaut«, antwortete sie.

»Was ist Besonderes daran? Du hast größere und schönere Kirchen als diese hier gesehen. Komm weiter – es ist zu kalt, um einfach so herumzustehen und in die Gegend zu schauen.«

Crispin führte sie über die Straße und ein wenig nach rechts, so daß sie den Friedhof durch das Friedhofstor mit dem spitzen Dach betraten, das Trauernden während des ersten Teils eines Begräbnisgottesdienstes Schutz bietet. Von dort führte ein mit Steinplatten belegter Weg über den Kirchhof zur Westseite der Kirche, und über eine kurze Abzweigung gelangten sie zum Südeingang, durch den sie das Gebäude betraten.

Elys betrachtete die großen, steinernen Säulen, die wuchtige Bögen stützten, darüber ein Triforium und irgendwo hoch oben im Dunkel sicher auch ein Fenstergeschoß. Alles, was sie von der Steinmetzarbeit erkennen konnte, war mit Stuck verziert und mit Girlanden aus Weinlaub und Reben bemalt, die sich in zarten, klaren Farben um die Gestalten der Heiligen wanden. Für eine so kleine Stadt war es in der Tat eine große Kathedrale, die sehr beeindruckend wirkte, obwohl die beiden westlichen Joche noch nicht vollendet und durch einen Bretterzaun abgeteilt waren.

Crispin zeigte schweigend auf die Nordseite des Schiffs, wo etwa ein Dutzend Frauen auf den Beginn des Gottesdienstes warteten. Die Zahl der Männer, die auf der Südseite standen, war noch geringer, denn die meisten Leute aus der Stadt waren mittlerweile bei der Arbeit. Lady Mabilia ging voran bis zu einem Kohleofen vor dem Altar im Mittelschiff und stellte sich dicht daneben, wobei sie zum Schutz gegen die Kälte ihren Mantel fest um sich zog. Maud, deren stumme Gegenwart wie immer unbeachtet blieb, hätte sich hinter sie gestellt, aber Elys, der das arme Geschöpf leid tat, nahm sie beim Arm, zog sie näher zum Ofen und blieb dann neben ihr stehen, um zu verhindern, daß sie sich wieder zurückzog.

Lady Mabilia schloß sofort die Augen und begann zu beten, aber Elys konnte der Versuchung nicht widerstehen, sich verstohlen umzusehen, und stellte fest, daß die Altardecke, die einst sehr schön gewesen sein mußte, ausgeblichen und reparaturbedürftig war. Hinter dem Altar und der Vierung konnte sie die Stühle der Chorherren erkennen. Sie schienen aus schlichter Eiche zu sein, ohne Schnitzereien oder irgendeine andere Verzierung. Dahinter funkelte silbern der Hochaltar im Licht von zwölf großen Kerzen, und überall von den Wänden und Gewölben herab erstrahlten zwischen den gewundenen Ranken des gemalten Weinlaubs die Gesichter von Engeln und Heiligen.

Crispin war irgendwo auf der Ostseite verschwunden, erschien jetzt jedoch wieder, in eine weiße Albe gekleidet, in der Hand einen Wachsstock, mit dem er die Kerzen auf dem Hauptaltar anzündete, was die Schatten im Mittel- und Seitenschiff noch zu verschärfen schien. Elys wandte den Blick nach oben, ohne den Kopf zu bewegen, konnte jedoch die volle Höhe des Gebäudes noch immer nicht erkennen.

Während der letzten fünf bis zehn Minuten hatte im Mittelturm eine Glocke geläutet. Nun verstummte sie, und der Priester, der die Messe zelebrieren würde, trat in einer wahren Wolke aus Weihrauch und Meßgehilfen ein, denn ein Dutzend Knaben, alle sehr ernst und wichtig, die eine Hälfte mit Weihrauchgefäßen, die andere mit Kerzen, umgab ihn. Sie schritten feierlich zu ihren Plätzen, und gleichzeitig traten die Chorherren paarweise ein und begaben sich vom südlichen Querschiff zu den Chorstühlen hinter der Vierung, nahmen ihre Plätze ein, und der Gottesdienst begann.

Elys kam der Gedanke, daß allein im Text der Messe etwas Wunderbares lag. Sie hatte das vertraute Latein in so vielen verschiedenen Kirchen in einem halben Dutzend verschiedener Länder gehört, aber die Worte waren immer die gleichen und würden immer die gleichen sein, wohin sie sich auch auf Gottes Erde begeben würde. Es gab ihr ein Gefühl von Wärme und Sicherheit, ein Gefühl, daß die Kirche immer dasein würde, wohin sie auch ginge, um sie zu beschützen und zu trösten. Sie war keine Latinistin, hatte jedoch in ihrer Kindheit die Wörter und ihre Bedeutung gelernt und mußte nicht fürchten, eine Kirche zu betreten und nicht zu verstehen, was gesprochen und gesungen wurde. Jetzt, in eben dieser Minute, vernahm man dieselben Worte in Hunderten von Kirchen in ganz England, so wie sie auch schon in den Kirchen der Niederlande, der Normandie, des Anjou und in Frankreich erklungen waren, da auch in den fernsten Winkeln des Reiches die Sonne über den christlichen Ländern aufgegangen war. Ihr Onkel würde sie in der runden Kirche der Templer in Holborn hören, und Sir Fulk und Meister Aylwin würden ihnen in Westminster lauschen, wo sie vielleicht sogar von Bischof Henry gesungen wurden.

Einen unbedachten Moment lang stellte sie sich den großen, hübschen Ritter mit seinen dunklen Locken und dem bezaubernden Lächeln vor und empfand heftiges Bedauern. Sie war überzeugt, daß er im Begriff gewesen war, ihr einen Heiratsantrag zu machen, die unverblümte Ankündigung ihres Onkels, ihre Mitgift sei bereits vergeben, ihn jedoch davon abgehalten hatte. Sie biß sich auf die Lippen, blinzelte, um ihre Tränen zu unterdrücken, und zwang sich dazu, von unnützen Hoffnungen auf einen positiven Ausgang der Sache Abschied zu nehmen und sich auf den Gottesdienst zu konzentrieren; sie richtete ihren Blick auf den Priester, einen großen, stämmigen Mann, dessen Haar von jener seltsamen Farbe zwischen Gold und Grau war, die es schwer machte, sein Alter einzuschätzen.

Zu Lady Mabilias unverhohlener Freude las Crispin das Evangelium, wobei er mit einer klaren, vollen Stimme sprach, die Gottes Wort mühelos in dem großen Gebäude jedermann zu Gehör brachte, die Echos aus den gewölbten Seitenschiffen durchbrach und in der dunklen Höhe über den großen Gewölben erschallte, wo Elys beinahe meinte, geflügelte Gestalten schweben zu sehen. Man hatte wirklich das Gefühl, in dieser Kirche sei eine Persönlichkeit zugegen, die mitfühlte und zuhörte, wie sie es nur selten in einer der vielen anderen Kirchen empfunden hatte, in denen sie gebetet hatte. Sie fragte sich, ob dies im ganzen Gebäude spürbar war oder von einer besonderen Stelle ausging.

Irgend etwas ließ sie aufblicken, nicht zum Dach über ihr, sondern zu einem Gegenstand im Dunkel über und hinter dem Altar im Hauptschiff, und plötzlich bemerkte sie das große Kruzifix, das dort in der Dunkelheit zu schweben schien. Es war schwarz und leuchtete schwach im Kerzenschein, doch die Gestalt Christi, die fast Lebensgröße haben mußte, war weiß und schien völlig frei zu schweben, eingerahmt im fernen Gewölbe des Turms. Das mußte zweifellos das Heilige Kreuz von Waltham sein! Sie hatte es sich viel kleiner vorgestellt, vielleicht aus Gold und Silber, und auf einem Altar stehend, doch die Wirklichkeit war so anders – ein großes, schwarzes Kreuz, kaum genügend erhellt, um sichtbar zu sein, und diese leuchtende, bleiche Gestalt... War sie silbern oder weiß?

Ein heftiger Rippenstoß ihrer Mutter lenkte ihre Aufmerksamkeit wieder auf den Gottesdienst, und sie wagte es nicht, sich noch einmal ablenken zu lassen, aber als er vorüber war und sie mit ihrer Mutter auf Crispin wartete, stahl sie sich unauffällig durch das nördliche Seitenschiff in die Vierung und blickte zu dem Kreuz auf.

Es war inzwischen heller geworden, und sie konnte es viel deutlicher erkennen. Die Gestalt Christi war mit Silber bedeckt und trug seltsamerweise ein Schwert um die Taille, eine goldene Dornenkrone auf dem Haupt, und ein großer Edelstein erglühte rötlich auf der Brust. Das Kreuz war nicht schön, aber Elys fühlte sich eingeschüchtert von seiner Majestät.

»Das ist unser Heiliges Kreuz«, sagte Crispin, der schweigend neben sie getreten war. »Niemand weiß, wie alt es ist. Es wurde vor hundert Jahren, in einer Bergspitze steckend, in Somerset gefunden und auf wunderbare Weise hierhergebracht. Die Christusfigur ist aus Stein gehauen und auf einem hölzernen Kreuz befestigt, doch der Mann, der es hergebracht hat, ein mächtiger Herr, ließ die Gestalt mit Silber überziehen, gab ihr sein eigenes Schwert an die Seite, und seine Frau opferte ihren Edelstein, um ihn zu schmücken, und ihre goldenen Halsketten, um daraus die Krone zu machen. Das Silber ist jetzt vom Alter schwarz, und einige der Chorherren sind der Ansicht, es müßte gereinigt werden.«

»Von all den großen, wundervollen Dingen, die ich je gesehen habe«, flüsterte Elys, »ist mir noch nie etwas so heilig, so mächtig vorgekommen...«

»Ja. Es hat große Macht, Gutes zu bewirken«, pflichtete Crispin ihr bei.

»Was seht ihr euch an?« fragte Lady Mabilia, die den Ofen verlassen hatte und zu ihnen getreten war. »Oh – ist dies das Heilige Kreuz? Es ist sehr groß und sieht richtig barbarisch aus. Bist du sicher, daß es richtig war, Matthew den weiten Weg hierherzubringen für – für das hier?«

»Spürst du es nicht, Mutter?« fragte Elys verwundert.

»Ob ich was spüre?«

»Das ... ich weiß auch nicht genau ... ich verspüre ein starkes Gefühl von Ruhe und Frieden, und Macht – eine große Macht.«

Lady Mabilia zuckte die Achseln. »Die Kirche hat eine angenehme Atmosphäre. Sie wird saubergehalten, und die Menschen betragen sich ehrerbietig, der Gottesdienst wird schön gesungen, und unter den Meßdienern herrscht Disziplin. Ich kann mir nicht vorstellen, was du sonst noch meinst. Ich hoffe, du wirst nicht wunderlich und – na ja – mystisch, Elys. Die Mutter Priorin hat keine Geduld mit Möchtegern-Mystikern, das kann ich dir versichern.«

Elys erwiderte nichts darauf, weil sie spürte, daß die Antwort, die sie sonst gegeben hätte, hier fehl am Platz gewesen wäre. Nachdem sie ihre Ansicht geäußert hatte, kniete Lady Mabilia auf dem kalten Steinfußboden nieder, faltete die Hände, heftete ihren Blick auf das Kreuz und begann erneut zu beten, worauf Elys, Crispin und die Kammerfrau ihrem Beispiel folgten und alle aufrichtig zu Gott beteten, der hier in seinem Ringen mit dem Tode dargestellt war, und um Gnade für den ebenfalls leidenden Matthew baten.

Sie waren alle kalt und steif, als sie sich erhoben und die Kirche verließen, wie sie gekommen waren, schweigend und in Gedanken versunken; doch jenseits des Südeingangs wurden sie aus ihrer Stimmung gerissen, denn eine merkwürdige Gestalt trabte auf Lady Mabilia zu und machte eine tiefe Verbeugung vor ihr. Es war ein kleiner Mann, mit dünnen, krummen Beinen, Ohren, die wie Henkel von einem Krug abstanden, einer langen Nase in einem schmalen Gesicht und einem blonden Haarschopf, der ihm in allen Richtungen vom Kopf abstand.

»Lukin Dulpain, erneut zu Ihren Diensten, gnädige Frau«, sagte er und reichte Lady Mabilia einen kleinen Strauß Schneeglöckchen. »Eine Erinnerung, daß es auch wieder Frühling wird und selbst in der düstersten Stunde Hoffnung dämmert. Wie geht es Meister Matthew heute, Pater Crispin?«

»Meinem Bruder – geht es ähnlich wie gestern«, erwiderte Crispin und lächelte den seltsamen kleinen Mann an. Lady Mabilia starrte die Schneeglöckchen völlig überrascht an, doch als Crispin sprach, gewann sie ihre Fassung wieder und lächelte den Spender huldvoll an. »Wie reizend von Ihnen!« sagte sie. »Nehmen Sie meinen Dank entgegen, Meister Dulpain, auch für Ihre Hilfe gestern abend.«

Meister Dulpain schwenkte sorglos seine spitze Mütze, schenkte allen ein strahlendes Lächeln und tänzelte den Weg entlang, wobei aus jeder Biegung seines seltsamen kleinen Körpers Zufriedenheit sprach.

»Wer in aller Welt ist das?« fragte Lady Mabilia.

»Der Vogt der Chorherren«, antwortete Crispin. »Ein sehr beliebter Mann, und gutherzig, wie man selten einen findet – und er leistet sehr tüchtige Arbeit. Er erzielt bessere Ergebnisse mit Freundlichkeit als andere Gemeindevorsteher mit Drohungen und Schlägen. Du wirst feststellen, daß es in dieser Stadt mehrere interessante Charaktere gibt.«

»Aber es ist ein so kleiner Ort«, meinte Lady Mabilia und sah sich um. »Ich würde ihn nicht als Stadt bezeichnen. Es ist nicht mehr als ein Weiler.«

»Es gibt insgesamt achtzig Häuser«, erwiderte Crispin. »Ich weiß das zufällig, weil ich dem Almosenpfleger geholfen habe, eine Liste der Haushalte aufzustellen. Dort drüben, jenseits des Flusses, stehen noch mehr Häuser hinter denjenigen, die man sieht, um den Marktplatz und von unserem Haus aus gesehen um die Ecke, am Rand des Messeplatzes, gibt es ein weiteres Dutzend; und dann sind da drei Straßen, die südlich der Church Street verlaufen, in der wir wohnen.«

»Aber es gibt keine Stadtmauer. Städte haben Mauern«, beharrte seine Mutter.

»Die Bevölkerung hier hat nie das Bedürfnis nach einer Mauer gehabt. Es ist ein friedlicher Ort, zwischen Fluß und Wald gelegen, an der Straße nach nirgendwo und ohne das geringste, was Plünderer anziehen könnte.«

»Wald?« fragte Elys. »Was für ein Wald?«

»Der Forst von Essex. Er beginnt etwa eine Meile östlich, wo die Straße nach Essex sich aus dem Tal erhebt und erstreckt sich über – also, ich glaube über die Hälfte der Grafschaft, obwohl nicht alles mit Bäumen bestanden ist – vieles davon ist freies Feld.«

»Ist das auch eine der Schöpfungen des Eroberers?« fragte Elys, denn sie hatte den New Forest gesehen und wußte, wie sehr die Leute ihn und das Forstgesetz haßten.

»Nein. Es ist so alt, daß niemand sagen kann, wie lange es ihn schon gibt. Edwin, der Hegemeister, sagt, es gäbe ihn hier seit der Schöpfung, und er könnte sehr gut recht haben. Er lebt näher daran als sonst ein Bewohner Walthams, denn seine Kate und sein Wildgehege befinden sich direkt am Waldrand.«

»Hat er keine Angst, so nahe am Wald zu wohnen? Es muß dort doch wilde Tiere geben ...«

»Er kennt sie alle zu gut, um Angst vor ihnen zu haben. Er lebt dort mit einer Anzahl Frettchen und einem Hund und würde sein Heim nicht gegen einen Palast eintauschen. Er kommt Matthew oft besuchen, du wirst ihn also bald kennenlernen und kannst ihn dann selbst über seine Freunde, die Tiere befragen.«

Elys lernte während der folgenden Woche eine Reihe von Leuten kennen, als sie die kleine Stadt erkundete und sich in ihrem neuen Heim einrichtete. Zumindest hielt sie das Haus in Church Street für ihr neues Heim, doch Lady Mabilia nannte es nur eine vorübergehende Bleibe und sprach noch immer zuversichtlich von Matthews Rückkehr zum Templerorden und ins Heilige Land. Anscheinend hatte sie vergessen, daß sie von jeder Wallfahrt, und speziell von der letzten, mit der Überzeugung zurückgekehrt war, Matthew geheilt vorzufinden, und stellte nun fest, wie sehr seine Gesundheit und sein Aussehen sich gebessert hätten und daß die Wunde in seinem Fuß eindeutig anfange zu heilen.

Da sie kaum wußte, was sie auf derartige Äußerungen antworten sollte, schwieg Elys, bis sie Pater Radulf, den Krankenpfleger, kennengelernt hatte, und auch dann wartete sie noch, bis sie ihn viermal auf seinen regelmäßigen drei Besuchen pro Woche gesehen hatte, bevor sie es wagte, ihn auf dem Weg abzupassen und zu fragen, was er von Matthews Wunde hielt.

»Die Substanz frißt sich weiter in Fleisch und Knochen«, antwortete der Chorherr schonungslos. Er war ein strenger, ernst aussehender Mann mit hageren Gesichtszügen und leuchtend silbernen Haaren. »Ich muß zugeben, daß ich nie zuvor eine von griechischem Feuer verursachte Wunde gesehen habe und daß es für mich eher nach einem Krebsgeschwür aussieht. Ich habe erlebt, daß solche Geschwüre allein von einem Schlag gegen das Bein herrühren können. Die Folgen sind jedoch sehr ähnlich, was auch immer die Ursache ist.«

»Meine Mutter glaubt, es beginne zu heilen.«

Pater Radulf sah sie fest an, gab jedoch keine Antwort.

»Ist es überhaupt heilbar?« wagte Elys einen neuen Versuch.

»Glauben Sie an Wunder?« fragte der Chorherr scheinbar im Plauderton.

»Ja, natürlich.«

»Sie glauben, Gott kann den natürlichen Verlauf der Dinge verändern, wenn Er will?«

»Ja. Er hat die Welt geschaffen, und alles, was es in ihr gibt. Es muß ein Leichtes für Ihn sein, einen kleinen Teil davon zu verändern, wenn Er doch das Ganze geschaffen hat.«

Auf Pater Radulfs Gesicht erschien ein ausgesprochen freundliches, warmes Lächeln. »Mein liebes Kind!« sagte er. »Möge Gott Ihren Glauben segnen und Ihnen das bescheren, was Sie sich am meisten wünschen«, und er setzte seinen Weg fort, wobei er Elys mit der Überzeugung zurückließ, daß es Matthew nicht besser, sondern, wie sie befürchtet hatte, immer schlechter ging. Sie kehrte mit der Absicht in die Halle zurück, Crispin zu fragen, dem die Hauptlast für die Pflege Matthews zufiel.

Sie fand beide in der Halle; sie saßen an dem Tisch auf dem Podium und waren dabei, ein altes Dokument abzuschreiben. Crispin las die Worte vor, jeweils eins oder zwei, während Matthew, der während seiner erzwungenen Untätigkeit feinsäuberlich zu schreiben gelernt hatte, sie auf ein Blatt Pergament schrieb, das sorgfältig mit geraden Linien und Rändern versehen worden war.

»Was schreibt ihr ab?« fragte sie.

»Es ist eine Urkunde, die König Edward dem Kollegium übergeben hat, als Graf Harold es im letzten Jahrhundert gründete«, erwiderte Crispin. »Es ist schwierig, weil ein Teil davon auf Englisch ist. Sollen wir weitermachen, Matthew?«

»Nein. Ich kann mich nicht darauf konzentrieren und möchte keine Fehler machen«, antwortete Matthew matt. »Ich bin immer so erschöpft, wenn Pater Radulf hier war. Ich denke, ich setze mich ein wenig ans Feuer. Es ist so kalt heute.«

Crispin räumte schweigend das Pergament, die Feder und die Tinte beiseite, bat einen Diener, ihm dabei zu helfen, Matthew in seinem Ruhesessel näher an den Kamin zu schieben, und verließ den Raum. Elys holte ihre Stickarbeit hervor, setzte sich so, daß die Wintersonne darauf fiel und begann von der Rückreise von Rom nach Hause zu erzählen.

»Du sagtest, beide jungen Männer dienen dem Bischof von Winchester?« fragte Matthew in diesem Moment. »Zweifellos eine seltsame Freundschaft, zwischen einem Ritter und einem Steinmetz, nicht wahr?«

»Das dachte ich anfangs auch«, erwiderte Elys und stichelte emsig, »aber Meister Aylwin ist von vornehmer Abstammung. Ich glaube, er ist Steinmetz aus Hingabe, denn er liebt Steine und schöne Steinmetzarbeiten ... Ich würde auch nicht unbedingt sagen, daß sie Freunde sind. Es hatte den Anschein, als hätte der Bischof Sir Fulk ausgesandt, um Meister Aylwin zu suchen und sicher nach Hause zu bringen!«

»Wo ist Mutter?« fragte Matthew und bewegte sich unruhig in seinem Sessel, als könne er keine bequeme Stellung finden.

»In der Kirche, um zu beten.«

»Gott muß allmählich ihrer ständigen Gebete überdrüssig sein«, sagte er bitter.

»Matthew!« rief Elys entsetzt. »Wie kannst du nur?«

»So undankbar sein? Wahrscheinlich klingt es so, aber ich bin wirklich dankbar. Nur geht es endlos so weiter, wird ständig ein wenig schlimmer, und in mir wird der Wunsch immer stärker, alles möge vorbei sein.«

»Dann haben wir alle noch mehr Grund zu beten.«

»Aber ihr betet alle um das Unmögliche. Wer bin ich, daß ich eine Heilung erwarten oder auch nur darauf hoffen kann? Ich meine, ich wünschte, dieses weitaus Wahrscheinlichere würde bald eintreten.«

Elys hatte das Gefühl, ihr Herz hätte einen Augenblick vor Entsetzen ausgesetzt. Sie hatte niemals daran gedacht, daß Matthew an seiner Wunde vielleicht zugrunde gehen könnte, und trotzdem redete er so, als würde er dies erwarten. Sie saß lange schweigend da, ohne ein passendes Wort zu finden; dann hörte sie, daß sich die Haustür öffnete und wieder schloß, und zwei Männer betraten die Halle und beraubten sie der Gelegenheit, überhaupt etwas zu sagen.

»Guten Morgen, Meister Matthew«, sagte der kleinere der beiden, Lukin Dulpain. »Hier ist Edwin Warrener mit ein paar Kaninchen für Ihr Abendessen und einem Paar Frettchen zu Ihrer Unterhaltung.«

»Meute«, sagte der andere Mann, der groß und schlaksig war und ein hübsches Gesicht hatte, das jedoch von seinem finsteren Blick beeinträchtig wurde. »Es ist eine Meute Frettchen, kein Paar.«

»Aber eine Meute sind doch viele Frettchen«, brachte der seltsame kleine Mann vor, zog zwei Schemel ans Feuer und nahm auf dem einen Platz, ohne eine Aufforderung abzuwarten. »Da du nur zwei mitgebracht hast, ist das ein kleiner Teil einer Meute, und zwei sind ein Paar oder nicht, Lady Elys?«

»Ich nehme es an«, antwortete Elys. »Ach, nehmen Sie doch Platz, Meister Edwin, kann ich Ihnen etwas anbieten?« Es erschien ihr merkwürdig, daß ein Vogt und ein Hegemeister ihren Bruder besuchten, doch aus Matthews Gesichtsausdruck schloß sie, daß sie gerngesehene Freunde waren.

»Einen Becher warmes Ale?« ergänzte Matthew, richtete sich ein wenig auf und sah gleich viel weniger erschöpft und abgespannt aus. »Ruf einen der Leute, Elys. Wir trinken immer warmes Ale, wenn Lukin und Edwin zu Besuch kommen.«

Inzwischen sah sich der Hegemeister nach einem Platz um, wo er das Bündel Pelztiere ablegen konnte, das er in der einen Hand hielt, und das zu betrachten Elys tunlichst vermied, denn es tat ihr immer leid, tote Kaninchen zu sehen, obwohl sie nichts dagegen hatte, sie zu verspeisen, wenn sie gebraten oder in einer Pastete auf dem Abendbrottisch erschienen. Das Problem wurde durch den Eintritt eines der Diener gelöst, der die Ankunft der Besucher mitbekommen haben mußte, denn er brachte einen Krug Ale, eine Dose mit Gewürzen und ein paar Becher auf einem Tablett, das er auf einen Hocker in der Nähe stellte, nahm Edwin die Kaninchen ab und trug sie in die Küche.

»Sie sind abgezogen, aber noch nicht gehäutet«, rief Edwin hinter ihm her und setzte sich auf den Schemel, den Lukin ihm hingestellt hatte, während Lukin aufstand und mit dem Schürhaken das Feuer anfachte, Ale einschenkte, winzige Mengen der kostbaren Gewürze in die Becher gab und eifrig umrührte.

»Nehmen Sie ein wenig Ale, Lady Elys?« fragte er, zwischen Finger und Daumen eine Zimtstange balancierend, die krummen Knie gebeugt und den Kopf aufgerichtet, so daß er wie ein großer, wißbegieriger Vogel aussah.

»Ja, bitte«, antwortete Elys ernst, fest entschlossen, nicht über ihn zu lachen.

Edwin, der eine merkwürdig bauschig aussehende, vorne offene, von einem Gürtel zusammengehaltene Übertunika trug, fuhr mit den Händen darunter und förderte zwei zappelnde Bündel aus weichem Fell zutage, die er eins nach dem anderen Matthew reichte.

»Aber nicht pieksen«, sagte er. »Pieksen mögen sie nicht, dann beißen sie einem in den Finger.«

»Ich werde gut aufpassen«, versprach Matthew, nahm die beiden Tiere vorsichtig auf den Schoß und legte seine Unterarme wie eine niedrige Einfriedung um sie herum. Die Frettchen zappelten und wanden sich, dann ließen sie sich nieder, zufrieden, an einem warmen Ort zu sein, lugten über Matthews Arme hinweg in die Welt und zeigten kleine glänzende Augen und zierliche runde Ohren.

»Sie sind sehr hübsch«, stellte Elys mißtrauisch fest und betrachtete sie aus sicherer Entfernung.

»Hübsch, ja!« erwiderte Edwin und blickte noch finsterer als zuvor, »aber wild und immer auf dem Sprung, nicht vergessen.«

Während sie zusah, wie sich die geschmeidigen, anmutigen Körper auf Matthews Schoß bewegten, dachte Elys, wie gern Aylwin sie wohl gezeichnet und vielleicht auch in Stein gemeißelt hätte, und sie gab unbewußt einen kleinen Seufzer von sich, als ihr wieder einfiel, daß das unglückselige Eingreifen ihres Onkels den Freund des Steinmetzen daran gehindert hatte, ihr einen Heiratsantrag zu machen ...

»Ich hoffe, Sie hatten keine Unannehmlichkeiten auf dem Weg hierher, Mylady?« fragte Lukin, als er ihr mit einer komischen kleinen Geste einen Becher heißes Ale reichte.

»Nein, überhaupt keine, weder zwischen Dover und London, noch zwischen London und Waltham«, antwortete sie. »Wir waren besorgt, aber mein Onkel hat uns einen guten Geleitschutz mitgegeben.«

»Trotzdem hatten Sie Glück«, versicherte Lukin ihr. »Zur Zeit geschehen schreckliche Dinge. Die Leute sagen, Gott und Seine Engel schliefen, und ich glaube es auch, wenn man all das bedenkt, was von Raub, Vergewaltigung und Folter berichtet wird! Einige der Barone wenden die übelsten Folterstrafen an, um aus den unschuldigen Leuten ihr Geld herauszupressen, und lassen sie unter Qualen sterben, wenn sie keines haben. Gebe Gott, daß wir hier weiter in Frieden leben. Wir können froh sein, daß Königin Adeliza unsere Schutzherrin und Gebieterin ist und sich ihr Mann, Graf William, um unser Wohl und Wehe kümmert. Allerdings ist es bekannt, daß wir alles andere als reich sind, und das ist auch von Nutzen.«

»Ja, an weltlichen Gütern sind wir arm!« bestätigte Edwin düster. »Selbst das Münster ist arm im Vergleich zu anderen großen Kirchen. Dafür hat der Rote William gesorgt.«

»Sie meinen William Rufus?« fragte Elys.

»Ja, der gemeine Schurke!« rief Lukin aus. »Er hat unsere Kirche geplündert, um die beiden Abteien in der Normandie auszuschmücken, die seine Eltern gründeten, um sich von ihren Sünden loszukaufen. Er nahm den goldenen Altar, den König Harold uns geschenkt hat, unsere Kreuze und Kerzenleuchter und die goldenen und silbernen Mäntel, die beim Verlesen des Evangeliums getragen werden. Er nahm sogar die Chorröcke und Altardecken mit, an denen auch nur etwas Gold war, außerdem einen Chorrock, der ein Gewicht von fast fünfhundert Unzen besaß. Er sagte, es sei alles für die Klöster bestimmt, aber ich habe mich oft gefragt, warum er nur Gegenstände aus Gold und keine unserer kostbaren Reliquien genommen hat. Man sollte doch annehmen, Klöster seien mehr auf Reliquien als auf Gold aus, oder?« Und er tippte mit dem Finger an seine lange Nase, blinzelte und hüpfte umher und schwenkte den heißen Schürhaken, als er für Edwin einen Becher Ale erhitzte und würzte.

»Ja, das sollte man«, pflichtete Elys ihm bei und nippte an dem Ale, das an diesem kalten Morgen so angenehm warm und schmackhaft war.

»Nun, ich will Ihnen sagen, was er meiner Meinung nach damit gemacht hat«, sagte Lukin und beugte sich vertraulich zu ihr hinüber, doch er kam nicht mehr dazu, denn die Haustür fiel laut ins Schloß, und Lady Mabilia und Maud betraten die Halle.

»Was hat das zu bedeuten?« fragte sie und musterte die Gruppe am Feuer. »Solltest du nicht ruhen, Matthew? Wer sind diese Männer?«

»Meine Freunde, Meister Lukin Dulpain, der Aufseher

des Klosters, den du schon kennengelernt hast, und Meister Edwin, der Hegemeister«, erwiderte Matthew, und er klang ein wenig angriffslustig. »Sie sind so nett, mich zu besuchen und ein bißchen Zeit mit mir zu verbringen, wenn ihre Arbeit es zuläßt.«

Lady Mabilia sah die Besucher mißbilligend an; zweifellos waren sie in ihren Augen kaum die geeignete Gesellschaft für einen jungen Mann, der ein Rittergut besaß und, sobald es seine Gesundheit zuließ, Ritter sein würde. »Du darfst nicht zulassen, daß sie dich ermüden, und sie auch nicht von ihrer Arbeit abhalten. Sie haben bestimmt eine Menge zu tun.«

»Darf ich Ihnen etwas Bier einschenken, gnädige Frau?« fragte Lukin und hüpfte hinüber zu dem Krug und dem Tablett mit den Bechern. Er schien nicht auf normale Weise gehen zu können, sondern ging mit gebeugten Knien, hob die Füße sehr hoch und schlenkerte mit Armen und Händen, so daß er eher wie ein tanzender Narr als wie ein gesetzter Vogt aussah. Elys kam zu dem Schluß, daß dies eine physische Ursache haben müsse – vielleicht war es die Folge eines Unfalls oder einer seltsamen Krankheit.

»Es ist Ihnen sicher kalt nach dem langen Knien in der Kirche«, fuhr er fort, gab kleine Gewürzzweige in die Becher und rührte das fertige Gebräu so kräftig mit dem Schürhaken um, daß eine Wolke wohlriechenden Dampfes aufstieg, unter Lady Mabilias kalter, geröteter Nase vorbeizog und auf wundersame Weise ihre Laune besserte. Sie nahm den Becher huldvoll entgegen, trotz der übertriebenen Verbeugung, welche die Überreichung begleitete, und war zu sehr mit dem Kosten des heißen Inhalts beschäftigt, um zu bemerken, daß Maud unmittelbar darauf auf die gleiche Weise vom Aufseher des Kollegiums versorgt wurde.

»Edwin hat zwei seiner Frettchen mitgebracht, um sie mir zu zeigen«, sagte Matthew. »Sind sie nicht hübsch?«

Lady Mabilia trat einen Schritt vor und betrachtete mit

ihren etwas kurzsichtigen Augen die pelzigen Gestalten auf Matthews Schoß, erkannte plötzlich ein wildes kleines Auge und eine Schnauze mit scharfen Zähnen und rief: »Huh! Was für schreckliche Zähne. Sei vorsichtig, Matthew. Sie werden dich beißen.«

»Nur, wenn man sie reizt oder pufft«, verteidigte Edwin seine Schützlinge mit grimmigen Blick. »Oder die Leute kreischen, wenn sie sie sehen. Es sind guterzogene Iltisse, und wenn man sie nicht reizt oder kreischt, beißen sie nur Kaninchen.«

»Wie dem auch sei«, erwiderte Lady Mabilia, richtete sich zu ihrer vollen, wenn auch unbeträchtlichen Höhe auf und funkelte den Hegemeister wütend an, zweifellos mit der Absicht, ihn in die Schranken zu weisen. »Und was machen diese Burschen und Iltisse überhaupt hier?«

»Das habe ich dir bereits gesagt, Mutter; es sind meine Freunde, und sie sind so nett, mich zu besuchen, wenn sie Zeit dazu haben«, antwortete Matthew, und sein im allgemeinen freundlicher Ton bekam etwas Stählernes. »In meinem eigenen Haus empfange ich die Freunde, die ich sehen will, zusammen mit ihren Tieren. Meister Edwin hat uns netterweise Kaninchen zum Abendessen mitgebracht. Sollen wir sie in einer Pastete oder gebraten essen?«

»Kaninchen!« rief Lady Mabilia aus und sah Edwin etwas freundlicher an. »Wie nett. Ich hoffe, das ist in Ordnung – ich meine...« Sie klang ein wenig besorgt, denn die Jagdrechte waren streng beschränkt, und Kaninchen waren ein Luxus.

»Das Wildgehege gehört dem Kollegium«, antwortete Edwin, der verstand, worauf sie hinaus wollte, gleichmütig. »Pater Brian gesteht mir das Wild als Teil meines Lohnes zu; ich kann es verzehren, verkaufen oder verschenken, wie es mir paßt. Aber Kaninchenpastete kann einem Menschen zum Halse heraushängen.« Sein finsterer Gesichtsausdruck hellte sich etwas auf, und bei seiner letzten Feststellung grinste er sogar ein wenig. »Tja, ich muß zurück an die Arbeit. Da treibt sich irgendwo ein Fuchs herum, und ich muß mal nachsehen, was der Rest meiner Meute mit ihm anstellt.«

»Wird ein Frettchen mit einem Fuchs fertig?« fragte Elys und betrachtete die beiden geschmeidigen Tiere, als Edwin sie Matthew wieder wegnahm und in seiner Übertunika verstaute.

»Drei oder vier schaffen es, wenn sie gemeinsam zur Sache gehen. Sie würden Meister Reineke nicht töten, aber sie würden ihm einen ganz schönen Schreck einjagen«, versicherte Edwin ihr. »Kommst du, Lukin?«

Er nickte ihnen zum Abschied feierlich und würdevoll zu, Lukin aber ließ es sich nicht nehmen, sich zu verbeugen und ihnen in aller Förmlichkeit eine geziemende Dankes- und Abschiedsrede zu halten.

»Was für ein merkwürdiger kleiner Mann«, bemerkte Lady Mabilia, als die beiden Besucher gegangen waren, »doch er scheint ein gütiger Mensch zu sein und kann ein vorzügliches warmes Ale zubereiten!« Dankbar schlürfte sie den Rest des heißen Getränks, denn in ihrem halbfertigen Zustand war die Kirche tatsächlich sehr kalt und zugig gewesen. »Ist es noch nicht Zeit zum Essen?«

Gerade da trat Crispin ein, der seinen Pflichten nachgekommen war, und gleich darauf wurde das Essen aufgetragen. Während des Essens fragte er seine Mutter und Elys, ob sie am Nachmittag gern ausreiten und sich ein wenig die Gegend ansehen würden. Lady Mabilia lehnte ab, weil es ihrer Meinung nach zu kalt war, aber Elys, die nur äußerst ungern den ganzen Tag im Haus verbrachte, nahm das Angebot an, und schon bald nach dem Essen brachen sie auf, Elys auf ihrem Reitpferd und Crispin, wie es sich für einen Priesteramtskandidaten gehörte, auf einem Maultier von beträchtlicher Größe und, wie es schien, überdurchschnittlicher Störrischkeit; denn als Crispin versuchte, links in die Church Street einzubiegen, bestand das Maultier auf einer Wendung nach rechts und jagte in flottem Tempo über die Schmalseite des Messeplatzes die nach Osten führende Straße hinab auf den Wald zu.

»Tut mir leid!« rief Crispin lachend. »Ich wollte eigentlich mit dir durch das Tal reiten, den Bach entlang, der zur Getreidemühle führt, aber Apuleius hat seinen eigenen Kopf.«

»Apuleius?« fragte Elys. »Was für ein komischer Name.«

»Das war ein alter römischer Autor, der ein Buch über einen goldenen Esel geschrieben hat. Ich selbst habe es nicht gelesen, denn es gilt für einen Kirchenmann nicht als passende Lektüre, aber Pater Brian kennt es, und er hat den Burschen hier wegen seines rotbraunen Fells so genannt – wie ich gehört habe, war es richtig rotgold, als er auf die Welt kam.«

Das Maultier bewegte die langen Ohren, als wolle es die Aussage bestätigen und trabte weiter den Zaun des Kirchhofs und am Obstgarten der Chorherren entlang, als wüßte es genau, wohin es ging. Nach etwa einer Meile erreichten sie eine Kreuzung, wo sie die Straße überquerten, die das Tal entlang führte, und ritten stetig bergan auf den Wald zu, der sich über ihnen auf dem Kamm auftürmte und zu beiden Seiten, so weit ihr Blick reichte, den Horizont ausfüllte.

»Die Chorherren haben hier einen Weinberg.« Crispin wies auf ein von einer Hecke eingefaßtes Stück Land inmitten der großen Felder zu beiden Seiten der Straße. »Die Trauben sind klein, aber in einem guten Jahr werden sie sehr reif und ergeben einen schmackhaften Wein, jedoch nur soviel, wie für die Messe benötigt wird. Edwins Gehege liegt dort drüben, an dem Hang unterhalb des Waldrands. Siehst du den Schutzzaun gegen das Wild? Die Chorherren mußten ihn errichten, um das Wild vom Getreide fernzuhalten, sehr zur Freude der Stadtbewohner, aber sie besaßen nicht die

Erlaubnis des Königs; also werden sie ihn wahrscheinlich wieder niederreißen müssen, wenn er dahinterkommt. Könige sehen im Getreide des Volkes eher Futter für das Wild als Nahrung für die Menschen.«

»Crispin«, sagte Elys, die bisher auf dem Ritt kaum ein Wort gesprochen hatte, da sie überlegt hatte, was sie zu ihrem Bruder sagen sollte, »es war mir nicht bewußt, daß Matthew an seiner Wunde sterben könnte.«

Crispins sonst so ruhiges Gesicht nahm einen gespannten Ausdruck an, und er sah plötzlich älter und sehr müde aus. »Hat er dir das gesagt?« fragte er.

»Nicht mit so vielen Worten, aber er sagte, manchmal wünschte er, es sei alles vorbei, so, wie es am wahrscheinlichsten sei...«

»Er hat ständig Schmerzen, sie werden allmählich immer schlimmer. Er kann ohne Mohnsaft nicht schlafen und braucht immer mehr, um eine Wirkung zu verspüren. Ich fürchte, daran wird er eher sterben als an der – der Sache mit seinem Fuß.« Crispin blickte starr zwischen den Ohren seines Maultieres hindurch geradeaus. »Seit wir hierher gekommen sind, ist er verändert. In Wix hat er ständig von seiner Genesung gesprochen und war zornig und ungeduldig wegen der Wunde, aber hier, in Waltham, ist er viel geduldiger geworden und bereitwilliger, Gottes Willen zu akzeptieren. Er scheint hier seinen seelischen Frieden gefunden zu haben, was an sich eine große Verbesserung ist.«

Sie waren nun in den Forst eingedrungen und ritten in langsamerer Gangart über den steilen Kamm, zwischen mächtigen Buchen und Hainbuchen hindurch, deren riesige Stämme und gestutzte Kronen Anzeichen hohen Alters zeigten. Apuleius, der sich nach seinen eigenen Wünschen richtete, wich vom Weg ab und trottete einen unsichtbaren Pfad über den Teppich aus Bucheckern entlang, bis er am Rand einer Lichtung haltmachte, wo ein kleines Rudel Rotwild äste. Die Tiere blickten erschreckt auf, entfernten sich jedoch langsam, als spürten sie, daß die Neuankömmlinge ihnen nichts zuleide tun würden.

»Herrliche Geschöpfe«, sagte Crispin leise. »Das einzig Gute an diesem unendlichen Krieg ist, daß Stephen und seinem Hof keine Zeit zum Jagen bleibt. Elys, bete für Matthew – bitte selbst um ein Wunder für ihn – aber versuche zu akzeptieren, daß nur ein Wunder sein Leben noch retten kann und der Tod eine willkommene Erlösung für ihn sein wird.«

»Ich will es versuchen«, sagte sie traurig, »aber sollte man es nicht Mutter sagen?«

»Sie weiß es«, erwiderte Crispin, »aber sie will es nicht wahrhaben.«

6. *Kapitel*

Bis Ende Februar hatte Elys sich in Waltham gut eingelebt. Sie hatte einen großen Teil des Waldes und in beiden Richtungen das von den sieben Flußarmen durchströmte Tal erkundet, da sie bei schönem Wetter jeden Tag mit Crispin ausgeritten war, der ihr mit Freuden Vögel und Tiere zeigte und für die kommende Zeit eine Fülle wilder Blumen versprach.

Gewöhnlich bestimmte Apuleius, welchen Weg sie nahmen; sobald er den Torbogen hinter sich gelassen hatte, der den Hof auf der Rückseite des Hauses von der Church Street trennte, schlug er die Richtung ein, die ihm gerade beliebte, aber weder Elys noch Crispin hatten daran etwas auszusetzen, denn er bewies stets eine glückliche Nase. Seltsamerweise gab es bei den wenigen Gelegenheiten, wenn Crispin auf einem anderen Weg bestand, immer Probleme: mal blies ihnen ein kalter Wind ins Gesicht, mal war die Straße schlammbedeckt und unpassierbar.

Als sie von einem dieser Ausritte zurückkehrten, kam Lady Mabilia plötzlich auf ein Thema zu sprechen, von dem Elys angenommen hatte, es sei zur Zeit nicht aktuell.

»Ich finde es nicht richtig, daß Elys hier so die Zeit vertrödelt«, sagte sie. »Abgesehen davon, daß sie in diesen gefährlichen Zeiten ohne angemessenen Begleitschutz ausreitet, nützt ihr Aufenthalt hier weder Matthew noch ihr selbst.«

»Nur auf den Hauptstraßen droht Gefahr von de Mandevilles Männern«, erwiderte Crispin ruhig. »Ich achte darauf, daß wir uns an die kleinen, wenig benutzten Wege und die Schneisen im Wald halten. Was schadet es ihr, hier zu sein?

Sie betet fleißig und besucht jeden Morgen mit dir die Messe, und um ihrer Gesundheit willen braucht sie frische Luft und Bewegung. Ich bin sicher, Matthew ist froh über ihre Anwesenheit, die Tage werden ihm dann nicht so lang.«

»Wie dem auch sei«, gab Lady Mabilia scharf zurück. Sie war es nicht gewöhnt, daß ihre Entscheidungen kritisiert oder in Frage gestellt wurden, am allerwenigsten von einem ihrer Kinder, und die Tatsache, daß ihre Söhne mittlerweile erwachsen waren, schien ihr noch nicht bewußt geworden zu sein. »Ich denke, es wird allmählich Zeit für sie, nach Wix zu gehen.«

»Aber unser Haus dort ist verschlossen«, wandte Matthew ein. »Wir haben die Dienerschaft mit hierhergebracht, und es ist niemand mehr dort außer meinem Aufseher und seiner Familie. Elys kann dort schließlich nicht allein wohnen.«

»Aber im Nonnenkloster von Wix«, verbesserte Lady Mabilia ihn in aufgebrachtem Ton. »Sie muß letzten Endes sowieso dorthin, wenn ... wenn ich selbst hingehe ...« Ursprünglich hatte sie sagen wollen »Wenn du erst geheilt bist«, brachte die Worte jedoch nicht über die Lippen. »Und ich bin der Meinung, sie könnte genauso gut jetzt hingehen. Ihr Benehmen und ihre Ansichten sind für eine Nonne viel zu weltlich.«

»Ich werde nicht Nonne«, sagte Elys mit fester Stimme und bemühte sich, es wie eine sachliche Erklärung und nicht zu trotzig klingen zu lassen.

»Du wirst das tun, was man dir befiehlt, du törichtes Kind«, sagte Lady Mabilia schroff. »Ich weiß nicht, warum du so aufsässig bist! Es steht dir nicht zu, zu bestimmen, was du tun wirst oder nicht, sondern es ist *meine* Aufgabe, da mir die Beratung eines Ehemannes fehlt, zu entscheiden, was das beste für dich und die Familie ist. Deine Schwester Judith ging nur zu gern ins Kloster und opferte sich freiwillig für das Wohlergehen ihres Bruders. Ich hätte gedacht, du würdest freudig das gleiche tun, da du doch beteuerst, dem guten Matthew eine liebende Schwester zu sein.«

»Judith wollte Nonne werden«, erklärte Elys geduldig. »Ich weiß nicht, warum, denn ich glaube, ich habe Judith nie richtig gekannt – sie ist so viel älter als ich. Aber ich bin sicher, daß es ihr weniger darum ging, sich für Matthew zu opfern, als ihrer Neigung zu folgen, und noch sicherer weiß ich, daß Gott nicht will, daß ich Nonne werde.«

»Elys hat recht«, sagte Crispin in seiner ruhigen und sanften Art, bevor seine Mutter ihre Entrüstung in eine Antwort ummünzen konnte. »Judith war – ist – acht Jahre älter als Matthew und zwölf Jahre älter als Elys. Ich kann mich nicht erinnern, daß sie für uns drei je Zuneigung oder auch nur Interesse aufgebracht hat. Ich habe den Eindruck, sie machte sich nichts aus einem Familienleben, der Welt im allgemeinen, den Männern im besonderen, und wollte immer ein klösterliches Leben führen. Elys ähnelt ihr nicht im geringsten.«

»Das ist nicht von Belang«, erwiderte Lady Mabilia verärgert. »Es ist einfach ihre Pflicht, ins Kloster einzutreten. Ich habe versprochen, daß sie und ich Judith folgen, sobald Matthew gesund ist, und ihre Mitgift gehört bereits den Nonnen. Und ich denke, sie sollte *jetzt* hingehen, bevor diese törichten weltlichen Gedanken sie noch stärker beeinflussen.«

»Ich werde weder jetzt noch zu einem späteren Zeitpunkt in ein Kloster eintreten«, sagte Elys klar und sehr bestimmt. »Es tut mir leid, Mutter, aber ich glaube, du hattest kein Recht, in meinem Namen ein solches Versprechen abzulegen, und ich bin ganz sicher, daß Gott keinen Wert auf eine Nonne legt, die gegen ihren Willen ins Kloster geht.«

»*Kein Recht?* Wie kannst du es wagen, du ungezogenes Mädchen! Du bist meine Tochter, und ich verfüge über das alleinige Recht zu entscheiden, was aus dir werden soll.«

»Das war vielleicht richtig, als Elys noch ein Kind war, aber jetzt ist sie eine erwachsene Frau«, sagte Matthew mit gequältem Gesichtsausdruck. »Wenn jemand das Recht hat, in ihrem Namen Entscheidungen zu treffen, dann bin ich es, als Familienoberhaupt, und ich möchte meiner Schwester ganz bestimmt nicht das Gefühl vermitteln, sie solle sich für mich opfern. Du hast dein Gelübde als Dankesopfer für meine Heilung abgelegt, Mutter, und bis jetzt bin ich noch nicht geheilt, also gibt es auch keinen Grund, Elys jetzt nach Wix zu schicken, falls überhaupt jemals. Mir wäre lieber, sie bliebe hier, bis ... fürs erste.«

Lady Mabilia zuckte die Achseln und gab sich, wenn auch unwillig, für den Augenblick geschlagen, doch Elys blieb besorgt und auf der Hut, denn sie war überzeugt, ihre Mutter würde die Angelegenheit nicht lange auf sich beruhen lassen. Es war an der Zeit, konkrete Pläne zu machen für einen Weg, ohne Mitgift und vermutlich auch ohne die Hilfe ihrer Familie achtbar in der Welt zu leben.

Ein paar Tage später begegnete sie Pater Warmand, dem Sakristan, der gerade die Kirche zu einer Besorgung verlassen wollte, als sie eintrat, und sie fragte ihn zaghaft: »Pater, würden Sie mir bitte sagen ... was machen Sie, wenn Sie etwas für die Kirche brauchen?«

»Wie meinen Sie das?« fragte er stirnrunzelnd. »Woran dachten Sie?»

»Nun ... wenn Sie zum Beispiel eine neue Altardecke benötigen ...«

»Wir würden Lukin, natürlich mit einer Eskorte, nach London schicken, damit er eine kauft. Vielleicht ist Ihnen aufgefallen, daß unsere Leinwand, die Altardecken und Meßgewänder alle alt und abgenutzt sind? Leider haben wir keinen Adel hier in der Gegend, da unsere Gutsherrin die Königinwitwe ist, die in Arundel lebt; deshalb sind auch keine Arbeiten für feine Damen anzufertigen, die einträglich genug wären, daß sich ein berufsmäßiger Sticker oder Stoffhändler hier niederließe, und wir haben auch kein Kloster mit Nonnen in der Nähe, die unsere Stickarbeiten übernehmen würden, deshalb müssen wir alles Nötige bei den Londoner Stickern kaufen. Ich beneide manchmal die Küster von Kirchen, die nicht größer sind als die unsere, aber zufällig in reichen Städten stehen, wo es dutzendweise Tuchhändler und Sticker gibt, die für sie arbeiten. Warum fragen Sie?«

»Ich – ich habe vor, das Sticken als Beruf zu betreiben ...« antwortete Elys so nervös, daß es selbst in ihren Ohren kindisch und wenig überzeugend klang. »Ich kann gut mit der Nadel umgehen ...«

Pater Warmand war ein freundlicher Mann und gab sich die größte Mühe, seine Belustigung über die wirklichkeitsfremden Vorstellungen dieser wohlerzogenen jungen Dame nicht zu zeigen, die kaum mehr als ein Kind war und glaubte, ihre dilettantischen Versuche häuslicher Nadelarbeit könnten je angemessen sein, den Altar einer großen Kathedrale wie Waltham zu schmücken. In sanftem Ton, um seinen Worten die Strenge zu nehmen, antwortete er: »Arbeit für die Kirche ist Arbeit für Gott, und nur die feinste Qualität ist gut genug. Ich bin sicher, daß Sie sich bemühen, Ihre Arbeit gut zu machen, und wenn Sie wirklich Stickerin werden wollen, könnte Ihr Bruder vielleicht eine Londoner Werkstatt überreden, Sie als Lehrling anzunehmen, aber man würde zweifellos eine Bezahlung für die Bemühungen verlangen.« Da er ein vielbeschäftigter Mann und in Eile war, wartete er ihre Antwort nicht ab, sondern erteilte ihr den Segen und ging weiter.

Elys fühlte in ihren Augen Tränen der Demütigung und Enttäuschung aufsteigen. Er hat meine Arbeit nicht einmal sehen wollen, dachte sie verärgert. Er hat gesagt, er könne eine gute Stickerin am Ort gut gebrauchen, sich aber gar nicht erst mit der Frage aufgehalten, ob ich ihm vielleicht das Gesuchte bieten könnte. Anscheinend denkt er, ich sei ein eingebildetes, verwöhntes Ding, das seine gewöhnliche, stümperhafte Flickarbeit der besten professionellen Arbeit für ebenbürtig hält. Ich werde abwarten, bis ich ihm etwas wirklich Gutes zeigen kann, und ihn dann bitten, es zu begutachten, was immer er auch dazu sagt! Der Steinmetz befand meine Arbeit für gut genug, um sie berufsmäßig auszuüben, und er kennt sich in diesen Dingen aus. Er hat sie jedenfalls gesehen, und er würde bestimmt nicht etwas als gut bezeichnen, was nicht gut ist. Der Gedanke tröstete sie ein wenig, aber die eigene Unfähigkeit, ihre Sache vorzubringen, und die wohlmeinende Herablassung des Sakristans nagten weiter an ihr.

Der März brachte die Fastenzeit, wilde Narzissen und die Steinmetzen, die Bischof Henry geschickt hatte, damit der Kirchenbau abgeschlossen würde. Sie errichteten ihre Bauhütte zwischen Mühlbach und Marktplatz, legten ihre Gipsplattform und errichteten über den halbfertigen Säulen auf der Westseite der Kirche ein Gerüst. Elys beobachtete sie heimlich auf ihren täglichen Gängen zur Kathedrale, in der Hoffnung, vielleicht ein vertrautes Gesicht zu erspähen, doch sie wurde enttäuscht. Crispin brachte ihren Meister, William von Norwich, eines Abends zum Essen mit, und es stellte sich heraus, daß die ganze Loge aus Durham gekommen war, wo sie an der Kathedrale gearbeitet hatten, obwohl viele von ihnen aus der Gegend von Norwich stammten.

»Wann rechnen Sie mit dem Stein?« fragte Matthew, dessen Interesse durch die Auskunft des neuen Besuchers erwacht war.

»Jeden Tag. Der Wind wird die Straßen schön austrocknen«, erwiderte William. Er war ein großer, stämmiger Mann mit ungewöhnlich muskulösen Armen und Schultern.

»Kommt er nicht über den Fluß?« fragte Crispin.

»Von hier bis Bow Creek gibt es ungefähr zehn Mühlen«, erwiderte William. »Es ist schneller und weniger mühsam, den Stein auf der Straße zu transportieren, die immer noch gut ist, auch wenn es hundert Jahre her ist, seit sie ausgebessert wurde!«

»Woher kommt der Stein?« fragte Elys.

»Zum Teil aus Caen und zum Teil aus Kent«, antwortete der Steinmetz. »Er wird für tragende Wände und Außenmauern benötigt.« Er nahm ihre Frage ernst, auch wenn sie von einer Frau kam, weil sie das geheiligte Material betraf. »Der Rest kommt größtenteils aus Merstham in Surrey. Ich hätte gern welchen aus Barnack gehabt, aber Bischof Henrys Mann wollte es anders. Ein großer Block kommt von der Insel Purbeck, aber der ist für etwas Spezielles und wird vom Mann des Bischofs bearbeitet.«

»Aber sind Sie nicht alle Leute des Bischofs?« fragte Lady Mabilia.

»Nein, meiner Treu!« rief William und blickte entsetzt. »Wir arbeiten zusammen in einer Gruppe – Loge, nennen wir es, Meister und Gesellen, und wir stellen Lehrlinge ein, die wir in unsere Geheimnisse einweihen. Wir nehmen da eine Beschäftigung an, wo man unsere Dienste benötigt und unseren Lohn zahlt. Wir gehören niemandem, sondern sind freie, unabhängige Handwerker. Wir haben für den Bischof von Durham gearbeitet und uns jetzt beim Bischof von Winchester verdingt. Der Mann des Bischofs steht ein paar Stufen höher als irgendeiner von uns, weil er ein großer Bildhauer ist, der im Rang eines Ritters steht und wie ein Edelmann Land besitzt, das ihm der Bischof gegeben hat ... Er hat uns im Auftrag des Bischofs eingestellt und erklärt uns genau, was wir zu tun haben und welchen Stein wir nehmen müssen, aber bei der Ausführung der Arbeit läßt er uns freie Hand. Er kommt her, um Stein zu behauen, nicht, um sich einzumischen. Ich kenne ihn seit einigen Jahren, er versteht seine Arbeit, und er kennt unsere Arbeit und weiß, daß auch wir unsere Arbeit verstehen.«

»Das hört sich nach einer sehr vernünftigen geschäftlichen Basis an«, bemerkte Matthew, dessen schmales, bleiches Gesicht von einem Lächeln belebt wurde.

»Ay, das ist es auch. Ich wollte, in Durham wäre es genauso gelaufen – dort mischt man sich in alles ein! Nein, Bischof Henry hält nichts davon, einen Hund einzustellen und dann selbst zu bellen, und Meister Aylwin auch nicht – er ist übrigens der Bildhauer. Such den Hund gut aus, ist ihre Devise, und laß ihn dann machen.«

»Dann kommt Meister Aylwin also her?« fragte Elys und bemühte sich sehr, ihre Stimme ruhig und gleichmütig klingen zu lassen, da sie es für möglich hielt, daß Aylwin Neuigkeiten von Fulk mitbrachte; doch es gelang ihr nicht ganz, denn Crispin sah sie an, als hätte etwas in ihrem Ton seine Aufmerksamkeit erregt.

»Wir haben ihn in Italien kennengelerrnt, und er hat uns auf einem Teil der Rückreise begleitet«, teilte Lady Mabilia dem Steinmetz huldvoll mit. Sie hatte sich daran gewöhnt, an der Tafel ihres Sohnes ungewöhnliche Leute anzutreffen, und festgestellt, daß selbst Leute von geringerem Rang durchaus angenehm und interessant sein konnten, vorausgesetzt, ihre Tischmanieren waren nicht zu ungehobelt.

»Italien!« rief Meister William in dem ehrfürchtigen Ton, in dem normalerweise auf das Paradies verwiesen wird. »Oh, beim Tempel Salomons, was gäbe ich darum, nach Italien zu gehen! Haben Sie Rom gesehen?«

»Ja.« Lady Mabilia klang leicht überrascht, denn sie hatte Rom als Stadt nicht besonders hoch eingeschätzt – wie eine große Ansammlung von Ruinen war es ihr vorgekommen.

»Haben Sie auch die Peterskirche gesehen?«

»Ja.«

»Ich habe gehört, daß es dort rings um den Hochaltar Säulen gibt, die rundum eingekerbt und mit Gold verziert sind. In Erinnerung daran versehen wir einige unserer Pfeiler mit Spiralen und stellen sie unmittelbar neben dem Altar auf, um so das Allerheiligste zu kennzeichnen. Das haben wir in Durham und Wymondham und in anderen Kirchen gemacht, in denen wir gearbeitet haben.«

»Und hier wurde es auch so gemacht!« rief Elys. »Ich habe bemerkt, daß die beiden Pfeiler direkt neben dem Altar im Mittelschiff mit Spiralen verziert sind und die beiden folgenden Zickzackleisten tragen.«

»Mein Vater hat hier gearbeitet – er war vor zwanzig Jahren Meister unserer Loge, als das, was jetzt hier steht, gebaut wurde. Und sein Vater vor ihm ebenfalls, und *er* war in Rom und hat die Säulen dort mit eigenen Augen gesehen. Ich besitze eine Zeichnung, die er davon angefertigt hat.«

Die Nachricht, daß Aylwin – und demzufolge vielleicht auch Fulk – nach Waltham kommen würden, veranlaßte Elys zu dem Entschluß, mit ihrer Mutter über ihre Pläne zu sprechen, ihren Lebensunterhalt selbst zu verdienen, doch es schien ihr geraten, zuvor einen ernsteren Verstoß zu unternehmen und bei Pater Warmand Interesse dafür zu wecken, ihr Arbeit zu geben. Sie hatte gerade die Altardecke beendet, die für das Kloster in Wix vorgesehen war, und zusammen mit einigen anderen Proben ihrer Arbeit wickelte sie sie in ein Stück sauberes Leinen und machte sich auf die Suche nach dem Sakristan.

Er war in der Sakristei am Ende des nördlichen Querschiffs dabei, einen Teil des Altarleinens auszusortieren und sah ziemlich niedergeschlagen aus. Er grüßte sie höflich, jedoch mit eine Miene geduldiger Resignation, als sie das Bündel mit ihrer Arbeit auf den Tisch legte und ihn bat, es sich genau anzusehen.

»Meine liebe Tochter«, sagte er, während er das alte, stockfleckige Tuch beiseite schob, das er so prüfend betrachtet hatte. »Ich will nicht verhehlen, daß wir hier Bedarf an Stickereiarbeit haben und daß es unbequem und teuer ist, eine große Zahl von Männern nach London zu schicken, damit Lukin auf dem Weg zu seinen Einkäufen den Schutz hat, den er braucht; aber ich wiederhole, daß die Arbeit von allerhöchster Qualität sein muß, und ich kann mir kaum vorstellen, daß jemand Ungeübtes wie Sie, bei allem guten Willen ...«

»Aber tun Sir mir doch bitte den Gefallen, und sehen sich die Arbeiten an!« unterbrach Elys ihn. »Das ist keine hohle Eitelkeit von mir, Pater; ein anderer Sakristan in Italien und ein hochrangiger Handwerker haben mir bestätigt, daß meine Arbeit von sehr guter Qualität sei, und ich brauche eine Beschäftigung. Wenn meine Arbeit nicht gut genug ist, werde ich Ihr Urteil akzeptieren und Sie nicht wieder belästigen, aber Sie sollten wenigstens einen Blick darauf werfen.«

Pater Warmand verbeugte sich und sagte ruhig: »Sie haben recht, mich zu tadeln, Tochter. Ich bitte um Verzeihung. Ja, ich will mir Ihre Arbeiten ansehen und unvoreingenommen urteilen. Was wollen Sie mir zeigen?«

»Ich habe eine Altardecke mitgebracht, die ich für das Kloster meiner Schwester in Wix angefertigt habe, so daß Sie meine Näharbeit sehen können, und diese Gürtel, damit Sie meine Satinstickerei und meine Muster beurteilen können. Ich weiß, es sind weltliche Gegenstände, aber es sind meine eigenen Entwürfe, und zwei davon sind mit Goldfäden ...« Sie wickelte ihre Probestücke aus und breitete sie vor ihm aus.

Warmand trug die Altardecke vorsichtig zu dem kleinen, vergitterten Fenster, das als einziges ein wenig Tageslicht in die Sakristei einließ, und prüfte sie lange und eingehend, indem er sie in ihrer ganzen Länge – gut fünfzehn Fuß – betrachtete und ab und zu etwas vor sich hin murmelte. Dann kehrte er zum Tisch zurück und faltete sie sorgfältig zusammen, bevor er die Gürtel mit ans Fenster nahm, um sich die Farb- und Goldstickerei anzuschauen.

»Sie haben gutes Material benutzt. Wo haben Sie das bekommen?«

»In Italien. Meine Mutter hat einen Vorrat an Stoff und Seide für den eigenen Gebrauch gekauft und mir etwas davon gegeben.«

»Und wieviel hat sie Ihnen bei der Arbeit geholfen?« Er sah sie bei seiner Frage prüfend an, und sie antwortete: »Überhaupt nicht. Die Nonnen von Wix haben mir das Stikken beigebracht, nicht meine Mutter. Sie macht nur wenig Handarbeiten.«

»Und wer hat Ihre Muster gezeichnet?« Er hielt einen Gürtel mit einem Muster aus verschlungenen Drachen in die Höhe, deren Köpfe die hübsch geformten Enden bildeten.

»Ich selbst. Dies hier habe ich einer Schnitzerei nachgebildet, die ich in der Kathedrale von Worcester gesehen habe.«

Nach einer erneuten langen Musterung kehrte er an den Tisch zurück und faltete die Gürtel einen nach dem anderen zusammen, blickte nachdenklich drein und sagte schließlich: »Ich muß zugeben, Ihre Stickerei ist weitaus besser, als ich erwartet habe, aber ich kann absolut nicht abschätzen, ob Sie bei einer langwierigen Arbeit Ihren Standard halten oder ihrer vielleicht überdrüssig werden und sie halbfertig liegenlassen, und dann wäre das teure Material verschwendet. Ich bin bereit, Sie für die Anfertigung einer Altardecke nach Ihren eigenen Entwürfen zu bezahlen; unerläßlich sind natürlich die fünf Kreuze und eine kunstvolle Stickerei auf den Faltenwürfen zu beiden Seiten. Das Kollegium wird den Stoff und das Garn stellen. Ich werde Ihnen außerdem ein Stück Damast, Seidengarn, Goldfaser, Haartuch und Seidenstoff für das Futter zur Verfügung stellen, damit Sie daraus, ebenfalls nach Ihrem Entwurf, eine Burse anfertigen.

Ich will Ihnen nicht verbergen, daß diese beiden Dinge als Probestücke gelten, vor allem die Burse; denn Ihre Gürtel sind wirklich nicht reichverziert und kunstvoll genug, um daraus zu schließen, wie Ihre Goldarbeiten aussehen, oder wie Sie die Teile zu einem Ganzen zusammenfügen, was ebenso wichtig ist wie die Stickerei. Ich werde Ihnen, wie üblich, die Hälfte des Lohnes im voraus zahlen, die andere Hälfte nach Fertigstellung, vorausgesetzt, die Arbeit ist annehmbar. Sind Sie damit einverstanden?«

»Ja, vielen Dank. Das ist sehr nett.« Sie wünschte, er hätte eine Andeutung darüber gemacht, wieviel er ihr bezahlen wollte, da sie keine Vorstellung von der für Stickerinnen üblichen Entlohnung hatte.

»Ich schätze, die Arbeit an beiden Gegenständen wird etwa gleich groß sein, und bezahle Ihnen deshalb für jede eine und eine halbe Silbermark. Ich werde jetzt gleich das Material in unserem Lager heraussuchen, wenn Sie sich fünf Minuten gedulden, und dann gehen wir zu Pater Brian, um uns seine Zustimmung zu holen und uns die erste Hälfte des Silbers abwiegen zu lassen.«

Elys stieß einen glücklichen kleinen Seufzer aus und sank auf einen Schemel, den er ihr hingeschoben hatte, während er in verschiedenen Kisten nach Materialien stöberte. »Wie Sie sehen«, sagte er, »haben wir einen guten Vorrat an Stoff und ein paar Reste Seide und Garn, doch wenn Ihre Arbeit sich als zufriedenstellend erweist, werden wir mehr aus London besorgen müssen.«

»Das wird sie«, sagte Elys zutiefst überzeugt.

»Und nun verraten Sie mir«, sagte er, während er das Material zum Tisch trug, es noch einmal durchsah und zu einem Stapel faltete, »warum Sie es für nötig halten, mit der Nadel Ihren Lebensunterhalt zu verdienen, obwohl Sie zwei Brüder haben, die für Sie verantwortlich sind, und Ihre Erziehung wohl kaum die einer Handwerkerin war.«

Sie seufzte. »Meine Familie hat beschlossen, daß ich Nonne werden soll, und das kann ich nicht. Mein ganzes Wesen widersetzt sich diesem Gedanken, doch wenn ich mich weigere, ihrem Wunsch zu entsprechen, wird meine Familie mich verstoßen, daß weiß ich, und deshalb muß ich versuchen, mich selbst zu ernähren.«

Warmand runzelte die Stirn. Er äußerte keine Meinung, sondern sagte nur: »Ich hätte nicht gedacht, daß Matthew oder Pater Crispin ihre jüngere Schwester vor die Tür setzen würden. Ich muß zugeben, daß wir dringend eine wirklich gute Stickerin benötigen. All unsere Bursen, Kirchenfahnen, Chorröcke, Meßgewänder, Frontalen und Wandbehänge sind alt, einige sogar verschlissen, denn ich glaube, seit dem Tod König Harolds haben wir wenig Neues bekommen. Ich nehme an, Sie haben gehört, daß der zweite William viele unserer Ornate und Ausstattungsstükke – äh – genommen hat? Königin Maud hat einiges ersetzt, aber es waren nicht mehr so kostbare Stücke, weil sie große Summen für den Wiederaufbau ausgegeben hat, und wegen dem damit verbundenen Durcheinander, dem Staub und den mehrfachen Verschiebungen des Altars haben wir mit der Anschaffung neuer Gegenstände bis jetzt gewartet, da nur noch die Westseite fertiggestellt werden muß. Aber jetzt müssen wir natürlich überlegen, ob es Lukin zuzumuten ist, nach London zu reisen und die notwendigerweise hohen Geldsummen bei sich zu tragen, wenn die Hauptstraßen so gefährlich sind ... Wenn Ihre Arbeit uns zufriedenstellt, kann ich Ihnen jede Menge Beschäftigung versprechen. Zum Beispiel könnten Sie dann vielleicht das Muster für einen Chorrock entwerfen, und ich wäre bereit, darüber nachzudenken, ob ...«

»Ich will mein Bestes tun«, versprach Elys, und ihre Augen leuchteten vor Glück darüber, daß sie die Chance erhielt, sich zu beweisen, und Pater Warmand trotz seiner vielen »Wenns« so klang, als wäre er von ihrem Erfolg überzeugt.

»Ich kann nichts versprechen«, setzte er warnend hinzu, weil er ihren Gesichtsausdruck womöglich richtig deutete. »Es fällt mir noch immer schwer zu glauben, daß eine Dame eine Arbeit von so feiner Qualität anfertigen und, was vielleicht noch schwieriger ist, so viele Stunden daran arbeiten kann, woran ein berufsmäßiger Sticker von Kindheit an gewöhnt ist.«

»Sie geben mir die Chance zu zeigen, was ich kann«, erwiderte Elys, »und mehr verlange ich im Augenblick nicht.«

Mit erleichtertem Herzen und schweren Geldbeutel ging Elys nach Hause. Wie es aussah, mußte sie nur ihre Handwerkskunst auf einem bestimmten Niveau halten, und sie würde einen sehr guten Lohn bekommen – genügend, um unabhängig zu sein, ein sorgenfreies Leben zu führen und genug übrigzubehalten, um es für Zeiten von Krankheit und Alter zu sparen. Sie erinnerte sich, gehört zu haben, daß manche Leute ihr Geld den Tempelrittern zur sicheren Verwahrung gaben, und sie beschloß, wenn sie erst ein paar Pfund gespart hätte, ihren Onkel zu fragen, ob sie das ebenfalls tun könne. Crispin würde den Brief für sie schreiben, falls sie Sir Richard nicht selbst sah, und mit Sicherheit würde er jemanden finden, der ihn nach Holborn beförderte.

Den Kopf voller Pläne, betrat sie das Haus, stieß die Tür zur Halle auf und war, während sie überlegte, wie sie am besten von ihrem Glück erzählen konnte, bereits mitten im Raum angekommen, als sie bemerkte, daß Crispin, Matthew und ihre Mutter mit zwei Gästen am Feuer saßen. Der eine, groß und dunkelhaarig, sprach mit Lady Mabilia, und der andere, breitschultrig und blond, zeichnete offensichtlich ein Portrait von Matthew. Der Dunkle wandte den Kopf, lächelte sie an und sprang dann mit einer geschmeidigen, vorsichtigen Bewegung auf, die sie an eine Katze erinnerte.

»Lady Elys!« sagte er und ging mit ausgestreckten Händen auf sie zu. Sie ergriff sie, ließ ihr kostbares Bündel aus Leinen und Garn fallen und rief: »Ach, Sir Fulk, wir haben uns schon gefragt, wann Sie wohl kommen!« Sie spürte, daß sie vor Freude über das Wiedersehen mit ihm errötete, und dachte wehmütig an ihre romantischen Träume.

»Ich wußte nicht, daß ich erwartet werde, obwohl ich von Ihrem Onkel erfahren habe, daß Sie in Waltham sind!« erwiderte er und zog sie an sich, um ihr den traditionellen Friedenskuß auf die Wange zu geben. »Ich hoffe, Sie erinnern sich an Meister Aylwin?«

Auch Aylwin hatte sich erhoben und kam zögernd näher, um sie zu begrüßen, wobei seine Lippen ihr Gesicht nur streiften, und seine Hände die ihren kaum berührten, als sie sie ihm entgegenhielt. Elys ergriff die Gelegenheit, ihm für sein Neujahrsgeschenk zu danken, was er mit einem Kopfnicken und einem Lächeln quittierte.

»Sind Sie hier, um aufzupassen, daß Meister Aylwin nicht an einen anderen Ort geht, oder um ihn zu beschützen?« fragte sie Sir Fulk neckend.

»Oh, natürlich um ihn zu beschützen. Er ist eines von Bischof Henrys meistgepriesenen Besitztümern«, erwiderte Sir Fulk.

»Ich glaube, noch wertvoller als seine Straußen.«

»Genausogut«, bemerkte Aylwin. »Die armen Geschöpfe sind letzten Winter eingegangen. Tatsächlich mußten wir uns den Weg hierher buchstäblich erkämpfen. Ich habe zwei Jahre in Italien verbracht und nur einen einzigen Räuber getroffen, auf der Straße aus London heraus bin ich dagegen einem ganzen Schwarm begegnet.«

»Du wolltest unbedingt über Stratford nach Bow und Woodford!« rief Sir Fulk. »Ich habe dir gesagt, wir sollten die Straße nach Cambridge nehmen, aber du hast darauf bestanden, durch den Forst zu reiten.«

»Was waren das für Räuber?« fragte Crispin besorgt. »Mir gefällt der Gedanke nicht, daß es hier in der Nähe Banditen gibt. Dies ist angeblich die sicherste Region des Königreiches.«

»Unserer Ansicht nach waren es Söldner im Dienst des Grafen von Essex«, antwortete Sir Fulk. »Sie haben in seinem Namen Wegegeld gefordert.«

»Haben Sie es gezahlt?« fragte Matthew, der durch die Anwesenheit der neuen Besucher frischer und wohler aussah als sonst.

»Wir haben die Sache erörtert, und ich habe einem von ihnen meinen besten Hammer auf den Kopf gehauen«, erwiderte Aylwin grinsend. »Fulk schwang sein Schwert, und sein Pferd schickte einige von ihnen mit ein paar Huftritten in den Graben. Danach verloren sie das Interesse – sie waren nur zu sechst!«

»Geoffrey de Mandewille, der *frühere* Graf von Essex, ist beim König in Ungnade gefallen«, sagte Crispin, der immer noch besorgt aussah. »Er hat so oft die Seiten gewechselt, daß ihm keine Partei mehr traut, und der König hat vor kurzem herausgefunden, daß er mit der Kaiserin Ränke geschmiedet hat, während er vorgab, Stephen die Treue zu halten. Ich habe gehört, daß man ihm seine Ländereien und Titel entzogen und ihn für vogelfrei erklärt hat. Das letzte, was ich über ihn gehört habe, ist, daß er Ely und Ramsey erobert hat und das Gebiet zwischen Cambridge und Ely terrorisiert. Gott steh uns bei, wenn er beschließt, in diesen Teil des Landes zu kommen!«

»Das bezweifle ich«, sagte Sir Fulk ernsthaft. »Er bleibt in den Sümpfen, weil es dort für den König so gut wie unmöglich ist, ihn anzugreifen. Er würde es nicht riskieren, mit einer großen Streitmacht in der Nähe von London oder in einer weit von seiner Festung entfernt liegenden Region Plünderungen zu begehen. Er schickt höchstens ein paar Söldner, die die Ländereien seiner schlimmsten Feinde überfallen.«

Crispin öffnete den Mund, um etwas zu sagen, schloß ihn jedoch wieder mit einem Seitenblick auf seine Mutter und Elys, die bei sich dachte, daß zu dem wenigen, das sie über die Feinde Geoffrey de Mandevilles wußte, der Name seines angeblich größten Widersachers gehörte, nämlich William d'Aubigny, Graf von Arundel, zweiter Ehemann von Königin Adeliza. Da beinahe die Hälfte der Stadt Waltham der Königin und durch die Heirat also ihrem Mann gehörte, überraschte es Elys nicht, daß Crispin die Unterhaltung lieber nicht in Gegenwart ihrer Mutter fortführen wollte.

»Wo beabsichtigen Sie während Ihres Aufenthaltes hier zu wohnen?« fragte Matthew plötzlich. Er war dem Gespräch über de Mandeville offensichtlich nicht sehr aufmerksam gefolgt und hatte statt dessen über etwas anderes nachgedacht.

»Fulk muß in ein paar Tagen nach Westminster zurück«, antwortete Aylwin. »Ich muß mir irgendwo in der Stadt eine Unterkunft suchen. Hier gibt es doch vermutlich Gasthöfe für Pilger?«

»Ich wünschte, Sie blieben hier«, sagte Matthew. »Sie könnten mir so viel über die Städte erzählen, die Sie gesehen haben, und über Ihre Arbeit. Ich würde gern zeichnen lernen. Ich kann zwar gut genug schreiben, um Schreiber zu werden, aber ich muß auch zeichnen können, um die großen Buchstaben auszuschmücken... wir haben doch ein freies Bett, Crispin, oder?«

»Ja, natürlich«, willigte Crispin sofort ein. »wir wären sehr froh, Sie hier bei uns zu haben, Meister Aylwin. Sie wären nahe bei Ihrem Arbeitsplatz und würden nachts nicht von lärmenden Trunkenbolden gestört, wie möglicherweise in einem Gasthof...«

So kam man überein, daß Aylwin bei ihnen wohnen würde, und Fulk bis zu seiner Rückkehr nach Westminster ebenso.

Während die Gäste von Crispin im Männerschlafraum untergebracht wurden, hob Elys ihr Tuchbündel auf und untersuchte es schuldbewußt, da sie fürchtete, ihre Arbeit oder schlimmer noch, das Leinen und der Damast aus dem Bestand des Kollegiums könnten beschmutzt worden sein, als sie auf den mit Binsenstreu bedeckten Steinfußboden gefallen waren. Zu ihre Erleichterung saß die Umhüllung noch fest.

»Was hast du da, Elys?« fragte ihre Mutter.

»Stoff für eine Arbeit, die ich für das Kollegium anfertigen soll«, antwortete Elys so selbstverständlich wie möglich. »Ich habe dem Sakristan ein paar Proben meiner Arbeit gezeigt, und er hat mich gebeten, eine Altardecke und eine Burse zu machen, und er will, daß ich ein Muster für einen Chorrock entwerfe ...«

»Er will!« rief Lady Mabilia entrüstet. »Hält er dich für eine gewöhnliche Handwerkerin, der man Befehle bezüglich ihrer Arbeit erteilen kann?«

»Ja«, gab Elys zur Antwort. »Genau das tut er. Die Arbeit, die ich anfertigen soll, ist nur ein Probestück. Wenn sie gut genug ist, bekomme ich weitere Aufträge, und ich werde dafür bezahlt – gut bezahlt übrigens. Für die Probestücke habe ich bereits Silbergeld im voraus bekommen. Du brauchst dir keine Sorgen mehr zu machen, wovon ich leben soll, denn ich kann meinen Lebensunterhalt sehr gut mit meiner Nadelarbeit verdienen.«

»Du meinst, du bekommst für wochenlange Arbeit einen Hungerlohn und glaubst auch noch, du könntest davon leben!« gab Lady Mabilia verächtlich zurück.

»Ist ein Beutel Silberpennies denn ein Hungerlohn für eine Altardecke und eine Burse?« fragte Elys herausfordernd. »Mutter, versuch bitte, mich zu verstehen«, fuhr sie in sanfterem, beinahe flehendem Ton fort, »ich kann nicht Nonne werden! Lieber würde ich sterben, als mich in ein Kloster einsperren zu lassen. Ich möchte niemandem zur Last fallen, und ich werde beweisen, daß ich meinen Lebensunterhalt in einem sehr angesehenen Beruf verdienen kann, indem ich das Talent nutze, das Gott mir gegeben hat.«

»Mutter«, warf Matthew unerwartet mit ruhiger Stimme ein, »bedenke wenigstens, was sie sagt. Ich möchte nicht, daß meine Schwester meinetwegen gegen ihren Willen in ein Kloster gesperrt wird, und du weißt, daß man sie nicht nimmt, wenn sie nur widerwillig geht. Sie kann Gott auch außerhalb der Klostermauern dienen und sich mit ihrer Nadelarbeit ein achtbares Auskommen verschaffen.«

»Die Welt ist voller Gefahren für eine alleinstehende Frau«, erwiderte Lady Mabilia mit besorgtem Gesichtsausdruck. »Ein Konvent ist sicher, und das Leben einer Nonne ohne Aufregung. Warum bist du so anders als Judith und ich?«

»Ich bin nicht sehr anders als du, als Judith vielleicht schon«, antwortete Elys. »Du hattest einen Mann und Kinder, und das möchte ich auch.«

»Du weißt nicht, wovon du sprichst.« Lady Mabilia sah plötzlich alt und erschöpft aus. »Verheiratet mit einem groben Fremdling, jeder seiner Launen unterworfen, Objekt für seine Bedürfnisse, aber nicht mehr wert als sein Falke und weniger als sein Pferd! Und Kinder! Mit Mühen und Plagen austragen, unter Schmerzen zur Welt gebracht, und die Hälfte von ihnen trotz aller Gebete und aller Liebe gestorben! Judith war meine Älteste, und sie hat erlebt, wie die anderen zur Welt kamen, fünf davon krank wurden und starben und nur drei überlebten ... sie hat die richtige Wahl getroffen, die Arme, da sie die Alternative kannte. Du, als die Jüngste, hast keine Ahnung, wovon du sprichst!«

»Viele Frauen heiraten, haben Kinder und sind glücklich«, widersprach Elys, während sie insgeheim dachte, daß sie nun endlich etwas von den Gründen für Judiths kühle Distanz erfuhr, die sie als Kind immer so verletzend gefunden hatte; und auch ihre Mutter verstand sie auf einmal weitaus besser. Warum hatten sie niemals zuvor so mit ihr gesprochen?

»Du hast keine Mitgift, also wirst du auch keinen Mann bekommen.« Lady Mabilia klang weniger schroff und bestimmt als gewöhnlich.

»Ich habe die Fähigkeit, mir mit meiner Nadel selbst eine Mitgift zu verdienen«, antwortete Elys und unterdrückte die erneut aufsteigende Angst, ihre Arbeit könne sich vielleicht doch nicht als zufriedenstellend erweisen...

»Ein paar Silberpennies, und du hältst dich für reich!« spottete ihre Mutter.

»Zweihundertvierzig Silberpennies«, gab Elys zurück, »und das ist nur die Vorauszahlung. Wenn die Arbeit fertig ist, bekomme ich weitere eineinhalb Mark, und ein Pfund ist genauso viel, wie du im Vierteljahr aus deiner Witwenrente bekommst.«

»Zwei Pfund... Gütiger Himmel!« Lady Mabilia war überrascht. »Bekommt eine Stickerin so viel für ein paar Wochen Arbeit?«

»Ich glaube, der König bezahlt seinen Stickerinnen zehn Pfund im Jahr«, sagte Aylwin unaufgefordert, als er mit Fulk und Crispin in die Halle zurückkehrte. »Natürlich zusätzlich zu der Vergütung für Material und Kerzen. Mein Herr bezahlt ungefähr das gleiche, und noch einen Zuschlag für kirchliche Arbeit. Sie haben einen Anfang mit Ihrem Berufsleben gemacht, Elys?«

»Ich muß zwei Probearbeiten für das Kollegium anfertigen, und wenn sie gut sind, bekomme ich weitere Aufträge«, antworte sie und registrierte, daß er sie noch immer nur mit ihrem Namen und ohne Titel anredete, woran sie sich bei einem Handwerkerkollegen wohl würde gewöhnen müssen, »und Pater Warmand möchte, daß ich das Muster für einen Chorrock entwerfe.«

»Für einen Chorrock werden Sie einen Stickrahmen brauchen«, stellte Aylwin nachdenklich fest. »Besitzen Sie einen?«

»Nein, keinen Tischrahmen – nur runde Tamburierrahmen in verschiedenen Größen. Wenn ich den Auftrag, einen Chorrock zu besticken, bekomme, muß ich einen Rahmen anfertigen lassen.«

»Einer meiner Freunde ist der Zimmermann, den der Bischof hierhergeschickt hat, um bei der Innenausstattung zu beraten«, sagte Aylwin. »Ich werde ihn bitten, Ihnen einen Rahmen zu bauen – es ist eine einfache Arbeit, und er wird nicht viel dafür verlangen. Ich bin froh, daß Sie sich erkundigt haben, ob die Kathedrale hier Stickarbeiten braucht.«

»Ich muß Ihnen für den Vorschlag danken«, sagte Elys ruhig. »Ich wäre nie von selbst darauf gekommen, denn ich hatte keine Ahnung, daß es eine so gut bezahlte Arbeit ist!« Sie blickte zu ihrer Mutter hinüber, doch Lady Mabilias Aufmerksamkeit war auf Matthew gerichtet, der versehentlich seinen Fuß berührt hatte und vor Schmerzen keuchte. Elys sprang auf, als sie merkte, was geschehen war, konnte jedoch nur hilflos zusehen, während Crispin hinauseilte, um sein kleines Fläschchen mit dem Mohnsaft zu holen. Aylwin, der die Situation bemerkenswert schnell erfaßte, lief in die Küche, um Wasser zu holen, während Fulk mit bestürztem Gesichtsausdruck sitzenblieb und nicht wußte, was vor sich ging.

Wasser und Mohnsaft waren fast gleichzeitig zur Stelle, und Crispin rührte vorsichtig einige Tropfen des Beruhigungsmittels in eine Tasse und hielt sie dann an Matthews

Lippen. Er trank, wobei er von Zeit zu Zeit innehielt, sich auf die Lippen biß und zitternd den Atem einzog, bis die Tasse leer war, dann ließ er sich mit fahlem, schweißnassem Gesicht zurücksinken.

Lady Mabilia saß da und beobachtete ihn, mühsam die Tränen unterdrückend, bis das Mittel wirkte und er sich allmählich entspannte.

Dann sagte sie: »Ich muß hinüber in die Kirche und beten. Entschuldigen Sie mich.«

»Soll ich dich begleiten?« fragte Elys.

»Nein. Bleib du hier und kümmere dich um unsere Gäste. Ich würde lieber allein gehen.«

Sie kam kurz vor dem Abendessen zurück; Matthew hatte sich erholt, auch wenn er noch ein wenig blaß und schläfrig war, und war zufrieden damit, in seinem Sessel zu ruhen und der Unterhaltung zu lauschen, die zum größten Teil ein Zwiegespräch zwischen Crispin und Aylwin über den Bau der Kathedrale und die dabei noch notwendigen Arbeiten war.

»Meister William hat die Leitung der Bauarbeiten«, erklärte Aylwin. »Ich habe nur den Auftrag, ein neues Taufbecken zu machen und alle erforderlichen bildhauerischen Arbeiten auszuführen. Ich bezweifle allerdings, daß es viel zu tun gibt, denn in dieser Hinsicht ist es ein auffallend schmuckloses Bauwerk! Als ich in der Kirche war, bevor wir Sie trafen, habe ich bemerkt, daß es dort nur zwei verzierte Kapitelle gibt, und sie sehen so altmodisch aus, als stammten sie aus König Harolds Kirche. Andererseits gibt es ein halbes Dutzend Koboldköpfe, die vom Triforium hinabspähen.«

»Warum sind sie da?« fragte Elys. »Ich hätte gedacht, Engel wären angebrachter!«

»Wenn Sie genau hinsehen, werden Sie erkennen, daß sie vom Gewicht der Steine über ihnen fast erdrückt werden«, antwortete Aylwin, der ihre Frage wie immer ernst nahm. »Ich halte es für einen reizenden Einfall.«

»Draußen unter dem Dachgesims befinden sich ein paar Steinköpfe«, sagte Crispin.

»Ja. Ich werde noch ein einige hinzufügen, um die Reihe auf der Südseite zu vervollständigen, falls ich die Zeit dazu habe, aber mein Herr will, daß ich bis Ende des Sommers zurück in Winchester bin, deshalb werde ich nicht sehr viele schaffen. Das Taufbecken ist die wichtigere Arbeit, denn das alte ist ziemlich undicht. Es scheint eine Gewohnheit Bischof Henrys zu sein, Kirchen, für die er zuständig ist, mit Taufsteinen zu versorgen. Soviel ich weiß, hat er gerade allen acht Kirchen seiner Diözese ein Taufbecken gestiftet, alle aus Tournai-Marmor, diesmal jedoch muß es Purbeck-Marmor sein.«

Er verlor keine Zeit und begann unverzüglich mit der Arbeit an dem Taufbecken, da der Stein dafür bereits mit der ersten Wagenladung aus Bow Creek gekommen war. Sofort am nächsten Morgen errichtete er mit Hilfe des Zimmermanns in dem Winkel zwischen dem Südwestturm und der Wand des südlichen Seitenschiffes einen überdachten Schuppen für sich, und am Nachmittag wurde der große Block aus Purbeck-Marmor aus dem Bauhof herübertransportiert und ihm zur Bearbeitung überlassen. Elys, die kurz darauf zufällig vorbeikam, warf einen Blick herein und fragte: »Störe ich Sie?«

»Überhaupt nicht«, erwiderte er. »Kommen Sie herein und schauen Sie.«

Elys trat ein paar Schritte in die Hütte, merkte dann jedoch, daß jemand auf einem Schemel in der dunkelsten Ecke saß. »Oh, verzeihen Sie«, sagte sie. »Ich habe nicht gesehen, daß Sie beschäftigt sind.«

»Wir haben nur Neuigkeiten ausgetauscht«, beruhigte Aylwin sie. »Das ist mein alter Freund Galien, ein Zimmermannsmeister. Ich kenne ihn schon seit Jahren, aber wir treffen uns nur hin und wieder, wenn wir zufällig am selben Ort arbeiten. Ich habe ihn übrigens gebeten, einen Tischrahmen für Sie anzufertigen.«

Elys lächelte und begrüßte Galien, der als Erwiderung lediglich den Kopf neigte und kein Wort sagte.

»Ich wäre Ihnen sehr dankbar«, sagte sie, »aber bis jetzt habe ich noch nicht den Auftrag für einen Chorrock. Vielleicht warten Sie lieber, bis ich weiß, ob ich ihn anfertigen soll oder nicht.«

»Ich mache den Rahmen auf jeden Fall, solange ich hier bin und das geeignete Holz zur Verfügung habe«, sagte der Zimmermann so leise, daß sie ihn kaum verstand. Seine Stimme klang merkwürdig belegt und zischend, und er hatte einen leichten Akzent, den sie nicht einordnen konnte. »Ich muß jetzt gehen«, fügte er hinzu und sprang auf. »Wir unterhalten uns später. Guten Tag, Lady.« Und bevor Elys antworten konnte, war er an ihr vorbei und aus der Tür geschlüpft. Im Vorbeigehen erblickte sie ein dunkles, hakennasiges Gesicht, eingerahmt von einem Bart und Haaren, die lockig und glänzend waren und tiefschwarz mit einem blauen Schimmer wie das Gefieder eines Raben.

»Ist er sehr scheu?« fragte sie, als er gegangen war. »Es hört sich nicht an, als spräche er englisch oder normannisch – vielleicht findet er die Sprache schwer . . .?«

»Er ist in Nazareth geboren, ich wüßte keinen besseren Ort für einen Zimmermann«, sagte Aylwin leichthin.

»Im Heiligen Land? Er ist doch nicht etwa Sarazene?« Elys war entsetzt bei dem Gedanken.

»Nein. Er ist Christ wie Sie und ich, aber die Leute denken oft anders, deshalb hat er gelernt, so unsichtbar wie möglich zu sein, aus Angst, angegriffen zu werden.«

»Warum sollte ihn jemand angreifen?«

Aylwin gab einen Laut von sich, der ebensoviel Belustigung wie Überdruß ausdrückte. »Sie sind doch bestimmt lange genug durch die Welt gereist, um zu wissen, wie sehr die meisten Leute die Juden hassen!« sagte er. »Nur wie ein Jude auszusehen, genügt schon, um des Ritualmordes an christlichen Kindern bezichtigt zu werden, abgesehen von der Sünde, der Rasse anzugehören, die Jesus Christus gekreuzigt hat!«

»Ja, ich weiß, aber Sie sagen doch, er ist Christ . . .«

»Glauben Sie denn, die Schläger, die Juden auf der Straße steinigen, halten sich damit auf, nach dem Glauben ihres Opfers zu fragen? Es genügt wohl, wenn ich sage, daß allein sein Äußeres gegen ihn spricht, deshalb fällt er lieber nicht auf. Er wird Ihnen einen guten Rahmen anfertigen, aber Sie werden ihn vielleicht nie wieder sehen, falls Sie nicht zufällig in dem stillen Winkel, wo er arbeitet, über ihn stolpern.«

»Aber wenn Pater Warmand meine Arbeit für einen Chorrock nicht gut genug findet . . .«

»Das erste, was Sie als Handwerker – oder Handwerkerin – lernen müssen, ist, auf die eigene Fähigkeit zu vertrauen. Glauben Sie, einen Chorrock anfertigen zu können, welcher der Kathedrale von Waltham angemessen ist?«

»Ja.«

»Dann brauchen Sie auch einen guten Rahmen. Galien wird sich darum kümmern, sobald die Verschalung auf der Westseite fertig ist und die Steinmetzen mit ihrer Arbeit beginnen können. Ich denke, unter den Überresten wird er genügend Holz dafür finden.«

Elys dankte ihm und fragte dann: »Was für ein Taufbecken werden Sie machen?«

Aylwin, der bereits die ersten vorsichtigen Schläge mit Schlageisen und Klöppel ausführte, wies mit letzterem auf die Bank neben die Tür, wo eines seiner Musterbücher aufgeschlagen lag. »Es ist in dem Buch dort. Wenn Sie wollen, können Sie es sich ansehen.«

Sie ging zu der Bank und studierte die Zeichnungen eingehend. Die erste zeigte ein Taufbecken auf einem trommelförmigen Sockel, mit einem quadratischen Aufsatz, der an jeder Ecke von einer kleinen, runden Säule getragen wurde; das Ganze stand auf einem abgestuften Fundament. Die vier Seiten des Aufsatzes waren auf den folgenden Seiten im Detail gezeichnet, und sie fragte sich, wie es im wohl gelänge, all diese Einzelheiten in dem harten Stein sichtbar zu machen. Die erste Seite zeigte die Arche Noah, Noah selbst, der die Tiere zu zweien abzählte, und Noahs Frau, die ein Stück entfernt stand und sich weigerte, die Arche zu betreten. Auf der zweiten Seite sah man, wie Jonas aus einem kleinen Boot in das zähnefletschende Maul eines sehr großen Fisches gekippt wurde. Die dritte Seite zeigte Moses als Säugling, wie er in einem Korb auf dem Wasser durch die Binsen trieb und die Hände ausstreckte, um einen Vogel zu fangen, die vierte schließlich die Taufe Jesu: Johannes der Täufer in seinem Ziegenfell, der sich vor ihm verneigte, Fische, die um ihre Füße herumschwammen, während sie im Jordan standen, und eine Taube, die über dem Haupt Jesu schwebte.

»Können Sie all das wirklich in Stein umsetzen?« fragte sie verwundert.

»Ehrlich gesagt, nein! Es wird plumper, und Feinheiten gehen verloren. Vermutlich wird es eines Tages jemandem gelingen, alle Einzelheiten herauszuarbeiten, aber bis jetzt sind unsere Werkzeuge einfach nicht gut genug. Haben Sie schon über das Muster für Ihren Chorrock nachgedacht?«

»Ich dachte, vielleicht der Brennende Busch...«, erwiderte Elys zögernd, denn sie war zu sehr mit den Entwürfen für die Altardecke und die Burse beschäftigt gewesen, um sich mit Einzelheiten des Chorrocks zu befassen. »König William nahm – stahl – einen Chorrock von hier, auf dem stand ›Der Herr sprach zu mir‹, und ich dachte, es wäre vielleicht passend, einen neuen zu machen, auf dem in Goldstikkerei diese Worte gestickt sind – auf Lateinisch natürlich – und der Busch in Gold-, Rot- und Gelbtönen, der vor dem

Hintergrund einer Wiese mit wilden Blumen auflodert ... Es kommt darauf an, welche Farbe er haben soll. Grün wäre natürlich am besten, aber vielleicht wollen sie ihn auch in Weiß oder Gold, falls er für Festtage gedacht ist ...«

»Am besten erkundigen Sie sich«, antwortete Aylwin ein wenig abwesend, denn er hatte soeben einen geringfügigen Riß im Stein entdeckt, und versuchte gerade herauszufinden, wie er ihn am geschicktesten bei seiner Arbeit berücksichtigen könnte.

Elys merkte, daß er sich auf seine Arbeit konzentrierte und blätterte daher schweigend die Seiten des Buches um; sie fand Bäume, Gesichter, Tiere – es gab einen wunderschönen Pferdekopf, in dem sie Sir Fulks Streitroß erkannte – eine Skizze von St. Paul's, die sie ebenfalls erkannte, und auf der Seite vor dem Taufbecken ein Kruzifix. Es war so schön, die Gestalt Christi so bewegend dargestellt, daß ihre Augen sich beim Anblick mit Tränen füllten. Auf der Seite gegenüber war eine größere Zeichnung des Gesichts, die ihr wunderbar vorkam. Es war ein ausgeprägtes, ziemlich häßliches Gesicht mit düsteren Brauen und einer großen gebogenen Nase, aber ausgesprochen schönen, melancholischen, dunklen Augen. Während sie auf das Blatt starrte, erkannte sie, daß sie dieses Gesicht soeben in der Realität flüchtig gesehen hatte. Es war Galien.

»Haben Sie dies hier schon ausgeführt?« fragte sie.

Aylwin stand auf, denn er hatte sein Problem gerade gelöst, und kam zu der Bank herüber, um sich die Zeichnung anzusehen.

»Ach, das Kruzifix. Nein, noch nicht. Ich glaube, ich sollte es aus Holz oder Elfenbein schnitzen. Es ist übrigens Galien.«

»Ja, ich habe ihn erkannt«, rief Elys. »Ich wußte nicht, daß Sie das Gesicht einer lebenden Person für so etwas – für die Figuren von Heiligen, meine ich – verwenden!«

»Warum nicht? Ihr Gesicht würde sich vorzüglich für eine Madonna eignen. Wer könnte einen besseren Christus abgeben als ein Zimmermann?«

»Erlaubt Ihnen die Kirche, gewöhnliche Gesichter als Modell zu verwenden?«

»Ich verwende keine *gewöhnlichen* Gesichter. Ich verwende Gesichter, die etwas von dem Charakter haben, den ich porträtieren will. Galien hat viel gelitten und im Leben viel Zurückweisung erfahren, und das zeigt sich in seinem Gesicht, besonders in seinen Augen. Ihr Gesicht besitzt eine ungewöhnliche Kombination aus Unschuld, Stärke und Mut, Eigenschaften, die auch die Muttergottes benötigte, um Jesus zur Welt zu bringen und das Leid der Kreuzigung zu ertragen. Haben Sie den Noah auf den Entwürfen für das Taufbecken gesehen? Das ist Bischof Henry.«

Elys besah sich erneut eingehend die Zeichnung Noahs, doch ein Großteil ihrer Gedanken weilte bei dem, was er ihrem eigenen Gesicht bescheinigt hatte – Unschuld, Stärke und Mut! Das war das größte Kompliment, das sie in ihrem Leben je bekommen hatte, und doch hatte es nicht wie eine Schmeichelei, sondern wie eine einfache Feststellung geklungen. Aylwin sah in ihr eben nur ein junges Mädchen mit einem interessanten Gesicht ... Sie konzentrierte sich auf das Gesicht Noahs und sah einen ansehnlichen Mann mit einem hübschen Gesicht und einem vollen schwarzen Bart, den sie ohne Schwierigkeit erkannte.

»Warum?« fragte sie.

»Er liebt Tiere – in Bishop's Waltham hält er sich einen ganzen Tierpark. Er liebt auch Schnitzereien, aber en miniature. Haben Sie bei Ihrem Aufenthalt in Rom Kameen gesehen?«

»Ja. Meine Mutter hat eine gekauft – von Paulus, glaube ich, der Heilige in Weiß auf einem rosa Untergrund.«

»Bischof Henry sammelt sie, genau wie geschnitzte Gemmen, jedoch alte römische Exemplare. Er besitzt Hunderte davon. Ich habe viel über feine Schnitzkunst gelernt, indem ich sie mir genau angeschaut habe ... Haben Sie Ihren Chorrock schon entworfen?«

»Nur im Kopf.«

»Warum zeichnen Sie ihn nicht auf?« Er holte seinen kostbaren Silberstift aus seiner Börse, nahm ein Messer von der Bank, schnitt eine Seite hinten aus seinem Musterbuch und reichte Elys beides, die zögernd zu zeichnen begann.

Sie fing mit dem Umriß eines zum Halbkreis ausgebreiteten Chorrocks an; als sie merkte, daß das ungewohnte Gerät leichter zu handhaben war als Kohle, wurde sie mutiger und begann in der Mitte des Rückenteils am unteren Rand mit dem kurzen Stamm eines Busches; dann zeichnete sie, jeweils paarweise, von unten nach oben die Zweige, bis sie den ganzen Rücken bedeckten und sogar über die Schultern reichten, also vorn zu sehen sein würden, wenn der Mantel getragen wurde. Nachdem die grobe Schemazeichnung fertig war, fügte sie die feinen Nebentriebe hinzu, die sie jeweils mit einem Blatt in Flammenform enden ließ.

»Wahrhaftig, es wird so, wie ich es mir vorgestellt habe!« rief sie aus und zeichnete kühn ein stilisiertes Kaninchen, das halb hinter dem Stamm verborgen war und neugierig hervorlugte, dazu ein paar Vögel, die auf den Zweigen saßen. Dann skizzierte sie den Umriß der Kapuze zwischen den Schultern und zeichnete eine Taube mit ausgebreiteten Flügeln darauf, die so aussah, als wolle sie sich gerade auf dem obersten Zweig niederlassen.

»Das ist ein guter Entwurf«, bemerkte Aylwin, der ihr über die Schulter blickte. »Womit zeichnen Sie normalerweise? Mit Kohle oder Kreide?«

»Mit Kohle. Sie ist leicht zu bekommen, aber viel unschärfer als dies hier. Wenn ich erst genug Geld verdient und etwas übrig habe, kaufe ich mir einen Silberstift.«

»Wenn ich Pater Warmand wäre, würde ich Ihnen den Auftrag geben. Ich weiß, daß er einen Blick für alles Ungewöhnliche hat, vor allem, wenn es so gut gezeichnet ist. Wie übertragen Sie die Zeichnung auf den Stoff?«

»Ich durchsteche das Pergament, dann drücke ich die Kreide durch, aber sie geht so leicht ab, daß ich den Vorgang mehrmals wiederholen muß.«

»Ich zeige Ihnen, wie man die Kreidestriche übermalt, wenn es erst soweit ist.«

»Wie freundlich Sie sind!« rief sie, drückte ihre Zeichnung an die Brust und blickte zu ihm auf. »Seit wir uns begegnet sind, haben Sie mir geholfen und mir Mut gemacht. Ich wünschte, ich könnte auch für Sie etwas tun.«

»Sie könnten mir meinen Silberstift zurückgeben«, sagte er und nahm ihn ihr aus der Hand, »und, was diesen Chorrock betrifft, erstklassige Arbeit tun, denn ich habe Pater Warmand gesagt, meiner Ansicht nach könnten Sie es mit jeder Londoner Stickerin aufnehmen, und ich habe einen Ruf zu verlieren. Es interessiert mich zu sehen, wie diese Zeichnung in eine andere Kunstform umgestaltet und auf ein anderes Material als Pergament, Stein oder Holz übertragen wird.«

Aber bis es soweit war, hatte Elys noch eine weiße Leinendecke und eine Burse anzufertigen. Während die Tage allmählich länger und wärmer wurden, saß Elys stundenlang am Fenster, stickte und unterhielt sich mit Matthew und seinen Besuchern, die häufig bei ihm weilten. An den Tagen, an denen es ihm besserging, hatte sie etwas Zeit für sich, während er auf seiner Liege in die Kirche gebracht wurde, um eine oder zwei Stunden vor dem Kreuz zu beten, und sie versäumte nicht, sich Bewegung zu verschaffen, indem sie entweder mit Crispin und Sir Fulk ausritt oder durch die Stadt spazierte. Meist fand sie die Zeit, ein paar Minuten in Aylwins Arbeitsschuppen zu verweilen, um zu sehen, welche Fortschritte das Taufbecken machte.

Sir Fulks Aufenthalt hatte sich mittlerweile auf drei Wochen ausgedehnt, die er damit verbrachte, in Matthews Haus oder Aylwins Schuppen herumzulungern oder durch den Wald zu reiten, ohne sich seiner Faulheit zu schämen; er redete Elys selten direkt an, sah ihr jedoch oft bei der Arbeit zu, während er sich mit ihren Brüdern oder ihrer Mutter unterhielt, und sie spürte irgendwie, daß es nicht an seinem schwächer gewordenen Interesse lag, wenn er nicht oft mit ihr sprach. Es umgab ihn eine Art Spannung, man hatte den Eindruck, er könne sich nur mit Mühe zurückhalten, etwas Verbotenes zu sagen oder zu tun. Schließlich erhielt er eine kurze Nachricht des Bischofs, der seine Anwesenheit »seit zwei Wochen«, wie er sich ausdrückte, erwartete, und er mußte sich notgedrungen auf seinen Abschied vorbereiten.

Vor seiner Abreise kehrte er noch einmal in das Haus in Church Street zurück: zu einer Zeit, zu der Elys, wie er von der Tür von Aylwins Schuppen aus beobachtet hatte, bis auf die Dienerschaft allein im Haus war, denn Crispin tat bei der Messe seine Pflicht, und Matthew und seine Mutter weilten bei ihren Gebeten. Er machte Elys Komplimente wegen ihrer feinen Stickarbeit, stellte fest, wie angenehm und mild das Wetter sei, berichtete über blühende Primeln auf dem Kirchhof und sagte endlich nach einer langen Pause ohne Zusammenhang: »Ich nehme an, Sie haben gemerkt, daß ich damals in Dover beinahe um Ihre Hand angehalten hätte?«

»Tatsächlich?« fragte Elys ruhig und verbarg ein Wiederaufleben des Zorns und der Verzweiflung, die sie in jener Winternacht, die nun so unendlich weit schien, fast übermannt hätten. »Vermutlich hat mein Onkel Sie davon abgebracht«, fügte sie hinzu, in der Hoffnung, daß ihre Stimme nur geringfügiges Interesse verriet.

»Nun, ja – in gewisser Weise. Er sagte, Sie bekämen keine Mitgift... Verstehen Sie, meine Familie würde mir nie erlauben, eine Dame zu heiraten, wie passend sie ansonsten auch wäre, die weder Ländereien noch Einfluß für die Familie... oder auch nur Geld... Ich bedaure es zutiefst, denn ich würde Sie gern heiraten.. Ich nehme an, Sie würden es nicht in Erwägung ziehen...«

»Was in Erwägung ziehen?« fragte Elys, als sein Zögern allmählich peinlich wurde. Sie sah ihn forschend an, da sie wirklich keine Ahnung hatte, wovon er sprach.

»Ich meine, Sie würden es sicher nicht in Erwägung ziehen, meine Geliebte zu werden?« Er sprudelte die Worte hervor und blickte sie dabei mit dem Ausdruck inständigen Flehens an, den Elys jedoch einfach komisch fand.

»Nein, das würde ich nicht!« sagte sie bestimmt, und ihre Empörung siegte über ihre Verlegenheit. »Wenn meine fehlende Mitgift mich in den Augen Ihrer Familie untragbar macht und Sie nicht bereit sind, ihnen die Stirn zu bieten, dann gehen Sie besser ihres Weges und vergessen mich. Auch ich muß auf meine Familie Rücksicht nehmen.«

Fulk seufzte tief. »Ich kann Sie nicht vergessen«, sagte er düster. »Was soll ich nur tun?«

»Gehen Sie nach Winchester, und kümmern Sie sich um die Straußen Ihres Herrn!« sagte Elys scharf. »Soviel ich weiß, sagt man ihnen doch nach, daß sie den Kopf in den Sand stecken, wenn sie etwas aufregt! Sie können es ihnen ja gleichtun, wenn der Gedanke an meinen mitgiftlosen Zustand Sie quält!«

»Ich bin nicht sicher, ob das stimmt«, erwiderte er ernst. »Ich habe es nie bei ihnen beobachtet, und außerdem sind sie sowieso im Winter eingegangen. Es tut mir leid, daß ich Sie verärgert habe. Ich hoffe, Sie finden einen Ehemann, der Ihrer würdiger ist als ich. Leben Sie wohl.«

»Verzeihen Sie«, rief Elys, während er ihr bereits den Rükken kehrte, um sich zurückzuziehen. »Ich wollte nicht so unfreundlich zu Ihnen sprechen.«

Er drehte sich in der Tür noch einmal um, lächelte traurig

und sagte: »Ich habe mich zu entschuldigen. Ich hatte kein Recht, etwas Derartiges von Ihnen zu verlangen, und verdiene Ihren Zorn. Ein wahrer Ritter würde seiner Angebeteten zuliebe auch seiner Familie trotzen, aber mir fehlt der Mut, vielleicht auch die Zielstrebigkeit dazu. Ich werde Sie nie vergessen und hoffe, Sie werden manchmal an mich denken – freundlich, wenn das möglich ist!« Er machte eine höfliche Verbeugung und ging hinaus.

Elys hörte, wie die Haustür hinter ihm ins Schloß fiel und sich seine Schritte in der Church Street verloren, und starrte mit leerem Blick auf ihre Arbeit. Er hatte sie also wirklich geliebt, sie nicht nur als angemessene Braut gesehen, aber nicht genug, um sie auch ohne Mitgift zu nehmen! Sie seufzte, das einzige, was sie empfand, war tiefe Hoffnungslosigkeit, gemischt mit bitterer Enttäuschung. Sie hatte an Fulk gedacht, sogar von ihm geträumt und ihn irrtümlich für das mustergültige Exemplar eines normannischen Ritters gehalten, doch er hatte sich lediglich als rückgratloser Schönling entpuppt, der so viel Angst vor seiner Familie hatte, daß er es nicht riskierte, ihr Mißfallen zu erregen.

Wenn ich eine Mitgift gehabt hätte, hätte ich ihn vielleicht geheiratet, dachte sie, und erst danach entdeckt, daß er ein – ein *Taugenichts* ist. Das englische Wort drängte sich ihr ungewollt auf und überraschte sie selbst, doch eine passendere Bezeichnung fiel ihr nicht ein. Nun, Gott sei Dank habe ich herausgefunden, wie er wirklich ist! Ich werde keinen Gedanken mehr an ihn verschwenden, sondern einen besseren Mann finden, dem es gleichgültig ist, ob ich eine Mitgift bekomme oder nicht. Ein mutiger Entschluß, aber ihr gesunder Menschenverstand ließ sie bange hinzufügen: falls es einen solchen Mann gibt. Wenn sie hart arbeitete und soviel wie möglich von ihren Einkünften zurücklegte, könnte sie sich vielleicht selbst eine Mitgift zusammensparen, aber wie alt würde sie dann sein? Mit siebzehn war sie für viele Männer ohnehin allmählich zu alt, was das Heiraten betraf. Sie seufzte erneut, dann nahm sie ihre Arbeit wieder auf, und ihre Nadel hinterließ in dem feinen Stoff eine gleichmäßige, akkurate Reihe von Stichen, die, klein und sorgfältig und alle an der richtigen Stelle, jede für sich einen Augenblick ihres Lebens darstellten. Wie viele Jahre würde sie noch so vor sich hin sticken ohne einen Mann oder ein Kind, die sie lieben konnte?

Wieder ging die Haustür, und Aylwin trat ein, das Haar zerzaust und voller Steinstaub und einen Schnitt auf der Wange, an dem noch ein wenig getrocknetes Blut klebte.

»Fulk hat sich auf den Weg gemacht«, sagte er. »Hat er Ihnen noch Lebewohl gesagt?«

»Ja.«

»Sein Vater hat ein jähzorniges Naturell, und dazu kommt, daß seine Ländereien alle im Westen liegen, dem Gebiet, das noch immer im Besitz der Kaiserin ist, und da er für den König ist, hat er daraus keine Einkünfte. Er will, daß Fulk eine reiche Braut heiratet.«

»Ja. Ich verstehe«, erwiderte Elys ausdruckslos. »Sie wissen vermutlich, daß er mir ein – sozusagen – ein Angebot gemacht hat?«

»Ich habe ihm gesagt, er wäre ein Narr, wenn er das täte, aber anscheinend war er verzweifelt genug, es zu riskieren. Es tut mir leid, Elys. Er wäre ein guter Ehemann für Sie gewesen ... Ich werde das Thema nicht mehr erwähnen, es sei denn, Sie bringen es selbst zur Sprache.«

»Vielen Dank.« Elys brachte ein kärgliches, kleines Lächeln zustande. »Sagen Sie, haben die Straußen Bischof Henrys jemals ihre Köpfe in den Sand gesteckt?«

»Ich habe es nie beobachtet. Aber es wäre ihnen auch schwergefallen, denn er hielt sie zusammen mit den Pfauen auf einer grasbewachsenen Koppel. Ich muß unbedingt unter die Pumpe – ich bin schmutzig. Ich habe Galien geholfen, einen Teil der provisorischen Holzkonstruktion abzureißen; es ist wirklich erstaunlich, wieviel Staub sich in den vergangenen sieben Jahren angesammelt hat!«

Er ging in den Raum, den er mit Matthew und Crispin teilte und kehrte mit einem Bündel sauberer Kleidungsstükke zurück; danach ging er in den Hof, von wo Elys das Quietschen der von einem Dienstboten betätigten Pumpe hörte, deren eiskalter Strahl sich über den Steinmetz ergoß; laut prustend wand er sich hin und her und wusch sich den Schmutz von Haaren und Körper ab. Elys fragte sich, ob es vernünftig war, sich so gründlich zu waschen, vor allem in kaltem Wasser, nahm jedoch an, daß er Verstand genug hatte zu wissen, wie gefährlich das sein konnte. Frisch und in sauberer Kleidung kam er gleich darauf zurück, gerade als der Rest der Familie zum Abendessen nach Hause zurückkehrte.

Etwas später am Abend kam Pater Radulf, um den Verband an Matthews Fuß zu wechseln. Er traf seinen Patienten mit Aylwin beim Schachspiel an. Crispin sah zu, und die Damen saßen am Fenster, um das letzte Tageslicht für ihre Näharbeit zu nutzen; deshalb setzte er sich still hin, um zu warten, bis Matthews Spiel beendet war, nachdem er ihm zuvor versichert hatte, daß er froh über die Gelegenheit war, nach einem anstrengenden Tag ein wenig auszuruhen.

»Heute war eine arme alte Frau in der Kirche«, sagte er zu Crispin. »Sie ging unmittelbar hinter einer Dame aus Enfield zum Altar des Heiligen Kreuzes, die eine Spende – ein Goldstück – hingelegt hatte. Die Frau – Edith heißt sie – versuchte, es zu stehlen, indem sie es mit der Zunge aufnahm, als sie vorgab, den Altar zu küssen, und es in ihrem Mund verbarg. Als sie sich gerade entfernen wollte, bekam sie einen Erstikkungsanfall, aber zum Glück war Pater Antony in der Nähe. Er klopfte ihr kräftig den Rücken, und mit einem großen Schwall Blut kam die Münze wieder zum Vorschein! Das arme Geschöpf hat sich bei dem Anfall anscheinend den Hals verrenkt und kann den Kopf nicht gerade, sondern nur zurückgebeugt halten, so daß sie nur nach oben sehen kann!«

»Das ist die Strafe Gottes für ihre böse Tat«, sagte Lady Mabilia steif, schürzte die Lippen und schaute so selbstgerecht drein, daß Elys sich nicht enthalten konnte zu sagen: »Sie muß das Geld dringend benötigt haben, wenn sie es vom Altar gestohlen hat.«

»In der Tat, ja«, antwortete Pater Radulf, »und jetzt noch dringender, denn so kann sie nicht herumlaufen. Sie befindet sich bei uns auf der Krankenstation.«

Matthew, der sich auf das Spiel konzentriert hatte, rief in triumphierendem Ton »Schachmatt!« und lehnte sich mit roten Wangen zufrieden zurück; Aylwin akzeptierte lächelnd seine Niederlage. Man rückte ein wenig beiseite, damit Pater Radulf es leichter hatte, den verletzten Fuß zu behandeln, und dann machte er sich an die Arbeit.

»Wie ist es heute abend?« fragte Lady Mabilia, und aus ihrer Stimme klang Zuversicht.

Pater Radulf gab keine Antwort. Er hatte die äußere Schicht der Bandagen abgenommen und wickelte jetzt den inneren Verband ab; sofort breitete sich in der Halle ein unangenehmer, widerlich süßer Geruch aus.

7. Kapitel

Nachdem Pater Radulf Matthews Fuß frisch verbunden hatte, sagte dieser mit fahlem Gesicht und Blutspuren auf den zerbissenen Lippen knapp, er fühle sich müde und wolle zu Bett gehen. Crispin und Aylwin brachten ihn rasch und ohne Umstände dorthin, sie waren es bereits gewöhnt, in solchen Dingen zusammenzuarbeiten. Der Kranke wurde im Schlafzimmer alleingelassen, mit zwei Wachskerzen und einem von Aylwins Skizzenbüchern zum Betrachten. Zufällig war es das Buch mit den Entwürfen für den Taufstein.

Als Crispin und Aylwin in die Halle zurückkehrten, wo Pater Radulf in unbehaglichem Schweigen mit den Frauen ein Glas Wein trank, fragte Crispin plötzlich: »Ist es so, wie Sie befürchtet hatten?«

Radulf nickte ernst. »Der Brand hat sich bis in die Zehen fortgesetzt«, erwiderte er düster. »Ich kenne kein Mittel dagegen.«

»Aber es muß doch irgend etwas geben ...«, begann Lady Mabilia, doch ihrem Ton fehlte die gewohnte Bestimmtheit, und ihre zitternde Stimme versagte ihr. Elys, die sie ängstlich anblickte, bemerkte, daß sie alt, erschöpft und zum erstenmal hoffnungslos aussah.

Radulf schüttelte den Kopf. »Ich kenne nur eine Methode, und die möchte ich nicht anwenden. Sie ist nur selten erfolgreich, glaube ich, und beschleunigt meist nur ... das Unvermeidliche.«

»Warum wollen Sie sie nicht anwenden?« fragte Lady Mabilia. »Ist es eine Art Hexerei?«

»Nein. Amputation. Ein Priester darf kein Blut vergießen.«

»Wie lange kann es noch dauern?« fragte Crispin und sprach damit aus, was alle bewegte.

»Ich weiß nicht. Vielleicht Wochen, vielleicht auch nur Tage. Es tut mit leid.«

Es gab nichts mehr zu sagen; Pater Radulf erteilte ihnen seinen Segen und ging. Alle begaben sich umgehend zu Bett, noch bevor das Abendläuten von der Kirche herübergeklungen war. Elys schlief so gut wie gar nicht, sondern lag nur still da und bemühte sich, ihr lautes Schluchzen zu unterdrücken, während ihr die Tränen die Wangen herabliefen. Irgendwann mitten in der Nacht hörte sie, wie ihre Mutter sich aus dem Zimmer stahl und die Treppe hinabging. Sie hielt sich im Männerschlafraum nicht auf, sondern eilte weiter, wahrscheinlich aus dem Haus, über die Straße und in die Kirche.

In den folgenden Tagen verbrachte Lady Mabilia die meiste Zeit in der Kirche und kniete stundenlang im Schatten des großen Kreuzes; Elys und Crispin waren oft bei ihr, doch Crispin hatte seine Pflichten in der Kirche und zog es vor, den größten Teil seiner freien Zeit mit seinem Bruder zu verbringen, genau wie Elys, die bei ihm am Feuer saß und an der Stickerei für die Burse arbeitete.

Als sie damit fertig war, schlug sie sie zusammen mit der Altardecke ein und nahm beides mit zu Pater Warmand, der zuerst die Decke auseinanderfaltete und sie minutenlang schweigend betrachtete, so lange, daß Elys, ohnehin deprimiert wegen der Nachricht über Matthew, ihre Hoffnungen dahinschwinden sah wie Nebel an einem Sommermorgen.

»Und die Burse?« fragte er schließlich, während er die Decke sorgsam beiseite legte, ohne jedoch ein Wort darüber zu verlieren.

»Ich bin mit der Stickerei fertig, aber ich würde gern Ihre

Meinung hören, bevor ich sie zusammennähe, weil Sie sonst die linke Seite der Arbeit nicht sehen können«, sagte sie nervös und reichte ihm das Stück Damast, auf das sie ein Kreuz aus Blumenornamenten gezeichnet und es mit Goldfäden ausgestickt hatte. Er besah sich die Vorderseite nur flüchtig, drehte den Stoff jedoch um und ging zum Fenster, um eingehend die Rückseite zu prüfen.

»Bei Ihrer Stickweise ziehen Sie das Gold einfach durch den Stoff«, bemerkte er. »Das habe ich noch nie gesehen. Ist das Absicht?«

»Ja. Der Goldfaden wird bei jedem Stich um ein Winziges gedreht, deshalb ist die fertige Arbeit elastisch. Ich habe diese Methode in Frankreich beobachtet. Ich kann auch Plattstiche machen, wenn Ihnen das lieber ist, aber dann wird es steifer und ist nicht so strapazierfähig.«

»Das Licht erfaßt das Gold auch aus einer Vielfalt von Winkeln, und das ergibt einen noch prächtigeren Eindruck«, bemerkte er, während er die Vorderseite betrachtete. »Mir gefällt es – es ist interessanter als eine glatte Oberfläche. Haben Sie schon über den Chorrock nachgedacht?«

Sie holte ihre Zeichnung hervor und hatte plötzlich wieder etwas mehr Hoffnung.

»Was soll es darstellen?« fragte er. »Den Baum des Lebens?«

»Den Brennenden Busch«, erwiderte sie. »Wenn man die Blätter in verschiedenen Rot- und Gelbtönen stickt, wird es aussehen, als stünde er in Flammen, aber ohne daß die Vögel Schaden nehmen. Der Stamm und die Zweige sollen goldfarben werden.«

»Und die Taube ist der Heilige Geist, der in den Busch fährt...« Er hielt die Zeichnung in Armeslänge entfernt und drehte sich zum Licht. »Alle Farbtöne, die Flammen und herbstlich gefärbtes Laub wiedergeben... Sie haben die Borte nicht gezeichnet.«

»Ich wollte sie ganz schlicht halten, nur die Worte *Dominus dixit ad me* in Gold ...«

»›Gott, der Herr sprach zu mir‹ ... Sie haben davon gehört, daß wir einen Chorrock mit dieser Bezeichnung besaßen, den William Rufus uns weggenommen hat? Es heißt, er habe vor Gold gestarrt und sei äußerst wertvoll gewesen, deshalb bezweifle ich, daß er je Caen und die Gründung seiner Eltern erreicht hat ...«

»Lukin hat mir davon erzählt.« Sie zögerte, da sie zu gern gewußt hätte, was er von ihrer Arbeit und ihrem Entwurf hielt, traute sich jedoch nicht zu fragen.

»Grüne Seide, denke ich ... Köper, kein Damast ...«, sagte er wie zu sich selbst. »Wir haben eine Stoffbahn, die dafür reichen könnte. Die Flammen würden sich gut davon abheben ... Stimmen Sie mir zu?« Sie nickte stumm, überrascht, daß seine Vorstellungen den ihren so nahe kamen. »Ich muß mich mit Pater Brian besprechen, wann wir Lukin nach London schicken können, um mehr Garn und Gold zu besorgen, aber es ist genug da, daß Sie schon einmal anfangen können ... und wir müssen zu Lord Aucher schicken, damit er uns einen Geleitschutz stellt ...«

»Lord Aucher?« fragte sie und fürchtete sich noch immer, die weitaus wichtigere Frage zu stellen.

»Ein Freund des Kollegiums. Er besitzt Land im Forst und leiht uns Soldaten aus, wenn wir sie benötigen, was immer dann der Fall ist, wenn Lukin oder einer unserer Brüder einen Auftrag ausführen muß. Ohne seine Hilfe wären wir nicht imstande gewesen, in den letzten sechs Jahren in unseren Tochterkirchen unsere Pflicht zu tun. Außerdem bekommen Sie ja auch noch das Pfund, das Ihnen für die Altardecke zusteht. Warten Sie hier, ich hole es für Sie.«

»Sie meinen ... meine Arbeit ist gut genug?« stieß sie endlich hervor.

Er schaute sie erstaunt an. »Ich dachte, ich wäre derjenige, der daran gezweifelt hat, nicht Sie, Kind. Ja, sie ist das Beste, was ich je gesehen habe, und es tut mir leid, daß ich an Ihnen gezweifelt habe«, sagte er und verließ die Sakristei, ohne ihre glühenden Dankesbezeugungen abzuwarten.

Er kehrte mit Pater Brian und dem Pfund Silberpfennige für die Altardecke zurück und zeigte ihm feierlich ihre Arbeit und den Entwurf. Pater Brian bestritt, überhaupt etwas von Stickerei zu verstehen, bemerkte jedoch, daß die Stiche unglaublich klein und ordentlich seien, lobte den Entwurf für den Chorrock und fragte: »Wie denken Sie über die Bezahlung? Der letzte, den wir in London gekauft haben, hat zwölf Pfund gekostet, wenn ich mir recht erinnere, aber er war ganz schlicht... Allein das Garn für diesen hier wird mehr kosten.«

»Ich würde sagen, sechs Pfund für die Arbeit, und wir stellen das Material«, erwiderte Pater Warmand nach einigem Nachdenken. »Vielleicht etwas mehr, wenn die Arbeit so gut wird, wie der Entwurf verspricht.«

Elys verließ die Kirche getröstet und zufrieden, auch wenn die Angst um Matthew die Begeisterung dämpfte, die sie sonst empfunden hätte. Trotzdem ging sie an Aylwins Bauhütte vorbei, um ihm die gute Nachricht mitzuteilen, und er war offensichtlich erfreut, wenn auch nicht überrascht.

»Ich habe Ihnen ja gesagt, daß Sie diesen Rahmen brauchen«, sagte er. »Galien hat ihn beinahe fertig, bis Sie die Burse zusammengenäht haben, ist er soweit. Gut gemacht, Handwerkerin.«

Elys lachte erfreut über die letzten drei Worte und lächelte noch immer, als sie zu Hause ankam, doch beim Anblick des bleichen Gesichts ihres Bruders wurde sie wieder ernst.

Matthew schien sich nicht bewußt zu sein, daß sein Zustand sich verschlechtert hatte, und er stellte auch keine Fragen wegen des üblen Geruchs seines Fußes, als Pater

Radulf ihn verband, doch Elys war sicher, daß er sich über seinen nahenden Tod im klaren war. Er saß lange Stunden still da, starrte ins Feuer und sah nur gelegentlich auf, um denjenigen, der gerade bei ihm saß, anzulächeln. Seine Freunde in der Stadt wußten nichts von seiner Situation, aber sie schienen es zu ahnen und kamen zwar häufig zu Besuch, blieben jedoch nur kurz, um ihn nicht zu ermüden. Sie sprachen nur leise, selbst Lukin beschränkte sein Herumgehampel und Gefuchtel auf ein stummes Mienenspiel. Es herrschte allgemein eine deprimierte Atmosphäre im Haus, die sich jedem auf das Gemüt legte, das ohnehin düster genug war durch die Fastenzeit und die langen, schlaflosen Stunden, die alle mit Gebeten und in Angst um den Todgeweihten zubrachten.

Lady Mabilia hatte ihren Bruder und ihre andere Tochter gebeten, nach Waltham zu kommen, ohne ihnen mitzuteilen, warum. Judith kam innerhalb einer Woche an, völlig durcheinander und aufgebracht; obwohl ihre Priorin ihr eine Eskorte von sechs zuverlässigen Männern mitgegeben hatte, war sie von einigen von de Mandevilles Söldnern auf der Straße angehalten worden, die ihr ihr silbernes Kruzifix und ihr elfenbeinbeschlagenes Psalmenbuch geraubt und sie zutiefst mit ihren lüsternen Blicken und obszönen Reden erschreckt hatten, als sie offen darüber diskutierten, ob sie sie vergewaltigen sollten oder nicht.

»Gottlose Barbaren«, sagte sie mit ungewohnter Schärfe. »Was soll aus England werden, wenn eine Ordensschwester nicht einmal sicher von einer Grafschaft in die nächste reisen kann? Ich hätte das Kloster eindeutig nicht verlassen dürfen, doch ich hielt es für meine Pflicht, herzukommen und für meinen armen Bruder zu beten. Ich gehe davon aus, daß er im Sterben liegt, sonst hättet ihr mich ja wohl kaum von meinen Pflichten weggerufen.«

»Von dieser Möglichkeit sprechen wir nicht!« erwiderte

Lady Mabilia knapp. »Er braucht unsere Gebete, natürlich, aber für seine Heilung, nicht für sein Seelenheil.«

Judith schniefte ungehalten, murmelte vor sich hin, daß sie ihre Gebete genausogut in Wix hätte fortsetzen können, und zog sich in eine Ecke des Podiums zurück, wo sie beträchtliche Zeit im Gebet niederkniete, ohne jemanden zu beachten.

Sir Richard kam am nächsten Nachmittag an, gerade als Aylwin Elys behilflich war, ihren neuen Tischrahmen aufzustellen, ein riesiges Rechteck, dessen Längsseiten aus Rollstäben bestanden; durch jeweils an den Ecken mit Flügelschrauben befestigte Gabelstützen waren sie mit den Seitenteilen verbunden. Der Rahmen stand auf Böcken, so daß er heruntergenommen und an die Wand gelehnt werden konnte, wenn er nicht gebraucht wurde, und er war groß genug, daß der Viertelkreis einer Chorrockhälfte ohne Schwierigkeit daraufpaßte.

»Was in aller Welt ist das?« fragte der Templer, nachdem er seine Nichte flüchtig und Aylwin überrascht und mit verhaltener Freude begrüßt hatte. Er hatte nicht vergessen, wieviel Achtung er dem Steinmetz entgegenbrachte.

»Ein Stickrahmen«, antwortete Elys.

»Zu einem solchen Zeitpunkt kannst du an so weltliche Dinge denken?« fragte Sir Richard kühl, denn er hatte erraten, warum seine Schwester ihn hatte kommen lassen. »Und auch noch in der Fastenzeit.«

»Ich habe den Auftrag, für die Chorherren der Kathedrale einen Chorrock anzufertigen«, erwiderte Elys ruhig. »Mein geschickter Umgang mit der Nadel hat ihren Beifall gefunden, deshalb habe ich das Sticken zum Beruf gemacht.«

Sir Richard blieb einen Moment der Mund offen stehen, und auf seinem normalerweise zurückhaltenden, undurchdringlichen Gesicht malte sich Erstaunen, doch er erholte sich rasch. »Ich habe bereits bemerkt, daß du anscheinend großes Talent für die Stickerei hast«, sagte er steif, da er nicht daran gewöhnt war, etwas Gutes über Elys zu sagen. »Ich freue mich, daß du dich entschieden hast, deine Begabung in den Dienst des Herrn und der Kirche zu stellen. In Wix wirst du zweifellos viele Gelegenheiten dazu haben.«

»Ich werde nicht nach Wix zurückkehren«, antwortete Elys, senkte das Kinn und blickte in einer Weise zu ihm auf, die Aylwin an einen Bullen erinnerte, der im Begriff ist anzugreifen. Hastig trat er dazwischen, ehe sie etwas sagen konnte, das ihr später vielleicht leid tat. »Lady Elys hat beschlossen, in der Welt zu leben und mit ihrer Nadelarbeit ihren Unterhalt zu verdienen. Matthew schläft im Moment, und vielleicht sollten Sie ihn besser nicht wecken. Lady Mabilia, Crispin und Schwester Helen sind in der Kirche. Soll ich sie holen, oder wollen Sie sich ihnen anschließen?«

»Schwester Helen?« Sir Richard schaute einen Augenblick verblüfft, da er den Ordensnamen seiner anderen Nichte vergessen hatte. »Ach, Judith... Ich werde einen Becher Ale und etwas Brot zu mir nehmen, wenn es nicht zuviel Mühe macht, und dann hinüber in die Kirche gehen.«

Einer der Dienstboten, der sich vor der Tür zur Halle aufhielt, weil er erwartet hatte, daß man ihn rief, wurde um Bier und Brot in die Küche geschickt, und Sir Richard begab sich zu dem Tisch auf dem Podest und begann seine sechzig Paternoster; er überließ es Aylwin und Elys, den herrlichen, grünen Seidenstoff auf den Rahmen zu spannen, so daß Elys ihn mit festen Stichen an den kräftigen Leinenschlaufen befestigen konnte, die auf das Holz genagelt waren. Sie hatte bereits mit Hilfe weißer Farbe und einer Sperlingsfeder die Konturen des halben Mantels darauf markiert, und dabei Nahtzugaben sowie die Breite der Mittelnaht bedacht, denn man bekam keinen Stoff, der breit genug lag, um einen Chorrock in einem Stück daraus zu schneidern.

»Ich muß mich bei Meister Galien für den Rahmen bedanken«, sagte sie.

»Besser nicht. Ich werde ihm Ihren Dank übermitteln.«

Sie sah ihn fragend an, und er fuhr fort: »Galien ist ein schüchterner Mensch, er hat Angst, bemerkt zu werden oder auch nur mit Fremden zu sprechen. Ich kenne ihn seit Jahren und glaube, daß er mir vertraut, aber mit den meisten anderen Menschen hat er lieber nichts zu tun.«

»Warum?«

Er zögerte und warf einen Blick auf Sir Richard, der nun an der erhöhten Tafel saß, sein Brot und eine Schüssel Gemüsesuppe aß, während ein Becher Bier außerhalb seiner Reichweite stand, bis er mit dem Essen fertig war. »Was halten Sie von den Juden?« fragte Aylwin.

Elys sah ihn verdutzt an und antwortete dann: »Ich glaube, ich kenne keine Juden. Ich habe sie natürlich in den Städten gesehen, aber sie bleiben in ihren Stadtteilen unter sich, und ich habe keinen wirklich kennengelernt, außer vielleicht beim Einkaufen ... Es ist schwierig zu erkennen, ob es ein ausländischer Händler ist, wenn er englisch spricht ...«

»Wie ich bereits sagte, viele Leute hassen sie wegen ihres Reichtums, ihres Wuchers, ihrer Fremdheit und natürlich ihrer Religion, vor allem jedoch, weil sie den Tod Unseres Herrn auf dem Gewissen haben«, erklärte Aylwin. »Die meisten von ihnen hassen ihrerseits die Christen, aber einige macht der Haß unglücklich ... Einer von ihnen war Galiens Vater ... Er wurde Christ.«

Elys hatte einige der Probleme, Fremder in einem fremden Land zu sein, selbst kennengelernt, doch sie hatte stets den gleichen Glauben wie die Menschen dort gehabt und sich in dem Bewußtsein geborgen gefühlt, sich in der christlichen Welt, im Schutz der Kirche zu befinden. Nie hatte sie überlegt, was es bedeuten mußte, einer religiösen Minderheit anzugehören, geschweige denn von der Mehrheit gehaßt zu werden. Jetzt dachte sie darüber nach, und allmählich begriff sie, warum Galien, geboren als Angehöriger eines Volkes, dessen Religion fest mit seiner Rasse verbunden war, jedoch vermutlich in einem fremden Glauben erzogen, sich unsicher fühlte und sich vor seinen Mitmenschen fürchtete.

»Er sieht also nicht nur wie ein Jude aus«, sagte sie. »Aber er ist Christ, sagten Sie? Er muß es ja sein, wenn er für die Kirche arbeitet...«

»Ja, aber er hat immer Angst, jemand könne merken, daß er seiner Rasse nach Jude ist... Ich würde sein Leben in Ihre Hände legen, wenn ich Ihnen erzählte...«

»Ich werde keinem Menschen etwas sagen«, fiel Elys ihm ins Wort und warf ihrem Onkel einen schnellen Blick zu.

»Was gibt es da unten zu flüstern?« fragte Sir Richard, schob seine Schüssel beiseite und langte nach seinem Glas.

»Wir haben über den Entwurf für den Chorrock gesprochen«, log Elys ohne Gewissensbisse. »Meister Aylwin hat freundlicherweise angeboten, mir dabei zu helfen, wenn ich das Muster auf den Stoff übertrage.«

»Und warum muß man dabei flüstern?«

»Wir wollten dich nicht stören, Onkel.«

»Hm. Also, Meister Aylwin – wären Sie so nett, mich jetzt zu meiner Schwester zu bringen?«

»Einverstanden«, erklärte sich Aylwin mit ungezwungener Höflichkeit bereit. »Ich muß sowieso an meine Arbeit zurück. Wir beginnen mit dem Aufmalen nach dem Abendessen, wenn Sie bis dahin den Stoff auf dem Rahmen gespannt haben«, setzte er an Elys gewandt hinzu.

»Vielen Dank. Ach – wieviel muß ich Meister Galien bezahlen?«

»Haben Sie einen Fourthing? Mehr will er nicht.«

Elys suchte in ihrer Börse nach einem Viertelpennystück, fand jedoch keines; deshalb brach Aylwin einen ganzen Penny in Stücke, wobei er sich genau an die Linien des Kreuzes hielt, die zu diesem Zweck in die Oberfläche gekerbt waren. Seine kräftigen Finger zerteilten mühelos das Silber, während sie eine Schere dafür gebraucht hätte. Er nahm ein Viertel und versprach, ihren Dank zu übermitteln, wenn er es ablieferte. Bis der Rest der Familie zum Abendessen nach Hause kam, hatte Elys die schwere Seide sicher an dem Rahmen befestigt und gespannt, und Matthew war aufgewacht und von den Dienern wieder in die Halle gebracht worden. Er begrüßte seinen Onkel ohne große Begeisterung, und seine bittere Feststellung: »Nun seid ihr also alle hier, um von mir Abschied zu nehmen!« machte deutlich, daß er wußte, er würde nicht mehr lange leben.

»Es ist Zeit, deinen Frieden zu machen und dich auf ein besseres Leben vorzubereiten«, erwiderte Sir Richard so steif und förmlich, daß Elys sich fragte, ob er gefühllos war oder nur unfähig, seine tiefe Bewegung zu zeigen. Sie entschied, den Grundsatz »Im Zweifel für den Angeklagten« gelten zu lassen und lächelte ihn freundlich an, als er sie anblickte, erzielte jedoch keine Reaktion.

»Willst du nicht mit uns essen?« fragte seine Schwester, als er keine Anstalten machte, den für ihn vorgesehenen Platz einzunehmen.

»Ich habe heute schon etwas gegessen«, erwiderte er. »Ich nehme in der Fastenzeit nie mehr als eine Mahlzeit pro Tag zu mir.«

»Aber du hast nur ein wenig Suppe und Brot gegessen«, wandte Elys ein.

»Das ist mehr, als der Herr in der Wüste hatte«, antwortete er schroff. »Ich muß mich darum kümmern, ob meine Männer gut untergebracht sind. Wir übernachten im Gästehaus der Kirche.«

»Aber du doch nicht«, protestierte Lady Mabilia. »Wir haben hier Platz für dich.«

»Falls du daran denkst, mir ein Bett in dem Raum zu geben, in dem mein Neffe zu schlafen versucht, muß ich dir sagen, daß ich es für besser halte, ihn in Ruhe zu lassen, damit er seine – seine Situation überdenken kann, und daß Crispin und Aylwin woanders schlafen sollten, vielleicht bei uns im Gästehaus.«

»Nein!« protestierte Matthew scharf. »Ich brauche Crispin und Aylwin hier.« Gequält und ängstlich blickte er von seinem Bruder zu seinem Freund.

»Wir bleiben bei dir, keine Angst«, antwortete Crispin beschwichtigend. »Komm, iß ein wenig, sei ein braver Junge.«

Pater Radulf hatte Matthew vom Fasten entbunden und ihm geraten, gut zu essen, um bei Kräften zu bleiben, deshalb bekam er Fleisch und Eier; doch er aß nur wenig von beidem und spielte damit herum, als brächte er keinen Bissen herunter. Die anderen aßen Gemüse und Brot und tranken etwas Ale, nur Schwester Helen nahm lediglich Brot und Wasser zu sich, trotz des sanften Protests ihrer Mutter, daß ein so strenges Fasten nicht nötig sei.

»Ich halte mich an die Regeln meines Klosters«, erwiderte die Nonne mißbilligend. Elys fand, daß sie sehr kalt und distanziert geworden sei, seit sie ins Kloster eingetreten war, und nachdem sich ihre Aufregung über die Begegnung mit de Mandevilles Männern gelegt hatte, hatte sie keinerlei Gefühlsregung mehr gezeigt.

Für Elys war sie fast eine Fremde, denn es war zehn Jahre her, daß Judith ins Kloster eingetreten war, und obwohl Elys während ihrer Kindheit beinahe täglich in demselben Kloster unterrichtet worden war, hatte sie ihre Schwester kaum zu Gesicht bekommen. Sie erinnerte sich an sie nur als ein fernes, unbegreifliches Wesen, das selten lächelte und von seiner jüngeren Schwester kaum Notiz nahm.

Nach dem Essen stellte Aylwin ein halbes Dutzend bei

Pater Warmand besorgter Kerzen auf, damit sie die Seide gut beleuchteten, jedoch weit genug entfernt, daß kein Wachs darauf tropfte, und sah zu, wie Elys den Umriß des halben Brennenden Busches mit Kreide aufzeichnete. Bei einer kleineren Arbeit hätte sie das Muster auf Pergament gestochen und dann Kreide durch die Löcher auf den Stoff gerieben, aber in diesem Fall war das Muster zu groß. Als sie die Hauptlinien abgemessen und markiert hatte, zeigte Aylwin ihr, wie man mit einem kleinen, aus vier oder fünf steifen Haaren aus dem Schwanz eines Eichhörnchens hergestellten Pinsel die Linien und Umrisse gerade so dick auftrug, daß sie sich beim Sticken daran orientieren konnte. Das einzige, was ganz genau sein mußte, war der untere Rückenteil des Kaninchens am Stamm des Busches, den er zeichnete, als sie Zweifel äußerte, den Schwanz an die richtige Stelle plazieren zu können.

»Ich muß darauf achten, daß die zwei Hälften genau zueinander passen«, bemerkte sie. »Edwin wird sich ärgern, wenn das Kaninchen nur wegen meiner Nachlässigkeit nicht schön wird.«

Pater Radulf besah sich am nächsten Tag erneut Matthews Fuß und war traurig und enttäuscht über den Anblick, der sich ihm bot, als die Bandage entfernt worden war. »Ich hatte gehofft, es würde vielleicht trocknen«, sagte er. »Manchmal geschieht das, und die faulenden Teile dörren aus, aber...« Er schüttelte den Kopf, anstatt seinen Satz zu beenden.

»Können Sie gar nichts tun?« fragte Sir Richard und betrachtete die Wunde mit düsterem, unbewegtem Gesicht, denn er hatte so etwas schon öfter gesehen und kannte die Antwort im voraus. »Ich habe erlebt, daß ein Verätzen mit Eisen oder Vitriol bei schweren Wunden schon Wunder gewirkt hat...«

»Als Matthew hier eintraf, habe ich auch daran gedacht,

doch der Knochen war schon infiziert, und in einem derartigen Fall sind diese Maßnahmen nicht wirksam. Da die Wunde von einer Art Verbrennung verursacht wurde, glaube ich, daß ein zusätzliches Ausbrennen nur das Leiden des Patienten vergrößern würde.«

Aylwin, der daneben stand, sah zu Crispin hinüber, der neben Matthew kniete und einen Arm um seine Schulter gelegt hatte. Sie wechselten einen Blick, und Crispin nickte leicht. Ein paar Minuten später verspürte Elys, die mit ihrer Mutter und ihrer Schwester am Kamin saß, plötzlich einen Luftzug, wandte sich um und sah gerade noch, wie sich die Tür zum Korridor schloß. Verwirrt sah sie sich um und stellte fest, daß es Aylwin gewesen sein mußte, aber sie konnte sich nicht vorstellen, warum er so leise, fast verstohlen hinausgegangen war, es sei denn, ihm wäre vom Anblick und Geruch von Matthews Wunde schlecht geworden.

Später kehrte er zurück, ohne zu erklären, warum er hinausgegangen war, und nickte Crispin leicht zu, was Elys nicht entging und worüber sie sich wunderte, doch es gab Wichtigeres zu überlegen, denn Radulf hatte Matthew leise bedeutet, sich zu sammeln und sich mit jedem Gegenstand von Bedeutung oder Verpflichtung zu befassen, der seinem Wunsch nach nicht unerledigt bleiben solle.

»Wieviel Zeit bleibt mir noch?« fragte Matthew mit müder Stimme.

»Ein paar Tage, dann werden Sie wahrscheinlich in einen Fieberzustand verfallen«, erwiderte Radulf.

»Und es gibt keine Hoffnung?«

»Es gibt immer Hoffnung, mein Sohn! Hören Sie nicht auf, um ein Wunder zu bitten. Ich habe schlimmere Fälle als Ihren erlebt, bei denen die Patienten durch Glaube und Gebet von der Schwelle des Todes zurückgeholt wurden.«

Nachdem der Krankenpfleger sich verabschiedet hatte, saß die Familie in niedergeschlagenem Schweigen da. Keiner sah den anderen an, und keiner hatte offenbar etwas zu sagen, bis Crispin schließlich sprach. »Wir wollen alle die ganze Nacht über in der Kirche Nachtwache halten. Wenn wir mit aller Überzeugung beten, schenkt Gott, der Herr, meinem Bruder vielleicht doch noch die Heilung.«

»Ja«, pflichtete Lady Mabilia ihm mit fester Stimme bei. »Es wird ein Wunder geschehen, ich bin ganz sicher. Wir dürfen nicht den Glauben daran aufgeben. Sofort nach dem Abendessen wird die ganze Familie tun, was Crispin vorgeschlagen hat. Oh, aber wer bleibt bei Matthew?«

»Ich«, sagte Aylwin sofort. »Ich weiß, was ich tun muß, wenn er etwas braucht. Ich werde bei ihm bleiben und mit ihm reden und ihn zu Bett bringen, wenn er will. Sind Sie damit einverstanden, Matthew?«

»Ja, danke.« Matthew bewegte sich in seinem Sessel und sagte dann mit angespannter, nervöser Stimme: »Ich will nicht sterben, wo es noch so vieles gibt, das ich im Leben tun wollte. Bitte tut, was Crispin gesagt hat, und betet um ein Wunder. Es macht nichts, wenn es keine Heilung ist – das hoffe ich gar nicht. Selbst wenn ich immer Schmerzen habe, macht es nichts, oder verkrüppelt bleibe. Ich möchte nur leben ...«

»Das Kreuz hat vielen Heilung gebracht, für die man keine Genesung mehr erhoffte«, beruhigte Crispin ihn. »Wir halten Nachtwache, heute und jede Nacht, solange es nötig ist.«

Nach ihrer bescheidenen Fastenmahlzeit hüllten sich Lady Mabilia, ihre Töchter, Crispin und Sir Richard auf der Stelle in warme Mäntel, küßten Matthew und gingen hinüber in die Kirche. Der Chor der Kanoniker wollte gerade mit der Komplet beginnen, und mehrere Leute aus der Stadt standen oder knieten im Mittelschiff. Crispin sprach vertraulich mit Pater Brian, der vor dem Hauptaltar stand, und winkte dann seiner Familie, ihm in die Vierung zu folgen, wo sie, ein wenig entfernt voneinander, im Schatten des großen Kreuzes niederknieten und ihre Nachtwache begannen.

Nachdem sie einige Zeit mit geschlossenen Augen gebetet hatte, öffnete Elys die Augen und blickte sich um, wobei sie den Kopf so wenig wie möglich und ganz langsam bewegte.

Ihre Mutter und Judith kauerten auf den Fersen, hielten die Hände im Schoß gefaltet und die Köpfe gesenkt, doch Sir Richard kniete kerzengerade aufgerichtet, das Gesicht nach oben gewandt und den Blick starr auf das Kreuz gerichtet, das milde im Licht der Kerzen erstrahlte, die auf den beiden Hauptaltären standen. Crispin lag mit ausgestreckten Armen auf dem Gesicht. Die Komplet war beinahe vorüber, und nachdem die Abschlußgebete gesungen waren, gingen die Chorherren schweigend hintereinander hinaus, und die Leute im Kirchenschiff verließen füßescharrend und miteinander flüsternd die Kirche.

Die Zeit verging. Die Chorherren kamen zurück, um den Abendgottesdienst zu singen, und gingen wieder, die Kerzen wurden gelöscht, und wie große, schwarze Schwingen schloß sich die Dunkelheit um die kleine Schar betender Gestalten.

Elys fürchtete sich meist ein wenig in der Dunkelheit, doch heute und hier war es nicht der Fall, denn von allen großen und kleinen Kirchen, die sie besucht hatte, erschien ihr diese hier am heiligsten, am anheimelndsten und am sichersten. Hier war die Dunkelheit nicht bedrohlich, sondern tröstlich, und die großen Schwingen, die sie sich in ihrer Phantasie vorgestellt hatte, bedeuteten nichts Böses, sondern nur einen Mangel an Licht. Sie blickte zur dunklen Höhe des Turmes empor und war nicht überrascht, dort ein goldenes Glitzern zu sehen, und es verblüffte sie auch nicht, daß ein bleicher, schwacher Lichtschein durch die unverhüllten Fenster des Querschiffes fiel, helle Flecken auf den Steinfußboden zeichnete und die Gestalt am Kreuz sanft beleuchtete.

»Gibt es Hoffnung?« dachte sie, und fast als hätte eine leise Stimme zu ihr gesprochen, wußte sie, daß es Hoffnung gab, daß es sie immer geben würde, daß alles gut würde, wenn auch vielleicht nicht so, wie sie es gewünscht oder erhofft hatte. Sie schloß erneut die Augen und verfiel in einen seltsamen, tranceähnlichen Zustand zwischen Wachen und Träumen, ohne den kalten Stein unter ihren Knien oder die kleinen, eisigen Luftströme zu spüren, die ab und zu das Gebäude durchzogen.

In den frühen Morgenstunden erhob sie sich steif und stahl sich durch die kleine Pforte des Südportals hinaus, um sich ein wenig Erleichterung zu verschaffen. Ehe sie wieder hineinging, blieb sie einen Augenblick im Schutz des Vorbaus stehen und schaute auf die schlafende Stadt. Es war beinahe Vollmond, und es schien, als gleite er in schneller Fahrt durch die wenigen Wolken hindurch. Ein paar vereinzelte Sterne leuchteten wie Juwelen, kalt in der samtenen Schwärze. Es war mild für März, und zwischen den düsteren Grabhügeln konnte sie Büschel von Narzissen erkennen. Eine große Schleiereule flog von einem Baum zum anderen und erschreckte sie mit ihrem unheimlichen Schrei, und ein Fuchsrüde trottete den Kirchhofweg entlang, blieb stehen, sah sie an und ging dann seines Weges, zweifellos darauf aus, sich über die wenigen Hennen einer armen Hausfrau herzumachen.

Sie schaute hinüber zu dem Haus in Church Street und sah einen Lichtschein durch einen Spalt in den Läden des Hallenfensters. Sie fragte sich einen Moment lang, ob etwas nicht in Ordnung war, weil Aylwin sich über das Ausgangsverbot hinwegsetzte, doch sie kam zu dem Schluß, daß er wahrscheinlich etwas für Matthew holte. Wenn etwas nicht stimmte, hätte er bestimmt jemanden in die Kirche geschickt, um wenigstens Crispin zu holen. Wieder schrie die Eule, und sie schauderte, zog ihren Mantel enger um sich und ging zurück in die Kirche.

Sir Richard hatte seine aufrechte Haltung aufgegeben und lag jetzt, genau wie Crispin, der Länge nach auf dem Boden, mit ausgebreiteten Armen und geschlossenen Füßen, in Nachahmung des gekreuzigten Jesus Christus. Judith stand, sank jedoch wieder auf die Knie, als Elys an ihren vorherigen Platz zurückkehrte und die gleiche Haltung einnahm, und die lange Nachtwache nahm ihren Fortgang.

Sie mußte schließlich eingeschlafen sein, denn sie wachte schlagartig auf vom lauten Klang der Glocke, als einer der Geistlichen die Morgenliturgie einläutete. Sie blickte sich um, bestürzt und ohne zu wissen, wo sie sich befand, und sah ihre Mutter auf Händen und Knien, die vergeblich aufzustehen versuchte, da ihre Gliedmaßen von dem langen Knien steif und verkrampft geworden waren.

Selbst Elys hatte Schwierigkeiten aufzustehen, da ihr eines Bein eingeschlafen war, und so half Crispin Lady Mabilia beim Aufstehen und stützte sie, während sie mit den Füßen stampfte und sie schüttelte, damit das Gefühl wiederkehrte. Sir Richard erhob sich langsam und unter Schmerzen, doch Judith stand auf, als hätte sie nur ein paar Minuten gekniet.

Alle fünf standen da und sahen sich in dem grauen Morgenlicht um, das durch die Tiefen der Fensterhöhlungen hereindrang, während das Geläute der Glocke über ihren Köpfen jedes Gespräch unmöglich machte, doch dann fuhr Elys herum, weil sie meinte, vom Südportal her ein seltsames Geräusch gehört zu haben. Auch Crispin wandte sich um, weil er es offenbar ebenfalls vernommen hatte, und Lady Mabilia fragte, indem sie ihre Stimme in die Höhe schraubte, um die Glocke zu übertönen: »Was ist das?«

In diesem Moment wurde das Läuten langsamer und hörte nach ein paar merkwürdigen Schlägen ganz auf, statt dessen hörte man, wie jemand gegen das Südportal hämmerte und mit lauter Stimme etwas rief.

»Was ist das für ein ungeziemender Lärm?« fragte Sir Richard verärgert, machte jedoch keine Bewegung, um es herauszufinden. Pater Warmand kam aus seiner Sakristei, um sich eiligst zu erkundigen, und öffnete die Pforte, denn der Anklopfende hatte nicht bemerkt, daß sie unverschlossen war.

»Ein Wunder«, keuchte eine atemlose Stimme, und ein Mann stolperte herein, der vor Aufregung nur stammeln konnte. »Es ist ein Wunder! Es ist Meister Aylwin! Er sagt, Sie sollen kommen und schauen!«

»Was ist geschehen?« fragte Warmand, packte den Mann bei den Schultern und schüttelte ihn ein wenig. »Was ist es denn für ein Wunder?«

»Meister Matthew ist geheilt!« verkündete der Mann, breitete die Arme aus und grinste über das ganze Gesicht, bevor er in Tränen ausbrach.

Ein paar Herzschläge lang herrschte verblüfftes Schweigen, dann machte Warmand auf dem Absatz kehrt und rannte dahin zurück, woher er gekommen war. Innerhalb von Minuten läuteten alle Glocken, die Chorherren waren alle in die Kirche gekommen, Pater Brian bereits für die Morgenandacht gekleidet; die Chorjungen, die Meßgehilfen und der Schulmeister hatten sich im südlichen Querschiff aufgeregt zusammengeschart.

Matthews Familie stand schweigend und verblüfft inmitten dieses Stimmengewirrs, bis Crispin plötzlich einen Schrei ausstieß und aus der Kirche rannte. Judith bekreuzigte sich und sank erneut mit völlig unbewegtem Gesicht auf die Knie, und Elys lief hinter Crispin her. Sie ging, bis sie im Freien war, dann raffte sie mit beiden Händen ihre langen Röcke und rannte, so schnell sie konnte; dabei fiel ihr, ohne daß sie es merkte, ihr leichtes Metalldiadem vom Kopf und rollte hinter ihr über den Weg.

Die Glocken hatten alle Menschen in der Stadt geweckt, abgesehen von den vielen Bauern, die ohnehin bereits aufgestanden und teilweise sogar schon bei der Arbeit waren. Man sah Licht in den Fenstern, und aus den Dachtürmchen der Strohdächer stiegen die ersten zaghaften Rauchwolken auf, doch Elys bemerkte nichts davon. Mit jedem Gedanken, jeder Faser ihres Körpers strebte sie dem Haus in Church Street zu, und sie erreichte es, völlig außer Atem, nur kurze Zeit nach Crispin.

Als sie die Halle betrat, fiel er gerade neben Matthew auf die Knie, der noch immer angezogen war und zurückgelehnt in seinem Sessel ruhte; Aylwin stand hinter ihm. Die wenigen Diener, die in dem Nebengebäude neben der Küche wohnten und schliefen, standen, zum Teil nur halb angekleidet, herum und starrten ihren Herrn in größtem Erstaunen an. Das Feuer brannte lebhaft, und man hatte ein Dutzend Kerzen angezündet, da es draußen noch nicht hell war.

»Matthew! Ist es wahr?« rief Elys und kniete auf seiner anderen Seite nieder.

»Mein Fuß ist nicht mehr da. Das ist jedenfalls wahr...« erwiderte Matthew mit schwacher, entfernt klingender Stimme, als wäre er halb im Schlaf. Er sah sehr bleich, schläfrig und verwirrt aus, aber über das Wichtigste, was geschehen war, war er sich eindeutig im klaren. »Seht.« Er zeigte auf die Stelle, wo eigentlich sein rechter Fuß hätte sein sollen. Sein Bein endete am Knöchel, der sorgfältig mit sauberem Stoff verbunden war. Weiter unten gab es nichts mehr.

»Aber wie? Was ist geschehen?« fragte Elys, die sich wunderte, daß Aylwin und Crispin schwiegen. Sie blickte sie an, und bemerkte, daß beide bleich und unruhig aussahen. Sie tauschten einen intensiven Blick und sahen dann bewußt zur Seite.

»Ich weiß nicht, was geschehen ist«, sagte Matthew unbestimmt. »Ich bin noch nicht lange wach und immer noch verwirrt... Ich glaube, ich habe zu viel Mohnsaft getrunken... Jemand kam... Ich dachte, es wäre ein Traum...«

Bevor er fortfahren konnte, kamen seine Mutter und sein Onkel herein, beide mit leicht geröteten Wangen, weil sie gelaufen waren, so schnell sie konnten, und ihre Ausrufe und Fragen drängten Elys' Erkundigungen in den Hintergrund. Tatsächlich wurde sie sogar physisch in den Hintergrund gedrängt, denn ihre Mutter stieß sie beiseite, um zu Matthew zu gelangen, und sie mußte aufstehen und ihr Platz machen. Sir Richard stand unmittelbar vor seinem Neffen und starrte voll Erstaunen auf den bandagierten Stumpf.

»Du wirst kein Schlachtroß mehr reiten können«, sagte er, und seine Stimme klang enttäuscht. »Das bedeutet, daß du kein Ordensritter werden kannst.«

»Das macht nichts, wenn er nur lebt«, rief Lady Mabilia. »Ach, mein lieber, lieber Junge.« Sie brach in Tränen aus, bettete ihren Kopf an Matthews Schulter und schluchzte herzerweichend, während Matthew ihr, immer noch verwirrt und betäubt, den Rücken tätschelte und in unzusammenhängenden Worten Trost zusprach.

Ehe Lady Mabilia sich erholt hatte, öffneten sich die Außen- und Innentüren erneut, und eine Prozession trat ein, die bald die ganze Halle ausfüllte. Sie wurde angeführt von Pater Brian, immer noch im Talar, dem ein Kreuzträger mit dem großen Prozessionskreuz der Kathedrale vorausging, und es folgte das halbe Dutzend Chorherren, die zufällig zu Hause waren und nicht in den umliegenden Kirchspielen Dienst taten. Hinter ihnen kamen die Diakone, dann die Meßgehilfen, unter ihnen nicht weniger als sieben Rauchfaßträger mit ihren Gefäßen, die die Halle mit dem Geruch von Weihrauch erfüllten. Ihnen folgten der Vorsänger und der Chor, dahinter der Schulmeister und schließlich eine

Anzahl von Leuten aus der Stadt, die ihre Arbeit entweder noch nicht begonnen hatten oder sie jederzeit unterbrechen konnten.

»Was ist geschehen, mein Sohn?« fragte Pater Brian mit einer kraftvollen, tragenden Stimme, der es gelang, alle zum Schweigen zu bringen bis auf Lukin Dulpain, der unüberhörbar feststellte: »Ist das nicht aufregend? Seit die Königin uns besucht hat, war ich nicht mehr so aufgeregt.«

»Pssst«, gebot ihm Pater Brian streng. »Laßt uns alle Meister Matthew anhören und erfahren, was geschehen ist.«

Matthew sah immer verwirrter und schläfriger drein, verblüfft über diese plötzliche Invasion, aber er tat sein Bestes, um das zu erzählen, was er wußte, was reichlich verworren war und wenig Aufklärung brachte.

»Aylwin und ich saßen hier und sprachen miteinander«, erzählte er. »Wir tranken Wein, und ich erinnere mich, daß Aylwin den Schirm vor das Feuer stellte, als die Abendglocke erklang. Dann fühlte ich mich sehr müde, aber es war warm und behaglich, und ich wollte nicht gestört und zu Bett gebracht werden, deshalb blieb ich hier sitzen und döste, und dann bin ich vermutlich eingeschlafen. Ich träumte – jedenfalls dachte ich, es wäre ein Traum –, daß ich die Augen öffnete und viele Lichter da waren, mehr als die Laterne, die wir angezündet hatten. Ein weißgekleideter Mann stand neben meinem Fuß. Ich meinte, sein Gesicht zu kennen, es irgendwo schon gesehen zu haben, aber ich kannte seine Stimme nicht, als er sprach. Sie klang tief und fremd – ausländisch ...«

»Was sagte er?« drängte Pater Brian, denn Matthew war verstummt und schien nachzudenken.

»Er fragte mich, ob ich geheilt werden, Gott dienen und ein ehrbares Leben führen wolle. Ich versprach, es zu versuchen, und dann – dann tat er etwas mit meinem Fuß. Es tat sehr weh, schien jedoch weit, weit entfernt zu sein ... Ich kann es nicht genau beschreiben, weil ich dachte, ich schliefe, und konnte nicht aufwachen ... Dann umfaßte er, glaube ich, mit beiden Händen meinen Knöchel und tat noch etwas, was auch sehr weh tat, aber nicht allzu sehr, und dann war alles plötzlich sehr weit weg, und ich glaube, ich verlor das Bewußtsein. Als ich aufwachte, spürte ich nur einen dumpfen Schmerz anstelle der heftigen Schmerzen, und ich schaute – die Laterne brannte noch immer, aber die anderen Lichter waren verschwunden –, und da war mein Fuß nicht mehr da.«

Es entstand ehrfürchtiges Schweigen, die Menschen in der Halle starrten Matthew mit offenem Mund an oder warfen sich gegenseitig Blicke zu. Die meisten bekreuzigten sich, und mehrere von ihnen fielen auf die Knie, um zu beten.

»Wo waren Sie, während all dies geschah?« fragte Pater Brian Aylwin.

»Ich schlief in diesem Sessel hier«, erwiderte dieser und wies mit einer Kopfbewegung auf den Platz, auf dem er gesessen hatte, als Matthews Familie in die Kirche aufgebrochen war.

»Matthew weckte mich, als er feststellte, daß sein Fuß – nun, nicht mehr da war.«

»Darf ich mich vergewissern, was *genau* damit geschehen ist?« fragte Pater Radulf, trat vor und kniete neben Matthews Beinen nieder. Sir Richard trat zurück, um ihm Platz zu machen, doch alle anderen schienen sich dichter heranzudrängen. Radulf bedeutete ihnen, zurückzutreten, dann wickelte er vorsichtig die Bandagen ab und rang nach Atem bei dem Anblick, der sich ihm bot. Der entsetzliche, halbverfaulte Fuß war verschwunden, die Haut war über den Stumpf gezogen und mit geteertem Zwirn befestigt worden.

»Amputiert!« riefen Radulf, Sir Richard und Pater Brian wie aus einem Munde.

»Sie sagten, Sie hätten den Mann erkannt, der das getan hat?« fragte Pater Brian finster. »Können Sie uns sagen, wer es war?«

Matthew starrte mit nachdenklichem Gesichtsausdruck auf den Stumpf. Er schien kaum noch in der Lage, die Augen offenzuhalten, doch er bemühte sich um eine Antwort und sagte: »Ich dachte, ich hätte ihn schon einmal gesehen.«

»Wo?«

Er schloß die Augen, und sein Kopf fiel nach vorn, doch er sagte schläfrig: »Am Kreuz. Das war es. Es war sein Gesicht... Der Mann am Kreuz.« Sein Kopf sank noch weiter nach vorn, und er war eingeschlafen.

»Der Mann am Kreuz«, keuchte Pater Brian, und sein Gesicht strahlte vor Freude. »Es ist tatsächlich ein Wunder. Laßt uns in die Kirche zurückkehren und ein Te Deum singen. Still jetzt. Meister Matthew ist erschöpft. Er muß schlafen.«

Zwei der Weihrauchträger, der sechste und der siebente, hatten einander trotz des feierlichen Anlasses gegenseitig geschubst, und nun piepste der siebente, der zugleich der kleinste war: »Bitte Pater – dort liegt etwas in der Ecke...« Er wies in die dunkle Ecke hinter dem Podest, die am weitesten von der Tür zu den Schlafzimmern entfernt war, wo irgendein Gegenstand schwach im Kerzenlicht schimmerte.

Sir Richard ging hinüber in die Ecke, sah nach und sagte mit schwankender Stimme, jedoch rasch wieder gefaßt: »Es ist der Fuß! Holen Sie ein Tuch, um ihn zu bedecken, und bringen Sie ihn weg! Er muß begraben werden, bevor er die Luft verpestet!«

Allen Dienstboten widerstrebte es, diese Arbeit zu verrichten, und schließlich schoben sie den Knaben vor, der für die niedrigsten Arbeiten im Haushalt zuständig war. Einer der anderen drückte ihm einen alten Lappen in die Hand, und er hatte die unangenehme Aufgabe, das schreckliche Ding aufzuheben, doch dann stand er da, sah sich hilflos um und wußte nicht, was er damit anfangen sollte.

»Bring ihn auf die Krankenstation, und gib ihn meinem Assistenten«, sagte Pater Radulf zu ihm. »Ich werde dafür sorgen, daß er morgen früh angemessen beerdigt wird.«

»Warum hat man ihn überhaupt aufbewahrt?« fragte Lady Mabilia zitternd. Die Anspannung der vergangenen Wochen und der Schock, daß all ihre Gebete und Pilgerreisen plötzlich erhört worden waren, gerade als sie die Hoffnung aufgegeben hatte, hatte sie völlig entnervt. »Wieso ist er nicht einfach verschwunden?«

»Wollen Sie, daß Ihr Sohn in aller Ewigkeit ein Krüppel bleibt?« fragte Pater Brian tadelnd. »Natürlich muß er ein christliches Begräbnis erhalten, damit er am Jüngsten Tag mit Matthew vereint werden kann, wenn alles wieder zusammengefügt wird.«

»Natürlich«, bestätigte Radulf ausdruckslos. Elys bemerkte, daß er mit Ausnahme von Matthew der einzige zu sein schien, dessen Gesicht nicht Staunen und Freude widerspiegelte. Er lächelte jedoch, als er fortfuhr: »Ich denke, alle außer den Familienmitgliedern sollten jetzt gehen. Die Amputation wurde hervorragend ausgeführt, und wenn alles gutgeht, wird sich der junge Mann rasch erholen, aber man muß ihm Ruhe und Frieden gönnen.«

Die Prozession entfernte sich in umgekehrter Reihenfolge, da es anders gar nicht möglich war, und der siebte Weihrauchträger strahlte vor Freude, daß er bei den Vorgängen eine führende Rolle übernommen hatte (zumindest nach seiner eigenen Einschätzung), und schwang begeistert sein Weihrauchgefäß. Er machte einen kleinen Hopser, als er die Tür erreichte, und der Vorsinger langte zu ihm herüber und gab ihm mit seinem knochigen Finger eine Kopfnuß.

»Der braucht Krücken«, hörte man Lukin Dulpain draußen laut sagen, »und du bist der richtige Mann, um sie anzufertigen, Alvin Bisemare! Es muß das beste Paar Krücken werden, das du je gemacht hast, um eines Mannes würdig zu sein, der durch ein Wunder geheilt worden ist!«

»Das ist nicht das erste Mal, und, so Gott will, auch nicht das letzte!« antwortete eine trockene, knarrende Stimme ausdruckslos und bemüht, nicht aufgeregt zu klingen.

Pater Brian drehte sich in der Tür um und sprach in fließendem, wohlklingendem Latein einen Segen, wobei sein Gesicht vor Freude und Wohlwollen strahlte, dann war er verschwunden, und die Gruppe, die in der Halle zurückgeblieben war, sah sich plötzlich von Stille umgeben.

»Sollten wir heute unser Fasten nicht unterbrechen?« fragte Lady Mabilia, während sie sich erhob und ungehalten den Dienstboten nachstarrte, die sich eilig aus der Halle entfernten. »Bedecke deinen Kopf, Elys!«

Elys faßte nach oben, um ihren Schleier glattzuziehen, und stellte fest, daß er lose über einem Ohr hing und ihr Diadem verschwunden war. Sie fragte sich, was wohl damit geschehen war. Sir Richard begab sich ein wenig unsicher zu einem Sessel und ließ sich abrupt nieder. Aylwin ging in die Schlafkammer und kehrte umgehend, rasiert und in Arbeitskleidung, zurück. Crispin folgte ihm, kam jedoch vor ihm wieder, gerade als Judith ruhig und gefaßt eintrat, die Hände in den weiten Ärmeln ihres schwarzen Ordenskleids und das Gesicht im Schatten ihres riesigen Schleiers so ausdruckslos wie Marmor.

»Du bist wirklich gesegnet«, sagte sie zu dem fest schlafenden Matthew. Sie warf einen Blick auf sein Bein, das Radulf gerade neu verbunden hatte, setzte sich an den Tisch und wartete gleichmütig, bis das Essen aufgetragen wurde.

Elys suchte unsicher und verwirrt Radulfs Blick, als er sich zum Gehen wandte, und fragte: »Pater – kam die

Gestalt vom Kreuz hierher und... nahm Matthews Fuß ab...?«

Radulf sah sie freundlich an und sagte: »Es ist nicht leicht, ein Wunder mit seinen Vorstellungen in Einklang zu bringen und es zu akzeptieren, geschweige denn zu verstehen.« Er hielt inne und fuhr dann fort, wobei er seine Worte offenbar sehr sorgsam wählte: »Irgendeine Kraft, irgendein Geschick war in irgendeiner Form gestern nacht hier, hat den Fuß Ihres Bruders entfernt und ihn vor dem sicheren Tod bewahrt. Offensichtlich erschien die – die Kraft in einer Form, die Ihr Bruder anerkennen und akzeptieren konnte – der Gestalt des Gekreuzigten, doch sie ist natürlich nur Menschenwerk aus Stein, das Gott, den Herrn darstellt. Akzeptieren Sie mit Freuden, daß Ihr Bruder jetzt eine gute Überlebenschance hat, und sorgen Sie sich nicht darum, wie es dazu kam. Wie es auch geschah, es geschah durch Gott, und das ist das einzige, worauf es ankommt. Meine einzige Sorge ist, daß in ein paar Wochen die Fäden entfernt werden müssen. Doch wenn alles gutgeht, denke ich, wird sein Bein vollständig verheilen – Gott sei gedankt.«

8. Kapitel

Sobald Brot und Ale auf dem Tisch standen, unterbrachen alle das Fasten und gingen dann in die Messe, mit Ausnahme Aylwins, der bei Matthew sitzenblieb.

Dieser schlief den ganzen Tag über, einen friedlichen und offenbar ganz natürlichen Schlaf, und die Familie ging lautlos umher, aus Angst, ihn zu wecken. Sie waren alle sehr still und gedämpft, denn obwohl sie so lange auf ein Wunder gehofft hatten, waren sie nun eingeschüchtert und verwirrt, als es tatsächlich eingetreten war.

Am Nachmittag ritten Sir Richard und Crispin aus, um sich ein wenig zu bewegen, Lady Mabilia saß bei Matthew und weinte leise vor sich hin, da sie jetzt keine ruhige, fröhliche Miene mehr zur Schau tragen mußte, Judith ging in die Kirche, und Elys arbeitete an der Burse. Sie saß am Fenster, von dem sie die gewachste Leinwand abgenommen hatte, und konnte so bei gutem Nordlicht über ihrer Arbeit sitzen und gelegentlich zur Kirche hinübersehen.

Sie empfand tiefe Freude in ihrem Innern darüber, daß Matthew endlich von den schrecklichen Schmerzen seiner Wunde erlöst war und auf eine normale Dauer seines Lebens hoffen konnte, falls der Knöchel gut verheilte. Es machte nichts aus, daß er nicht ohne Krücken würde gehen können – jedenfalls war es besser, nur einen Fuß zu haben, als ständig unter Schmerzen zu leiden oder tot zu sein. All die beschwerlichen, weiten Reisen, die Schwierigkeiten und Gefahren, die unbequemen Gasthöfe, das schlechte Essen, Kälte, Hitze und Staub hatten sich also doch gelohnt, wie ihre Mutter immer betont hatte. Es lag Ironie darin, daß Matthews Wunder nicht durch die Pilgerfahrten seiner Mutter und seiner Schwester an weit entfernte Stätten bewirkt worden war, sondern durch seine eigene langsame dreitägige Reise von Wix nach Waltham. Aber konnte man sagen, daß die Pilgerfahrten überflüssig gewesen waren? Vielleicht war es die Wirkung aller Pilgerreisen und Gebete zusammen, die dieses Wunder zustande gebracht hatten. Trotzdem war es seltsam ...

Sie gebot ihren Gedanken bewußt Einhalt, da sie fürchtete, sonst die Sünden Zweifel und Undankbarkeit zu begehen, und zwang sich, an die Zukunft zu denken.

Sobald ihre Mutter sicher war, daß Matthew genas, würde sie nach Wix gehen, und Elys war überzeugt, daß man erheblichen Druck auf sie ausüben würde, mitzugehen. Sie mußte stark sein und Widerstand leisten, sonst würde sie für den Rest ihres Lebens ins Kloster gesperrt. Sie mußte fest darauf vertrauen, ihren Lebensunterhalt verdienen zu können; keine Zweifel durften sie beschleichen und ihren Entschluß ins Wanken bringen. Es würde schwer sein, doch sie mußte an ihrer Freiheit festhalten oder sie verlieren ...

»Gehört das Ihnen, Mylady?« fragte eine verschwörerische Stimme.

Sie sah überrascht auf und erblickte einen sommersprossigen, etwa zwölf Jahre alten Jungen, der durch das Fenster hereinsah. Er hielt ihre verlorene Krone in der Hand.

»O ja! Wo hast du sie gefunden?«

»Sie lag in einem Büschel Narzissen auf dem Kirchhof. Ich dachte zuerst, es wäre Feengold, aber Meister Peter sagt, es gibt gar keine Feen. Er ist unser Lehrer und weiß fast alles!«

»Nur *fast* alles?« fragte Elys lächelnd.

»Von Frettchen versteht er nichts«, antwortete der Junge ernst. »Meister Edwin versteht was von Frettchen und von vielen anderen Sachen, aber ich werde ja Priester, deshalb ist das, was Meister Peter weiß, für mich von Bedeutung. Die Königin hat mich hierhergeschickt, als ich klein war, damit ich erzogen werde, verstehen Sie, weil ich eine Waise bin.«

»Und jetzt willst du hier bleiben und Chorherr werden?« fragte Elys, besorgt darüber, daß ein so junger Mensch sich so früh festlegen wollte.

»Ja. Pater Brian sagt, ich kann in den nächsten acht Jahren, so oft ich will, meine Meinung ändern, aber ich weiß jetzt, daß ich es werden möchte. Sie werden sich vermutlich nicht erinnern, aber ich war heute morgen hier. Ich war der siebente Weihrauchträger.«

»Ich erinnere mich«, versicherte Elys ihm, und das war nicht ganz falsch, denn der eifrige Klang seiner Stimme war ihr irgendwie bekannt vorgekommen.

»War es nicht aufregend? Es ist das größte Wunder, das ich bis jetzt erlebt habe. Kleine Wunder haben wir ziemlich oft, aber kein so großes wie dieses – jedenfalls nicht, seit ich hier bin. Was haben sie damit gemacht?«

»Womit?«

»Mit dem Fuß. Wahrscheinlich beerdigt. Es war ja nichts, was man gern aufbewahren würde.«

»Nein.« Elys schauderte.

»Es muß ein komisches Gefühl sein, wenn dem eigenen Bruder ein Wunder widerfährt. Mir war ganz zittrig, und ich hatte Lust, zu lachen und herumzuhüpfen! Sie hätten mit uns zurück in die Kirche kommen sollen.«

»Ja, das hätten wir eigentlich, aber wir waren alle so – so überwältigt...«

»Ja – gut – das ist klar... Man muß sich vorstellen, Jesus Christus steigt vom Kreuz und besucht den eigenen Bruder. Wir gingen alle zurück in den Chorraum, mit Kerzen, Fakkeln und allem, und begannen die Morgenandacht, aber die festliche, nicht die Fasten- und Bußmesse, und dann kam Pater Radulf und sang das *Te Deum* – er hat eine schöne

Stimme, voll und kräftig, wie eine Drossel im Regen. Und Meister Dulpain – kennen Sie Meister Dulpain?«

»Ja.«

»Nun, er hat *gleichzeitig* Trompete geblasen. Die beiden zusammen klangen wie – ach, ich weiß nicht wie, aber es war herrlich. Hier, nehmen Sie Ihre kleine Krone. Es ist nichts abgebrochen oder so.«

Elys nahm ihr Diadem entgegen, und er fragte: »Warum tragen einige Damen so etwas und andere nicht? Ist es normalen Frauen nicht erlaubt, sie zu tragen?«

»Nein, es hat eher etwas mit der Herkunft zu tun«, antwortete Elys ernst. »Eine Dame von Adel trägt so ein Krönchen, weil es der Mode entspricht, aber eine gewöhnliche Hausfrau oder ein Bauernmädchen nicht, weil sie es sich nicht leisten kann, und es wäre ihr auf jeden Fall bei der Arbeit im Weg. Möchtest du einen Kuchen?«

Das Gesicht des Jungen, das ohnehin schon vor Freude und Aufregung über die Ereignisse des Tages leuchtete, erstrahlte noch heller, und so ließ Elys ihn zur Haustür herein und führte ihn durch den Korridor in die Küche.

Es war ein separates Gebäude im Hof hinter dem Haus, das von einer kräftigen Matrone namens Matilda Mayngod regiert wurde, von ihren Untergebenen aus einleuchtenden Gründen hinter ihrem Rücken die Kaiserin genannt; denn sie herrschte in ihrem kleinen Imperium auf eine resolute Weise, die einzig und allein darauf abzielte, gutes, sättigendes Essen herzustellen. Sie sah Elys und den Jungen argwöhnisch an, stemmte ihre riesigen Hände in die üppigen Hüften und starrte sie über einen zur Hälfte mit Teig bedeckten Tisch hinweg an.

»Guten Tag, Mistress Mayngod«, sagte Elys besänftigend. »Dieser Junge war so freundlich, mir etwas zu bringen, was ich heute morgen verloren habe. Ich dachte, Sie hätten vielleicht einen kleinen Kuchen für ihn übrig ...«

»Einen kleinen Kuchen!« rief die Köchin. »Als wenn ein kleiner Kuchen für einen Jungen etwas wäre. Jungen brauchen mehr als kleine Kuchen. Hier, Junge. Paß auf – sie ist heiß«, und sie nahm eine Pastete, die groß genug war, um einen Pflüger satt zu machen, und warf sie dem Jungen zu.

Er sah sie ehrfürchtig an und sagte: »Vielen Dank, Mistress! Oh, aber ...« Er verzog das Gesicht und sah plötzlich bekümmert und wehmütig drein. »Ist da Fleisch drin?«

»In der Fastenzeit? Sei kein Narr, Junge!« brüllte die Köchin scheinbar zornig, doch die Augen in ihrem feisten Gesicht zwinkerten verschmitzt. »Es mag eine Spur Käse drin sein, aber sonst nur Mohrrüben und Kräuter.«

Das Gesicht des Jungen hellte sich wieder auf; er richtete eine höfliche kleine Dankesrede an Mistress Mayngod und Elys und flüsterte auf Latein ein kurzes Tischgebet, bevor er in die Pastete biß und sich wegen des guten Geschmacks ein Ausdruck von Seligkeit auf seinem Gesicht ausbreitete. Elys wollte ihm beim Abschied eine Münze geben, doch er lehnte dies wohlerzogen und mit großer Entschiedenheit ab, indem er sagte, die Pastete sei Belohnung genug.

Elys saß noch keine Stunde über ihrer Stickerei, als Lady Mabilia in die Halle trat, ihre Arbeit betrachtete und dann sagte: »Bring nicht den ganzen Tag damit zu, sonst wirst du krumm, blaß und kränklich! Es ist Zeit, daß du an die Luft kommst und einen kleinen Spaziergang machst! Du kannst diese Schuhe hier zum Schuhmacher in West Street bringen. Sie müssen geflickt werden.«

Elys war überrascht, denn normalerweise schickte ihre Mutter einen Diener auf solche Botengänge, doch als sie den Gesichtsausdruck ihrer Tochter sah, fügte Lady Mabilia hinzu: »Wenn du dein Brot als Handwerkerin verdienen willst, kannst du dich nicht wie eine Dame aufführen, mein Mädchen. Fort mit dir.«

Elys nahm ihren Mantel, die abgetragenen Schuhe und verließ das Haus; sie ging die Church Street hinunter bis zum Mühlbach und überquerte ihn mit Hilfe der wackeligen Holzbrücke, wo sie eine Pause einlegte, um dem halben Dutzend Enten zuzusehen, die in dem seichten Wasser der Furt den Frühlingssonnenschein genossen, und den glänzenden schwarzweißen Kater zu streicheln, der so tat, als gehöre die Mühle ihm, und sich oft ans Ende der Brücke setzte, um in seinem Bach nach Fischen Ausschau zu halten.

Der Schuhmacher befand sich fast am entgegengesetzten Ende der West Street, und sie ging langsam darauf zu und betrachtete die netten kleinen Häuser, die die Straße säumten. Einige waren in ausgezeichnetem Zustand, ohne Risse in den getünchten Wänden und mit gutem, dichtem Stroh auf dem Dach, andere jedoch sahen vernachlässigt aus, mit altem, verfaulendem Stroh und aus den Mauern gebrochenem Putz, der das darunterliegende Lattenwerk enthüllte. Die ersteren gehörten, wie sie bereits wußte, zum Kollegium; in einigen wohnten die Kanoniker, die inmitten ihrer Herde und nicht innerhalb der Klostermauern leben wollten. Die anderen gehörten zum größten Teil Königin Adeliza, und Elys hatte von einigen von Matthews Freunden erfahren, daß sie einst genauso gepflegt gewesen waren wie die anderen, doch seit die Königin wieder geheiratet hatte und ihr Eigentum auf ihren Mann übergegangen war, hatte es keine Unterstützung gegeben, um die Häuser in gutem Zustand zu erhalten, und die Leute, die darin wohnten, die Ärmsten der Armen, hatten weder Zeit noch Geld, selbst etwas daran zu tun.

Elys hatte vor einigen Tagen bemerkt, daß auch ihre Schuhe stark abgetreten waren. Sie waren schlicht, wie alle Schuhe; sie bestanden jeweils aus einem einzigen Stück Leder, das um den Fuß gewickelt, passend geschnitten und vernäht wurde. Es gab keinen Absatz, und nur an schwere Schuhe für Leute, die auf den Feldern arbeiteten oder große Strecken zurücklegen mußten, wurden Extrasohlen angenäht. Sie überlegte, ob der Schuhmacher wohl Schuhe da hatte, die ihr paßten und nicht zu teuer waren.

Sein Laden war gleichzeitig seine Werkstatt und roch nach dem Leder, das fertig zum Gebrauch in Form von ganzen und bereits zurechtgeschnittenen Fellen von den Deckenbalken des vorderen Raumes herabhing. Die Schuhe, die noch geflickt werden mußten, waren in einer Ecke gestapelt, die bereits fertigen in einer anderen, und auf der einen Seite seiner Werkbank waren ein Dutzend Paar neuer Schuhe ausgestellt – oder, besser, zwei Dutzend Schuhe in verschiedenen Größen, die als Paar getragen werden konnten, denn es gab keinen Unterschied in der Form, ob der Schuh nun für den rechten oder den linken Fuß war.

»Erstklassige Arbeit und gutes Leder«, sagte der Schuhmacher, während er sich Lady Mabilias Schuhe ansah. »Nicht in England hergestellt, nehme ich an?«

»Meine Mutter hat sie in Rom gekauft«, antwortete Elys.

»Oh!« Der Schuhmacher befühlte sie ehrfürchtig. »Dann haben sie ja heiligen Boden betreten. Wissen Sie, ob sie auch über die Fliesen von St. Peter geschritten sind?«

»Ja, das sind sie.«

»Sieh an. Wenn man bedenkt, daß ein Paar Schuhe an solch einen gesegneten Ort gelangt, ich jedoch wahrscheinlich nie. Na, auch gut. Hier sind sie durchgelaufen, aber ich kann sie flicken.«

»Ja, bitte, und ich wollte für mich gern ein neues Paar kaufen, falls Sie ein passendes da haben«, sagte Elys und schaute die steifen Rindlederschuhe auf der Werkbank an.

»Oh, die sind zu derb für Ihre kleinen Füße«, rief der Schuhmacher. »Nehmen Sie bitte Platz, Mylady, und ich zeige Ihnen meine feineren Stücke.«

Elys setzte sich auf einen Schemel, der offensichtlich für Kunden gedacht war, und überlegte, wie sie ihm beibringen sollte, daß sie sich nichts Teures leisten konnte, doch die Schuhe, die er aus einem Kasten holte, waren schlicht und strapazierfähig, aus leichtem, geschmeidigem Leder und ohne modische Spitzen oder Verzierungen. Rasch waren zwei gefunden, die ihr gut paßten, in Farbe und Form übereinstimmten und nur einen ihrer Silberpennies kosteten.

»Sollten sie an der Ferse scheuern, reiben Sie ein wenig Gänseschmalz an die Stelle im Schuh – am besten auch auf Ihre Ferse. Gänseschmalz ist für vieles gut. Und wie geht es dem jungen Mann, Mylady? In Ihrem Haus muß ja eitel Freude herrschen. Natürlich haben wir hier viele kleine Wunder, aber selbst über das kleinste freuen wir uns immer noch. Gott ist gut zu Waltham, Mylady, und gibt uns viel Anlaß, Ihn zu preisen – ja, Er sorgt dafür, daß wir selbst in diesen gefährlichen Zeiten sicher sind.«

»Möge Er das noch lange tun«, erwiderte Elys ernst, bezahlte ihre Schuhe und versprach, daß jemand die ihrer Mutter noch vor dem Wochenende abholen würde. Dann fragte sie, einer plötzlichen Regung folgend: »Kennen Sie jemanden in der Stadt, der einen Untermieter aufnehmen würde?«

Der Schuhmacher schaute ein wenig überrascht und dachte einen Moment nach, bevor er antwortete: »Die alte Witwe Miller am Marktplatz nimmt manchmal Pilger auf, oder Mistress Chich, die ein Haus an der Furt hat. Sie ist ebenfalls Witwe, steht aber eine Stufe höher als die meisten von uns, weil ihr Mann einer der Chorherren war, aber sie nimmt manchmal Pilger von – ja, Ihres Ranges auf ... Sollte es für einen Ihrer Freunde oder einen Dienstboten sein, Mylady? Das wäre nämlich ein Unterschied ...«

»Es war nur so ein Gedanke«, antwortete sie unbestimmt, denn sie dachte, es wäre vielleicht möglich, eine Unterkunft in der Stadt zu finden, wenn es einmal nötig sein würde. Bis jetzt hatte noch niemand daheim die Frage aufgeworfen, wo sie wohnen wollte, wenn sie nicht mit nach Wix ginge, und Matthew und Crispin hatten sich zwar weniger als die übrige Familie ihrem Entschluß, keine Nonne zu werden, widersetzt; aber das hieß nicht, daß sie bereit waren, ihr weiter eine Bleibe zu gewähren, und es war deshalb gut, über andere Möglichkeiten nachzudenken. Zufrieden und mit dem Gefühl, etwas erreicht zu haben, ging sie die West Street zurück, denn hatte sie nicht soeben mit dem Geld, das sie mit ihrer eigenen Arbeit verdient hatte, ihren ersten Kauf getätigt?

Dies erschien ihr als ein so wichtiger Meilenstein in ihrem Leben, daß sie sich gern mit jemandem darüber unterhalten hätte, aber wem konnte sie es erzählen? Nicht ihrer Mutter oder Judith, nicht einmal Crispin oder Matthew, die man zur Zeit nicht mit solchen Nebensächlichkeiten behelligen durfte. Sie versuchte, sich das Gesicht ihres Onkels vorzustellen, wenn sie es ihm erzählte, doch mittlerweile hatten ihre Füße sie zum richtigen Ort getragen: die Schuhe mit beiden Händen umklammernd, betrat sie Aylwins Bauschuppen.

Er blickte auf, als ihr Schatten auf seine Arbeit fiel, doch sie stellte sich auf eine Seite des Eingangs, um aus dem Licht zu gehen, und er klopfte weiter leicht auf das stumpfe Ende seines Schlageisens und arbeitete feinsäuberlich und akkurat die Locken von Noahs Bart heraus.

»Warum schaffen Sie erst die Figuren, bevor Sie das Taufbecken vollendet haben?« fragte sie.

»Falls ich vom Blitz getroffen werde oder mir sonst etwas zustößt, bevor die Arbeit fertig ist. Ich will, daß meine Vorstellungen hier, im Stein, verwirklicht sind – jeder fähige Handwerker könnte den Taufstein fertigstellen, wenn erst einmal die Felder mit den Figuren vollendet sind.«

»Ich habe die Schuhe meiner Mutter zur Reparatur

gebracht«, platzte sie heraus, »und habe mir selbst in dem Laden ein Paar neue gekauft.«

»Brauchten Sie welche?« fragte er, hielt seinen Hammer zwischen zwei Schlägen still und sah sie an.

»Ja. Ich besitze nur zwei Paar, und bei diesen hier ist eine Sohle fast durchgelaufen. Sie sind schon ein dutzendmal geflickt worden. Das andere Paar ist zu fein und weich für jeden Tag.«

»Was Sie auf jeden Fall lernen müssen, wenn Sie in der Welt Ihr Brot verdienen wollen, ist, Dinge, die man nicht wirklich braucht, erst dann zu kaufen, wenn man sie sich auch bestimmt leisten kann.«

»Ja, aber ich brauche Schuhe ...«

»Das akzeptiere ich. Auf jeden Fall bezahlt Pater Warmand Ihnen jede Woche etwas, solange Sie für die Kirche arbeiten, und Sie können sich die Schuhe zur Zeit leisten. Außerdem, G... jemand hat mir einmal ein altes Sprichwort aus dem Osten erzählt. Wenn man auf der Welt nichts außer zwei Laiben Brot besitzt, sollte man den einen verkaufen und mit dem Geld etwas Schönes kaufen, um der Seele Nahrung zu geben, denn die Seele braucht die Schönheit wie der Körper die Nahrung.«

»War das Ihr Freund Galien?« fragte Elys, betroffen von der Wahrheit und der Weisheit des Sprichwortes.

»Ja.«

»Ich wünschte, er würde mir erlauben, mich für den Rahmen zu bedanken. Er ist perfekt, und es ist so viel einfacher, mit dem darauf gespannten Stoff zu arbeiten. Er hat auch die richtige Höhe, und ich kann äußerst bequem daran sitzen und arbeiten. Wenn ich nur, wenn er allein ist, zu ihm hinaufginge und sagte ›Vielen Dank für den Rahmen. Er ist genau das, was ich brauchte‹, könnte das doch nicht die Aufmerksamkeit auf ihn lenken oder ihm schaden?«

»Er würde es nicht wollen. Er ist ohnehin gegangen.«

»Gegangen? Wohin gegangen?«

»Weg.«

»Aber wann denn? Ich dachte, er wäre hier, um Arbeiten an der Kathedrale auszuführen?«

»Er ist damit fertig. Er ist heute morgen abgereist.«

»Oh.« Betrübt und enttäuscht wandte Elys sich zum Gehen.

»Aber wenn ich ihn das nächste Mal sehe, werde ich ihm erzählen, daß Sie sehr zufrieden mit dem Rahmen sind«, fuhr Aylwin fort, »und ich habe Ihnen noch gar nicht viel Freude mit Ihren neuen Schuhen gewünscht. Ich kann mich noch erinnern, wie begeistert ich war, als ich mir etwas von meinem allerersten Verdienst gekauft habe.«

»Was haben *Sie* gekauft?« fragte sie, wandte sich zu ihm um und fühlte sich mit einem Mal viel glücklicher.

»Etwas für die Seele, fürchte ich, trotz all der guten Ratschläge, die ich Ihnen gegeben habe. Es war ein kleiner geschnitzter Engel aus Elfenbein.«

»Haben Sie ihn noch?«

»Ja, aber meine Mutter bewahrt ihn für mich auf. Er ist zu zerbrechlich, um ihn auf Reisen mit sich herumzutragen.«

Plötzlich hörte man das Stampfen von Füßen auf dem Kirchweg, und ein zerzauster junger Mann stürzte in den Schuppen und kam nur knapp vor Aylwins Taufbecken zum Stehen. Elys erkannte in ihm einen der Lehrjungen Williams von Norwich.

»Wo ist Meister Galien?« keuchte er. »Wir brauchen ihn, schnell.«

»Was ist passiert?« fragte Aylwin und legte mit ernstem Gesicht seine Werkzeuge nieder.

»Wir haben einen Stein von einem Karren geladen, und dabei ist ein Steinblock herabgeglitten und auf Walter gefallen. Sein Arm ist schlimm gebrochen, und der Meister hat mich Galien holen geschickt.«

»Es tut mir leid, aber Galien ist heute früh aufgebrochen«, erwiderte Aylwin. »Du mußt zu Pater Radulf auf die Krankenstation gehen.«

Der Junge sah besorgt und enttäuscht aus. »Aber Galien ist besser als jeder andere«, sagte er. »Er kann ein gebrochenes Glied richten, wenn dies überhaupt möglich ist, oder es amputieren, wenn es nicht möglich ist...«

»Schweig!« sagte Aylwin gebieterisch. »Lerne, deine Zunge im Zaum zu halten, bevor du das Leben eines Mannes in Gefahr bringst, Junge. Galien ist auf dem Weg nach London, und er könnte nicht rechtzeitig zurück sein, um euch zu helfen. Geh ins Krankenhaus und hole Pater Radulf.«

Der Junge schaute wie ein begossener Pudel drein und murmelte eine Entschuldigung, dann lief er in Richtung Krankenhaus davon. Elys starrte ihm einen Moment nach, dann wandte sie sich an Aylwin und fragte: »Was haben Sie damit gemeint?«

Er nahm sein Werkzeug wieder zur Hand, besah sich seine Arbeit und sagte ruhig: »Wissen Sie nicht, was mit einem Mann geschieht, der einen anderen verstümmelt?«

»Doch. Er wird auf die gleiche Weise verstümmelt.«

»Und wenn sein Opfer stirbt, wird er entweder aufgehängt oder verliert Hände und Füße. Alle Fälle, in denen ein Mensch einem anderen einen körperlichen Schaden zufügt, werden vor dem Königlichen Gerichtshof verhandelt. Wenn das Vergehen an einem Normannen begangen wird, ist die Sache natürlich noch gravierender. Jedenfalls werden die Gründe für die Verstümmelung nur selten berücksichtigt, selbst wenn sie erfolgte, um jemandem das Leben zu retten. Hinzu kommt, daß Galien... Ich habe Ihnen ja von seiner Herkunft erzählt. Sie bekommen die höchsten Strafen, die das Gesetz zuläßt, und schlimmere, nur weil sie sind, was sie sind. Wenn es recht ist, wollen wir nicht mehr von der Angelegenheit sprechen.«

»Aber er sagte, Galien könne den Arm abnehmen ... Aylwin, ich glaube nicht, daß Pater Radulf Matthews Heilung wirklich für ein Wunder hält ...«

»Hat er das gesagt?«

»Nicht direkt.«

»Warum glauben Sie dann, daß er daran zweifelt?«

»Er sagte etwas ... Ich kann mich nicht genau erinnern. Aylwin, als Matthew sagte, es sei die Gestalt vom Kreuz ... Er hatte sich morgens Ihr Skizzenbuch angesehen.«

»Er sieht meine Musterbücher gern durch. Er hat fast alle gesehen, die ich bei mir habe.« Aylwins Gesicht war wachsam, und seine Stimme klang vorsichtig.

»Es war das Buch mit den Skizzen von dem Taufbecken und den beiden Zeichnungen von Galien.«

»Sie haben jahrelang für die Heilung Ihres Bruders gebetet und aus dem gleichen Grund Hunderte von Meilen auf Pilgerreisen zurückgelegt. Jetzt haben Sie bekommen, wofür Sie gebetet haben; wollen Sie, daß ein Mensch deshalb verstümmelt oder getötet wird?«

»Nein, natürlich nicht.«

»Dann grübeln Sie nicht länger nach. Ja, Pater Radulf hat zuviel Erfahrung mit körperlichen Verletzungen und Unfällen, um nicht über ein Wunder erstaunt zu sein, das Nähte mit geteerten Fäden hinterläßt, und Crispin weiß ... etwas. Sie sind beide so vernünftig, über das Thema zu schweigen – tun Sie dasselbe, Elys, und forschen Sie nicht weiter.«

»Natürlich. Ich wußte nicht ...«, sagte Elys unglücklich, entsetzt über die Härte der Bestrafung, die einen Mann traf, der bei einem anderen eine Amputation durchführte, um sein Leben zu retten. War es jemand wie Pater Radulf, hätte – abgesehen davon, daß er seinen priesterlichen Eid gebrochen hatte – ein Gericht natürlich Verständnis und würde ihn zweifellos freisprechen; aber ein Angehöriger der verhaßten Rasse, selbst wenn er nicht mehr dem Glauben seiner Vorväter anhing... »Es tut mir leid«, fügte sie, nicht ganz unlogisch hinzu, »Pater Radulf hielt eine Amputation für die einzige Möglichkeit, Matthew zu retten, aber er wollte es nicht tun, weil er Priester ist. Er hat nichts von der Strafe gesagt.«

»Er ist Normanne und Krankenpfleger«, erwiderte Aylwin ziemlich kurz angebunden. »Ihre Arbeit gedeiht also gut? Das freut mich. Hat der Junge, der Ihr Krönchen gefunden hat, es bei Ihnen abgeliefert?«

»Ja, danke. Ich denke, ich sollte kein Diadem mehr tragen.«

»Warum nicht?«

»Es paßt nicht recht zu einer Frau, die handwerklich arbeitet.«

»Sie tragen es, weil es bei Frauen von Adel Mode ist. Die Tatsache, daß Sie adliger Herkunft sind, ändert sich doch nicht, weil Sie beschlossen haben, mit Ihrem Talent Ihren Unterhalt zu verdienen, oder?«

Wieder sprach er ziemlich knapp, und statt zu antworten, dachte Elys über seine Worte und sein Verhalten nach und kam zu dem Schluß, er sei in diesem Punkt wohl empfindlich wegen seiner eigenen Situation. Schließlich sagte sie: »Nein, ich glaube nicht.«

»Was Sie lernen müssen, wenn Sie sich wirklich selbst ernähren wollen, ist, daß man es sich nicht leisten kann, die helle Tageszeit mit Geplauder zu vergeuden«, sagte er nach einem neuerlichen ausgedehnten Schweigen, während dem er Noahs Bart fertiggestellt hatte und zu den Falten seines Gewandes übergegangen war.

Elys verstand den Wink, sagte: »Dann bis zum Abendessen«, und ging zurück an ihre Arbeit, die zwar ihre Hände beschäftigte, aber ihren Gedanken viel Spielraum ließ, und sie stellte fest, daß Aylwins ungewöhnlich kühles Verhalten sie deprimiert und besorgt gemacht hatte. Sie sagte sich, daß er recht hatte, doch baute sie inzwischen mehr, als ihr bewußt geworden war, auf seine Unterstützung und sein Mitgefühl, und so fühlte sie einen hilflosen, unbestimmten Kummer, als sie sich daran erinnerte, wie barsch er mit ihr gesprochen hatte, weil sie nicht merkte, daß Galiens offensichtliches Ansehen in bezug auf die Behandlung von Verletzungen zum Verlust seiner eigenen Gliedmaßen, vielleicht sogar seines Lebens, führen konnte. Sie akzeptierte, daß er sie deshalb getadelt hatte, hielt es jedoch für ungerecht, daß er es ihr übelnahm, sich als arbeitende Frau nicht schlichter zu kleiden. Sie vermutete, daß sie ihn durch ihre Annahme verärgert hatte, man könne eine Frau oder einen Mann, die einen Handwerksberuf ausübten, nicht für vornehm halten...

Sie wurde jäh aus ihren Gedanken gerissen, als ein großer, getigerter Kater mit graubraunen Streifen im Fenster auftauchte, einen Moment auf der niedrigen Fensterbank haltmachte, dann einfach über ihren Stickrahmen hinwegsprang, mit einem Plumps auf dem Fußboden landete und sich unverzüglich hinsetzte, um sich Pfoten, Gesicht und Schwanz zu lecken, wobei er absolut keine Notiz von ihr nahm.

»Ach«, sagte sie zu ihm und drehte sich auf ihrem Schemel um, »verzeihen Sie, daß meine Arbeit Ihnen im Weg ist, Herr Kater.«

Der Kater hielt kurz in seiner Toilette inne und warf ihr einen geheimnisvollen Blick zu, dann blinzelte er, als würde er ihr mit beiden Augen zuzwinkern, und bearbeitete weiter mit seiner rauhen Zunge sein dickes Fell, wobei ein leises, schabendes Geräusch entstand. Da er nicht geneigt schien, sich auf eine Unterhaltung einzulassen, wandte Elys sich wieder ihrer Arbeit zu und vergaß ihn; erneut erging sie sich in traurigen Überlegungen, ob Aylwin ihretwegen gekränkt oder verärgert war. Nach ein paar Minuten wurde sie jedoch wieder an die Anwesenheit der Katze erinnert, denn plötzlich spürte sie ein warmes, schweres Gewicht, das sich an ihren rechten Knöchel drückte, und vernahm ein lautes, zufriedenes Schnurren.

Sie beugte sich herab, um den Kater hinter den Ohren zu kraulen, was offensichtlich Anklang fand, und zog dann weiter emsig ihre fein säuberlich gestickten Linien durch das glänzende Gold, bis das ganze goldene Garn verbraucht war bis auf zwei dicke Fäden, die sie in einem Bogen legte, um so das Muster zu einem Abschluß zu bringen. Es ergab eine hübsche Schlangenlinie, und sie lehnte sich zurück und betrachtete sie voll Zufriedenheit. Als könne er es nachempfinden, schnurrte der Kater noch lauter.

Als Crispin und Sir Richard eintraten, war sie ein gutes Stück vorwärtsgekommen, und die Katze lag still und unbeweglich zu ihren Füßen. Das plötzliche Eintreten der beiden Männer störte sie beide, besonders da Sir Richard, der wie immer Reitstiefel trug, einen entsprechend schweren Schritt hatte, woran der Kater eindeutig Anstoß nahm, denn er gab einen kurzen, unwilligen Laut von sich und verschwand, wie er gekommen war.

»Das war Tigrus«, bemerkte Crispin, während er die Arbeit seiner Schwester begutachtete. »Das ist sehr hübsch, Elys. Deine Stiche sind so fein und gleichmäßig, es ist mir ein Rätsel, wie dir das so schnell von der Hand geht.«

»Man muß nur einen Rhythmus finden«, erklärte Elys und errötete vor Freude über Crispins Lob, denn obwohl sie ihn sehr gern hatte, fürchtete sie ihn ein wenig, da er nicht nur Diakon, sondern auch ein begabter Kalligraph war. »Wahrscheinlich machst du es beim Schreiben genauso«, fügte sie mit einer plötzlichen Erleuchtung hinzu.

»Ja. In gewisser Hinsicht ist es eine ähnliche Tätigkeit.«

»Warum Tigrus?« fragte Sir Richard, der Elys über die Schulter sah. »Ach – weil er gestreift ist, nehme ich an. Eine sehr gute Arbeit, Nichte. Wem gehört er – oder sollte ich besser fragen, wer zu ihm gehört?«

»Letzteres, glaube ich!« erwiderte Crispin mit einem Lächeln, das man bei einem Menschen niedrigeren Ranges als Grinsen bezeichnet hätte. »Zu Mistress Mayngod, unserer Köchin. Er wohnt in der Küche und den Vorratsräumen.«

»Wahrscheinlich ein guter Mäusefänger«, bemerkte Sir Richard mit Kennermiene. »Sehr nützlich in jeder guten Küche, Vorratskammer oder dem Getreidespeicher!« Seine Nichte und sein Neffe sahen ihn einigermaßen erstaunt an, denn seine Stimme klang ungewöhnlich mild und ließ ihren normalen energischen Befehlston vermissen.

»Ich wußte gar nicht, daß du Katzen magst, Onkel«, wagte Elys zu bemerken.

»Das hat nichts mit mögen zu tun«, erwiderte Sir Richard schroff. »Das ist gesunder Menschenverstand. Behandle ein Pferd, einen Hund oder eine Katze gut, und sie werden dir um so besser dienen. Außerdem sind es gute, treue Gefährten. Man kann mit ihnen reden, sie widersprechen nicht und erzählen nichts weiter.« Damit ging er energischen Schrittes auf die andere Seite der Halle, um nach Matthew zu sehen, Crispin ging seinen Pflichten nach, und Elys setzte ihre Arbeit fort.

Plötzlich öffnete sich die Tür zur Halle, und Elys blickte erstaunt auf, denn die Haustür war nicht ins Schloß gefallen, wie sonst, wenn jemand das Haus betrat. Judith stand da und sah sie mit nahezu ausdruckslosem Gesicht an.

»Du hast mich erschreckt, Judith!« rief Elys.

»Schwester Helen«, verbesserte Judith sie scharf. »Ich versuche, unnötigen Lärm zu vermeiden, wenn ich mich bewege.« Sie glitt an Elys' Seite und betrachtete ihre Arbeit.

»Eine Burse, nehme ich an?« fragte sie. »Die Kosten für dieses Gold könnte man, weiß Gott, besser darauf verwenden, das Los der Armen zu erleichtern, und du verbrächtest deine Zeit besser im Gebet. Doch man muß wohl schon dankbar sein, daß du deine Begabung wenigstens in den Dienst der Kirche stellst«, sagte Judith nachdenklich. »Aber sicher könntest du diese Arbeit noch besser in der Stille eines Klosters verrichten, wo du nicht ständig abgelenkt würdest.«

»Ich werde nicht ins Kloster gehen«, antwortete Elys bestimmt, und die ständige Wiederholung dieses Satzes verlieh ihrer Stimme eine unnachgiebige Härte. »Ich habe nicht den Wunsch, Nonne zu werden!«

»Den Wunsch?« Judith schien über das Wort nachzudenken. »Was haben Wünsche damit zu tun? Eine Frau hat nur zwei Möglichkeiten im Leben – Heirat oder Kloster. Sicher ziehst du nicht die brutale Sinnlichkeit einer Ehe vor.«

»Viele Frauen werden mit einem Ehemann und Kindern glücklich«, sagte Elys eine Spur abwehrend. Es war ihr immer schwergefallen, sich mit Judith zu unterhalten, und es war nicht einfacher geworden, da ihre Schwester jetzt noch härter und unzugänglicher als früher war.

»Und viele nicht. Das Kloster ist der bessere Ort.«

»Besser oder sicherer?« fragte Elys und blickte scharf in das bleiche, von dem schwarzen Schleier umrahmte Gesicht und stellte überrascht fest, daß sich Judiths Wangen färbten.

»Ich werde froh sein, so schnell wie möglich nach Wix zurückkehren zu können«, erwiderte Judith ausweichend und wandte sich ab. »Ich bin in meiner Schlafkammer, falls ich gebraucht werde.« Und mit diesen Worten verließ sie, lautlos über die Binsen gleitend, die Halle. Elys sah ihr nach, bemerkte, wie steif sie die Schultern hielt, und fragte sich nicht zum erstenmal, warum Judith wirklich so gern den Schleier genommen hatte.

Lady Mabilia saß bis kurz vor dem Abendessen am Krankenlager ihres Sohnes und berichtete, er sei wach und habe

Schmerzen, die aber leicht zu ertragen seien im Vergleich mit dem andauernden nagenden Schmerz in seinem Fuß.

»Ich denke, er sollte mindestens noch ein paar Tage im Bett bleiben und kräftigende Brühe trinken«, fuhr sie fort. »Er hat immer noch Dispensation, deshalb habe ich zum Abendessen Fleischbrühe und mit Milch verschlagene Eier für ihn bestellt.« Sie sah ihren Bruder und ihren Sohn ein wenig herausfordernd an, als erwarte sie auf ihre Feststellung hin das vereinte Mißfallen der streitenden und der friedlichen Kirche auf Erden, doch Sir Richard sagte nur: »Ja, er muß wieder zu Kräften kommen«, und Crispin fügte hinzu: »Gute, kräftigende Nahrung, beides. Vielleicht würde er morgen mittag gern Fisch essen. Ich werde Pater Antony fragen, ob ich einen Karpfen aus seinem Fischteich für ihn nehmen darf.«

Matthew bestand darauf, seinen Karpfen im Sitzen zu verzehren. Er sah erschöpft und schwach aus, war jedoch eindeutig so erleichtert, von seinem Fuß befreit zu sein, daß der Schock und die Beeinträchtigung durch die Amputation mehr als wettgemacht wurden durch die weitgehende Schmerzfreiheit und das Wissen, daß er nun eine gute Chance hatte, zu überleben und wieder ein aktives Leben zu führen.

Nachmittags steckte Lukin Dulpain seine lange Nase durch die Tür, gefolgt von seinem Kopf, und er sagte: »Ich wollte mich nur erkundigen, wie es Meister Matthew geht und – oh, da ist er ja!« Und er trat ganz in die Halle und ging hinüber zu Matthew, der in seinem Ruhesessel vor dem Kamin saß.

Matthew freute sich, ihn zu sehen, und als Lady Mabilia streng erklärte, er solle wieder zu Bett gehen und sich nicht von müßigen Freunden ermüden lassen, erwiderte er: »Aber Lukin ist ein so angenehmer Gefährte, Mutter. Ich möchte, daß er noch ein wenig bleibt und mir erzählt, was es in der Stadt gibt.«

»Es wird von nichts anderem als dem Wunder gesprochen«, rief Lukin, ließ sich auf dem nächsten Schemel nieder und legte sofort mit einem Wortschwall los. »Was für eine Aufregung! Wir hatten natürlich schon Leute, die sich plötzlich von allen möglichen Krankheiten erholt haben, und schlimme Wunden und Geschwüre begannen zu heilen, wenn auch viel langsamer, aber so was wie jetzt hatten wir noch nie, daß Jesus Christus jemandem in – kann man sagen: Fleisch und Blut, was meinen Sie? – na, jedenfalls erscheint und so etwas – Außergewöhnliches... Manche sagen, der Fuß wächst wieder an, so wie bei einem Regenwurm, wenn man ihn mit dem Spaten zerteilt, weil es doch ein Werk Gottes ist, aber ob er es tun tut, oder ob er es nicht tun tut, ein Wunder ist es so und so.«

Elys, die am Fenster arbeitete, drehte sich um und rief hinüber: »Sie haben also nicht immer in Waltham gelebt, Meister Dulpain?«

»Ich wurde in Suffolk geboren und aufgezogen, Mylady«, antwortete Lukin. »Woran haben Sie das gemerkt?«

»Ich war in St. Edmundsbury«, erwiderte Elys, »und dort habe ich gehört, wie die Leute sagten ›ich tu das tun‹.«

»Ay, aus Suffolk kommen viele komische Redensarten, und aus Norfolk noch komischere!« sagte Lukin grinsend. »Ich habe so lange in Essex gelebt, daß ich meinen Suffolk-Dialekt fast ganz verlernt habe, aber manchmal, wenn ich aufgeregt bin, kommt er wieder durch, und diese große Sache ist für uns alle aufregend. Sie müssen sich sehr stolz und demütig fühlen, Meister Matthew.«

»Demütig und sehr, sehr dankbar«, erwiderte Matthew. »Ich kann mich wirklich nicht mehr genau erinnern, weil ich mich so merkwürdig und schläfrig fühlte. Andernfalls wäre ich auch zutiefst erschrocken gewesen, daß der Herr mir erschienen ist... Ich werde ihm bis ans Ende meiner Tage dienen, so gut ich kann, Freund Lukin.«

Auf seinem bleichen, abgespannten Gesicht lag ein Schein von Glück und Frieden, und Elys, die ihm noch immer zugekehrt war, fragte sich, was das für ein Gefühl sein mußte, so sicher, so zufrieden zu sein, so genau zu wissen, was man mit seinem Leben anfangen wollte. Sie nahm an, er würde Mönch werden, denn das hatte er wohl gemeint, und er sprach augenscheinlich voller Freude davon, während sie, die von ihrer Familie zur Nonne bestimmt worden war, die Vorstellung haßte und dagegen rebellierte, und Judith, die bereits ins Kloster eingetreten war, dort nicht glücklich geworden zu sein schien, sondern nur kalte Strenge und keinerlei Freude zeigte. Sie seufzte und wandte sich wieder ihrer Arbeit zu.

»Sah Er wirklich so aus wie Gott an unserem Kreuz?« fragte Lukin eifrig.

Matthew runzelte die Stirn und starrte ins Feuer; er versuchte offensichtlich mit aller Macht, sich genau an das zu erinnern, was er gesehen hatte.

»Es ist alles so unklar und verschwommen, wie ein Traum, an den man sich nicht mehr richtig erinnern kann«, sagte er endlich. »Ich weiß, daß ich Ihn angesehen und gedacht habe, Sein Gesicht schon einmal gesehen zu haben, und ich hatte das Bild eines Kruzifixes vor Augen, an dem sich die Gestalt des Mannes vor mir befand ... Ich vermute, daß es unser Kreuz war, da es das Kreuz ist, das ich in letzter Zeit so häufig angesehen habe. Es tut mir leid, Lukin – ich wünschte, ich könnte mich an alle Einzelheiten erinnern, aber je mehr ich mich bemühe, desto ungenauer und verschwommener wird meine Erinnerung.«

»Dunkel durch ein Glas gesehen«, sagte Lukin weise, indem er die lateinischen Worte der Vulgata benutzte, »aber dann von Angesicht zu Angesicht. Nach diesem Ereignis noch lange nicht von Angesicht zu Angesicht, so wollte es Gott, und das ist das eigentlich Wunder, nicht wahr, denn wir dachten alle, Sie hätten nur noch ein paar Tage, nachdem die Fäulnis erst eingesetzt hatte. Nun, ich darf Sie nicht länger zum Sprechen bewegen, das ermüdet Sie. Alle senden Ihnen die besten Wünsche, von Pater Brian bis zu Edwins kleinstem Iltis. Ich komme wieder, wenn Sie sich ein wenig erholt haben. Vielen Dank, daß ich bleiben durfte, Mylady.« Die letzten Worte galten Lady Mabilia; der kleine Mann hatte sich erhoben und machte eine so tiefe Verbeugung, daß seine Nase beinahe seine krummen Knie berührte, dann machte er, seine Kappe schwingend, eine weniger tiefe Verbeugung vor allen anderen und ging zur Tür, blieb im Vorbeigehen neben Elys stehen und sagte: »Morgen früh breche ich nach London auf, um die Seide und das Gold zu besorgen, das Sie brauchen, Lady. Ich versuche, das Beste zu kaufen, was ich kriegen kann.«

»Könnten Sie nach einem Garn suchen, das hierzu paßt, mit dem ich die einzelnen Teile zusammennähen kann?« fragte Elys und zog ein paar lose Seidenfasern aus einem übriggebliebenen Stoffrest.

Lukin kehrte in die Halle zurück, um sie entgegenzunehmen, drehte sie zu einem Faden zusammen und wickelte ihn mit erstaunlicher Geschicklichkeit um den Mittelfinger seiner linken Hand. »Wenn er an mir dran ist, vergesse ich es auch nicht«, sagte er und nahm erneut schwungvoll Abschied.

Elys lächelte bei dem Gedanken an den merkwürdigen, freundlichen kleinen Mann vor sich hin und fuhr emsig mit ihrer Stickerei fort, die rechte Hand unter dem Stoff, die linke oben, und die Nadel glitt gleichmäßig von einer zur anderen und wieder zurück durch die schwere Seide. Matthew gähnte und erklärte, er wolle sich für eine Stunde ins Bett legen, da er ein wenig müde sei.

Nachdem er zur Ruhe gebettet war, löste sich die Gesellschaft auf, jeder kümmerte sich um seine eigenen Angelegenheiten, und Elys arbeitete allein in der Halle weiter, bis sie sich nach etwa einer Stunde streckte, um ihren Rücken zu entspannen, und beschloß, einen kurzen Spaziergang zu machen.

Es war fast Ende März und ein milder, sonniger Tag, deshalb zog sie keinen Mantel über, sondern verließ das Haus so, wie sie war. Tigrus begleitete sie bis zur Haustür, dann drehte er um und tappte leichtfüßig, mit aufgerichtetem, an der Spitze ein wenig umgebogenem Schwanz, durch den Seitengang in Richtung Küche.

Elys überquerte die Straße und ging den Kirchhof hinunter, mit der Absicht, Aylwin zu sprechen, denn sie hatte seit dem Vortag keine Gelegenheit gehabt, ihn allein zu sehen und wollte sich entschuldigen, falls sie ihn verärgert hatte.

Die Tür seines Arbeitsschuppens war nur angelehnt, aber er war nicht da und auch der Sack mit seinen Werkzeugen fehlte, deshalb vermutete sie, daß er heute an einem anderen Ort in der Kirche oder auf dem Bauhof arbeitete. Sie trat ein, um den Taufstein zu betrachten und sein künstlerisches Talent zu bewundern, und sah eines seiner Musterbücher auf der Bank liegen.

In der Hoffnung, es sei das Buch mit den Zeichnungen für das Taufbecken, schlug sie es auf, da sie es für interessant hielt, die Zeichnung Noahs mit seiner steinernen Darstellung zu vergleichen. Es war das richtige Buch, und sie stand eine Zeitlang da und blickte zwischen Zeichnung und Stein hin und her, stellte fest, wie genau er die Details, die mit dem Silberstift so leicht zu zeichnen waren, auf die viel schwierigere Arbeit mit dem unnachgiebigen Stein übertragen hatte. Dann blätterte sie die Seiten um und suchte nach den Zeichnungen von Galien, doch sie waren nicht mehr da, und an den feinsäuberlich abgeschnittenen, fast in der Bindung verborgenen Kanten konnte man erkennen, wo die Seiten herausgetrennt worden waren.

9. Kapitel

Plötzlich fiel ein Schatten über das Buch, und Aylwins Stimme fragte kühl: »Wonach suchen Sie?«

Elys schrak zusammen und erwiderte schuldbewußt: »Verzeihen Sie – ich wollte nicht neugierig sein, ich wollte nur Ihre Zeichnungen mit der fertigen Arbeit vergleichen.«

»Sie ist längst noch nicht fertig«, sagte er und betrachtete kritisch sein Werk, »und entspricht auch nicht dem, was ich im Kopf hatte. Sie sind ein paar Seiten zu weit vorn im Buch.«

»Ich wollte mir auch noch einmal die Zeichnungen von – von Ihrem Freund ansehen«, gestand Elys zutiefst verlegen.

»Ach, die! Ich habe sie ihm beim Abschied mitgegeben, als Geschenk für seine Frau. Sie sieht ihn nur selten leibhaftig, da sie nicht mit ihm auf Reisen geht.« Mehr sagte er nicht, sondern sah sie nur mit verschlossenem Gesicht an.

»Ich – ich fürchte, ich habe Sie gestern verletzt...« begann sie, während sie das Buch zuklappte und es dorthin zurücklegte, wo sie es gefunden hatte.

»Nein.«

»Aber Sie schienen verärgert...«

»Tatsächlich?«

Es entstand ein unangenehmes Schweigen; Elys biß sich auf die Lippen, da sie sich unerklärlicherweise den Tränen nahe fühlte, und sagte schließlich mit leiser, unsicherer Stimme: »Ich schätze Ihre Freundschaft. Ich möchte sie nicht einbüßen, nur weil ich etwas Dummes gesagt habe.«

Er stieß einen leichten Seufzer aus und sagte ruhig: »Sie

haben mich weder gekränkt noch meine Freundschaft eingebüßt. Nur wäre es leichter für mich und sicherer für – für andere Personen, wenn Sie aufhören würden, sich über – das kürzlich Geschehene den Kopf zu zerbrechen. Verstehen Sie? Ihr Bruder hat gute Aussichten zu genesen – das sollte Ihnen genügen.«

»Das tut es. Das Wunder besteht darin, daß er im Sterben lag und jetzt leben wird. Wie oder wodurch die Wandlung eintrat, ist ohne Bedeutung.«

Er nickte und sah ihr forschend ins Gesicht, dann nickte er erneut, als sei er mit dem, was er darin las, zufrieden und schenkte ihr ein kleines schiefes Lächeln. »Kommen Sie mit Ihrer Arbeit gut voran?« lautete seine Frage, um den Frieden zwischen ihnen zu besiegeln. »Geht alles wunschgemäß?«

»Sie kommt meinen Vorstellungen ziemlich nahe. Ich muß weitermachen. Ich bin nur hinausgegangen, um etwas Luft zu schnappen.«

Nach diesem Gespräch war sie sorgfältig darauf bedacht, Galien nicht mehr zu erwähnen, dachte nicht mehr darüber nach, auf welche Weise Matthews Fuß amputiert worden war und gab sich damit zufrieden, daß die Wunde sich nicht infizierte und gut heilte, und Matthew von Tag zu Tag kräftiger wurde, nachdem er von den Schmerzen und dem eiternden Geschwür befreit war. Sie dankte Gott mehrmals am Tag für das Wunder, denn ein Wunder war es, wie auch immer es geschehen war, und vergaß nicht, für das Wohlergehen eines gewissen Zimmermanns zu beten, der nicht derjenige aus Nazareth war.

Früh am nächsten Morgen ging sie hinaus, um zu sehen, wie Lukin nach London aufbrach; am liebsten hätte sie ihn begleitet und ihre Materialien selbst ausgesucht, tröstete sich jedoch damit, daß alles, was Pater Warmand ihr aus seinen Beständen gegeben hatte, genau so war, wie sie es selbst ausgewählt hätte, und deshalb vertraute sie darauf, daß Lukin, der dieses Material bei seinen früheren Besuchen in der Stadt gekauft hatte, genau wußte, welche Qualität und welche Sorten er mitbringen mußte.

Sie fand ihn vor der Kirche, als er das Geschirr eines der dem Kollegium gehörenden Pferde überprüfte, das den schweren Wagen ziehen mußte, in dem er reisen und die erworbene Ware nach Hause transportieren sollte – anscheinend nicht nur ihr Garn, sondern auch andere Vorräte für das Kollegium.

»Wo wollen Sie die Seide kaufen?« fragte sie ihn, nachdem er seine üblichen umständlichen Verabschiedungszeremonien veranstaltet hatte, die offensichtlich das Interesse des Pferdes weckten, denn es wandte den Kopf, um zuzuschauen.

»Wir beehren einen Textilhändler in Westcheap wegen Garn, aber einen anderen in der Nähe von St. Botolph wegen des Stoffes«, erwiderte er großartig, »und den Goldfaden und die Golddrahtlitze beziehen wir von einem Goldschmied in Eastcheap ... ich muß auch Rosinen kaufen, und Leinen und ... Hannibal, nimm deinen Huf von meinem Fuß, du ungehobeltes Biest!« wandte er sich liebevoll an das Pferd, das den Kopf zurückwarf und ohne Eile gehorchte.

»Seien Sie vorsichtig unterwegs«, mahnte Elys ihn besorgt. »Es kann zur Zeit recht gefährlich sein.«

»Gott behüte Sie, machen Sie sich mal keine Sorgen!« Ihre Besorgnis machte Lukin richtig verlegen. »Wir überqueren hier den Fluß und nehmen dann die Ermine Street bis Bishopsgate. Die Straße ist belebt, viel Volk unterwegs, und ich werde gut bewacht. Na bitte, da kommen sie ja!«

Man vernahm von der Church Street her Gerassel und Geklirre, und acht Soldaten ritten in Zweierreihen um den Kirchhofzaun herum auf sie zu. Pater Warmand kam mit zwei Börsen in der Hand herbeigeeilt, reichte die größere davon Lukin, der sie auf der Stelle irgendwo in seiner Kleidung verschwinden ließ, und die kleinere dem Anführer der Soldaten, dem er bei der Begrüßung mitteilte, dies sei für die Tagesverpflegung und die Bemühungen seiner Männer, und er schloß mit ein paar höflichen Worten des Dankes für ihre Hilfe.

»Der Herr läßt Sie herzlich grüßen«, erwiderte der Hauptmann. »Wir bemühen uns, spät am Abend zurück zu sein, falls Ihr Vogt seine Geschäfte schnell erledigt.«

»Ah«, sagte Lukin, kletterte auf seinen Wagen und ordnete die Zügel. »Ich bin kein Bummler, also los geht's!«

Pater Warmand hatte gerade noch Zeit zu einem kurzen Segen, bevor der Wagen sich mit einem Ruck in Bewegung setzte und die Furt durchquerte, während die Soldaten hinterhersetzten, um ihre Positionen einzunehmen.

Sie kehrten nach Einbruch der Dunkelheit unbeschadet zurück, und Lukin brachte Elys am nächsten Morgen ihr Material. Atemlos beschrieb er die wundervollen Stoffe im Laden des Seidenhändlers, aber Elys genügte die Schönheit des in Strängen gewundenen, glänzenden Seidengarns, das in unzähligen Schattierungen von Braun, Orange, Gelb, Rot und Grün schimmerte; sie bewunderte die goldenen, dünnen Streifen aus echter Goldfolie, die fest um einen Kern aus Naturseide gewickelt waren, und die zarten Spiralen aus goldenem Draht, Golddrahtlitze genannt, die sie für die Buchstaben verwenden würde.

»Und hier ist eine Docke Seidengarn für die Säume«, sagte Lukin und legte es zuoberst auf den Stapel. »Das war ein wenig schwierig zu bekommen, weil der Seidenhändler nicht den richtigen Farbton hatte, aber er hat zum Vetter der Mutter seines Schwagers geschickt, und der hatte genau die Farbe da!«

»Vielen Dank, Lukin. Es ist alles so, wie ich es haben wollte«, sagte Elys dankbar, »und Sie hatten keine Probleme unterwegs?«

»Nur ein Pferd, das vor Schweinen scheute, sonst gab es nichts«, beruhigte Lukin sie. »Wenn die Zeiten sich gebessert haben, können Sie vielleicht mit mir kommen und alles selbst aussuchen.«

Der Rest der Fastenzeit ging rasch vorbei, und die traurige Stimmung am Karfreitag wurde dadurch aufgehellt, daß Matthew zum ersten Mal seine neuen Krücken ausprobierte, um zur Kirche hinüberzugehen und an der langen Reihe von Gottesdiensten teilzunehmen, bei denen ihm erlaubt war zu sitzen, während alle anderen standen oder knieten. Als Alvin Bisemare am nächsten Morgen vorbeikam, um zu prüfen, wie sie ihm paßten, ließ er die Länge der Krücken etwas angleichen und ging dann mit energischen Bewegungen durch die Stadt, um sich die Häuser und Läden anzusehen, von denen er bisher nur gehört hatte. Nach einer einstündigen Ruhepause erhob er sich wieder und begleitete seine Familie in die Mitternachtsmesse, wo die Osterkerze entzündet wurde, gefolgt von der ersten Ostermesse.

Elys hatte diese Messe immer geliebt, in der so große Freude zum Ausdruck kam, nach der langen, schweren, dunklen Fastenzeit und dem Leid des Karfreitags. Sie ging mit übervollem Herzen und strahlendem Lächeln in der Prozession mit, die von der Kirche aus um die ganze Stadt herum und wieder zur Kirche zurückführte, und grüßte ihre Familie und alle Bekannten danach mit einem tiefempfundenen ›Er ist auferstanden!‹ und einem Friedenskuß, angefangen von dem geliebten Matthew bis hin zum siebenten Weihrauchträger, der sie als seine spezielle Freundin anzusehen schien. Als sie in der kalten grauen Morgendämmerung nach Hause kam, nahm sie sogar Tigrus in die Arme, küßte ihn auf die Nase und verkündete auch ihm die frohe Botschaft.

Der Kater ließ die Umarmung mit Würde über sich ergehen, und als er merkte, daß das Feuer noch nicht abgedeckt war und fröhlich flackerte, ließ er sich davor nieder und blinzelte mit seinen goldgelben Augen in die Flammen. Die Familie ließ sich rings um den Kamin nieder, schlürfte warmes Ale, um sich aufzuwärmen, und plötzlich sprang Tigrus mit einem schwungvollen Satz auf Sir Richards Knie. Der Templer warf seinem Neffen und seinen Nichten einen mißbilligenden Blick zu und sagte kein Wort, doch bald darauf konnte man beobachten, wie er das Tier hinter den Ohren und unter dem Kinn kraulte, wenn auch auf reservierte, geistesabwesende Weise.

Aylwin, der mittlerweile als Familienmitglied betrachtet wurde, hatte wie gewöhnlich ein Skizzenbuch auf den Oberschenkel gestützt, und als sie den Hals reckte, sah Elys, daß er den Ritter und die Katze malte und dabei die hingebungsvolle Kopfhaltung des Katers und den gedankenverlorenen Ausdruck auf dem Gesicht des Ritters festhielt, und sie lächelte vor sich hin.

»Ich werde morgen nach Wix zurückkehren«, sagte Judith plötzlich, »denn meine Anwesenheit hier ist nicht länger erforderlich. Ich habe meiner Eskorte befohlen, sich morgen nach der Morgenmesse bereitzuhalten. Kommen Sie mit mir, Mylady?« Seit sie ins Kloster eingetreten war, hatte sie Lady Mabilia nie mehr mit ›Mutter‹ angeredet, da sie diese Bezeichnung der Priorin vorbehielt.

Lady Mabilia zögerte, sie wog die Unannehmlichkeiten einer so plötzlichen Abreise gegen den Vorteil ab, mit Judiths Eskorte zu reisen, doch ehe sie antworten konnte, sagte Sir Richard: »Schwester Helen, verschieben Sie Ihre Abreise um einen Tag, und ich werde Sie und meine Schwester mit meinen Männern begleiten, zusätzlich zu der Eskorte, die Ihre Priorin stellt. Mit gefällt der Gedanke nicht, daß Sie in diesen gefährlichen Zeiten mit so wenigen Leuten reisen.«

Judith neigte zustimmend den Kopf und sah Elys bewußt

an, sagte jedoch nichts, sondern überließ es Lady Mabilia zu fragen: »Und du begleitest uns, Elys?«

Elys stellte ermutigt fest, daß man sie fragte, ihr nichts befahl, und antwortete: »Nein, Mutter. Ich fühle mich nicht zu einem Leben als Nonne berufen. Meine Berufung ist es, zum Ruhme Gottes mit meiner Nadel zu arbeiten.«

»Denk gut nach, Nichte«, warf Sir Richard bedeutungsvoll ein. »Fühlst du nicht die Verpflichtung, das Versprechen einzulösen, das für deine Person gegeben wurde? Daß du ins Kloster gehen würdest, falls dein Bruder geheilt würde? Die Heilung ist erfolgt. Was sagst du zu der Angelegenheit?«

»Nadelarbeit kann man ebensogut im Kloster verrichten«, wandte Lady Mabilia ein, aber es klang halbherzig, und jetzt ergriff Judith zum erstenmal das Wort.

»Ich möchte mit Elys allein sprechen«, sagte sie in einem Ton, der jeden Widerspruch im Keim erstickte. »Wir machen einen Gang über den Kirchhof.« Sie erhob sich, gab Elys, die sich nicht gerührt hatte, einen ungeduldigen Wink und ging hinaus, so daß Elys ihr notgedrungen folgen mußte.

Als sie sich jenseits der Straße in der Abgeschiedenheit des Friedhofs befanden, drehte sie sich um und fragte kühl: »Warum bist du so eigensinnig, Elys?«

»Weil ich mich nicht zur Nonne berufen fühle«, antwortete Elys geduldig. »Du erinnerst dich doch sicher noch, wie unglücklich ich war, als ich damals einige Wochen im Kloster verbrachte. Ich konnte es nicht ertragen, eingeschlossen zu sein! Ich möchte weiter in der Welt leben, meine Arbeit tun, vielleicht heiraten und Kinder haben.«

Judith seufzte. »Wie töricht du bist, Kind! Die Angst vor dem Eingesperrtsein läßt sich mit der Zeit beherrschen, und glaubst du im Ernst, daß du durch die Stickerei deinen Lebensunterhalt bestreiten kannst?«

»Ja«, erwiderte Elys fest. »Leute, die etwas davon verstehen, halten meine Arbeit für gut genug, und Stickerinnen werden gut bezahlt. Ich werde einen Teil meines Lohnes sparen und bald eine Mitgift zusammen haben.«

Judith richtete sich auf, eine schwarze, steife Gestalt im frühen Morgensonnenschein, und sagte scharf: »Du weißt nicht, wovon du redest! Hast du je eine Frau im Kindbett gehört?«

»Nein. Du?«

»Natürlich. Du vergißt, daß ich die Älteste bin. Ich habe miterlebt, wie unsere Mutter gezwungen wurde, unserem Vater mit ihrem Körper zu Willen zu sein, wann immer ihn die Lust überkam, und daraus allein besteht die Ehe, du unwissendes Ding! Es ist die gesetzliche Möglichkeit für einen Mann, mit einer Frau zu verfahren, wie es ihm paßt, ohne Rücksicht auf ihre Gefühle und Leiden! Und Kinder! Mit Scham, Demütigung und Schmerzen empfangen, unter Qualen zur Welt gebracht, und wozu? Unsere Mutter hat fünf Kinder geboren, ich habe sie gern gehabt, um dann mit anzusehen, wie sie erkrankten und vom Tod dahingerafft wurden! Ich sage dir, es ist besser, keine Kinder zu haben, nichts und niemanden auf der Welt zu lieben, sondern seine ganze Liebe, Körper und Seele der Anbetung Gottes zu weihen und mit Frieden im Geist und im Herzen in der Sicherheit des Klosters zu leben!«

Elys starrte sie einen Augenblick in entsetztem Schweigen an und stammelte dann: »Ach, Judith!«

»Schwester Helen.«

»Gut, Schwester Helen. Meinst du das im Ernst? Empfindest du gar keine Liebe für Mutter, Crispin, Matthew und mich? Erscheinst du deshalb immer so kühl und fern?«

»Ich habe aus bitterer Erfahrung gelernt, daß dies die einzige Möglichkeit ist, unnötiges Leid zu vermeiden.«

Elys schüttelte den Kopf. »Ja, ich weiß, es ist manchmal schmerzlich, jemanden zu lieben. Ich war schrecklich unglücklich wegen Matthew, vor allem als ich ihn so leiden sah und dachte, er müsse sterben, aber selbst da hätte ich nicht gern darauf verzichtet, meinen Bruder zu lieben! Man muß Leid und Unglück akzeptieren, aber es gibt auch Zeiten der Freude. Bist du glücklich, Ju... Schwester Helen?«

»Glücklich? Glück gibt es in der nächsten Welt, nicht in dieser. Ich habe gelernt, nichts zu empfinden, sondern in Frieden zu leben, zu warten und zu dienen, bis ich sterben und hoffen kann, daß ich das Recht auf das wahre Glück im Himmel erworben habe.«

»So kann ich nicht sein«, sagte Elys bestimmt. »Ich würde lieber das Risiko eingehen und das Glück dort suchen, wo ich kann. Es tut mir leid, aber ich kann nicht mit euch nach Wix gehen, und nichts, was du sagst, wird meinen Entschluß umstoßen.« Sie fügte nicht hinzu, daß sie tiefes Mitleid für ihre Schwester empfand, denn sie wußte, Judith würde dies nicht verstehen. »Wollen wir zu den anderen zurückkehren?«

»Ich werde beten, daß du Vernunft annimmst, bevor es zu spät ist«, sagte Judith ruhig und folgte Elys ins Haus.

Sie fanden die anderen genau so vor, wie sie sie verlassen hatten. Judith sagte nichts, sondern kehrte zu ihrem Platz zurück und senkte den Blick auf die in ihrem Schoß gefalteten Hände.

»Nun«, fragte Sir Richard. »Hat deine Schwester dich überredet, Vernunft anzunehmen und deine Pflichten anzuerkennen?«

»Ich war an dieser Abmachung nicht beteiligt«, erwiderte Elys in ruhigem, vernünftigem Ton und nahm wieder Platz.

»Ich habe nicht von einer Abmachung gesprochen – man trifft mit Gott keine Abmachungen!« sagte Sir Richard gereizt. »Ich sprach von einem Versprechen! Versprechen sind dazu da, daß man sie hält!«

»Allerdings!« sagte Lady Mabilia mit besorgtem Blick.

»Ich habe gelobt, daß Judith, du und ich Gott bis ans Ende unserer Tage dienen werden, wenn Matthew wieder gesund würde. Ich werde keine Ruhe finden bei dem Gedanken, daß mein Versprechen nicht gehalten wurde!«

»Darf ich als Außenstehender eine Meinung äußern?« fragte Aylwin. Alle sahen ihn an, und er fuhr fort: »Sie sind vermutlich der Ansicht, daß mich die Sache nichts angeht, aber Sie sind alle so direkt betroffen, daß es für jemanden, der nicht unmittelbar mit dem Problem zu tun hat, vielleicht einfacher ist, die Dinge klar zu sehen.«

»Das ist nur zu wahr«, räumte Sir Richard sachlich ein.

»Aylwin ist vernünftig und besonnen. Laßt uns seine Meinung hören«, sagte Crispin, und Matthew nickte zustimmend.

Lady Mabilia zögerte, dann sagte sie: »Nun gut. Soll er sagen, was er denkt.« Judith sagte nichts, sondern warf Aylwin einen kühlen, abwägenden Blick zu, dann neigte sie in einer seltsamen Mischung aus Stolz und Ergebenheit den Kopf.

»Ich schätze Meister Aylwins Ansichten und Ratschläge«, sagte Elys bestimmt, entschlossen, sich zu allem zu äußern, was ihre Zukunft betraf.

Aylwin sah alle Sprecher der Reihe nach an, dachte dann einen Moment nach, bevor er, jedes Wort sorgsam abwägend, langsam sagte: »Jeder von uns hier dient Gott auf seine Weise. Crispin, Schwester Helen und Sie, Mylady, haben den erhabenen Weg des Ordenslebens gewählt, aber auch Sir Richard dient Ihm mit dem Schwert, wie auch Matthew es beabsichtigte. Matthew hat sich jetzt dafür entschieden, Ihm zu dienen, indem er Unterricht erteilt und seine Begabung mit der Feder nutzt. Auch ich diene Ihm mit dem Talent, das er mir gegeben hat; ich forme Gott zu Ehren aus rohem Stein Gegenstände der Schönheit und Erbauung, und auf eben diese Weise möchte Elys Gott dienen. Man kann alle diese

Formen des Dienens doch sicher als gottgefällig bezeichnen? Er hat uns alle mit einer Begabung versehen, und hat Gott uns nicht befohlen, unsere Talente in Seinem Dienst zu nutzen? Ich glaube, wir haben noch etwas gemeinsam. Wir haben alle, unter Gottes Leitung, unsere Form des Dienens selbst gewählt, doch Lady Elys wird diese Wahl offensichtlich nicht zugestanden. Wenn das Versprechen, das Lady Mabilia stellvertretend für ihre Tochter gab, bedeutete, sie solle Gott dienen, ist es dann nicht recht, wenn sie dies mit den Mitteln tut, die Gott ihr gegeben hat, also der göttlichen Berufung folgt?«

Er hielt inne, machte eine leichte Handbewegung und sah erneut einen nach dem anderen fragend und mit einer Bescheidenheit an, die alle zu bitten schien, über seine Worte nachzudenken, wie unzulänglich er sich auch ausgedrückt haben mochte.

Es entstand eine Stille, die Elys unendlich vorkam. Lady Mabilia schloß die Augen, Judith saß so still und starr wie eine Statue da, Sir Richard streichelte Tigrus geistesabwesend und starrte auf den Boden, während Crispin und Matthew nach einer Pause einander ansahen, leicht nickten und dann abwarteten, bis ihr Onkel als erster das Wort ergriff.

Schließlich sagte Sir Richard: »Wohldurchdacht und wohlbegründet. Ich stimme Ihnen zu. Unsere Art des Dienens sollte von unseren Talenten bestimmt werden. Elys' Stickarbeit zeugt eindeutig von großer Begabung.« Seine Antwort wurde möglicherweise von dem jedem Templer eigenen, tief verwurzelten Gefühl beeinflußt, daß die Ordensleute sie für unterlegen hielten, weil ihr Dienst notwendigerweise Gewalt und Blutvergießen mit sich brachte, doch sie war dennoch aufrichtig.

»Als Oberhaupt der Familie«, begann Matthew einigermaßen unerwartet, denn seine lange Krankheit hatte ihn daran gehindert, diese seine rechtmäßige Funktion wahrzunehmen, »stelle ich fest, daß Elys das Recht hat, selbst zu bestimmen, auf welche Weise sie das Versprechen halten will, das unsere Mutter in ihrem Namen gegeben hat. Crispin und ich bieten ihr gern ein Heim, bis sie heiratet, was sie zweifellos wird, und einen Platz, an dem sie arbeiten kann. Ich weiß von Pater Warmand, daß es hier genug zu tun gibt, um ihr für mehrere Jahre eine Beschäftigung zu garantieren. Und da es so viele Barone und Ritter gibt, die ihr schlechtes Gewissen mit der Gründung von Klöstern beschwichtigen, wird es Arbeit für mehrere Generationen geben, um all ihre Bedürfnisse zu erfüllen.«

»Aber sie hat keine Mitgift«, klagte Lady Mabilia leise.

»Ich denke, Crispin und ich werden schon aushelfen, wenn sie etwas braucht«, antwortete Matthew. »Ich habe immer noch mein Rittergut in Wix, und außerdem ist eine Stickerin Handwerkerin und wird entsprechend entlohnt. Ich habe keine Angst, daß Elys unsere Mittel zu sehr belastet.« Damit lächelte er seine Schwester auf so herzliche, ermutigende Weise an, daß sie mit Zuneigung erfüllt wurde und ihre Augen vor Rührung in Tränen schwammen.

Sir Richard, der wieder seine Position als Ältester und bedeutendster der Anwesenden einnahm, bat mit strengem Blick um ihre Aufmerksamkeit und verkündete: »Damit ist die Angelegenheit geregelt. Meine Schwester und meine ältere Nichte kehren am Dienstag unter meinem Geleit nach Wix zurück, und meine jüngere Nichte bleibt hier unter der Vormundschaft ihres älteren Bruders. Ich denke, ich spreche im Namen von uns allen, wenn ich Ihnen für Ihre hilfreiche Vermittlung danke, Meister Aylwin. Es ist schon wahr, daß diejenigen, die am intensivsten mit einer Sache befaßt sind, die Situation oft am wenigsten erkennen.« Er verbeugte sich leicht vor Aylwin, der die Höflichkeit mit gelassener Würde erwiderte.

Elys, die Aylwin am nächsten saß, lehnte sich zu ihm hinüber und dankte ihm ebenfalls mit einer Intensität, in der sich die Erleichterung spiegelte, die Frage ihrer Zukunft endlich – und auch noch zu ihrer Zufriedenheit – gelöst zu sehen. Mit einem etwas beunruhigten und überraschten Ausdruck in seinen blauen Augen sah er sie an und sagte: »Ich habe die Diskussion nur auf eine etwas weniger gefühlsbetonte Basis gebracht. Ihre Mutter hatte bereits akzeptiert, daß Sie nicht ins Kloster gehen würden! Haben Sie das nicht bemerkt?«

Elys schüttelte den Kopf, erstaunt und verwirrt über seine Gewißheit, doch als sie darüber nachdachte, wurde ihr bewußt, daß er recht hatte. Seit sie mit zwei Pfund in Silber und dem Auftrag, eine Altardecke anzufertigen, nach Hause gekommen war, hatte ihre Mutter das Thema ihres Eintritts ins Kloster nicht mehr erwähnt, erst heute, und auch da hatte sie nur gefragt, *ob* sie mitgehen würde, und ihr nicht befohlen, ihr zu folgen. Sie blickte Aylwin durch einen Schleier aus Erleichterung und Dankbarkeit an, bemerkte, wie blau und ehrlich seine Augen, wie hübsch sein Gesicht war, und irgend etwas in ihrem Körper begann sich zu drehen und zu ihm hinzuneigen, so daß sie ein paar Augenblicke lang kaum Atem holen konnte. Wie gut und freundlich und schön er ist, dachte sie.

Crispin und Matthew gaben am Montagabend nach einer Besprechung mit Matilda Mayngod ein Festessen. Den ganzen Tag über hasteten die Dienstboten hin und her, fegten alle Binsen, und was sich an Schmutz dazwischen angesammelt hatte, vom Fußboden, polierten Schemel, Stühle und Tische, bis das ganze Haus angenehm nach Bienenwachs und Lavendel duftete. Die Küchenmädchen und -gehilfen schienen den Tag damit zuzubringen, durch die Haustür herein- und hinauszulaufen, die alle paar Minuten ins Schloß fiel, und von Mistress Mayngods vielen Freunden, die in der ganzen Stadt, in Häusern und Gasthöfen, dabei waren zu kochen, mehr Eier zu holen, eine Prise von diesem und ein Zweiglein von jenem oder einen weiteren Krug Rahm zu erbitten. Irgendwann machte sie sich sogar selbst auf, um beim Wirt des Schwanen Austern zu erstehen, als das Gerücht umging, er habe ein paar Fässer frisch aus Colchester bekommen.

Judith lehnte es ab, an dem Festessen teilzunehmen, und verbrachte den Abend in der Kirche, der Rest der Familie versammelte sich jedoch in der Halle, um die Gäste zu empfangen, die ab vier Uhr, nach Beendigung ihrer Arbeit, einer nach dem anderen eintrafen. Pater Warmand und Pater Radulf waren die einzigen Chorherren, die an diesem Abend weder hier noch in den umliegenden Gemeinden ihren Dienst versehen mußten; sie kamen als erste, gefolgt von Lukin Dulpain, Meister Peter, dem Lehrer, Alvin Bisemare und vielen anderen Leuten aus der Stadt, natürlich auch Edwin Warrener, der – man konnte es nicht anders nennen – ein Bouquet aus Frettchen und Schlüsselblumen mitbrachte, alles zu einem großen Strauß arrangiert und Mistress Mayngod zugedacht, mit deren Person er, laut Lukin, gewisse Absichten verband.

Die beiden Sergeanten Sir Richards wurden ebenfalls gebeten teilzunehmen, obwohl es die Stimmung eher dämpfte, wie sie da schweigend am Ende eines der langen Tische saßen, unter den wachsamen Augen ihres Herrn Wein oder Ale ablehnten und nur die einfachsten Gerichte zu sich nahmen.

Insgesamt saßen zwanzig Gäste zusammengedrängt in der Halle, und es herrschte eine fröhliche Stimmung, als Ale und Wein in Krügen über die Tische gereicht und das gute, reichliche Essen aufgetragen wurde, um bewundert und verzehrt zu werden. Viele der Gäste gehörten zu den ärmeren Leuten in der Stadt, die sich nur selten Fleisch leisten konnten, und sie verschlangen mit großem Genuß Rindfleisch, Hühnchen, Spanferkel, Kaninchenpasteten und Steakpasteten mit Austern, aber nach der langen Enthaltsamkeit während der Fastenzeit freuten sich alle über die großzügigen Portionen.

Nachdem Mistress Mayngods Meisterwerk, ein prächtiges Schloß aus Marzipan und Pudding, mit großem Zeremoniell aufgetragen, genügend bewundert und mit der gebührenden Würdigung seines außergewöhnlich guten Geschmacks verspeist worden war, war die Reihe nun an den Gästen, die die Fähigkeit besaßen, für die Unterhaltung zu sorgen.

Elys, die zwischen Matthew und ihrem Onkel an der erhöhten Tafel saß, stellte mit Interesse fest, daß dies eine ungewöhnliche Zusammenkunft von Menschen aller Gesellschaftsschichten und beider Nationen des Königreiches war. Die meisten Gäste besaßen die helle Gesichtsfarbe und die Sprechweise der Engländer, nur ihre eigene Familie, Pater Radulf und vielleicht William von Norwich waren Normannen. Das wurde deutlich, als die Leute abwechselnd etwas sangen oder aufsagten, denn ein Gedicht oder Lied nach dem anderen waren auf Englisch, und zum erstenmal in ihrem Leben vernahm sie etwas von der Schönheit der englischen Poesie, mit ihren Stabreimen und Metaphern, den lebhaften Bildern und dem rhythmischen Versmaß. Zum erstenmal empfand sie auch, wie geschmeidig und vielseitig die Sprache war, und wie erhaben die Dichter, die sie für ihre Gedichte verwendet hatten. Sie konnte inzwischen genug Englisch, um den größten Teil zu verstehen, denn sie hatte sich angewöhnt, mit den meisten Leuten, die sie in Waltham traf, Englisch zu sprechen, was die Kenntnisse, die ihr englisches Kindermädchen ihr beigebracht hatte, beträchtlich verbesserte.

Lukin Dulpain trug eine Reihe von Rätseln vor, lauter kurze Gedichte, die seine Zuhörer offensichtlich alle sehr gut kannten, denn sie brüllten, sobald er geendet hatte, fröhlich die Antwort. William von Norwich sagte ein Gedicht mit so starkem Norfolk-Akzent auf, daß ihn niemand verstand, aber alle klatschten trotzdem, und Edwin Warrener sang mit lieblicher Tenorstimme ein trauriges, zu Herzen gehendes Liebeslied, wobei er von einem Hirten auf der Flöte begleitet wurde, der passenderweise David hieß.

Nach und nach waren alle in der Halle an der Reihe gewesen, und es wurde deutlich, daß auch von der Hochtafel ein Beitrag erwartet wurde. Lady Mabilia flüsterte Matthew etwas zu, der erwiderte: »Nein, Mutter – von Damen erwartet man keinen Beitrag!« Als die Reihe an die Sergeanten kam, antworteten beide entschuldigend, ihre Ordensregel verbiete ihnen dergleichen, worauf Sir Richard leicht die Augenbrauen hochzog. Pater Warmand deklamierte ein Stück aus einem langen Gedicht über die Heilige Helene und die Entdeckung des wahren Kreuzes, was heftig beklatscht wurde, weil es alle an das Wiederfinden ihres eigenen Kreuzes im fernen Somerset erinnerte. Pater Radulf, der bereits zuvor an englischen Festlichkeiten teilgenommen hatte, hatte die ersten Zeilen von Caedmons großer Hymne auf die Schöpfung auswendig gelernt und sang sie immer bei solchen Anlässen; er sprach die meisten Wörter mehr oder weniger richtig aus und erntete Applaus, weil er als Normanne sich solche Mühe gegeben hatte.

Aylwin war als nächster an der Reihe und sang mit einer reinen, angenehmen Baritonstimme. Er wählte ein lateinisches Lied, was die Zuhörer stark beeindruckte, die zwar größtenteils kein Latein verstanden, aber seine Bildung bewunderten. Elys, die ein wenig Latein gelernt hatte, verstand die ersten Zeilen, in denen es darum ging, allein in den Wald zu gehen und einsame Plätze zu lieben, und das letzte Verspaar, das den Gesang der Nachtigall und die Liebe im Herzen pries, und erneut fühlte sie etwas in ihrem Innern schmelzen.

Der unerwartete Klang von Sir Richards Stimme, die sich in einem Lied emporschwang, brachte sie wieder in die Gegenwart zurück. Er besaß tatsächlich eine sehr melodische Stimme und sang ein Marschlied der Templer, das jedoch eher einer Hymne als einem Soldatenlied glich, obwohl es darin um die Tötung der Sarazenen zu Gottes Ehre ging. Der Text war in normannischem Französisch, und es fehlte ihm der glatte Fluß sowohl der englischen wie der lateinischen Sprache, aber die Melodie war schwungvoll und mitreißend und hatte einen Refrain, in den erst die Sergeanten, dann auch alle anderen einfielen, wobei sie rhythmisch mit den Fäusten oder ihren Bechern auf den Tisch klopften, und Sir Richard erhielt herzliche Beifallrufe, als er geendet hatte und wieder Platz nahm, was seinem Lächeln einen Anflug von Schüchternheit verlieh.

Die Belustigung und das Feiern zogen sich bis weit nach dem Abendläuten hin, doch die Halle war so voll, daß es niemanden störte, daß das Feuer abgedeckt war und nur ein paar Laternen ein schwaches Licht verbreiteten. Die meisten Leute hatten jedoch am nächsten Morgen einen harten Tag vor sich und besaßen die Vernunft, in Maßen zu trinken und sich früh zu verabschieden, doch erst nachdem Matilda Mayngod mit einem großen Tablett Pastetchen hereinkam, die üppig mit gehacktem Fleisch, Rosinen, Talg, Gewürzen und Korinthen gefüllt waren; sie verschwanden blitzschnell, weniger in den Mündern, als in Börsen oder Ränzeln als Festschmaus für die zu Hause gebliebenen Kinder oder Frauen.

Lukin Dulpain ging als einer der letzten; er hüpfte auf das Podest, um sich förmlich von Lady Mabilia und Sir Richard zu verabschieden, wünschte ihnen eine gute Reise und bat Lady Mabilia, ihn, einen armen, sündigen Vogt, gelegentlich in ihre Gebete einzuschließen, was sie versprach, wobei ihre Augen im Laternenschein verdächtig feucht schimmerten.

Dann hielt er eine weitere Ansprache, in der er sein Bedauern ausdrückte, Schwester Helen keine glückliche Reise gewünscht zu haben. Während er sprach, drückte er die ganze Zeit ein Bündel an seine Brust, aber Elys, die es bemerkt hatte, konnte in dem trüben Licht nicht erkennen, was es war. Das Rätsel wurde jedoch schnell gelüftet, als er eine weitere Rede vom Stapel ließ, diesmal an Mistress Mayngod gerichtet; er pries die Produkte ihrer Küche und präsentierte ihr zum Schluß das Bündel, das sich als schläfriger, überfressener Tigrus entpuppte, der den größten Teil des Festes auf Lukins Schoß verbracht hatte und mit Leckerbissen gefüttert worden war. Mistress Mayngod stieß einen Schrei aus, in dem sich Erstaunen und Vergnügen mischte, Lukin machte eine seiner tiefen Verbeugungen, schwang seine spitze Mütze und hüpfte mit einem letzten Gutenachtgruß zur Tür hinaus.

Pater Radulf war noch da, weil er versprochen hatte, sich noch einmal Matthews Beinstumpf anzusehen, um Lady Mabilia über die Heilungsaussichten zu informieren.

»Das Bein heilt ausgezeichnet«, erklärte er. »In ein paar Tagen kann ich wahrscheinlich die Fäden entfernen. Es erfüllt mich noch immer mit Staunen, wie außerordentlich gut die Operation durchgeführt wurde. Ich hatte oft das Gefühl, daß ich trotz meines Gelübdes eine Amputation versuchen sollte, wenn ich damit ein Leben hätte retten können, aber so gut hätte ich es natürlich nie gekonnt... Ein wahres Wunder.«

Dann erteilte er den Reisenden einen besonderen Segen und segnete wie gewohnt den Haushalt, bevor er ging. In der Tür begegnete er Judith, blieb stehen, um auch sie zu segnen und ihr alles Gute zu wünschen, was sie mit einem kühlen Neigen des Kopfes beantwortete. Daraufhin begab sie sich, ohne das Wort an jemanden zu richten, geradewegs nach oben zu Bett, was Elys sehr kalt und merkwürdig vorkam.

Nachdem die Gäste verschwunden waren, verkündete Lady Mabilia energisch, sie wolle sich, angesichts der morgen früh bevorstehenden Reise, sofort zurückziehen, und Elys blieb nichts anderes übrig, als ihr zu folgen. Sie fanden Judith im Gebet vor und die abgekämpfte Maud damit bemüht, die Deckel der vier Reisetruhen ihrer Herrin zu schließen, die alle ein wenig zu voll waren.

»Das wirst du nicht schaffen«, sagte Lady Mabilia zu ihr. »Laß mich mal sehen, was ich zurücklassen kann.«

Innerhalb von ein paar Minuten hatte sie alles, was Maud so sorgfältig gepackt hatte, wieder durcheinandergebracht, zog Kleidungsstücke, Wallfahrtsandenken, Schnitzereien, Stoffe, Schuhe und eine Vielfalt von Kleinigkeiten hervor, die sie auf der langen Reise nach Rom und zurück erworben hatte und warf jeden einzelnen Gegenstand auf einen von drei Stapeln.

»So!« sagte sie schließlich. »Das hier nehme ich mit, das soll man an die Armen verteilen, und das lasse ich dir hier, Elys. Mach damit, was du willst. Sicher kannst du einiges davon gut gebrauchen.«

Elys starrte den Berg erstaunt an, denn er enthielt mehrere Bahnen teurer Seiden- und Brokatstoffe, die Lady Mabilia in Italien gekauft hatte, und ihre Schmuckschatulle.

»Aber, Mutter ...«, begann sie.

»Ich werde nichts davon im Kloster gebrauchen können«, erklärte Lady Mabilia. »Aus dem Stoff kannst du dir ein paar anständige Kleider machen lassen, denn ich möchte nicht, daß du die ganze Zeit wie ein Bauernmädchen herumläufst, oder du kannst ihn für deine Arbeit verwenden. Was den Schmuck betrifft – bewahr einen Teil davon auf, falls du krank wirst oder keine Arbeit hast. Mit dem Rest kann man vielleicht einen Chorrock oder etwas Ähnliches verzieren.«

Elys dankte ihrer Mutter mit einem plötzlichen Tränenausbruch, denn erst jetzt war ihr bewußt geworden, daß sie

sie vielleicht nie wiedersehen würde. Lady Mabilia umarmte sie und legte ihr ans Herz, ein braves Mädchen zu sein und fleißig zu arbeiten. »Dann bin ich zufrieden«, schloß sie und paßte auf, wie Maud die wenigen Dinge zusammenpackte, die zu behalten sie beschlossen hatte.

Judith hatte sich erhoben und bemerkte jetzt nahezu ausdruckslos: »Mich hat niemand gefragt, ob ich ins Kloster gehen will. Ich finde es merkwürdig, daß man der einen Schwester die Entscheidung überläßt und der anderen nicht!«

»Ich dachte, es sei dein sehnlichster Wunsch gewesen, Nonne zu werden!« protestierte Lady Mabilia.

»Und wenn es so wäre, und ist? Man hat mir nie die Wahl gelassen. Daß ich mich entschlossen hätte, Nonne zu werden, ändert nichts daran. Man hätte mich trotzdem fragen müssen.«

»Ich wüßte nicht, warum«, erwiderte Lady Mabilia ruhig. »Elys wurde nicht gefragt. Ich habe ihr befohlen, ins Kloster zu gehen, und sie hat sich geweigert. Du hättest dasselbe tun können, wenn es dir ernst gewesen wäre.«

Judith gab einen Laut von sich, den man für ein Schnauben hätte halten können, wäre sie nicht eine so korrekte, wohlerzogene, beherrschte Frau gewesen, wandte sich ab, legte ihren Schleier und ihre Überkleider ab, schlüpfte ins Bett und schlief offensichtlich auf der Stelle ein. Lady Mabilia tauschte mit Elys einen Blick, hob die Augenbrauen und machte sich ebenfalls fürs Bett zurecht.

»M-Mylady«, meldete sich Maud schüchtern zu Wort, »was – bitte – was werde ich machen?«

»Machen?« fragte Lady Mabilia verblüfft. »In welcher Hinsicht?«

»W-wenn Sie ins Kloster gehen.«

»Was denn, natürlich mitkommen. Gütiger Himmel, mein liebes Mädchen« (Maud hatte die Vierzig längst hinter sich),

»du glaubst doch nicht etwa, daß ich dich deinem Schicksal überlasse? Meine Abmachung mit der Priorin bezog sich selbstverständlich auch auf dich.«

»Aber ich habe keine Mitgift«, stammelte die Kammerfrau.

»Das spielt keine Rolle – man erwartet in deinem Fall keine, da ich dem Kloster eine namhafte Summe gespendet habe. Außerdem haben sie die Mitgift von Lady Elys, und damit können sie mehr als zufrieden sein. Du kannst als Laienschwester anfangen und vielleicht sogar nach einer gewissen Zeit zur Nonne aufsteigen. Jetzt hör auf zu schwatzen und geh zu Bett.«

Die arme Frau wollte offensichtlich ihren Dank aussprechen, wagte jedoch nicht, ungehorsam zu sein, deshalb begnügte sie sich damit, ihrer Herrin die Hand zu küssen, bevor sie zu ihrem Lager in der Ecke schlich.

Bevor Elys sich zum Schlafen niederlegte, dachte sie über ihr Gespräch mit Judith nach und versuchte sich vorzustellen, was sie empfunden hätte, wenn sie die Erstgeborene gewesen wäre und miterlebt hätte, wie unglücklich die Ehe ihrer Mutter war, wie ihre Mutter bei der Geburt ihrer Kinder gelitten hatte, um dann mitansehen zu müssen, wie eines nach dem anderen nach wenigen Jahren oder auch nur Monaten starb. Vielleicht wäre auch sie froh gewesen, vor einem solchen Leben im Kloster Zuflucht zu suchen. Sie dachte auch an die arme Maud, die so lange unbeachtet und ungeliebt geblieben war, daß sie tatsächlich dankbar war, wenn jemand freundlich zu ihr war und man ihr erlaubte, die harte Arbeit einer Laienschwester auf sich zu nehmen. Ein paar schreckliche Sekunden lang sah sie sich selbst in dieser Situation, falls sie nicht als Stickerin ihren Weg machen und keinen Ehemann finden würde. Würde sie vielleicht so enden, alt und unerwünscht, von ihrer Familie getrennt, gezwungen, nach der Pfeife irgendeiner reichen Dame zu tanzen, vielleicht sogar froh, als

Dienerin zu arbeiten, falls es sonst nur die Alternative gab, vor die Tür gesetzt zu werden und ohne Heim und mittellos dazustehen? Es war ein ernüchternder Gedanke, und sie betete zu Gott, daß ihr ein derartiges Schicksal erspart bleiben möge, faßte jedoch auch den vernünftigen Entschluß, sich irgendwo in der Stadt eine Unterkunft zu suchen, ehe ihre Brüder sie aus dem Haus schickten.

Obwohl es April war, war das Wetter am nächsten Tag trocken, sogar warm und zum Reisen geeignet. Lady Mabilia und ihre Familie besuchten mit Sir Richard und seinen Templern die Messe, und unmittelbar vor der Elevation schloß sich Aylwin an; er trug seine Arbeitskleidung und hatte ein kleines Päckchen bei sich, das er Lady Mabilia nach dem Gottesdienst überreichte.

»Es ist keine Katze!« beruhigte er sie, als sie es argwöhnisch betrachtete. Es war in ein Stück Stoff eingeschlagen, und als sie es auswickelte, hielt sie eine geschnitzte Marienstatue in den Händen. Es war eine wunderschöne Figur, die Maria als junge Frau zeigte, und Aylwin hatte die Maserung des Holzes sehr geschickt ausgenutzt, um die Falten und Schattierungen ihres Gewandes herauszuarbeiten.

»Sie hat Ähnlichkeit mit Elys!« rief sie erfreut. »Vermutlich haben Sie die Zeichnung, die Sie damals in Mantua gemacht haben, als Vorlage benutzt. Wie begabt Sie sind, Meister Aylwin. Ich danke Ihnen sehr dafür – ich werde sie in Ehren halten, obwohl ich sie natürlich dem Kloster vermachen muß, aber ich werde niemandem erzählen, daß die Figur meiner Tochter gleicht.« Sie drückte Aylwin herzlich die Hand und schenkte ihm ein wärmeres Lächeln, als sie es normalerweise für ihre eigenen Kinder übrig hatte.

Ihr Abschied von ihnen war kurz und bestand nur aus einem Segen und einer kurzen Umarmung, dann bestieg sie ihr Pferd, das mit den anderen und dem Gepäckwagen am Friedhofstor wartete und ritt davon, ohne auf die anderen zu warten. Einen stummen Schrei auf den Lippen, lief Elys ein paar Schritte hinter ihr her, doch Lady Mabilia setzte ihren Ritt fort, lediglich die Haltung ihres Rückens schien etwas steifer geworden zu sein. Elys blieb stehen und sah ihr einsam und verloren nach, bis Crispin ihr den Arm tröstend um die Schulter legte und sagte: »Es ist nicht leicht für sie, meine Liebe. Sie rechnet nicht damit, einen von uns in diesem Leben noch einmal wiederzusehen.« Sie nickte stumm, ließ sich von ihm zurückführen und blieb zwischen ihren beiden Brüdern stehen.

Judith sagte nur ein allgemeines Lebewohl und folgte ihrer Mutter, doch Sir Richard nahm sich mehr Zeit und verabschiedete sich auf angemessenere Weise. Als Elys seinen Segen empfangen hatte und sich erhob, fragte sie, ob er es für wahrscheinlich hielt, de Mandevilles Söldnern auf der Straße zu begegnen, doch er antwortete: »Und wenn schon. Er ist Mitglied einer Laienbruderschaft unseres Ordens, er wird es nicht riskieren, daß seine Leute uns belästigen! Ich muß unseren Besitz in Cressing besuchen, aber ich will sehen, ob ich die Zeit finde, auf dem Rückweg wieder hier vorbeizukommen, und wenn nicht, irgendwann im Sommer.« Mit diesen Worten stieg auch er auf und ritt davon, worauf seine Männer zu ihren Pferden stürzten und ihm folgten, so gut ihnen dies gelang.

Mit einem Gefühl der Enttäuschung und zu Tränen aufgelegt, begab sich Elys nach Hause an ihre Arbeit; sie empfand Unsicherheit und Furcht vor der Zukunft ohne die scharfe Zunge und den wachen Verstand ihrer Mutter. Mit einem Mal fühlte sie sich schuldig und fragte sich, ob es unrecht von ihr gewesen war, sich nicht den Wünschen ihrer Mutter zu beugen und mit ihr ins Kloster zu gehen. Auch wenn Lady Mabilia ihr wegen ihrer Weigerung keine Vorwürfe gemacht hatte, mußte sie den Eindruck haben, daß ihre Tochter sie im Stich gelassen hatte . . .

Crispin und Matthew waren nicht nach Hause gekommen, sondern hatten sich an ihre Arbeit begeben, Crispin an seine Studien und Matthew in die Schreibstube des Klosters, und sie wünschte sich sehnlichst, einer von beiden würde zurückkommen, denn sie verspürte ein großes Bedürfnis, mit jemandem über ihre Ängste zu sprechen. Schließlich hielt sie es nicht länger aus und ging hinüber zu Aylwins Schuppen, blieb dann jedoch zögernd in der Tür stehen, weil sie ihn nicht bei der Arbeit unterbrechen wollte.

»Kommen Sie nur herein«, sagte er und blickte von seiner Arbeit auf; mittlerweile war er bei Jonas und dem Walfisch angelangt, und letzterer nahm gerade unter seinem Eisen Gestalt an. »Sie stehen mir im Licht. Ich nehme an, Sie werden von Zweifeln und Schuldgefühlen geplagt?«

»Woher wissen Sie das?« fragte sie, während sie zur Seite trat und sich gegen die Bank lehnte.

»Das ist ganz normal, wenn man den Wünschen der Eltern zuwiderhandelt.«

»Vielleicht war es nicht recht von mir, nicht mit ihr zu gehen«, sagte sie, mehr zu sich selbst. »Sie hat Gott gelobt, wir gingen alle drei nach Wix, wenn Matthew gesund würde, vielleicht hatte ich also gar nicht das Recht abzulehnen. Er hat Matthew geheilt, und es ist böse und sündig, wenn ich mich nun weigere, Ihm zu dienen ... Was soll ich nur tun, Aylwin?«

Er kniete vor dem Taufstein und betrachtete das prächtige Gebiß des Wales, setzte sich jedoch auf seine Fersen, um ihr seine volle Aufmerksamkeit zu widmen und sagte freundlich: »Es steht mir nicht zu, Ihnen zu sagen, was Sie tun sollen. Das müssen Sie selbst entscheiden. Ich kann nur wiederholen, daß man Gott auch auf andere Weise dienen kann, als ins Kloster zu gehen. Wenn Sie wirklich nach Wix gehen wollen, werde ich Sie dorthin bringen, aber tun Sie es keinesfalls, nur weil Sie sich schuldig fühlen.«

»Wir waren einmal einen Monat lang dort, im Kloster«, sagte Elys und starrte mit leerem Blick vor sich hin. »Es war schrecklich. Ich fühlte mich die ganze Zeit eingesperrt, als würde ich ersticken, und nachts lag ich in meiner Zelle, hätte am liebsten die Tür aufgerissen und wäre hinausgelaufen. Ich konnte nicht schlafen, weil ich das Gefühl hatte, die Mauern stürzten über mir ein, und konnte nicht atmen. Ich konnte nicht beten, und man zwang mich zu essen, aber mir war nach jeder Mahlzeit übel. Ich dachte, ich würde verrückt, wenn ich noch länger dort bleiben müßte. Am Tag unserer Abreise hatte ich das Gefühl, man befreie mich aus einem Käfig. Es war so wunderbar, den Wind und den Regen im Gesicht zu spüren und die Bäume, die weiten Felder und den ganzen Horizont zu sehen statt nur einen kleinen viereckigen Ausschnitt über dem Kloster.«

»Was würden Sie in einem Kloster taugen, wenn Sie so empfinden?« fragte Aylwin. »Gottes Kirchen brauchen Ihre Arbeit, genau wie sie die meine brauchen.«

»Aber ich könnte auch in einem Kloster sticken.«

»Nicht, wenn Sie krank oder verrückt wären, und für mich hört es sich so an, als wären Sie das eine oder das andere, oder auch beides, spätestens nach einem halben Jahr. Ihre Mutter war der Ansicht, Ihre Entscheidung stehe im Einklang mit ihrem Versprechen, also brauchen Sie sich doch keine Sorgen zu machen – aber ich bin nur ein Handwerker. Gewissensfragen sollten Sie mit einem Priester besprechen. Meiner Meinung nach sind Sie auf der Welt, um Stickerin, Frau und Mutter zu sein, und keine Nonne.«

»Vielen Dank.« Elys brachte ein kleines Lächeln zustande. »Sie sind so freundlich und hilfsbereit, Aylwin. Ich bin so froh, daß wir uns in Mantua begegnet sind.«

»Was halten Sie von diesem Wal? Mich erinnert er eher an einen Kabeljau«, erkundigte sich Aylwin, unauffällig das Thema wechselnd.

Elys trat näher, um den in den Wellen herumtobenden Leviathan genauer zu betrachten, und bemerkte, er käme ihren Vorstellungen von einem Walfisch schon sehr nahe, obwohl sie noch nie einen gesehen hätte. Aylwin erklärte, ihm ginge es genau so, und er schaffe lieber Dinge, die er auch in Wirklichkeit gesehen habe.

»Warum haben Sie sich dann für Jonas auf dem Taufstein entschieden?«

»Das habe ich nicht, Bischof Henry hat mir gesagt, welche Figuren er tragen soll, und ich glaube, die Chorherren haben ihm gegenüber ihre Wünsche geäußert. Er wollte auf jeden Fall Jonas, Noah und die Taufe Jesu, bei Moses schien er eher unentschlossen.«

»Ist er ein Mensch mit klaren Vorstellungen?«

»Gemeinhin schon. Er ist sehr intelligent und fähig. Fulk sagt, es sei schade, daß er der jüngste Sohn sei, denn er hätte einen besseren Grafen abgegeben als sein Bruder Theobald und einen bessereren König als ... Es liegt an den Zähnen, daß er wie ein Kabeljau aussieht! Ich werde ein paar verschwinden lassen. Ich denke, er könnte immer noch Papst werden, denn er ist erst etwas über vierzig. Das Problem ist, daß Bernhard von Clairvaux eine heftige Abneigung gegen ihn hat und Rom anscheinend immer nach Bernhards Pfeife tanzt.«

Er konzentrierte sich eine Zeitlang auf seine Arbeit, und Elys sah ihm schweigend zu. Als er sich schließlich zurücklehnte und meinte: »So ist es besser«, fragte sie ohne Zusammenhang: »Sind Sie verheiratet, Aylwin?« Sie hatte keine Ahnung, wie sie auf diese Frage gekommen war, oder warum sie sie ausgesprochen hatte, denn sie hatte nur zugesehen und gedacht, wie geschickt er war, und wie nett von ihm, sich mit ihr zu unterhalten, obwohl er doch so viel zu tun hatte.

Er sah auf, und ihre Blicke trafen sich. Er sah sie fest an, unendlich lange, so kam es ihr vor, und sie fühlte, wie sie errötete, und konnte kaum atmen. Sie las in seinen blauen Augen nur eine sanfte Neugier, und dann flammte sekundenlang etwas in ihren Tiefen auf.

»Nur mit meiner Arbeit«, erwiderte er leichthin und wandte seinen Blick wieder dem Walfisch zu. »Finden Sie, daß er jetzt weniger wie ein Kabeljau aussieht?«

10. Kapitel

Weder Matthew noch Crispin hatten sich bisher darüber geäußert, wo Elys wohnen und arbeiten sollte, doch sie war sicher, daß sie ihr früher oder später, wenn auch mit Bedauern, mitteilen würden, eine Schwester, die sich erkühnte, sich den Wünschen ihrer Familie zu widersetzen, sei in ihrem Haus nicht länger gelitten, oder daß sie beide von der Kirche untergebracht würden. Da ihr Stolz ihr nicht erlaubte abzuwarten, bis diese demütigende Situation eintrat, begab sie sich am nächsten Morgen auf Wohnungssuche.

Von den beiden Häusern, die der Schuhmacher ihr genannt hatte, lag das der Witwe Miller am nächsten, also begab sie sich voller Aufregung zuerst dorthin; nachdem sie eine vorbeieilende Hausfrau nach dem Weg gefragt hatte, stand sie bald vor einem sehr kleinen einstöckigen Haus, das auf der einen Seite einen noch kleineren zweistöckigen Seitenflügel besaß. Nachdem sie mehrfach an die verwitterte Tür geklopft hatte, wurde diese schließlich von einer alten, gebückten Frau in einem grauen Kleid und schmuddeligem Kopftuch geöffnet. Sie starrte Elys mit tränenden, vom Star fast erblindeten Augen an und sagte: »Was wünschen Sie?«

»Ich suche eine Unterkunft«, erwiderte Elys. »Ich habe erfahren, daß Sie ein Zimmer vermieten.«

Die Frau sah an ihr vorbei und fragte: »Wer ist bei Ihnen? Ich sehe niemanden.«

»Ich bin allein.«

»Wo ist Ihr Mann?«

»Ich bin nicht verheiratet.«

»Wo ist also Ihr Vater?«

»Er starb, als ich noch ein Kind war.«

»Soll das heißen, *Sie sind alleinstehend*?«

»Ja.«

»Wofür halten Sie mich? Eine Bordellbesitzerin?«

»Nein, natürlich nicht! Ich bin Stickerin und fertige für das Kollegium hier Meßgewänder und Altardecken an. Ich brauche einen Platz, an dem ich wohnen und meine Arbeit verrichten kann.«

»Das soll glauben, wer mag!« sagte die Frau naserümpfend. »Ich nehme Pilger auf, alleinstehende Männer des Glaubens oder ehrbare verheiratete Paare, keine flatterhaften Mädchen mit Blechkrönchen, die vorgeben, feine Damen zu sein und nach leichtgläubigen jungen Burschen Ausschau halten! Verschwinde, du normannische Hure!« Sie schlug Elys mit voller Wucht die Tür vor der Nase zu.

Das war schlimmer, als Elys erwartet hatte, aber sie sagte sich, daß Mistress Chich, als Witwe eines Priesters, sicher mehr Verständnis für ihr Problem zeigen würde, und so ging sie, noch immer nervös, zu dem größeren Haus, das sie schon auf der anderen Seite der Furt ausgemacht hatte, und klopfte erneut an die Tür.

Sie wurde von einem dünnen, kleinen, etwa zehn Jahre alten Mädchen in einem alten, abgetragenen Kleid geöffnet, das offenbar für eine viel größere Person angefertigt und für seine jetzige Trägerin passend gemacht worden war, indem der überflüssige Stoff an Ärmelenden und Rocksaum einfach abgeschnitten und dann recht unbeholfen umgeschlagen und wieder befestigt worden war.

»Was woll'n Se?« fragte das Kind und zog zum Nachdruck die Nase hoch.

»Martha, wie oft habe ich dir schon gesagt, was du Besuchern sagen sollst?« fragte eine kalte, leicht gekünstelte Stimme aus dem Hausinnern.

»Ich heiße Edith. Martha gefällt mir nicht«, gab das Kind mürrisch zurück. »Morgen, wenn'Se Mistress Chich sprechen woll'n, komm'Se bitte rein«, rasselte sie danach herunter, ohne Atem zu holen.

»Danke«, erwiderte Elys und trat ein, als das Kind beiseite trat, die Tür hinter der Besucherin zuknallte, sich eiligst an ihr vorbeidrängte und im Korridor verschwand; der Abgang beschleunigte sich noch durch die kräftige Ohrfeige, die ihm eine große, sehr imposante Dame versetzte, die etwas weiter drinnen im Haus stand.

»Ich bin Mistress Chich«, verkündete sie im gleichen affektierten Ton wie zuvor. »Wie kann ich Ihnen helfen?«

»Ich bin Elys de Wix«, erwiderte sie. »Ich bin Stickerin von Beruf und fertige einige Arbeiten für das Kollegium hier an.«

»Arbeiten? Was für Arbeiten?« Mistress Chich sprach das Wort aus, als bedeute es etwas sehr Unangenehmes.

»Zur Zeit mache ich eine Burse und eine Altardecke. Ich hoffe, danach weitere Meßgewänder und Altardecken anfertigen zu können.«

»Sehr lobenswert, gewiß. Und damit verdienen Sie Ihren Lebensunterhalt?«

»Ja.«

»Und was hat das mit mir zu tun?« Mistress Chich war zu Beginn des Gesprächs ein wenig herablassend gewesen, jetzt klang sie hochmütig. »Falls Sie Hilfe für Ihre Arbeit suchen, muß ich Ihnen sagen, daß ich nicht soweit gesunken bin, mich von Näharbeit zu ernähren! Mein geliebter, kürzlich verstorbener Mann, der Chorherr William de Chich, hatte adlige Verwandte und würde auch nur den Gedanken daran als Beleidigung empfunden haben!«

»Ich habe selbst adlige Verwandte, Madam«, gab Elys ein wenig scharf zurück. »Ich halte es nicht für eine Schande, meinen Lebensunterhalt durch ein Handwerk zu bestreiten, zu dem Gott mir das Talent gegeben hat. Man hat mir gesagt, ich könnte hier eine Unterkunft finden und vielleicht auch noch ein Zimmer mieten, in dem ich arbeiten kann.«

Mistress Chich richtete sich auf, wobei sie ihren mächtigen Busen vorstreckte, und erklärte mit einer noch affektierteren Altstimme: »Ich vermiete ab und zu an Geistliche niederen Ranges im Dienst bedeutender Männer der Kirche, die zu Wallfahrten oder geschäftlich nach Waltham kommen, und für die es nicht genügend passende Unterbringungsmöglichkeiten im Gästehaus des Kollegiums oder den Häusern der Chorherren gibt. Ich nehme keine reisenden Näherinnen auf!«

»Ich bin keine Näherin«, erwiderte Elys sanft, ihren Zorn unterdrückend und mit dem Versuch, freundlich zu sprechen. »Ich bin eine geschickte Stickerin und kann eine gute Unterkunft bezahlen. Falls Sie mir nicht trauen, Pater Warmand wird die Wahrheit von allem, was ich Ihnen gesagt habe, bestätigen, und ich nehme an, Sie kennen meinen Bruder, Pater Crispin.«

»Pater Crispin und sein Bruder haben ein Haus mit weitaus mehr Räumen als dieses hier«, sagte Mistress Chich aufbrausend. »Wenn Sie wirklich ihre Schwester sind, was ich bezweifle, sollten Sie unter ihrem Schutz leben, wie jede anständige alleinstehende Dame, und nicht herumziehen und davon reden, Ihren Lebensunterhalt zu verdienen wie eine liederliche Schlampe. Sie sollten sich schämen, sich so ungehörig aufzuführen, junge Frau! Ein ehrbares Mädchen bleibt zu Hause bei ihrem Vater oder Bruder, bis sie heiratet oder in ein Kloster eintritt, und streift nicht umher wie ein gemeiner Vagabund und arbeitet mit eigenen Händen. Verschwinden Sie aus meinem Haus, bevor ich Ihnen eine Ohrfeige gebe, was Ihre Mutter öfter hätte tun sollen, um Ihnen derartige Flausen auszutreiben!« Mit diesen Worten packte sie Elys am Arm, stieß sie aus dem Haus und schlug die Tür hinter ihr zu.

Elys stand auf der Straße, starrte unschlüssig auf die Tür und bemühte sich, nicht in Tränen auszubrechen; dann drehte sie sich um und ging langsam auf die Fußgängerbrükke zu, wo die schwarze Katze des Müllers von ihrer Betrachtung des Wassers aufblickte, da sie zumindest ein Wort des Grußes erhoffte, doch Elys war zu deprimiert, um dies auch nur zu bemerken, und ging weiter über die Brücke, um die eingerüstete Westseite der Kirche herum, durch das Südportal hinein und sogar an Aylwins Schuppen vorbei, ohne nachzusehen, ob er da war.

In der Kirche war es still, nur eine Gruppe von Pilgern betete stumm unter dem Kreuz, und die Steinmetzen, die Gewölbesteine in den Rahmen eines Bogens im Säulengang des Mittelschiffs einpaßten, waren in ein leises Gespräch vertieft. Elys knickste vor dem Altar und dem Kreuz und blieb ein paar Minuten stehen, in dem Versuch zu beten, doch sie fand keine Worte. Dann ging sie zum nördlichen Querschiff und klopfte leise an die Tür der Sakristei.

Pater Warmand öffnete mit einem Ruck die Tür und rief aus: »Wie, bist du schon zurück ... Oh, Lady Elys! Guten Morgen. Ich dachte, es wäre der Junge, den ich zum Kerzenmacher geschickt habe, um Kerzen zu besorgen. Ist etwas nicht in Ordnung? Sie sehen betrübt aus ... Es hängt doch nicht mit der Arbeit zusammen?«

»Nein, mit der Arbeit geht alles sehr gut«, erwiderte sie abwesend. »Ach, Pater, ich weiß nicht, was ich tun soll. Ich habe mich nach einer Unterkunft umgesehen – der Schuhmacher nannte mir zwei Häuser, wo ich vielleicht ein Zimmer mieten könnte – aber man hat mir sehr unfreundliche Dinge gesagt. Anscheinend halten die Leute es für eine Schande, wenn eine Frau versucht, ihren Lebensunterhalt selbst zu verdienen.«

»Nun, das liegt zweifellos daran, daß sie so etwas nicht gewöhnt sind«, sagte Warmand tröstend, geleitete sie in die

Sakristei und befreite einen Schemel von einem Stapel gebügelter Wäsche, damit sie sich setzen konnte. »In einem kleinen Ort wie diesem helfen die Mädchen zu Hause ihren Müttern oder auf dem Feld ihren Vätern und Brüdern, bis sie heiraten und sich in ihren eigenen Häusern betätigen ... Es sind nur ein paar wagemütige Witwen wie Mistress Mayngod, oder Witwe Godwin, die unsere Wäsche besorgt, die nach dem Tod ihrer Ehemänner selbst für ihren Unterhalt sorgen, wenn sie keine Söhne haben, die sie im Alter unterstützen. Aber weshalb brauchen Sie eine Unterkunft? Ich dachte, Ihre Brüder wohnten hier? Pater Crispin hat gebeten, ihn bei der nächsten freien Stelle im Kollegium zu berücksichtigen, wenn er erst Priester geworden ist.«

»Ja, aber ich weiß nicht, ob sie bereit sind, mich weiter bei sich wohnen zu lassen«, bemerkte Elys traurig. »Meine Mutter hat geschworen, sie und ich würden in das Kloster eintreten, in dem meine Schwester lebt, falls Matthew geheilt würde, und er wurde geheilt, aber ich habe mich geweigert mitzugehen und damit die ganze Familie aufgebracht, und ich kann nicht erwarten, daß Matthew und Crispin mich weiterhin so behandeln, als sei nichts geschehen.«

»Haben Sie sie weggeschickt?«

»Nein, noch nicht, aber ich bin sicher, daß sie es früher oder später tun. Ich möchte gern einen Platz zum Leben und Arbeiten finden, bevor es dazu kommt, um ihnen und mir die Verlegenheit zu ersparen ...«

»An Ihrer Stelle«, sagte Warmand rasch, denn er fürchtete, sie würde gleich in Tränen ausbrechen, »würde ich warten, bis es soweit ist, falls es überhaupt jemals dazu kommt. Ich glaube, keinem der beiden jungen Männer mangelt es so an Nächstenliebe, daß sie ihre eigene Schwester vor die Tür setzen oder sie verurteilen, weil sie sich eindeutig zu ihrer Berufung bekannt! Falls ich mich irre – nun, dann kommen Sie wieder zu mir, und wir werden bestimmt irgendwo einen Arbeitsraum und eine Wohnung finden – vielleicht in unserem Gästehaus. Das wäre nicht sehr bequem, aber es würde genügen, bis Sie etwas Besseres finden. Ah, hier ist der Junge mit den Kerzen. Ich muß sie jetzt sortieren und weglegen und dann den Altar für das Hochamt vorbereiten. Gehen Sie nach Hause und wieder an Ihre Arbeit, Tochter, und beunruhigen Sie sich nicht über Dinge, die noch gar nicht geschehen sind. Gott segne und behüte Sie.«

Elys begab sich ungetröstet nach Hause und versuchte zu arbeiten, doch der unfreundliche Empfang von seiten der Witwen und Pater Warmands absoluter Mangel an Anteilnahme hatten sie völlig aus dem Gleichgewicht gebracht. Ihre Augen füllten sich immer wieder mit Tränen, und schließlich mußte sie ihre Arbeit weglegen, damit die Tränen die Seide nicht verdarben. Sie bedeckte das Gesicht mit den Händen und schluchzte, erfüllt von Trostlosigkeit und Angst vor der Zukunft.

Crispin trat leichtfüßig ein, ein wenig vor Matthew, der seine Krücken noch nicht gut genug beherrschte, um sich schnell fortzubewegen, und fand sie noch immer weinend vor. Er blieb in der Tür stehen und sagte: »O Elys, du weinst. Es tut mir leid – ich hätte daran denken sollen, wie sehr du unsere Mutter vermißt, und heute morgen bei dir bleiben sollen.«

»Das ist es nicht«, schluchzte sie und wischte sich mit dem Handrücken die Augen, weil nichts Besseres verfügbar war. »Ich habe versucht, eine Unterkunft zu finden, und man war so unfreundlich zu mir . . .«

»Eine *Unterkunft*?« fragte Matthew, der sich hinter Crispin hereindrängte und sich über sie beugte. »Warum suchst du eine Unterkunft? Fühlst du dich hier nicht wohl?«

»D-doch, aber ihr wollt mich vielleicht nicht mehr hier haben, nachdem ich Mutters und Onkel Richards Wünschen nicht gefolgt bin, und die Leute halten es für eine Schande, daß aus mir eine – eine gemeine Vagabundin geworden ist!« Der Satz, der sie am meisten beschämt hatte, hatte sich in ihr Gedächtnis eingebrannt und war ihr ungewollt entschlüpft. »Ich dachte, es sei nichts Unehrenhaftes dabei, mit meiner Begabung meinen Lebensunterhalt zu verdienen, aber andere Leute sind anscheinend nicht dieser Ansicht, und ich werde euch damit belasten ...«

»Ach, beruhige dich«, sagte Crispin besänftigend und legte ihr den Arm um die Schultern, »es besteht ein Riesenunterschied zwischen einer talentierten Handwerkerin und einer Vagabundin. Die guten Leute hier wissen nur wenig davon, was außerhalb ihrer Stadt in der Welt vorgeht, deshalb wissen sie vielleicht gar nicht – du darfst dich nicht über das Gerede von ein paar ungebildeten Frauen aufregen. Matthew und ich haben über die Angelegenheit gesprochen und entschieden, daß du das gleiche Recht wie wir beide hast, die Art und Weise zu bestimmen, in der du Gott dienen willst. Da du auf gar keinen Fall Nonne werden willst, respektieren wir deine Entscheidung, deinen Lebensunterhalt selbst zu verdienen, nicht wahr, Matthew?«

»In der Tat«, sagte Matthew und warf seinem Bruder einen leicht mißbilligenden Blick zu, weil er eine Erklärung abgegeben hatte, die seiner Meinung nach dem Familienoberhaupt zugestanden hätte. »Wir sind zu dem Schluß gekommen, daß wir dich dabei unterstützen müssen, und werden dir ein Heim bieten, solange du in Waltham arbeitest. Wenn du hier fertig bist, werden wir darüber sprechen müssen, was das beste für dich ist, aber das wird noch einige Zeit dauern. Als ob wir die einzige Schwester, die uns bleibt, aus ihrem Heim vertreiben würden. Du liebes kleines Gänschen, sei nicht so töricht!« schloß er in bemerkenswertem Kontrast zu dem würdevollen Ton, in dem er bisher gesprochen hatte.

Elys spürte, wie eine Woge der Erleichterung sie durchflutete, und sagte mit schwankender Stimme: »Gott segne euch beide; ich habe mir solche Sorgen gemacht! Ich hatte keine Ahnung, daß es so schwer sein würde, irgendwo eine Bleibe zu finden. Ich hoffe, daß ich mir später mein eigenes Haus mieten oder kaufen kann an dem Ort, an dem ich arbeite, aber wenn ich bis dahin hierbleiben könnte, wäre ich sehr glücklich.«

»Bleib, solange du willst«, sagte Matthew freundlich. »Zumindest bis du deine Arbeit in Waltham beendet hast.«

Nachdem ihr größtes Problem gelöst war, wandte Elys sich einer weniger schwerwiegenden Frage zu. Sie empfand es als sehr merkwürdig, allein oben in der Schlafkammer zu schlafen, denn abgesehen von der Zelle im Kloster hatte sie selten zuvor einen Raum für sich allein gehabt. Es kam ihr zu ruhig und zu einsam vor, und sie schlief nicht gut, weil sie es vermißte, daß jemand atmete, sich bewegte oder sogar schnarchte. Dann lag sie wach und zerbrach sich den Kopf über vielerlei Dinge, die sie normalerweise nach kurzer Überlegung aus ihren Gedanken verbannt hätte.

Sie ängstigte sich um ihre Mutter und Schwester auf ihrer Reise und sorgte sich wegen der Gefahren, denen sie möglicherweise ausgesetzt waren, dann schalt sie sich ob ihrer Torheit, denn wurden sie schließlich nicht von der vom Kloster bereitgestellten Eskorte und den Templern bewacht?

Daraufhin dachte sie erneut schweren Herzens an ihre Weigerung, sie zu begleiten, fürchtete, sie könnte krank werden, nicht gut genug arbeiten, um neue Aufträge zu bekommen, ihre Hände verletzen oder ihr Augenlicht verlieren...

Seltsamerweise – und ihr Verstand hatte damit nichts zu tun – machte sie sich als nächstes Sorgen darüber, daß sie Aylwin gefragt hatte, ob er verheiratet sei. Was hatte er bei ihrer Frage gedacht? Glaubte er vielleicht, sie wolle andeuten, er solle sie ...

Er hatte von Bischof Henry Land bekommen und war adliger Abstammung. Selbst ein gewöhnlicher Steinmetzmeister wie William von Norwich besaß den Rang eines Landedelmanns, und Aylwin stand höher als er... Doch warum dachte sie darüber nach? Aylwin war freundlich und hilfsbereit gewesen, aber immer so, wie es ein Mann einem Kind gegenüber ist, als wäre sie seine Tochter, obwohl er keine zehn Jahre älter sein konnte als sie.

Ach, Fulk! Warum haben Sie mir keinen Antrag gemacht, bevor Onkel Richard Ihnen mitteilte, daß ich keine Mitgift bekomme? Es war so schwer zu begreifen, daß ein Mann sie wirklich mochte und sie vielleicht gern geheiratet hätte, der in jeder Hinsicht akzeptabel gewesen wäre, und sogar jemand, den sie gern hatte, und der trotzdem nicht ihr Mann werden konnte, weil sie weder Land noch Geld besaß – und der sich dann als ein so wertloser Mensch erwiesen hatte. Was, wenn er den Mut aufgebracht hätte, seinem Vater zu trotzen und sie zu heiraten? Was wäre geschehen? Hätte sein Vater ihm schließlich vergeben, oder hätten sie in Armut gelebt, vielleicht angewiesen auf das, was sie mit ihrer Stikkerei verdiente? Ach, Fulk! Daß ein Mann so hübsch und charmant sein konnte, daß ein solcher Mann sich in sie verliebt hatte wie ein Prinz im Märchen, und mehr Furcht vor seinem Vater als Treue zu seiner Liebe zeigte. Sie vergoß ein paar Tränen aus Kummer und Enttäuschung und warf sich den größten Teil der Nacht unruhig auf ihrem Lager hin und her, doch schließlich mußte sie eingeschlafen sein, denn am frühen Morgen weckte sie die Glocke zum Morgengebet.

Im Lauf des Tages sprach sie mit Matthew und Crispin und suchte anschließend Matilda Mayngod in der Küche auf. Nachdem sie über dies und das geplaudert hatte, fragte sie sie, wo sie schliefe.

»Auf dem Dachboden«, antwortete die Köchin und zeigte auf die Hälfte des Küchendaches, die durch einen Zwischenboden abgeschlossen war. »Es ist warm und trocken, aber der Rauch fängt sich darin, wenn wir Süd- oder Westwind haben.«

»Ich habe überlegt«, sagte Elys zögernd, »ob Sie vielleicht gern die Schlafkammer mit mir teilen würden. Es ist ein ziemlich großer Raum, und es erscheint mir nicht richtig, daß ich ihn ganz für mich allein habe.«

Mistress Mayngod, eine unabhängige Frau aus guter Familie, deren Vater und Großvater Lehnsleute gewesen waren, die ihr vom Kollegium erhaltenes Land durch die Abgabe von Feuerholz und Eiern bezahlten, jedoch keinen Arbeitsanteil dafür leisten mußten, war eindeutig begeistert von der Vorstellung, ihre Habe an einem Ort aufbewahren zu können, an dem es nicht fortwährend nach Essen roch. Sie war klug genug, den Hauptgrund für die Aufforderung zu erraten, sagte jedoch nichts davon, noch schätzte sie die Ehre geringer ein, weil beide Teile davon profitierten. Danach schlief Elys besser, und sie hatte keinen Grund, ihre Entscheidung zu bereuen, denn die Köchin war eine ruhige, wohlerzogene, saubere Frau.

Nachdem Ostern vorüber war, begann die ganze Stadt sich auf den Mai zu freuen, und die kommenden Ereignisse dieses Monats waren das wichtigste Gesprächsthema. Während Elys am Fenster saß und arbeitete, schienen alle Vorübergehenden, die stehenblieben und sie grüßten, etwas zu erzählen zu haben, zum Beispiel, welches der beste Teil des Waldes für den Maigang sei, oder was sie auf dem Jahrmarkt zu kaufen gedachten, der zwei Tage später stattfinden würde. Die Chorherren hatten das Recht, das ihnen von der ersten Frau Henrys des Ersten gewährt worden war, an jedem der beiden Feste des heiligen Kreuzes, im Mai und September, einen Jahrmarkt abzuhalten, und beide waren für die Stadt bedeutende

Ereignisse im Jahreslauf. Danach kam Pfingsten, und es gab nach der Heuernte stets ein von der Kirche veranstaltetes Fest, ein weiteres großes Ereignis. Die Frauen, die sich neue Kleider leisten konnten, nähten sie sich normalerweise zu diesem Anlaß, trugen sie sittsam in der Kirche und prunkten damit bei dem anschließenden Fest.

Für Elys stellten diese Unterhaltungen am Fenster eine angenehme Dreingabe zu der Arbeit dar, die sie mit Freude verrichtete. Immer wenn das Wetter es Elys erlaubte, den Leinenschutz vom Fenster zu entfernen, blieb eine Reihe von Leuten stehen, um ein paar Worte mit ihr zu wechseln. Sie störten sie nicht bei der Arbeit, denn sie erwarteten, daß sie weiterstickte, während sie schwatzten, und der Umstand, daß sie eine Dame war, wurde dadurch abgeschwächt, daß sie auch Handwerkerin war, und deshalb scheuten sich auch bescheidene Leute nicht, mit ihr zu reden. Elys, die erwartet hatte, ihr Arbeitsleben würde einsam sein, freute sich darüber, daß das Gegenteil der Fall war, und bald wußte sie über alle Vorgänge in der Stadt Bescheid, war jedoch klug genug, alles für sich zu behalten.

Sie wurde von den Töchtern des Müllers und des Schmieds zum Maigang eingeladen, stellte jedoch, als sie am ersten Mai vor der Morgendämmerung aufbrach, fest, daß alle unverheirateten Mädchen und jungen Männer der Stadt in zwei getrennten Gruppen scheinbar unterschiedliche Abschnitte des Waldes aufsuchten, es jedoch fertigbrachten, einander zu treffen, während sie Blumen pflückten und grüne Zweige sammelten.

Die Mädchen trugen einen großen Korb und eine Statue der Jungfrau Maria von der Höhe einer Elle bei sich, die normalerweise in einer Nische oberhalb eines der Altäre im südlichen Querschiff des Münsters stand. Sie war aus Holz, alt und von den vielen morgendlichen Maigängen etwas mitgenommen; der größte Teil der blauen Farbe war verblaßt oder von ihrem Gewand abgeblättert, aber solange man sich erinnern konnte, war sie auf allen Maiprozessionen mitgeführt worden, selbst wenn man die Erinnerungen der Urgroßeltern mitrechnete. Sie wurde in der Mitte des Korbes auf einen Sockel gesetzt, der so geformt war, daß sie aufrecht stand, und dann wurden die Seiten des Korbes, deren eine sich in einem schützenden Bogen über die Statue wölbte, mit Blumen geschmückt, vor allem mit Weißdornblüten, Marias ureigener Blume.

An diesem Maitag waren noch nicht viele Weißdornbüsche aufgeblüht, und die Mädchen liefen hier und da den Waldrand entlang auf der Suche nach seinem weißen Schimmer in der Dunkelheit, und meistens gelang es ihnen, auf verliebte junge Männer zu treffen, die gleichermaßen nach ihnen wie nach jungem Grün Ausschau hielten. Elys ging anfangs mit ihren beiden Begleiterinnen, verlor sie jedoch bald, die eine an den Sohn des Schuhmachers, die andere an den Flurhüter; deshalb wanderte sie allein weiter, fand ein halbes Dutzend blühender Weißdornzweige und viele Büschel Primeln, die bleich im Gras schimmerten, und füllte mit ihnen den kleinen Korb, den sie bei sich trug.

Plötzlich entdeckte sie mehrere blühende Weißdornzweige über ihrem Kopf im Geäst eines sehr alten, knorrigen Baumes. Sie stellte den Korb ab und balancierte über die Wurzeln, reichte so hoch hinauf, wie sie konnte, versuchte sogar, ein kleines Stück den Stamm hinaufzuklettern, der etwas von ihr weggeneigt war. Sie war so in ihre Anstrengungen vertieft, daß sie nicht bemerkte wie sich jemand an sie heranschlich, bis sie sich plötzlich von hinten fest umarmt fühlte, und eine Stimme ihr ins Ohr flüsterte: »Ach, wenn doch die Sonne aufginge und mir dein hübsches Gesicht zeigte, meine Fee! Verschwindest du dann?«

»Lassen Sie mich los!« sagte Elys empört. »Ich weiß ja nicht einmal, wer Sie sind.«

»Wirklich nicht?« flüsterte die Stimme so nah an ihrem Ohr, daß sie den Atem des Mannes an ihrem Hals spürte.

Sie drehte den Kopf zur Seite und versuchte, sich weit genug zurückzulehnen, um sein Gesicht zu erkennen, denn der Himmel wurde von Minute zu Minute heller, und sie konnte den Baum und die Blüten jetzt ganz deutlich erkennen, also auch ihn, wenn sie nur einen flüchtigen Blick von seinem Gesicht erhaschen könnte! Er legte eine Hand hinter ihren Kopf, hinderte sie daran, ihn zu bewegen und küßte ihr Ohr, dann ihr Kinn und ihre Wangen, doch noch immer konnte sie sein Gesicht nicht erkennen. Wie sehr sie sich auch wehrte, er hielt sie mühelos fest, da er anscheinend in Armen und Händen große Kraft besaß.

Nachdem er in aller Ruhe ihren Hals und ihre Wangen mit einer Fülle leichter Küsse bedeckt hatte, zog er sie schließlich ein wenig zu sich heran, um ihre Lippen zu erreichen, und die Art seiner Küsse veränderte sich, war jetzt alles andere als flüchtig, so daß sie nach Luft schnappen mußte, und blitzartig schob sich seine Zunge zwischen ihre Lippen. Er fuhr fort, sie zu küssen, drehte sie zu sich herum und drängte ihren Rücken sanft gegen den Stamm des Baumes. Sie zitterte, halb vor Angst, halb vor Erregung, da sie nie zuvor dergleichen erlebt hatte. Seine Küsse wurden drängender, fordernder, und sie spürte plötzlich eine tiefe Angst, seltsamerweise nicht vor dem Mann oder seinen Küssen, sondern vor dem Aufruhr der Gefühle, den sie in ihr erweckten. Sie begann, sich mit ihrer ganzen Kraft zu wehren, trommelte mit ihren Fäusten auf seine Schultern, und er hielt inne, hob den Kopf und trat einen Schritt zurück, wobei er sie so plötzlich losließ, daß sie beinahe gestürzt wäre.

»Wie können Sie es wagen ...«, begann sie, ebenso wütend auf sich selbst wie auf ihn, brach jedoch mitten im Satz ab, da sie ihm beim Sprechen ins Gesicht geblickt hatte.

Es war Aylwin.

»Sie!« rief sie aus.

»Ich dachte, Sie hätten es erraten«, sagte er mit verwirrtem Gesichtsausdruck. »Dachten Sie, es sei jemand anderes?«

Elys starrte ihn an, sprachlos vor Überraschung, Verwirrung und Erregung. War dies wirklich der Mann, der sie, wie sie geglaubt hatte, wie ein Kind behandelte? War dies wirklich der ruhige, eher ernste Mann, der so freundlich und hilfsbereit und doch so kühl und reserviert war?

»Ich wußte nicht, wer es war«, erwiderte sie. »Ich hatte keine Ahnung. Ich wäre nie auf den Gedanken gekommen, daß Sie es sein könnten.«

Auf seinem Gesicht hatte eben noch die Spur eines Lächelns gelegen, doch es verschwand jäh, und er sagte: »Dann tut es mir sehr leid, wenn ich Sie erschreckt habe. Das war nicht meine Absicht.«

»Und was war Ihre Absicht?« fragte sie, ihre Verwirrung hinter einem Ausdruck von Hochmut verbergend, und blickte zu Boden, um zu sehen, wo ihr Korb stand, denn sie wollte weder darauftreten noch darüber stolpern. Deshalb entging ihr der sehnsüchtige Ausdruck auf seinem Gesicht. Als sie den Korb entdeckt hatte und wieder aufsah, wirkte er so ruhig und gleichmütig wie immer.

»Es war nur ein kleiner Maischerz«, antwortete er. »Das ist der eigentliche Sinn des ganzen Festes, wissen Sie.«

»Nein, das weiß ich nicht«, erwiderte sie scharf. »Ich dachte immer, so etwas wäre nur bei Leibeigenen und Bauern üblich, nicht bei – bei vornehmen Leuten.« Fast hätte sie gesagt ›bei Adligen‹, wählte jedoch rechtzeitig ein anderes Wort.

»Ach so. Nun, es tut mir leid, wenn unsere bescheidenen englischen bäuerlichen Bräuche Mylady beleidigen! Hätte ich gewußt, daß Sie nicht darauf gefaßt waren, von jemandem geküßt zu werden, hätte ich es natürlich nicht gewagt. War es sehr unangenehm?«

Die letzte Frage klang ehrlich interessiert, als hätte er sie gefragt, ob sie Rom für eine schöne Stadt halte oder wie ihr die Überquerung der Alpen gefallen habe. Sie sah ihn eine Spur argwöhnisch an und fragte sich, ob er sich über sie lustig mache, doch es hatte nicht den Anschein, und deshalb antwortete sie ernst: »Nein, aber es hätte so sein können, wenn es jemand gewesen wäre, den ich nicht mag oder nicht gekannt hätte.«

»Ich würde Sie um nichts auf der Welt kränken oder erschrecken«, sagte er ruhig.

»Ich weiß«, erwiderte sie, nachdem sie sich all seine hilfreichen Worte und Taten in Erinnerung gerufen hatte, und sie überlegte, was wohl geschehen wäre, wenn Fulk hier gewesen wäre. Hätte er sich den englischen Brauch zunutze gemacht, oder hätte sein Normannenstolz ihn daran gehindert? Vermutlich, dachte sie, hätte er die Gelegenheit wahrgenommen. Einen Moment lang herrschte Stille, eine Oase der Ruhe inmitten einer Fülle von Geräuschen, denn das Vogelkonzert hatte bei Tagesanbruch in voller Lautstärke eingesetzt, und aus allen Richtungen im Wald vernahm man Geschrei und Gekicher und wildes Hallo.

Plötzlich trat Aylwin einen Schritt vor, langte nach oben, pflückte die Maiblüten, die außerhalb ihrer Reichweite gewesen waren und reichte sie ihr. Sie dankte ihm, und Seite an Seite gingen sie am Waldrand entlang zurück zu der Stelle, wo der Korb und die Statue jetzt mit Blumen geschmückt wurden, vor allem von den kleineren Mädchen, die noch nicht alt genug waren, sich an dem Treiben und Küssen zwischen den Bäumen zu beteiligen.

Gleich darauf ging die Sonne über dem Wald auf, und nun begann der ernste Teil des Tages. Der Korb, jetzt das Gemach der Muttergottes, wurde geschmückt, die Mädchen flochten sich Blumenkränze, und die Jungen setzten sich aus belaubten Zweigen gewundene Kronen auf den Kopf. Aylwin nahm Elys den Kranz aus der Hand, als sie ihn sich aufsetzen wollte, und krönte sie damit, wobei er sehr genau darauf achtete, daß er auch gerade saß. Sie erwartete irgendwie, daß er sie danach küssen würde, aber er tat nichts dergleichen, und sie befahl sich in aller Strenge, darüber nicht enttäuscht zu sein.

Inzwischen hatte sich der größte Teil der jungen Leute eingefunden. Der Korb mit der Statue wurde von zwei kräftigen jungen Männern geschultert, die übrigen marschierten in einer zwanglosen Prozession den langen Weg den Berg hinab in die Stadt zurück, mit Sträußen und Körben voller Blumen und Zweigen. Meist waren es Weißdornzweige, denn jeder Kuhstall brauchte einen solchen Zweig über der Tür, und in jedem Haus mußte jemand, der kein Familienmitglied war und nicht dort wohnte, einen Zweig im Dachgebälk anbringen, damit Maria dieses Haus im kommenden Jahr vor Übel bewahrte.

Während sie lachend und scherzend den Hügel hinabgingen, stimmten sie ein Lied an, das so alt war, daß der Text nicht mehr vollständig bekannt war und niemand ihn richtig verstand, aber alle kannten ihn und die Melodie, denn das Lied wurde auf jedem Maigang gesungen, wahrscheinlich seit Waltham gegründet worden war. Elys hatte die Melodie bald gelernt und summte sie mit, doch Aylwin schien sie bereits zu kennen, denn wie er sagte, ähnelte sie stark dem Lied, das er zu Hause gelernt hatte.

Als sie die Stadt erreicht hatten, versammelten sie sich auf dem Jahrmarktsplatz, wo ein großer Weißdornbaum von ehrwürdigem Alter stand. Die umhüllte Statue wurde in seine Äste hinaufgezogen, und alle reichten sich die Hände, bildeten eine Reihe konzentrischer Kreise und umtanzten immer noch singend den Baum, wobei jeder Kreis sich dem nächsten entgegengesetzt drehte. Am Ende jeder Strophe wurde die Richtung gewechselt, und so tanzten sie etwa ein Dutzend

Strophen lang, bis sie vom Singen und Tanzen außer Atem waren und unter Lachen und Schwatzen abbrachen.

Die Statue wurde wieder vom Baum heruntergeholt und um die Stadt herum und dann zur Kirche getragen, welche die Prozession an der Stelle betrat, wo sich nach der Fertigstellung der Kathedrale das große Westportal befinden würde; Williams Steinmetzen hatten für diesen Morgen ihr Gerüst und ihre Werkzeuge beiseite geräumt. Nun schritt die Prozession feierlich und schweigend das Mittelschiff entlang. Alle machten im Vorübergehen eine Verbeugung vor dem Hauptaltar und eine zweite vor dem großen Kreuz, und sie gingen weiter bis zum Querschiff, wo Pater Brian die Statue mit ihrer Laube entgegennahm und sie auf den Altar stellte, unterhalb der Nische, in der die Jungfrau Maria normalerweise stand.

Es wurden ein paar Gebete gesungen, ein Segen erteilt, und dann verließen die Nachtschwärmer immer noch in feierlichem Schweigen die Kirche, um sich draußen in Grüppchen zusammenzufinden, zu plaudern und mit ihren Schätzen zu den einzelnen Häusern zu gehen, um ihren Nachbarn und Freunden die beschützenden Zweige und Blumen zu überbringen.

Aylwin brachte seinen Zweig in das Haus in der Church Street, wo Crispin eine Leiter holte und sie festhielt, während er hinaufkletterte und den Zweig an einem der Dachbalken befestigte; später kam Lukin mit einem weiteren Zweig, der mit der gleichen Sorgfalt auf der anderen Seite der Halle angebracht wurde. Es folgte eine Reihe von Besuchern, die alle Blumen mitbrachten und ihnen einen fröhlichen Mai wünschten. Die meisten von ihnen kamen eigentlich wegen Matthew, denn es herrschte allgemein der Glaube, daß er, da ihm ein Wunder geschehen war, eine Kraft in sich trug, die jeden beschützen würde, der mit ihm sprach oder ihn berührte.

Mistress Mayngod hatte zahlreiche kleine Kuchen gebakken, damit jeder der Besucher einen bekam, und während sie herumstanden und aßen und redeten, bewegte sich Tigrus lautlos und geschickt zwischen ihren Füßen hin und her und räumte netterweise mit allen Krümeln auf, die sie auf die sauberen Binsen fallen ließen.

Der Tag galt als Feiertag, doch in einer Gemeinde, die hauptsächlich von der Landwirtschaft lebte, kam es in Wirklichkeit nicht vor, daß man einen ganzen Tag als Feiertag beging. Die Vögel mußten wie sonst von der aufkeimenden Saat verscheucht werden, die Tiere mußten versorgt werden, die Schafe auf den Weiden, und die Kühe und Schweine in dieser Jahreszeit im Wald. Auch am Maitag wuchs das Unkraut und mußte gehackt werden, genau wie die Steine, so wurde angenommen, auf den Äckern wuchsen und aufgelesen werden mußten, sei es für Straßenreparaturen oder, wie zur Zeit, als Füllmaterial für die Wände und Säulen der Kathedrale.

Nach dem Essen ging Aylwin zurück an die Arbeit, und Elys nahm ihre Stickarbeit wieder auf, doch den ganzen Nachmittag über sah sie aus dem Fenster, denn die Kaufleute trafen zum Jahrmarkt ein, rasselten mit ihren Karren und Wagen die Church Street entlang und errichteten hinter der nächsten Ecke, auf dem Messeplatz, ihre Stände.

Im Lauf des folgenden Tages kamen weitere Händler an und ließen den normalen Strom der Pilger anschwellen, bis die Straßen der Stadt kaum noch Menschen fassen konnten. Die Waren wurden in den Ständen ausgelegt, und die Lehrlinge mußten dort Wache halten, während die Händler den Stadtbewohnern und den Pilgern in die Kirche folgten, um dem Gottesdienst am Vorabend des Festes beizuwohnen, das unter der Schirmherrschaft der Kirche stand.

Elys, Matthew und Crispin hatten einen besonderen Grund, daran teilzunehmen, und Matthew erhielt einen

Ehrenplatz auf der Männerseite vorn im Mittelschiff, denn seine Heilung war das Ereignis des Jahres, und dies mußte mit besonderem Dank bedacht werden. Elys schloß sich dem Opfergebet so herzlich und aufrichtig wie alle anderen an, denn sie war zu dem Schluß gekommen, daß, gleich wer den Fuß ihres Bruders amputiert hatte, es ein Wunder und nur geschehen war, weil er zum Heiligen Kreuz von Waltham gekommen war, um für seine Heilung zu beten.

Am Morgen fand das feierliche Hochamt statt, und danach gingen die Kanoniker in einer Prozession zum Messeplatz, wo Pater Brian die Händler und ihre Kunden segnete, und Lukin Dulpain las, in seiner Funktion als Vogt, mit lauter, weithin vernehmbarer Stimme die Verhaltensmaßregeln für den Jahrmarkt vor, wobei er nach jedem Punkt innehielt und streng um sich blickte. Sobald er geendet hatte, wurden die Abdeckungen von den Ständen entfernt, und der Markt begann.

Elys hatte Mistress Mayngod wegen ihrer geplanten Einkäufe zu Rate gezogen, weil sie wissen wollte, welche Händler die besten Waren zu den vernünftigsten Preisen anboten, und als erstes begleitete sie die Köchin bei ihren Einkäufen, denn es mußten verschiedene Dinge für den Haushalt gekauft werden, da dies bis zum zweiten Jahrmarkt im September die einzige Gelegenheit war. Elys hatte keine Erfahrung im Kauf solcher Dinge wie Gewürze und Trockenfrüchte, die nur in Läden in den großen Städten verkauft wurden, und sie hielt es für sinnvoll, sich diese Kenntnisse anzueignen für die Zeit, in der sie ihren eigenen Haushalt führen würde.

Es gab mehrere Stände, die exotische Lebensmittel anboten – getrocknete Aprikosen aus Zypern, Datteln aus dem Heiligen Land, Gewürze aus östlichen Ländern –, und sie gingen bei allen vorbei, prüften die Ware und erkundigten sich nach den Preisen, bis Mistress Mayngod entschied, bei welchem Händler sie kaufen wollte. Selbst dann feilschte sie noch mit Schwung und guter Laune um günstige Angebote – erwarb nicht die billigste, sondern die beste Qualität zu einem annehmbaren Preis; sie erklärte Elys, woran man erkannte, welche Rosinen sich hielten und beim Backen aufgingen und sich mit Saft füllten, wie man frisch importierte Nelken und Zimtrinde von den Gewürzen unterscheiden konnte, die vom letzten Jahr übriggeblieben waren, und es dauerte einige Zeit, bis sich für Elys die Gelegenheit ergab, sich von ihr zu verabschieden und nach den Dingen zu suchen, die sie selbst brauchte.

Das wichtigste waren Nadeln. Nur wenige Frauen besaßen mehr als eine gute Nähnadel, denn die besten waren aus Stahl, dünn und spitz, und selbst diejenigen aus minderwertigem Material waren teuer. Elys wußte, wonach sie die Qualität der angebotenen Nadeln beurteilen mußte und welcher Preis dafür angemessen war, und sie gab mehrere ihrer Silberpennies für ein halbes Dutzend der besten Nadeln aus, die sie bekommen konnte, denn sie hatte Angst, sich nur auf eine oder zwei zu verlassen; wenn diese zerbrächen, stünde sie ohne ihr wichtigstes Handwerkszeug da. Es gab noch andere Dinge – Stoffe, feines Leder und Garne, die ihr gut gefielen, doch sie kaufte nur das, was sie für ihre Stickarbeit brauchte, denn Kleider besaß sie mehr als genug, und Material, um sich weitere Kleider anzufertigen, befand sich unter den Sachen, die ihre Mutter ihr gegeben hatte.

Die ganze Stadt schien auf den Beinen, um den Jahrmarkt zu besuchen, doch viele der ärmeren Leute sahen sich die Waren nur an oder bestaunten den Tanzbären oder die Akrobaten und genossen das geschäftige Treiben und die ungewöhnlichen Dinge, die sich ihren Augen boten, aber sie gaben nichts aus, weil ihnen das Geld dazu fehlte. Die meisten erhielten keinen Lohn, sondern bekamen einen Anteil an den Erträgen der Felder als Gegenleistung für die Bearbeitung des Landes, das den Chorherren und den paar anderen Lehnsmännern gehörte, die hier etwas Grund bewirtschafteten. Das einzige, was sie kauften, waren unentbehrliche Dinge, die sie nicht selbst produzieren konnten – Eisenwaren, Schuhwerk, Salz und, ganz selten, feinen Stoff, zum Beispiel Leinen, das sie nicht selbst anbauen, spinnen oder weben konnten.

Bis zur Mittagszeit hatte Elys alles gekauft, was sie sich vorgenommen hatte, und kehrte mit dem befriedigenden Gefühl zurück, ausgezeichnet eingekauft zu haben. Sie packte ihre kostbaren Nadeln weg, ehe sie sich zum Mittagessen niedersetzte. Zu ihrer Überraschung lagen drei kleine Päckchen neben ihrem hölzernen Teller – eines von jedem ihrer beiden Brüder, und das dritte, so schien es, von Aylwin, denn alle hatten ihr ein Jahrmarktsgeschenk gekauft.

Matthews Geschenk war eine kleine, sehr scharfe Schere, eine Miniaturausgabe der Exemplare, die man für die Schafschur oder zum Schneiden von Stoff verwendete; sie konnte damit ihre Fäden abschneiden. Crispins Geschenk bestand aus einem Dutzend gedrechselter Holzspulen, auf die sie ihre Fäden wickeln konnte, damit sie sich nicht verhedderten. Aylwin hatte ihr eine Silberkette mit einem Anhänger gekauft, der ein gutes Beispiel für die typisch englische Form eines Schmuckstückes abgab – ein komplexes Muster aus miteinander verflochtenen Bändern. Sie betrachtete es eingehend, da sie vermutete, daß Tier- oder Vogelköpfe darin verborgen waren, deren angedeutete, jedoch erkennbare Körper durch die Bänder dargestellt wurden, doch es gab nichts dergleichen. Dieses Muster war ein endloses Band, das einen äußerst komplizierten Knoten ohne Ende bildete.

»Wie lieb ihr alle zu mir seid«, rief sie aus, begeistert von der Aufmerksamkeit, mit der ihre Brüder ihre Gaben ausgewählt hatten. »Es ist nämlich nicht gut, das Garn mit dem

Messer durchzuschneiden – mit der kleinen Schere wird es viel besser gehen, und die Spulen sind so nützlich. Ach, und Aylwin! So ein hübscher Anhänger – was bedeutet er?«

Aylwin warf ihr einen seltsamen Blick zu, erkannte, daß sie es ehrlich nicht wußte, und antwortete ausweichend: »Es ist nur ein Friedensangebot, weil ich Sie neulich erschreckt habe.«

»Aber es besteht kein Anlaß für ein Friedensangebot«, sagte Elys ernst. »Ich war nur erschrocken, weil es so unerwartet war. Ich war nicht beleidigt. Haben Sie vielen Dank. Es ist ein sehr schönes Schmuckstück.« Und sie befestigte die Kette an ihrem Hals und rückte den Anhänger so zurecht, daß er gerade auf ihrer Brust hing.

Aylwin verneigte sich leicht, die Lippen zu einem schrägen Lächeln verzogen, und aß weiter, wobei er sich bewußt war, daß Matthew und Crispin, beide etwas welterfahrener als ihre Schwester, ihn nachdenklich, um nicht zu sagen forschend, anblickten.

Mistress Mayngod hatte ebenfalls ein Jahrmarktsgeschenk erhalten, das sie Elys vor dem Zubettgehen zeigte, mit einer Schüchternheit, die ihr gar nicht schlecht stand.

»Schauen Sie, was dieser Edwin mir auf dem Jahrmarkt gekauft hat«, sagte sie und holte eine Brosche in Form eines rennenden Kaninchens hervor, dessen Körper aus blauem Email, das Auge aus einem Granat bestand. »Alles, woran dieser Mann denkt, sind seine Kaninchen und seine Iltisse! Na, der bringt mich nicht dazu, am Waldrand zu wohnen, wo man den lieben langen Tag nur Hirsche und Kaninchen zur Gesellschaft hat.«

»Will er Sie denn heiraten?« fragte Elys, die schon geargwöhnt hatte, daß Edwin etwas Ähnliches im Sinn hatte, da so viele Kaninchenpasteten bei Tisch aufgetragen wurden.

»Nun, ich glaube nicht, daß er an eine kirchliche Sache denkt«, erwiderte Mistress Mayngod und bewunderte ihre

Brosche im Schein des Binsenlichts. »Mehr an einen Ehevertrag mit Handschlag, nach Art der Dänen, nehme ich an. Er wird aber kein Glück haben! Ein Ehemann auf dem Friedhof reicht mir, Gott habe ihn selig.«

Da die Köchin sie in bezug auf ihr Jahrmarktsgeschenk ins Vertrauen gezogen hatte, fühlte Elys sich verpflichtet, ihre eigenen Geschenke zu zeigen, die Mistress Mayngod nun ihrerseits bewunderte, mit der winzigen Schere in der Luft klapperte, das glatte Eibenholz der Spulen befühlte und feststellte, daß es keine rauhen Stellen gab, wo das Garn sich verhaken konnte. Sie betrachtete einen Moment lang schweigend den Anhänger, dann sah sie Elys mit einem forschenden, belustigten Blick an und fragte: »Von welchem kühnen Jungen haben Sie das?«

»Von Meister Aylwin«, erwiderte Elys. »Wir hatten vor ein paar Tagen ein kleines Mißverständnis, und er sagte, dies sei ein Friedensangebot.«

»Frieden, aha. Manche sagen, es sei eher eine Kriegserklärung«, sagte Mistress Mayngod dunkel und gab ihr den Anhänger zurück. »Er ist ein guter Mann und geschickt dazu. Es wird ihm nie an Brot und Kleidung mangeln.«

Ihre Bemerkung über den Krieg verwirrte Elys, und sie rätselte vor dem Einschlafen darüber in der dunklen Stille ihrer Schlafkammer. Es war erfreulich, daß die kluge Köchin eine gute Meinung von ihrem Freund hatte, denn sie fühlte, daß er wirklich ein guter, freundlicher Mann war. Um so erstaunlicher war es, daß er sich beim Maigang so seltsam benommen hatte! Sie erschauerte, und empfand, halb erschreckt, halb erregt ein merkwürdiges Gefühl, als sie sich an die Küsse erinnerte, und an die Kraft und Wärme von Aylwins Körper, als er sie an sich gedrückt hatte. Tat das ein Ehemann, fragte sie sich, bevor er mit seiner Frau zusammen war?

Sie wußte natürlich über die Paarung Bescheid, denn die

Tiere taten es ja in aller Öffentlichkeit, und sie nahm an, daß die Menschen sich im Schutz der Dunkelheit oder in aller Heimlichkeit ganz ähnlich verhielten. Es war etwas, womit eine Frau sich abzufinden hatte, gehörte zu ihren Pflichten und war nötig, um Kinder zu bekommen; aber was, wenn der Ehemann schlechten Mundgeruch oder einen kratzenden Bart hatte, was das Küssen sehr unangenehm machen würde? Zwischen ihren Eltern hatte sehr wenig Zuneigung bestanden, und sie konnte sich nicht daran erinnern, daß sie einander geküßt hätten, außer bei förmlichen Anlässen, deshalb begriff sie erst jetzt, verspätet, daß ein Ehemann, wenn er seine Frau liebte, vielleicht den Wunsch hatte, sie zu küssen und zu streicheln, wie Aylwin ...

Es war nicht unangenehm gewesen ... Eigentlich mußte sie zugeben, daß sie, von der Überraschung und momentanen Panik einmal abgesehen, es nicht ungern gehabt hatte, nachdem sie erst wußte, wer sie umfaßt hielt ... Nein, das stimmte nicht ganz! In jenem Moment war sie entsetzt und erschrocken gewesen, erst nachträglich, jetzt, da sie wußte, daß dies für alle Engländer, gleich welchen Ranges, zum Maigang dazugehörte, konnte sie sich an den angenehmen Aspekt erinnern. Wäre es ein Fremder gewesen, wäre es ihr zuwider gewesen, doch sie kannte Aylwin, mochte ihn und vertraute ihm, und daran mußte es liegen, daß alles in Ordnung war.

Der Jahrmarkt dauerte drei Tage, und Elys ging noch ein zweites und drittes Mal hin; am letzten Tag verbrachte sie lange Zeit dort, ging von Stand zu Stand, genoß das geschäftige Treiben und die erregende Atmosphäre, besah sich die feilgebotene Ware und hörte dem Feilschen zu. Pater Warmand hatte sich vor ein paar Tagen den Chorrock angesehen und ihr mehr Geld gegeben, da er mit ihren Fortschritten zufrieden gewesen war. Sie hatte alles Matthew für Unterkunft und Verpflegung angeboten, doch er ließ sich nur überreden, ein paar Pennies als symbolischen Betrag anzunehmen, deshalb hatte sie das Gefühl, ein wenig sorgloser mit ihrem Geld umgehen zu können, solange sie noch Gelegenheit hatte, etwas auf dem Jahrmarkt zu kaufen.

Sie sah die Witwe Miller, die einen wollenen Mantel erstehen wollte und dabei den Händler mit ihrer schrillen, gakkernden Stimme einen Räuber nannte; sie bot ihm die Hälfte von dem, was er forderte, ging weg, kehrte zurück, drückte den Preis um einen Viertel Penny, bis er, wütend über ihr Gefeilsche und darauf aus, weniger geizige Kunden zu bedienen, sagte: »Also gut, bringen Sie mich nur um mein Auskommen, und niemand soll sagen, ich gäbe keine Almosen!« und auf ihr letztes Angebot einging.

»Jetzt will ich ihn nicht mehr – er hat die falsche Farbe«, erwiderte die Frau triumphierend, humpelte gackernd davon und stieß mit Elys zusammen, erkannte sie jedoch offensichtlich nicht.

Elys fing den entrüsteten Blick des Verkäufers auf und konnte sich ein Lächeln nicht verkneifen, woraufhin er seine Waren vor ihr ausbreitete, in der Hoffnung, sie als Kundin zu gewinnen. Sie blieb stehen und sah sich um, während er von einem anderen Kunden in Anspruch genommen wurde, der wirklich etwas kaufen wollte, doch sie fand, daß der Mantel, den die Witwe Miller verschmäht hatte, nicht besonders gut war, ebensowenig wie die anderen, und sie wollte sich gerade abwenden, als sich eine schwere Hand auf ihre Schulter legte. Sie drehte sich erschrocken um und fand sich Auge in Auge mit einem Bär.

»Oh!« rief sie, entsetzt darüber, statt eines menschlichen Gesichts dunkles Fell, kleine, rotbraune Augen und eine schwarze, lederartige Nase vor sich zu haben. Unwillkürlich trat sie einen Schritt zurück, merkte jedoch daß sie mit dem Rücken an der Theke des Mantelverkäufers lehnte und nicht weiter zurückweichen konnte.

»Keine Angst, schöne Dame!« rief der Bärenführer und zog seinen Schützling an der Kette von ihr weg. »Er tut Ihnen nichts. Er möchte nur Ihr hübsches Gesicht sehen.«

Elys lächelte unsicher und schlich sich davon, denn sie war ganz und gar nicht überzeugt, daß der Bär so harmlos war, wie der Mann sagte. An der Pranke, die er ihr auf die Schulter gelegt hatte, befanden sich ein paar gefährlich aussehende schwarze Klauen, und sein Maulkorb sah unzureichend aus, denn er bestand nur aus einem dünnen Lederriemen.

Der Bär ging schwerfällig auf seinen Hinterbeinen weiter und tanzte ein wenig zu der Pfeife, die der Führer mit seiner freien Hand bediente, und Elys ging in die entgegengesetzte Richtung davon und blieb vor der Auswahl beinerner Kämme und kleiner blanker Bronzespiegel stehen. Letztere weckten ihr Interesse, denn sie hatte nie einen Spiegel besessen und nur selten die Erlaubnis erhalten, ihr Gesicht in dem silbernen Spiegel ihrer Mutter zu betrachten. Sie brauchte einen Kamm, denn aus ihrem alten waren einige Zähne herausgebrochen, deshalb kaufte sie einen und dann, aus einer plötzlichen verschwenderischen Regung heraus, auch einen Spiegel, den sie, wie sie sich einredete, brauchte, um zu prüfen, ob ihre Krone und ihr Schleier auch gerade saßen.

Die nächste Bude verkaufte Borten und Bänder, und sie betrachtete sie mit Interesse. Die Borten waren in vielen Farben gewebt, und einige der Bänder waren bestickt und sehr teuer. Voller Ermutigung dachte sie, daß sie eine ähnliche Arbeit von mindestens so guter Qualität anfertigen und vielleicht auf diesem Gebiet Arbeit finden könne, falls es einmal nötig sein würde.

Das Schlagen eines Tamburins und das etwas unbeholfene Tuten auf einer Trompete lockten sie in eine andere Ecke des Messeplatzes, neben den Weißdornbaum, wo ein Karren stand, der so aufgebockt und befestigt war, daß sein Unterbau waagrecht lag, und drei Leute in schreiend bunten Fransenkostümen tanzten darauf herum und sangen. Wie eine Menge anderer Menschen blieb Elys stehen und sah zu, gleich darauf verstummten das Tamburin und die Trompete, und das buntgekleidete Trio spielte, begleitet von dem Tamburinspieler, eine kleine Geschichte vor, von einem schönen Mädchen, einem bösen Ritter und einem hübschen Liebhaber. Es war nicht leicht, der Handlung zu folgen, denn der Erzähler drehte beim Sprechen den Kopf hin und her, und die Schauspieler leierten die langen Texte so monoton herunter, daß man kaum ein Wort verstehen konnte. Es war wahrhaftig keine gute Vorführung, doch die meisten Zuschauer hatten nie etwas Besseres gesehen, deshalb spendeten sie Beifall und bezahlten bereitwillig für die Unterhaltung mit süßen Brötchen, Brot, Gemüse und sogar ein bißchen Geld.

Dann brach ein Streit aus zwischen einem Mann, der behauptete, man habe seine Börse gestohlen, und dem jungen Mann, den er beschuldigte, doch er wurde schnell von Lukin beendet, der mit zwei kräftigen Helfern und einem Eimer Wasser herbeieilte. Er goß den Inhalt des Eimers mit so geringem Kraftaufwand über die beiden Streithähne, daß man die langjährige Erfahrung spürte, und das triefend nasse Paar wurde von den Helfern weggeführt, um sich vor Pater Brian zu verantworten, der den abwesenden Dekan vertrat. Elys, die auf ihre Börse gut aufgepaßt hatte, wechselte ein paar freundliche Worte mit Lukin. Er sah müde aus, meinte jedoch, ihm gefiele die Abwechslung des Jahrmarkts, wenn es nicht zuviel Streitereien und Diebstähle gäbe. Bald wurde er gerufen, um einen Disput zwischen einem Händler und einem Kunden zu schlichten, und Elys wanderte weiter an den Ständen entlang.

»Feigen! Beste Feigen aus Italien!« schrie eine Stimme ein kleines Stück weiter. Elys hatte in Italien frische Feigen gegessen und genossen, deshalb lief sie rasch hin, um sie sich anzusehen, und fand bei dem Stand eine gute Auswahl der unterschiedlichsten getrockneten Früchte vor, einschließlich der Feigen, die sich einen Teil jener Saftigkeit bewahrt hatten, an die sie sich erinnerte; sie kaufte einen Beutel davon und begutachtete die anderen Waren, immer Mistress Mayngods Ratschläge im Gedächtnis, wie man Rosinen beurteilte. Diese hier waren recht gut, befand sie, aber die Korinthen waren zu trocken. Sie rätselte über ein paar kleine Orangenscheiben, doch der Verkäufer erklärte ihr, es seien Aprikosen, und daraufhin erkannte auch sie es.

Als sie weiterging, begegnete sie, begleitet von der kleinen Martha, Mistress Chich, die mit der Majestät eines beladenen Heuwagens durch die Menge steuerte. Elys wünschte ihr höflich guten Tag, und die Dame erwiderte huldvoll den Gruß, dann erkannte sie Elys und schien etwas aus der Fassung gebracht.

»Oh! Äh – ja . . .«, stammelte sie und fuhr dann zu Elys' Überraschung fort: »Ich fürchte, ich habe Sie falsch eingeschätzt, als Sie neulich bei mir waren. Pater Warmand hat mir erklärt, daß Sie tatsächlich eine anständige Person sind, und daß in den großen Städten viele Frauen mit einem Handwerk Geld verdienen. Ich muß sagen, ich war sehr erleichtert, als ich das hörte. Man legt keinen Wert darauf, diese andere Sorte Frauen kennenzulernen – es ist so unangenehm . . .«, und weg war sie, ohne eine Antwort abzuwarten. Martha, die ihr mürrisch mit einem gewaltigen Einkaufskorb folgte, zwinkerte Elys zu und zog im Vorbeigehen eine Grimasse.

Auf einer Feige kauend – wobei der erinnerte Genuß größer war als der gegenwärtige, denn sie war etwas zäh –, schlenderte Elys weiter und besah sich Schwerter und Messer, Binsenkörbe, Brötchen und Pasteten, Lederwaren und kam schließlich zu einem Stand, der die verschiedensten Arten von Werkzeugen feilbot, wo sie Aylwin entdeckte, der dabei war, ein paar Schlageisen zu erwerben. Er hielt inne, um sie zu grüßen, nahm jedoch umgehend das Handeln um den Preis wieder auf, während sie stehenblieb und zuhörte und seine Erscheinung bewunderte, denn er sah ganz hervorragend aus in seiner neuen blauen Übertunika und einem Paar weicher Lederstiefel.

Als man sich auf einen annehmbaren Preis geeinigt hatte, bezahlte er seine Eisen, band sie mit einem Stück Bindfaden zusammen, drehte sich zu ihr um und fragte sie, ob ihr der Jahrmarkt gefiele.

»O ja, sehr«, erwiderte sie und bot ihm eine Feige an.

»Brauchten Sie wirklich neue Stiefel?« ergänzte sie schelmisch.

»Dringend«, antwortete er und quittierte die Anspielung mit einem Grinsen. »Seit wir Italien verlassen haben, habe ich keine Feige mehr gegessen. Getrocknet sind sie nicht so gut, aber sie wecken Erinnerungen . . .«

»Woran?« fragte sie interessiert. »An Kirchen vermutlich, und Schnitzereien . . .«

»Und dunkeläugige italienische Mädchen und . . . Erinnern Sie sich an den Markt in Mantua? Haben Sie hier genauso viel gekauft wie dort?«

»Es war Mutter, die damals dort eingekauft hat«, erinnerte sie ihn. »Ich habe nur ein paar Dinge gekauft, die ich brauche, keine schönen Kleider oder Stiefel.«

»Ich kleide mich so, wie es sich einem Handwerksmeister geziemt«, erwiderte Aylwin würdevoll. »Nicht übertrieben, sondern so, wie es meiner Stellung zukommt.«

Auch Mistress Mayngod gönnte sich einen Luxus, bevor der Jahrmarkt abgebaut wurde und die Kaufleute weiterzogen. Sie kaufte Tigrus ein schmales, blaues Lederhalsband, um seinen Status als Hauskater deutlich zu machen und ihn von den halbwilden Bauernhofkatzen abzusetzen. Es hatte ein winziges, klapperndes Glöckchen und schien dem Kater zu gefallen, denn er trug es ohne den Versuch, es abzustreifen. Als er während des Abendessens damit erschien, wurde das Halsband zum Gesprächsthema, denn Crispin meinte, er habe gedacht, die Katze solle Ratten und Mäuse fangen, und es erscheine ihm unfair, ihn dabei zu behindern, indem er ein Glöckchen tragen müsse.

»Die Mäuse wissen bestimmt, daß er in der Nähe ist, ob mit oder ohne Glocke«, entgegnete Matthew. »Sie nehmen seinen Geruch auf und hören, wenn er sich bewegt. Schließlich kann auch ein Jagdhund einen Hirsch zur Strecke bringen, der genau weiß, daß er verfolgt wird! Der Kater bewegt sich schneller als eine Maus, und daran ändert das Glöckchen nichts!«

Sie saßen am Tisch auf dem Podest, nachdem die Bediensteten gegessen und den Raum aufgeräumt hatten, und Tigrus lag neben dem Kamin und starrte mit halboffenen Augen in die Flammen. Elys, die den Kater den ganzen Nachmittag über in seinem neuen Halsband hatte einherstolzieren sehen, lächelte über die naiven Bemerkungen ihrer Brüder und sagte: »Hört mal!« Sie rief Tigrus und hielt ihm unter dem Tisch ein Stückchen Fleisch hin, wo der Kater es sehen konnte. Als er seinen Namen hörte, drehte er den Kopf, dann kam er schnell gelaufen, um sich das Fleisch zu holen.

»Was habt ihr gehört?« fragte Elys.

Matthew lachte. »Nichts«, sagte er. »Das Glöckchen hat nicht geläutet.«

»Aber wie ist das möglich?« fragte Crispin.

»Wenn sie will, kann eine Katze sich bewegen, ohne daß sich ihre Barthaare regen, mit einer plumpen Glocke ist es noch einfacher«, sagte Aylwin, und als wolle er ihn bestätigen, begab sich Tigrus unter fröhlichem Geklingel des Glöckchens zu seinem Platz am Kamin zurück, ließ sich nieder und reinigte sich Gesicht und Pfoten.

Während der nächsten Woche hatten die Frauen in der Stadt viel zu tun, denn sie halfen sich gegenseitig, neue Kleider für Pfingsten zu nähen. Am Tag vor dem Fest wurde die Kathedrale mit Blumen geschmückt; einige stammten aus den wenigen Gärten, die zwischen dem Gemüse Platz für einen Rosenbusch und eine Reihe Nelken hatten, die meisten jedoch von den Wiesen und Ackerrainen zwischen den einzelnen Feldern. Elys ging den Mühlbach entlang und pflückte Wiesenschaumkraut und Vergißmeinnicht für einen Tonkrug, den sie zu den vielen anderen neben den Altar im Mittelschiff stellte. Mistress Mayngod füllte eine Schale mit feuchtem Moos und ordnete Glockenblumen und junge Buchenblätter darin an, die sie am Waldrand hinter dem Wildgehege gepflückt hatte.

Elys hatte ein neues Kleid für den Anlaß, aber es war bereits vor ihrer Reise nach Rom gemacht und bisher nicht getragen worden. Es war aus einem dünnen, hellbraunen Wollstoff, der die Farbe ihrer Haare und Augen unterstrich, und sie hatte es an Hals und Ärmeln mit einem Muster aus verschlungenen Zweigen und Blättern in leuchtender Seide bestickt. Ihr feiner Batistschleier trug eine Borte mit dem gleichen Muster, und auch ihr Gürtel war darauf abgestimmt. Sie legte sich ihr Jahrmarktsgeschenk um den Hals und ging mit der glücklichen Gewißheit in die Messe, daß sie gut aussah, daß der lange Winter endgültig vorbei war und der Sommer nahte, daß ihre Arbeit sich gut entwickelte, Matthews Bein völlig geheilt war und ihr Onkel aus Cressing, wo er noch immer zu tun hatte, durch einen seiner Sergeanten die Nachricht übermittelt hatte, daß Lady Mabilia und Judith wohlbehalten in Wix angekommen waren. Er ließ auch ausrichten, daß er nichts von weiteren Plünderungen de Mandevilles in Essex gehört habe, was immer er auch andernorts Schlimmes anrichten mochte.

Es war ein schöner, klarer, sonniger Tag. Mauersegler flogen pfeilschnell kreischend unter die Dachtraufen des Kirchendaches, wo sie ihre Nester bauten. Die Arbeit an dem Gebäude ging gut voran, und die Steinmetzen, alle in ihren besten Kleidern, marschierten in einer Prozession von ihrem Bauhof aus über den Fluß in die Kirche, angeführt von einem stolzen Lehrjungen, der einen Stab mit einer Maurerkelle und einem an der Spitze befestigten Blumenstrauß trug. Sie traten durch das klaffende Loch ein, wo demnächst durch ihre Anstrengungen die Westfront stehen würde, aber die Leute aus dem Ort benutzten wie gewöhnlich das Südportal und nahmen ihre angestammten Plätze im Mittelschiff ein, während die Steinmetzen sich in den Seitenschiffen drängten oder im Hintergrund stehenblieben, in Anerkennung der Tatsache, daß dies nicht ihre Kirche war, auch wenn sie es waren, die das Bauwerk vollendeten.

Pater Brian sang die Messe, da dies ein hoher Feiertag war, und Crispin sang das Evangelium, eine große Ehre, da dies an Feiertagen gewöhnlich ein Priester tat. Bischof Henry hatte in einem Brief seine Unterstützung und seinen Segen übermittelt, dem alle, als Pater Antony ihn vorlas, mit ebenso viel Ehrerbietung lauschten, als wenn es eine päpstliche Bulle gewesen wäre, und der Chor sang ein *Te Deum* in einer schönen neuen Vertonung, die aus der Feder des Kantors stammte.

Nach dem Gottesdienst fanden die meisten Leute die Zeit, über den Kirchhof zu schlendern oder die kleine Brücke zu überqueren und langsam die West Street entlang und wieder zurückzugehen, wobei alle vorgeblich den Sonnenschein und die feiertägliche Atmosphäre genossen, in Wirklichkeit jedoch ihre neuen Kleider vorführten. Diejenigen, die sich aufgrund ihrer Armut keine neue Kleidung leisten konnten, eilten verschämt nach Hause, denn Armut wurde als Schande betrachtet; doch es waren nur wenige, da die Chorherren nach dem Jahrmarkt den Armen der Stadt, die es verdient hatten, Stoff zuteilten, damit sie wenigstens für jedes Familienmitglied eine neue Tunika oder einen neuen Mantel nähen konnten.

Matthew und Crispin hatten erneut Freunde zum Abendessen eingeladen, wenn auch diesmal nur ein rundes Dutzend, und einmal mehr verbrachte man einen angenehmen Abend mit Essen, Trinken, Geschichtenerzählen, Gedichteaufsagen und Singen, und selbst Tigrus steuerte einige laute Miaus bei, weil er von seinen Freunden ein Häppchen Karpfen oder Fleisch erbetteln wollte.

11. Kapitel

Nun, da die Reifezeit voll eingesetzt hatte, kamen weniger Leute vorbei, um sich mit Elys zu unterhalten, während sie am Fenster arbeitete, denn alle waren draußen auf dem Feld, hackten und jäteten Unkraut, lasen Steine auf, verfolgten Bienenschwärme, schoren Schafe, säuberten die Felle und verrichteten die ganze Vielfalt der notwendigen Arbeiten, um sich von dem Land ernähren zu können, so daß alle Männer, Frauen und Kinder in den Bauernfamilien beschäftigt waren.

Da es weniger Unterbrechungen gab und die Tage länger wurden, machte die Stickerei gute Fortschritte, doch Elys hatte bei der Arbeit viel Zeit, sich den Kopf zu zerbrechen und Sorgen zu machen. Ab und zu plagte sie noch ihr Gewissen, weil sie sich geweigert hatte, ins Kloster zu gehen, aber sie war mit sich selbst übereingekommen, ihre Entscheidung als richtig zu akzeptieren, falls sie einen Ehemann fände, und falls nicht – nun, das Kloster würde sie ganz bestimmt immer noch aufnehmen, denn zusätzlich zu der Mitgift, die die Nonnen bereits erhalten hatten, konnte sie noch ihre Begabung bieten.

Ihre größte Sorge galt dem Problem, einen Ehemann zu finden, denn in den adligen Familien wurden solche Angelegenheiten stets von den Eltern oder dem Vormund eines Mädchens geregelt, aber sie konnte sich nicht vorstellen, daß Matthew sich ihretwegen auf den Heiratsmarkt begab, vor allem da sie keine Mitgift mitbrachte außer dem Betrag, den sie mit ihrer Nadel verdiente. Außerdem beunruhigte sie, wie sehr sie sich auch den Gedanken daran verbot, noch immer Aylwins seltsames Verhalten am Maitag, und wenn sie nicht genau aufpaßte, ertappte sie sich dabei, an seine Küsse zu denken und darüber zu grübeln, warum er ihr wohl ein Jahrmarktsgeschenk gekauft hatte. Eines Morgens, als die Leinwand vor das Fenster gespannt war, um den Regen abzuhalten, und sie sich nicht durch Blicke aus dem Fenster ablenken konnte, kam es ihr sogar in den Sinn, daß es sehr schön wäre, mit Aylwin verheiratet zu sein, der ihre Begabung zum Sticken schätzte, und ihn überallhin zu begleiten, wo er zu arbeiten hatte. Sie würde ihren Beitrag zu ihren Einkünften leisten, und er würde sie küssen und liebkosen... Es war eine quälende Vorstellung, die sie mit aller Macht aus ihren Gedanken verbannte, denn hatte er nicht erklärt, er sei mit seiner Arbeit verheiratet?

Als die Tage länger wurden, arbeitete sie auch abends weiter, und Anfang Juni hatte sie die erste Hälfte des Chorrocks fertig. Pater Warmand kam, um ihn sich anzusehen, bevor sie ihn vom Rahmen nahm, und er brachte Pater Brian und Pater Antony mit, die voll des Lobes für ihre Arbeit waren. Sie erhielt einen weiteren Betrag vom Sakristan, der den sorgfältig verborgenen Beutel mit ihren Ersparnissen erfreulich anschwellen ließ.

Nachdem das zweite Stück Seide auf den Rahmen gespannt war, zeichnete sie das Muster für die andere Hälfte des Chorrockes darauf, achtete dabei auf die Zugabe für die Mittelnaht und die genaue Übereinstimmung der Linien mit dem Muster der anderen Hälfte. Die Zeichnung des Kaninchens erwies sich als am schwierigsten, und sie führte sie in konzentriertem Schweigen aus, doch dann kam Aylwin und unterhielt sich mit ihr, während sie die geschwungenen Äste und gewellten Umrisse der Blätter auftrug, die, wie er sagte, einem uralten Muster folgten und einer Pflanze mit dem Namen Bärenklau nachgebildet waren, die die alten Griechen mit Vorliebe für die Verzierungen verwendet hatten. Da sie schon einmal bei der Arbeit war, zeichnete sie auch noch die Taube auf das Stück, das sie für die Kapuze zurechtgeschnitten hatte.

Aylwin hatte den Taufstein beinahe fertig und sprach von den Tierköpfen, mit denen er bald beginnen würde, denn Bischof Henry hatte befohlen, daß ein Fries mit einer Reihe dieser Köpfe an den Außenwänden des Hauptschiffs, unmittelbar unter der Dachtraufe, entlanglaufen sollte.

»Hauptsächlich Löwen«, sagte er, »aber Lord Henry hat gesagt ›auch andere Tiere‹, deshalb werde ich ein Pferd hinzufügen und vielleicht ein Schaf und eine Kuh, natürlich die üblichen Drachen und Adler und vielleicht ein Portrait von Tigrus. Ich werde sie alle ganz unterschiedlich darstellen – keine zwei Tiere werden einander gleichen, denn Gestein hat seinen eigenen Charakter. Es macht die Arbeit interessanter, sowohl für mich als auch für die Betrachter.«

»Aber man wird sie nicht sehr gut erkennen können, so hoch dort droben«, wandte Elys ein, denn die Traufen des Kirchendaches befanden sich sechzig Fuß über dem Boden.

»Vielleicht keine Menschen«, erwiderte Aylwin in seiner gewohnt sachlichen Art, »aber ich arbeite ja nicht nur für das menschliche Auge! Dinge in Sichtweite des Menschen dienen der Mahnung und Belehrung, Dinge jedoch, die nur Gott und Seine Engel sehen, sollen eher ergötzen und Freude bereiten. Ich habe heute morgen einen Brief von Fulk bekommen. Sie erinnern sich noch an Fulk?«

»Ja, natürlich.« Elys verspürte einen leichten Widerwillen, als sie an ihr letztes Gespräch mit dem Ritter denken mußte.

»Wie geht es ihm?«

»Gut, aber er steht in Ungnade bei seiner Familie. Sein Vater hat ihm nacheinander drei Bräute präsentiert, und er hat es abgelehnt, sie auch nur anzusehen. Ich nehme an, er hofft immer noch auf ein Wunder, um Sie heiraten zu können.«

Er sah sie beim Sprechen nicht an, und sie war emsig damit befaßt, ihren kleinen Pinsel an einem alten Stück Stoff abzuwischen und ihre Zeichnung mit kritischem Blick zu mustern. »So, das wäre fertig«, sagte sie und legte den Pinsel und die Austernschalenpalette in den Kasten zurück, in dem sie sie aufbewahrte. »Ist es in Ordnung so?«

»Sehr gut. Vergessen Sie nicht, das Kaninchen mit einem goldenen Schnurrbart zu versehen, sonst ist Edwin enttäuscht! Ich mache jetzt einen Spaziergang am Mühlbach entlang, um mir die Heuernte anzusehen. Warum kommen Sie nicht mit, während die Farbe trocknet?«

Es war ein herrlicher, sonniger Junitag, und Elys begleitete ihn nur zu gern und mit gutem Gewissen, denn solange die Farbe nicht trocken war, konnte sie nicht weiterarbeiten. Sie trug den Rahmen vom Fenster weg, stellte den Schutzschirm davor und ging mit Aylwin hinaus, die Church Street entlang und über die wackelige Brücke bei der Furt, wo die Katze des Müllers wie gewöhnlich auf Fischfang war und wie gewöhnlich nichts fing.

»›Bäume und Steine lehren einen Dinge, die man von keinem Meister lernen kann‹«, sagte Aylwin und betrachtete die Eiche, die neben der Mühle stand, und die Erlen, die sich oberhalb der Schleuse über den Fluß neigten. »Das hat Bernhard von Clairvaux in einem seiner endlosen Briefe geschrieben. So wenig ich ihn auch mag, muß ich doch zugeben, daß er mehr als einen Funken Verstand besitzt.«

»Mein Onkel hat gesagt, er würde heiliggesprochen«, sagte Elys ernsthaft.

»Aber doch wohl nicht, bevor er tot ist«, rief Aylwin spöttisch. »Ja, wahrscheinlich wird er das. Jeder Mönch, der sich Richtlinien für eine bewaffnete Schar von Rittern ausdenken konnte und es geschafft hat, daß sie sich daran halten, verdient den Duft von Veilchen und einen Glorienschein über seiner Tonsur. Es tut mir leid – ich sollte nicht so leichtfertig von solchen Dingen sprechen, aber die widerliche Selbstgerechtigkeit dieses Mannes hängt mir zum Hals heraus! Er hat das Leben eines Mannes ruiniert, den ich achte und verehre, und die berechtigten Ansprüche meines Herrn hintertrieben, erwarten Sie also nicht, daß ich ihn mag, ob er nun heilig ist oder nicht. Schauen Sie, wie die wilde Rose sich durch den Weißdorn windet. Das würde ich gern in Stein meißeln, und es sollte so schön und zart aussehen wie in Wirklichkeit. Mit den Werkzeugen, die mir zur Verfügung stehen, übersteigt das meine Fähigkeiten, aber vielleicht gelingt es meinem Urenkel.«

»Bis jetzt haben Sie noch nicht einmal einen Sohn, geschweige denn einen Urenkel«, sagte Elys unbekümmert und legte rasch die Hand auf den Mund, weil sie fürchtete, etwas gesagt zu haben, was man als Aufforderung interpretieren könnte...

»Richtig. Ich glaube, ich muß mir eine Frau suchen, bevor ich zu alt bin, sie zu überzeugen, daß sie mich nimmt. Soll ich es bei Mistress Mayngod versuchen, was meinen Sie?«

»Da erhebt auch Edwin Warrener Ansprüche«, erwiderte Elys, erleichtert, daß er das Thema ins Lächerliche gezogen hatte.

»Sie ist eine gute Köchin«, sagte er nachdenklich. »Sehen Sie, die Heuernte geht gut voran.«

Sie hatten soeben durch das offene Gatter die erste der Heuwiesen betreten, die zwischen dem künstlich angelegten Mühlbach und einem der kleineren Seitenarme des Flusses, ein wenig höher als die Marschen, lagen. Das Gras war hoch und dicht, Wildblumen und Schmetterlinge blitzten dazwischen auf, doch am anderen Ende des Feldes war es bereits geschnitten, und die Männer waren, über ihre Sicheln gebeugt, bereits weit vorgedrungen, schnitten das Gras in großen Büscheln ab, während ihnen die Frauen und Kinder folgten und es zu Haufen zusammenharkten.

Ein Hase lief Aylwin zwischen die Füße und brachte ihn fast ins Stolpern, und keine fünf Meter von ihnen entfernt stürzte sich ein Eisvogel von einer Weide herab in den Fluß, tauchte mit einem Fisch im Schnabel wieder auf und verschwand blitzschnell im Schilf am gegenüberliegenden Ufer.

»Er muß ein Nest am Ufer haben«, bemerkte Aylwin. »Welch ein schöner Vogel. Schauen Sie, ein Reiher!«

Sie gingen etwa eine Meile am Fluß entlang und sahen weitere Hasen und eine Anzahl von Vögeln, die alle ihrer Beschäftigung nachgingen und dabei die Vorübergehenden und die Heumacher argwöhnisch beäugten, die auf der nächsten Wiese den Schnitt von gestern wendeten, unter dem wachsamen Auge von Lukin Dulpain, der herüberkam, um die Spaziergänger zu begrüßen.

»Eine gute Ernte, Lukin?« fragte Aylwin.

»Einigermaßen, wenn es in den nächsten Tagen nicht regnet. Wir haben nie genug, wie gut die Ernte auch ausfällt. Die Chorherren sind verpflichtet, einen Teil davon als Futter für die Pferde des Königs abzugeben, und wir müssen Heu von den anderen Pachtländern hinzunehmen, um das geforderte Gewicht zusammenzubekommen. Es ist eine ungeheure Menge Heu für eine Wagenladung nötig. Sind sie heute arbeitslos? Ich kann Ihnen hier jede Menge Arbeit besorgen, für einen Penny den Tag.«

»Nein, wir sind nicht arbeitslos«, erwiderte Aylwin lächelnd. »Meine Schlageisen und Breitbeile sind beim Schmied und werden frisch gehärtet, und Lady Elys wartet, bis die Farbe auf ihrer Arbeit getrocknet ist, deshalb gönnen wir uns eine Stunde auf den Feldern, um zu sehen, wie es den Vögeln und Tieren geht.«

»Denen geht es viel zu gut«, sagte Lukin grollend. »Ich

habe beobachtet, wie dieser verdammte Reiher einen dicken Karpfen aus dem Fischteich geholt hat, und es ist auch ein Eisvogel hier, der sein schönes Gefieder wie ein Papagei zur Schau stellt. Ich würde ja einen Jungen mit einer Schleuder auf ihn ansetzen, wenn er nicht so schön wäre.« Und bekümmert den Kopf schüttelnd hüpfte er über die Wiese davon.

»Ich frage mich immer, warum er auf diese Weise geht«, sagte Elys leise.

»Das ist eine traurige Geschichte. Wie man mir erzählte, war sein Vater ein Herkules von einem Mann, überdurchschnittlich groß und stark wie ein Pferd, und seine Mutter geradezu eine Schönheit, eine Amazone, die zu ihrem Mann paßte. Lukin war ihr einziges Kind, ein prächtiger Säugling, doch als er ein Jahr alt war, wurde er von einer schrecklichen Krankheit befallen. Sie dauerte viele Wochen, und danach wuchs er langsamer als andere Kinder, und seine Arme und Beine gehorchten ihm nicht richtig. Sein Vater empfand dies in gewisser Weise als Schande – Männer zeigen nur selten Vernunft, wenn es um Kränklichkeit bei ihrem eigenen Nachwuchs geht – und verließ Frau und Kind, als Lukin zehn Jahre alt war. Seine Mutter brachte ihn nach Waltham, weil sie eine Heilung erhoffte, und Pater Radulf nahm ihn in seine Obhut. Er lernte erst mit über sechs Jahren, sich ohne fremde Hilfe fortzubewegen, und auch das nur durch bloße Willenskraft. Er muß seine Füße so übertrieben hochheben, sonst stolpert er darüber, und was als normale Handbewegung beginnt, endet als gewaltiger Schwung des ganzen Armes. Ich bewundere ihn, weil er den Versuch nicht aufgibt, seine Gliedmaßen zu bewegen, wo manch anderer längst resigniert hätte und nur noch stumpfsinnig herumsäße. Er ist gescheit und ausgesprochen gutmütig, und es muß sehr schwer für ihn sein, wenn er seine eigene Unbeholfenheit mit der mühelosen Fortbewegung anderer Leute vergleicht.«

»Lebt seine Mutter noch hier? Ich habe sie nicht gesehen«, fragte Elys.

»Nicht lange, nachdem sie ihn hergebracht hatte, fand man sie eines frühen Morgens im Mühlteich. Man nimmt an, daß sie nachts in der Dunkelheit den Halt verloren hat und hineingefallen ist...«

»Ach, der arme Lukin!«

»Und die arme Frau. Lukin wurde in die Schule aufgenommen und bekam den Posten des Vogts, als sein Vorgänger starb. Er hatte ihm bereits eine Zeitlang bei der Arbeit geholfen und war ungefähr zwanzig damals. Pater Radulf ist sehr stolz darauf, daß er so viel gelernt hat und ein so vernünftiger, gutherziger Mensch geworden ist.«

»Wer hat Ihnen das alles erzählt?«

»Pater Radulf. Er kam vor ein paar Wochen, um zu sehen, wie der Taufstein Gestalt annahm, und irgendwie kam das Gespräch unter anderem auch auf Lukin.«

»Es ist ein Wunder, daß er nicht verbittert und neidisch auf andere, glücklichere Leute ist. Er hat sich so über Matthews Genesung gefreut; dabei hätte er es ihm doch mißgönnen können, daß er geheilt wurde, während das Kreuz für ihn selbst nichts bewirkt hat«, bemerkte Elys.

»Vielleicht hat das Kreuz ihm geholfen, indem es ihm ein Zuhause gab und eine Arbeit, die er so gut versieht. Heilung erfolgt auf vielerlei Art und Weise, wie man bei Matthew sehen konnte. Lukin mimt manchmal den Spaßmacher, aber die Leute lachen mit ihm, nicht über ihn.«

»Ich mag ihn sehr gern und hoffe, er findet eines Tages eine gute Frau, die ihn liebt und glücklich macht«, sagte Elys. »Vielen Dank, daß Sie mir von ihm erzählt haben. Ich glaube, ich muß jetzt zurück. Bis ich zu Hause bin, ist die Farbe bestimmt trocken.«

Aylwin kehrte mit ihr um und ging, den Blick zu Boden gesenkt und augenscheinlich in Gedanken verloren, neben ihr her. Sie sah ihn von Zeit zu Zeit an und überlegte, worüber er wohl nachdachte, wagte jedoch nicht zu fragen. Als sie die Fußgängerbrücke erreichten, sagte er: »Ich muß hinüber zum Schmied und sehen, ob meine Werkzeuge fertig sind. Ich muß sie alle noch einmal schärfen, ehe ich mit ihnen arbeiten kann – diese Arbeit vertraue ich niemand anderem an. Was soll ich Fulk also sagen?«

»Ich weiß nicht«, erwiderte sie, von der Frage überrumpelt.

»Wollen Sie ihn heiraten?«

Sie zögerte und sagte schließlich widerstrebend: »Ich weiß nicht. Wenn er mir einen Antrag machte, würde ich ihn sicher annehmen, falls Matthew einverstanden wäre. Ich kann es mir nicht leisten, wählerisch zu sein.«

»Was Sie bedenken müssen, ist, ob Sie für den Rest Ihres Lebens glücklich mit ihm leben könnten«, sagte Aylwin und sah dabei nicht etwa Elys, sondern die Katze des Müllers an, die interessiert an seinen Stiefeln schnüffelte, »und außerdem, ob es jemanden gibt, den Sie vielleicht lieber heiraten würden. Wenn ja, wäre es besser und ehrlicher, abzulehnen. Man kann nicht einen Mann heiraten, während man einen anderen liebt, und erwarten, glücklich zu werden.«

»Liebe«, sagte Elys ausdruckslos. »Liebe scheint mit Ehe absolut nichts zu tun zu haben.«

»Das mag bei Rittern zutreffen, aber die einfacheren Leute heiraten genauso oft aus Liebe wie aus anderen Gründen. Gibt es jemanden?«

Elys zögerte sehr lange – viel zu lange, aber Aylwin schien es nicht zu bemerken. Er kauerte nieder und streichelte die Katze, die sich wohlig auf den Rücken rollte und ihm den Bauch hinhielt, damit auch er gestreichelt und sanft gekrault wurde. Schließlich sagte Elys »Ja«, aber so leise, daß sie sich fragte, ob er es überhaupt gehört hatte, doch das hatte er offenbar, denn er richtete sich auf und sagte: »Dann werde ich ihn nicht ermutigen. Ich sehe Sie beim Abendessen.« Und damit wandte er sich um und ging in Richtung Schmiede davon, die auf der Nordseite des Marktplatzes lag, dem Wind abgekehrt, damit für die anderen Häuser keine Feuergefahr bestand.

Die Heuernte ging ein paar Tage später zu Ende; alle, die daran beteiligt waren, hatten Blumensträuße an ihren Harken befestigt und begleiteten die letzte Fuhre in die Stadt. Der Wagen wurde in die Kirche gefahren, wo Pater Brian alle Arbeiter segnete und ein Dankgebet für die gute Heuernte sprach, und danach geleitete die Prozession den Wagen zu dem Heuschober, wo das Heu abgeladen und auf die bisherigen Stapel geschichtet wurde.

Der folgende Tag war natürlich ein ganz gewöhnlicher Werktag, doch alle bemühten sich, früh fertig zu werden, da am Abend in der Kirche ein Fest stattfinden sollte. Die Chorherren hatten unter den Hausfrauen verschiedene Bratenstücke, Hühner, Kapaune, Kaninchen, Eier, Milch, Honig, Mehl, Mandeln und andere Zutaten verteilt, die ihrerseits hinzugefügt hatten, was sie konnten, und nachmittags hing über der ganzen Stadt der Duft von Braten, Backen und Kochen. Auf einem Stück Brachland neben Pater Brians Haus war eine Feuergrube ausgehoben und zwei Spieße darüber aufgestellt worden, der eine mit einem Ochsen, der andere mit einem schönen Hirschbock bestückt, die den ganzen Tag über langsam brieten. Der Hirsch gehörte zu der Anzahl, die auf Anordnung des verstorbenen Königs den Chorherren von den Förstern zustand, und die Leute wußten die Großzügigkeit der Kanoniker zu schätzen, die ihnen erlaubte, auch einmal von dem verbotenen Wild zu kosten. Jeder gewöhnliche Sterbliche, der es wagte, einen Hirsch zu erlegen, verlor eine Hand, wenn nicht sein Leben, wenn er erwischt wurde, und alle, die in der Nähe des Waldes wohnten, hatten unter den Schäden des Wildes zu leiden, das durch ihre Felder lief. Das Recht, Vieh zu weiden oder im Wald Feuerholz zu sammeln, war stark eingeschränkt, damit das Rotwild nicht gestört wurde, und selbst die Hunde hatten zu leiden, denn allen mußten laut Gesetz drei Klauen aus den Vorderpfoten entfernt werden, damit sie Hirsche und Rehe nicht jagen konnten.

Bis fünf Uhr hatte man im Mittelschiff und den Querschiffen lange Bänke und Tischplatten auf Holzböcken aufgestellt, die Tische mit weißen Tüchern bedeckt und mit Gefäßen voller Blumen geschmückt. Die Leute brachten, wenn sie außer Haus aßen, ihre eigenen Messer und Löffel mit, doch vor jedem Platz stand ein Holzteller mit einer dikken Scheibe Brot und ein Becher aus Horn. Ein endloser Strom von Hausfrauen trug Kessel mit Suppe, Kraut und Rüben, Pasteten und Pudding sowie Schüsseln mit zerteiltem Fleisch und Fisch herein. Die Metzger waren eifrig damit beschäftigt, den Ochsen und den Hirsch zu zerlegen, und kleine Jungen liefen mit gefüllten Platten zwischen dem Feuer und den Tischen hin und her. Es waren mehrere Fässer Ale aufgestellt worden, über die ein Gastwirt die Aufsicht führte, der schon seit dem letzten Pfingstfest bei den Leuten in der Stadt Geld dafür eingesammelt hatte, und nun wurde der Inhalt der Fässer in vielen Krügen zu den Tischen gebracht.

Als alles fertig war und alle Platz genommen hatten, sang Pater Warmand das Tischgebet, und seine volle Stimme schwang sich bis zu dem hohen Gewölbe des Gebäudes hinauf.

Alle waren der Ansicht, daß es ein schönes Fest war. Riesige Mengen von Speisen wurden verzehrt und genossen, und danach wurden die Tische beiseite geräumt, und es gab Spiele und Zerstreuungen. Die Chorknaben sangen ein paarmal, Lukin spielte eine Melodie auf seiner langen Trompete, und jemand sagte ein Gedicht auf, das kein Ende nehmen wollte, bis der Vortragende, der eine große Menge Ale getrunken hatte, eine allzu ausladende Geste machte und vom Tisch fiel. Das letzte Spiel, das schon fast in Dunkeln gespielt wurde, da die Sonne unterging, war eine Art Blindekuhspiel, bei dem jedoch mehreren Leuten gleichzeitig die Augen verbunden wurden. Für Elys endete es damit, daß sie von Aylwin gefangen wurde, dessen Augenbinde ihn nicht daran zu hindern schien, sie zwischen den großen Pfeilern hin- und herzujagen, und natürlich forderte er auch das übliche Pfand dafür, daß er sie erwischt hatte. Es war genauso verwirrend und aufregend, wie es seine Küsse beim Maigang gewesen waren.

In dem Halbdunkel und der ganzen Aufregung gewahrte niemand die Neuankömmlinge, bis das Lachen und Schwatzen durch den schmetternden Ton eines Jagdhorns unterbrochen wurde. In der plötzlich eintretenden Stille hörte man eine barsche Stimme befehlen: »Bringt die Fackeln herein und laßt uns nachsehen, was es hier gibt!«

Die erschreckten Leute wandten sich zur Westseite der Kirche, wo die behelfsmäßigen Türen unter dem Gerüst offenstanden, und sahen, wie zwei Reihen bewaffneter Männer hereinmarschierten, von denen jeder eine brennende Fackel trug, und einen Halbkreis hinter einer einzelnen Gestalt bildeten, einem hochgewachsenen Mann in einer Rüstung, der seinen Helm unter dem Arm trug.

Der flackernde Schein der Fackeln erschien wie ein flammender Hintergrund hinter dem Mann und betonte die scharfen Linien eines Gesichts, das bei einer schmeichelhafteren Beleuchtung vielleicht hübsch gewirkt hätte; Elys jedoch, die sich in Aylwins Armen umgedreht hatte, um zu sehen, was vor sich ging, hielt entsetzt den Atem an und erschauerte, denn ihrer Ansicht nach sah er aus wie der Teufel – oder zumindest wie der geschnitzte Teufelskopf, den sie irgendwo gesehen hatte, und seine Persönlichkeit insgesamt schien ihr Böses auszustrahlen. Aylwins Arme umschlossen sie fester, und die Leute wichen zurück, als empfänden sie das gleiche.

»Wo ist der Dekan des Kollegiums?« fragte die barsche Stimme ungeduldig.

Pater Brian bahnte sich gemessen einen Weg durch die stumme Menge im Kirchenschiff und betrat die von den Fakkeln erleuchtete Fläche. »Der Dekan ist nicht hier«, antwortete er, »aber ich vertrete ihn während seiner Abwesenheit. Lord Geoffrey de Mandeville, nehme ich an.«

»Sie kennen mich, Priester? Dann sollten Sie auch wissen, daß ich Graf von Essex bin und mich als solcher anreden«, sagte der Mann in boshaftem Ton. »Dann kennen Sie zweifellos auch meinen Ruf – als Teufelsbrut!«

»Ich habe gehört, daß man Ihnen die unterschiedlichsten Namen gibt«, erwiderte Pater Brian ruhig, »nicht alle waren schlecht.«

»Kein Mensch ist durch und durch böse oder durch und durch gut«, gab de Mandeville zurück, und es klang beinahe bedauernd. »Soviel ich weiß, gibt es in dieser Stadt Häuser, die der Königin gehören, stimmt das?«

»Königin Adeliza, ja, übereignet von ihrem Ehemann, unserem verstorbenen König Henry, Gott habe ihn selig.«

»Und daher diesem Laffen, diesem Emporkömmling d'Aubigny, der sich ihr Gatte und Graf von Arundel nennt.«

»Ja«, räumte Pater Brian vorsichtig ein. »Er hat, kraft seiner Frau, ein Anrecht auf die Häuser.«

»Der Dummkopf hat zugelassen, daß einige seiner Anhänger in meiner eigenen Grafschaft Eigentum von mir niedergebrannt haben. Ich bin hier, um es ihm mit gleicher Münze zurückzuzahlen!«

»Soll das heißen, daß Sie nun sein Eigentum in Waltham anzünden wollen?« Aus Pater Brians Stimme sprach derselbe

Schrecken, dasselbe Entsetzen wie aus dem gemurmelten Protest der zu Tode erschrockenen Leute aus dem Ort, die aus Furcht vor de Mandeville nicht wagten, laut zu sprechen. »Sie können nicht wissen, daß die Häuser der Königin nicht alle an einer Stelle stehen, sondern sich in der ganzen Stadt verstreut zwischen den anderen Häusern befinden, die Privatleuten und dem Kollegium gehören.«

De Mandeville zuckte die Achseln. »Welch ein Pech«, sagte er höhnisch. »Das Risiko muß man eingehen.«

»Sie wollen also nur um ihrer niedrigen Rache willen die ganze Stadt niederbrennen und diese braven Leute hier, die Ihnen nichts getan und keinen Anteil an Ihrem Streit haben, ihres Heims und ihrer Habe berauben? Bedenken Sie gut, daß Sie die Zerstörung von Eigentum planen, daß diesem Kollegium und damit der Kirche gehört. Glauben Sie, daß unser Dekan dies tatenlos hinnehmen wird, wenn er davon erfährt?«

»Ach, ja – Ihr günstigerweise abwesender Dekan. Wo ist er eigentlich? Eine unbedeutende Flasche von einem Priester, der irgendwo vor dem Schrein eines Heiligen kniet und greint, um sich wegen seiner lüsternen Gedanken über die Beine der Heiligen Jungfrau Absolution zu erteilen?«

Die Luft in der Kirche schien es ihnen gleichzutun, als bei dieser Gotteslästerung alle frommen Leute vor Schreck scharf den Atem einzogen, doch Pater Brian, wie entrüstet er auch sein mochte, bewahrte die Ruhe und antwortete in gesetztem Ton: »Wir fühlen uns geehrt, daß unser Dekan Henry ist, Gesandter unseres Heiligen Vaters, des Papstes, in England, Bischof von Winchester, Abt von Glastonbury und Bruder unseres Herrschers und gesalbten Königs Stephen. Ich meine, Lord Geoffrey, Sie, als weltliches Mitglied des Ordens der Tempelritter, sollten es sich gut überlegen und an ihre unsterbliche Seele denken, ehe sie sich seinen Zorn zuziehen.«

De Mandeville zuckte leicht zusammen, als er den Namen und alle Titel des Dekans vernahm, doch der Rest der Rede ließ ihm genug Zeit, sich wieder zu erholen, und nach kurzem Schweigen antwortete er: »Meine unsterbliche Seele muß dieses Risiko eingehen, da sie bereits exkommuniziert ist, aber ich werde ein Zugeständnis an Seine Eminenz, Ihren Dekan machen und mit Ihnen ein Abkommen treffen. Sie und Ihre Leute zeigen mir, welche Häuser d'Aubigny gehören, und ich befehle meinen Leuten, nur diese anzuzünden. Wenn die übrigen Häuser Feuer fangen, ist das Ihr Pech, geht aber nicht auf mein Konto.«

»Und noch etwas«, sagte Pater Brian, noch immer völlig ruhig und gefaßt. »Die Leute sollen – nach unserer Sanduhr – genau eine Stunde Zeit haben, so viel wie möglich von ihrem Besitz aus ihren Häusern zu holen und hierher in die Kirche zu bringen, und Sie werden bei Ihrer Ritterehre schwören, daß die Kirche keinerlei Schaden erleidet.«

»Sie glauben, daß ich noch Ehre besitze?« De Mandevilles Gesicht verzog sich zu einem häßlichen Grinsen. »Wenige würden Ihnen zustimmen! Aber aufgrund dieses – Kompliments – werde ich auf Ihre Wünsche eingehen. Holen Sie Ihre Sanduhr, und sorgen Sie dafür, daß sie nicht länger als eine Stunde läuft.«

Die Sanduhr wurde gebracht, auf den Stufen des Mittelschiffs aufgestellt, und noch ehe die ersten Sandkörner in den unteren Glasbehälter gefallen waren, waren die Leute aus der Kirche geeilt, um so viel wie möglich vor dem angekündigten Feuer zu retten, während Pater Brian betend unter dem Heiligen Kreuz stehenblieb und de Mandeville, eine dunkle Verkörperung des Bösen, sich an eine der hohen, gekerbten Säulen lehnte und die Sanduhr beobachtete.

Aylwin ging mit Elys nach Hause, denn nachdem er ihm kurz Bescheid gesagt hatte, begab sich Crispin auf den Weg, um den Leuten in der Stadt zu helfen, und Matthew blieb in der Kirche und betete, da dies die einzig mögliche Form seiner Hilfe darstellte. Mistress Mayngod war schon vor ihnen zu Hause angelangt, und packte alles, was sie irgendwie für wertvoll hielt, zu einzelnen, in Wolldecken eingeschlagenen Bündeln zusammen, während die Dienstboten hin und her hetzten, um jeden Gegenstand zu holen, der ihr gerade in den Sinn kam.

Elys schnitt ihre Stickerei vom Rahmen und schlug die Einzelteile des Chorrockes, ihr ganzes Garn und die Goldlitze in eine der restlichen Decken, ehe sie nach oben lief, um Mistress Mayngods und ihre eigenen Wertsachen zu holen. Sie lief an Aylwin vorbei, der in der Kammer der Männer Crispins und Matthews Manuskripte und seine Werkzeuge zusammenraffte, und er rief ihr zu, nur jene Gegenstände mitzunehmen, die die Soldaten für wertvoll genug halten mochten, um sie vielleicht zu stehlen.

»Warum?« fragte sie. »Sollen wir nicht soviel wie möglich mitnehmen?«

»Das ist nicht nötig. Alle Häuser der Königin liegen an der West Street. Wenn de Mandeville sein Wort hält, sind die Häuser diesseits der Furt nicht in Gefahr.«

»*Wenn* er sein Wort hält!« gab Elys zurück und packte Mistress Mayngods und ihre eigenen besten Kleider, alle Stoffbahnen aus Seide und die anderen Materialien, die ihre Mutter ihr gegeben hatte, in die Laken ihres Bettes und knüpfte sie zusammen. Als sie an dem Wandregal vorbeikam, griff sie nach dem kleinen hölzernen Vogel und ließ ihn sicherheitshalber in ihre Börse gleiten. Ihren Geldbeutel legte sie in die Mitte des Bündels, denn sie hatte zu hart dafür gearbeitet, um riskieren zu wollen, daß ein umherstreunender Soldat ihn fand.

Als sie mit ihrer Last die Treppe hinabstolperte, fand sie Mistress Mayngod und Aylwin damit beschäftigt zu überprüfen, ob auch nichts Wichtiges übersehen worden war.

Überrascht sah sie, daß Aylwin eine Axt in der Hand hielt, wie sie nie zuvor eine gesehen hatte; das Blatt war viel breiter als gewöhnlich, und der Stiel war so lang, daß er ihm bis zur Schulter reichte, wenn er das Ende auf den Boden stützte.

»Was in aller Welt ist das?« fragte sie.

»Eine Streitaxt«, erwiderte er. »Mein Urgroßvater hat damit in Senlac gekämpft.«

Ihr Herz machte einen entsetzten Sprung, und sie stieß hervor: »Aber, Aylwin! Sie wollen doch nicht etwa mit ihnen kämpfen ...?«

»Ich bin nicht so töricht, das zu versuchen«, antwortete er mit einem schiefen Grinsen. »Ich dachte, man könnte sie gut gebrauchen, um die Balken zu zerkleinern... Wir müssen die Flammen bekämpfen, sobald die Frauen und Kinder sicher in der Kirche untergebracht sind.«

Elys fielen unzählige Dinge ein, die sie ihm gern gesagt hätte, zum Beispiel, daß er vorsichtig sein und sich von den Soldaten fernhalten sollte, und sie stand auch wirklich eine Sekunde mit geöffnetem Mund da und versuchte sich klarzuwerden, welche Worte sie am besten wählen sollte, aber schließlich brachte sie nur hervor: »Am besten teilen wir alle Bündel untereinander auf und bringen sie so schnell wie möglich in die Kirche. Ich glaube, es wäre nicht gut, außerhalb der Kirche angetroffen zu werden, wenn die Stunde um ist.«

Als sie über den Kirchhof eilten, folgte Ihnen Lukin mit einem vernehmbaren Schluchzen, und Elys stellte ihr Bündel ab, nahm seinen Arm und fragte: »Oh, Lukin, was haben Sie? Was ist los?«

»Ich habe mit diesen verdammten Flamen die Runde gemacht und ihnen gezeigt, welches die Häuser der Königin sind, und die haben an alle einen Kreidestrich gemacht, aber, ach meine Lieben, wenn sie die erst angezündet haben, breiten sich die Flammen über den ganzen Markt bis ans Ende der Stadt aus, und die armen Leute verlieren ihr Zuhause. Die werden mir die Schuld geben, weil ich den Flamen die Häuser gezeigt habe, aber Pater Brian hat mir den Auftrag erteilt, und ich hatte zu große Angst, um es abzulehnen.«

»Jemand mußte sie ihnen zeigen, sonst hätten sie alle Häuser in Brand gesetzt. So besteht wenigstens die Chance, die meisten anderen zu retten«, sagte Aylwin, und es klang so überzeugend, daß Lukin zu weinen aufhörte und sagte: »Nun, hierbei kann ich helfen – ich kann bestens mit einem Eimer Wasser umgehen!« und er ergriff das Bündel, das Elys abgestellt hatte und hastete damit auf die Kirche zu, wobei seine seltsame Gangart durch die Eile und das Bündel noch unterstrichen wurde.

»Kommen Sie. Sehen wir zu, daß wir Sie in Sicherheit bringen, dann muß ich die Steinmetzen unterstützen«, sagte Aylwin, während er Elys am Arm nahm und sie zur Eile antrieb. »Sie haben ein Dutzend guter Ledereimer, und ich möchte sicher sein, daß die Flamen sie nicht in die Finger bekommen und zerstören.«

»Flamen?« keuchte Elys und bemühte sich, mitzukommen.

»Flämische Söldner. Denen ist es egal, für wen sie kämpfen oder was sie tun, solange sie bezahlt werden.«

Pater Antony hatte die Läden vor den Kirchenfenstern geschlossen und verriegelt und auf allen Altären die Kerzen angezündet. Sie beleuchteten eine merkwürdige Szenerie, denn viele Leute hatten bereits all ihr tragbares Gut – in einigen Fällen erbärmlich wenig – hereingebracht und zu Bergen aufgetürmt, jeder Haushalt seinen eigenen, und die Frauen und Kinder ließen sich inmitten ihrer Habe nieder, um sie zu bewachen. Das ganze Kirchenschiff schien mit dunklen, formlosen Schatten, weinenden Frauen und jammernden Kindern gefüllt zu sein.

»Hier, Mylady!« rief Matilda Mayngod, die sich ein kleines Stück rechts des Südportals befand, durch das Elys und Aylwin eingetreten waren. Als sie sich zu ihr begaben, trafen sie auf Lukin und die Diener, die ihre Bündel aufeinandergehäuft vor der Wand stapelten. Elys entdeckte ihr kostbarstes Bündel – das, welches den Chorrock enthielt –, das Lukin ihr abgenommen hatte, kauerte sich nieder und lehnte sich dagegen. Der Steinfußboden war kalt, doch sie hoffte, bald ein anderes, weiches Bündel zu finden, um sich daraufzusetzen. Aylwin stellte seinen Werkzeugsack neben sie, ließ sich auf ein Knie nieder und sagte: »Passen Sie bitte darauf auf? Matthew ist irgendwo in der Kirche, und ich will jetzt sofort Crispin suchen gehen, damit er nicht in Gefahr gerät. Bleiben Sie hier, bis er oder ich Sie abholen. Verlassen Sie vorher keinesfalls die Kirche. Alles in Ordnung? Dann gehe ich.«

Sie packte ihn am Ärmel, ehe er aufstehen konnte, und sagte: »Seien Sie vorsichtig ... Lassen Sie sich nicht hinreißen, mit dieser Axt auf die Soldaten loszugehen ...«

»Ich habe sie nie im Zorn gebraucht und werde auch jetzt nicht damit beginnen. Ich bin Handwerker, ein Schöpfer, kein Zerstörer.«

»Ja. Es tut mir leid.«

Er beugte sich zu ihr und flüsterte: »Möge Ihnen nichts geschehen, mein Herz ...«, und er berührte mit den Lippen ihre Wange, ehe er aufsprang und den unschlüssig herumstehenden Dienstboten ein »Los, kommt!« zurief, Lukins Arm ergriff und eilig die Kirche verließ, woraufhin die anderen bereitwillig folgten.

Elys seufzte, lehnte sich an die Wand und blickte sich um. Noch immer strömten Leute in das Gebäude, beladen mit Kochtöpfen, Schemeln, in Decken oder Mäntel eingeschlagenen Bündeln, ja sogar mit Tischen. Antony, Warmand und Brian, die drei ältesten Chorherren, gingen zwischen den Leuten hin und her, sprachen Worte des Trostes und der Hoffnung, schlichteten Streitereien um die jeweiligen Plätze und halfen den Frauen, es sich einigermaßen bequem zu machen. Matthew bewegte sich eilig auf seinen Krücken vorwärts und wies den Nachzüglern die verbleibenden Plätze in den Querschiffen zu. Er winkte, als er seine Schwester erblickte, kam jedoch nicht zu ihr herüber.

In der relativen Abgeschiedenheit des südlichen Querschiffs neben der Tür fühlte Elys sich von dem Geschehen, das sich ihr, zwischen den Säulen eingerahmt, bot, nahezu abgetrennt, bloß als Zuschauerin, doch als die letzten Familien sicher untergebracht waren, schloß und verriegelte Antony die Tür, und das Gefühl der Isolation schwand nach und nach.

De Mandeville stand noch immer gegen den Pfeiler gelehnt und beobachtete die Sanduhr, und der Platz um ihn herum blieb von aufgestapelter Habe frei, da niemand in seine Nähe geraten wollte. Als die letzten Sandkörner fielen, richtete er sich auf, blickte sich um, lachte laut, schritt das Kirchenschiff entlang, schlug auf ein Kind ein, das ihm zwischen die Beine lief und lachte erneut, als das Kind vor Angst und Schmerz aufschrie.

»Sei verflucht und zur Hölle mit dir!« ertönte eine schrille Stimme aus dem Dunkel, doch wieder lachte de Mandeville nur und verschwand durch die Behelfstür auf der Westseite, die er donnernd hinter sich zuknallte.

Sobald er auf der Fußgängerbrücke über der Furt erschien, liefen seine wartenden Söldner zu den markierten Häusern, stießen ihr Schlachtgeheul aus und warfen ihre Fackeln in das Dachstroh oder schleuderten sie auf die höheren Dächer. Die Männer des Ortes standen schweigend in Gruppen zusammen, sahen zu und eilten dann herbei, um die Flammen zu ersticken oder das Stroh herunterzuziehen, bevor es lichterloh brannte. Einer der Flamen, der, im Begriff eine Fackel zu werfen, vor einem unmarkierten Haus stand, sah sich plötzlich einem hochgewachsenen, goldhaarigen Mann gegenüber, der mit einer großen Streitaxt bewaffnet war. Irgendwie erinnerte er sich dunkel an Geschichten von wütenden Wikingern, und er wandte sich ab, um nach einem rechtmäßigen Objekt zu suchen.

Sobald die markierten Häuser brannten, zogen die Flamen sich zur Furt zurück und gesellten sich zu ihrem Dienstherrn, der noch immer vor der Kirche stand, schauten zu, lachten und grölten vor Begeisterung, als die Flammen auch auf die benachbarten Häuser übergriffen, und riefen den Leuten, die sich verzweifelt bemühten, ihre Häuser zu retten, höhnische Ratschläge zu.

Jeder vorhandene Eimer tat nun seinen Dienst, Menschenketten reichten sie schnell von der Furt zu einem der halben Dutzend Brandherde. Die Steinmetzen hatten eine eigene Kette gebildet, und ihr Dutzend Eimer bewegte sich beinahe doppelt so schnell wie die der anderen, denn sie hatten diese Kunst häufig geübt, da Feuer in ihrem Gewerbe keine seltene Gefahr war. Nur Lukins Eimer befand sich in keiner Kette, sondern in der Hand seines Besitzers, als er hin und her lief und jeden mit Wasser übergoß, dessen Kleider Feuer gefangen hatten, und wieder zum Fluß rannte, um ihn neu zu füllen. Die Luft zwischen den brennenden Häusern war bereits so heiß, daß sich niemand beschwerte, wenn Lukin beim Entleeren seines Eimers manchmal etwas übereifrig war.

Der Müller, der vorgehabt hatte, am nächsten Tag Korn zu mahlen, öffnete seine Schleusen, und die herausströmende Wassermenge verbreiterte vorübergehend den Fluß und verringerte die Entfernung, die die Eimer zurücklegen mußten, aber es waren nicht genug vorhanden, um auch die am weitesten entfernt gelegenen Häuser zu erreichen; dort war die einzige Hoffnung, das Stroh von den Dächern zu holen, bevor oder wenigstens sobald es von den Flammen erfaßt wurde, und es auf der Straße auszutrampeln. Dafür gab es langstielige Haken, aber ihre Zahl war längst nicht groß genug.

Hatte das Gebälk eines Hauses erst Feuer gefangen, blieb nichts anderes übrig, als sein Inneres niederzureißen und es auf einen Haufen Balken, Gitterwerk und Lehm zu reduzieren, wobei der Lehm die Luft vom Boden des Haufens fernhielt und das Feuer und die umherfliegende Glut verringerte. Diese Arbeit wollte Aylwin mit seiner Streitaxt verrichten. Sie erwies sich als ideales Gerät, da ihr langer Stiel eine größere Reichweite und einen kräftigeren Schwung ermöglichte als die gewöhnlichen, zum Holzhacken verwendeten Beile, die der Schmied und sein Sohn aus einer Werkstatt holten und unter den Leuten verteilten.

Aylwin bewegte sich wie in einem Alptraum, ständig darauf gefaßt, plötzlich daraus zu erwachen. Kaum war ein brennendes Haus unter den Axtschlägen zusammengebrochen und zu einem Haufen zerborstener Balken geworden, riefen ihn besorgte Schreie zum nächsten, und er fing an, sich zu fragen, ob wohl die ganze Marktseite der Stadt abbrennen würde.

Ein besonders gequälter Schrei rief ihn zu einem Haus an der Ecke des Marktplatzes, wo das brennende Dach soeben in das obere Stockwerk gestürzt war. Als er hinüberrannte, packte der Schmied ihn am Arm und keuchte: »Eric – mein Sohn – er ist da drin!«

»Drinnen? Wieso ist er hinein?«

»Er sagte, es sei eine Katze drin ...«

Noch während der Schmied sprach, flitzte eine rötlichbraune Katze in panischer Angst aus dem Haus und verschwand über den Marktplatz, gerade als der halbe Fußboden des oberen Stockwerks in den darunterliegenden Raum stürzte. Der Schmied rannte los, wurde jedoch von drei oder vier anderen Männern wieder zurückgeholt, aber Aylwin eilte an ihnen vorbei und drang durch die offene Tür ins Haus.

Drinnen war eine Menge Rauch, doch das Feuer beschränkte sich im Augenblick noch auf die Seite, wo der obere Boden eingestürzt war. Im Schein des Feuers sah er den jungen Eric auf der Erde ausgestreckt, über seinen Beinen lag ein dicker Balken, der ihn zu Boden drückte und bereits nur ein paar Fuß von ihm entfernt brannte. Aylwin kletterte über die Trümmer hinweg zu dem Jungen und versuchte, den Balken anzuheben, doch er war durch andere Balken eingekeilt, deshalb trat er zurück und schlug immer wieder mit seiner Axt zu, in der Nase den beißenden Geruch schwelender Kleidungsstücke.

Endlich bewegte sich der Balken, und ein letzter, kräftiger Schlag, ausgeführt mit der ganzen Kraft seiner vom Steinschneiden gestählten Muskeln, trennte ihn vollends durch. Mit einer übermenschlichen Anspannung seiner Sehnen gelang es ihm, das eine Ende des Balkens hoch genug zu heben, um den Jungen darunter hervorzuziehen, dann nahm er ihn über die Schulter, packte seine Axt, rannte zur Tür und stolperte in dem Moment hinaus auf die Straße in die Arme der Männer, als das ganze Gebäude hinter ihm einstürzte.

Glücklicherweise kam Lukin gerade mit einem vollen Eimer vom Fluß zurück und übergoß beide mit Wasser, ehe ihre schwelende Kleidung in Flammen aufgehen konnte. Erics Arme und Beine waren verbrannt, doch sein Vater trug ihn hinüber zu Pater Radulf und kehrte bald darauf mit der Nachricht zurück, der Krankenpfleger sei der Ansicht, er würde wieder gesund. Aylwin stellte fest, daß er eine Schnittwunde am Kopf hatte, seine Kleider und Haare versengt waren, und ein Ärmel seiner besten Übertunika bis auf einen schwärzlichen Fetzen oberhalb seines Ellbogens verschwunden war. Ansonsten war er, wie er überrascht feststellte, unverletzt, deshalb klopfte er Lukin auf den Rücken und eilte zum nächsten Feuer, spürte jedoch einen ziehenden

Schmerz in Armen und Beinen und fragte sich, wie lange er und die Stadtleute ihren Kampf um die Rettung weiterer Häuser noch durchhalten würden.

Als in der Kirche endlich alle untergebracht waren, ließ das Weinen und Jammern allmählich nach, nachdem die Frauen sich von dem ersten Schock über den Einfall in ihre ruhige Stadt erholt hatten und die Kinder besänftigt worden waren.

Die Zeit verging. Die Geräusche der Feuersbrunst verstärkten sich, das gespenstische Licht, das durch das Fenstergeschoß des Hauptschiffs hereinfiel und an der Holzdekke spielte, leuchtete auf, flackerte und glühte rötlich, und die Luft in der Kirche wurde stickig vom Rauch, bis man durch den Qualm hindurch kaum noch etwas erkennen konnte, abgesehen von den Kerzen auf den Altären und undeutlichen, dunklen Umrissen, die ebensogut Bündel mit Habe sowie deren Besitzer sein konnten.

Die meisten der Frauen und Kinder hatten den ganzen Tag zu Hause oder auf dem Feld gearbeitet und waren müde. Die drei älteren Chorherren sangen ihre Abendmesse, sie lehnten es trotz der kritischen Lage draußen ab, auf das Stundengebet zu verzichten, und noch bevor sie geendet hatten, waren die meisten der Flüchtlinge trotz ihrer Angst eingeschlafen. Die anderen saßen still da, lauschten auf die Geräusche draußen und bemühten sich, die Schlafenden nicht zu stören. Warmand stutzte die Kerzen auf den Haupt- und Hochaltären und löschte die übrigen, dann zog er sich in die Sakristei im nördlichen Querschiff zurück, wohin ihm Antony und Matthew folgten. Pater Brian ging auf leisen Sohlen durch die Pforte hinaus, um zu sehen, was er in der Stadt tun konnte.

Wieder verging lange Zeit. Die Geräusche des Feuers und das gespenstische Licht an der Decke nahmen zu, dann ließen sie allmählich nach. Elys, die auf dem Steinfußboden saß und sich an die Wand lehnte, fragte sich, auf welches der Bündel sie sich setzen könnte, ohne etwas von dessen Inhalt zu beschädigen, zögerte jedoch, darin herumzukramen, aus Angst, Mistress Mayngod zu wecken, die so ruhig und still war, daß Elys annahm, sie schliefe. Sie nahm eine bequemere Stellung ein und betete stumm, daß das Feuer sich nicht ausbreiten, niemand umkommen und es regnen möge...

Plötzlich regte sich die dunkle Gestalt von Mistress Mayngod neben ihr, Elys spürte die Hand der Frau auf ihrem Arm und hörte sie dann leise zischen: »Pscht! Sehen Sie!« Sie ergriff Elys' Hand und wies damit auf die Stelle vor der Kirchentür, genau zu ihrer Linken.

Elys schaute in die Richtung und sah drei dunkle Schatten dort stehen, und hinter ihnen quietschte leise die Pforte.

»Es ist alles still! Anscheinend schlafen alle«, flüsterte eine der Gestalten. »Bleibt jetzt zusammen und haltet nach Sachen Ausschau, die niemand bewacht, oder deren Besitzer schlafen, und seid leise. Wenn wir vorsichtig sind, gibt es hier gute Beute.«

Die Gestalten schlichen das Mittelschiff entlang, und Mistress Mayngod flüsterte Elys ins Ohr: »Ein paar von de Mandevilles Leuten – so läßt er also die Kirche bewachen. Passen Sie auf, wohin sie gehen.«

»Sollen wir schreien und alle wecken?« fragte Elys im Flüsterton zurück.

»Lieber nicht. Sie könnten in Panik geraten und zum Schwert greifen. Warten Sie einen Moment«, murmelte Mistress Mayngod.

Elys und sie erhoben sich langsam und geräuschlos, und Elys schlich bis zur nächsten der großen Säulen, preßte sich dagegen und glitt dann darum herum, bis sie in den Mittelgang sehen konnte. Ihre Augen hatten sich soweit an das schwache Licht gewöhnt, daß sie erkennen konnte, wie sich die drei Männer von einem unbewachten Bündel, an schlafenden Menschen vorbei, zum nächsten stahlen, und daß niemand ihre Anwesenheit zu bemerken schien.

Hinter sich hörte sie das leise Klicken des Türschlosses, gefolgt von einem leichten Schlag, als Mistress Mayngod die Tür zuzog und zur Sicherheit den Riegel vorlegte. Sie kehrte auf Zehenspitzen zu Elys zurück und flüsterte: »Wir müssen die Altarkerzen löschen und sie in der Dunkelheit irreführen. Sie gehen zum Hochaltar, und ich übernehme den Hauptaltar. Kriechen Sie durch das Seitenschiff – dann sieht man Sie nicht.«

Elys nickte, ließ sich auf alle viere nieder und kroch nach Osten, wobei sie bei jedem Pfeiler haltmachte, um zu sehen, was die Männer taten. Mistress Mayngod war verschwunden, und Elys vermutete, daß auch sie auf dem Boden entlangkroch, jedoch durch das Mittelschiff und dann das nördliche Seitenschiff entlang.

Als sie die Vierung erreichte, spähte sie vorsichtig umher und sah, daß die Männer auf der Südseite des Mittelschiffs einen Stapel unbewachter Bündel durchwühlten, deshalb richtete sie sich auf, ging um die Ecke in das Querschiff, durchquerte es eilends, lief dann auf leisen Sohlen durch das Seitenschiff, und vom Seitenaltar zum Hochaltar.

Gerade als sie ihr Ziel erreicht hatte, erlosch eine der beiden Kerzen auf dem Altar im Mittelschiff. Schnell befeuchtete sie ihre Finger, erhob sich auf Zehenspitzen und drückte erst die eine, dann die andere Kerze aus, dankbar, daß sie so weit heruntergebrannt waren, daß sie sie erreichen konnte.

Hinter dem Hochaltar stehend, überblickte sie die Kirche in ihrer ganzen Länge, und dabei bot sich ihr ein seltsamer Anblick. Das Kruzifix des Hauptaltares und die einzig noch verbliebene brennende Kerze erhoben sich plötzlich gleichzeitig in die Luft und schwebten lautlos das Mittelschiff entlang, die Kerze ein wenig unter und vor dem Kreuz, so daß jedem, der sich westlich davon befand, das Kreuz in sanftes Licht getaucht erschien. Sie schlüpfte um den Hochaltar herum und ging rasch zum Altar des Mittelschiffs, kauerte sich daneben nieder und beobachtete, wie die Diebe, völlig in ihre Plünderei vertieft, plötzlich merkten, daß die Kerzen verlöscht waren und ein in überirdisches Licht getauchtes, gespenstisches Kruzifix sich auf sie zuzubewegen schien. Einer von ihnen schrie vor Schreck laut auf, und alle drei zogen sich in Richtung des Südportals zurück, stolperten über Menschen und Bündel, die ihnen im Weg waren, wagten jedoch nicht, dem Kreuz den Rücken zuzukehren. Das Licht, das auf dessen silberner Oberfläche schimmerte, beraubte sie ihres Nachtsehvermögens, sie verloren die Orientierung und verirrten sich. Daraufhin wurden sie offenbar von Panik erfaßt, denn als einer von ihnen strauchelte und hinfiel, stolperten die anderen über ihn, und anstatt aufzustehen, blieben alle drei auf den Knien liegen und schirmten ihre Gesichter mit Armen oder Händen ab.

»Pater Warmand!« rief Elys. »Es sind Diebe in der Kirche!«

Sie lief das südliche Seitenschiff entlang zum Südportal, in der Absicht, den Dieben ihre eigenen Bündel zwischen die Füße zu werfen, um sie an der Flucht zu hindern, aber als sie die Tür erreichte, blickte sie in das Mittelschiff und sah, was auch die Diebe sahen – ein Kruzifix, das im Schein einer Flamme leuchtete, die offensichtlich aus dem Nichts kam! Sie rang nach Atem, obwohl sie eine ungefähre Vorstellung hatte, wie die Illusion erzeugt worden war, und bekreuzigte sich, wobei ihre Hand sich selbständig zu machen schien.

Inzwischen hatten Warmand, Antony und Matthew die Kirche betreten, fanden sie in Dunkelheit getaucht und die Menschen von Elys' Warnruf geweckt, verwirrt und erschreckt vor, und die beiden ersteren liefen, um Licht zu holen. Matthew folgte ihnen, schwang sich auf seinen Krükken das Mittelschiff entlang, bis eine von ihnen sich in einer Wolldecke verfing, und dann kehrte Antony mit einem Arm voll Kerzen zurück, gefolgt von Warmand, der in der einen Hand eine Kerze hielt und mit der anderen, höchst ungewöhnlich für einen Priester, ein gezogenes Schwert schwang.

In diesem Moment hämmerte jemand hinter Elys an die Tür. Sie drehte sich um, mühte sich mit dem Riegel ab, bis er sich aus seiner Halterung löste, und riß die Tür auf.

Draußen dämmerte es, und das fahle, graue Licht strömte herein, als die beiden großen Türflügel aufgestoßen wurden und einige der Stadtleute eintraten. Ihre Augen waren gerötet, sie waren schwarz vom Rauch und erschöpft, aber als Elys hervorstieß, es befänden sich Diebe in der Kirche, schoben sie sie beiseite und stürmten herein; sie fanden Warmand vor, der das Schwert in der einen, Kerzen in der anderen Hand hielt und vor drei jämmerlichen Gestalten stand, die sich aus Angst vor dem Kruzifix des Mittelschiffaltars zu Boden geworfen hatten, das vor ihnen aufragte, während eine einzelne Kerze erloschen daneben lag. Ein paar Meter entfernt, an einen Pfeiler gelehnt, stand Mistress Mayngod, die die Kapuze ihres besten schwarzen Umhangs zurückgeworfen hatte, einen Ausdruck schlechtverhohlener Schadenfreude auf dem rundlichen Gesicht.

Nun erhob sich großes Stimmengewirr, als die Frauen, die plötzlich erwacht waren, wissen wollten, was passiert war, Kinder weinten, und die neuhinzugekommenen Männer, die aus dem Diebesgut, das die Plünderer hatten fallen lassen, schlossen, was diese im Sinn gehabt hatten, den Zorn des Himmels auf den Grafen von Essex herabschworen, der ihre Häuser niedergebrannt und nicht einmal sein Versprechen gehalten hatte, ihre Familien und ihre Habe in der Kirche zu schützen.

»Bringt sie hinaus und hängt sie!« rief ein wütender

Mann, der die ganze Nacht ein Feuer nach dem anderen bekämpft hatte und dennoch sein eigenes Haus nicht hatte retten können, das nicht einmal d'Aubigny gehört hatte.

»Schweigt!« brüllte Pater Warmand, als andere die Forderung, die Männer zu hängen, wiederholten.

Verblüfft gehorchten alle, mit Ausnahme von ein paar Kindern. Der Sanfteste aller Chorherren hatte eine erstaunlich laute Stimme und schien alle Umstehenden zu überragen, und seine Augen funkelten zornig. Die Männer wichen zurück, als er die Diebe mit seinem Schwert berührte, sie aufstehen ließ und vor sich her zum Hauptaltar trieb, wo er sie zwang, ihr Verbrechen zu beichten und um Vergebung zu bitten. Danach sagte er verächtlich: »Man soll sie ordentlich verprügeln und aus der Stadt jagen, aber sonst soll ihnen nichts geschehen.«

»Kraft welchen Rechts?« fragte die schroffe Stimme de Mandevilles, der unbemerkt die Kirche betreten hatte. »Was legt ihr meinen Männern zur Last?«

Pater Warmand nahm noch immer die Haltung des Rächers ein, und antwortete mit gewichtiger Stimme: »Diese Männer wurden dabei erwischt, als sie hier in der Kirche das arme Volk bestehlen wollten – in der Kirche, die Sie schützen wollten. Das ist ein schwerwiegender Verstoß, der zum Frevel wird, da er in einem geweihten Gebäude verübt wurde. Somit unterliegt er der Rechtssprechung der Kirche.«

Ein paar Augenblicke herrschte merkwürdige Stille, dann zuckte de Mandeville, der an den Rand der beleuchteten Flächen der Vierung getreten war, die Schultern, und sein drohender Schatten, der bis zum Triforium hinaufreichte, wiederholte und vergrößerte diese Bewegung. »Wie Sie meinen«, sagte er gleichgültig. »Ich hätte sie aufgehängt, aber gehen Sie ruhig den sanfteren Weg und halten die andere Wange auch noch hin, wenn Sie unbedingt müssen.« Plötzlich drehte er sich zu den geduckten Dieben um und sagte kalt: »Ihr steht nicht länger in meinen Diensten. Ich erkläre euch für vogelfrei.« Damit machte er auf dem Absatz kehrt, stapfte mit wehendem Umhang das Mittelschiff entlang auf die Westseite zu und verschwand in der Dämmerung.

Die Leute in der Kirche schwiegen wie gebannt, einige schauderten ob der grausamen Kälte, mit der er seine Männer zu einer Strafe verurteilt hatte, die weitaus schlimmer war, als gehängt zu werden. In der Stille wurde es Elys bewußt, daß die Geräusche draußen in der Stadt verstummt waren, doch noch ehe sie sich klarmachen konnte, was das zu bedeuten hatte, hörte man draußen einen lauten Befehl, dann den Lärm von Pferdehufen, die sich über die Church Street entfernten, und schließlich verlor sich das Geräusch in der Ferne.

»Er ist fort«, sagte Pater Warmand, und aus seiner Stimme klang die Erleichterung, die jedermann empfand. »Und jetzt, wie ich bereits sagte, prügelt diese Diebe durch und schickt sie hinter ihrem Dienstherrn her, doch laßt sie ansonsten ungeschoren.«

Als die Diebe an ihr vorbeigezerrt wurden, wandte Elys sich um, um sie hinausgehen zu sehen, und bemerkte Crispin und Aylwin, die gerade in der Tür standen. Crispins Gesicht und Kleider waren schmutzig, er sah erschöpft und niedergeschlagen aus, doch Aylwin, der ebenso verschmutzt war, hatten einen schmuddeligen Verband um den Kopf, den rechten Arm in einer Schlinge, und sein Gesicht war unter dem Schmutz von einer tödlichen Blässe. Elys rang nach Luft und lief zu ihm hin, und seine Arme umschlossen sie, als sie sich an ihn klammerte.

12. Kapitel

»Außerordentlich!« sagte Lukin. »Die Diebe schworen, sie hätten aufgeblickt und ein großes Kreuz auf sich zuschweben sehen, das in ein unwirkliches Licht getaucht war, und sonst sahen sie nichts, sondern rannten verwirrt und geblendet hin und her, fanden den Weg aus der Kirche nicht, und dann verfingen sich ihre Füße, sie stolperten und fielen schließlich vor dem Kreuz auf die Knie. Die Leute sagen, unser Heiliges Kreuz hätte ihre Familien und ihren Besitz geschützt, als de Mandeville, Gott soll ihn verderben, sein Versprechen nicht einhielt.«

Es war der Abend des Tages, der in der heimgesuchten Stadt und dem seltsamen Geschehen in der Kirche angebrochen war, und der Aufseher war nach dem Abendessen vorbeigekommen, um zu sehen, wie es Aylwin ging, nachdem er am letzten Abend so knapp mit dem Leben davongekommen war.

Den ganzen Tag über hatten die Leute in der Stadt die Trümmer aus den abgebrannten Häusern geräumt, darunter mehrere, in denen Chorherren wohnten. Ein Drittel der Stadt war zerstört, und nur dem Mut und der Vernunft der Leute, unter Anleitung von Pater Radulf, Crispin und Aylwin, war es zu verdanken, daß der Rest gerettet werden konnte. Pater Brian hatte bereits Bischof Henry von dem Überfall Mitteilung machen lassen und aus seiner eigenen Machtbefugnis heraus verfügt, daß das Holz, welches die offene Seite des Mittelschiffs abschloß, wie auch ein Teil der Balken, die für das neue Dach vorgesehen waren, für den

Wiederaufbau bereitgestellt wurde. In der Zwischenzeit krochen die Heimatlosen bei Freunden und Nachbarn unter, die mehr Glück gehabt hatten, oder fanden eine Unterkunft im Krankenhaus.

Niemand hatte ein Wort darüber verloren, daß Elys sich in Aylwins Arme geworfen hatte – die Erinnerung daran ließ sie erröten –, denn alle waren weitaus mehr besorgt wegen der Wunde an seinem Kopf und seinem gebrochenen Schlüsselbein, das er sich irgendwann in der Nacht durch einen anderen herabstürzenden Balken zugezogen hatte. Er war zu müde gewesen, um sich genau zu erinnern, wo und wann es passiert war, und schlief noch immer vor Erschöpfung auf Pater Radulfs Krankenstation.

De Mandeville und seine Leute waren noch vor Tagesanbruch im Wald verschwunden, nachdem sie ihr Vorhaben ausgeführt hatten, und die bestraften Diebe waren, von den Peitschenhieben blutend, erschüttert und geschockt von ihrem Erlebnis sowie zutiefst verwirrt von ihren Versuchen, Pater Brians Fragen nach dem genauen Ablauf des Geschehens zu beantworten, hinter ihnen hergehinkt. Die ersten paar Meilen wurden sie noch von einer wütenden, schweigenden Gruppe von Leuten aus der Stadt verfolgt, die es nur aus Respekt vor Pater Warmand unterließen, sie aufzuhängen.

Elys hatte sich am Morgen die Church Street hinunter bis zur Furt gewagt, nachdem sie ihre kostbaren Bündel wieder an Ort und Stelle gebracht hatte. Sie war ein paar Minuten an der Fußgängerbrücke stehengeblieben, und die Tränen waren ihr die Wangen herabgeströmt, als sie die schwarzen, rauchenden Ruinen einer Reihe von bescheidenen Häusern in der West Street sah, wo die früheren Bewohner betäubt und unglücklich in den Trümmern danach suchten, ob noch etwas zu retten war. William von Norwich und seine Männer hatten ihre Arbeit an der Kirche ruhen lassen und halfen bereits den Männern, die Trümmer beiseite zu räumen, prüften, welche der verkohlten Balken abgekratzt und wieder verwendet werden konnten und benutzten ihre Steinkarren, um die Asche auf die Felder zu bringen, wo sie als Dünger dienen konnte, und den Schutt abzufahren, mit dem nichts mehr anzufangen war.

Pater Radulf, der auf dem Heimweg von einer Besorgung die Brücke überquerte, blieb bei ihr stehen und sagte: »Es ist nicht so schlimm, wie es aussieht, mein Kind. Mit dem vorhandenen Holz können wir sofort mit dem Wiederaufbau beginnen, und Pater Brian hat Lord Gilbert de Mountfichet, den obersten Forstherrn, um weiteres Holz gebeten. Er wird es uns bestimmt zubilligen, und wenn auch nur als Vorschuß auf die Menge, die wir uns jedes Jahr aus dem Wald holen dürfen. Gott sei Dank ist niemand ums Leben gekommen, und niemand hat schwere Verletzungen davongetragen.«

»Wie geht es Meister Aylwin heute morgen?« fragte Elys und spürte, wie sie bei der Nennung seines Namens errötete. Der Chorherr warf ihr einen verschmitzten, freundlichen Blick zu und antwortete: »Er hat Kopfschmerzen und einen Schlüsselbeinbruch und kann sich nicht erinnern, wie er sich beides zugezogen hat, aber ich nehme an, die anderen Männer werden Ihnen von seiner Tapferkeit erzählt haben. Er schläft noch immer – jedenfalls, als ich das letzte Mal nach ihm gesehen habe. Er wird bald zu Hause sein.«

Da sie bei den Aufräumungsarbeiten nicht helfen konnte, ging Elys nach Hause und befestigte die zweite Hälfte des Chorrockes wieder auf dem Rahmen, wobei sie erleichtert feststellte, daß es der bereits fertigen Goldstickerei nicht geschadet hatte, so unsachgemäß zusammengerollt worden zu sein. Den ganzen Tag über nähte sie fleißig und stickte die rote Haube eines Grünspechts, der am Stamm des Busches pickte, mit einem zahmen, nervösen Tigrus als einziger Gesellschaft.

Aylwin kam um die Abendessenszeit vor den anderen zurück, den Arm in einer Schlinge, jedoch ohne seinen Kopfverband, da der Schnitt bereits zu heilen begann. Als Elys fragte, wie es ihm ginge, sagte er, er fühle sich bestens, und dann betrachtete er ihre Arbeit und äußerte sich lobend über das zuletzt entstandene Stück, was über die Verlegenheit hinweghalf, die Elys ob ihre letzten Begegnung empfand, und die wenigen Minuten ausfüllte, bis Crispin und Matthew eintraten.

Die Männer waren müde und schmutzig, als sie nach Hause kamen, da sie den ganzen Tag draußen gewesen waren und auch während der Arbeit zu Mittag gegessen hatten, denn Mistress Mayngod, munter und geschäftig wie stets, hatte ihnen heiße Pasteten und Ale gebracht. Sie kamen zum Abendessen nach Hause, gingen direkt in den Hof, stellten sich unter die Wasserpumpe, um sich von der Schmutzschicht aus Asche und Kohle zu säubern, und schickten den Jungen vom Hinterhaus, ihnen frische Kleidungsstücke zu holen, damit sie die Halle sauber, wenn auch noch feucht, betreten konnten. Sie setzten sich an den kalten Kamin in der Halle, denn es war zu heiß, um Feuer zu machen, und tranken einen Krug Ale, während sie auf das Essen warteten, begrüßten Elys, saßen aber ansonsten stumm und nachdenklich da.

Schließlich meinte Matthew: »Ich bin froh, daß ich helfen konnte. Da ich nur einen Fuß habe, komme ich mir manchmal überflüssig vor, denn gestern nacht konnte ich nichts anderes tun als beten.«

»Vielleicht waren es Ihre Gebete, die verhinderten, daß Wind aufkam«, erklärte Aylwin. »Ich habe jedenfalls etwas anderes gehört. Wie kam es, daß eine Ihrer Krücken zwischen die Beine eines erschreckten Diebes geriet? Er hat geschworen, ein Engel habe ihm mit einem Flammenschwert die Beine weggezogen.«

Matthew lachte, sagte jedoch statt einer Antwort: »Die Geschichte von dem Kreuz, das sie verfolgte, hat mich verwirrt. Das Kreuz des Mittelschiffaltars stand jedenfalls auf dem Boden, dicht neben der Stelle, an der sie stürzten, doch es ist klein im Vergleich zu unserem Heiligen Kreuz. Aber ich kann mir einfach nicht erklären, wie es dorthin gelangte.«

»Wunder«, sagte Crispin nachdenklich. »Was macht ein Wunder aus? Das, was wirklich geschieht, oder was die Leute glauben? Wenn das Ergebnis gut ist, ist es dann von Bedeutung, ob die bewegende Kraft irdisch oder überirdisch ist? Ah, da kommt das Abendessen. Gott sei Dank ist heute kein Fastentag.«

Aylwin, der nervös und niedergeschlagen war, weil er wegen seiner verletzten Schulter bei den Wiederaufbauarbeiten nicht helfen konnte, erklärte am nächsten Tag nach dem Essen, er wolle zu seinem Arbeitsschuppen gehen, wo er mit einer Hand die Schale seines Taufbeckens glattschleifen wolle.

»Es wird auf jeden Fall Zeit, daß ich wieder hingehe«, sagte er. »Ich habe seit dem Tag vor dem Brand keinen Fuß mehr in den Schuppen gesetzt, und er wird sich vernachlässigt fühlen.«

Elys sah ihn über den Kirchhof gehen, als sie sich zu ihrer Arbeit ans offene Fenster setzte, war aber bald so in das richtige Plazieren ihrer Stiche vertieft, daß sie, als Lukin sie plötzlich durch das Fenster ansprach, zusammenfuhr und sich in den Finger stach.

»Lady«, sagte er, »ich weiß nicht, ob ich richtig handle oder nicht, aber ich glaube, Sie sollten zu Aylwin gehen. Er ist im Schuppen, und ich glaube, er braucht Sie.«

»Warum, was ist los?« fragte sie, als sie den besorgten Ausdruck auf dem langen Gesicht des Vogts wahrnahm.

»Am besten gehen Sie hin und sehen selbst«, erwiderte er und ging weiter die Straße entlang.

Elys sah in Richtung des Schuppens, doch die Tür war geschlossen, und es gab keinerlei Anzeichen dafür, daß etwas nicht stimmte. Sie zögerte, dann erinnerte sie sich an Lukins Gesichtsausdruck, deckte ihre Arbeit ab, zog den Wachstuchschutz vor und ging hinaus.

Es drang kein Geräusch aus der Hütte, als sie sich näherte, deshalb drückte sie leise die Klinke und stieß die Tür auf, trat ein, blieb stehen und hielt entsetzt den Atem an. Aylwin kniete vor dem Taufstein, wie im Schmerz darüber gebeugt, und seine Schultern zuckten wie in stummem Gelächter, aber Elys wußte, daß er weinte, denn der Taufstein war in Stücke zerschlagen, unwiederbringlich zerstört.

»Ach, mein Lieber!« rief sie aus und legte ihm mit einer impulsiven Geste die Hände auf die Schultern. Er erstarrte einen Moment, und sie dachte schon, er wolle ihr Mitgefühl zurückweisen, doch dann reichte er mit seiner rechte Hand herüber und ergriff ihre Hand, die auf seiner linken Schulter ruhte. Einen Augenblick verharrte er so, dann drehte er sich um, griff nach oben und zog sie zu sich herab, während er gleichzeitig seine Lage änderte, um sich mit dem Rücken gegen die Mauer zu lehnen und die Beine auszustrecken. Sie ließ sich widerstandslos herabziehen und ruhte in seinem Schoß, den Kopf in den Winkel zwischen seinem Hals und der unversehrten Schulter gebettet. Einen Moment lang dachte sie, es sei vielleicht besser, sich zu befreien, doch dann fiel eine Träne auf ihre Wange, und sie vergaß alle Anstandsregeln, legte die Arme um ihn und weinte mit ihm gemeinsam.

»Sie weinen«, sagte er nach einiger Zeit. »Sie sollten Ihre Tränen nicht an leblosen Stein verschwenden.«

»Sie haben einmal zu mir gesagt, Stein sei lebendig, er habe alle wundervollen Möglichkeiten in sich und warte nur auf einen Bildhauer, der sie zum Leben erwecke. Der Taufstein war so wunderschön, und Sie haben soviel Liebe und Sorgfalt darauf verwendet«, widersprach sie.

»Und nun ist er zerbrochen und tot«, sagte er rauh. »Getötet von einem gedankenlosen Narren, der nichts im Sinn hat, als das zu zerstören, was andere Menschen geschaffen haben, und selbst nichts als eine Wüste hinterläßt. Ich habe über meinen zerstörten Traum geweint, und damit Schluß. Ich werde gleich zu William gehen und ihn bitten, mir einen neuen Steinblock aus Purbeck zu schicken, und ich werde alles noch einmal machen, und zwar diesmal noch besser. Vielleicht gelingt es mir sogar, diesen Wal mehr wie ein großes Meeresungetüm und weniger wie einen Kabeljau aussehen zu lassen. Bischof Henry wird nicht begeistert sein – Marmor aus Purbeck ist verdammt teuer –, aber ich werde ihn selbst bezahlen, falls er nicht will.«

»Ach, Aylwin«, Elys mußte gegen ihren Willen unter Tränen lächeln, »Sie geben sich nicht geschlagen, nicht wahr?«

»Warum sollte ich, wenn ich nicht geschlagen bin? Einer von de Mandevilles Leuten hat meine Arbeit zerstört – davon geht die Welt nicht unter.«

»Und Sie sind in ein brennendes Haus eingedrungen, um einen Jungen zu retten, der sonst wahrscheinlich umgekommen wäre.«

»Was erwarten Sie von einem Mann, dessen Urgroßvater in Stamford Bridge und Senlac gekämpft hat, mit Hereward in den Sümpfen und mit Svein Etrithsson in Yorkshire? Ich stamme aus Wessex, Elys. Wir geben nicht auf, wenn wir uns etwas fest vorgenommen haben. Oder unsere Herzen an etwas verloren haben.«

»Ihr Herz?« wiederholte sie. »Woran haben Sie Ihr Herz verloren, Aylwin?«

»An etwas, das sich in meiner Reichweite befindet, das ich aber dennoch vielleicht nicht bekommen kann«, erwiderte er dunkel. »Weshalb sind Sie gerade jetzt hergekommen, Elys? Als ich wegging, saßen Sie über Ihrer Arbeit und sahen so aus, als würden Sie auch den Rest des Tages dabeibleiben.«

»Lukin sagte, Sie brauchten mich.«

»Lukin? Ah, ja – ich hatte das Gefühl, jemand sei an der Tür und dann wieder gegangen. Hat er Ihnen erzählt, was passiert ist?«

Er hielt sie noch immer in der Beuge seines rechten Armes, und sie fühlte ihn zusammenzucken, als sie antwortete: »Nein. Er sagte nur, Sie brauchten mich.«

»Und Sie kamen . . .«

Plötzlich wurde sie verlegen, da sie glaubte, einen mißbilligenden Ton herausgehört zu haben, deswegen befreite sie sich von ihm und setzte sich auf. Er machte keinen Versuch, sie daran zu hindern, sondern ließ nur seinen Arm sinken und saß still da, während er sie mit einem rätselhaften Blick ansah.

»Es – es tut mir wirklich leid wegen des Taufsteins«, sagte sie. »Ich gehe jetzt am besten wieder an meine Arbeit.«

Er rührte sich noch immer nicht, als sie aufstand und den Schuppen verließ, einen Moment in der Tür zögerte, weil sie sich plötzlich bewußt wurde, daß sie wünschte, von Herzen wünschte, er würde sie zurückrufen. Fast hätte sie unaufgefordert kehrtgemacht, doch er saß noch immer reglos da, deshalb ging sie hinaus und schloß die Tür hinter sich.

Sie hatte erklärt, sie wolle an ihre Arbeit zurückkehren und ging auch ein paar Schritte den Kirchhofweg entlang, dann blieb sie unschlüssig stehen, die Knöchel ihrer linken Hand gegen die Zähne gepreßt, während sie mit der Rechten das Jahrmarktsgeschenk umklammerte, das Aylwin ihr gegeben hatte. Sie war verwirrt, unfähig weiterzugehen, hatte den Wunsch umzukehren, war jedoch auch dazu nicht in der Lage.

Warum? Was war los mit ihr? Was war aus ihrer unbeschwerten Freundschaft mit dem freundlichen, unabhängigen englischen Handwerker geworden, der ihr eigentlich nicht ebenbürtig hätte sein sollen, jedoch ihr treuer Freund geworden war? Gewiß, als sie hörte, daß ein Freund sie brauchte, war es nur natürlich, diesen Freund sofort aufzusuchen, warum war sie plötzlich so unsicher deswegen?

Die Antwort lag eindeutig auf der Hand, nachdem sie sich erlaubt hatte, darüber nachzudenken, doch sich insgeheim einzugestehen, daß sie Aylwin liebte, löste nicht ihr Problem, denn es gab keinerlei Anzeichen dafür, daß auch er sie liebte. Er hatte sie ein paarmal geküßt, aber es gab eine Vielzahl von Gründen dafür, daß ein Mann eine Frau küßte, besonders eine, die jung und hübsch anzusehen war. Normannische Männer taten es nicht, jedenfalls nicht bei Damen von Rang, aber sie wußte so wenig über die Sitten englischer Handwerker ... Oft sprach er mit ihr, als sei sie viele Jahre jünger als er, ein halbes Kind noch ...

In diesem Moment wurde sie erneut durch Lukins Stimme aus ihrer Versunkenheit gerissen. Er kam auf dem Rückweg von seiner Besorgung den Kirchhofweg entlang, blieb stehen und fragte: »Geht es ihm wieder besser? Ich dachte, ihm bräche das Herz wegen des Taufsteins. Diese flämischen Teufel sollten dafür verbrannt werden!«

»Lukin, warum haben Sie mir gesagt, daß er mich braucht?«

Der Vogt sah sie erstaunt an. »Wenn ein Mann so aus der Fassung ist, daß er weint, braucht er seinen Schatz«, sagte er, als erklärte er einem langsam denkenden Kind einen selbstverständlichen Tatbestand. »Und da Sie ja dieses Liebespfand tragen ...«

»Liebespfand?« rief sie aus, während ihre Hand erneut nach dem silbernen Anhänger faßte.

»Aye. Das ist ein endloser Knoten, ein Symbol für Ewigkeit. Wenn Sie das Muster in allen Richtungen, oben und unten, innen und außen untersuchen, das hat kein Ende, so wie auch die Liebe Ihres Mannes kein Ende hat. Das war doch Aylwin, der Ihnen das gegeben hat, war das nicht so?«

Elys hatte den flüchtigen, wenn auch belanglosen Gedanken, daß auch Lukins Rede zu einem endlosen Knoten von unzähligen ›das‹ wurde, und sagte: »Ja. Danke Lukin.«

Er schaute ein wenig verwirrt und wartete, da sie jedoch nichts mehr sagte, zuckte er die Achseln und sagte höflich: »Es war mir ein Vergnügen, Lady«, und ging seines Weges. Elys sah ihm nach, setzte sich dann auf die Bank am Kirchhofweg und überlegte.

Wenn Aylwin ihr den Anhänger als Liebespfand gegeben hatte, warum hatte er das nicht gesagt? Warum hatte er sie nicht spüren lassen, daß er sie liebte? Ihr eigenes Verhalten hatte ihm doch bestimmt bei mindestens zwei Gelegenheiten ihre Gefühle für ihn verraten, so wie sie selber sich darüber klar geworden war.

Sie erinnerte sich sehr gut daran, wie sie in seine Arme gestürzt war, als er nach seinem Kampf gegen das Feuer in der Stadt mit einem Verband um den Kopf zurückgekommen war. Ja, er hatte sie festgehalten, aber nur ein paar Sekunden lang, und dann hatte er sie sanft von sich geschoben und war weiter in die Kirche gegangen, ohne noch einmal in ihre Richtung zu blicken.

Dann dachte sie an die graue, geheimnisvolle Dämmerung des Maimorgens und die Küsse, die er ihr unter dem blühenden Weißdorn gegeben hatte, die seiner Behauptung nach lediglich zu einem alten Brauch gehörten. Das war das einzige Mal, soweit sie sich erinnern konnte, daß er sich anders als nur wie ein Freund verhalten hatte.

Dann, ehe ihr Mut schwinden konnte, erhob sie sich, kehrte entschlossen zu der Bauhütte zurück und trat ein.

»Lukin sagt, dies sei ein Liebespfand«, platzte sie heraus. »Stimmt das?«

Aylwin lag wieder auf den Knien und sortierte die zerbrochenen Stücke des Taufsteines; diejenigen, die groß genug waren, um für kleinere Skulpturen verwendet zu werden, legte er beiseite, die übrigen packte er in einen Sack. Er sah überrascht auf, dann erhob er sich, wischte sich die Hand an seiner Tunika ab und sagte: »Ich habe mich gefragt, wann es Ihnen aufgehen würde. Ich hätte nicht gedacht, daß es Ihnen jemand erzählen muß.«

»Die normannischen Sitten sind anders als die englischen«, sagte sie. »Ich glaube, von Normannen erwartet man nicht, daß sie sich verlieben.«

»Niemals?« fragte er und sah sie halb spöttisch, halb besorgt an.

»Nein, aber über achtzig Jahre in England zu leben, muß einige von uns verändert haben«, erwiderte sie ernst. »Es liegt daran, daß ihr Engländer so störrisch seid. Ihr wollt unsere Sprache nicht lernen, also müssen wir die Eure lernen, und ihr teilt nicht unsere Ansicht, daß es bei Eheschließungen nur um Bündnisse und den Zugewinn von Land geht...«

»Aber Sie halten es für möglich, daß ein Normanne sich verliebt?«

»J-ja – ich glaube schon...« Plötzlich verließ sie der Mut, sie begann zu stammeln und errötete.

»Welch eine Erleichterung«, sagte er, streckte seinen unverletzten Arm aus und zog sie an sich. »Hätten Sie es auch getragen, wenn Sie gewußt hätten, daß es ein Liebespfand ist?«

»Ich trage es ja.«

»Und Sie wissen jetzt, was es bedeutet?«

»Lukin sagt, es sei ein endloser Knoten – ein Symbol ewiger Liebe...«

»Ja. Ich glaube, die meisten Leute wissen nicht genau, wann sie anfangen zu lieben – wenn sie es merken, scheint es schon immer so gewesen zu sein. Ich weiß nur, daß es für mich wirklich ein endloser Knoten ist! Mir scheint, ich habe Sie mein ganzes Leben lang geliebt, und so wird es bis zum Jüngsten Tag bleiben.« Er streckte seine rechte Hand aus, sie legte ihre Hand hinein, und er drückte sie herzlich.

»So«, sagte er. »Und was nun? Glauben Sie, daß Matthew einwilligt, daß Sie mich heiraten?«

»Ich weiß nicht.«

»Und dann ist da auch noch Ihr Onkel, der Templer. Ich vermute, er hat bei der Angelegenheit ein Wörtchen mitzureden?«

»Er erwartet bestimmt, daß er gefragt wird.«

»Dann reden wir besser nicht mehr davon, bis ich Matthew gesprochen und um seine Meinung gefragt habe. Ich weiß es, und Sie wissen es, aber wir werden die Worte erst aussprechen, wenn wir es unerschrocken und reinen Gewissens tun können.«

Sie nickte und sagte ernsthaft: »Das wäre am besten«, und entzog sich langsam und widerstrebend seiner Umarmung. Er ließ sie los und sah ihr nach, als sie den Schuppen verließ. Dann ging er zurück an seine Arbeit.

13. Kapitel

Aylwin ließ ausrichten, er käme diesen Abend nicht zur Mahlzeit nach Hause, weil er von Meister William zum Essen eingeladen worden sei. Elys erzählte ihren Brüdern beim Abendessen von der Zerstörung des Taufsteins, erwähnte jedoch mit keinem Wort, warum sie in den Schuppen gegangen war oder wie sie Aylwin angetroffen hatte.

»Es ist eine böse Tat, das Werk eines Menschen zu vernichten!« rief Matthew entrüstet aus. »Wie konnte jemand nur so etwas Schönes zerstören?«

»Etwas, wozu jahrelanges Erlernen der Technik nötig war und ein von Gott gegebenes Talent, um ein so hohes Maß an Handwerkskunst zu erreichen«, fügte Crispin hinzu. »Gar nicht zu reden von der wochenlangen Arbeit ... Er muß untröstlich sein.«

»Er hat gesagt, er wird einen neuen schaffen, und zwar noch besser. Er war mit dem Wal nicht zufrieden«, erwiderte Elys. »Aber er *war* verzweifelt.«

»Er ist ein ausgezeichneter Mensch«, sagte Matthew nachdenklich. »Er besitzt die seltene Gabe, über gegenwärtige Schwierigkeiten und Rückschläge hinauszudenken. Ich hatte immer die törichte, unbedachte Vorstellung, alle englischen Gefolgsadligen seien während der Eroberung umgekommen, aber das konnte natürlich nicht der Fall sein. Sie verloren ihr Land an unsere Vorfahren und mußten sich an eine andere Lebensweise gewöhnen. Wir kennen von der Eroberung nur unsere – die normannische – Version.«

»Aylwin ist ein ganz ausgezeichneter Mensch«, sagte Elys

ruhig. »Nach meiner Einschätzung so gut wie jeder normannische Baron.«

Sie hielt den Blick auf den Teller gesenkt, während sie sprach, da sie sich nicht vor ihren Brüdern verraten wollte, deshalb sah sie nicht, daß sie einen langen, fragenden Blick tauschten, als hätten ihre Worte ihre Besorgnis erregt. Keiner antwortete auf ihre Feststellung, und gleich darauf wechselte Crispin das Thema, indem er sagte: »Ich habe vergessen zu sagen, daß ich heute morgen eine Nachricht von Onkel Richard erhalten habe. Er entschuldigt sich dafür, daß er nicht, wie versprochen, auf dem Rückweg von dem Ordensgut in Cressing bei uns vorbeigekommen ist, aber er wurde dort länger als erwartet aufgehalten und mußte dann eilends in die Komturei nach London zurück. Jetzt muß er wieder nach Cressing und hofft, uns auf dem Weg dorthin zu besuchen.«

»Wann?« fragte Elys gespannt, denn sie dachte, daß sie, wenn Aylwin erst mit Matthew gesprochen und, falls es Gott gefiel, seine Einwilligung erhalten hätte, sie nicht so lange Höllenqualen ausstehen müßte, bis sie erfuhr, ob ihre Träume und Hoffnungen sich erfüllten oder nicht, wenn ihr Onkel möglichst bald kam. Ihrer beider Träume und Hoffnungen, verbesserte sie sich, da sie es noch immer kaum glauben konnte, daß Aylwin sie mit ihr teilte.

»Das hat er nicht mitgeteilt. In ein paar Tagen, nehme ich an«, antwortete Crispin überrascht. Normalerweise schien seine Schwester nicht sehr auf den Besuch ihres furchteinflößenden Onkels erpicht zu sein.

Am nächsten Tag erschien Aylwin kurz vor den anderen zum Mittagessen und beugte sich, als er feststellte, daß alle Bediensteten, die den Tisch deckten, zufällig die Halle verlassen hatten und Elys allein an ihrem Stickrahmen saß, zu ihr herab, um sie zu küssen, und seine Lippen ruhten einen Augenblick leicht, doch verlangend auf den ihren.

Als er sich aufrichtete, weil er glaubte, jemanden den Korridor entlang kommen zu hören, blickte er direkt in das Gesicht Lukin Dulpains, der draußen auf der Straße stand, sich auf das Fensterbrett lehnte und hereinsah. Das Gesicht des kleinen Mannes war ausdruckslos, doch er kniff mit einem verschwörerischen Zwinkern ein Augenlid zu und sagte: »Ich habe nichts gesehen, und wenn ich etwas gesehen hätte, würde ich nichts erzählen.« Dann zwinkerte er Elys zu und fragte sie ernst, ob sie so freundlich sei, Mistress Mayngod auszurichten, Edwin sei mit einem verletzten Frettchen beschäftigt und könne vor morgen keine Kaninchen bringen.

»Was – äh – ist dem Frettchen denn passiert?« fragte sie, nur um etwas zu sagen, denn sie spürte, wie sie von den Zehenspitzen bis zu den Haarwurzeln errötete.

»Es hatte einen Streit mit einem Fuchs, jawohl, und Meister Reineke hat den größten Teil seines Schwanzes eingebüßt!« erwiderte Lukin, machte eine seiner übertriebenen Verbeugungen und ging, eine fröhliche Melodie pfeifend, seines Weges.

»Er hat es gesehen«, flüsterte Elys und rang die Hände.

»Es ist Zeit, daß ich offen spreche, glaube ich. Sind Sie sicher, daß Sie das auch wollen?« fragte Aylwin flüsternd zurück und blickte sie forschend an, als sie den Kopf wandte, um zu ihm aufzusehen.

»Mehr als alles auf der Welt. Ich liebe Sie, Aylwin.«

»Und ich liebe Sie, was auch geschieht«, erwiderte er, sah sie mit einem ehrlichen, klaren, beruhigenden Blick an und ging, um sich vor dem Essen die Hände zu waschen.

Nach dem Mittag- oder Abendessen gab es immer eine kurze Zeitspanne, nachdem die Dienerschaft ihre Mahlzeit beendet und ihr Geschirr abgeräumt hatte, in der die Familie und ihre Gäste allein an der erhöhten Tafel sitzenblieben, um ihren Wein auszutrinken und, falls das Bedürfnis bestand, private Gespräche führten. Elys war sich klar darüber, das Aylwin über ihren Wunsch zu heiraten erst sprechen konnte, wenn dieser Zeitpunkt gekommen war, denn dies war kein Thema, das man in Gegenwart von Dienstboten besprach, doch die Wartezeit erschien ihr unendlich lang, wenn man bedachte, wieviel von dem abhing, was in den wenigen Minuten gesagt wurde, wenn diese erst einmal gekommen waren.

Das Mittagessen war nie eine ausgedehnte Mahlzeit, doch heute schien sie endlos. Die Diener brauchten offensichtlich unendlich viel Zeit, um das Essen aufzutragen und zwischen den beiden Gängen das Geschirr abzuräumen – da es Freitag war, gab es Gemüsesuppe und Fisch mit Möhren. Aylwin schien die Spannung genauso zu spüren wie sie, denn er aß sehr wenig und sagte noch weniger, bis die Dienstboten damit begannen, ihre eigenen Tische im unteren Teil der Halle abzuräumen; dann sprach er plötzlich, aber anscheinend über etwas ganz anderes.

»Ich weiß nicht, ob ich es jemals erwähnt habe«, sagte er, »aber meine Familie besaß vor der Eroberung eine große Menge Land. Wir hatten nicht Ihr System des Landbesitzes, für den man als Gegenleistung militärische Dienste zu leisten hatte, jedenfalls nicht auf die gleiche Weise. Landbesitz brachte Rechte und Pflichten mit sich, doch sie waren nicht ausschließlich militärischer oder finanzieller Natur.«

»Matthew und ich wissen, daß Sie zu der englischen Klasse gehören, die unserem Ritterstatus entspricht«, erwiderte Crispin und schaute ein wenig verwirrt.

»Ich habe von Bischof Henry die Eigentumsrechte an vier Rittergütern«, fuhr Aylwin fort, Crispins Worte mit einem Nicken zur Kenntnis nehmend. »Ich stelle natürlich die Ritter und ihre Ausrüstung bereit, aber ich leiste den Dienst nicht persönlich.«

Elys war über diese Aussage verblüfft, denn sie bedeutete,

daß er Lehnsherr von vier ansehnlichen Gütern und im Vergleich zu ihrer Familie ziemlich reich war.

»Mein Dienst für den Bischof ist mein Handwerk. Er zahlt mir die regelmäßige Summe von dreißig Pfund im Jahr, dazu kommt eine Extrasumme für die Steinmetz- oder Bildhauerarbeit, die ich für ihn ausführe, die für die jeweilige Arbeit berechnet wird. Für das Taufbecken hatte er mir zum Beispiel dreißig Pfund bezahlt.« Seine Stimme schwankte ein wenig bei den letzten Worten, doch dann verbesserte er sich entschlossen: »Er *wird* sie bezahlen, wenn ich den Ersatz geschaffen habe.«

Matthew und Crispin blickten der Reihe nach interessiert, erstaunt und tief beeindruckt, daß ein talentierter Handwerker über solch enorme Summen verfügte, aber Matthew fragte mit einer Spur von Protest: »Warum halten Sie es für notwendig, uns das alles anzuvertrauen, Aylwin? Haben wir den unglücklichen und irrtümlichen Eindruck vermittelt, Sie nicht als ebenbürtig zu betrachten?«

»Nicht im geringsten«, antwortete Aylwin aufrichtig. »Mir ist von Ihrer Seite nur die freundlichste und höflichste Behandlung und echte Freundschaft zuteil geworden, aber das betraf unsere direkte Beziehung untereinander, als Männer und Freunde. Aber die Dinge ändern sich vielleicht, wenn Ihre Schwester ins Spiel kommt.«

»Elys?« fragte Crispin, warf Matthew einen schnellen Blick zu und wandte dann seine volle und äußerst gespannte Aufmerksamkeit Aylwin zu. »Was ist mit Elys?«

Aylwin vergewisserte sich, ob auch die letzten Dienstboten die Halle verlassen hatten, und sagte dann einfach: »Ich möchte sie heiraten.« Er lehnte sich, offensichtlich entspannt, auf seinem Schemel zurück, aber Elys sah, daß er die Hände in seinem Schoß fest zusammenpreßte.

Crispin und Matthew wechselten erneut einen Blick, und Matthew sagte: »Was hat Elys dazu zu sagen?«

»Ich möchte Aylwin heiraten«, antwortete sie mit erstaunlich fester Stimme in Anbetracht ihres heftig klopfenden Herzens.

»Bist du dir im klaren darüber«, fragte Matthew ruhig und ohne eine Spur von Überraschung, »daß Aylwins Beruf es mit sich bringt, daß er von einer Arbeitsstätte zur nächsten reisen muß, und er dich möglicherweise nicht immer mitnehmen kann?«

»In Zukunft wird es nicht mehr so viele Ortswechsel geben«, warf Aylwin ein. »Während der letzten Belagerung ist in Winchester großer Schaden angerichtet worden, und der Bischof hat außerdem vor, auf den Wiesen außerhalb der Stadt eine große Kirche und ein Hospital zu errichten. In den kommenden Jahren wird es daher viel Arbeit für mich geben, denn er hat mir erklärt, diese Arbeit hier sei die letzte, die ich zu seinen Lebzeiten an einem fremden Ort verrichten würde. Ich besitze ein Haus in Winchester – ein solides, aus Stein gebautes Haus in der Nähe der neuen Kathedrale.«

»Winchester ist, glaube ich, eine schöne Stadt«, sagte Crispin nachdenklich. »Oh, aber das weißt du ja besser als ich, Elys. Ging nicht eine eurer Wallfahrten nach St. Swithun?«

»Doch«, erwiderte Elys und fügte eher aus Nervosität als aus Belustigung mit einem bebenden Lachen hinzu: »Es hat die ganze Zeit geregnet, auf dem Hin- und Rückweg.« Aylwin sah sie an und nahm an ihrem Scherz teil, indem er ihr ein herzliches Lächeln schenkte.

»Das ist alles sehr beeindruckend«, sagte Matthew nachdenklich. »Ich sehe ein, daß viele Dinge für die Verbindung sprechen, und dennoch ... Verstehen Sie, es ist eine sehr ernste Angelegenheit, einen Ehemann für die eigene Schwester auszuwählen. Ich nehme an, auch Sie wissen, daß ebenso viele Argumente dafür wie dagegen sprechen? Sie sind uns dem Rang nach ebenbürtig, doch Sie sind keiner von uns ...

Das meine ich keineswegs abwertend. Elys ist als Normannin und als Dame erzogen worden. Sie sind Engländer und Handwerker. Wenn sie Sie heiratet, begibt sie sich aus der familiären Umgebung, die ihr ein Leben lang vertraut war, in ein völlig neues Umfeld, unter Menschen, deren Vorstellungen, Sprache und Lebensweise ihr fremd sind ... O ja, Elys – ich weiß, du glaubst, Liebe kann all diese Unterschiede überwinden, aber ich kenne das Leben besser als du, und ich bin da nicht so sicher. Ich mag Sie, Aylwin, aber Vorsicht und die Liebe zu meiner Schwester lassen mich zögern.«

»Mich desgleichen«, sagte Crispin ernst, »und wir müssen Onkel Richard berücksichtigen. Er ist seit dem Tod unseres Vaters unser Vormund und hat bei einer so wichtigen Entscheidung wie dieser ein Mitspracherecht. Wir erwarten ihn hier in ein paar Tagen, denn er hat mir erst diese Woche geschrieben, er müsse das den Templern erst kürzlich übereignete Gut in Cressing besuchen und käme auf dem Weg hier vorbei.«

»Aber er ist bestimmt gegen uns!« protestierte Elys.

»Wie dem auch sei«, sagte Matthew in einem Ton, der anzeigte, daß er fest entschlossen war, »wir werden seine Entscheidung abwarten. Es tut mir leid, Aylwin, aber ich weiß, daß Sie, genau wie wir, für Elys das Beste wollen.«

»Es wird Ihr Wunsch sein, daß ich in der Zwischenzeit eine andere Wohnung nehme«, sagte Aylwin mit ausdruckslosem Gesicht. »Ich werde auf der Stelle ausziehen.«

»Nein, nein!« widersprach Matthew. »Bleiben Sie bitte hier, bis die Sache entschieden ist. Ich will Sie weder verbannen noch Ihre Freundschaft verlieren, bitte Sie jedoch zu verstehen, daß ich in einer so gewichtigen Angelegenheit etwas mehr Bedenkzeit und den Ratschlag meines Onkels wünsche.«

Elys sah Aylwin voller Verzweiflung an und bemühte sich, nicht in Tränen auszubrechen. Er lächelte gequält und sagte ruhig: »Sie hatten doch nicht erwartet, daß es einfach würde? Ihr Bruder hat recht, um Zeit zu bitten, und hat noch nicht gegen uns entschieden.«

»Aber Onkel Richard . . .«, murmelte Elys.

»Wer weiß – vielleicht ist er mit der Verbindung einverstanden«, sagte Crispin mitfühlend.

Ihrem düsteren Gesichtsausdruck nach zu urteilen, hielt keiner seiner Zuhörer seinen Optimismus für angebracht, und sie erwarteten das Eintreffen Onkel Richards mit bösen Vorahnungen. Einmal versuchte Aylwin, Elys aufzuheitern, indem er zu ihr sagte, als sie sich am Abend zurückzog: »Vielleicht stimmt er zu, wenn er erfährt, daß ich keine Mitgift erwarte.« Doch sie schüttelte nur den Kopf und erwiderte traurig: »Ich glaube, bei ihm zählt der Stolz des Blutes mehr als Ländereien oder Geld.«

Glücklicherweise dauerte die bange Zeit des Wartens, bis sich ihr Schicksal entscheiden sollte, nicht zu lange, denn Sir Richard traf ein, als am folgenden Abend soeben die Tische für das Essen gedeckt wurden. Er sah müde und gereizt aus, begrüßte seine Nichte und Neffen nur knapp, nickte Aylwin kurz zu und ging direkt hinüber in die Kirche, um seine sechzig Paternoster in einer friedlicheren Atmosphäre als in der Halle des Hauses in Church Street zu beten.

Als er zurückkam, wurde umgehend das Essen aufgetragen, aber es wurde schweigend verzehrt, da die Ordensregel dies von Sir Richard verlangte, und die anderen, mit dem Gefühl, ihn versöhnlich zu stimmen, ebenfalls schwiegen. Elys war zu nervös, um etwas Vernünftiges sagen zu können und hätte deshalb ohnehin kein Wort gesagt.

Nachdem die letzten Teller und Schüsseln abgetragen waren und Sir Richard sprechen und trinken durfte, ließ er sich einen kleinen Becher Ale einschenken, lehnte sich in dem Sessel, der ihm als Ehrengast zustand, zurück und fragte: »Nun, wie geht es dir, Matthew?«

»Sehr gut, danke, Onkel«, antwortete Matthew. »Mein Bein ist geheilt, und ich komme ausgezeichnet mit meinen Krücken zurecht. Ich habe eine interessante Arbeit und empfinde mein Leben als gesegnet und ausgefüllt.«

»Und du, Crispin?« wandte Sir Richard sich an seinen anderen Neffen, nachdem er Matthew als Antwort nur zugenickt hatte.

»Auch ich fühle mich gut versorgt und zufrieden. Meine Studien gehen gut voran, und Pater Brian hat mir eine Stelle als Chorherr angeboten, sobald ich zum Priester geweiht bin.«

Wieder nickte Sir Richard anerkennend und wandte sich dann an seine Nichte. »Und was ist mir dir, Elys? Hast du schon einen Ehemann gefunden?«

»Ja«, hörte Elys sich mit vollendeter Ruhe und Selbstsicherheit sagen. »Genaugenommen haben wir auf dein Kommen gewartet, um deinen Segen zu erbitten, den du uns sicher mit Freuden gewährst.«

Sir Richard war einen Moment völlig verblüfft, erholte sich jedoch rasch wieder und fragte: »Und weiß dein Bräutigam in spe auch, daß du keine Mitgift bekommst?«

»Das weiß ich sehr wohl, aber es spielt keine Rolle«, antwortete Aylwin von sich aus. »Ich werde Elys eines meiner vier Güter als Vermögenszuwendung aussetzen, ebenso wie die Anwartschaftsrente meines Hauses in Winchester, deshalb benötigt sie von ihrer Familie nichts außer deren Liebe und Wohlwollen.«

»Ach, Sie haben sich also schon alles gut überlegt«, sagte Sir Richard nachdenklich. »Sie halten es vermutlich für passend, daß eine Handwerkerin einen Handwerker heiratet?«

»Für überaus passend«, erwiderte Aylwin fest und sah Sir Richard offen in die Augen.

»Sag mir«, der Templer wandte Elys seine Aufmerksamkeit zu, »hast du dir das selbst ausgedacht, oder haben meine Neffen das eingefädelt?«

»Ich nehme an, Sie können das nur schwer akzeptieren«, antwortete Elys, die wollte, daß er sie verstand, und ihn ernst ansah, »aber ich habe Aylwin immer mehr geachtet und gemocht, seit ich ihn in Mantua kennengelernt habe, und ich empfinde eine tiefe Zuneigung für ihn, die er erwidert, deshalb haben wir beschlossen zu heiraten ...« Sie brach ab und wartete besorgt auf seine Reaktion.

»Nun«, sagte er nach minutenlangem Schweigen. »Ich hätte nie gedacht, daß eine Nichte von mir ihre Herkunft und Erziehung so völlig vergessen würde und einen Handwerker heiraten will, auch noch einen Engländer. Überleg doch, Mädchen! Dieser Mann ist der Nachkomme von Männern, die deine Vorfahren bekämpft, vielleicht sogar umgebracht haben. Außerdem ist er ein umherziehender Handwerker. Dein Leben würde nur daraus bestehen, an immer neue Orte zu reisen, Unterkunft in schmutzigen Gasthäusern oder überfüllten Häusern zu finden, ein paar Monate dort zu bleiben, dann wieder weiterzuziehen und andernorts von vorn anzufangen. Ich bezweifle nicht, daß ein talentierter Steinmetz nach Beendigung seiner Arbeit gut bezahlt wird, aber was ist mit den langen Wochen, in denen auf das Geld gewartet werden muß? Was passiert im Winter, wenn während des Frosts die Bautätigkeit eingestellt wird?«

»So wäre es nicht ...«, versuchte Elys ihn zu unterbrechen.

»Unsinn! Du glaubst, deine Vernarrtheit in einen hübschen Mann wird dir schon durch alles hindurchhelfen, aber da irrst du. Wenn erst Kinder kommen und du versuchen mußt, sie in schmutzigen Unterkünften, bei ständigen Ortswechseln und ohne Dienstboten aufzuziehen ... Was ist, wenn dein Mann von einem Gerüst stürzt, sich die Beine bricht und nicht mehr arbeiten kann? Was ist, wenn er umkommt? Kannst du dich und deine Kinder durch deine

Nadelarbeit ernähren und hast auch noch Zeit, zu kochen, zu waschen, sie zu erziehen und ihnen alles beizubringen, was sie wissen müssen?«

»Sir Richard«, unterbrach ihn Aylwin bestimmt, »wenn ich bloß ein umherziehender Handwerker wäre, träfe das alles zu. Nein, hören Sie mich zu Ende an!« sagte er, als Sir Richard ihm das Wort abschneiden wollte. »Lassen Sie mich erklären, was ich bereits Ihren Neffen gesagt habe. Ich bin Bildhauermeister. Ich habe vier Güter meines Meisters, Bischof Henry, zu eigen und besitze ein eigenes Haus in Winchester, in dem zur Zeit meine Mutter wohnt. Wenn meine Arbeit hier beendet ist, wünscht mein Herr, daß ich für die absehbare Zukunft in Winchester arbeite. Ich benötige keine Mitgift von Elys, diesen Einwand wollten Sie doch vermutlich als nächstes erheben, denn ich werde ihr mehr als genügend Vermögenszuwendungen und Geld aussetzen, damit sie ihr gutes Auskommen hat, falls ich vor ihr sterben sollte. Ich besitze den Rang eines Ritters, auch wenn ich ein Handwerker bin und nicht Ihrer Klasse angehöre. Wenn Sie mir meine Nationalität vorwerfen wollen, wegen einer Schlacht, die vor mehr als siebzig Jahren stattgefunden hat, so muß ich dies bedauern, aber an diesem Tag wurden auch Verwandte von mir getötet, und dennoch verurteile ich aus diesem Grund nicht alle Normannen. Viele Normannen heiraten heute Engländer, ohne daß dies schlimme Folgen hätte.«

Sir Richards Unterkiefer war bei dieser Ansprache leicht herabgesunken, doch nun faßte er sich und sagte: »Warum haben Sie mir das alles nicht vorher gesagt? Es wirft ein etwas anderes Licht auf die ganze Angelegenheit. Trotzdem bin ich noch immer dagegen. Meiner Meinung nach hätte Elys ins Kloster gehen und ungeachtet ihrer selbstsüchtigen Einwände eine fromme Nonne werden sollen. Aber wenn sie auf diesem seltsamen Wunsch besteht, Handwerkerin zu werden, dann sollte sie wenigstens an ihre Familie denken und einen Normannen heiraten!«

»Ist das dein einziger Einwand, Onkel Richard?« fragte Matthew verblüfft.

»Der einzige? Der alles entscheidende Einwand!« sagte Sir Richard schroff und in mißbilligendem Ton. »Könnte es einen wichtigeren Einwand geben?«

»Es tut mir leid, Sir, aber das halte ich nicht für einen stichhaltigen Grund für eine Ablehnung«, erwiderte Matthew. »Ich habe bisher deine Ansichten immer respektiert, aber ich fürchte, in diesem Punkt muß ich dir aufs schärfste widersprechen. Ich denke, es ist höchste Zeit, daß wir mit einer überholten Feindschaft aufräumen. Ich finde, daß Elys Aylwin heiraten sollte, meinen Segen haben sie.«

»Den meinen auch«, setzte Crispin sofort hinzu. »Es tut mir leid, Onkel Richard, aber Matthew hat wirklich recht.«

»Dann gibt es nichts mehr zu sagen«, erwiderte Sir Richard kurz angebunden. »Ihr seid beide volljährig, aber dennoch jung und töricht genug, den Rat der Älteren zu mißachten. Ihr habt es zu verantworten. Ich muß gehen und mich um das Wohlergehen meiner Männer kümmern.« Mit diesen Worten stapfte er hinaus.

Als er gegangen war, eilte Elys zu ihren Brüdern, um sie zu küssen und ihnen zu danken, und Matthew, der ein wenig leichtsinnig war vor Erleichterung darüber, daß er endlich einmal gegen den Willen seines herrischen Onkels eine eigene Entscheidung getroffen hatte, schenkte Wein ein und trank den Verlobten zu.

Die Fröhlichkeit lockte ein paar der Dienstboten an, die in die Halle spähten, und sie wurden hereingerufen, um einen Becher Ale auf die Gesundheit des Paares zu trinken, und dann traf Lukin ein, der unaufhörlich nickte und zwinkerte und alles schon vorher gewußt hatte. Mistress Mayngod brachte ein Marzipangebilde in Form einer Kirche herein, die irgendwie der Kathedrale ähnelte, wenn man die Beschränkungen bedachte, die das Material ihr auferlegte. Sie erklärte, sie sei aus weiser Voraussicht bereits seit einer Woche fertig.

Der Abend wurde zu einer fröhlichen Feier, und alle gingen spät zu Bett, doch ehe sie sich zu Bett begab, schlüpfte Elys aus dem Haus hinaus in die Sommernacht, setzte sich auf eine der Kirchhofsbänke, blickte zu den Sternen auf und atmete den guten Geruch von Geißblatt, Holunderblüten, Zaunrosen, Walddüften und Heu, da sie zu glücklich war, um schlafen zu können.

Gleich darauf folgte Aylwin ihr, setzte sich, nahm sie in die Arme und murmelte nur »Elys«.

Es kam ihr vor, als sei eine Ewigkeit vergangen, seit er sie an jenem Maimorgen geküßt hatte, doch die Küsse waren jetzt inniger, erregender und beglückender, und es dauerte lange, bis einer von ihnen den Wunsch hatte zu sprechen.

Schließlich sagte Aylwin: »Ich liebe dich, Elys.«

»Und ich liebe dich.«

»Wenn man bedenkt, daß ich nur zufällig nach Mantua gekommen bin.«

»Genau wie wir! Wenn mein Onkel nicht erfahren hätte, daß es dort eine runde Kirche gab ...«

»San Lorenzo ... ich erinnere mich. Wir haben St. Lawrence viel zu verdanken. Sollen wir darum bitten, daß unsere Hochzeitsmesse vor diesem Altar gelesen wird, aus Dankbarkeit?«

Elys schmiegte ihren Kopf an seine unverletzte Schulter und sagte: »Und laß uns am Laurentiustag heiraten, ja?«

»So soll es sein, Liebling«, erwiderte er und suchte erneut ihre Lippen und verlor sich mit ihr in einer Welt, die nur ihnen beiden zugänglich war; sie ahnten nichts von den interessierten, wachsamen Augen einer Eule, des Katers Tigrus und eines Fuchses, die sich alle an verschiedenen Plätzen des stillen Kirchhofs verborgen hatten.

14. Kapitel

Etwa zwei Wochen später saß Aylwin in seinem Bauschuppen auf einem Schemel an seiner Bank. Eines seiner vielen Skizzenbücher lag aufgeschlagen neben seinem linken Ellenbogen, und vor ihm lag ein riesiger Block sorgfältig ausgewählten Steins. Klöpfel und Schlageisen lagen zu seiner Rechten bereit, und er wußte genau, was er aus dem schönen Kalkstein zaubern wollte, denn er hatte einige Zeit damit zugebracht, die Seiten des Buches durchzublättern, das Skizzen von Pferdeköpfen enthielt, und hatte seine Wahl getroffen.

Es waren mächtige Streitrösser darin, vornehme Tiere aristokratischer Abstammung, feingliedrige Reitpferde mit langen Stammbäumen, doch die aufgeschlagene Seite zeigte ein störrisches Pony mit lebhaften Augen und seltsamen Ohren, eins etwas größer als das andere, einer stumpfen Nase und vorstehenden Zähnen – ein lustiges Geschöpf, bei dessen Anblick er jedesmal lächeln mußte.

Im Augenblick sah er es jedoch nicht an, und obwohl seine Hände auf dem Stein lagen und sein Blick darauf zu ruhen schien, sah er offenbar nichts von der Unzahl winziger Muscheln und versteinerter Seetiere, die das Relief, das er schon im Geist vor sich sah, verbarg. Seine Gedanken weilten an einem anderen Ort.

Die Tage seit seiner Verlobung hatte er in Hochstimmung verbracht, hatte er doch ein Ziel erreicht, das er seit acht Monaten angestrebt, jedoch für außerhalb seiner Reichweite gehalten hatte. Nun beschlichen Zweifel sein Herz und seinen Verstand. Er war sich seiner Liebe zu Elys sicher, doch er mußte sich einfach fragen, ob sie ihn wirklich liebte oder in ihrer Unerfahrenheit den Wunsch nach einem Mann und Kindern mit dem tiefen, unwandelbaren Gefühl verwechselt hatte, dessen es bedurfte, um die Schwierigkeiten einer Ehe mit ihm zu bewältigen.

Er seufzte, und seine Hände bewegten sich unbewußt über den Stein, befühlten seine Struktur und folgten den winzigen Rissen und Unebenheiten auf der Oberfläche, die möglicherweise auf größere Sprünge im Innern hindeuteten. Die Bewegung seiner Hände lenkte seine Aufmerksamkeit darauf, und, sie hin und her drehend, betrachtete er sie eingehend, als gehörten sie jemand anderem.

Sie waren schlank und kräftig, mit schwieligen Handflächen und einer Unzahl feiner Narben, denn kein Mensch konnte jahrelang mit Stein und Schlageisen arbeiten, ohne sich ständig durch Schläge und Schnitte die Hände zu verletzen. Sie würden sich sicher hart und rauh auf ihrer schönen, zarten Haut anfühlen ...

»Ich würde keinen Penny für Ihre Gedanken bieten, denn die scheinen nicht einmal einen Viertelpenny wert«, meinte Lukin, der im Türrahmen gewartet hatte, bis Aylwin ihn bemerkte. »Da Sie so gar nicht wie ein glücklicher Bräutigam aussehen, hätten Sie vielleicht lieber gar keinen Antrag gemacht?«

»Doch«, antwortete Aylwin mit schiefem Lächeln. »Ich bedaure nichts. Ich habe nur ein bißchen Angst, daß es Lady Elys leid tut, mich erhört zu haben. Wir sind ein sehr ungleiches Paar – Normannin und Engländer, Lady und Handwerker, zur Nonne bestimmtes Mädchen und umherziehender Steinmetz ...« Er schüttelte leicht den Kopf und bemühte sich zu lächeln, als meine er alles im Scherz, doch es gelang ihm nur, so auszusehen, wie er sich fühlte, nämlich unsicher, besorgt und voll böser Vorahnungen.

»Die weiß schon, was sie will«, sagte Lukin weise und zog seine lange Nase kraus, um sein mitfühlendes Verständnis auszudrücken. »Es kostet schon Mut, den Erwartungen einer ganzen Familie zu trotzen, besonders wenn ein Mitglied davon ein Templer ist – äußerst willensstark, diese Templer. Wenn eine Frau sich einmal entschlossen hat, nicht nachzugeben, läßt sie sich von gar nichts unterkriegen, egal was kommt – Sie werden sehen. Wenn die mit Ihnen durch die ganze Welt ziehen müßte, an welchen Ort auch immer, sie würde ihre Stickerei einrollen, ihre Röcke raffen und Ihre Schlageisen tragen, das können Sie mir glauben.«

»Waren Sie eigentlich nie verheiratet, Lukin?« fragte Aylwin. »Sie scheinen eine ganze Menge von Frauen zu verstehen.«

»Ich habe Augen und Ohren«, sagte Lukin trocken, »und mein Gesicht und mein Körper sehen sehr lustig aus. Es stört Frauen nicht, wenn ich ihre Gedanken und Gefühle errate, da sie mich nicht als Mann zählen. Die Männer sind den Frauen ein ebenso großes Rätsel wie die Frauen den Männern.«

»Glauben Sie?« Aylwin war überrascht. »Ich dachte immer, Frauen wüßten, was ein Mann denkt oder fühlt, weil wir vergleichsweise einfach strukturiert sind. Eine Frau dagegen ist ein so kompliziertes Geschöpf.«

»Das stimmt, so ist es auch«, bekräftigte Lukin mit einem Kopfnicken, »aber die Frauen glauben nicht, daß die Männer wirklich ein so schlichtes Gemüt haben, wie es scheint. Aber ich will Ihnen etwa sagen. Vielleicht weiß Ihre Lady noch nicht alles, was eine Frau vor der Hochzeit wissen sollte. Könnte doch sein, daß ihre Mutter ihr nichts gesagt hat, weil sie dachte, sie brauche nichts davon zu wissen, wenn sie doch ins Kloster ginge. Und da sie die Jüngste ist, hat sie auch nie miterlebt, wie ein Bruder oder eine Schwester auf die Welt kam oder daß ihre Mutter schwanger war.«

Aylwin erwiderte nichts, da es ihn verlegen machte, daß Lukin einen Teil seiner eigenen Befürchtungen ausgesprochen hatte, und es entstand ein peinliches Schweigen.

»Es ist schließlich nicht meine Sache, darüber zu reden«, sagte Lukin schließlich und nickte vor sich hin. »Dennoch sage ich Ihnen – sorgen Sie lieber dafür, daß sie weiß, was sie erwartet. Matilda Mayngod könnte Ihnen da am besten helfen. Sie ist die beste Hebamme im Ort und weiß eine ganze Menge. Es wäre nicht das erstemal, daß sie ein Mädchen aufklärt und ihm zu einer schönen Hochzeitsnacht verholfen hat.«

Aylwin warf ihm einen nachdenklichen Blick zu und sagte rauh und unbeholfen: »Ja, Sie haben recht. Ich habe nicht an Mistress Mayngod gedacht.«

»Jeder sollte an Mistress Mayngod denken«, erwiderte Lukin ernst. »Das ist eine Frau, an die zu denken sich lohnt. Edwin Warrener denkt immer an sie, wenn er nicht an Kaninchen oder Frettchen denkt, was nicht sehr oft ist, und ich selbst denke fast täglich an sie. Und nachts«, fügte er ein wenig sehnsüchtig hinzu. »Wenn sich die Gelegenheit bietet, erzähle ich ihr von der Sache, wenn Sie wollen. Sie wird mir wahrscheinlich eine Ohrfeige verpassen, aber soll sie ruhig, sie wird es mit einer Pastete oder vielleicht sogar einer Umarmung wiedergutmachen. Es ist eine Ohrfeige wert, eine Pastete oder eine Umarmung, oder gar beides zu bekommen!« Er nickte erneut, seine kleinen Augen zwinkerten unter seinen hochgezogenen Augenbrauen, dann sagte er, jäh das Thema wechselnd: »Das ist eine gute, stabile Bank.«

»Man nennt es Werkbank«, erwiderte Aylwin.

»Werkbank? Ich werde dran denken, und ich werde auch dran denken, mit Matilda über das andere zu reden, und sie wird Ihr Mädchen vorbereiten.« Und noch ehe Aylwin ein Wort sagen konnte, war er verschwunden.

Einen Moment lang erwog der Steinmetz, ihm nachzulaufen, doch dann zuckte er die Achseln und dachte, daß Lukin wahrscheinlich recht habe; und er konzentrierte sich auf seine Arbeit, da er schon einen großen Teil des Vormittags auf seine Zweifel und Ängste verwandt hatte. Im Innern des schönen Blocks aus hellem, goldfarbenem Stein wartete der Kopf des störrischen Ponys, und die Reihe der Tierköpfe war erst zu einem Viertel fertig. Sein Schlüsselbein war verheilt, doch Pater Radulf hatte ihm noch nicht erlaubt, die Arbeit wieder aufzunehmen. Er wartete jedoch ungeduldig darauf, mit der neuen Arbeit beginnen zu können und dachte, er würde es zumindest eine oder zwei Stunden durchhalten.

Zuerst mußte er entscheiden, wo er anfangen sollte, welches die beste Seite des Blockes war, um sie der Welt zu präsentieren; deshalb schob und zog und drehte er den Stein hin und her und untersuchte dessen Maserung, denn er setzte sich aus vielen feinen Schichten von Muscheln und Fossilien zusammen und würde splittern wie Holz, wenn er die falsche Wahl traf. Es erforderte Geduld und Zeit, er fühlte, schaute, tastete und lauschte, machte ab und zu eine Markierung mit seinem Stift, doch nach über einer Stunde vertiefter, konzentrierter Suche kam er zu dem Ergebnis, daß seine Markierungen und Linien bereits die Stellen anzeigten, wo, irgendwo unter der Oberfläche, Ohren, Nüstern, Augen und Stirnhaar lagen.

Er legte den Stift nieder, ergriff ein frisch gehärtetes und geschärftes Schlageisen und den Klöpfel, schloß die Augen und betete schweigend mehrere Minuten lang. Nachdem er die Augen wieder geöffnet hatte, bekreuzigte er sich und den Stein, den Hammer noch immer in der rechten Hand, und sagte laut und mit klarer, beinahe herausfordernder Stimme: *»Ad maiorem Deo gloriam!«* Dann führte er vorsichtig den ersten Schlag.

Die Schwingung, die der mit dem Klöpfel ausgeführte Schlag auf das Eisen und den Stein erzeugte, setzte sich in seinem Arm bis hinauf zu seiner verletzten Schulter fort und ließ ihn zusammenzucken, doch das Schlageisen rührte sich nicht, und das Steinstück, das herunterfiel, besaß genau die richtige Größe und Form. Mit einem zufriedenen Nicken hob er das Schlageisen und schlug erneut zu. Diesmal war er auf die Erschütterung gefaßt, und sie schmerzte eindeutig weniger. Wenn er den Arm ein wenig steifer hielt, würde sie vielleicht überhaupt nicht weh tun...

Das war jedoch, wie er feststellen mußte, eine trügerische Hoffnung, aber der Schmerz war erträglich, deshalb fuhr er fort und bearbeitete schließlich drei Seiten des Blocks; nur die Rückseite ließ er frei, da sie groß genug sein mußte, um die Konsole fest in die Wand einzupassen.

»Aylwin! Hat Pater Radulf dir das erlaubt?«

Es war Elys, die vernünftigerweise in der Tür stehengeblieben war und gewartet hatte, bis er einen Schlag gesetzt hatte, da sie wußte, daß er zu sehr in seine Arbeit vertieft war, um sie kommen zu hören, und es unklug war, ihn zu erschrecken, während er gerade auf den Stein schlug.

»Ich bin ganz vorsichtig«, erwiderte er in abwesendem Ton, denn seine Aufmerksamkeit weilte schon beim Ansetzen des Schlageisens für den nächsten Hieb.

Wieder wartete Elys, dann sagte sie: »Kommst du nicht zum Essen nach Hause? Die Tische sind gedeckt, und meine Brüder warten.«

»Ich habe gar nicht gemerkt, daß es schon so spät ist«, rief er, während er das Werkzeug beiseite legte und den Stein zärtlich berührte, denn er fühlte, daß er bereits Gestalt annahm; er sah an ihr vorbei und erkannte, daß die Sonne in der Tat den Schatten eines Baumes direkt auf den Arbeitsschuppen warf, was so präzise wie eine Sonnenuhr eine Stunde vor Mittag anzeigte.

»Was wird es diesmal? Wieder ein Löwe?« fragte sie, trat zu ihm und blickte in das aufgeschlagene Musterbuch. »Sieh an, es ist das Pony des Müllers! Es ist ein so komisches Geschöpf, mit diesen Ohren und Zähnen.«

»Ich dachte, es könnte vielleicht die Engel erfreuen«, antwortete Aylwin, halb im Ernst. »Außerdem gehört es zu Waltham und verdient eher einen Platz in seiner eigenen Pfarrkirche als irgendein fremdes Pferd.«

»Natürlich«, stimmte Elys zu, lächelte und legte ihrem Liebsten schüchtern die Hand auf die Schulter. »Willst du auch eines von Edwins Frettchen abbilden und vielleicht Apuleius?«

»Es würde schwierig mit den Ohren«, erwiderte er nachdenklich und legte seine Hand auf die ihre. »Ich müßte sie in den Nacken zurückgelegt darstellen, so wie es aussieht, wenn es sich ärgert. Wenn sie wie gewöhnlich gespitzt sind, wären sie zu zerbrechlich, da sie so lang sind. Da wäre auch noch der Fuchs, der nachts auf dem Kirchhof umhergeistert, und eine Menge andere Geschöpfe in Feld und Wald. Ich habe daran gedacht, einige von ihnen abwechselnd mit den Löwen zu gestalten. Bischof Henry hat nicht angeordnet, daß es ausschließlich Löwenköpfe sein müssen.«

Er schwang auf seinem Schemel herum, um die Arme um sie zu legen, und reckte sich ein wenig, um sie auf den Mund zu küssen, doch sie wich ein Stück zurück und sagte: »Das Essen, Aylwin. Es wird kalt, und Mistress Mayngod wird sich ärgern.«

»Ja, natürlich«, sagte er sofort und säuberte mit ein paar schnellen Bewegungen die Oberfläche seiner Werkbank, bedeckte seine Arbeit mit einem Stück Stoff und folgte ihr den Kirchhofweg entlang, aber er konnte nicht umhin, sich zu fragen, ob sie seinen Kuß nur aus Angst, zu spät zum Essen zu kommen, oder aus einem anderen Grund nicht erwidert hatte.

Nachdem der Zweifel erst einmal von seinen Gedanken Besitz ergriffen hatte, ertappte er sich dabei, daß er sie, wenn sie zusammen waren, ständig beobachtete und wenn er fern von ihr war, über jedes Wort von ihr, jede ihrer Handlungen und ihre stumme Miene nachgrübelte. Selbst seine Arbeit konnte ihn nicht für längere Zeit von seinen Befürchtungen ablenken, denn er hatte festgestellt, daß die Erschütterungen nach ein paar Stunden seine Schulter zum Ausruhen zwangen; und in diesen Zwangspausen saß er da und starrte auf das Fenster des Hauses in der Church Street, wo er Elys' Kopf über die Arbeit gebeugt sah, und der Zweifel jagte in seinen Gedanken hin und her wie Edwins Kaninchen in ihrem Käfig.

Während der ersten Tage versuchte er sich einzureden, daß er sich unnötig quäle. Und eine Qual war es wirklich! Allein bei dem Gedanken, Elys könnte ihm entgleiten, fühlte er sich elend und empfand eine schmerzliche Trostlosigkeit, die sich in der Tiefe seiner Kehle festsetzte, dafür sorgte, daß sein Essen wie feuchtes Sägemehl schmeckte, und seinem Leben jedes Gefühl von Freude nahm, so daß ihm selbst das gute Voranschreiten seiner Arbeit nichts bedeutete; und die Schönheit der reifenden Natur, die die Hochsommerhitze zu genießen schien, der reine Glanz exakt geschnittener Quadersteine, und die Linie der entstehenden Gewölbebögen erfüllten ihn nicht länger mit der jubelnden Freude über das Werk Gottes oder seiner Steinmetzkollegen.

Seine Angst, sie könne sich von ihm abwenden, wuchs mit jedem Tag, denn wiederholt stellte er fest, daß, während ihr Gesicht bei seinem Anblick früher vor Freude aufgeleuchtet hatte, jetzt Zweifel in ihren sanften braunen Augen lag, und wenn sie ihn berührte, geschah es nun eher zögernd, während es in den ersten Tagen ihrer Verlobungszeit unbekümmert und freudig gewesen war. Folglich schwand auch sein eigenes Selbstvertrauen, und er zögerte, sie zu berühren oder auch nur die Hand nach ihr auszustrecken, aus Furcht, sie könne vor ihm zurückweichen. Ende der Woche ergriff er bereits nicht länger jede Gelegenheit, ihr einen Kuß zu rauben oder sie mit jenen kleinen Zärtlichkeiten zu bedenken, die so viel verrieten, während sie jedem anderen Menschen als zufällig erscheinen mußten. Es war, als ob sich zwischen ihnen eine unsichtbare Schranke errichtet hatte, über die hinweg einer den anderen mit wachsendem Unbehagen beobachtete.

Eine Woche später merkte er, daß sie nicht länger seinem Blick begegnen wollte, wenn er sie ansah, sondern sich abwandte, und er selbst tat, wie er feststellte, dasselbe: er starrte sie sehnsüchtig an, wenn ihre Aufmerksamkeit auf irgend etwas anderes konzentriert war, wandte jedoch sofort den Blick ab, wenn sie in seine Richtung blickte. Wie er ebenfalls feststellte, bemerkten auch Matthew und Crispin, daß etwas nicht in Ordnung war, auch wenn sie nichts sagten.

Schließlich sprach Pater Radulf das Thema an. Eines Morgens erschien er im Arbeitsschuppen und sagte unvermittelt: »Ich habe Ihnen noch nicht die Erlaubnis erteilt, wieder zu arbeiten, aber ich nehme an, Sie können selbst am besten beurteilen, wieviel Sie sich zumuten können. Macht die Schulter überhaupt noch Schwierigkeiten?«

»Sie ermüdet nach ein paar Stunden«, räumte Aylwin ein, »aber nach einer kurzen Pause geht es wieder.«

»Lassen Sie mich sehen.«

Gehorsam zog er Tunika und Hemd aus, und Radulf untersuchte seine linke Schulter, die noch immer die blasser werdende Färbung der Blutergüsse aufwies. Er zog an dem Arm, verdrehte ihn in mehrere unnatürliche Winkel, was Aylwin zusammenzucken ließ, und sagte schließlich widerwillig: »Nun, ich glaube, Sie fügen dem Arm keinen großen

Schaden zu. Ich verlasse mich darauf, daß Sie so vernünftig sind, die Schulter auszuruhen, wenn sie schmerzt, und sie ist gut genug verheilt, um einen vernünftigen Einsatz auszuhalten. Und nun sagen Sie mir – was haben Sie auf dem Herzen?«

»Warum sollte ich etwas auf dem Herzen haben?« fragte Aylwin wachsam, während er sein Hemd über den Kopf zog und es in die Hose steckte.

»Vor einem Monat waren Sie ein glücklicher Mann mit leuchtenden Augen«, erwiderte Radulf unumwunden. »Jetzt sehen Sie aus wie ein Monat trüber, naßkalter Tage. Jagt Ihnen der Gedanke an die Heirat einen solchen Schrekken ein? Wenn man Sie anschaut, könnte man meinen, Sie sollten am Laurentiustag hingerichtet werden und nicht heiraten.«

»Meine Gefühle sind unverändert«, sagte Aylwin und hielt beim Anziehen seiner Tunika inne, um den Chorherren offen anzusehen. »Aber ich fürchte, daß Lady Elys vielleicht ihren Entschluß bereut.«

»Hat sie etwas gesagt, das bei Ihnen diesen Eindruck erweckt hat?«

»Gesagt – nein, aber jeder Blick, jede Geste von ihr läßt Zweifel und wachsenden Widerstand erkennen.« Aylwin fühlte Tränen aufsteigen, als er seine Befürchtungen so offen ausgesprochen hörte, und er zog sich die Tunika über den Kopf und wischte sich dabei heimlich die Augen.

»Pater Crispin ist der Ansicht, Ihrer *beider* Blicke und Gesten verrieten Zweifel und Widerstreben«, sagte Radulf, der gewartet hatte, bis der Kopf des Steinmetz im Halsausschnitt des Kleidungsstückes auftauchte. »Haben Sie mit ihr über Ihre Befürchtungen gesprochen?«

Aylwin schüttelte den Kopf. »Ich war seit fast zwei Wochen nicht mehr allein mit ihr. Sie scheint mich zu meiden...«

»Sie haben doch abends immer zusammen einen Spaziergang am Fluß entlang gemacht. Weigert sie sich jetzt, Sie zu begleiten?«

»Ich habe sie nicht gefragt. Ich möchte nicht, daß sie mit mir allein bleibt, wenn sie es nicht will, noch will ich sie in die Verlegenheit bringen, meine Bitte abzulehnen...«

»Hm.« Radulf schwieg einen Moment und dachte nach; schließlich sagte er: »Wenn ein Dritter – Pater Crispin nämlich – bei Ihnen *beiden* Zweifel und Widerstreben feststellt, dann beobachtet Lady Elys vielleicht dasselbe bei Ihnen wie Sie bei ihr... Dennoch sagen Sie, Ihre Gefühle seien unverändert... Wenn Sie meine Meinung hören wollen – was wahrscheinlich nicht der Fall ist –, ich würde Ihnen raten, mit ihr zu sprechen, und, noch wichtiger, ihr *zuzuhören.*«

»Ja.« Aylwin faßte jäh einen Entschluß. »Ich quäle mich, und vielleicht ist alles überflüssig. Besser, man weiß, woran man ist, so oder so. Vielen Dank, Vater!«

Pater Radulf machte eine wegwerfende Handbewegung, steckte dann die Hände in die Ärmel seines Ordensgewands, wandte sich zum Gehen, blieb jedoch im Türrahmen noch einmal stehen und sagte: »Passen Sie noch ein paar Wochen auf Ihre Schulter auf. Friede sei mit Ihnen.«

»Und mit Ihnen«, antwortete Aylwin automatisch, aber mit ehrlicher Dankbarkeit, denn Frieden war etwas, was er in seinem derzeitigen Zustand dringend benötigte.

Der Kopf des Ponys trat allmählich deutlich aus dem Stein hervor, und Aylwin arbeitete an den Ohren und den dazwischenliegenden Stirnhaaren, während er über Pater Radulfs Worte nachdachte. Er hatte gerade beschlossen, Elys zu bitten, nach dem Abendessen einen Spaziergang mit ihm zu machen, als Pater Brian erschien, leise an die offene Tür klopfte, bevor er den Kopf hindurchsteckte und sagte: »Ich will Sie nicht unterbrechen, aber ich bin ein wenig besorgt... Könnte ich vielleicht einen Augenblick mit Ihnen reden? Ach, sieh an! Das ist das Pony des Müllers! Diese Ohren würde ich überall erkennen. Wie köstlich. Es ist mir ein Rätsel, wie Sie es schaffen, einen Steinblock zu behauen und dabei die Ähnlichkeit mit einem lebenden Geschöpf herauszuarbeiten. Sie sind wahrhaftig ein großer Künstler, Meister Aylwin.«

»Ich nehme nur für mich in Anspruch, ein fähiger Handwerker zu sein«, erwiderte Aylwin, während er die seltsamen Ohren mit seiner Skizze verglich und bis jetzt bescheidene Genugtuung über seine Arbeit empfand. »Wie kann ich Ihnen helfen, Pater?«

Er streckte das Bein aus, zog mit der Fußspitze den leeren Schemel unter der Werkbank hervor und lud den Kanoniker mit einer Handbewegung ein, Platz zu nehmen, was dieser mit einem tiefen Seufzer tat, als sei er der Ansicht, die Sommerhitze und die Bürde der Verantwortung laste ein wenig zu schwer auf seinen Schultern.

»Es geht, wie immer, um Geld«, sagte er. »Wir haben im Ordenskapitel beschlossen, einen Teil des Geldes, das Bischof Henry für das Bauwerk geschickt hat, und einen Teil von dem, was wir selbst von unseren Pilgern dafür gesammelt haben, für den Wiederaufbau der abgebrannten Häuser zu verwenden, denn wir erwarteten, vom Grafen von Essex in vollem Umfang für die unserem Eigentum zugefügten Zerstörungen entschädigt zu werden – tatsächlich hat er es versprochen, bevor er mit dem Niederbrennen von d'Aubignys Häusern begann! Jetzt aber weigert er sich, uns auch nur einen jämmerlichen Penny zu geben. Wir haben ihm die Nachricht geschickt, seine Beleidigung der Heiligen Kirche sei Ketzerei und Frevel, aber er wurde bereits wegen seiner anderen Schurkereien exkommuniziert, deshalb bezweifle ich, daß ihn unsere kleine Drohung sehr beunruhigen wird.«

»Das Geld für den Kirchenbau wird also knapp«, führte Aylwin seine Rede zu Ende. »Wie schlimm ist die Lage?«

»Ach, wir haben genug, um die Arbeit bis zum Frosteinbruch fortzusetzen, wenn der Bau den Winter über ausgesetzt wird, und gerade noch genug, um die Steinmetzen zu bezahlen, die hierbleiben, Steine behauen und sich während der kalten Monate um den Neubau kümmern. Es ist die Wiederaufnahme im Frühjahr, die gefährdet ist. Ich habe überlegt, ob... Nun, Sie kennen den Bischof sehr gut, und er vertraut Ihnen offensichtlich... Wenn ich ihm schreibe und ihn einfach um mehr Geld bitte, ist er vielleicht verärgert oder versteht nicht, daß wir das Geld, das er uns geschickt hat, abzweigen mußten... Wir dachten, wenn Sie hinreisen würden und ihm alles persönlich erklären... Natürlich nicht jetzt, wo es nur noch einen Monat bis zu Ihrer Hochzeit ist, aber im Herbst, bevor die meisten Steinmetzen den Winter über nach Hause zurückkehren...«

»Er wird ganz bestimmt verstehen, daß Ihnen keine andere Wahl blieb, als mit dem Geld den armen Leuten in der Stadt zu helfen, vor allem, weil d'Aubigny nichts für sie getan hat«, erwiderte Aylwin. »Natürlich werde ich hingehen und mit ihm reden. Es ist einige Zeit her, seit ich Gelegenheit hatte, Winchester zu sehen und meiner Mutter einen Besuch abzustatten, und ich hoffe, Lady Elys wird sich freuen, mich zu begleiten.«

»Allerdings hat de Mandeville sich bis dahin vielleicht entschlossen zu bezahlen. Bei all den Raubzügen, die er durchgeführt hat, wird er sich kaum auf Armut berufen können«, sagte Pater Brian grimmig. »Ich habe mir gerade mit Pater Warmand Lady Elys' Arbeit angesehen. Sie ist sehr schön und vorzüglich gestickt. Ich glaube, sie übertrifft den Chorrock, den Rufus – äh – uns weggenommen hat, soweit ich mich erinnere, obwohl ich damals noch ein Kind war. Er war aus schwerem Gold gearbeitet, aber die Stickerei war vergleichsweise grob. Mehr Glanz als Handwerkskunst, verstehen Sie? Na gut, ich will Sie nicht länger vom Pony des Müllers abhalten. Gott segne Sie und Ihre Arbeit, mein Sohn.«

Aylwin dankte ihm geistesabwesend, in Gedanken bereits wieder bei der Arbeit. Er schob den freien Hocker unter die Werkbank zurück, nahm Klöpfel und Schlageisen wieder zur Hand und erwog den nächsten Schlag.

»Haben Sie eine Minute Zeit für mich?« fragte eine Stimme, und Meister William trat ein, während er sich mit dem Ärmel die Stirn wischte, denn er schwitzte stark, als hätte er eine besonders anstrengende Arbeit verrichtet.

Aylwin unterdrückte einen Seufzer, legte sein Werkzeug nieder und zog den Schemel wieder hervor. »Probleme?« fragte er.

»Weiß nicht. Wußten Sie, daß Bischof Henry die Seitenschiffe überwölbt haben will?«

»Überwölbt!« rief Aylwin aus. »Nein, das wußte ich nicht. In der ganzen Länge?«

»Aye. Mittelschiff, Altarraum und Chorumgang. Es sei von Anfang an geplant gewesen, sagt er. Sicher, die Gewölbeansätze sind da, an den Kapitellen und an den Seitenwänden. Sie haben sie ganz bestimmt gesehen!«

»Ja, ich habe sie bemerkt, aber ich dachte, man hätte den Plan fallengelassen. Die Baumeister der alten Kirche hätten die Gewölbe doch sicher im Verlauf ihrer Arbeit mit errichtet. Es wäre einfacher gewesen, jedes einzelne Joch zu bauen, solange die Rüstbalken noch aufgestellt waren, als sie zu entfernen und erst damit zu beginnen, nachdem die Löcher ausgefüllt waren.«

»Ich denke, es läßt sich ohne allzu große Schwierigkeiten machen, obwohl es natürlich Eingriffe in das alte Bauwerk bedeutet, und ich muß sehr viele Leute den Winter über bezahlen, da so viel Stein zusätzlich behauen werden muß. Falls überhaupt genügend Geld übrig ist. Hat Pater Brian mit Ihnen darüber gesprochen?«

»Ja. Ich glaube, wir können davon ausgehen, daß wir das Geld bekommen, vor allem, da der Bischof die zusätzliche Arbeit wünscht.« Aylwin zupfte sich am Ohrläppchen, und man sah ihm seine Zweifel an.

»Ihnen gefällt der Gedanke mit dem Gewölbe nicht ...«, stellte Meister William in halb fragendem Ton fest, denn ihm war aufgefallen, daß Aylwins Gesichtsausdruck nicht seinen Worten entsprach.

»Ihnen?«

»Nein. Meiner Ansicht nach halten die Mauern dem Druck nicht stand.«

»Man könnte die Stützpfeiler erhöhen. Es sind lediglich niedrige Pfeiler.«

»Wahrscheinlich, aber ich denke, das würde das Aussehen des Bauwerks verderben. Ich frage mich ... Wissen Sie etwas über diese neuen Bögen?«

»Sie meinen die Spitzbögen? Ich habe sie in Italien, in Cluny und St. Denis gesehen. Aber sicher – haben Sie in Durham gearbeitet?«

»Aye, aber die Bögen dort sind nicht wirklich spitz, und ich war damals noch Geselle. Würden sie den Druck verringern?«

»Sie würden ihn mehr nach unten als nach außen verlagern, aber die Seitenschiffe sind dafür nicht hoch genug, es sei denn, man würde den Boden des Triforiums anheben und das Dach verändern. Ich glaube, man würde bei dem Versuch den Eindruck des ganzen Bauwerks zerstören und hätte immer noch eine zu große Belastung der Mauern.«

»Nun gut, es ist ja auch nur ein Gedanke. Ich persönlich habe noch keinen echten Spitzbogen gesehen. Ich muß mich unbedingt auf den Kontinent begeben und mir einige dieser neumodischen Ideen ansehen. Wenn ich Bischof Henry mitteile, nach meiner fachmännischen Ansicht hielten die Mauern der Belastung nicht stand, stärken Sie mir dann den Rücken?«

»Natürlich. Es ist ja auch meine Meinung.«

William grinste und versetzte Aylwin einen Schlag auf die Schulter – glücklicherweise auf die unverletzte –, der ihn beinahe von seinem Hocker riß. »Sie sind ein guter Kumpel«, sagte er. »Ich habe nie einen anderen Meister getroffen, mit dem ich so gut zusammenarbeiten konnte wie mit Ihnen. Heilige Muttergottes! Das ist ja das Pony des Müllers, oder ich will der schlechteste Baumeister der Welt sein.«

»Anscheinend erkennt jeder es an den Ohren«, sagte Aylwin. »Es muß eines von seiner Mutter und eines von seinem Vater haben.«

»Dann war aber einer von beiden ein Esel«, sagte William fröhlich, der sich von seiner Hauptsorge erleichtert, wenn nicht ganz befreit sah. »Obwohl es dann ja ein Maultier wäre. Bei der heiligen Barbara! Ich kenne keinen zweiten Mann in England, der Stein so gut formen kann wie Sie. Alle anderen Reliefs sind so starr und sehen nicht wie echte Tiere, Menschen oder Pflanzen aus, aber Ihre Geschöpfe wirken alle echt, fast, als seien sie lebendig.«

»Ich versuche das zu formen, was ich sehe, soweit der Stein es mir erlaubt«, erwiderte Aylwin. »Manchmal bin ich beinahe zufrieden, aber ich kann dem Stein nie ganz die Form aufzwingen, die meiner Zeichnung entspricht oder die ich vor Augen habe. Vielleicht gelingt das einmal meinem Enkel...« Er brach ab, weil er daran denken mußte, daß er einmal etwas Ähnliches zu Elys gesagt hatte, und er fragte sich, ob er je einen Enkel haben würde, wenn Elys ihre Meinung geändert hatte. Würde er es jemals über sich bringen, eine andere Frau zu heiraten, falls er sie verlöre?

Noch hast du sie nicht verloren, sagte er sich und beschloß, das Problem anzugehen, seine Zweifel und Ängste bei der nächsten Gelegenheit zu beseitigen – genauer gesagt, noch am selben Abend. Deshalb beendete er frühzeitig seine Arbeit und betete eine Zeitlang vor dem Kreuz, ehe er zum Abendessen nach Hause ging.

Er hatte sich, genau wie Elys, angewöhnt, nach dem Essen an seine Arbeit zurückzukehren, solange man noch genug sehen konnte, doch als das Essen an diesem Abend beendet war und sie wieder an ihren Stickrahmen zurückkehrte, folgte er ihr und sagte drängend: »Ich muß mit dir sprechen. Willst du ein wenig mit mir spazierengehen?«

Sie warf ihm einen verblüfften, erschreckten Blick zu und sagte nervös: »Wenn du willst. Jetzt gleich?«

»Ja.«

Als sie gemeinsam das Haus verließen, schien es ganz natürlich, nach links die Church Street entlangzugehen und den Weg einzuschlagen, den sie nur wenige Wochen zuvor gegangen waren, um der Heuernte zuzusehen. Wie gewöhnlich saß die Katze des Müllers auf der Brücke und beobachtete die Fische, und Aylwin bückte sich, um sie im Vorbeigehen zu streicheln.

Die Mauersegler, die unter den Dachtraufen der Kathedrale nisteten, kreisten und schrien über ihren Köpfen, und Elys blickte zu ihnen empor und sagte unbestimmt: »Wohin fliegen sie wohl im Winter? Sie verschwinden anscheinend immer, ehe der Sommer ganz vorüber ist.«

»Ich habe gehört, daß sie sich auf dem Grund von Teichen und Flüssen im Schlamm vergraben, aber das erscheint mir sehr unwahrscheinlich«, erwiderte Aylwin zerstreut, denn er dachte darüber nach, was er ihr sagen wollte, und keiner von ihnen sprach, bevor sie die erste Wiese erreichten, wo der Fluß aus unerfindlichen Gründen für etwa hundert Meter eine Biegung machte, um dann wieder seinem bisherigen Lauf zu folgen.

»Jetzt, wo das Heu geschnitten ist, sieht alles ganz anders aus«, sagte Elys. »Oh – da sind Kühe – sind sie gefährlich?«

»Sie sind viel zu sehr mit dem Fressen des frischen Grases beschäftigt, um sich um uns zu kümmern«, beruhigte Aylwin sie. »Sollten sie näherkommen, geschieht es nur aus

Neugier, weiter nichts, und ich werde mich bemühen, dich zu beschützen!«

»Ja«, erwiderte Elys ein wenig zweifelnd und wechselte auf seine rechte Seite, so daß er sich zwischen ihr und den Kühen befand, während sie weiter am Flußufer entlanggingen.

»Ich glaube, es ist Zeit, daß wir uns aussprechen«, begann Aylwin, nachdem sie einige Minuten schweigend nebeneinander hergegangen waren. »Möchtest du mich immer noch heiraten?«

»Wieso? Hast du deine Meinung geändert, Aylwin?«

Er blieb stehen und wandte ihr das Gesicht zu, versuchte ihren Ton zu deuten. Klang sie erleichtert oder bestürzt?

Sie ging ein paar Schritte weiter, blieb dann stehen und wandte sich nach ihm um.

»Nein«, sagte er. »Ich dachte, du.«

Der Ausdruck auf ihrem Gesicht war unmißverständlich. »Aber – wie konntest du das nur denken?« fragte sie.

»Mir schien, du fühltest dich in den letzten Wochen – unbehaglich – in meiner Gegenwart. Ich hatte den Eindruck, daß du meinem Blick, meiner Berührung ausgewichen bist ...«

Ihre Unterlippe zitterte einen Augenblick, bis sie darauf biß, um es zu verhindern, und ihre großen braunen Augen füllten sich mit Tränen, flossen jedoch nicht über. Von Zärtlichkeit übermannt hob Aylwin die Hand, um sie zu streicheln, ließ sie dann jedoch wieder sinken.

»Ich bin ein törichtes, unwissendes Mädchen«, sagte sie mit aufgewühltem Gesicht. »Am Anfang, als unsere Heirat beschlossen wurde, war ich so glücklich, daß ich an nichts anderes denken konnte, aber allmählich erkannte ich, wie wenig ich über – die Ehe – wußte. Ich kann nicht kochen, und – erinnere dich daran – ich erkannte nicht einmal ein Liebespfand, als ich eines erhielt. Meine Mutter hat von der

Ehe nur als einer Angelegenheit gesprochen, die man ertragen muß, um Kinder zu bekommen. Ich glaube, mein Vater und sie mochten sich nicht einmal. Ich kann mich nicht erinnern, daß sie je Zärtlichkeiten ausgetauscht hätten, ja, meistens sprachen sie kaum miteinander.«

»Ich verstehe.« Allmählich begriff Aylwin. »Aber du hast doch sicher gemerkt, daß das nicht unbedingt so sein muß? Anfangs gefiel es dir doch anscheinend, gestreichelt und geküßt zu werden.«

»O ja, und so ist es immer noch! Aber ich wußte nicht, was als nächstes kommen würde. Ich weißt, daß mein Vater manchmal mit meiner Mutter zu Bett ging, aber sie schienen es immer unwillig zu tun. Ich nahm an, sie taten so etwas Ähnliches wie die Tiere – Hunde und Pferde –, ich habe gesehen, wenn Tiere sich paaren, aber anscheinend taten meine Eltern es ungern. Ich nahm an, daß Babys wie junge Hunde und Katzen auf die Welt kämen, aber ich wußte nicht genau, wie.«

»Und hattest du Angst?«

»Irgendwie schon. Ich konnte mir uns beide einfach nicht wie Tiere vorstellen. Mutter und Maud haben von dem Ganzen nur als von einer unangenehmen Pflicht gesprochen, und ich konnte den Gedanken nicht ertragen, daß meine Gefühle für dich sich in so eine Abneigung wandeln sollten ...«

»Aber du sprichst von allem – deinen Ängsten und deiner Unwissenheit –, als bestünden sie nicht mehr«, rief Aylwin, dem plötzlich aufging, daß sie die Vergangenheitsform gewählt hatte.

»Mistress Mayngod hat eines Abends mit mir darüber gesprochen, als wir zu Bett gingen. Bei ihr klang alles ganz natürlich und richtig. Sie erklärte mir, ohne Liebe sei es eine lästige Pflicht, wenn man jedoch den anderen liebe, sei es etwas ganz anderes, und das verstehe ich. Wenn ein anderer

Mann mich so berührte und küßte wie du, wäre es mir zuwider, aber bei dir mag ich es. Ich kann mit ihr darüber reden und Fragen stellen, und sie erklärt mir alles so gut. Sie liebte ihren Mann nämlich, auch wenn sie behauptet, daß Männer mehr Probleme machen als Babys. Sie hilft, wenn Babys zur Welt kommen und weiß alles darüber, wie man sie und ihre Mütter versorgt. Ich habe jetzt keine Angst mehr, da ich weiß, was mich erwartet, obwohl sie sagt, daß manches auch weh tut – zum Beispiel, wenn man die ersten paarmal mit einem Mann zusammen ist, und wenn das Kind kommt ... Das Schlimme ist nur, als ich mit ihr gesprochen hatte, und die meisten meiner Zweifel und Ängste beseitigt waren, schien es zu spät zu sein.«

»Zu spät?« fragte er scharf.

»Du hattest aufgehört, mich zu liebkosen, wolltest mich offensichtlich nicht mehr küssen und nicht einmal mehr mit mir reden. Ich dachte, du hättest vielleicht deine Meinung geändert. Du warst so lange frei und ungebunden in deinen Entscheidungen, eine Frau und Kinder mußten dir doch lästig vorkommen, und ich dachte, du wärst vielleicht zu der Erkenntnis gelangt, daß deine Empfindung für mich nur eine – vorübergehende Anziehung war ... Ich wußte nicht mehr weiter. Mistress Mayngod meinte, es käme alles wieder in Ordnung, und ich sollte dich geradeheraus fragen, aber ich habe mich nicht getraut ...«

»Ach, mein liebes Mädchen!« rief Aylwin und nahm ihre beiden Hände in seine. »Ich habe an alle möglichen Schwierigkeiten gedacht – an alle bis auf die, die das Problem verursacht haben. Es hätte mir klar sein müssen, daß du vielleicht noch nie eine wirklich liebevolle Ehe erlebt hast. Ich habe etwas vergessen, was du selbst mir erzählt hast – daß ihr Normannen selten aus Liebe heiratet. Ich bin ein Dummkopf! Ich habe mir Sorgen wegen der Unterschiede zwischen uns gemacht und gedacht, du fändest sie vielleicht zu groß.«

»Welche Unterschiede?« fragte sie und lächelte ein bißchen.

»Du bist Normannin und ich Engländer. Dein Volk achtet Handwerker nicht so wie wir, also denkt deine Familie vielleicht, daß du weit unter deinem Stand heiratest. Du bist im Kloster erzogen worden, und ich ein ungehobelter Bursche, der sich in der Welt herumgetrieben und Schlimmes wie Schönes gesehen hat . . . Stört dich irgend etwas daran?«

Elys dachte nach. »Nicht ernstlich. Da ich jetzt selbst Handwerkerin bin, habe ich mehr Achtung vor dem Talent anderer als früher, und ich begreife jetzt, daß wir Handwerksleute wahrscheinlich wichtiger sind als Ritter und Barone. Ich liebe deine Hände – sie bringen so wunderschöne Dinge hervor, und jede Narbe hast du davongetragen, während du ein Kunstwerk geschaffen hast. Darf ich dich etwas ganz Privates fragen?«

»Natürlich. Ich habe keine Geheimnisse vor dir.«

»Hast du schon einmal mit einer Frau geschlafen?« Sie sah ihm bei dieser Frage mit großen, ängstlichen Augen ins Gesicht.

»Ja«, antwortete er ohne Zögern. »Aus Lust, nicht aus Liebe, und mehr als einmal.«

Sie nickte. »Mistress Mayngod sagte, bei einem Mann sei es anders, es sei immer angenehm für ihn, ausgenommen, die Frau sei ihm wirklich unsympathisch, aber Bedeutung habe es nur, wenn er sie liebe. Sie sagt, es sei besser, wenn der Mann sich gut darauf versteht, denn es will gelernt sein. Glaubst du, daß sie recht hat?«

»Ja. Das Geschick nimmt zu, je mehr man übt, selbst dabei.« Aylwin war überrascht und höchst erleichtert, intime Dinge auf so einfache Weise mit ihr besprechen zu können, und er war Mistress Mayngod von Herzen dankbar.

»Hast du die Unterschiede wirklich für so wichtig gehalten?« fragte sie neugierig.

»Ja. Nicht so sehr meinetwegen, sondern weil ich dachte, dir würden sie bewußt und du bekämst Zweifel, ob du wirklich einen englischen Steinmetz heiraten willst.«

»Nicht *irgendeinen* englischen Steinmetz«, erwiderte sie ernst. »Nur einen ganz bestimmten!« Plötzlich zeigte sich auf ihrem Gesicht ein schelmisches Lächeln. »Wir sind schon zwei schöne Narren. Wenn ich gleich zu dir gegangen wäre, als ich zu fürchten anfing, du hättest deine Meinung geändert, hätte ich mir Wochen der Trübsal erspart.«

»Oder ich zu dir«, antwortete Aylwin mit immer noch ernstem Gesicht. »Es wäre wohl an mir gewesen, den ersten Schritt zu tun, aber ich hatte einfach Angst.«

»Angst?«

»Daß du ja sagen würdest, wenn ich dich fragen würde, ob du deine Meinung geändert hättest und du mich nicht mehr heiraten wolltest.«

»Und ich habe dasselbe gefürchtet. Ach, Aylwin!« Sie ließ seine Hände los, warf sich an seine Brust und klammerte sich an ihn, während sich seine Arme um sie schlossen.

»Küß mich, mein Liebster«, sagte sie, und er gehorchte unverzüglich.

Eine Zeitlang standen sie eng umschlungen in dem hereinbrechenden Sommerabend da, ohne auf die vom Fluß aufsteigenden Mücken, die heimkehrenden Vögel oder Pater Antony zu achten, der mit einem Korbe voller Karpfen aus den Fischteichen der angrenzenden Wiese an ihnen vorbeiging, sich jedoch jeden Blickes und jeder Bemerkung enthielt.

Als sie schließlich aufhörten, sich zu küssen und einander zärtliche Wort zuzuflüstern, fanden sie sich von einem Dutzend neugieriger Kühe umringt, die sie ausdruckslos anstarrten und rhythmisch ihre Unterkiefer bewegten, als ob nie zuvor etwas Derartiges ihr geruhsames Leben gestört hätte. Sie waren offensichtlich tödlich beleidigt, als die Objekte ihrer Neugier in Gelächter ausbrachen, und entfernten sich schwanzwirbelnd und ohrenschlenkernd, um sich wieder der ihnen weitaus besser vertrauten Tätigkeit des Grasfressens zuzuwenden.

15. Kapitel

Die restliche Zeit bis zu ihrer Hochzeit verlief in hektischer Betriebsamkeit. Elys hatte für sich ein neues Kleid aus einem Stück blauer Seide gefertigt, das sie unter den Stoffen entdeckt hatte, die ihre Mutter ihr dagelassen hatte, und Kragen und Rock mit breiten Bordüren bestickt, bestehend aus all jenen Blumen, die, soweit sie wußte, Liebe und Ehe versinnbildlichten; die ganze Zeit über fürchtete sie, es könne nicht rechtzeitig fertig werden. Mistress Mayngod schwelgte in einer derartigen Orgie von Backen und Braten, Stampfen und Rühren, Begießen und Kneten, daß sie vor Anstrengung puterrot angelaufen war, und die armen Küchenjungen waren so durcheinander, da sie überallhin geschickt wurden, um dies zu holen, jenes zu leihen, eine Prise hiervon zu erbitten, dieses durchzukneten, jenes umzurühren (so doch nicht, Dummkopf!), daß sie in ihrem erschöpften Schlaf heimgesucht wurden von Visionen riesenhafter Kapaunen, ungeheurer Teiggebirge, unendlicher Berge von Möhren und Meeren von Marzipan, alles beherrscht von einem rotgesichtigen weiblichen Teufel mit Händen wie Keulen und einer Stimme wie die Posaune des Jüngsten Gerichts.

Pater Antony entschied, das Kolleg könne ein Faß Wein für die Hochzeitsfeier zur Verfügung stellen, und sicherte sich Lukins Mithilfe, um herauszufinden, welches der beste Jahrgang sei, den der Weinberg des Kollegiums in den letzten Jahren hervorgebracht hatte. Die Folge war, daß beide einen ordentlichen Schwips hatten. Pater Antony schritt allein in einer feierlichen Prozession einher und servierte der Katze des Müllers einen ganzen, riesigen, in Butter gedünsteten Karpfen, und das auf seinem besten Geschirr. Lukin tanzte fröhlich singend in Mistress Mayngods Küche und gab ihr einen herzhaften Kuß mitten auf den Mund. Dafür fing er sich eine Ohrfeige ein und landete schließlich in einem offenen Mehlbehälter, lachte unbeherrscht und erklärte, er liebe sie bis zum Wahnsinn, woraufhin sie ihm ein nasses Tischtuch um die Ohren schlug und ihm befahl, wiederzukommen und das in nüchternem Zustand zu wiederholen, falls er sich traute.

Edwin hatte die ganze vorhergehende Nacht draußen mit seinen Frettchen zugebracht, die dies als erfreuliche Abwechslung betrachteten; denn normalerweise wurde von ihnen erwartet, daß sie tagsüber arbeiteten, wenn, wie jedes Frettchen weiß, die Kaninchen sich nicht in ihrem Bau befinden und schwerer zu fangen sind, und jedes vernünftige Frettchen fest schläft. Sie hatten ungeheuren Spaß, und am nächsten Morgen betrat Edwin mit einem gewaltigen Gähnen Mistress Mayngods Küche, so mit Kaninchen beladen, daß er sich kaum aufrecht halten konnte; es wurde ihm barsch aufgetragen, ihnen unverzüglich das Fell abzuziehen, denn Mistress Mayngod habe schließlich nur zwei Hände, und die seien bereits mit der Herstellung von Kuchenteig beschäftigt.

Die Dienstboten reinigten inzwischen die Halle und polierten alles, was sich nicht wehrte, mit Bienenwachs und Energie, und sie sprachen davon, der Kathedrale die gleiche Behandlung zuteil werden zu lassen, sobald sie mit der Halle fertig waren. Matthew und Crispin, die über den Wirbel in ihrem ansonsten so stillen Haus leicht beunruhigt waren, luden sich bei Pater Brian zum Mittagessen ein, dessen Frau eine ausgezeichnete Köchin war, doch es gab nur kaltes Fleisch, Brot und Käse, da sie ausgegangen war, um Mistress Mayngod unter die Arme zu greifen.

»Welch eine Riesenangelegenheit für die Frauen«, stellte Pater Brian trübsinnig fest. »Wir armen Mannsleute zählen im Moment so gut wie gar nicht, und ich frage mich manchmal, ob die Frauen nicht mehr an das Fest und seinen Glanz als an das Sakrament denken. Wer von Ihnen beiden wird die Braut übergeben? Haben Sie sich entschieden?«

Da es das erste Mal war, daß Elys' Brüder mit einer Hochzeit zu tun hatten, hatten sie darüber noch nicht nachgedacht, geschweige denn etwas beschlossen, aber Matthew wies darauf hin, daß es ihm mit seinen Krücken schwerfallen würde, in der angemessenen Würde mit Elys zum Kirchenportal zu schreiten, deshalb solle Crispin diese Aufgabe für ihre Schwester übernehmen, und er wolle einer der Trauzeugen sein.

Aber schließlich bekam auch Crispin nicht die Gelegenheit dazu, denn ohne Ankündigung und unerwartet erschien am Abend Sir Richard; er betrat die glänzend herausgeputzte Halle kurz vor dem Abendessen und tat nach einer kurzen Begrüßung kund, er sei gekommen, um als ältestes männliches Familienmitglied seine Pflicht zu erfüllen und seine Nichte ihrem irdischen Bräutigam zu übergeben. Aus der Wahl seiner Worte klang Mißbilligung, aber die Tatsache, daß er überhaupt gekommen und bereit war, sich an der Zeremonie aktiv zu beteiligen, verriet Elys, daß er ihre Wahl billigte und ihnen beiden Glück wünschte, und sie würdigte dies, indem sie ihm ihren aufrichtigen Dank aussprach.

Obwohl das Wetter seit St. Swithun schon vierzig Tage gut gewesen war, war es auch diese Woche schön und sonnig gewesen, und alle hofften, am Tag der Hochzeit wäre es genauso, aber der Morgen zog bewölkt und unangenehm feucht herauf. Lukin, der früh mit einem schönen Sträußchen für die Braut erschien, erklärte, das Kribbeln auf seinem Kopf kündige ein Gewitter an, und Mistress Mayngod war völlig aus dem Häuschen, weil ein ganzer Krug Sahne auf dem Weg von der Kuh zu ihrer Küche sauer geworden war und ihre Pläne ducheinandergebracht hatte.

Aylwin war am Abend zuvor verbannt worden, nachdem er und Elys eine Stunde auf der Bank auf dem Kirchhof gesessen und sich wortlos bei den Händen gehalten hatten, und hatte die Nacht in Lukins Häuschen verbracht, wo er zu seinem eigenen Erstaunen friedlich und traumlos geschlafen hatte. Er erwachte jedoch zeitig, verbrachte den Morgen in seinem Arbeitsschuppen und vollendete den Kopf des Ponys, um sich bis zum Mittagessen, das er bei Pater Antony einnahm, die Zeit zu vertreiben.

Der Chorherr litt an Kopfschmerzen und zeigte wenig Neigung zum Reden, was Aylwin sehr zupaß kam, da er gegen eine schlimme Attacke seiner Nerven anzukämpfen hatte, denn mit einem Mal war ihm die ganze Konsequenz des Schrittes, den zu tun er im Begriff war, bewußt geworden, und Ängste und bedrückende Vorstellungen beschäftigten seine Gedanken. Was war, wenn er sich verletzte und nicht mehr arbeiten konnte – was würde dann aus seiner Frau und seinen Kindern? Was, wenn Elys und seine Mutter einander nicht mochten? Und was, wenn ...

»Ihre Mutter konnte also nicht zur Hochzeit kommen?« fragte Pater Antony schließlich, mit dem Versuch, ein Gespräch in Gang zu setzen, nachdem er insgeheim einen Schwur getan hatte, in Zukunft nie mehr als einen Becher Wein am Tag zu trinken.

»Nein. Sie hat einen Laden in Winchester und wollte ihn nicht so lange allein lassen, denn es ist ja ein sehr weiter Weg. Sie hat mir aber einen Brief mit ihrem Segen und den besten Wünschen geschickt, und ein Geschenk für Lady Elys.«

»Ein Geschenk?«

»Eine Elfenbeinschnitzerei der Muttergottes mit dem Jesuskind. Ich werde es ihr – nach der Hochzeit geben.« Er hatte eigentlich sagen wollen »heute nacht«, aber diese Worte hatten unter den gegebenen Umständen eine zu große Bedeutung und wollten ihm nicht über die Lippen.

»Elfenbeinschnitzerei ... O ja, ich habe von den Elfenbeinschnitzereien von Winchester gehört! Es gibt dort eine Gruppe von Handwerkern, die sich mit dieser Arbeit einen Namen gemacht hat«, sagte Pater Antony nachdenklich. »Vielleicht können wir irgendwann so ein Kunstwerk für die Kathedrale erwerben. Ach, du liebe Güte, sollten Sie sich nicht allmählich für die Trauung umziehen? Ich habe gar nicht gemerkt, wie spät es ist ... Das war die Mittagsglocke.«

Die Zeit war in der Tat schneller vergangen, als Aylwin bemerkt hatte, und er kehrte in aller Eile zu Lukins Haus zurück, um sich gründlich zu waschen, wobei er das Bad in der mit warmem Wasser gefüllten Wanne in Lukins Küche sichtlich genoß; dann zog er sorgfältig seine beste blaue Tunika, Hosen und ein Paar weicher Lederstiefel an und befestigte zwei alte goldene Armreifen oberhalb des Ellenbogens über den Ärmeln. Er trug sie nur selten, doch gemäß der Überlieferung hatte König Alfred sie einem seiner Vorfahren geschenkt, und das konnte durchaus der Wahrheit entsprechen, denn sie waren wunderschön gearbeitet und trugen die Form in die Länge gezogener Körper von geflügelten Drachen mit granatroten Augen und Krallen. Er hatte gerade sein Haar glatt gekämmt und stand ängstlich still, während Lukin ihn von allen Seiten begutachtete, um zu sehen, ob er passabel aussah, als man draußen Stimmen und Füßescharren und schließlich ein Klopfen an der Tür vernahm, die sich öffnete und Meister William einließ.

»Wir kommen als Loge, um Sie zu Ihrer Hochzeit zu bringen«, verkündete er förmlich. »Hier ist Ihr Sträußchen. Haben Sie das Brautgeld?«

»Brautgeld.« Prompt verfiel Aylwin wie jeder Bräutigam in Panik und blickte sich gehetzt in dem kleinen Wohnraum von Lukins Haus um.

»Sie haben es vor nicht einmal einer Viertelstunde in Ihre Börse gesteckt«, sagte Lukin ruhig. »Sie können es in der Zwischenzeit nicht verloren haben.«

Nachdem er die Münzen wieder in die Börse zurückgelegt hatte, trat Aylwin aus dem Haus, und es formierte sich eine Prozession, angeführt von dem jüngsten Lehrjungen, der den blumenumkränzten Stab und die Kelle trug, die das Wahrzeichen der Loge waren. In Zweierreihen folgten die Gesellen, die alle ein Paar Zirkel, ein Winkelmaß und eine Kelle trugen, danach kam Aylwin, flankiert von Meister William und Lukin, wobei die massige Gestalt des Steinmetzen im Vergleich zu Lukins seltsamer Gangart schwerfällig wirkte. Dahinter folgten die Lehrjungen mit weitaus mehr Fröhlichkeit und weniger Würde als ihre Vorgesetzten.

Die Kirche besaß noch kein Westportal, da die Arbeit noch nicht so weit gediehen war, aber die Männer hatten ein provisorisches Portal aus Balken errichtet und es mit Blumen und Zweigen geschmückt, und dort wartete Pater Brian in Chorrock und Meßgewand mit mehreren der anderen Kanoniker. Der Platz vor der Kirche war gefüllt mit Menschen, die ihre Arbeit ruhen lassen konnten, und auch mit einigen, die eigentlich andernorts zu tun gehabt hätten. Starr vor Nervosität schritt Aylwin, gefolgt von seinen zwei Begleitern, durch die schmale Gasse, die man ihm gelassen hatte, und wartete am Portal auf seine Braut.

Sie kam nur wenige Minuten später, angekündigt von einem Vorboten in Gestalt von Mistress Mayngod, die prachtvoll in ein knallrotes Wollkleid gekleidet war und eine enorme Emailbrosche auf dem Busen trug, die Lukin *sotto voce* mit einem Brustharnisch verglich. Es folgten die zwei kleinen Nichten der Köchin, die die Blätter der wilden Rosen verstreuten, welche sie den ganzen Morgen über in den Hecken gepflückt hatten, und dann Elys, von ihrem Onkel am Arm geführt, der starr aufgerichtet in seinem weißen Umhang einherschritt, welcher seine übrige Kleidung, bis auf die Stiefel, völlig bedeckte. Er blickte sehr streng, aber gelegentlich zuckte es um seine Mundwinkel, und sein Gang hatte etwas Schwungvolles, worin ein aufmerksamer Beobachter ein Indiz hätte erkennen können, daß er wirklich recht zufrieden war.

Doch es gab keinen aufmerksamen Beobachter, denn alle Blicke waren auf die Braut gerichtet. Sie hatte ihr Kleid erst diesen Morgen fertigbekommen und viele Bänderschleifen als kleine Geschenke lose daran geheftet, die, als sie um die Ecke der Kirche bog, wie Schmetterlinge im Wind flatterten. Plötzlich brach die Sonne hervor und erfaßte Elys' Gestalt, versah ihr Kleid mit einem schimmernden blauen Schein, und die darauf gestickten Blumen leuchteten auf, als bestünden sie aus Email. Ihr Kopf und ihr Gesicht waren von einem zarten, blaßblauen Seidenschleier bedeckt, der von ihrem besten Golddiadem gehalten wurde, und darunter fiel ihr langes Haar locker bis zur Taille herab, wie es für eine Braut üblich war. In der freien Hand hielt sie Lukins kleinen Strauß.

Aylwin ging ihr ein paar Schritte entgegen und starrte sie hingerissen an; nie zuvor in seinem Leben, dachte er, hatte er etwas so Schönes gesehen, und er wünschte, er wäre Maler und hätte diese Schönheit für immer festhalten können. Er nahm nicht einmal wahr, wie die wartende Menge sich teilte und zurückwich, um ihr Platz zu machen, oder daß ihre Brüder und dahinter, in Zweierreihen, alle Dienstboten folgten.

Die Hauptbeteiligten an der Zeremonie traten durch das Portal: Sir Richard, Crispin, Matthew und – als weibliche Unterstützung – Mistress Mayngod als Elys' Trauzeugen, Lukin und Meister William als Trauzeugen für Aylwin. Das Sakrament wurde von Pater Brian mit klangvoller Stimme gespendet, und Braut und Bräutigam legten ihren Treueschwur mit klarer, fester Stimme ab. Aylwin gelang es, das Brautgeld im richtigen Augenblick aus seiner Börse zu holen, ohne es fallenzulassen, und legte es sicher in Elys' Hände. Den Ring selbst hatte er ihr kurz nach ihrer Verlobung überreicht, und seitdem trug sie ihn.

Aylwin erlebte jedes Wort und jede Geste wie aus großer Entfernung, und doch jeden Ton, jedes Bild mit einer Klarheit, die seinem Gedächtnis jede Einzelheit unauslöschlich einprägte, so daß er noch nach Jahren die Augen schließen konnte und sah, wie Pater Brians knorrige Hände seine und Elys' Hände ineinanderlegte und sich auf Sir Richards Gesicht, trotz seiner Bemühungen, streng zu blicken, ein seltenes Lächeln stahl. Und vor allem erinnerte er sich an Elys' glückliches Gesicht, als er den Schleier hob und ihn über ihren Kopf zurückschlug, und an den sanften Druck ihrer Lippen auf den seinen, als sie ihren Schwur mit einem Kuß besiegelten.

Nachdem sie vor den Augen aller, die in den engen Durchgang hineinsehen konnte, die Ehe geschlossen hatten, wandte Pater Brian sich um und nahm beide bei der Hand, um sie in die Kirche zu geleiten, während die anderen Chorherren ihnen folgten. Am Beginn des Mittelschiffs warteten die Kreuzträger, Rauchgefäßträger und Chorsänger, und letztere stimmten einen jubelnden Psalm an, während sie vor den Priestern das lange Schiff bis zu dem Altar des Heiligen Laurentius entlangschritten, der sich genau vor dem westlichen Gewölbe der Vierung befand. Alle, die zu der Hochzeit erschienen waren, strömten hinter der Prozession in die Kirche und nahmen im Hauptschiff ihre Plätze ein.

Die Messe wurde mit vielen Freudengesängen gefeiert, und Lukin holte seine Trompete hinter einer Säule hervor, wo er sie vorher in der Obhut eines kleinen, aber entschlossenen Chorknaben zurückgelassen hatte, und begleitete das *Te Deum* mit reinem, hellem Klang. Die Töne schienen sich durch die hohen Säulen emporzuschwingen, im Triforium und Fenstergeschoß widerzuhallen und Echos hervorzurufen, die klangen, als antworteten in weiter Ferne himmlische Posaunen.

Nach dem Gottesdienst gingen Braut und Bräutigam langsam das Mittelschiff entlang, lächelten benommen und nickten den vielen Bekannten in der Kirche grüßend zu; ihre Helfer folgten ihnen, und der Rest der Ordensgemeinde bildete hinter ihnen den geordneten Abschluß.

Aylwin, der schon vielen anderen Hochzeiten beigewohnt hatte, war darauf gefaßt, daß seine Braut und ihn draußen ein Hindernis erwartete, das es zu überspringen galt, um auf gute alte englische Art ihren Sprung in ein neues Leben zu versinnbildlichen, aber er war doch überrascht, zwei derartige Hindernisse vorzufinden. Die Frauen des Ortes hatten eine Blumengirlande gewunden, die einige von ihnen direkt vor dem Portal etwa in Fußhöhe ausgestreckt hielten, doch gleich dahinter hatten ein paar Maurerlehrlinge während des Gottesdienstes eine niedrige Mauer errichtet. Sie bestand aus behauenen Quadersteinen, die für das Innere des Kirchenbaus bestimmt und deshalb nicht mit Mörtel verbunden waren, jedoch in zwei beinahe zwei Fuß hohen Reihen feinsäuberlich aufeinandergestapelt waren.

Braut und Bräutigam blieben stehen, und Elys flüsterte mit einem Anflug von Panik: »Was sollen wir tun?«

»Darüberspringen«, gab Aylwin flüsternd zurück. »Wir machen es gemeinsam. Achtung – eins, zwei, drei, springen! Und noch mal – eins, zwei, drei, springen!« Und Elys raffte mit beiden Händen ihre langen Röcke und sprang, als er den Arm um ihre Taille legte, um sie etwas in die Höhe zu heben und sie festzuhalten, als sie wieder auf dem Boden landete. Es gab viel Gelächter und Beifall, sie wurden mit einer Unmenge Weizen- und Gerstenkörnern beworfen, und dann umringten alle, die Elys gut genug kannten, um ein

Anrecht darauf zu haben, die Braut, um sich einen Kuß abzuholen und eines der Geschenke zu erhaschen, die an ihr Kleid geheftet waren. Die Frauen waren dabei besonders erfolgreich, und sie küßten alle auch Aylwin, und man vernahm ein wildes Durcheinander von Glückwünschen, Geschrei und Ausrufen der Bewunderung über Elys' hübsches Kleid.

Der siebente Rauchfaßträger schlängelte sich wie ein Aal durch das Gedränge, tauchte plötzlich unmittelbar vor Elys auf und starrte sie mit großen Augen bewundernd an. »Das ist das Krönchen, das ich in den Narzissen gefunden habe! Sie sehen wie eine echte Königin aus!« sagte er. »So müßte Meister Aylwin Sie als Marienstatue darstellen!« Elys beugte sich lächelnd zu ihm herab, küßte ihn und gab ihm eines der letzten Geschenke als Andenken, und er trug es triumphierend davon, während sie besorgt ihren Rock betrachtete, um zu sehen, ob das zarte Gewebe Schaden genommen hatte, als die anderen Geschenke abgerissen worden waren. Erleichtert stellte sie fest, daß sie so lose angeheftet worden waren, daß der Stoff allem standgehalten hatte.

Mit einem plötzlichen Sprung vorwärts gelang es Aylwin gerade noch rechtzeitig, zu ihr vorzudringen, um das letzte Geschenk an sich zu bringen, das genau unter dem Halsausschnitt des Kleides angenäht war, weshalb die meisten gezögert hatten, es abzureißen, solange noch andere da waren. Er verstaute es sichtlich zufrieden in seiner Börse, denn er besaß schon ein paar Andenken an andere Hochzeiten und hielt es für angebracht, diese durch eines an seine eigene Hochzeit zu ergänzen.

Schließlich schritt Pater Brian, der gutmütig vom Portal aus zugeschaut hatte, würdevoll und ohne Anzeichen von Eile auf sie zu, darauf vertrauend, daß sich eine Gasse vor ihm öffnen würde, was auch geschah, und stellte sich auf den plötzlich frei gewordenen Platz zwischen Braut und Bräutigam, nahm beide bei der Hand und sagte lächelnd: »Es ist eine große Freude für mich – nein, für das ganze Kollegium –, zwei so ausgezeichnete Handwerker durch das Band der Ehe vereint zu sehen, besonders, da Ihrer beider Arbeit unsere Kathedrale schmückt und verschönert!«

Aylwin gab eine angemessene Antwort, obwohl er später keine Ahnung mehr hatte, was er gesagt hatte, und dann fragte Elys: »Darf ich Ihnen meine Blumen als Schmuck für das Grab des Gründers geben?«

Einen Augenblick lang war Aylwin wie betäubt und glaubte seinen Ohren nicht zu trauen, und eine Welle der Zärtlichkeit durchflutete ihn, weil seine geliebte Elys, eine Normannin, an eine solche Geste dachte. Auch Pater Brian war gerührt und erwiderte: »Vielleicht wäre es noch besser, Sie würden sie selbst dorthin legen?«

»Das würde ich gern.«

»Dann kommen Sie.« Pater Brian machte schwungvoll kehrt, wobei sein Chorrock herumwirbelte, dann nahm er beide am Arm und ging mit Braut und Bräutigam zurück in die Kirche. Diesmal folgte ihnen niemand, als sie wieder durch das Mittelschiff und um den Gemeindealtar herum gingen, beide eine Verbeugung vor dem Kreuz machten, dann die Vierung durchquerten und den Chorraum betraten.

Das Grabmal des Gründers stand ungewöhnlicherweise hinter dem Hochaltar und war, da es sich innerhalb der heiligen Stätte befand, deshalb Laien nicht zugänglich. Nachdem er sie dorthin geführt hatte, trat Pater Brian zurück und schaute lächelnd zu, wie das junge Paar Seite an Seite dastand und auf die niedrige Grabplatte hinabblickte, die an allen Ecken lediglich mit einer grotesken Löwenmaske verziert war und keine Inschrift trug.

»Du weißt, wer hier ruht?« fragte Aylwin in leisem, besorgtem Ton, denn er fürchtete plötzlich, Elys' Geste mißverstanden zu haben.

»Ja. König Harold Godwinsson, unser letzter englischer König«, antwortete sie leise und beugte sich dann anmutig hinab, um Lukins kleinen, fest gebundenen Blumenstrauß genau in die Mitte der schlichten Platte aus grauem Stein zu legen. »Gott gebe seiner Seele Frieden, denn er war ein großer, tapferer Mann.«

»Amen, und Gott segne dich dafür, daß du daran gedacht hast«, murmelte Aylwin so leise, daß nur sie ihn verstehen konnte. Er hatte bemerkt und dankbar festgestellt, daß sie »unser« und nicht »dein« gesagt hatte.

Sie wandte den Kopf und sah lächelnd zu ihm auf, dann traten sie wieder zu Pater Brian, der sie zurück in die Vierung geleitete und sie durch die kleine Tür im südlichen Querschiff hinausließ, so daß sie über den Friedhof zu dem Haus in Church Street gelangen konnten, ohne die auf der Westseite wartende Menge durchqueren zu müssen.

Nachdem sie das Haus erreicht hatten, wandte Elys sich ihrem Mann zu, und er nahm sie in die Arme und küßte sie, wie er es sich von dem Augenblick an gewünscht hatte, als er sie in ihrem Brautgewand erblickt hatte, und sie genossen gemeinsam ein paar Minuten der Stille, bevor die Haustür aufflog und, wie es den Eindruck hatte, eine riesige Menschenmenge in die Halle strömte.

In Wirklichkeit waren es jedoch nur Elys' Familie, Lukin, Edwin, Meister William, Mistress Mayngod und die Dienstboten, doch sie machten einen ordentlichen Lärm, umarmten Braut und Bräutigam immer wieder und schwatzten erregt durcheinander. Mistress Mayngod schnappte sich vier Diener und ließ sie Wein und die kleinen Kuchen bringen, die sie vorbereitet hatte, um den größten Hunger bis zum Hochzeitsmahl zu überbrücken.

Als sie hinausgingen, schlüpfte Tigrus zur Tür herein und bahnte sich durch das Gewirr von Beinen seinen Weg zu Elys, rieb sich wohlig schnurrend an ihrem zarten Seidenkleid, wobei sein Fell knisterte, als die Seide auf auffallende Weise an ihm haften blieb.

»Wenn das passiert, muß wirklich ein Gewitter in der Luft liegen«, rief Matthew. »Ich hatte so ein seltsames Ziehen im Fuß, wie es auch nicht alle Tage vorkommt, deshalb hatte ich ohnehin schon das Gefühl, daß sich etwas zusammenbraut.«

»Dann setz dich und ruhe ihn aus«, sagte Crispin und führte ihn zu einem Schemel. »Nehmen Sie bitte alle Platz. Sie müssen erschöpft sein von dem langen Stehen und der Aufregung.«

»Aber die Dienstboten werden doch sicher die Halle für das Festmahl vorbereiten wollen?« meinte Elys in fragendem Ton und wunderte sich, daß Matthew, Crispin, Lukin und Edwin einander verstohlen angrinsten.

»Es findet nicht hier statt. Hier ist nicht genug Platz für alle Leute, die kommen wollen«, sagte Mistress Mayngod mit einem verächtlichen Blick auf die Halle, die, verglichen mit den meisten anderen der Stadt, von beträchtlicher Größe war.

»Aber wo denn dann?« fragte Aylwin.

»In der Kirche natürlich! Wo sonst wäre genug Platz?« erwiderte Mistress Mayngod leichthin.

Aylwin und Elys sahen einander erstaunt und ein wenig bestürzt an, denn sie hatten beide geglaubt, das Fest sei eine kleinere Angelegenheit für die Familie und ein paar enge Freunde, und sie hatten keine blasse Ahnung von den umfangreichen Vorbereitungen, die während der vergangenen Woche in dieser und in anderen Küchen vor sich gegangen waren.

Alle waren froh, zu sitzen, ihren Wein zu schlürfen und in aller Ruhe miteinander zu reden, um sich von der Aufregung der Hochzeit zu erholen. Nachdem Mistress Mayngod einen Toast auf Braut und Bräutigam ausgebracht hatte, entfernte sie sich, wobei sie die Dienstboten vor sich herscheuchte, und bald hörte man ein Hin- und Herhasten im Korridor, und die Haustür fiel mehrere Male krachend ins Schloß, bevor jemand auf die Idee kam, einen Eimer Wasser dagegenzustellen, um sie offenzuhalten.

Sir Richard, der es sich mit Tigrus auf dem Schoß und einem Pokal Rheinwein in der Hand bequem gemacht hatte, war in so gelöster Stimmung, daß er sich in Erinnerungen an die Hochzeit der Kaiserin mit Graf Geoffrey von Anjou vor rund sechzehn Jahren erging, der er beigewohnt hatte und an die er sich noch gut erinnerte, vor allem wegen des großen Altersunterschieds von Braut und Bräutigam, denn sie war fünfundzwanzig und er noch nicht einmal fünfzehn. Er verglich sie mit der heutigen Hochzeit und gab eindeutig zu verstehen, daß er diese für die bessere Verbindung hielt, was alle Betroffenen sehr erfreute.

»Ich glaube, niemals hat jemand eine schönere Hochzeit, eine lieblichere Braut oder einen hübscheren Bräutigam gesehen!« stellte Edwin kühn fest. Er war bis jetzt sehr still gewesen, da es eigentlich keinen Grund für seine Anwesenheit gab.

»Ach. Hochzeiten stimmen uns alte Junggesellen immer nachdenklich«, sagte Lukin düster. »Es ist ja schön und gut, wenn man sich nur um sich selbst kümmern muß, aber die Nächte sind einsam, und für einen allein zu kochen lohnt kaum die Mühe.«

»Kochen Sie Ihre Mahlzeiten selbst?« fragte Elys, die angenommen hatte, er habe Dienstboten dafür.

»Ja, das tu ich. Ich habe ein paar Mädchen, die bei mir aufräumen, aber ich koche mein Gemüse selbst und brate mir mein Fleisch selbst, und gewöhnlich lasse ich es auch selbst anbrennen. Und zwar immer, wenn ich nichts Besseres in einer gewissen anderen Küche schnorren kann«, fügte er mit einem verstohlenen Lächeln hinzu und zupfte wissend an seiner langen Nase.

Aylwin hatte erwartet, entspannt und glücklich zu sein, wenn die Hochzeitszeremonie erst einmal vorüber und er mit Elys verheiratet sein würde, die zufrieden schien und offensichtlich vor Glück strahlte, doch statt dessen fühlte er sich angespannt und nervös. Statt sich am Gespräch zu beteiligen, starrte er in sein Weinglas und dachte unbestimmt über die Veränderungen nach, die nun in seinem Leben zu erwarten waren. Nicht, so versicherte er sich selbst, daß er irgend etwas bereute. Er hatte ein großes Ziel erreicht, von dem er einst angenommen hatte, es sei unerreichbar für ihn, und er war glücklich, aber ... Jetzt würde er auf einen anderen Menschen Rücksicht nehmen müssen, wenn er etwas tun wollte. Es würde ihm nicht länger möglich sein, sich irgendwo im Land oder am anderen Ende der Welt ein Bauwerk oder eine Statue anzusehen und vorher nur Bischof Henry formell um Erlaubnis zu bitten.

War das von Bedeutung? Elys hatte versprochen, ihn überallhin zu begleiten, aber konnte er von ihr verlangen, eine Reise beispielsweise nach Dunfermline oder Jerusalem zu unternehmen, wenn ihr ein oder zwei kleine Kinder an den Rockschößen hingen ...?

Mistress Mayngods Bote erschien, um sie alle zum Hochzeitsmahl zu bitten, bevor er seine Gedankengänge fortführen konnte, und er erhob sich, um sich der allgemeinen Fröhlichkeit anzuschließen, denn schließlich waren alle Anstrengungen und Gefälligkeiten, die für die Vorbereitung des Festessens nötig gewesen waren, ihm und Elys zu Ehren unternommen worden.

Er freute sich und jubelte genauso laut wie alle anderen, als der Hochzeitskuchen von Matthew und Crispin über Elys' Kopf gebrochen wurde und sich die beweglicheren Gäste bemühten, die Stücke zu erhaschen, wobei die Chorknaben den Löwenanteil ergatterten. Elys wurde bei der Balgerei beinahe umgeworfen, aber es gelang ihm, sie rechtzeitig in Sicherheit zu bringen, und er legte den Arm um ihre Taille und hielt sie fest, während sie dem Geraufe zusahen.

»Hast du gemerkt«, fragte Elys, offensichtlich angeregt vom Anblick der verstreuten Kuchenkrümel, »daß das ganze Korn, mit dem man uns vor der Kirche beworfen hat, verschwunden ist? Ich frage mich, wohin.«

»In die Kröpfe der Tauben, die die Chorherren halten«, antwortete er. »Im Taubenschlag befindet sich eine gefräßige Schar davon. Über eine gute Mahlzeit wie diese würden sie wie die Heuschrecken von Ägypten herfallen.«

»Oder ein Heer von Chorknaben«, sagte Elys lachend.

Lukin, der schon vielen Hochzeiten beigewohnt hatte, hatte ein Auge auf den Ablauf des Essens, und lange bevor es Anzeichen dafür gab, daß das Festmahl sich dem Ende zuneigte, machte er die Runde und flüsterte mit Matthew, Crispin, Meister William, den kleinen Brautjungfern und Mistress Mayngod; und sie erhoben sich alle auf einmal, ergriffen Braut und Bräutigam und führten sie fort, machten derbe Späße und Anspielungen und bestellten Glückwünsche von den Feiernden, die Aylwin blutrot werden ließen, bei Elys jedoch nur ein unsicheres Lächeln hervorriefen, vielleicht, weil sie nicht wußte, was einige der Wörter bedeuteten.

Mistress Mayngod hatte ihre Habseligkeiten wieder von der Schlafkammer zurück auf den Boden über ihrer Küche gebracht, um den Frischvermählten Platz zu machen, und Aylwins Besitz war statt dessen heraufgebracht worden, die Kammer gründlich geputzt und das Bett mit neuen Laken bezogen worden, nachdem man Sträuße mit Kräutern, die die Fruchtbarkeit fördern sollen, unter die Matratze gesteckt hatte. Elys' Begleiterinnen führten sie hinauf, während Aylwin mit dem Männern unten blieb, die es auf halbwegs vernünftige Weise fertigbrachten, ihm aus den Kleidern und in ein Nachtgewand zu helfen, wobei allen unzüchtigen

Anspielungen durch die Anwesenheit Crispins Einhalt geboten wurde; vielleicht lag es auch noch mehr an Matthews Gegenwart, der zwar nicht dem Orden angehörte, dem jedoch ein Wunder widerfahren war und der deshalb als besonders heilig galt.

Endlich rief Mistress Mayngod die Treppe herunter, und die Männer marschierten gemeinsam nach oben, um Aylwin sicher ins Bett seiner Braut zu geleiten. Die kleinen Mädchen saßen stolz und aufgeregt neben Elys und schwangen ihre Stoffstrümpfe über dem Kopf, wobei es ihnen zur Belustigung aller Anwesenden gelang, mit beiden Lukin zu treffen. Er grinste und sagte geheimnisvoll: »Ich bin gespannt, wer die Glückliche sein wird«, denn es galt als Zeichen, daß er als Nächster heiraten würde. Crispin segnete alle, besonders Braut und Bräutigam, und dann begaben sich alle gemeinsam wieder auf das Fest und ließen Aylwin und Elys beim schwachen Schein einer einzigen Kerze allein zurück.

16. Kapitel

Das Gewitter brach in den frühen Morgenstunden mit einem grellen Blitz los, der Aylwin jäh aus dem Schlaf riß. Er blieb einen Augenblick verwirrt und halb geblendet liegen, bis ihm bewußt wurde, wo er sich befand: er lag in der oberen Schlafkammer im Bett, und die Läden waren weit geöffnet, um in der gewitterschwülen Nacht etwas Luft hereinzulassen. Sein Körper war wohltuend träge, entspannt nach der Erfüllung, und halb über ihm, gelöst und in tiefem Schlaf, lag Elys, deren Haar sie beide teilweise einhüllte.

Er wickelte eine lange Strähne ihres Haares um die Finger und verdrehte sich den Hals, um sie auf die Wange zu küssen. Sie bewegte sich, murmelte seinen Namen, schmiegte sich an ihn und schlief weiter.

Plötzlich blitzte es erneut, und ein dumpfer Donnerschlag folgte, fast unmittelbar über ihnen, und sie fuhr mit einem Entsetzensschrei in die Höhe.

»Was war das?« schrie sie.

»Das Gewitter ist da«, antwortete Aylwin prosaisch und wartete ein wenig besorgt auf den Augenblick, in dem sie merken würde, daß sie mit ihm im Bett lag.

»Es klang wie die Posaunen des Jüngsten Gerichts!« rief sie aus. »Hat es ganz plötzlich eingesetzt?«

»Ich weiß nicht. Eben gab es einen Blitz, der mich aufgeweckt hat, aber es könnte auch schon eher angefangen haben. Hast du Angst vor Gewittern?«

»Eigentlich nicht. Ich mag sie nicht, aber vor allem, weil ich Kopfschmerzen bekomme. Machst du dir deswegen Sorgen?«

»Nicht um meinetwillen, aber wegen meiner geliebten Bauwerke«, erwiderte er und verzog das Gesicht. »Ich habe immer Angst, eines davon könnte getroffen und beschädigt werden. In jeder Stadt und jedem Dorf ist die Kirche gewöhnlich das höchste Gebäude, deshalb wird es auch am ehesten . . .«

Es gelang ihm nicht, den Satz zu beenden, denn ein greller Blitzstrahl zuckte jäh am Fenster vorbei, während gleichzeitig ein Donnerschlag ertönte, der das Haus erschütterte, und er nahm einen Geruch wahr, den er nur zu gut kannte.

»Die Kathedrale ist getroffen worden!« rief er, während er Elys beiseiteschob und aus dem Bett sprang, zum Fenster lief, sich hinausbeugte und besorgt zur Kirche hinüberstarrte. Einen Moment lang sah es so aus, als sei alles in Ordnung, und dann erkannte er plötzlich einen rötlichen Schein über der Westseite des Mittelschiffs und vernahm Schreie. Das einzige Wort, das er verstand, war »Feuer!«

Elys stellte sich neben ihn, um hinauszusehen, wobei sie sich halb hinter ihm versteckte, denn sie war genauso nackt wie er und fürchtete, es könnte sie jemand von der Straße aus sehen, wenn er zufällig heraufblickte. »Irgend etwas brennt«, sagte sie.

»Die Kirche. Hör zu, Liebste – ich muß sofort hin. Wenn das Feuer sich bis zu den Gewölbe- und Bogengerüsten ausdehnt, wird es alle neuen Arbeiten und vielleicht das ganze Gebäude zerstören.«

»Ja«, sagte Elys ruhig. »Natürlich.«

»Du verstehst das?«

»Ja, ich verstehe. Sei vorsichtig und komm bald zurück.« Sie erhob sich auf Zehenspitzen, um ihn zu küssen, und er hielt sie ein paar Augenblicke fest und spürte ihren Körper, der sich an ihn preßte, während er sie lange und ausgiebig küßte, dann riß er sich los, um in die Kleidungsstücke zu schlüpfen, die ihm gerade in die Hände fielen. Mit jeder

Faser seines Körpers erinnerte er sich an den ersten Teil der Nacht, seine vorsichtige Annäherung, ihre zärtlichen Umarmungen, die maßlose Lust, die sie geteilt hatten, und es kostete seine ganze Kraft, sie zu verlassen und seine Pflicht zu tun, indem er das Werk seiner Steinmetzkollegen und das Haus Gottes in dieser Stadt zu retten versuchte.

Der Regen setzte ein, als er den Kirchhofweg entlangrannte, in einem Schauer, der ihn bis auf die Haut durchnäßte, bevor er die Westseite des Gebäudes erreicht hatte, wo die Steinmetzen bereits eine Eimerkette gebildet hatten, um Wasser aus dem Mühlbach zu holen. Er stürzte an ihnen vorbei und durch das provisorische Portal hinein, das einige der Lehrjungen hastig im schwachen Schein von einem halben Dutzend Laternen demontierten.

Er stellte fest, daß das Gerüst, das den oberen Teil des zuletzt fertiggestellten Pfeilers auf der Nordseite umgab, lichterloh brannte, und Meister William sich darauf befand, der auf das glimmende Holz einhackte, um es niederzureißen, ehe das Gerüst des halbfertigen Gewölbes und die Balken des Hauptgerüsts durchbrennen und die bereits angebrachten Gewölbesteine herabstürzen würden.

Wegen der Schwierigkeit, gerade, dicke Pfähle in genügend hoher Zahl aufzutreiben, war es üblich, daß das Gerüst nur aus einem rohen Gestell und einer Arbeitsplattform aus einem gewebten Geflecht bestand; es wuchs mit dem Bauwerk, so daß, war erst einmal eine bestimmte Höhe erreicht, die Männer nur über Leitern Zugang hatten, und das Material mit Winden hinaufgeschafft werden mußte. Das Seil der Winde war bereits verbrannt, und die Geflechte standen in Flammen, deshalb kletterte William auf den Rüstbalken, und auf einer der beiden Leitern standen, einer über dem anderen, die letzten drei Männer der Eimerkette.

Die gefüllten Ledereimer wurden mit geübter Präzision weitergereicht, denn dies war bei weitem nicht das erstemal, daß die Männer einen Brand in einer halbfertigen Kirche löschten. Der Mann, der zuoberst auf der Leiter stand, Williams Stellvertreter Anlaf, kippte rasch einen Eimer nach dem anderen über William und die Flammen und warf die leeren zu einem Mann hinunter, der unten wartete und sie weiterreichte, damit sie erneut gefüllt wurden.

Aylwin erfaßte mit einem Blick die Situation, ergriff ein scharfes Messer, das eines der Männer in der Kette am Gürtel trug, lief zu der anderen Leiter und begann, die Lederriemen durchzutrennen, die die Pfähle zusammenhielten.

»Und das in Ihrer Hochzeitsnacht!« rief Meister William und warf ihm einen Blick zu. »Den dort drüben, so schnell Sie können, oder das Gewölbe stürzt zusammen, bevor die Nacht um ist.«

Aylwin kletterte ein paar Sprossen hinauf und zerschnitt den Riemen, den William ihm gezeigt hatte; dabei schaute er, wie nahe die Flammen am Holz des Wölbgerüsts waren, und es fiel ihm gar nicht auf, daß er weitaus mehr in der dunklen Kirche erkennen konnte, als eigentlich zu erwarten war, auch wenn die Flammen die Rüstbalken umzüngelten. Wenn entweder das Wasser die Flammen löschte oder die Pfähle, die dem Gewölbe am nächsten standen, entfernt werden konnten, dann bestand die Möglichkeit, daß sie es schafften. Nachdem William das letzte der Geflechte gelöst und herabgeworfen hatte, machte er sich mit seinem Messer über den Lederriemen her, der einen Pfahl mit einem Rüstbalken verband, und die beiden Männer schufteten wie besessen, offenbar ohne das Wasser zu bemerken, mit dem man sie alle paar Minuten übergoß.

Aylwin trennte als erster den einen Riemen durch, eine Sekunde später William den zweiten. Noch glimmend, glitten zwei Balken zur Seite und stürzten krachend zu Boden, sprengten dabei die Eimerkette, als die Männer beiseite sprangen, um dann wieder in Reih und Glied zu treten. Aylwins Leiter schwankte und neigte sich leicht in Richtung der anderen, doch Anlaf trat dagegen, bis sie sicher an das gemeißelte Kapitell des Pfeilers gelehnt stehenblieb.

Innerhalb von Minuten hatten sie die letzten beiden Pfähle, die auf dieser Seite zu brennen anfingen, losgetrennt, doch anstatt herabzufallen, glitt einer der Balken zur Seite und blieb auf dem Gerüst liegen. Unter Einsatz seiner kräftigen Arme gelang es Meister William, sich auf das Kapitell hinaufzuziehen, und er kletterte auf das Gerüst, um es von dem Balken zu befreien. Der blieb jedoch liegen, und William schwang sich hinauf, um ihn wegzuzerren, bis er endlich zwanzig Fuß tief zu Boden stürzte und William mit sich riß.

Einen Moment lang schwiegen alle vor Entsetzen. Aylwin regte sich als erster; er befahl Anlaf, das Ende des Wölbgerüsts mit Wasser zu begießen, das noch auf den Balken über dem Gerüst ruhte, welches gebrannt hatte, denn er konnte sich nicht vorstellen, daß das brennende Gerüst nicht auch die darüberliegenden Balken erfaßt hatte. Als sich dann die Eimerkette wieder in Bewegung setzte, glitt er die Leiter hinab und kniete neben Williams' lebloser Gestalt nieder, zerrte und stieß das schwelende Holz beiseite, bevor die Kleidung Feuer fangen konnte.

»Versuchen Sie nicht, ihn zu bewegen!« rief Pater Radulf, der auf der anderen Seite des Bewußtlosen auftauchte. »Bringt diese Lampen näher, Jungen. Laßt mich sehen, was passiert ist.«

Doch erst, als ein paar der älteren Jungen von der Schule herüberkamen und zwei Hornlaternen mit jeweils einer guten Kerze darin mitbrachten, begriff Aylwin, warum er so gut hatte erkennen können, was vor sich ging. Anscheinend hatte man die Kerzenleuchter von den Altären aller Kapellen genommen und sie ins Hauptschiff gebracht, und alle Kerzen und zusätzliche Laternen brannten; zum Teil hielten die

Chorherren oder die Jungen sie in Händen, andere standen auf dem Boden.

»Wir haben alle Lichter hergebracht, die wir finden konnten«, sagte Pater Warmand. »Es ist Meister William. Ist er schwer verletzt?«

»Gott behüte«, antwortete Radulf, während seine Hände die ausgestreckten Gliedmaßen des Steinmetzen vorsichtig betasteten. »Der linke Arm ist gebrochen – beide Knochen –, aber es ist kein offener Bruch. Dieser Knöchel ist auch gebrochen. Am Kopf hat er eine Quetschwunde – ich nehme an, der Pfahl hat ihn getroffen, als er aufprallte. Ah – er rührt sich.«

Meister William stöhnte und bewegte sich, dann öffnete er die Augen und starrte unsicher auf die Lichter ringsum und die schattenhaften Gestalten dahinter.

»Ist das das Fegefeuer oder die Hölle?« fragte er ängstlich.

»Weder, noch, lieber Freund, und wahrscheinlich sehen Sie in absehbarer Zeit keines von beiden«, erwiderte Pater Radulf besänftigend. »Sie sind gestürzt, haben sich einen Arm und einen Fuß gebrochen und sich am Kopf verletzt. Jetzt versuchen Sie einmal ganz vorsichtig – können Sie Arme und Beine bewegen?«

William bewegte eines nach dem anderen vorsichtig seine Glieder, stieß einen Schmerzensschrei aus, als er seinen linken Knöchel bewegte, und einen weiteren, als er versuchte, den Arm auf der gleichen Seite zu heben.

»Es tut so weh, als sei eine Ladung Stein auf mich gefallen«, rief er aus.

»Sagen wir lieber, eine ganze Ladung von Ihnen ist auf die Steine gefallen«, erwiderte Radulf mit unerwartetem Humor. »Hoffentlich haben Sie keine dabei zerbrochen. Warten Sie, ich helfe Ihnen, sich aufzurichten ... Langsam, jetzt!«

William setzte sich auf, schüttelte den Kopf, zuckte zusammen, holte ein paarmal tief Atem und sagte dann dankbar: »Keine Rippen gebrochen, der Heiligen Barbara sei Dank!«

»Gut. Nun legen Sie sich wieder hin und lassen mich den Arm versorgen, bevor die Knochen sich verschieben.« Radulf kramte in einem großen Korb, der neben ihm stand, und holte zwei glatte, flache Holzstücke und mehrere Rollen Verbandstoff heraus. Er richtete vorsichtig den gebrochenen Arm, dessen unterer Teil formlos dalag, und befühlte den Bereich des Bruches.

»Wenn es gelingt, die gebrochenen Enden in eine Linie zu bringen, sollte es gut heilen, aber ich brauche Hilfe, um sie wieder in die richtige Stellung zu bringen...«, sagte er. »Meister Aylwin – Sie haben kräftige Arme – gehen Sie auf seine andere Seite.«

Aylwin begab sich auf Williams linke Seite und umfaßte, gemäß Radulfs Anweisungen, das Handgelenk des Steinmetzen, während der Krankenpfleger dessen Oberarm auf den Boden preßte.

»Ziehen Sie, wenn ich es Ihnen sage«, befahl Radulf. »Ziehen Sie nicht ruckartig, und ziehen Sie in die Richtung, in der der Arm eigentlich verläuft. Fertig? Jetzt!«

Aylwin zog. William stieß einen erstickten Schrei aus und verlor zur Erleichterung aller das Bewußtsein. Sein Unterarm knirschte, dann streckte er sich plötzlich, und Radulf rief: »Halten Sie ihn so fest.«

Rasch brachte er auf beiden Seiten des Armes die Schienen an und wickelte blitzschnell Bandagen darum, dann richtete er sich halb auf und sah die anderen Steinmetzen an, die die Bekämpfung des Feuers beendet hatten und in einiger Entfernung dastanden und besorgt zusahen. »Können Sie einen dieser praktischen Steinträger besorgen?« fragte er. »Ich muß ihn auf die Krankenstation bringen, um den Arm richtig zu schienen.«

Sofort befahl Anlaf zwei Männern, eine Trage vom Bauhof zu holen, und zwei anderen, beim Transport Williams behilflich zu sein; als er sah, daß es auch für die übrigen besser wäre, wenn sie etwas Nützliches zu tun hätten, beauftragte er sie damit, die zerbrochenen und verkohlten Überreste des Gerüsts zu beseitigen. Die Trage wurde schnell gebracht und William damit wegtransportiert; er war inzwischen wieder bei Bewußtsein und wies die Männer, die ihn trugen, an, daran zu denken, daß er kein Block aus Caen oder aus Sandstein sei.

Aylwin stand auf und merkte plötzlich, daß seine Kleidung durchnäßt und sein Handgelenk versengt war, doch bevor er sich entfernen konnte, fragte Pater Brian: »Wie ist es passiert? War es der Blitz?«

Aylwin, der Zeit zum Nachdenken gehabt hatte, stand vor einem Rätsel. »Ich bin ganz sicher«, sagte er, »denn ich habe gespürt, wie er eingeschlagen hat und auch den Geruch – es gibt immer so einen komischen Geruch, der einem in die Nase steigt, wenn ein Blitz einschlägt... Aber es ist merkwürdig, daß es hier und nicht im Turm eingeschlagen hat, und noch seltsamer, daß das Gerüst in Brand gesetzt wurde, aber nicht der Dachstuhl oder das Gewölbe darüber... Ich werde hinaufgehen und nachsehen. Kann ich mir eine Laterne ausleihen?«

Einer der Lehrjungen stand auf der Stelle vor ihm, mit einer Lampe, die größer war als die anderen und Glasscheiben statt Horn besaß. »Das ist die beste«, versicherte er zutraulich. »Soll ich zu Lady Elys hinüberlaufen und ausrichten, das Feuer sei aus und Sie unversehrt?«

»Das wäre sehr freundlich, danke«, erwiderte Aylwin ernst. Während der Junge fortlief, bestieg er wieder die Leiter, stellte die Laterne oben auf dem Kapitell ab, schwang sich selbst hinauf und untersuchte sorgfältig die obere Seite des Bogengerüsts. Seine Balken bestanden aus lange gelagerter Eiche und hatten offensichtlich zu ihrer Zeit viele Bögen eingemittet, denn sie trugen eine ganze Reihe von Kerben, Kratzern und Mörtelspuren, und die Verbindungsstücke bestanden aus Zapfen, die ohne Schwierigkeit entfernt werden konnten, wenn ein Bogen fertiggestellt und festgeworden war. Die Balken waren ein wenig angesengt, aber sonst war nichts zu sehen.

Über seinem Kopf verlief ein provisorisches Dach vom höheren Dach des älteren Gebäudeteils schräg nach unten, um die Arbeit und die Arbeiter vor dem Wetter zu schützen. Es schien unbeschädigt, bis auf ein Loch mit verkohlten Ecken unmittelbar über der Mitte der Säule, auf der er stand, und als er die Lampe hob, um sich das Ganze bei Licht zu besehen, erkannte er, was geschehen war, und warum.

Drei lange, eiserne Verbindungsstangen ragten aus der Mitte des Kapitells hervor und hatten sich durch das Flechtdach darüber gebohrt. Der Blitz hatte sie getroffen und ein Loch in das aus frischen Zweigen bestehende Dach gebrannt, dann hatte er das auf dem Kapitell verbliebene Geflecht in Brand gesetzt, die Flammen hatten die darunterliegenden Geflechte erfaßt und danach die Pfosten, die sie trugen.

»Haben Sie das Rätsel gelöst?« rief Pater Brian von unten.

»Ja. Die Verbindungsstangen ragen über das Behelfsdach hinaus. Eisen oder Kupfer zieht den Blitz eher an als Stein. Es war wirklich der Blitz und nicht die Achtlosigkeit eines Menschen.« Er kletterte hinunter und verließ sich auf die Kraft seiner Arme, um sich vorsichtig vom Überhang des Kapitells herabzulassen.

»Dem Himmel sei dafür gedankt, und für die Steinmetzen, die Wache gehalten haben, weil sie das Gewitter kommen sahen«, sagte Pater Brian. »Wenn alle geschlafen hätten, hätte die ganze Kirche in Flammen stehen können, bis es jemand bemerkt hätte. Wir wollten gerade mit der Morgenliturgie beginnen, als Alarm geschlagen wurde, und wir müssen unserem verspäteten Gottesdienst ein tiefempfundenes Dankgebet hinzufügen. Kehren Sie jetzt zu Ihrer Braut zurück, mein Sohn, mit meinem Segen und meinem Dank.«

Aylwin warf einen prüfenden Blick auf den Bereich, der vom Feuer in Mitleidenschaft gezogen war, und stellte fest, daß man alle Trümmer fortgeräumt hatte und das Wasser weggewischt worden war, wobei man auch gleich den Boden geputzt hatte. Die Steinmetzen standen umher und warteten offensichtlich auf seine Anordnungen, obwohl er keine Befehlsgewalt über sie hatte, denn sie gehörten alle zu Meister Williams Loge.

»Heute nacht können wir nichts mehr tun«, sagte er. »Ich schlage vor, wir versammeln uns hier morgen früh, eine Stunde später als gewöhnlich, da wir alle eine aufregende Nacht hatten, und dann sehen wir uns bei Tageslicht an, ob Schäden zu reparieren sind.«

Mit diesen Worten wünschte er allen eine gute Nacht und verließ die Kirche; er hörte noch, wie sie vereint hinter ihm hinausmarschierten, während die Chorherren mit ihrem Gottesdienst begannen. Jemand machte eine Bemerkung über eine »aufregende Nacht«, die die anderen zum Lachen brachte, und erst da erkannte er die doppelte Bedeutung dieser Worte, wenn sie auf ihn angewendet wurden.

Als er die untere Schlafkammer durchquerte, erwachte Crispin, setzte sich auf und fragte leise: »Was ist los? Warst du draußen?«

Erstaunt darüber, daß die beiden Brüder das Gewitter offensichtlich verschlafen hatten, antwortete Aylwin: »Die Kathedrale ist vom Blitz getroffen worden, und es hat einen kleinen Brand gegeben. Jetzt ist alles wieder in Ordnung.«

Zufrieden begab Crispin sich wieder zur Ruhe, und Aylwin lief leichtfüßig die Treppe hinauf und fand Elys, wunderschön im schwachen Schein der Kerze, die in einen Umhang gehüllt auf der Bettkante saß, und auf ihn wartete.

»Ach, Gott sei Dank!« rief sie leise. »Ich habe mir Sorgen gemacht.«

»Hat dir dieser Spitzbube nicht Bescheid gesagt, daß alles in Ordnung ist?«

»Doch. Er kam gelaufen und zischte vor dem Fenster, um meine Aufmerksamkeit zu wecken. Er sagte, Meister William sei verletzt worden, aber du seist unversehrt und das Feuer gelöscht. Ist er schwer verletzt?«

»Er hat einen Arm und einen Knöchel gebrochen, aber er ist in guten Händen. Ich bin völlig durchnäßt, am besten ziehe ich diese nassen Sachen gleich aus.«

Er zog sich aus und rieb sich rasch mit einem Handtuch trocken, wobei er in der kalten Nachtluft fröstelte, nach der Schwüle, die das Gewitter angekündigt hatte, dann schlüpfte er dankbar ins Bett, wo Elys ihn in die Arme nahm, um ihn mit ihrem Körper zu wärmen. Er zog sie an sich und fing an, sie zu streicheln und zu küssen.

»Du mußt müde sein. Willst du nicht schlafen?« flüsterte sie.

»Gleich«, erwiderte er, denn die Reaktion ihres Körpers zerstreute jede Befürchtung, daß sie etwas dagegen hatte, ihn zu lieben, und als er endlich in einen tiefen Schlaf sank, stimmten die ersten Vögel bereits ihren Morgenchor an.

Elys war noch immer bei ihm, als er aufwachte, obwohl es bereits heller Tag war. Sie küßte ihn zur Begrüßung, und er rief plötzlich aus: »Ich habe vergessen, dir das Geschenk meiner Mutter zu geben.«

»Ein Geschenk? Hat sie mir etwas geschickt? Wie lieb von ihr!«

Er schlüpfte aus dem Bett und nahm das sorgfältig eingewickelte Päckchen aus seiner Kleiderkiste, dann beobachtete er ihr Gesicht, während sie es auspackte, und war zufrieden über die erfreute Miene, mit der sie die zierliche Schnitzerei betrachtete.

»Es ist wunderschön!« sagte sie. »Ist es aus Elfenbein? Ich habe einmal einen Bischofsstab gesehen, der am Ende eine ähnliche Schnitzerei trug.«

»In Winchester?«

»Ja.«

»Es wurde dort angefertigt. Die Elfenbeinschnitzerei ist dort ein bodenständiges Handwerk. Nirgendwo sonst wird sie so kunstvoll ausgeführt.«

Die Schnitzerei vorsichtig in der Hand, verließ Elys das Bett und ging zur gegenüberliegenden Wand, wo sie auf einem Regal ihre wenigen Schätze aufbewahrte, und stellte sie in die Mitte, wo sie sie vom Bett aus sehen konnte, dann drehte sie sich zu ihm um, zwar ein wenig beschämt wegen ihrer Nacktheit, doch ohne den Versuch, sich zu bedecken, als er sie betrachtete.

»Wie schön du bist«, sagte er, und seine Bewunderung war ebenso die des Bildhauers wie die des Liebhabers. »Und hier ist noch ein Geschenk für dich – deine Morgengabe. Oder ist das wieder ein Brauch, den du nicht kennst?« setzte er mit einem neckenden Lächeln hinzu.

»Nein, davon habe ich gehört«, erwiderte sie. »Ein Ehemann macht sie seiner Frau nach ihrer ersten gemeinsamen Nacht zum Geschenk, wenn er zufrieden mit ihr war.«

»So wie ich mit dir«, sagte er, trat zu ihr, streifte ihr eine schwere goldene Kette über den Kopf und küßte sie. Die Kette hing zwischen ihren Brüsten herab, und sie betrachtete sie voller Staunen, denn jedes ihrer Glieder bestand aus einem kleinen Tier, das seinen eigenen Schwanz im Maul hielt und durch den so entstandenen Kreis mit dem nächsten Glied verbunden war.

»Wie herrlich!« rief sie. »Ach, Aylwin, sie muß ein Vermögen wert sein.«

»Ich glaube, sie ist sehr alt. Mein Großvater hat sie von König Edward bekommen. Wenn er ein Heiliger war, wie die meisten Leute glauben, dann ist es beinahe eine Reliquie.«

Elys blickte ihn sprachlos an, und plötzlich füllten sich ihre Augen mit Tränen. »Ach, Aylwin, wie gut du zu mir bist«, brachte sie endlich nach mehreren vergeblichen Ansätzen hervor und warf sich so natürlich und ungezwungen in seine Arme, daß sein Herz jubilierte und er erst nach einiger Zeit bemerkte, daß seine Liebste weinte.

»Was hast du, Liebling?«

»Es ist reine Torheit«, schluchzte sie. »Es war so freundlich von deiner Mutter ... Ich habe mir so gewünscht, daß meine Mutter gekommen wäre und meiner Hochzeit beigewohnt hätte. Wir standen uns nie besonders nah, aber sie war – ist – schließlich meine Mutter, und ich habe sie so vermißt.«

»Hat sie dir keine Nachricht geschickt?« fragte Aylwin tief gerührt. »Du hast ihr doch mitgeteilt, daß wir heiraten wollten?«

»Aber ja! Ich habe ihr geschrieben, und die Mutter Priorin hat ein Antwortschreiben geschickt, aber darin hieß es nur, Schwester Benedict – das ist Mutter – und Schwester Helen würden daran denken, mich und meinen Ehemann in ihre Gebete einzuschließen. Wenn sie doch nur gekommen wäre!«

Aylwin dachte insgeheim, daß es entweder Lady Mabilia oder der Priorin an christlicher Nächstenliebe mangele, da sie nicht dafür gesorgt hatten, daß seine Braut an ihrer Hochzeit den Beistand ihrer Mutter genießen konnte, doch er behielt seine Gedanken für sich und tröstete sie, so gut er konnte, ohne Kritik zu äußern. Es dauerte etwas, ihre Tränen zu trocknen, aber sie schien bei der Vorstellung Trost zu finden, daß seine Mutter bereit war, sie als Tochter zu akzeptieren.

Als würde sie in seinen Gedanken lesen, sagte sie plötzlich: »Du hast nie etwas von deiner Familie erzählt. Ich weiß, daß deine Mutter in Winchester wohnt, aber lebt sie allein? Hast du keine Geschwister?«

»Ich habe zwei Brüder, beides Steinmetzen. Godwin, der Zweitälteste, hat in den letzten sechs Jahren an der Kathedrale von Chichester gearbeitet, und Harold, der Jüngste, ist Geselle in Durham. Er hofft, in etwa einem Jahr Meister zu werden. Meine Schwester Maud ist mit einem Schnitzermeister verheiratet und lebt in Nottingham. Er stammt aus Winchester, hat sich jedoch entschlossen, nach Nottingham zu gehen und mit Alabaster statt mit Elfenbein zu arbeiten.«

»Wird es sie stören, daß du eine Normannin geheiratet hast?«

»Sie werden so vernünftig sein und dich danach beurteilen, wie du bist, und nicht nach deiner Abstammung.«

Als Crispin taktvoll etwas heraufrief, zogen sie sich eilig an und gingen nach unten, um zu frühstücken, und Aylwin schaffte es, nur kurze Zeit nach den Steinmetzen in der Kirche einzutreffen; sie hatten neue Rüstbalken, Lederriemen und Geflechte mitgebracht und errichteten unter Anlafs Anleitung ein neues Gerüst. Er wandte sich um, als Aylwin zu ihm trat, und sagte: »Ich bin, sobald es hell war, hergekommen und habe mir die Steinmetzarbeiten angesehen. Der obere Teil der Säule und das Kapitell sind ein wenig verschmutzt, aber ich denke, mit etwas Scheuern bekommt man sie sauber. Das Wölbgerüst ist auf dieser Seite etwas verkohlt, aber ich habe es mit einem Messer geprüft, der Schaden ist nirgends sehr tief, so daß es, der Heiligen Barbara sei Dank, nicht ersetzt werden muß. Ich mußte einmal dabei helfen, einen halbfertigen Bogen abzureißen, und das war keine leichte Aufgabe. Wir können die Kohlespuren später abkratzen, wenn der Bogen fertig ist. Werden Sie Meister William besuchen?«

»Ja, wenn Pater Radulf es erlaubt.«

»Ach, der hat nichts dagegen. Der Meister hat mich vor einer Stunde zu sich bestellt, und heute abend nach der Arbeit trifft sich die Loge. Bis dahin machen wir weiter, wenn es Ihnen recht ist. Die anderen behauen Steine an der Werkbank oder mischen Mörtel.«

»Gut. Es gibt keinen Grund, die Arbeit zu unterbrechen – das würde Meister William nur Sorgen machen«, erwiderte Aylwin. »Ich gehe jetzt zu ihm.«

Er fand den Steinmetz, in die Kissen gestützt, auf einem Bett der Krankenstation vor, den verletzten Knöchel in einer Aufhängung aus Korbgeflecht, den geschienten Arm in einer Schlinge. Nach der Art zu urteilen, wie er ständig behutsam seine Stellung veränderte, hatte er offensichtlich Schmerzen, doch Aylwins diesbezügliche Fragen beantwortete er nur mit einem Achselzucken, was ihn zusammenfahren ließ, und sagte: »Mir geht es gut, aber Pater Radulf sagt, ich dürfe sechs Wochen nicht auf den Fuß treten. Ich habe den Männern gesagt, sie sollen sich für die Zwischenzeit einen anderen Leiter suchen. Ich will nicht, daß wir mit der Arbeit in Rückstand geraten.«

»Wenn ich etwas tun kann ...«, sagte Aylwin zögernd. Er hätte gern angeboten, vorübergehend die Leitung zu übernehmen, wollte jedoch den Eindruck vermeiden, sich vordrängen zu wollen, denn eine Steinmetzloge war eine verschworene Gemeinschaft, die Einmischung von außen nicht schätzte.

»Da gäbe es genug«, antwortete William grinsend. »Anlaf ist ein prima Bursche, aber erst seit acht Jahren Meister, und er kann Hilfe und Anleitung gebrauchen. Aber er hat genug Verstand, das auch einzusehen, und wird sich nicht scheuen zu fragen.« Er lachte unter Stöhnen und fügte hinzu: »Das ist mein erster Urlaub seit Jahren. Pater Radulf sagt, ich könne ein paar Bücher aus der Bibliothek des Kollegiums lesen. Sie haben eine Abhandlung über Architektur hier, die sie aus Canterbury ausgeliehen haben, um sie abzuschreiben. Sie stammt von irgendeinem alten Römer – Vitruvial oder so ähnlich ... Gott sei Dank habe ich Latein gelernt! Darauf freue ich mich.«

Aylwin, der in Italien auf ein Exemplar von Vitruvius gestoßen war, meinte: »Es wird Ihnen gefallen.«

Das Ergebnis des Logentreffens wurde Aylwin nach dem Abendessen von einer Abordnung mitgeteilt, die aus Anlaf, drei weiteren erfahrenen Steinmetzen und dem Meister der Zimmerleute bestand; sie erklärten, sie hätten einmütig beschlossen, ihn während Meister Williams Ausfall mit der Leitung der Arbeiten zu betrauen, da Meister Anlaf der Ansicht sei, es fehle ihm an Erfahrung. Aylwin bot einen Kompromiß an, weil er nicht wollte, daß Anlaf sich zurückgesetzt fühlte, und sagte, er sei bereit, jederzeit mit Rat und Tat behilflich zu sein, aber Anlaf solle den Männern die Anweisungen erteilen. Der Ausdruck von Erleichterung und Freude, der Anlafs besorgte, düstere Züge verwandelte, bestätigte ihm, daß er das Richtige gesagt hatte, und die beiden Männer bekräftigten die Abmachung mit einem Händedruck.

Ein paar Tage lang teilte Aylwin seinen Arbeitstag zwischen seiner eigenen Werkbank und der Oberaufsicht bei der Fertigstellung des halbvollendeten Bogens und dem Baubeginn von dessen Gegenstück im südlichen Bogengang, da Anlaf einräumte, bei dem wichtigen Aufstellen des Wölbgerüsts etwas unsicher zu sein. Pater Brian kam zu Aylwin, als dieser die Aufstellung des schweren Rahmenwerks beaufsichtigte, das mit Hilfe eines Scherenkrans an Seilen und Tauen herabgelassen wurde. Er wartete, bis es fest stand und die Haken entfernt waren, bevor er Aylwin fragte, ob er ein paar Minuten Zeit für ihn habe.

»Wir haben Antwort von de Mandeville«, sagte er, als sie das Hauptschiff hinaufgingen und sich von den Arbeitern entfernten. Aylwin registrierte, daß er nur den Namen des Grafen und nicht seinen Titel gebrauchte, und war deshalb nicht überrascht, als er fortfuhr: »Er lehnt es ab, für den Schaden, den er dem Eigentum der Kirche zugefügt hat, eine Wiedergutmachung zu zahlen. Behauptet, es sei Zufall gewesen.«

»Was wollen Sie tun?«

»Was können wir tun? Er ist bereits exkommuniziert. Das Kapitel hat sich heute morgen versammelt, um die Sache zu erörtern, und wir haben uns entschlossen, das Heilige Kreuz abzunehmen und allen Leuten, die herkommen – allen Pilgern –, zu erzählen, daß es wegen der ungeheuren Schäden geschehen ist, die dem Leben und dem Eigentum der Menschen hier zugefügt wurden. Vielleicht erfüllt es ihn mit Scham, wenn er davon erfährt.«

Aylwin hatte während der Zeit, die er in Waltham zugebracht hatte, festgestellt, daß täglich ein stetiger Strom von Pilgern die Kirche durch das Südportal betrat, um vor dem Kreuz zu beten, und viele von ihnen große Entfernungen zurückgelegt hatten, um Heilung zu suchen oder einen langgehegten Wunsch erfüllt zu bekommen, und er war überzeugt, daß sich die Nachricht von der Widerspenstigkeit des Grafen im ganzen Land verbreiten würde; ob dies jedoch eine Wirkung auf den starrköpfigen, gewalttätigen Mann haben würde, war fraglich.

»Sie werden unsere Hilfe benötigen, um es herunterzunehmen«, sagte er und beschränkte sich so auf die praktische Seite der Angelegenheit, ohne seine Meinung zu äußern. »Es muß mit aller Behutsamkeit geschehen, um es nicht zu beschädigen.«

Pater Brian war dankbar, daß man ihm Hilfe anbot, noch bevor er gefragt hatte, und die Arbeit wurde am nächsten Tag ausgeführt, mit den gleichen Hilfsmitteln, mit denen das Bogengerüst hochgehoben und auf seine Balken niedergelassen worden war. Das Kreuz wurde an den Stricken befestigt, dann von den Ketten, die es hielten, losgehakt, und ganz vorsichtig auf eine Schicht Wolldecken gelegt, die auf dem Boden ausgebreitet waren. Jeder, der einen Vorwand fand, die Vierung zu betreten, ergriff die Gelegenheit, es sich aus größerer Nähe als je zuvor anzusehen, und stellte fest, daß die Figur wunderschön aus einem glänzenden, schwarzen Stein gearbeitet war, den Aylwin für eine Art Marmor hielt, und die Ausführung erinnerte ihn an antike Statuen, die er in Rom gesehen hatte; dies veranlaßte ihn, Spekulationen über das Alter der Figur anzustellen, von denen er jedoch niemandem etwas sagte.

Das Kreuz selbst bestand traditionsgemäß aus Holz und war mit einer dicken Silberschicht bedeckt, die so angelaufen war, daß sie völlig schwarz aussah; deshalb hatten die Chorherren Robert Goldsmith aus St. Albans kommen lassen, der das kostbare Metall und die Juwelen, die die Figur und das Kreuz schmückten, eingehend untersuchen sollte. Er schlug vor, das Silber mit einer Lösung zu reinigen, die er sich selbst ausgedacht hatte und mit der er, seiner Aussage zufolge, kleine Schmuckstücke mit beträchtlichem Erfolg zu reinigen pflegte.

Aylwin war an dem Morgen, an dem mit der Reinigung begonnen wurde, zufällig sehr früh in der Kirche, da er eine Arbeit ausführen mußte, die üblicherweise dem Steinmetzmeister vorbehalten blieb, der mit einer besonderen Aufgabe an einem Bauwerk betraut war – nämlich den Schlußstein in den Scheitelpunkt eines Bogens zu setzen. Da ihm ein wenig Zeit blieb, während der Mörtel gemischt und der Stein von der Loge geholt wurde, sah er nach, was in der Vierung vor sich ging. Dort fand er Robert mit seinen beiden Helfern vor, Pater Warmand und Pater Antony, Sakristan und Verwalter, die die Aufsicht führten und Unterstützung leisten wollten, Alvin Bisemare, den Zimmermann, der darauf zu achten hatte, daß das Holz des Kreuzes nicht beschädigt wurde, und Pater Edmund, einer der jüngeren Chorherren, der entweder aus Neugier gekommen war, oder um zu helfen.

Robert hatte eine gewaltige Menge weicher Stofflappen neben sich und eine große Steinflasche mit seiner Mixtur; diese, erklärte er, mußte man ziemlich dick auf einen kleinen Abschnitt auftragen, einige Sekunden einziehen lassen, und dann vorsichtig wegwischen, wobei sich der Schmutz und die angelaufene Schicht lösten.

»Paßt auf, daß ihr es nicht an die Hände bekommt«, sagte er. »Sie könnten anfangen zu jucken und sich entzünden.«

»Meinen Sie, es klappt?« fragte Pater Warmand zweifelnd. Er hatte bei der Reinigung des Altarsilbers immer eine warme Seifenlauge verwendet, und die Stücke danach mit einem alten Stofflappen vorsichtig poliert und mißtraute der neuen Erfindung ein wenig.

»Bei kleinen Gegenständen aus Silber hat es immer ausgezeichnet gewirkt«, erwiderte Robert eine Spur verstimmt. »Selbst in hartnäckigen Fällen. Es ist eine Frage der Geduld, und man muß sich bemühen, alle Vertiefungen zu erreichen.«

Er schwenkte kräftig seine große Flasche, um den Inhalt durchzuschütteln, entfernte dann den hölzernen Stopfen und goß die Flüssigkeit in die bereitgestellten Steingutschüsseln. Aylwin, der sich vorbeugte, um zu schauen, wie die Flüssigkeit aussah, blinzelte und zog die Nase kraus, denn sie trieb ihm die Tränen in die Augen und verbreitete unangenehme Dämpfe. Er kehrte mit dem Eindruck an seine Arbeit zurück, daß die geplante Reinigungsmethode ein zweifelhaftes Unternehmen war, und hoffte, sie würde dem alten Silber nichts anhaben.

Das Heben, Senken und Anbringen des Schlußsteins beanspruchte eine Zeitlang seine volle Aufmerksamkeit, denn es war entscheidend, daß der Stein genau den richtigen Druck auf die anderen Gewölbesteine ausübte, um den Bogen zusammenzuhalten. Saß er zu locker, bräche der Bogen unter dem Gewicht, mit dem er belastet würde, zusammen. Saß er zu fest, würde der Bogen unter dem zusätzlichen Druck nachgeben, oder es gab Probleme mit der Wand zwischen diesem und dem folgenden Bogen.

Meister Williams Männer waren geübt und stolz darauf, daß ihre Quadersteine so gut ineinanderpaßten, daß die Fugen kaum zu sehen waren und nur eine geringe Menge Mörtel nötig war, deshalb verlief die Arbeit problemlos. Aylwin klopfte den Schlußstein mit dem Gefühl fest, daß er genau den richtigen Druck ausübte, und stieg von dem Gerüst über dem Bogen herab, um zuzusehen, wie die anderen Steinmetzen mit der Arbeit an der Wand oberhalb des Bogens begannen.

»Meister Aylwin!« rief eine Stimme, und jemand, der ihm nicht einmal bis zur Schulter reichte, zerrte ihn heftig am Ärmel. Es war der kleine Rauchfaßträger, mit dem Elys so gut befreundet war.

»Was gibt es?«

»Da stimmt etwas nicht – kommen Sie mit, und sehen Sie es sich an.«

Der Junge zeigte auf die Vierung, wo die Männer dabei waren, das Silber zu reinigen, doch Aylwin war durch den Gemeindealtar die Sicht verstellt.

Da Aylwin den dringenden Unterton in der Stimme des Jungen hörte, schritt er eilig das Hauptschiff hinauf, während der Knabe neben ihm hertrabte.

»Sie können ja nicht *betrunken* sein«, sagte er, »nicht in der *Kirche*, aber sie torkeln umher, als wären sie es.«

Tatsächlich torkelten sechs der Männer, die sich in der

Nähe des Kreuzes aufgehalten hatten, nicht mehr umher, sondern waren bewußtlos, und der siebente, Robert selbst, brach in dem Moment über den Füßen der Figur zusammen, als Aylwin die Vierung erreichte.

»Das ist diese Reinigungsflüssigkeit!« rief er aus. »Schnell, hol Pater Radulf! Anlaf!« In diesem Notfall erhob er seine Stimme weit über die Lautstärke, die der Umgebung eigentlich angemessen war, und schrie, während er den Holzstopfen zurück in den Flaschenhals steckte: »Bringt Eimer mit Wasser – ein Dutzend – schnell!«

Er schlug mit der einen Hand den Rock seiner Tunika hoch und hielt sich mit dem dicken Wollstoff Nase und Mund zu, mit der anderen zog er die bewußtlosen Männer aus der Umgebung des Kreuzes fort. Die Flüssigkeit verströmte strenge Dämpfe, die ihm entsetzlich in den Augen brannten, und er spürte, wie sie sogar durch den Stoff hindurch Hals und Nase angriffen.

Anlaf und drei weitere Männer kamen mit gefüllten Eimern angelaufen und blieben entsetzt stehen angesichts des Anblicks, der sich ihnen bot, als sie hinter den Altar traten. Aylwin ergriff einen Eimer, betete darum, daß er nicht noch alles schlimmer machte, und schüttete den Inhalt über das Kreuz. Es erfolgte keine Explosion, und das Silber sah an den Stellen, wo das Wasser die teilweise eingetrocknete Flüssigkeit weggespült hatte, merklich sauberer aus, deshalb kippte er auch die übrigen Eimer einen nach dem anderen rasch darüber aus.

Pater Radulf kam eilig herbeigerannt, seinen langen Talar mit beiden Händen bis zu den Knien gerafft, und der Rauchfaßträger galoppierte hinter ihm her mit einem Gesichtsausdruck, in dem sich ängstliche Besorgnis und frohe Erwartung die Waage hielten, den Aylwin zu einem anderen Zeitpunkt nur zu gern in einem seiner Skizzenbücher festgehalten hätte. Mehrere der Steintragen wurden benötigt, um die bewußtlosen Männer zur Krankenstation zu transportieren, und man brachte mehr Wasser, um es über das Kreuz und den Boden zu schütten, während der kleine Rauchfaßträger durch die ganze Kirche lief und alle Türen öffnete, die ins Freie führten.

Nachdem das Kreuz gut abgespült war, wurde es mit sauberen Tüchern sorgfältig abgetrocknet und in das südliche Querschiff gebracht, und der Fußboden wurde geschrubbt und trockengewischt. Die Wolldecken, auf denen das Kreuz gelegen hatte, die jetzt völlig durchnäßt waren und bezeichnenderweise zahlreiche Löcher aufwiesen, wurden zusammengepackt und in einen alten Getreidesack gestopft. Die Steinflasche wurde von zwei Männern nach draußen befördert, die Nase und Mund mit Stoff bedeckt hatten; sie gossen den Inhalt in die Tiefe eines Grabes, das der Totengräber gerade ausgehoben hatte, leerten auch die Schüsseln aus, warfen dann die Flasche, die Schüsseln und den Sack mit den Wolldecken hinein und gossen zum Schluß noch einmal zwölf Eimer Wasser hinterher. Der Totengräber beklagte sich bitterlich, daß der zukünftige Besitzer des Grabes bei all dem Unrat direkt in die Hölle fahren würde und der Sack mit den Wolldecken dem Leichnam im Weg sei, dann stapfte er empört davon, um an anderer Stelle ein neues Grab auszuheben; deshalb füllten die beiden Steinmetzen das Grab auf, das sie benutzt hatten, und stampften die Erde fest mit einem Gebaren, als hätten sie gerade etwas besonders Übles beseitigt.

Die bewußtlosen Männer kamen bald wieder zu sich, nachdem sie nicht mehr in der Nähe der Dämpfe waren, aber sie waren alle fast blind, ihre Augenlider dick geschwollen, und sie konnten die Augen nicht öffnen. Erst als die Abendandacht abgehalten wurde, gingen die Schwellungen zurück, und ihre Sehkraft kehrte allmählich wieder.

Die Chorherren und die Leute im Ort sahen in dem Vorfall ein übernatürliches Zeichen, daß der Herr aus einem unerforschlichen Grund nicht wünschte, daß das Symbol seines Leidens gereinigt wurde, und man nahm von dem Versuch Abstand: die Juwelen und das Gold wurden vorsichtig wieder angebracht, nachdem man sich vergewissert hatte, daß alle Edelsteine fest in ihrer Fassung saßen, und ein paar Tage lang lag das Kreuz da und leuchtete sanft im Kerzenschein, bewacht von jeweils zwei zuverlässigen Männern.

Die Chorherren waren von dem Ergebnis ihres Vorgehens erschüttert und beteten nachsichtig für die Seele des Grafen, wenn auch ohne Hoffnung auf seine Erlösung, da seine Exkommunikation ihn zum Fegefeuer verdammte. Unter Aylwins Aufsicht wurde das Kreuz wieder aufgerichtet und an neuen Ketten aufgehängt, da Henry Plumber, der Schmied des Ort, die Gelegenheit genutzt hatte, diese Ketten zu schmieden, als Dank für die Genesung seines Sohnes von den Verletzungen, die er bei dem Brand in der Stadt davongetragen hatte.

De Mandeville starb ein paar Wochen später, an St. Cyprian, einen langsamen, qualvollen Tod, ohne Anzeichen dafür, daß er seine vielen Sünden bereute. Sein Leichnam wurde in einen Bleisarg eingeschlossen und von seinem Sohn zum Tempel in Holborn gebracht, da er Mitglied in der Laienbruderschaft dieses Ordens gewesen war, doch da der Tote nicht bereut hatte und noch immer exkommuniziert war, verweigerten ihm selbst die Templer die Beerdigung, und sein Leichnam wurde außerhalb ihrer Kirche liegengelassen, während sich sein Sohn darum bemühte, die Exkommunikation aufheben zu lassen.

Inzwischen gewöhnten sich Aylwin und Elys an das Eheleben, wobei sie erstaunlich wenig Schwierigkeiten hatten, sich aufeinander einzustellen. Auch als Liebende paßten sie vorzüglich zueinander, denn sie schienen immer zum gleichen Zeitpunkt Sehnsucht nacheinander zu verspüren, und wenn sie sich liebten, waren immer beide zufrieden und erfüllt. Aylwin hatte keinen Zweifel daran, daß seine Frau glücklich war, denn sie verfügte inzwischen über ein heiteres Selbstvertrauen, das sich in all ihrem Tun offenbarte, und hatte völlig die Schüchternheit verloren, aufgrund derer sie jünger gewirkt hatte, als sie eigentlich war.

Seine Arbeit gedieh, weil er glücklich war und seine früheren Ängste nicht mehr existierten. Der Kopf des Ponys war fertig, und die vorstehenden Zähne des Originals wirkten bei seinem steinernen Abbild wie ein fröhliches Grinsen. Aylwin brachte sein Zeichen hinter dem größeren Ohr mit einem Gefühl der Befriedigung an, das er bisher nur selten nach Fertigstellung einer Arbeit empfunden hatte, und nachdem er reichlich mit Öl eingerieben worden war, erhielt der Kopf seinen Platz in der Reihe der Tierköpfe zwischen zwei von den Lehrjungen geschaffenen Löwen, die das Pony des Müllers zähnefletschend bewachten.

Er hatte gerade den Block für den nächsten Tierkopf ausgewählt, saß an seiner Werkbank und blätterte ein Skizzenbuch durch, um zu entscheiden, was er als nächstes darstellen wollte – ein Kaninchen, Apuleius, ein Frettchen oder eine Hirschkuh –, als Pater Brian mit besorgtem Blick eintrat, einen geöffneten Brief in der Hand, an dem ein eindrucksvolles Siegel baumelte. »Von Bischof Henry«, rief er. »Jetzt weiß ich wirklich nicht mehr, was ich tun soll!«

17. Kapitel

»Was ist denn los?« fragte Aylwin, besorgt, den sonst so gelassenen Chorherrn in solcher Erregung zu sehen.

»Bischof Henry reist auf den Kontinent.«

»Mitten in einem Bürgerkrieg?« rief Aylwin bestürzt, denn er hatte immer Henry von Blois für den wahren Herrscher von England gehalten, ob nun dessen Bruder Stephen oder die Kaiserin an Einfluß gewannen, und war der Ansicht, nur er könne eine Lösung für die einander entgegenstehenden Ansprüche der beiden Rivalen finden.

»Er sagt, im Augenblick sei alles ruhig, und wahrscheinlich werde es auch in absehbarer Zukunft so bleiben. Er geht nach Rom, weil seine Ernennung zum päpstlichen Gesandten ungültig geworden ist, als Papst Innozenz letztes Jahr starb, und Papst Coelestin sich geweigert hat, sie zu erneuern – er war ein großer Bewunderer Bernhards von Clairvaux, und Sie kennen die Meinung unseres Dekans. Papst Coelestin ist im März gestorben, und anscheinend hofft der Bischof, daß der neue Heilige Vater, Lucius, mehr für ihn übrig hat. Leider hat er große Schwierigkeiten mit dem König von Sizilien, deshalb sucht Bischof Henry ihn auf, in der Hoffnung, durch seinen persönlichen Besuch die päpstliche Gesandtschaft wiederzuerlangen. Das lese ich nur zwischen den Zeilen, aber es ist nicht allzu schwer.«

»Und wann beabsichtigt er, England zu verlassen?«

»Am achten Tag nach Allerheiligen«, sagte Pater Brian. »Das erscheint mir ziemlich spät im Jahr, um zu solch einer

Reise aufzubrechen: wie kann er erwarten, mitten im Winter das Gebirge überqueren zu können?«

Aylwin lächelte. »Vergessen Sie nicht, daß er kein einsamer Reisender ist, sondern ein Bischof, ein Abt, ein Dekan und der Bruder eines Königs. Er wird ein großes Gefolge haben und sehr langsam vorwärtskommen, da er auf dem Weg zahlreiche Höflichkeitsbesuche abstatten wird, nicht zuletzt bei Leuten, die er vielleicht davon überzeugen kann, den Gatten der Kaiserin – äh – davon abzuhalten, ihr Unterstützung zu schicken. Ich bezweifle, daß er das Gebirge erreicht, bevor im Frühjahr das Tauwetter einsetzt. Aber Sie sagten, Sie wüßten nicht, was Sie tun sollen?«

»Im Zusammenhang damit, ob ich ihn um mehr Geld bitten soll. Ich habe Sie ja bereits gefragt, ob Sie bereit wären, ihn aufzusuchen und ihm das Problem auseinanderzusetzen, aber jetzt, da Meister William ausgefallen ist und Sie die Leitung der Arbeiten übernommen haben ...«

»William wird Anfang Oktober wieder auf dem Posten sein, meint Pater Radulf. Geben Sie ihm eine Woche, sich zusammen mit mir wieder einzuarbeiten, damit klar ist, daß alles reibungslos läuft, und ich kann schon vor Ende des Monats nach Winchester reisen. Ich werde weniger als eine Woche brauchen, um dorthin zu gelangen, falls das Wetter nicht zu schlecht ist; eine weitere Woche wird es dauern, bis ich ihn aufgesucht habe und er vor seiner Abreise Anweisungen wegen des zusätzlichen Geldes gegeben haben wird ... Ich zweifle nicht daran, daß er Ihnen das Geld bereitstellt, in Anbetracht der Tatsache, daß er mit Ihrem Vorgehen einverstanden war, mit dem vorhandenen Geld den Leuten zu helfen, die durch den Brand obdachlos geworden sind.«

»Mir ist nicht recht wohl bei dem Gedanken, Sie zu bitten, sich schon so bald auf den Weg zu machen. Sie sind erst gut zwei Monate verheiratet ...«, sagte Pater Brian unschlüssig.

»Elys wird mich begleiten. Sie ist begierig darauf, meine Mutter kennenzulernen.«

Inzwischen war die Herbstmesse, die am Fest der Kreuzeserhöhung und den beiden darauffolgenden Tagen stattfand, in vollem Gange, und Aylwin ließ an diesem Nachmittag seine Arbeit eine Weile ruhen, um ein paar Einkäufe zu machen. Elys war bereits morgens mit Mistress Mayngod an den Ständen gewesen, um Vorräte für den Winter anzulegen, froh über die erneute Gelegenheit, etwas mehr über die angebotenen Waren und die Kenntnisse zu erfahren, die eine sparsame Hausfrau beim Einkaufen brauchte, und sie hatte beim Mittagessen einen pelzgefütterten Umhang erwähnt, der ihr gut gefallen hatte, ohne jedoch daran zu denken, ihn zu kaufen.

Er hatte keine Schwierigkeiten, den Umhang zu entdekken. Er wurde von dem Händler, der ihn mitgebracht hatte, voller Stolz zur Schau gestellt, und er erzählte Aylwin, der Pelz, tiefschwarz und glänzend, komme aus dem Osten, weit hinter Deutschland, und er habe ihn in einen guten flämischen Wollmantel eingenäht. Er war natürlich sehr teuer, aber Aylwin feilschte gern und erreichte, daß der Preis um ein Drittel gesenkt wurde, ehe er einen ganzen Monatslohn dafür bezahlte. Für sich kaufte er einen neuen Sattel, da sein alter von den Reisen nach Italien und zurück ziemlich abgenutzt war, und ein halbes Dutzend feine Schlageisen aus Damaskusstahl, die die schärfsten Schneiden hatten, die er je bei einem derartigen Werkzeug gesehen hatte.

Elys verbrachte den Nachmittag damit, zwischen den Marktständen einherzuschlendern, ohne zu wissen, daß auch Aylwin Einkäufe machte. Sie ging zu dem Stand des Mantelverkäufers und stellte mit Bedauern fest, daß der pelzgefütterte Umhang verschwunden war, denn sie hätte gern noch einmal über das weiche Fell gestrichen und sich der Träumerei hingegeben, daß sie eines Tages soviel Erfolg mit ihrer Stickerei haben würde, um sich einen solchen Luxus leisten zu können. Der Händler erklärte ihr, ein Mann hätte ihn für seine Frau gekauft, und sie überlegte, welcher Ehemann in der Stadt seiner Frau wohl ein so prächtiges Geschenk machen würde, und sie verspürte einen kleinen Anflug von Neid, den sie jedoch rasch erstickte.

Bei ihren eigenen Einkäufen achtete sie, ohne das Feilschen zu vergessen, sorgfältig auf Qualität, denn sie wollte eine neue Übertunika für Aylwin kaufen, um diejenige zu ersetzen, die völlig verbrannt war, als de Mandevilles Männer die Häuser am Marktplatz in Brand gesetzt hatten. Normalerweise trug er Blau, aber sie wählte ein dunkles Weinrot und die passenden Hosen dazu, in der Überzeugung, daß die Farbe ihm gut stehen würde.

Er hatte ihr Geld für den Kauf der Übertunika gegeben, aber sie hatte auch etwas eigenes Geld für andere Einkäufe bei sich und ging zwischen den Ständen umher, kaufte weitere Stahlnadeln, die, wie sie festgestellt hatte, ihren hohen Preis wert waren, Nähgarn, dünnen Stoff für Unterhemden für sie selbst und für Hemden und Unterhosen für Aylwin; diesmal genoß sie das geschäftige Treiben auf dem Markt noch mehr als beim letzten Mal, denn jetzt hatte sie einen Ehemann, für den sie etwas kaufen konnte, was ihrer Suche nach guter, preisgünstiger Ware größeren Sinn verlieh.

Es machte ihr große Freude, Aylwin die Kleidungsstücke zu zeigen, die sie für ihn gekauft hatte, und seine anerkennenden Worte zu hören. Sie war sprachlos, als er ihr den Mantel gab, und erst als sie sich ein wenig von der Überraschung erholt hatte, umarmte und küßte sie ihn voller Dankbarkeit.

»Ach, Liebster«, sagte sie schließlich, »aber er muß ein Vermögen gekostet haben. Wie warm und weich er ist. Er wird so angenehm sein im Winter. Vielen Dank, lieber Aylwin. Ich habe für dich nur Gewürze und Korinthen, die du in den nächsten acht Monaten verspeisen kannst.«

»Ich hatte einen Grund, dir einen warmen Mantel zu kaufen«, räumte Aylwin ein, und sein Gesichtsausdruck wurde weich angesichts der Freude seiner Frau. »Ich muß nächsten Monat nach Winchester, um einen Besuch abzustatten, und ich hätte gern, daß du mitkommst.«

»Nach Winchester? Deine Mutter ist doch nicht etwa krank?« fragte sie beunruhigt.

»Nein, Liebling. Bischof Henry reist nach Rom, und ich muß ihn vor seiner Abreise aufsuchen und ihn um weiteres Geld für die Arbeit hier bitten: auch brauche ich Informationen darüber, was ich tun soll, falls seine Abwesenheit länger dauert als meine Arbeit hier. Ich denke, er wird mindestens ein Jahr fort sein, wenn nicht noch länger.«

»Nach Rom«, sagte Elys nachdenklich. »Er wird doch nicht etwa zum Papst gewählt?«

Aylwin lachte. »Nein, nichts dergleichen! Sie haben einen anderen unaussprechlichen Italiener gewählt – einen Bologneser, glaube ich!« Und er erklärte ihr die Gründe, die Pater Brian aus der geplanten Reise des Bischofs abgeleitet hatte, begeistert über ihre rasche Auffassungsgabe, denn aus den Gesprächen mit verschiedenen verheirateten Freunden wußte er, daß nur wenige Frauen etwas von der Welt wußten oder verstanden, die über ihr kleines Universum von Herd, Heim, Kindern und Nachbarn hinausging, und auch keinerlei Interesse daran zeigten. »Wirst du mich begleiten?«

»Natürlich! Ich mag Winchester und sehne mich danach, deine Mutter kennenzulernen!«

Doch als es soweit war, begleitete Elys ihn doch nicht nach Winchester. Ansonsten lief alles nach Plan, angefangen bei der Genesung Meister Williams.

Sein gebrochener Arm war gut verheilt; er hatte von Anfang an darauf bestanden, ihn zu bewegen, umfaßte mit der Hand ständig den Griff eines Schlageisens, spannte und entspannte seine Muskeln, wie sehr es anfangs auch schmerzte, und erhöhte nach und nach den Umfang seiner Übungen, bis er jeden Tag eine Zeitlang kleinere Steinblöcke stemmte, wobei ihn Pater Radulf aufmerksam und ziemlich argwöhnisch beobachtete.

Der Knöchel war das größere Problem. Es war ihm untersagt worden, den Fuß sechs Wochen lang nach dem Unfall zu belasten, so lag er also auf seinem Bett im Krankenhaus, las Vitruvius, unterhielt sich mit Besuchern und anderen Patienten, bewegte dabei ständig die Beine, als ginge er spazieren, und preßte sein Schlageisen. Als man ihm endlich erlaubte aufzustehen, waren seine Beine in erstaunlich guter Kondition. Sein Knöchel war natürlich noch unförmig, denn man hatte nichts anderes tun können, als die beiden Enden des Bruches fest miteinander zu verbinden, den Fuß ruhigzustellen und das Beste zu hoffen, doch er konnte darauf stehen und bald auch ganz gut am Stock gehen. In der zweiten Oktoberwoche kehrte er an die Arbeit zurück, zwar noch leicht humpelnd, doch stand er von Tag zu Tag sicherer auf den Beinen, und sein Stock kam ihm sehr gelegen, um damit auf etwas zu zeigen und jeden Arbeiter damit anzutreiben, der seiner Ansicht nach trödelte.

»Ich bin Ihnen sehr dankbar, daß Sie die Arbeit in Gang gehalten haben«, sagte er zu Aylwin. »Jetzt haben wir Zeit, erst das Fundament für die Westfront zu legen, bevor wir alles gegen den Frost mit Erde und Stroh bedecken müssen. Ich glaube, angesichts der Tatsache, daß wir ein gutes Behelfsdach und einen stabilen Bauzaun haben, brauchen wir nur die letzten beiden Bögen zu umhüllen. Versuchen Sie Ihr Bestes, den Bischof von den Gewölben in den Seitenschiffen abzubringen. Sagen Sie ihm, ich lasse die Männer den Winter über die Steine für die Westfront behauen, und nächsten Sommer steht der größte Teil davon. Ich hätte gern ein paar Anregungen für das Westfenster. Ich kann mich nicht entscheiden, ob ich drei gleich große bauen soll oder ein großes in der Mitte zwischen zwei kleineren ... Am liebsten würde ich ein riesengroßes Fenster über die ganze Breite des Mittelschiffs bauen. Das wäre ein Anblick! Sie haben einen besseren Blick für Formgebung als ich, vielleicht denken Sie sich also einen guten Entwurf aus, oder Sie haben irgendwo etwas gesehen ...«

Aylwin war der Ansicht, daß Meister William ihm ein großes Kompliment machte, indem er ihn tatsächlich bat, die Westfront einer Kirche zu gestalten, die schließlich Williams Bauwerk war, und er versprach, sich die Sache den Winter über gründlich durch den Kopf gehen zu lassen, während er seine Arbeit an den Tierköpfen fortsetzte.

»Sie reisen also nächste Woche nach Winchester?« fragte William. »Kommen Sie so bald wie möglich zurück, ja? Wir sind alle gespannt auf den nächsten Tierkopf, und meine zwei Lehrjungen wollen gern einen anderen versuchen. Es bleibt ja noch die ganze Nordseite, wenn Sie mit der Südwand fertig sind, da werden Sie ihnen doch bestimmt eine Chance geben?«

»Natürlich. Sie sollen in meiner Abwesenheit ihre Entwürfe auf ein Stück Pergament zeichnen. Sagen Sie ihnen, sie sollen nach der Natur zeichnen und nicht nur von den Vorlagen im Skriptorium abmalen, auch wenn sie dort Anregungen finden.«

Am Abend sagte er zu Elys, während er sich zu ihr ins Bett legte, sie könnten wahrscheinlich am nächsten Montag nach Winchester aufbrechen.

»Oh«, sagte sie mit ausdrucksloser Stimme. »Es tut mir leid, Liebster, aber ich kann dich nicht begleiten!«

Er schwieg einen Moment, verblüfft über ihre Feststellung, während er in Gedanken besorgt nach möglichen Gründen suchte.

»Sei nicht böse«, sagte sie bittend, da sie sein Schweigen falsch deutete. »Ich würde gern mitkommen, aber meine

Tage haben schon zum zweiten Mal ausgesetzt, und mir ist morgens immer übel... Ich habe nichts gesagt, weil ich noch nicht sicher war, aber die gute Mistress Mayngod hat heute gesagt, sie sei jetzt ganz sicher, denn meine Regel hätte schon letzte Woche einsetzen müssen, aber sie ist ausgeblieben, und sie sagt, ich müsse jetzt alles vermeiden, was zu einer Fehlgeburt führen könnte... Sie hat ausdrücklich gesagt, ich solle nicht reiten...«

»Fehlgeburt?« sagte Aylwin verständnislos, und es klang kaum wie eine Frage. »Aber du könntest nur eine Fehlgeburt haben, wenn du... O gnädiger Himmel! Die vier gekrönten Märtyrer mögen uns beistehen! Du lieber Gott!«

Elys entnahm diesen zusammenhanglosen Ausrufen, daß er die richtigen Schlüsse zog und sie überraschend und außerordentlich zugleich fand, deshalb sagte sie aufmunternd: »Er oder sie kommt natürlich erst nächstes Frühjahr auf die Welt, du hast also noch genügend Zeit, dich an die Vorstellung, Vater zu werden, zu gewöhnen; aber du verstehst sicher, daß ich dich jetzt nicht nach Winchester begleiten kann.«

»Vater!« rief Aylwin. »Gütiger Himmel!«

»Du kannst ja wohl kaum überrascht sein«, erklärte sie und fand seine Verblüffung gleichermaßen belustigend und liebenswert. »Mein Liebster, wir werden ein Kind haben.«

»Ja. Ich verstehe«, sagte Aylwin ruhig. »Ein Kind. Ja. Du kannst mich nicht nach Winchester begleiten. Das macht nichts. Du mußt hierbleiben und dich um ihn – um sie – ach, egal – kümmern. Ja. Ich werde es meiner Mutter erzählen, und sie wird es natürlich verstehen. Sie hat selbst Kinder bekommen – vier oder fünf... Ach, Elys, vielleicht sollte ich auch nicht nach Winchester gehen...!«

»Das mußt du auf jeden Fall!« rief sie. »Es ist wichtig. Ich werde nie eine der törichten Frauen sein, die ihren Mann bei seiner Arbeit behindern, nur weil sie ein Kind bekommen. Ach, Aylwin«, sagte sie und schmiegte sich halb lachend, halb weinend an ihn, »du klangst so überrascht.«

»Soviel ich weiß, habe ich noch nie zuvor ein Kind gezeugt«, erwiderte er ernst, legte die Arme um sie und brachte sie in eine etwas bequemere Lage. »Es ist eine große Verantwortung, meine Liebe, und nicht zum Lachen. Möchtest du lieber ein Mädchen oder einen Jungen?«

»Was immer Gott uns schenkt. Und du?«

»Mir ist es gleich. Ich werde mich über beides freuen, wenn es erst einmal sicher angekommen ist. Ein Kind! Sieh mal einer an.« Und er lächelte in der Dunkelheit und kostete die Vorfreude aus.

»Das erste von vielen, so Gott will.«

»Was heißt da ›viele‹. Drei oder vier vielleicht, aber ich will nicht, daß du ein Kind nach dem anderen bekommst und eine ganze Schar von Bälgern großziehst. Mäßigung in allen Dingen. Wenn ich wieder zu Hause bin, muß ich ein Haus für uns suchen. Es wäre nicht fair gegenüber Matthew und Crispin, ihnen kleine Kinder und deren Gebrüll zuzumuten. Wissen sie es schon?«

»Niemand weiß es außer Mistress Mayngod und dir. Ich würde es doch keinem Menschen vor dir erzählen.«

Also teilte ein tief erröteter und ungewöhnlich verschämter Aylwin den beiden unverheirateten Onkeln des ungeborenen Kindes die Neuigkeit mit; diese gerieten in eine Verfassung, die zwischen der Verwunderung über die Klugheit ihrer Schwester und der Furcht vor der Verantwortung schwankte, die ihr Zustand ihnen auferlegte, denn keiner von beiden hatte die leiseste Ahnung von den Bedürfnissen einer Schwangeren, und sie wußten, daß sie es allen Beteiligten schuldig waren, in Aylwins Abwesenheit gut auf ihre Schwester aufzupassen. Nachdem Elys sie davon überzeugt hatte, daß es sich nicht um eine schwere Krankheit, sondern um einen ganz natürlichen Vorgang handelte, legte sich ihre Nervosität etwas, und allmählich freuten sie sich sehr darüber und sonnten sich sogar in dem Abglanz, der auf sie fiel.

Aylwin brach, wenn auch ungern, wie geplant, am Montag auf; bis London reiste er mit einer Gruppe heimkehrender Pilger, obwohl mit dem Tod Geoffreys de Mandeville und der Auflösung seiner Privatarmee durch seinen Sohn die größte Gefahr für Reisende in diesem Teil Englands beseitigt worden war. Er verließ die Pilger in Bishopsgate und ritt nach Holborn, um Sir Richard aufzusuchen, in der Hoffnung auf eine Bleibe für die Nacht.

Der Seneschall schien erfreut, ihn zu sehen, zeigte gedämpfte Freude über die Neuigkeit, bot ihm ein Bett im Schlafraum der Laienbrüder an, fragte ihn dann etwa eine Stunde lang aus über die notwendige Tiefe von Fundamenten auf sumpfigem Boden, die beste Gesteinsart für Schmuckelemente in Innenräumen und die Vor- oder Nachteile von Stroh oder Holzschindeln für die Bedachung. Aylwin erteilte geduldig seine fachmännischen Ratschläge und erkundigte sich mit echtem Interesse nach den Fortschritten beim Bau des neuen Tempels unten am Fluß, was Sir Richard auf eine weitere Fülle von Fragen und Problemen brachte.

Nachdem sie alle erörtert waren, erkundigte er sich endlich nach seinen Neffen und seiner Nichte, sagte weise, vermutlich hindere Elys' Zustand sie daran, ihn nach Winchester zu begleiten, und erweckte so den Eindruck, sich in derlei Dingen auszukennen, was er jedoch keineswegs tat. Er setzte hinzu: »Ich nehme an, Sie werden den Jungen in Ihrem Handwerk ausbilden, aber falls er Interesse zeigt, Soldat zu werden, oder sich sogar dem Orden anschließen will, werde ich ihn fördern, wenn ich dann noch lebe. Ich werde natürlich Pate stehen. Es wird ihm später von Nutzen sein, wenn er einen Paten hat, der in der Welt einiges Ansehen genießt.«

Aylwin kannte den Templer inzwischen gut genug, um zu

wissen, daß er ihn oder sein Handwerk nicht beleidigen wollte, und dankte ihm in der gleichen schlichten, knappen Weise, in der das Angebot gemacht worden war: dann wurde er von Sir Richard, der mit keinen weiteren Fragen oder Bemerkungen aufwartete, entlassen und begab sich zu Bett.

Die Straße von London nach Winchester war sehr belebt, und Aylwin konnte sich einer Gruppe von Kaufleuten anschließen, die auf dem Weg in die alte Hauptstadt waren, und legte die Reise schnell und problemlos zurück, da auch das Wetter trocken und für die Jahreszeit warm war. Als erstes suchte er Laden und Haus seiner Mutter auf, eines der Gebäude, das die Brände und Zerstörungen der Belagerung vor drei Jahren überstanden hatte. Es stand innerhalb der Nordmauer, in der Nähe des Hyde-Tores und der Straße, die zu der neuen Kathedrale führte. Seine Mutter hieß ihn herzlich willkommen, während sie zwischendurch Kunden bediente, die die kleinen Schnitzereien aus Holz und Elfenbein erwerben wollten, die sie verkaufte.

Als der Laden geschlossen war und sie ihm ihre ungeteilte Aufmerksamkeit widmen konnte, umarmte sie ihn fest und rief: »Wie schön, dich so wohlbehalten wiederzusehen, lieber Sohn. Und verheiratet! Wo ist meine neue Tochter? Hast du sie nicht mitgebracht?«

»Sie erwartet ein Kind, und die Hebamme hielt es für besser, in den ersten Wochen keine Reise zu riskieren.«

»Ein Kind! Aber natürlich muß sie dann vorsichtig sein. Du hättest nie in Erwägung ziehen dürfen, ihr so etwas zuzumuten. Meilenweit auf einem Pferd durchgeschüttelt zu werden, während das Kind in ihrem Innern noch keinen festen Platz gefunden hat. Du solltest mehr Verstand haben, Aylwin.«

»Habe ich ja«, erwiderte er nachsichtig. »Sowie sie es mir gesagt hatte, habe ich ihr befohlen, in Waltham zu bleiben. Ich bin doch kein kompletter Narr, Mutter.«

»Dafür habe ich dich auch nie gehalten«, antwortete sie und küßte ihn erneut. »Erzähl mir von ihr.«

Aylwin gehorchte nur zu gern und zeigte ihr ein ganzes Skizzenbuch von Zeichnungen ihrer Schwiegertochter, damit sie wenigstens eine Vorstellung von deren Schönheit und Vollkommenheit bekam.

»Sie ist recht hübsch, nicht wahr?« fragte er, begierig auf ihre Antwort.

»Hübsch – nein, sie ist nicht hübsch, du Dummkopf, sie ist wunderschön! Aber eine Normannin ... Ich hätte nie gedacht, daß einer meiner Söhne eine Normannin heiraten würde, aber es kann nur gut sein ... Wenn Normannen und Engländer häufiger untereinander heiraten, werden wir eines Tages wieder ein einziges Volk sein, und nicht mehr gespalten ... Es ist uns mit den Dänen gelungen, warum nicht auch mit den Normannen?«

Aylwin hob sie in die Höhe, um sie bequemer küssen zu können, denn sie reichte ihm einschließlich ihrer Kopfbedeckung kaum bis zur Schulter.

Es war über vier Jahre her, seit er sie das letzte Mal gesehen hatte, aber sie schien unverändert. Ein wenig grauer vielleicht, aber noch immer schlank und agil und im Besitz all ihrer Zähne, obwohl sie die Fünfzig schon hinter sich hatte. Sie bedauerte, daß Elys nicht kommen konnte, denn sie hätte ihre Schwiegertochter unendlich gern kennengelernt, pries jedoch ihre vernünftige Entscheidung, im Augenblick nicht zu reisen, war entzückt über die hübsch bestickten Bänder, die Elys als Geschenk für sie mitgegeben hatte, und erklärte, sie besitze ein Stück Stoff für ein Kleid, das farblich genau zu den Bändern passe.

»Wie geht es dir, Mutter?« fragte Aylwin. »Du hast mir nicht geantwortet, als ich dich vorhin danach gefragt habe.«

»Mir geht es sehr gut, deshalb gab es wichtigere Dinge zu

erzählen«, erwiderte sie. »Das Geschäft hat sich im letzten Jahr erstaunlich gut entwickelt, da der Wiederaufbau die Leute zurück in die Stadt bringt. Was ist mit dir? Du hast geschrieben, du hättest dir das Schlüsselbein gebrochen. Ist es verheilt? Beeinträchtigt es deine Arbeit?«

»Ein paar Wochen lang schon, aber jetzt ist es besser. Hast du in letzter Zeit etwas vom Rest der Familie gehört?«

»Ja, sie lassen alle von Zeit zu Zeit von sich hören. Maud hat an Ostern einen weiteren Sohn bekommen. Bis jetzt sind es drei Jungen und nur ein Mädchen. Ihr Mann verdient gut. Er sagt, Alabaster sei leichter zu schnitzen als Elfenbein, zerbreche jedoch leichter, deshalb bringt es Probleme mit sich, wenn er seine Schnitzereien über große Entfernungen verschickt, da die Straßen so schlecht sind. Wenn möglich, verschickt er sie per Schiff. Godwins Frau ist wieder schwanger, und Godwin hat jetzt seine eigene Loge.«

»Und Harold?«

»Hofft, Ende des Jahres Meister zu werden. Ich glaube, er denkt daran zu heiraten, die Tochter seiner Wirtin.«

»Er ist reichlich jung, um einen Hausstand zu gründen.« Mißbilligung klang aus Aylwins Stimme.

»Vielleicht will er dein langes Säumen wettmachen! Sechsundzwanzig bist du jetzt und hast gerade erst geheiratet? Erzähl mir mehr von deiner Stickerin. Sie muß Courage haben, wenn sie sich so gegen ihre Familie durchgesetzt hat. Bist du sicher, daß sie sich nicht in eine Xanthippe verwandelt, wenn sie älter wird?«

Aylwin lachte. »Sie ist ein ruhiges, sanftes Mädchen ohne die Spur eines zänkischen Wesens! Sie kämpft für ihre Überzeugung, aber nicht um des Kampfes willen. Ich bin sicher, sie wird dir sehr gut gefallen, denn sie besitzt ein paar deiner guten Eigenschaften.«

Am Morgen nach seiner Ankunft ging Aylwin quer durch die Stadt zum Amtssitz des Bischofs in Wolverstone Castle, um seinem Herrn und Gönner seine Aufwartung zu machen; dabei kam er durch Straßen mit Läden und Häusern, die kürzlich wiederaufgebaut waren oder sich im Bau befanden, und er staunte, wie St. Swithuns Stadt sich von den Verheerungen erholte, die der Angriff der Kaiserin in ihr angerichtet hatte.

Erleichtert stellte er fest, daß die Kathedrale anscheinend nicht beschädigt worden war, und er trat ein, um am Schrein des Heiligen zu beten; er durchquerte das ungeheuer lange Mittelschiff und machte eine respektvolle Verbeugung, als er das Seitenschiff entlang zu den Sarkophagen einiger der Könige seines Volkes ging, wobei er sich darüber Gedanken machte, ob ihre Gebeine wohl über die Anwesenheit des gottlosen William Rufus in ihrer Mitte verärgert waren. Die übliche Menge von Bittstellern drängte sich auf dem viel zu engen Raum vor St. Swithuns Schrein, doch er schlängelte sich hindurch, um eine Kerze anzuzünden und sich für seine wohlbehaltene Ankunft zu bedanken und für seine Frau, sein ungeborenes Kind und seine Arbeit zu beten, dann verließ er die Kirche durch das nördliche Querschiff und setzte seinen Weg fort.

Henry von Blois kannte den Wert von Zeremonien, kostbaren Roben und imponierendem Gehabe, aber er empfing seine getreuen Diener ohne dieses weltliche Drum und Dran. Er saß in einem schlichten, hölzernen Sessel neben einem Kohleofen in einem kalten Raum, dessen Wände aus Steinmauern bestanden, und trug das schlichte Ordenskleid eines Kluniazensermönchs, als Aylwin vorgelassen wurde. Er begrüßte ihn mit einem Lächeln und einem einfachen Segen und streckte die Hand aus, damit der Steinmetz seinen Ring küssen konnte, einen kunstvoll geschliffenen Amethyst in einer wunderschönen Fassung. Er war hochgewachsen und hielt sich kerzengerade, besaß volles, dunkles Haar und einen dichten schwarzen Bart, den er sich hatte wachsen lassen, als der verstorbene König Henry ihn zum Bischof von Winchester und Abt von Glaston ernannt hatte – ein Gerücht besagte, damit er älter als seine achtundzwanzig Jahre aussah – und bis jetzt waren noch keine grauen oder weißen Haare zu erkennen, obwohl er inzwischen dreiundvierzig war. Er war eher auffallend als hübsch, mit seinen großen, intelligenten, dunklen Augen und der kräftigen Hakennase.

»Herzlich willkommen, Meister Aylwin Cedricson«, sagte er ernst und wies auf einen Schemel auf der anderen Seite des Ofens, groß genug und kunstvoll geschnitzt, um als Ehrenplatz zu dienen, und Aylwin nahm Platz und begegnete dem fragenden Blick mit ruhiger Selbstbeherrschung.

»Wie kommt die Arbeit in Waltham voran? Hat Meister William sich von seinem Unfall erholt?«

»Er hinkt noch ein wenig, aber Pater Radulf ist der Ansicht, spätestens an Weihnachten könne er auf seinen Spazierstock verzichten. Zwei der drei geplanten Joche sind auf beiden Seiten bis zum Dach fertig, und die Außenwände bis zum Anschluß an die Westfront«, erwiderte Aylwin kurz und bündig.

»Und Sie sind vermutlich gekommen, um mehr Geld zu erbitten, weil de Mandeville es abgelehnt hat, für die mutwillige Zerstörung von Kirchenbesitz durch seine Männer aufzukommen?«

»Darum zu ersuchen«, korrigierte Aylwin ihn höflich, aber bestimmt.

»Darum zu ersuchen.« Der Bischof bestätigte den Unterschied mit einem Kopfnicken. »Wurde das ganze Geld für die Instandsetzung der Häuser verbraucht?«

»Nicht alles. Es war noch etwa ein Drittel übrig, aber auch das ist jetzt ausgegeben, und wir brauchen mehr Steine, damit die Männer den Winter über etwas zu tun haben. Sie reichen noch, um sie bis Weihnachten zu beschäftigen, aber nicht für die folgenden vier Monate, in denen sie die Steine behauen und die Quadermauer für die Türme errichten könnten, wenn sie sie hätten.«

»Es wird in die Wege geleitet«, sagte der Bischof zu Aylwins Überraschung, denn es würde ihn sehr viel mehr Geld kosten, als er zu Beginn der Arbeiten veranschlagt hatte. »Berichten Sie mir von der Arbeit.«

Aylwin stellte in groben Zügen dar, welche Arbeiten in den Monaten seit seiner Ankunft in Waltham ausgeführt worden waren, und zog dann eines seiner Skizzenbücher hervor, das Zeichnungen von Aufrissen, von den Tierköpfen und dem Taufstein enthielt, um sich eine Menge Erklärungen zu ersparen, und erzählte dem Bischof, was damit geschehen war.

»Sie wollen mit der Arbeit noch einmal von vorn beginnen?« fragte der Bischof nach ein paar Worten des Bedauerns.

»Ja. Ich habe den Stein aus Purbeck angefordert. Ich werde ihn selbst bezahlen.«

»Das werden Sie nicht!« rief Bischof Henry. »Die Zerstörung war schließlich nicht Ihre Schuld.«

Nun folgte eine ausführliche Erörterung der Arbeiten, die bereits aufgeführt waren, und derjenigen, die noch ausstanden, wobei der Bischof viel Sachkenntnis an den Tag legte, denn er war während seiner Amtszeit bei einer Reihe von Kirchenbauten die treibende Kraft gewesen und nahm großen Anteil daran.

Als das Thema erschöpft war, bat er Aylwin, zu dem Tisch unter dem einzigen, kleinen Fenster des Raumes zu gehen und für sie beide Wein aus dem Krug in die zwei bereitstehenden Pokale einzuschenken. Aylwin trug die beiden Gläser zurück zum Ofen und betrachtete dabei anerkennend die kunstvolle Verarbeitung des juwelenbesetzten Goldes.

Ein paar Augenblicke genossen beide Männer schweigend

ihren Wein, dann sagte der Bischof: »Sie wissen vermutlich, daß ich in einigen Tagen nach Rom abreise?«

»Ich habe davon gehört«, bestätigte Aylwin, und stellte bei sich fest, daß er nicht ein einziges Mal ein förmliches ›Mylord‹ oder ›Eure Exzellenz‹ ausgesprochen hatte, und der Bischof dies auch anscheinend weder erwartet noch von ihm verlangt hatte. Trotz ihres unterschiedlichen Ranges und Alters hätte ihr Gespräch ebensogut von zwei einander ebenbürtigen Menschen geführt werden können.

»Ich weiß nicht, wann ich zurückkehren werde. Wenn in Rom alles nach Wunsch verläuft und die Pattsituation hier sich nicht ändert, werde ich Cluny besuchen. Es ist lange her, daß ich in meiner alten *Alma mater* war, und ein kurzer Aufenthalt in der Abgeschiedenheit des Klosters erscheint mir sehr erstrebenswert. Wenn ich zurückkehre, werden Sie ihre Arbeit in Waltham hoffentlich beendet haben. Ich habe vor, mein Amt als Dekan dort aufzugeben – mein Bruder, der König, wird jemand anderen ernennen, der des Ortes würdig ist, zweifellos zu Pater Brians Erleichterung, denn ich fürchte, er wird alt, und ich kann nicht genügend Zeit für das Amt aufwenden. Ich werde die Bauarbeiten natürlich weiterhin unterstützen, bis sie abgeschlossen sind. Mein Hospital zum Heiligen Kreuz hier befindet sich zur Zeit im Bau, und dort und an anderen Orten der Diözese wird es sehr viel Arbeit für Sie geben, sobald Sie die Arbeit in Waltham beendet haben. Ich werde natürlich ausführliche Anweisungen für Sie bei meinem Kanzler hinterlassen, falls ich noch nicht wieder da bin, wenn Sie hierher zurückkommen. Haben Sie nicht vor kurzem geheiratet?«

»Am Laurentiustag«, bestätigte Aylwin, und ein unfreiwilliges Lächeln hellte sein Gesicht auf. »Meine Frau ist die Nichte von Sir Richard von Hastings, Seneschall der englischen Templer.«

»Ich kenne ihn gut.« Aus der ausdruckslosen Stimme des

Bischofs schloß Aylwin, daß er keine besondere Vorliebe für den Templer hatte, und dieser Eindruck bestätigte sich, als er ergänzte: »Ein strenger Mensch, der lieber draufschlägt als sich zu beugen, aber immer in der besten Absicht.« Es lag eine Spur Bosheit in den letzten Worten. »Sie werden es zweifellos eilig haben, zu Ihrer Frau zurückzukehren, aber ich möchte Sie noch um einen kleinen Gefallen bitten, bevor Sie auf dem schnellsten Weg davongaloppieren.«

»Mylord«, erwiderte Aylwin, der anerkennend registrierte, daß der Bischof höflich um einen Gefallen ›bat‹, obwohl er das Recht hatte zu befehlen.

»Mein Orden besitzt eine kleine Priorei in Somerset, und die Mönche haben mitgeteilt, der Hauptturm ihrer Kirche sei kurz vor dem Einsturz. Ihrem Steinmetzmeister ist es geglückt, ihn abzutragen, aber er ist jung und unerfahren. Er hat zwar schon kleine Kirchen gebaut, aber noch nie eine Kirche mit einem Mittelturm, und er hat um den Rat eines erfahreneren Mannes gebeten, bevor er mit dem Wiederaufbau beginnt.«

»Ich bin Bildhauer«, stellte Aylwin fest, und es klang wie eine Tatsache, nicht wie ein Protest.

»Aber weit über Ihr Alter hinaus erfahren in Bauarbeiten aller Art, und wohlbekannt bei den Mitgliedern Ihrer Zunft. Ich höre häufig von Ihren Bemerkungen und Ansichten, die wegen des vernünftigen Urteilsvermögens, das daraus spricht, hoch angesehen sind. Man hat mir erzählt, daß Sie mehr von Stein verstehen als irgendein anderer Mensch in England.«

Aylwins Überraschung war echt. Er war sich selbst darüber im klaren, daß diese natürliche, von Gott geschaffene Materie, mit der er arbeitete, eine große Anziehung auf ihn ausübte, doch er hatte nicht gemerkt, daß auch andere das wußten.

»Wo ist es?« fragte er.

Der Bischof lachte – ein seltenes Ereignis – und erwiderte: »Ein Ort, der Sie bestimmt interessieren wird! Kennen Sie die Geschichte des Heiligen Kreuzes von Waltham?«

Aylwins Gedanken wanderten zurück zu einem geselligen Abendessen in dem Haus in Church Street, als Lukin die Geschichte erzählt hatte, wie das Kreuz gefunden und von Somerset nach Waltham gebracht worden war. Er erinnerte sich, daß Crispin Zweifel an den übernatürlichen Aspekten des Geschehens geäußert hatte, Edwin jedoch leidenschaftlich darauf bestanden hatte, daß sie der Wahrheit entsprachen, denn sein eigener Urururugroßvater sei bei der Entdeckung dabeigewesen und habe an der langen Reise des wertvollen Objekts nach Waltham teilgenommen.

»Ist es der Ort, an dem das Kreuz gefunden wurde?« fragte er auf gut Glück.

Der Bischof nickte. »Damals hieß es Lutgarsbury, hat man mir gesagt. Irgendwann im letzten Jahrhundert wurde es in Bishopston umbenannt, aber jetzt ist es als Montacute bekannt, wegen des steilen Berges, ähnlich Glaston Tor, der das Dorf überragt. Eben der Berg, in dem das Kreuz ausgegraben wurde! Im Reichsgrundbuch von 1086 war als Besitzer der Bruder des Eroberers, Robert von Mortain eingetragen, der eine Burg auf dem Gipfel des Berges bauen ließ. Ein Jammer, denn damit wurden alle Spuren der großen Grube beseitigt, die nach der Entdeckung des Kreuzes zurückgeblieben sein muß, denn soviel ich weiß, war das Kreuz tief vergraben. Es ist ganz in der Nähe von Ham Hill, was Ihnen sicher etwas sagt?«

»Stein aus Ham!« rief Aylwin begeistert. »Verwenden sie dieses Gestein? Ich habe es schon ein paarmal gesehen. Es muß eine schöne Kirche sein, die sie dort bauen. Ich freue mich darauf, sie zu sehen.«

»Genauso erfreut wird der junge Meister Eustace sein, daß Sie kommen und ihm mit Ihrem Rat zur Seite stehen wollen.« Bischof Henry schaute ein ganz klein wenig selbstgefällig, weil es ihm gelungen war, Aylwins Abneigung, sich noch weiter von Waltham zu entfernen, in Begeisterung umzumünzen: nun brannte er darauf, die neue Priorei zu sehen.

»Nur eines noch«, sagte Aylwin nachdenklich. »Somerset... Liegt das nicht in dem Hoheitsgebiet, das der Kaiserin untersteht?«

»Doch, aber das sollte Sie nicht beunruhigen. Normale Leute sind nur selten in Gefahr, wenn sie nicht zu sehr in die Nähe von Bristol geraten, wo Graf Roberts Söldner unterwegs sind und angeblich Kaufleute und andere, offensichtlich reiche Leute ausplündern. Die Pilger gelangen noch immer ungehindert nach Glastonbury und Wells, und ich werde Ihnen einen mit meinem persönlichen Siegel versehenen Passierschein mitgeben. Wer sollte es wagen, den Steinmetzmeister des Abtes von Glastonbury zu belästigen, unterwegs im Auftrag seines Herrn? Es hat in dieser Region schon lange keine Kämpfe mehr gegeben, und vorausgesetzt, Sie halten sich von Bristol fern, sind Sie vollkommen sicher. Ihr Pferd muß nach dem langen Ritt erschöpft sein, Sie können es hierlassen, in meinen Ställen, damit es versorgt wird; ich habe angeordnet, Ihnen eines meiner eigenen Pferde zur Verfügung zu stellen. Wenn es Ihnen recht ist, können Sie es als kleine Entschädigung für die Extrareise behalten, natürlich zusätzlich zu Ihrem üblichen Lohn.«

Es war ein stattliches Angebot, denn Bischof Henry kannte sich mit Pferden aus, wie mit den meisten Dingen. Nachdem er sein Ziel erreicht hatte, bot er Aylwin eine zusätzliche Belohnung, indem er ihn einlud, sich die neuesten Stükke anzusehen, mit denen er seine Sammlung von geschnitzten Edelsteinen ergänzt hatte, viele davon antike römische Kameen. Aylwin war entzückt, denn er schätzte die große Begabung der damaligen Steinschneider, die diese winzigen

Skulpturen hervorgebracht hatten, und sie verbrachten eine glückliche halbe Stunde damit, sie zu betrachten und über die kunstvolle Ausführung zu sprechen. Dann wurde Aylwin entlassen, mit der Aufforderung, das Mittagessen mit den ranghöchsten Mitgliedern des Haushalts im Speisesaal des Bischofs einzunehmen.

Ein paar Tage blieb Aylwin noch bei seiner Mutter, half ihr, die Bestände ihres Ladens zu ordnen, und schnitzte ein paar kleine Holzskulpturen, die sie verkaufen konnte. Er besuchte seine alten Freunde, schlenderte in der Stadt umher und besah sich die Neubauten und die Reparaturen an den Kirchen, die während der Belagerung unter dem Beschuß von beiden Seiten gelitten hatten, doch die Abende verbrachte er zu Hause, erzählte seiner Mutter von seinen Reisen, seiner Arbeit in Waltham und gab ihr einen detaillierten Bericht von seiner Hochzeit.

Er war jedoch unruhig, sehnte sich danach, zu Elys zurückzukehren, machte sich Sorgen um sie und das ungeborene Kind und brannte darauf, seinen Besuch in Montacute zu machen, damit er möglichst rasch nach Hause reiten konnte; seine Mutter, die ihn sehr gut verstand, erklärte ihm noch vor dem Wochenende, er solle sich auf den Weg machen.

»Nicht, daß ich dich loswerden wollte«, sagte sie, »aber ich weiß, wie gern du wieder bei deiner Frau sein willst, und das solltest du auch. Wenn alles gutgeht, bist du schon bald wieder in Winchester, nach Bischof Henrys Worten zu urteilen, also reite morgen früh los, um so schneller bist du wieder da.«

Am Nachmittag hatte er Zeit, noch einmal nach Wolverstone zu gehen, um den Kanzler des Bischofs aufzusuchen, der ihm eine sauber gezeichnete Karte von der Strecke nach Montacute aushändigte. Die Straße war darauf als kerzengerade Linie eingezeichnet, was nicht der Wirklichkeit entsprach, und es gab kleine schematische Zeichnungen von Kirchen und Klöstern an den Stellen, wo solche Orientierungspunkte oder mögliche Unterkünfte zu finden waren, kleine Dreiecke, um auf höhere Erhebungen hinzuweisen und Schlängellinien, um anzuzeigen, daß die Straße einen größeren Fluß überquerte. Er erhielt auch ein Stück Pergament mit Anweisungen an den Oberstallmeister des Bischofs bezüglich Aylwins eigenen Pferdes und desjenigen, das er bekommen sollte, einen Passierschein sowie einen Beutel mit Geld für seine Ausgaben und seinen Lohn. Aylwin bat darum, den größten Teil davon Elys zu überbringen, wenn das zusätzliche Geld für die Kathedrale nach Waltham geschickt wurde, zusammen mit einem kurzen Brief, in dem er ihr von seinem Auftrag in Montacute berichtete und ihr versicherte, daß er so bald wie möglich nach Hause kommen würde. Er hatte einen Satz hinzugefügt, in dem er sich bemüht hatte, zum Ausdruck zu bringen, wie sehr er sie liebte und vermißte. Es hatte ihn eine Stunde sorgfältigen Nachdenkens gekostet und stellte ihn immer noch nicht zufrieden, aber besser wollte es ihm nicht gelingen.

Er besprach mit dem Kanzler, der sich sowohl in weltlichem Recht wie in Kirchenrecht auskannte, die Einzelheiten der Eigentumsübertragung an Elys, und der Kanzler versicherte ihm, dies sei sehr vernünftig und stehe völlig mit den Gesetzen in Einklang.

Er brach am folgenden Morgen bei trübem, grauem Novemberwetter auf. Ein eisiger, unangenehmer Wind schlug ihm ins Gesicht, verbunden mit einem leichten Nieselregen, und das Pferd, ein schöner schwarzer Wallach, verabscheute dieses Wetter ebenso wie sein Reiter und unternahm während der ersten paar Meilen ernsthafte Anstrengungen, in seinen behaglichen Stall zurückzukehren, doch schließlich akzeptierte er, daß der Fremde auf seinem Rükken zu reiten verstand und keine Unarten durchgehen lassen würde. Nachdem er sich auf den nächsten vier Meilen gut betragen hatte, wurde er mit einer kurzen Rast und einem kleinen, harten Apfel belohnt und faßte daraufhin große Zuneigung zu Aylwin.

In Anbetracht des Pferdes und des Wetters schaffte er an diesem Tag nur elf Meilen und verbrachte die Nacht in Romsey, im Gästehaus der Nonnen, hauptsächlich, um sich das steinerne Kruzifix anzusehen, das sich an einer der Kirchenwände befand. Die folgende Nacht blieb er in Sarum, wo er die große Kathedrale besichtigen wollte, die von ihrer Bergspitze aus die Ebene ringsum dominierte. Ein längerer Ritt am dritten Tag brachte ihn nach Shaftesbury, wo die Laienschwestern ihm im Gästehaus ein bequemes Nachtlager bereiteten und um ihn herumstanden und vor Freude strahlten, als er ihrem vorzüglichen Essen tüchtig zusprach.

Am vierten Tag machte er mittags in Sherborne Rast, und da er eiligst weiterritt, erreichte er Montacute bei Einbruch der Dunkelheit.

Es war ein kleines Dort, aber viele der Häuser waren massiv und aus Stein gebaut, wie zum Beispiel auch der Gasthof, in dem er eine gute Unterkunft fand, da die Priorei nur über ein kleines Gästehaus verfügte, das von Meister Eustace und seinen Arbeitern belegt war. Nachdem Aylwin dafür gesorgt hatte, daß sein Pferd gut untergebracht war, und das Bett inspiziert hatte, das man ihm im Schlafraum zugewiesen hatte, ging er hinüber zur Prioreikirche, da er durch die Fenster Licht sah und daraus schloß, daß die Steinmetzen wohl noch arbeiteten.

Ein gutes Dutzend Männer waren in der Vierung beschäftigt, die auf allen vier Seiten abgestützt war, nachdem die vier Bögen, die sie geformt und den brüchigen Turm gehalten hatten, völlig abgetragen worden waren. Tatsächlich waren die Männer gerade dabei, die Fundamente der Pfeiler auszugraben, die die Bögen getragen hatten. Ein schmächtiger, ziemlich kleiner Mann beaufsichtigte sie, und als Aylwin zu ihm trat, bestätigte er vorsichtig, Meister Eustace zu sein.

»Sind Sie der Mann des Bischofs von Winchester?« fragte er erwartungsvoll.

»Ja. Aylwin Cedricson, genannt Aylwin von Winchester. Wie geht die Arbeit voran?«

Der junge Meister machte große Augen, als er den Namen seines Besuchers hörte. Er sagte jedoch nichts dazu, sondern hielt die Laterne hoch, die er in der einen Hand hielt, während er mit der anderen Hand auf die Vierung zeigte. Der Lichtschein fiel auf sein Gesicht, und Aylwin sah, daß er wirklich noch sehr jung war – kaum über zwanzig, und daß sein langes, schmales Gesicht mit den großen, dunklen Augen von einem ständigen Stirnrunzeln geprägt war, was ihm das Aussehen eines besorgten Windhundes verlieh.

»Wie Sie sehen – oder wie Sie bei Tageslicht sehen werden – senkten sich alle Pfeiler rund fünf Jahre nach Fertigstellung des Turms nach und nach ab, deshalb haben wir ihn abgetragen. Soweit ich beurteilen kann, war das Fundament ausreichend, die Ursache muß im Untergrund darunter liegen. Ich habe bisher noch keinen Turmbau geleitet und weiß nicht genau, wie ich das Problem meistern soll. Ich möchte natürlich, daß der Turm stehenbleibt, auf der anderen Seite will ich den braven Mönchen auch keine unnötig hohen Ausgaben verursachen ...«

»Ich werde Sie besser beraten können, wenn ich die Fundamente bei Tageslicht gesehen habe«, sagte Aylwin und spähte in das Loch hinab. »Welches Material befindet sich zuunterst?«

»Sand.«

Aylwin verzog das Gesicht. Er hatte etwas gegen sandigen Untergrund als Fundament für alles, was größer war als ein Schweinestall. »Heute abend kann ich nichts mehr tun«, sagte er. »Kommen Sie, essen Sie mit mir zu Abend, und morgen früh sehe ich mir die Sache genau an.«

Meister Eustace nahm die Einladung mit dem Ausdruck überraschter Dankbarkeit an – wahrscheinlich war das Essen bei den Kluniazensermönchen sehr ›klösterlich‹, und er wies seine Leute an, die Arbeit für heute zu beenden. Aylwin stellte fest, daß er darauf achtete, daß sie ihre Werkzeuge ordentlich säuberten und wegräumten, die Abstützung des Loches prüfte, in dem sie gearbeitet hatten, bevor er sie entließ, und kontrollierte, ob die Balken, die die vier Arme der Kirche stützten, nicht zu großer Belastung ausgesetzt waren, indem er das Ohr daran legte, das heißt, er schenkte allen wichtigen Dingen angemessene Beachtung, ohne großes Aufheben davon zu machen. Daraus schloß er, daß der junge Mann mit Recht besorgt über den Wiederaufbau des Turmes war, denn er schien kein Mensch zu sein, der aus einer Mücke einen Elefanten machte.

Trotzdem fragte er ihn beim Abendessen: »Hier in der Gegend arbeiten doch bestimmt noch mehr von Bischof Henrys Steinmetzen? Ich habe davon gehört, daß er die Arbeit seines Vorgängers in Glaston fortsetzt. Das kann nicht sehr weit von hier sein?«

»Ich bin vorbeigeritten, nachdem ich das erstemal hier war und mir angesehen hatte, wie die Originalpfeiler abgesunken waren; aber der Meister dort sagte, ich solle mich selbst um meine Probleme kümmern und ihn nicht damit belästigen«, erwiderte Eustace verlegen. »Er sagte, wenn ich damit nicht fertig würde, sollte ich mich nicht Steinmetzmeister nennen.«

»Unfreundlich«, bemerkte Aylwin, »und falsch. Jeder vernünftige Meister hört bei einem schwierigen Problem gern die Meinung eines anderen.«

Der Morgen zog trocken, mild und warm herauf, und sobald die Sonne aufgegangen war, stand Aylwin auf, kleidete sich an, frühstückte und verließ den Gasthof, wobei er voll Freude feststellte, wie schön das Gestein aus Ham im goldenen Sonnenlicht schimmerte. Er entdeckte, daß der Gasthof im Schatten eines großen, spitzen Berges lag, der sich nur ein paar Yards hinter der Rückseite des Gebäudes erhob, und er nahm an, dies müsse St. Michael's Hill sein, unter dem das Heilige Kreuz ausgegraben worden war. Er wurde jetzt von einer kleinen Burg gekrönt, deren klaren Umrissen der Stein, aus dem sie erbaut worden war, eine unerwartete Schönheit verlieh, denn die Sonne ließ sie wie eine goldene Festung aus einer alten Legende aussehen.

Meister Eustace war bereits in der Kirche, als er eintrat, und wies seine Männer in die Arbeit ein. Er begrüßte Aylwin freundlich, aber voller Respekt, denn er empfand eindeutig ein wenig Ehrfurcht vor dem berühmten Bildhauermeister des Bischofs.

Aylwin wünschte ihm einen guten Morgen und kletterte dann in das Loch hinab, aus dem alle alten Fundamente bereits entfernt worden waren, während Eustace ihm mit einer Lampe folgte. Das Loch war etwa vier Fuß tief und vielleicht sechs Fuß breit, aber trotzdem blieb Eustace zurück, um Aylwin nicht im Weg zu sein, als er niederkniete, eine Handvoll Sand aufhob und ihn durch die Finger rieseln ließ.

»Haben Sie einen Bohrer?« fragte er. »Dieser Untergrund kann das Gewicht eines Turmes nicht tragen – kein Wunder, daß die Pfeiler sich gesenkt haben. Man sollte etwas tiefer einen solideren Untergrund schaffen, wenn sich dieses große, feste Gestein schon einmal hier in der Nähe befindet.«

Einer der zuschauenden Steinmetzen reichte einen Bohrer hinab, und Aylwin trieb ihn etwa fünf Fuß in die Erde, dann spürte er, daß er auf etwas Hartes stieß. Er zog den Bohrer heraus und versuchte es auf der anderen Seite des Loches, mit dem gleichen Ergebnis.

»Hier unten scheint der Untergrund stabil zu sein«, sagte er. »Falls es so ist, und sich bei den anderen Gruben das gleiche herausstellt, gibt es keine Probleme. Heben Sie das Erdreich aus, bis Sie auf das harte Gestein stoßen, und Sie können den Turm von Babel hier bauen, falls Sie den Lärm ertragen.«

»Gebe Gott, daß es in den anderen Gruben das gleiche ist«, rief Meister Eustace und versuchte dies schnellstens herauszufinden, indem er neben den Fundamenten, die noch nicht entfernt worden waren, ins Erdreich bohrte.

Es stellte sich heraus, daß man überall auf harten, soliden Kalkstein stieß. In seiner Erleichterung lud Meister Eustace Aylwin und all seine Männer zum Abendessen in den Gasthof ein und befahl ihnen, den Rest des alten Fundaments herauszuholen und die Gruben weitere fünf Fuß bis zu dem festen Gestein auszuheben.

Um sich die Zeit zu vertreiben, verbrachte Aylwin den Vormittag damit, sich die Kirche näher anzusehen, die über einige schöne Steinmetzarbeiten verfügte, und bestieg am Nachmittag St. Michael's Hill. Er hatte keine Schwierigkeiten, in die Burg eingelassen zu werden, da er am Tor seinen Passierschein vorzeigte, und ein Wächter wurde angewiesen, ihm alles zu zeigen, was er sehen wollte. Von der Spitze des Hauptturms aus bot sich ihm eine ausgedehnte Sicht.

Genau im Westen lag Ham Hill, man erkannte die Steinbrüche an seinen Hängen, und Richtung Norden erstreckte sich eine niedrige Hügelkette, hinter der sich eine Reihe höherer Berge am Horizont abzeichnete.

»Da drüben liegt Glastonbury – nur einen Tagesritt entfernt«, sagte sein Führer, welcher der Richtung seines Blikkes gefolgt war. »An klaren Tagen kann man die Spitze des Tor sehen.«

Aylwin spürte eine gewisse Erregung bei dem Gedanken, daß der älteste, der größte aller englischen Schreine so nah war. Ein Tagesritt – er konnte nicht aus Somerset zurückkehren, ohne eine Pilgerreise dorthin zu machen.

Beim Abendessen ging es lebhaft zu, denn alle Steinmetzen waren höchst erleichtert, daß das Problem, das unüberwindbar schien, nun plötzlich überhaupt kein Problem mehr war, und sie ihre Arbeit zufriedenstellend beenden konnten. Aylwin trank nur wenig, und es fiel ihm nicht schwer, am folgenden Morgen früh aufzubrechen und über die Polden Hills und die dahinterliegenden Sümpfe den lockenden Wundern von Glastonbury entgegenzureiten.

18. Kapitel

Während er die gewundene Straße entlangritt, dachte er, daß seine Reise eigentlich Zeitverschwendung gewesen sei, denn wahrscheinlich hätte Meister Eustace selbst bald festgestellt, daß sich nicht allzu tief unter der Oberfläche festes Gestein befand. Aber die Ansicht eines Fachmannes hatte den jungen Mann beruhigt, und er würde nun um so besser bauen.

Irgendwie fürchtete Aylwin beinahe, Glastonbury zu erreichen, aus Angst, enttäuscht zu werden, aber die heilige Stätte erfüllte all seine Erwartungen. Die Hauptkirche war in dem überladenen, altmodischen Stil von vor fünfzig Jahren wiederaufgebaut worden, doch davon stand nur noch wenig, da Bischof Henrys Männer dabei waren, an gleicher Stelle eine neue, viel größere Kirche zu errichten und so das Werk vollendeten, das sein Vorgänger als Abt begonnen hatte. Die altehrwürdige Marienkirche westlich davon stand noch, eine unglaublich alte Kirche aus Lehm und Flechtwerk, die man jetzt mit starken Balken versehen hatte. Nach Ansicht der Mönche war es die erste christliche Kirche, die auf britischem Boden gebaut worden war, und als er niederkniete, um darin zu beten, war Aylwin tiefbewegt bei dem Gedanken, wie viele Menschen vor ihm im Verlauf einer unvorstellbaren Reihe von Jahren hier ihre Gebete gesprochen hatten.

Die Stätte wurde als heilig verehrt, einmal wegen ihres Alters, aber noch mehr, weil sie die letzte irdische Ruhestätte so vieler Heiliger war – Patrick lag hier, Bridget, Gildas, Dunstan und viele andere, von denen er nie zuvor gehört hatte. Es gab zwei hohe Pyramiden, spitz zulaufende Steinsäulen, um an sie zu erinnern; sie waren fast fünfmal so hoch wie ein Mensch, und die Namen all dieser Heiligen waren in uralten, nahezu verwitterten Schriftzeichen darin eingeritzt.

Er schaute sich die neue Kirche voller Interesse an, denn Herlewin, ihr Gründer, hatte befohlen, sie üppig mit den steifen, unnatürlichen Skulpturen auszuschmücken, wie es in der vorigen Generation üblich war, und er konnte daran ermessen, welche Fortschritte sein Handwerk in den letzten zwanzig Jahren gemacht hatte. Er sah den Steinmetzen bei ihrer Arbeit in den neuen Klöstern und am Glockenturm zu, gab sich jedoch nicht zu erkennen, denn er war entschlossen, nur einen Tag hier zu verbringen, bevor er zu Elys und seiner Arbeit nach Hause eilte. Außerdem erinnerte er sich an das wenig hilfsbereite Verhalten ihres Meisters gegenüber Meister Eustace und verspürte kein Bedürfnis, ihn kennenzulernen.

Als am Ende dieses märchenhaften Tages die frühe Dämmerung hereinbrach, bestieg er den Tor und betete eine Zeitlang in der winzigen Kapelle in dessen Spitze, dann trat er hinaus und ließ den Blick über die heilige Stätte schweifen, die zu seinen Füßen ausgebreitet lag, überwölbt von einem samtenen Himmel mit winterhellen Sternen, denn die Nacht war frostklar. Vielleicht würde es ihm eines Tages erlaubt sein, hier zu arbeiten, dieser Heiligkeit verströmenden Stätte etwas hinzuzufügen, und wenn es nur eine einzige Figur, ein einziges verziertes Kapitell wäre.

Am Morgen hörte er die Messe und fragte dann den Mönch, der sich um die Gäste kümmerte, nach dem besten Weg nach London.

»Reiten Sie dort über den Kamm«, sagte der Mönch und wies ihm die Richtung. »Die meisten unserer Pilger nehmen diese Route. Sie führt nach Reading, und von dort aus werden Sie sicher den Weg leicht finden.«

»Ist der Weg sicher?« fragte Aylwin, der überlegte, ob es nicht klüger wäre, den gleichen Weg zu nehmen, auf dem er gekommen war.

»Sie meinen, vor Graf Roberts Männern? Ich habe noch nie gehört, daß sie auf dieser Strecke Reisende aufgehalten hätten. Sie beschränken sich bei ihrer Jagd nach Geiseln auf die belebten Straßen nördlich der Mendips, das Gebiet zwischen Bristol und Gloucester. Es besteht keinerlei Gefahr.«

»Sollte ich vielleicht warten, bis eine Gruppe von Pilgern aufbricht, und mich ihnen anschließen?«

»Wenn Sie wollen, aber ich bin sicher, das ist nicht nötig. Sie sind auch allein in Sicherheit, da Sie eindeutig ein Handwerker und kein reicher Kaufmann oder großer Herr sind. Außerdem haben Sie den Passierschein unseres Abtes. Selbst Graf Robert wird dies respektieren.«

Überzeugt von der Gewißheit des Mönches, machte sich Aylwin auf den Heimweg, über den Kamm, der zwischen den Sümpfen nach Osten verlief, den Anweisungen folgend, die der Mönch ihm gegeben hatte, die ihn schließlich nach Reading und weiter nach London führen würden. Sein Pferd schlug nach der eintägigen Ruhepause freiwillig einen forschen Schritt an, und um die Mittagszeit hatte er in dem klaren Herbstwetter schon ein gutes Stück zurückgelegt, als er ein kleines Wäldchen vor sich sah, durch das der Weg hindurchzuführen schien. Es war ein ruhiger, friedlicher kleiner Wald, die Birken und Eichen trugen noch den größten Teil ihrer Blätter, und die, die bereits herabgefallen waren, bedeckten den Boden mit einem dicken, kupferrot und gelb gemusterten Teppich. Das erinnerte ihn an den Forst in Waltham, und er verlor sich in einen Tagtraum an zu Hause und Elys, aus dem er inmitten einer Gruppe Soldaten erwachte, die in die entgegengesetzte Richtung ritten.

»Ei, wen haben wir denn da?« rief ihr Anführer und

brachte sein Pferd zum Stehen. Er sprach Französisch, aber mit einem starken flämischen Akzent.

Aylwin verspürte ein ungutes Gefühl im Magen, denn er schätzte, daß dies einige jener Söldner Graf Roberts sein mußten, die dem Gerücht nach jeden als Geisel nahmen, der ihnen über den Weg lief und so aussah, als hätte er Geld, um ihn dann so lange zu foltern, bis er seine Familie um ein Lösegeld bat, das hoch genug war, um ihre Habgier zu befriedigen; war es zu niedrig, ließ man ihn einen langsamen, qualvollen Tod sterben. Er wünschte zutiefst, er wäre seinem eigenen Instinkt gefolgt und über Montacute nach Hause geritten. Nun blieb ihm nur die Hoffnung, daß der Mönch sich, was den Passierschein des Abtes betraf, weniger geirrt hatte.

»Ein Pilger auf dem Rückweg von Glaston«, erwiderte Aylwin in gleichmütigem Ton, während er sein Pferd beiseite, an den Wegrand lenkte.

»Einer, der ausgezeichnet zu Pferde sitzt, aber ganz allein reist in diesen gefährlichen Zeiten? Ein vornehmer Mann, seiner Kleidung und seinem Pferd nach zu urteilen, doch ohne Geleit? Ich wüßte gern mehr von Ihnen, Herr Pilger.«

»Mein Name ist Aylwin Cedricson, genannt von Winchester«, gab Aylwin Auskunft und runzelte leicht die Stirn, da ihn der spöttische Ton des Mannes störte, war jedoch zu klug, Ärger heraufzubeschwören. »Ich bin Steinmetzmeister im Dienst des Bischofs von Winchester, unterwegs im Auftrag meines Herrn, und habe die Gelegenheit ergriffen, eine Wallfahrt nach Glastonbury zu machen. Und wer sind Sie?«

Die Augen des Mannes, die ihn zu beiden Seiten des Nasenschutzes anschauten, waren schlau und mißtrauisch und verengten sich leicht bei der Antwort, aber ihr Eigentümer erwiderte einigermaßen freundlich: »Jehan von Bruges, zur Zeit im Dienst des Grafen Robert von Gloucester. Dieser Weg führt nicht nach Winchester.«

»Ich weiß. Ich bin auf dem Weg nach Reading, und weiter nach London.«

»Wozu?«

»Im Auftrag meines Herrn.«

»Bestimmt ein Spion«, murmelte ein stämmiger Sergeant, der sich zu Jehan gesellt hatte. »Dieser Wallach trägt zwar Bischof Henrys Brandzeichen, aber ich bezweifle, daß der Bischof seine Pferde an Handwerker verleiht.«

»Ich bin Steinmetzmeister und Bildhauermeister«, sagte Aylwin und richtete sich stolz auf, »kein einfacher Handwerker.«

»Hmm. Wohl etwas empfindlich in diesem Punkt«, bemerkte Jehan boshaft. »Welchen Beweis haben Sie?«

»Überlaß ihn mir«, sagte der Sergeant mit gierigem Blick. »Ich kriege die Wahrheit schnell aus ihm heraus.«

»Still!« befahl Jehan. »Ich habe das Gefühl, der hier könnte von Bedeutung sein, kein Opfer für deinen eisernen Knebel oder deine rotglühende Messerklinge. Also, den Beweis, Steinmetzmeister.«

Aylwin zog seinen Passierschein aus seiner Börse und wies ihn vor. Jehan nahm ihn, untersuchte das Siegel, unternahm jedoch keinen Versuch, es zu lesen, denn offensichtlich konnte er nicht lesen. »Bischof Henrys Siegel«, stellte er fest. »Tja, *Meister* Aylwin von Winchester, Sie werden uns begleiten und alles meinem Herrn und der Königin erklären. Wenn Sie ein Spion sind, werden Sie aufgehängt, und wenn nicht – nun – vielleicht sind Sie die eine oder andere Mark wert.«

»Wenn ich ein Spion wäre, dann ein ausgesprochen unfähiger«, sagte Aylwin trocken, nahm seinen Passierschein wieder an sich, indem er ihn Jehan aus der Hand riß und verstaute ihn sorgfältig in seiner Börse. »Ich reite mit einem Pferd durch die Gegend, welches das Brandzeichen meines Herrn trägt, mit einem Passierschein, der sein Siegel trägt, ohne den geringsten Versuch, etwas zu verbergen. Sie wissen ja, daß Sie Gefahr laufen, exkommuniziert zu werden, wenn Sie einen unter seinem Siegel ausgestellten Passierschein ignorieren?«

Jehan zuckte die Achseln. »Mich erwartet so oder so die Hölle. Sie wären überrascht, wie unfähig die meisten Spione sind«, erwiderte er und lächelte, was ihn wie eines von Edwards Frettchen aussehen ließ. »Behauptet, Steinmetz zu sein, hat jedoch kein Werkzeug dabei. Reitet über Reading nach London, während der Bischof in Winchester ist.« Er schnalzte mißbilligend mit der Zunge und schüttelte den Kopf. »Kommen Sie freiwillig mit, oder müssen wir Sie wie ein Hähnchen zusammenschnüren?«

»Ich reite lieber bequem«, gab Aylwin im gleichen, halbspöttischen Ton zur Antwort. »Wohin geht es?«

Wieder lächelte Jehan und schüttelte den Kopf, und es blieb Aylwin überlassen, ihr Ziel aus der Richtung zu schließen, die sie einschlugen; erst ging es den Weg zurück, den er gekommen war, bis zur letzten Straßenkreuzung, wo sie sich nach Norden wandten, bis sie eine kleine Stadt erreichten, von Mauern umgeben und einer prachtvollen Kathedrale beherrscht, die seiner Ansicht nach Wells sein mußte. Danach ritten sie schneller und schlugen ihr Lager in einem Tal jenseits einer Hügelkette auf, die er für die Mendips hielt.

Man gab ihm etwas zu essen und bitteres Ale, und sein Pferd bekam Fußfesseln angelegt und wurde mit den anderen auf die Weide getrieben, um zu grasen, doch niemand sprach mit ihm. Bevor sie sich niederlegten, befestigte Jehan, wiederum mit einem Lächeln, das eine Ende eines Strickes an Aylwins rechtem Handgelenk und das andere an seinem eigenen linken Handgelenk »Ich werde auf der Stelle wach, falls Sie versuchen, ihn zu lösen«, sagte er. Aylwin hätte eine offene Drohung eindeutig diesem Lächeln vorgezogen, bei dem er sich wie ein Kaninchen unter dem Blick eines Frettchens vorkam. Dann durchsuchte Jehan das Bündel mit seiner Habe und nahm sein Rasiermesser an sich, nachdem er bereits das Messer von seinem Gürtel gerissen hatte. Aylwin erinnerte sich, daß er noch ein anderes, sehr kleines Messer im Gürtel verborgen trug, erwähnte dies jedoch natürlich nicht. Das Vorhandensein des Messers war ein leichter Trost für ihn, wie auch die Tatsache, daß Jehan sonst nichts aus seinem Bündel oder gar die Geldbörse von seinem Gürtel genommen hatte.

Er besaß nur seinen Umhang, in den er sich einwickeln konnte, und seinen Sattel als Kopfkissen, und die Nacht war kalt. Er lag lange wach und fragte sich, wohin Graf Roberts Männer ihn wohl brachten. Dieser Teil des Landes war immer noch vollständig unter der Kontrolle der Kaiserin, oder besser, der ihres Halbbruders, des Grafen. Ihr Hauptquartier war angeblich Bristol, konnte aber ebensogut Gloucester sein, das mindestens noch einmal vier Tagesreisen von hier entfernt sein mußte. Er hoffte inständig, daß sie auf dem Weg nach Bristol waren, und noch mehr, daß der Passierschein des Bischofs die gewünschte Wirkung hatte, wenn jemand, der lesen und schreiben konnte und Amtsgewalt besaß, ihn las. Was, wenn auch sie – wer auch immer ›sie‹ waren – ihn für einen Spion hielten? Aylwin wandte seine Gedanken entschlossen von dieser Vorstellung ab und begann statt dessen zu beten – um Schutz, um Mut und für Elys, die vielleicht nie erfahren würde, was ihm zugestoßen war.

»Warte ab, was geschieht, bevor du verzweifelst«, sagte er sich und konzentrierte sich darauf, die Steine einer eingebildeten, unendlichen Mauer zu zählen, bis er endlich einschlief.

Kurz vor Tagesanbruch wurde er von einem nicht allzu festen Fußtritt in die Rippen geweckt und erhielt ein wenig schmackhaftes, aber kräftigendes Frühstück aus Sauerteigkuchen, der in der Asche des Lagerfeuers gebacken worden war, und einem Stück getrockneten Fleisch, das wie altes Leder aussah und auch so schmeckte; dann saßen alle auf und ritten, ihn in der Mitte, weiter nach Norden.

Sie kamen nach Einbruch der Nacht in Bristol an, wurden jedoch nach einem kurzen, leisen Wortwechsel in einem Gemisch aus Flämisch und Englisch mit dem Wächter am Brückentor eingelassen und ritten hufeklappernd über einen schwarzen, vom Widerschein des Sternenlichts erhellten Fluß. Nach einem weiteren Gespräch am Stadttor ritten sie durch den Torbogen und eine Reihe enger, kopfsteingepflasterter Straßen entlang, die Häuser zu beiden Seiten dunkel und mit geschlossenen Läden, gemäß der Ausgangssperre, und erreichten schließlich ein drittes bewachtes Tor, an dem es zu einer erneuten Unterredung auf Flämisch kam.

Aylwin blickte nach oben und erkannte eine hohe Mauer, die sich gegen den Himmel abhob, dahinter noch höhere Mauern, und vermutete, daß sie das Schloß von Bristol betraten, doch bevor er mehr erkennen konnte, riß man am Zügel seines Pferdes. Innerhalb der Zwischenmauer ähnelte es jedem anderen Schloß, mit einem Burghof im Schatten eines Turms und einer Reihe provisorischer Gebäude an der Innenseite der Mauer, die im Schein der Fackeln zu erkennen waren, während ein Teil der Soldaten, offensichtlich von der Ausgangssperre befreit, noch ihren Pflichten nachkamen. Man befahl ihm barsch abzusitzen.

Er wurde mit Ellbogenstößen die Holztreppe zum ersten Stock hinauf bis zum Eingang des Turmes befördert und stand schließlich in der großen Halle, blinzelte im Schein der qualmenden Fackeln und dem ohrenbetäubenden Lärm, den ein großer Teil der Truppen beim Verzehren des Abendessens verursachte. Er bekam einen Platz an einem der Tische zwischen Jehan und dem stämmigen Sergeanten zugewiesen und wurde mit Suppe, angebranntem Braten, Brot und Ale versorgt, erhielt jedoch weder Messer noch Löffel. Es gelang ihm jedoch, die Suppe aus der Schüssel zu trinken und für alles übrige seine Finger zu benutzen, während er sein kostbares Bündel zwischen die Knie klemmte, aus Angst, es zu verlieren.

Sobald er mit dem Essen fertig war und sich die Finger ableckte, weil es keine Serviette gab, berührte Jehan ihn am Arm und führte ihn, gefolgt von dem Sergeanten, aus der Halle, eine schmale Wendeltreppe in der Mauer hinauf, in eine kleine Kammer im darüberliegenden Stockwerk, die von echten Wachskerzen erleuchtet und von vier Kohleöfen erwärmt wurde. Der Steinfußboden war zum Teil mit Fellen bedeckt; eines davon, das ziemlich rund und zottelig aussah, hob plötzlich den Kopf, um ihn anzusehen, und erwies sich als schläfriger schottischer Jagdhund.

Der Raum war nur spärlich möbliert, mit einem Tisch, an dem zwei Sessel mit Arm- und Rückenlehnen und ein paar Hocker standen. Die Sessel waren besetzt; in dem einen saß ein vierschrötiger, dunkelhaariger Mann mit einem müden, verhärmten Gesicht, in dem anderen eine Dame ähnlicher Statur, deren Gesicht dem des Mannes ähnelte, aber einen mürrischen, finsteren Ausdruck hatte.

»Ist das Ihr angeblicher Spion?« fragte der Mann auf Französisch, während er Aylwin mit gelangweiltem Interesse betrachtete.

Jehan verbeugt sich und erwiderte in etwas gewählterem Französich als gewöhnlich: »Wir trafen ihn, als er von Glaston aus Richtung Osten ritt, auf einem Pferd mit dem Brandzeichen des Bischofs von Winchester und einen Brief mit dem Siegel des Bischofs in seinem Besitz. Er *behauptet*, Steinmetz zu sein.«

»Steinmetzmeister«, verbesserte Aylwin, wobei er viel ruhiger und selbstbewußter klang, als ihm zumute war.

»Eine sehr überzeugende Geschichte«, rief die Dame, deren Stimme ebenso unangenehm war wie ihr Gesichtsausdruck, »als ob der stolze Bischof eines seiner kostbaren Pferde einem Handwerker anvertrauen würde.«

»Mit Verlaub, Mylady, meine Schwester, ein Steinmetzmeister hat einen erheblich höheren Rang als ein einfacher Handwerker«, sagte der Mann eine Spur gereizt. »Wo ist der Brief?«

Aylwin holte seinen Passierschein hervor und trat ein paar Schritte vor, um ihn Graf Robert auszuhändigen, denn er hatte mühelos erraten, wer die beiden waren.

Robert von Gloucester las ihn – offenbar hatte er, wie sein Vater, außer dem Kriegshandwerk noch ein paar andere Dinge gelernt – las ihn dann der Kaiserin noch einmal laut vor und warf ihn auf den Tisch. Da er mehr oder weniger in Aylwins Richtung glitt, nahm dieser ihn an sich und steckte ihn zurück in seine Börse. Jehan machte einen Schritt nach vorn, als wolle er ihn daran hindern, unterließ es jedoch, da keiner der Sitzenden etwas sagte.

»Welche Aufgaben gibt es für den Bischof in diesem Teil des Landes zu erledigen?« fragte die Kaiserin, nachdem sie Aylwin einige Minuten finster angestarrt hatte.

»Er ist Abt von Glastonbury«, erklärte Aylwin und zog dabei die Augenbrauen hoch. Er sprach unbewußt mit seinem vornehmsten Akzent, ohne ein Spur seines schnarrenden Wessex-Dialekts, was Graf Robert veranlaßte, die Stirn zu runzeln und ihn noch eingehender zu mustern. »Eigentlich hatte der Auftrag mit einem seiner anderen Titel zu tun, dem eines Mönchen von Cluny. Ich hatte den Auftrag, den Steinmetz zu beraten, der die Leitung der Erneuerungsarbeiten am Kluniazenserkloster in Montacute hat.«

»Wobei zu beraten?« fragte Graf Robert barsch.

»Beim Wiederaufbau ihres Kirchturmes. Ihr Steinmetzmeister ist jung und unerfahren und wollte eine zusätzliche Meinung hören über die Fundamente, da der frühere Turm sich als instabil erwiesen hat.«

»Und was haben Sie ihm geraten?«

»Daß er fünf, sechs Fuß tiefer gräbt und seine Fundamente auf massives Felsgestein setzt.«

Der Graf nickte, dann bemerkte er: »Aber die Straße, die von Glaston nach Osten führt, ist nicht der Weg von Montacute nach Winchester.«

»Da ich mich einmal in der Nähe befand, ergriff ich die Gelegenheit, Glaston zu besuchen.«

»Glastonbury? Wozu?« fragte die Kaiserin. Aylwin dachte, daß er aus dem Mund einer Frau noch nie eine schärfere, unangenehmere Stimme gehört hatte.

»Um eine Wallfahrt zu machen und mir das neue Bauwerk anzusehen, vor allem die Bildhauerarbeit. Ich bin Bildhauer«, erwiderte er.

Graf Robert sagte nachdenklich: »Der Bischof nennt Sie seinen ›geschätzten Diener‹. Weswegen schätzt er Sie?«

»Wegen meines Handwerks, meiner Kenntnis von allem, was mit der Bearbeitung von Stein zu tun hat und wegen meiner Begabung als Bildhauer«, gab Aylwin zur Antwort, der Bescheidenheit in dieser Situation nicht für angebracht hielt.

»Hm.« Der Graf schien dies ein wenig verwirrend zu finden, und seine Halbschwester, ihrem Gesichtsausdruck nach zu urteilen, völlig unerklärlich. »Ich glaube, der Bischof hat seinen Spaß daran, Interesse an – äh – ästhetischen Dingen zu heucheln«, meinte der Graf. »Wir müssen herausfinden, wie sehr er seinen Diener wirklich schätzt! Glauben Sie, Meister Aylwin, er schätzt Sie hoch genug, um ein Lösegeld für Sie zu bezahlen?«

»Das hängt davon ab, wieviel Sie verlangen«, erwiderte

Aylwin bedachtsam. »Ich muß jedoch darauf hinweisen, daß ich ein Handwerker, kein Soldat bin. Es ist doch – sagen wir – ungewöhnlich, einen Mann als Geisel festzuhalten, der kein Ritter ist?«

Graf Robert grinste und antwortete nicht unfreundlich: »Es mag vielleicht ungewöhnlich sein, aber es scheint durchaus möglich, daß Sie gutes Geld wert sind, und Söldner wie unser Jehan hier sind teuer. Ich denke, ein Steinmetzmeister kommt einem Knappen gleich, aber ein besonders *geschätzter* – ist bestimmt, sagen wir, den Preis von zwei Rittern wert?«

Aylwin gab vor, die Sache zu bedenken, und verbarg dabei seine Erleichterung. Wenn der Bischof ihn hoch genug schätzte, um ihm vier Rittergüter zu übertragen, war ein Lösegeld, das dem Wert von nur zwei Rittern entsprach, nicht zu hoch – falls der Bischof überhaupt geneigt war, Lösegeld für ihn zu zahlen.

»Mylord«, sagte er nach einer kurzen Pause, wohl wissend, daß das, was er sagen wollte, auf seine Zuhörer kaum Eindruck machen würde, aber entschlossen, sich nicht auf unabsehbare Zeit einsperren zu lassen, ohne Protest zu erheben. »Ich wage zu behaupten, daß mein Herr bereit wäre, für meine Freiheit zu bezahlen, aber, mit Verlaub, ich muß darauf hinweisen, daß ich Handwerker und kein Ritter bin. Ich muß meine Arbeit – Gottes Werk – in einer Kirche in Essex abschließen, und in einer Kirche in Winchester wartet neue Arbeit auf mich. Andere Steinmetzen, die ebenfalls für Gott bauen, werden in ihrer Arbeit behindert, wenn Sie mich hier festhalten. Wegen dieser Arbeit wird mein Herr wahrscheinlich das Lösegeld für mich bezahlen, aber er ist zur Zeit im Ausland, und es wird einige Zeit dauern, bis alles in die Wege geleitet ist. Wie wäre es, wenn Sie mich inzwischen auf Ehrenwort freilassen?«

Graf Robert gab ein bellendes Gelächter von sich, das den

Jagdhund alarmiert aufspringen ließ, bis er merkte, daß es nur das Gebell seines Herrn war, und sich brummend wieder niederließ. »Ein Ehrenwort steht nur wahren Rittern, Soldaten zu, keinem Steinmetzmeister. Sie erwarten doch nicht im Ernst von mir, das Wort eines Mannes zu akzeptieren, der nicht nach den Gesetzen und moralischen Grundsätzen des Ritterstandes erzogen wurde? Nein, Meister Aylwin, Sie werden hier, gut bewacht, auf Ihr Lösegeld warten. Jehan – bring ihn im Gefängnisturm unter. Wir wollen die Gesundheit des *geschätzten Dieners* des Bischofs nicht gefährden. Da er einen so großen Wert darstellt, soll er in jeder Hinsicht wie ein Ritter behandelt werden – nur sein Ehrenwort können wir leider nicht annehmen.«

Bei diesen Worten machte der Graf eine Handbewegung, zum Zeichen, daß er entlassen war; damit war sein Interesse an dem Gefangenen erloschen, und er beugte sich zu seiner Halbschwester hinüber, um ihr leise etwas zuzuflüstern. Jehan versetzte Aylwin einen Rippenstoß und wies mit dem Kopf in Richtung Tür, dann packte er ihn am Arm und zog ihn verhältnismäßig sanft aus dem Raum.

»Sie haben Glück«, sagte er. »Stephen von Blois, der sich König von England nennt, wurde in Ketten gelegt und in einem Verlies gefangengehalten. Sie werden wenigstens das Tageslicht sehen, und von Ketten hat er nichts gesagt, also sage ich auch nichts. Hier entlang – ich bringe Sie in Ihre Unterkunft.«

»Ist es eine Gewohnheit Graf Roberts, mit nichtmilitärischen Gefangenen Lösegeld zu erpressen?« fragte Aylwin und ließ seinem Unmut freien Lauf.

»Er hält jeden fest, wenn Geld dabei herausspringt«, antwortete Jehan fröhlich. »Sobald ich das Brandzeichen des Bischofs auf dem Hinterteil Ihres Pferdes erkannte, wußte ich, daß Sie dazu beitragen würden, meinen Lohn eine Weile sicherzustellen. Wir müssen sicher sein, daß wir bezahlt werden, andernfalls kämpfen wir nicht. Warum sollten wir? Es ist ja nicht unser Streit.« Darauf fand Aylwin keine Antwort.

Der Gefängnisturm befand sich auf der entgegengesetzten Seite des Hauptturms, soviel Aylwin aus dem eingeschlagenen Weg schließen konnte, aber er war unsicher, wie hoch über dem Erdboden sie sich befanden, nachdem sie zusammen mit dem diensthabenden Wächter, den sie im Wachraum aufgelesen hatten, zwei schwere, mit eisernen Riegeln verschlossene Türen passiert und eine zweite enge Wendeltreppe erklommen hatten.

Vor der dritten Tür blieb der Wächter stehen und sagte mit einem Anflug von Humor und ohne jede Bosheit: »Dies ist Ihre Bleibe, guter Meister – beinahe die beste, die unser Gasthof zu bieten hat.« Und damit stieß er die Tür auf und trat zurück, um Aylwin eintreten zu lassen, der von dem hinter ihm stehenden Jehan einen kräftigen Stoß erhielt.

Er stolperte, aber es gelang ihm, das Gleichgewicht zu halten, und der Wärter trat zuvorkommend durch die Tür und hielt seine Laterne in die Höhe, damit Aylwin einen kurzen Blick auf sein Gefängnis werden konnte. Es nahm nicht die ganze Rundung des Turmes ein, wie er erwartet hatte, sondern war ein Quadrat mit einer Ecke, gegenüber der Tür, die von einer Wandnische mit einer dunklen Öffnung ausgefüllt wurde. Ein kleines Fenster zeigte einen Fleck helleres Grau, und der schwache Schein der Laterne fiel auf eine Pritsche vor einer der Wände, auf der eine gefaltete Wolldecke lag; unter dem Fenster standen ein Tisch und ein Hocker, sonst gab es nichts.

»Er hat überhaupt keine Schwierigkeiten gemacht«, erklärte Jehan dem Wächter. »Er ist kein Soldat, sondern ein Steinmetzmeister im Dienst des Bischofs von Winchester, und sein Herr schätzt ihn wahrscheinlich hoch genug, um das geforderte Lösegeld zu zahlen; du kannst ihn also gut behandeln.«

»Hat er zu Abend gegessen?« fragte der Wächter.

»Ja.«

»Sie bekommen morgen früh Brot und Ale«, sagte der Wächter zu Aylwin. »Schlafen Sie gut.«

Damit warf er die Tür zu, und der Schlüssel drehte sich mit einem Kratzen und Knirschen im Schloß, das Aylwin mit Niedergeschlagenheit erfüllte. Er hatte sich den ganzen Tag über bange gefragt, was mit ihm geschehen würde, und die ständige Furcht unterdrückt, man könnte ihn als Spion aufhängen, aber die Erleichterung, die er empfunden hatte, als Gefangener mit einem gewissen Wert behandelt zu werden, wich augenblicks einem Gefühl tiefer Schwermut. Er hatte kleine, enge Räume immer gehaßt, und jetzt war er auf unabsehbare Zeit in einem solchen Raum, in der Dunkelheit, eingesperrt. Bischof Henry würde mittlerweile zu seiner langen Reise nach Rom aufgebrochen sein und der Kanzler des Bischofs die Lösegeldforderung erhalten. Würde er darauf eingehen oder sie gar nicht beachten, eine ablehnende Antwort schicken oder die Entscheidung seinem Herrn überlassen? Man konnte es nicht wissen, aber Aylwin konnte sich nicht vorstellen, daß der Kanzler das zwei Rittern angemessene Lösegeld für einen Mann bezahlen würde, den er vermutlich für einen einfachen Handwerker hielt, ein Engländer obendrein. Wahrscheinlich würde er sich weigern, aber vielleicht würde er, eingedenk des Wortlauts des Passierscheins und des Pferdes, das der Bischof ihm geschenkt hatte, dem Bischof wenigstens eine Nachricht schikken und um Anweisungen bitten.

Aylwin tastete in der Dunkelheit nach der Pritsche, bis er heftig mit den Schienbeinen dagegenstieß. Er wickelte sich in seinen Mantel, schob sein Bündel als Kissen unter den Kopf und streckte sich aus; dann zog er zögernd die Decke hoch, doch sie roch nur nach Wolle und sonst nichts, woraus er schloß, daß sie einigermaßen sauber war.

Die Pritsche war sehr hart, und er fragte sich gerade, ob er überhaupt darauf würde schlafen können, als das Schloß erneut kratzte und knirschte, die Tür quietschend aufging, ein raschelnder Gegenstand hineingeworfen wurde und die Stimme des Wächters nur das Wort ›Strohsack‹ rief, bevor er die Tür wieder zuwarf und abschloß.

Aylwin mußte auf dem Boden umherkriechen und suchen, aber es war tatsächlich ein unförmiger Sack Stroh, der, nachdem er ihn geklopft und zurechtgeschüttelt hatte, ein einigermaßen bequemes Lager auf der Pritsche ergab, und mitten in einem langen, verworrenen Gebet schlief er ein; er hatte zu jedem bedeutenden Heiligen, der ihm einfiel, gebetet, zu den Vier gekrönten Märtyrern und der heiligen Barbara, den Schutzpatronen der Steinmetzen, zu Patrick, Gildas und Dunstan, deren Schreine er gerade erst besucht hatte.

Als er erwachte, schien durch das kleine, vergitterte Fenster seiner Zelle die Morgenröte, woraus er schloß, daß es nach Südosten ging, so wie er aus dem Gestampfe und Getöse über seinem Kopf ableitete, daß er sich im unteren Teil eines Turmes befand, der einen Bestandteil der Mauer bildete, und das Dach und die Zinnen des Belfrieds mußten direkt über ihm sein, und dort fand jetzt vermutlich bei Tagesanbruch der Wachwechsel statt.

Im grauen Licht der Morgendämmerung saß er auf der Bettkante, blickte sich mutlos um und fragte sich, wie er, vielleicht wochenlang, die Zeit in diesem kahlen, kleinen Raum verbringen sollte. Dann ging ihm auf, daß von einer Sache, die er jetzt dringend benötigte, keine Spur zu sehen war – einem Eimer! Es würde doch einen Eimer in der Zelle geben? Dann wurde ihm plötzlich klar, was der Mauervorsprung zu bedeuten hatte, und er eilte hinüber, um nachzusehen. Zu seiner großen Erleichterung war es eine Art Abort. Er war sogar geradezu luxuriös, besaß ein eigenes, kleines, vergittertes Fenster und, statt des üblichen Lochs im Boden, eine Steinbank, in die das notwendige Loch geschnitten war. Aylwin blickte den Schacht hinab und stellte fest, daß er ein kurzes Stück schräg abfiel und dann in den senkrechten Hauptschacht mündete, woraus er folgerte, daß auch andere Zellen darunter und darüber so versorgt wurden, die sich in dem vorspringenden Teil des Turms befanden.

Wenn er sich auf die Bank stellte, konnte er gerade aus dem kleinen Fenster spähen, aber er sah nur den Himmel und die Gipfel einer fernen Hügelkette, deshalb kehrte er in die Zelle zurück und versuchte es mit dem Fenster dort, das größer und niedriger war. Wenn er sich auf den Tisch stellte, war der untere Rand der Fensteröffnung auf gleicher Höhe wie seine Brust, so daß er genauso gut nach unten wie in die Ferne sehen konnte. Er konnte erkennen, daß der Schacht unter ihm ein wenig vorstand, knapp über dem Boden schräg nach außen trat und auf ein etwa zwanzig Fuß breites Stück Land hinausführte, das zum Fluß hin abfiel; das Flußufer war teilweise hinter Büschen und sogar ein paar kleinen Bäumen verborgen, was seiner Meinung nach leichtsinnig von den Truppen war, die dafür hätten sorgen müssen, möglichen Angreifern die Deckung zu nehmen.

Der Fluß näherte sich nur unmittelbar unter ihm sehr dicht dem Schloß, oberhalb und unterhalb dieser Stelle entfernte er sich davon. Zur Linken beschrieb er fast einen rechten Winkel, auf der Rechten jedoch machte er nur eine leichte Biegung, so daß Aylwin gerade noch die Brücke sehen konnte, die er seiner Ansicht nach in der Nacht überquert hatte. Im Fluß lagen Schiffe vor Anker, weitere Schiffe hatten an den Kaimauern am gegenüberliegenden Ufer festgemacht. Mehrere kleine Boote und größere Schleppkähne fuhren die Fahrrinne hinauf und hinunter. Aus dem Umstand, daß die Männer, die die Boote ruderten, in der einen

Richtung viel Kraft aufwenden mußten, sich in der anderen jedoch mit der Strömung treiben lassen konnten, schloß er, daß der Fluß von links nach rechts floß. Nachdem er eine Weile nachgedacht hatte, fiel ihm auch der Name des Flusses ein – es war der Avon.

Das mittlerweile schon vertraute Kratzen und Knirschen des Schlosses veranlaßte ihn, vom Tisch herunterzuspringen; die Tür öffnete sich, und ein bekümmert dreinschauender Mann mit glattem, dunklem Haar, buschigen Augenbrauen und einer roten Knollennase, ein Holztablett in der Hand, wurde sichtbar. Er versetzte der Tür einen Tritt, stellte das Tablett auf den Boden und stieß es mit dem Fuß in Aylwins Richtung.

»Sie brauchen nicht zu denken, Sie könnten die Gitter durchsägen und runterklettern«, sagte er traurig auf Englisch. »Erstens sind die Gitterstäbe aus starkem Eisen und gut eine Handbreit in die Mauer eingelassen. Wenn Sie sie mit Ihren Zähnen durchgenagt haben, müssen Sie hundert Fuß bis zum Boden herabklettern, ohne Halt zu finden, und dabei wird man ihren Kopf mit Gegenständen bewerfen. Seien Sie ein braver Bursche und bleiben Sie schön ruhig und friedlich hier, bis man das Lösegeld für Sie zahlt. Ich habe gehört, Sie wären Steinmetzmeister. Stimmt das?«

»Ja«, antwortete Aylwin kurz angebunden. Er schätzte, daß sein Fenster in Wirklichkeit rund achtzig Fuß hoch über dem Boden lag, aber unter den gegebenen Umständen machten zwanzig Fuß mehr oder weniger keinen Unterschied.

»Ich heiße Alfred«, sagte der Mann. »Nach König Alfred, wissen Sie. Sie sind Engländer?«

»Ja. Aylwin Cedricson aus Winchester«, erwiderte Aylwin, denn, da der Mann freundlich zu sein schien, hielt er es für vernünftig, ihn bei Laune zu halten. Vielleicht konnte er nützlich sein.

»Ich habe einen Bruder, der Steinmetz ist«, fuhr Alfred in

einem Ton fort, als würde er das sehr bedauern. »Hätte selbst einer werden können, aber Soldat zu sein, erschien mir aufregender. Dann habe ich mir in Lincoln das Bein gebrochen, und jetzt bin ich so lahm, daß ich nur noch dazu tauge, hier die Treppen rauf und runterzuhinken und den Gefangenen das Essen zu bringen. Nehmen Sie das Essen, ich brauche das Tablett.«

Aylwin kniete nieder, um den Teller mit dem Brot, den kleinen Krug Ale, eine etwas größere Kanne Wasser, eine Schüssel mit einem gräulich aussehenden Brei sowie einen Löffel und einen Becher aus Holz von dem Tablett auf dem Boden zu nehmen, und reichte Alfred danach das Tablett.

»Mittagessen gibt es um zwölf, wenn alle anderen gegessen haben«, sagte dieser, ging hinaus, schlug die Tür hinter sich zu und schloß ab.

Aylwin trug das Essen und die Getränke zum Tisch, setzte sich und aß langsam, um die Zeit zu vertreiben. Das Brot war altbacken, aber eßbar, und der graue Brei war dicker, mit Honig gesüßter Porridge und schmeckte viel besser, als er aussah. Er nahm an, daß außer dem Ale auch das Wasser zum Trinken gedacht war, aber er opferte einen Teil davon, um sich damit zu waschen, wobei er eines der beiden Ersatzhemden in seinem Bündel als Handtuch benutzte. Das Wasser war eiskalt, aber da die Zelle ohnehin so kalt war, machte das nicht viel aus.

Der Tag zog sich unendlich lang hin. Er hatte nur zwei Skizzenbücher bei sich, und eines davon war beinahe voll, deshalb benutzte er die freien Stellen zwischen den einzelnen Zeichnungen, um in winzigen Skizzen die Einfälle festzuhalten, die er für die Westfassade der Kathedrale von Waltham hatte, und dann fertigte er eine Reihe noch kleinerer Zeichnungen von allen Motiven an, die ihm einfielen. Schließlich kam sein Mittagessen und mit ihm auch Alfred, der bemerkte, es sei bitterkalt und regne, was Aylwin bereits aufgefallen war, da der Wind von Zeit zu Zeit ein paar Regentropfen durch das Fenster hereinblies.

»Behalten Sie Ihren Löffel lieber. Sie bekommen keinen neuen«, sagte Alfred, als Aylwin sein Frühstücksgeschirr auf das Tablett stellte, nachdem er sein Mittagessen heruntergenommen hatte. »Ich kann Ihnen kein Messer geben – Sie könnten mir die Kehle damit durchschneiden und flüchten, und dann bekäme ich ernstlich Schwierigkeiten mit dem Wächter. Sie sind verheiratet?«

»Ja. Ich habe im August geheiratet, und meine Frau erwartet unser erstes Kind«, antwortete Aylwin. »Sind Sie verheiratet?«

»Ich war es. Sie ist vor vier oder fünf Jahren mit einem Kapitän abgehauen. Ich bin froh, daß ich sie los bin – sie hat von morgens bis abends genörgelt. Ich nehme an, er hat sie inzwischen ins Meer geschubst, falls er einen Funken Verstand hat. Frauen sind schon 'ne Sorte für sich, wie?«

Aylwin brachte ein klägliches Lächeln zustande und antwortete: »Wahrscheinlich, aber ich gäbe viel drum, wenn ich in diesem Augenblick bei der meinen zu Hause wäre!«

Alfred nickte, nahm das Tablett und ging; Aylwin aß das zähe Fleisch mit den Fingern und löffelte seine dicke, schmackhafte Gemüsesuppe. Das Brot war diesmal frischer, und es gab wieder einen Krug Ale, um es herunterzuspülen. Es kam ihm der Gedanke, daß er für einen Gefangenen sehr gut behandelt wurde – er bekam wahrscheinlich dasselbe gute Essen wie der größte Teil der Soldaten und hatte eine saubere, trockene Zelle, die sogar über einen Abort verfügte. Vermutlich hatte er das der Tatsache zu verdanken, daß Bischof Henry ihn als seinen ›geschätzten Diener‹ bezeichnet hatte.

Das Abendessen wurde bei Einbruch der Dämmerung gebracht, als er bei dem spärlichen Licht kaum noch erkennen konnte, was er aß, und dann blieb ihm nichts mehr, als ins Bett zu gehen und zu versuchen, sich in seinem ungeheizten, steinernen Gefängnis warmzuhalten, das selbst im Hochsommer wahrscheinlich kalt gewesen wäre.

Am nächsten Morgen dachte er, es wäre sinnvoll, über die verstreichenden Tage Buch zu führen, und machte zwei Striche für gestern und heute innen auf die Titelseite eines seiner Skizzenbücher. Es waren drei Reihen mit je sieben Strichen, bevor es eine Abwechslung im Einerlei seiner Haft gab. Die Tage vergingen schleppend. Jeden Morgen zwischen Alfreds Besuchen zum Frühstück und zum Mittagessen zeichnete er eine Zeitlang winzige Bilder, und um beweglich zu bleiben, ging er jeden Nachmittag bis zu zweitausend Schritte zwischen Fenster und Tür auf und ab, die längste Strecke, die es in der Zelle gab; noch ein paar Tage dieser Isolation und Langeweile, dachte er, und er würde verrückt.

Er betete oft und dachte an Elys, wünschte, er hätte ihr irgendwie seine Gedanken übermitteln können. Er fragte Alfred, ob es möglich wäre, ihr einen Brief zu schicken, doch nachdem er ein paar Augenblicke an einem hohlen Zahn gesogen hatte, meinte Alfred: »Nein. Da kann ich nichts tun. Das übersteigt meine Möglichkeiten. Tut mir leid. Aber für einen Penny besorge ich Ihnen eins dieser Bücher, in die Sie immer zeichnen.«

Das Buch kostete fast einen Penny, da es aus Pergamentpapier zwischen hölzernen Buchdeckeln bestand, und Aylwin nahm das Angebot dankbar an; so konnte er wenigstens, nachdem Alfred es ihm gebracht hatte – in seiner schmutzigen Tunika verborgen, der Einband offensichtlich mit ein paar Soßenflecken verziert – weitere Bilder zeichnen, damit die Zeit schneller verging.

Als die Unterbrechung des Einerleis jedoch eintrat, brachte sie keine guten Neuigkeiten. Sie bestand in einem kurzen Besuch Jehans, der die Tür aufschloß, den Kopf hineinstreckte und sagte: »Ich dachte, Sie würden es gern erfahren – der Bischof von Winchester ist im Ausland, wie Sie schon sagten. Sein Kanzler hat auf Graf Roberts Mitteilung geantwortet. Er hat geraten, gut auf Sie aufzupassen, da sein Herr Ihre Fähigkeiten schätze, und dem Bischof einen Boten geschickt, der um Anweisungen bitten soll. Er hofft, nach Weihnachten eine Antwort zu bekommen.«

Ehe Aylwin etwas sagen konnte, zog er den Kopf zurück, schloß die Tür und sperrte sie ab; Aylwin saß da und vergrub, von Elend und Verzweiflung gepackt, den Kopf in den Händen, bis Alfred mit dem Abendessen erschien.

»Hab' die Neuigkeit schon gehört«, sagte er. »Eine Schande. Hab' Ihnen Apfelkuchen gebracht, um Sie ein bißchen aufzuheitern. Hab' ihn von meinem Abendessen aufgespart. Jetzt werden Sie lange warten müssen, mindestens zwei Monate.«

»Vermutlich«, sagte Aylwin düster und setzte dann, nur damit der Mann weiterredete und weniger aus echter Neugier hinzu: »Sie sagten, Ihr Bruder sei Steinmetz? Findet er hier in der Gegend genug Arbeit? Ich dachte, das Schloß ...«

»Ach, das Schloß ist fertig bis auf den Burggraben – daran graben sie immer noch! Nein, Wulfstan – das ist mein Bruder – arbeitet an Graf Roberts Priorei, die auf dem Gelände nördlich der Stadt entsteht.«

»Heißt das, sie liegt außerhalb der Stadtmauer? Das ist ungewöhnlich.«

»Keine Ahnung. Der Graf nahm sich ohne zu fragen ein Stück von dem freien Gelände, und dort steht sie, auf der anderen Seite des Flusses – nicht der, den Sie von hier aus sehen, das ist der Avon. Ich meine jenseits des Frome, des kleinen Flusses. Allerdings gibt es da im Moment nicht viel zu tun, bei dem Nachtfrost, aber Wulfstan arbeitet weiter, behaut Steine und bildhauert ein wenig. Meistens übernachtet er dort, in der Bauhütte. Er sagt, es sei warm genug, und wer will es ihm verübeln, mit acht Kindern zu Hause.«

»Ja – der Frost. Könnte ich vielleicht noch zwei Wolldekken haben?« fragte Aylwin hoffnungsvoll.

»Kostet was.«

»Wieviel?«

»Ein Penny das Stück.«

Aylwin angelte zwei Pence aus seiner Börse und hielt sie Alfred hin, der sie nahm, darauf biß und sie in seiner eigenen Börse verschwinden ließ.

»Geben Sie mir Ihr Tablett. Ich bringe sie gleich.«

Aylwin fragte sich, ob er wohl Wort halten würde, aber anscheinend war er ein ehrlicher Mann, denn etwa eine Stunde später verkündete das vertraute Quietschen und Knirschen seine Rückkehr. Er sagte nichts, doch als die Tür wieder geschlossen und versperrt worden war, tastete Aylwin sich im Dunkeln vorwärts und stolperte über ein großes, weiches Bündel, das sich als zwei warme, große Wolldecken in einem Sack entpuppte.

Jehan kehrte am nächsten Morgen zurück und sagte knapp: »Bringen Sie sich in Ordnung. Graf Robert möchte Sie sehen.«

Aylwin strich mit einer Hand seine Tunika glatt und mit der anderen seine widerspenstige Stirnlocke zurück und sagte dann freundlich: »Rasieren konnte ich mich nicht, da Sie mir mein Rasiermesser abgenommen haben.«

»Der Bart steht Ihnen gut«, versicherte Jehan ihm mit seinem frettchenhaften Grinsen. »Kommen Sie jetzt. Und versuchen Sie nicht zu flüchten, Sie kommen nicht weiter als bis zu den Kellern, und die sind dunkel, kalt und feucht.«

Graf Robert befand sich in dem gleichen Raum, in dem Aylwin ihn das letzte Mal gesehen hatte, aber diesmal allein. Er saß wieder am Tisch, schien jedoch eine Reihe von Dokumenten zu lesen, die zu zwei ordentlichen Stapeln aufgehäuft waren. Er las noch eine Weile weiter, nachdem Jehan mit Aylwin eingetreten war, doch dann ließ er das Pergament, das er so eingehend studiert hatte, sinken und fragte: »Ich nehme an, mein Mann hat Sie über die Situation bezüglich Ihres Lösegelds informiert? Das ist natürlich Pech für Sie, aber zumindest hält der Kanzler des Bischofs es für wahrscheinlich, daß der Bischof das Lösegeld für Sie bezahlen wird – letzten Endes. Weshalb ist er auf den Kontinent gereist?«

»Hat der Kanzler es Ihnen nicht gesagt« fragte Aylwin vorsichtig zurück. Es kam ihm in den Sinn, daß es mehrere Gründe geben konnte, aus denen Bischof Henry ins Ausland gereist war, die für Graf Robert äußerst beunruhigend sein könnten. Zum Beispiel, um den französischen König um Hilfe für Stephen zu ersuchen.

»Sie behaupten, sein geschätzter Diener zu sein – schenkt er Ihnen denn kein Vertrauen?« fragte der Graf. »Sie müssen häufig am Hof von Winchester sein – bestimmt haben Sie von irgend jemandem gehört, wohin und zu welchem Zweck er gereist ist, wenn er es Ihnen nicht selbst erzählt hat.«

»Ich habe einige Monate in Essex gearbeitet«, gab Aylwin vorsichtig zur Antwort. »Ich begab mich nach Winchester, um den Bischof über den Fortgang der Arbeiten zu unterrichten, da der für den Bau zuständige Meister einen Unfall gehabt hatte. Ich war nur ungefähr eine halbe Stunde mit dem Bischof zusammen, und wir haben über die Arbeit gesprochen, dann hat er mir das Problem in Montacute auseinandergesetzt und mich gebeten, dorthin zu gehen, bevor ich zu meiner Arbeit nach Essex zurückkehre.«

»Aber hat er Ihnen nicht gesagt, wohin er reisen oder wann er zurückkehren wollte?«

Aylwin überflog im Geist noch einmal das Gespräch mit dem Bischof und antwortete dann wahrheitsgemäß: »Nein.«

Graf Robert starrte ihn eine Weile an, stieß dann einen

Seufzer der Verärgerung oder des Bedauerns aus und sagte: »Nun gut. Sie können in Ihre Zelle zurückkehren.«

Aylwin konnte sich eine leichte, ironische Verbeugung nicht verkneifen, doch der Graf hatte sich bereits wieder seinen Papieren zugewandt und schien es nicht zu bemerken. Jehan packte ihn am Arm, und sie verließen zusammen den Raum.

»Da haben Sie eine Chance vertan«, sagte Jehan mißbilligend. »Wenn Sie ihm gesagt hätten, was er hören wollte, hätte er Sie vielleicht gehen lassen.«

Aylwin zuckte die Achseln. »Ich kann ihm nichts erzählen, was ich nicht weiß«, sagte er irreführend, aber wahrheitsgemäß.

Zurück in seiner Zelle, dachte er grimmig, daß er dem Feind seines Herrn zwar keine Informationen gegeben hatte, die ihm nützlich oder hilfreich sein konnten, dies jedoch seine düsteren Aussichten keineswegs verbessert hatte; auch die von Elys nicht, die inzwischen sicher beunruhigt war, daß er nicht zurückgekehrt war oder ihr zumindest eine Nachricht hatte zukommen lassen. Er hatte Vertrauen in ihre ruhige Entschlossenheit und ihren Mut, aber es schmerzte ihn, daß er ihr Anlaß zur Sorge gab.

Es schienen ihm nur zwei Möglichkeit offenzustehen. Entweder er blieb hier und wartete, bis das Lösegeld kam – vorausgesetzt, Bischof Henry war mit dessen Zahlung einverstanden. Die andere Möglichkeit war noch ungewisser und mit einem erheblichen Risiko verbunden, kam Aylwin jedoch mehr entgegen, denn er war von Natur aus nicht müßig und haßte es, seinen Freunden Unannehmlichkeiten zu bereiten.

19. Kapitel

Elys hatte vor dem Haus in Church Street gestanden und Aylwin, als er nach Winchester aufbrach, mit einem fröhlichen Lächeln nachgewinkt, das immer gezwungener wurde, als er die Straße hinab und über die Furt ritt, und schließlich ganz verschwand, als sie ihn in West Street aus den Augen verlor. Dann ging sie ins Haus und nahm ihre Arbeit an dem Chorrock wieder auf, unterdrückte die Tränen, die ihr in die Augen traten, und sagte sich, die Frau eines Steinmetzen müsse sich nun einmal daran gewöhnen, daß ihr Mann monatelang fort war und an einem anderen Ort seiner Arbeit nachging, und ihr eigener Mann würde immerhin in drei bis vier Wochen wieder zurück sein.

Später bekam sie Besuch von Meister William; er humpelte mit Hilfe eines Stocks den Kirchhofweg herauf und sagte mitfühlend: »Es ist schwer, von seiner besseren Hälfte getrennt zu sein, wenn man noch nicht lange verheiratet ist. Ich mußte zwei Monate, nachdem ich meine Aldith geheiratet hatte, nach Durham, und ich weiß noch, was das für ein Gefühl war. Für einen Mann ist es nicht so schlimm, denn er hat seine Arbeit, aber für eine Frau ist es sehr hart.«

»Ich wußte gar nicht, daß Sie verheiratet sind«, bemerkte Elys, gerührt über seine Teilnahme.

»Ach, das ist Jahre her, als ich noch ein junger Geselle war. Eine Zeitlang hat sie mich auf meinen Reisen begleitet, aber später, als die Kinder kamen, ist sie in Norwich geblieben, und ich verbrachte den Winter, wenn nicht gearbeitet werden konnte, bei ihr zu Hause.«

»Aber reist sie jetzt nicht mit Ihnen, nachdem die Kinder erwachsen sind?«

»Sie ist gestorben. Es geschah in einem Sommer, als ich oben in Schottland, in Dunfermline, arbeitete. Sie war tot und begraben, bevor ich überhaupt davon erfahren hatte. Es war ein schlimmes Jahr der Krankheit in Norwich.«

»Es tut mir leid«, sagte Elys. »Das wußte ich nicht.«

»Es gibt immer die Arbeit«, antwortete er ausweichend. »Die Arbeit ist ein großer Trost. Man hat sein Handwerk, das einen auf Trab hält, und das ist besser, als dazusitzen und Trübsal zu blasen, während man Wolle spinnt und Erbsen auspult. Ich war immer der Ansicht, eine Frau wäre besser dran, wenn sie selbst einem Handwerk nachginge und nicht auf Kochen, Putzen und Kindererziehung beschränkt wäre.«

Elys fand in der Tat Trost in ihrer Arbeit. Sie hatte den größten Teil des Chorrocks fertig und stickte jetzt die goldenen Buchstaben der Borte, die Umrandung, die die Vorderkanten des Chorrocks einfaßte. Wie der Chormantel, den William Rufus, zusammen mit anderen Schätzen, aus Waltham entwendet hatte, um damit die Gründung seines Vaters in Caen auszustatten, trug er die Aufschrift *Dominus dixit ad me*, und es war eine Herausforderung ihrer Geschicklichkeit, die Buchstaben so zu plazieren, daß das erste Wort auf der, vom Träger des Rockes aus gesehen, rechten Seite mit den drei anderen Worten auf der linken Seite in etwa symmetrisch war. Es gelang ihr, indem sie dem *dominus* ein Kreuz voranstellte und die beiden Buchstaben des *ad* etwas näher zusammenrückte, so daß sie nur einen Zwischenraum beanspruchten.

Danach mußte sie nur noch die Kapuze mit der herabfliegenden Taube besticken, die Spange beziehungsweise Schnalle anbringen und den ganzen Chorrock zusammennähen und füttern; nach ihrer Einschätzung mußte sie ihn bis Weihnachten oder spätestens bis zum Dreikönigstag fertig haben, denn danach konnte er, da er grün war, an christlichen Feiertagen getragen werden.

Pater Warmand gab ihr einen Bund guter Wachskerzen, denn die Stunden des Tageslichts wurden jetzt knapp, und sagte, sie solle sich nicht scheuen, um mehr zu bitten, falls sie sie benötigte.

»Sie verderben sich die Augen, wenn Sie versuchen, bei schlechtem Licht zu arbeiten«, sagte er. »Manch guter Stikker mußte sein Handwerk aufgeben, weil er seine Augen überanstrengt hat oder sogar erblindet ist, und das ist eine schlimme Verschwendung einer Gottesgabe, nur weil man an ein paar Kerzen sparen will! Wir warten lieber etwas länger auf den Chorrock, als daß Sie Kopfschmerzen oder Schlimmeres erleiden, Kind!«

Elys versprach, nicht bei unzureichendem Licht zu arbeiten und ließ immer mindestens vier Kerzen brennen, wenn sie nach Einbruch der Dunkelheit arbeitete; da Matthew und Crispin oft ihre Schreibarbeit mit nach Hause brachten, weil sie sie lieber in der Wärme ihrer eigenen Halle als in dem kalten Skriptorium erledigen wollten, und die Goldborte an einem runden, verhältnismäßig kleinen Stickrahmen gearbeitet werden konnte, stellten sie alle ihre Kerzen zusammen auf den Tisch und gruppierten sich drumherum, um ihre Arbeit bei wirklich gutem Licht auszuführen.

Insgeheim zählte sie die Tage, bis Aylwin nach Hause zurückkommen würde, wobei sie davon ausging, daß er eine Woche bis Winchester brauchte, eine Woche, um beim Bischof vorzusprechen und seine Mutter zu besuchen, und eine Woche für den Rückweg. Sie wußte, daß er, stark und durchtrainiert, wie er war, die Reise wahrscheinlich in kürzerer Zeit bewältigen würde, aber sie verbot sich den Gedanken, seine Abwesenheit könnte weniger als drei Wochen dauern. Nur einundzwanzig Tage, sagte sie sich, nur noch zwanzig, nur noch neunzehn . . .

Es waren nur noch drei Tage, und sie versuchte, nicht enttäuscht darüber zu sein, daß er noch nicht zurück war, als ein Bote mit einer Gruppe Soldaten und einem kleinen Wagen eintraf und das zusätzliche Geld für die Bauarbeiten überbrachte. Er mußte zunächst Pater Brian und Pater Antony Bericht erstatten und ihnen beim Zählen des Geldes helfen, aber sobald er dies erledigt hatte, eilte er mit Aylwins Nachricht hinüber in das Haus in Church Street.

Elys begrüßte ihn erfreut, da sie schon von Lukin gehört hatte, daß Bischof Henry ihn mit dem Geld und einem neuen Steinblock aus Purbeck für Aylwin geschickt hatte. Er stellte sich als Richard von Romsey, einer der Ritter des Bischofs, vor.

»Er hätte Sir Fulk geschickt, aber er ist beurlaubt, um seine Familie zu besuchen und zu heiraten. Ich haben einen Brief für Sie von Meister Aylwin – sind Sie seine Frau?«

»Ja, das bin ich. Vielen Dank, daß Sie ihn überbracht haben«, sagte sie und griff begierig nach dem Brief, mit dem flüchtigen Gedanken, daß Fulk offenbar den Wünschen seiner Familie nachgegeben hatte, aber sie empfand kein Bedauern, und dachte daran, Sir Robert erst eine Erfrischung bringen zu lassen, ehe sie sich entschuldigte, um den kostbaren Brief zu lesen, denn Lesen hatte sie inzwischen recht gut gelernt.

Aylwin hatte ihr auf Englisch geschrieben, aber sie kannte die Sprache jetzt gut genug, um das meiste verstehen zu können, und die Liebesworte am Ende halfen ihr, über die Enttäuschung hinwegzukommen, daß die Wartezeit noch nicht vorbei war. Höchstens noch zwei Wochen, und er würde zu Hause sein.

»Wo liegt der Ort, an den er gereist ist?« fragte sie. »Er schreibt, es sei ein Ort mit den Namen Montacute in Somerset. Ist das nicht in der Nähe von Wells? Wir haben nämlich eine Wallfahrt dorthin gemacht, für Matthew, meinen Bruder.«

»Ich glaube, es liegt, von Wells aus gesehen, in der entgegengesetzten Richtung von Glastonbury«, antwortete Sir Robert. »Aylwin sagte, er würde gern dort hingehen, weil es der Ort ist, an dem zur Zeit Knuts des Großen das Heilige Kreuz von Waltham gefunden wurde. Ich verstehe das nicht. Warum wurde es hierhergebracht, wenn es so weit entfernt gefunden wurde?«

»Ich glaube, es war ein Wunder – man hat mir einmal davon erzählt – der Wagen, auf dem das Kreuz transportiert werden sollte, rührte sich erst von der Stelle, als der Gutsherr den Befehl gab, es hierherzubringen, dann setzte er sich aus eigenem Antrieb in Bewegung.«

Lukin wußte natürlich, daß der Abgesandte des Bischofs gekommen war und folgte nach dem Abendessen seiner langen Nase in die Church Street, um zu erfahren, ob der Ritter interessante Nachrichten mitgebracht hatte. Er war begeistert, als er hörte, daß Aylwin sich nach Montacute begeben hatte.

»Oh, das ist ein Wunder!« rief er aus. »Ich würde Gott weiß was dafür geben, dorthin zu gehen und mir den Ort anzusehen! Es wird großartig sein, alles zu erfahren, wenn er zurückkommt. Wenn ich das Edwin erzähle! Er hatte immer das Verlangen, hinzugehen und sich anzusehen, woher seine Vorfahren kamen. Sich mit jemandem zu unterhalten, der dort gewesen ist, ist fast so gut, wie selbst hinzureisen. Ach, Lady Elys, es tut mir leid, daß Sie länger auf ihn warten müssen, aber welch eine Gelegenheit. Er hätte sich nie verziehen, sie verpaßt zu haben.«

»Nein, wahrscheinlich nicht«, sagte Elys gequält. »Ich nehme an, er schafft es auch noch, Glastonbury zu besuchen, da es ganz in der Nähe ist. Kein Mensch sollte sich die Chance entgehen lassen, dorthin zu gehen, am allerwenigsten ein Steinmetz.«

»Du warst mit Mutter dort, nicht wahr?« fragte Matthew.

»Arme Elys. All diese anstrengenden Reisen, die ihr beiden meinetwegen unternommen habt, und die ganze Zeit lag die Antwort hier, in derselben Grafschaft, in der wir lebten.«

»Ich bedaure weder die Zeit noch die Reisen«, erwiderte Elys lächend. »Ich habe dadurch so viele interessante Städte und große Kirchen gesehen, während andere Frauen ihr Leben lang nicht aus ihrem Dorf herauskommen. Ich habe einige wunderbare Erinnerungen, und wenn wir nicht nach Rom gereist wären, hätte ich schließlich Aylwin vielleicht nie kennengelernt.«

Lukin öffnete den Mund, um darauf hinzuweisen, daß sie Aylwin sehr wohl kennengelernt hätte, denn war er nicht kurz nach ihrer Ankunft nach Waltham geschickt worden? Dann schloß er ihn wieder, denn wozu war es gut, ihr zu widersprechen, wenn es Matthew offensichtlich ein Trost war, daß sie ihre Wallfahrten nicht als Zeitverschwendung betrachtete.

Zwei weitere Wochen versuchte Elys, nicht die Tage zu zählen, und beschäftigte sich so viel wie möglich. Sie fühlte sich sehr wohl, nachdem die morgendliche Übelkeit vorbei war, und es gab eine Menge zu tun; sie arbeitete an ihrer Stikkerei und half Mistress Mayngod in der Küche, denn sie lernte kochen und war stolz, sagen zu können, daß sie die Pastete für das Abendessen oder das Brot für das Mittagessen allein und ohne Hilfe zubereitet hatte. Aber die Zeit verging schleppend. Als die zwei Wochen vorüber waren, war sie enttäuscht, als eine weitere, endlos erscheinende Woche vergangen war, machte sie sich allmählich Sorgen, und sie merkte, daß auch die anderen beunruhigt waren.

»Es kann ihn natürlich etwas aufgehalten haben«, meinte Crispin wenig überzeugend. »Vielleicht war das Problem in Montacute besonders schwierig, und er mußte dableiben, bis es gelöst war.«

»Die Straßen sind schlecht, jetzt, wo der Winter bevorsteht«, erklärte Matthew. »Es hat in den letzten Wochen sehr viel geregnet, und der Schlamm kann einem Pferd zu schaffen machen und es ermüden, so daß der Reiter nur ein paar Meilen am Tag zurücklegen kann, während er im Sommer viel schneller vorwärtskommt.«

»Ja«, sagte Elys ausdruckslos und wußte dem nichts hinzuzufügen. Es war auch kein Trost, daß eine der Frauen, mit der sie im Sommer Freundschaft geschlossen hatte, sie eines Tages auf der Straße abfing und sagte: »Ihr Mann ist also noch nicht zurück? Ich denke, er genießt ein bißchen seine Freiheit. Die meisten Männer finden Heirat und Ehestand lästig, nachdem sie ihr Leben lang tun konnten, was ihnen gefiel. Schließlich war Meister Aylwin daran gewöhnt, in der Weltgeschichte herumzureisen, und es wäre kein Wunder, wenn er es vermißte, zu kommen und zu gehen, wie es ihm paßt. Er wird zu Ihnen zurückkommen, wenn er sich genug herumgetrieben hat und ihn sein Gewissen plagt, keine Angst. Bei meinem Mann war es genauso, wissen Sie, er war Zimmermann. Er war fast ein ganzes Jahr weg, nachdem wir ein halbes Jahr verheiratet waren, kam dann zurück und erklärte, an eine Frau und ans Haus gefesselt zu sein, sei zuviel für ihn gewesen, aber nachdem er seine Unruhe überwunden hatte, wurde er richtig seßhaft. Ein Mann fühlt sich in der Ehe gefangen wie ein wildes Tier im Käfig, bis er alt genug ist, und mehr von Bequemlichkeit und gutem Essen als vom Herumtreiben hält.«

Im Moment lachte Elys und sagte, sie habe sicher recht, aber später, in der Einsamkeit ihrer Schlafkammer, fragte sie sich, ob die Frau vielleicht wirklich recht hatte. Hatte Aylwin die Ehe und das kommende Kind als zu große Belastung empfunden? Hatte er die Gelegenheit ergriffen, sie zu verlassen und wieder frei zu sein? Sie weinte und betete und versuchte daran zu denken, daß er deutlich genug gezeigt hatte, wie sehr er sie liebte, doch die Saat des Zweifels war gesät, und als die Tage vergingen und er nicht zurückkehrte, wuchs der Zweifel und quälte sie.

Anfang Dezember besaß der Kanzler des Bischofs die Aufmerksamkeit, einen Boten nach Waltham zu schicken, allein um ihr mitzuteilen, daß Aylwin von Soldaten der Kaiserin gefangengenommen worden war und als Gefangener im Schloß von Bristol saß.

»Die Kaiserin verlangt ein übertrieben hohes Lösegeld für ihn«, schrieb er. »Es ist nicht gerechtfertigt, da er nur ein Handwerker und kein Adliger, nicht einmal ein Ritter ist, und es steht nicht in meiner Macht, es ohne die Genehmigung meines Herrn zu bezahlen. Ich habe deshalb Sir Fulk Fitzmichel zu meinem Herrn, dem Bischof geschickt, um ihm von der Angelegenheit zu berichten, aber ich weiß nicht genau, wo er sich im Augenblick aufhält, da er auf seiner Reise durch Frankreich zahlreiche Besuche machen wollte. Sie können sich jedoch mit der Tatsache trösten, daß mein Herr eine hohe Meinung von Meister Aylwin hat und daß die Kaiserin, da sie so viel Lösegeld fordert, dafür sorgen wird, daß er bei guter Gesundheit bleibt, da sie andernfalls nichts für ihn bekommt.«

Jedermann in Waltham war über die Nachricht entsetzt. Aylwin war beliebt bei den Leuten; die Chorherren, die Steinmetzen und viele andere Menschen kamen zu Elys und erklärten, sie beteten für seine Sicherheit und baldige Freilassung. »Bischof Henry wird bezahlen«, versicherte man ihr ein ums andere Mal. »Nie würde er einen solchen Künstler im Gefängnis verrotten lassen, verlassen Sie sich drauf.«

»Die Kaiserin hat König Stephen in Ketten in einem dunklen Verlies gefangengehalten«, sagte sie eines Abends bitter zu ihren Brüdern, als sie ihr gegenüber dieselbe Zuversicht äußerten.

»Aber sie wollte, daß er umkam«, erwiderte Crispin. »Aylwin nützt ihr nur, wenn er am Leben und wohlauf ist.

Sie muß das Geld bitter nötig haben, da sie nur im Westen des Landes Steuern erheben kann und all diese Söldner bezahlt werden müssen. Wenn sie mit der Zahlung des Soldes in Rückstand gerät, werden sie sich nicht nur weigern, für sie zu kämpfen – sie würden sie an den König verkaufen oder zu ihm überlaufen und für ihn und gegen sie kämpfen. Sie gehen immer dahin, wo es Geld gibt, und Recht oder Ehre interessieren sie nicht, nur der pünktlich gezahlte Sold zählt.«

Elys versuchte, Trost zu finden in den Worten, die man ihr sagte, als es jedoch kälter wurde, wurde sie von dem Gedanken an Aylwin verfolgt, der in einer ungeheizten Zelle eingesperrt war, fror und sich miserabel fühlte und vielleicht an einer Erkältung oder Fieber litt. Sie wickelte sich in ihren wunderschönen, pelzgefütterten Mantel, wenn sie ausging, doch wie gern hätte sie ihn Aylwin geschickt, falls die Möglichkeit dazu bestanden hätte.

Weihnachten rückte näher, und sie beschäftigte sich damit, Neujahrsgeschenke für ihre Brüder und Freunde anzufertigen, arbeitete eine Zeitlang einige Stunden weniger pro Tag an dem Chorrock, obwohl er beinahe fertig war. Sie nähte ein Hemd für Aylwin aus dem dünnsten Stoff, den sie bekommen konnte, entschlossen, die Hoffnung nicht aufzugeben, daß er es entgegenehmen konnte, noch ehe die zwölf Weihnachtstage vorüber waren.

Trotz ihrer Sorge und ihres Elends geschah etwas an Weihnachten, worüber sie gegen ihren Willen lachen mußte. Edwin Warrener ging im Auftrag der Chorherren, die ihn beschäftigten, in die Häuser, in denen die Mieter der Chorherren wohnten, und lieferte für jedes Familienmitglied jeweils ein Kaninchen ab; zum Dank bekam er so viele Becher gewürztes Ale oder selbstgemachten Wein, daß er, zweifellos inspiriert durch eine nebelhafte Erinnerung an die frühere Großtat seines Freundes Lukin, schließlich in

Mistress Mayngods Küche schwankte und ihr in blumigen Worten einen Heiratsantrag machte, die zwar im einzelnen kaum zu verstehen waren, deren Sinn jedoch eindeutig genug war.

Mistress Mayngod war gerade dabei, die Gans für das Mittagessen am nächsten Tag zu stopfen, aber sie hielt inne, um ihm mit belustigter Aufmerksamkeit zu lauschen, und als Edwin am Schluß seiner Ansprache angekommen war und sich abrupt auf den Fußboden setzte, klebte sie ihm etwas von der Füllung an die Nasenspitze und sagte: »Sie sind betrunken, Meister Edwin! Nein, ich werde Sie nicht heiraten, und Sie wissen ganz genau, daß Sie das auch gar nicht wollen. Überlegen Sie mal, wie unglücklich Sie wären, wenn Sie in der Stadt leben müßten, getrennt von Ihren Kaninchen und Ihren Hirschen und Ihren Wildschweinen, und wie unglücklich ich in Ihrer Hütte wäre, wo überall Pelztiere und Frettchen herumflitzen und nachts wilde Tiere unter der Tür durch schnüffeln. Sie sind jederzeit in meiner Küche willkommen, um sich aufzuwärmen und einen Happen zu essen, aber nur, wenn Sie kein Wort mehr übers Heiraten verlieren.«

Edwin war so erleichtert, daß er in die Halle schwankte, wo die Familie gerade das Abendessen beendet hatte, und die ganze Geschichte mit solch theatralischen Gebärden und einer so gelungenen Imitation von Mistress Mayngod wiedergab, daß selbst Elys sich am Ende vor Lachen nicht mehr halten konnte.

»Sie haben einen Brocken Füllung an der Nase!« rief Crispin zwischen zwei Lachanfällen.

Lukin erschien, als Edwin gerade seine Geschichte beendete, und die beiden jungen Männer versuchten, ihr Gelächter zu unterdrücken und dem abgewiesenen Freier ihr ehrliches Mitgefühl auszusprechen. Natürlich mußte Edwin seinem Freund zuliebe die Geschichte noch einmal ganz von vorn erzählen, was neue Lachsalven auslöste, da die Nachahmung der Dame noch übertriebener und die Wiedergabe seines Heiratsantrags noch ausführlicher geriet.

»Es hört sich nicht an, als hätte es dir das Herz gebrochen«, bemerkte Lukin, der der Darbietung mit erstaunlichem Ernst gefolgt war.

»Du glaubst nicht, wie erleichtert ich bin«, gab Edwin ehrlich zu, der bei seiner Erzählung erheblich nüchterner geworden war. »Ich hatte einfach den Eindruck, ich müßte ihr einen Antrag machen, weil sie es erwartete, aber solange ich weiter in den Genuß ihrer Küche und ihrer Pasteten komme, würde ich lieber mit meinen Frettchen und meinen wilden Tieren leben, auch wenn immer ein wenig Durcheinander bei mir herrscht.«

Lukin nickte feierlich und sagte: »Das ist das Richtige für dich, Edwin«, und saß danach ungewöhnlich schweigsam und nachdenklich da.

Gleich darauf betrat Mistress Mayngod persönlich die Halle, ein Tablett mit Tellern und Löffeln, einem Krug Ale und Bechern für alle vor sich her tragend.

»Da Heiligabend ist und Sie alle bald in die Kirche müssen, trinken Sie am besten etwas Ale vorher, um sich gegen die Kälte zu wappnen«, sagte sie.

Lukin mischte Gewürze und Zucker, um dem heißen Ale Geschmack zu geben. Nachdem er fertig war, reichte er die Becher herum, und als er Mistress Mayngod ihren Becher gab, fragte er ernst: »Matilda, willst du einen armen Junggesellen glücklich machen?«

»Ich dachte, das hätte ich gerade getan«, erwiderte die Köchin, deren Augen über ihren rosigen Wangen blitzten, und sie warf Edwin einen verschmitzten Blick zu, der zurückgrinste, dann den Kopf senkte und einen Finger in sein Ale tauchte, damit die Frettchen daran lecken konnten.

»Einen weiteren armen Junggesellen«, verbesserte Lukin.

»Und wie sollte ich das tun?« fragte Matilda, mit einem Mal ernst.

»Heiraten Sie mich.«

Sie sah ihn prüfend an. »Sie scheinen nüchtern und im Vollbesitz ihres Verstandes zu sein«, sagte sie und schürzte die Lippen. »Nun gut. Ich heirate Sie, aber erst, wenn Lady Elys und Meister Aylwin von hier weggehen, und ich möchte hier weiterhin so lange das Kochen übernehmen, bis ich ein Mädchen so gut eingearbeitet habe, daß ich es ihr überlassen kann.«

»Einverstanden!« sagte Lukin sofort.

»Das wäre also geklärt«, sagte die zukünftige Braut in knappem, geschäftsmäßigem Ton. Sie zog den kleinen Mann an ihren gepolsterten Busen und gab ihm einen herzhaften Kuß, und auf seinem langen, traurigen Gesicht breitete sich ein strahlendes Lächeln aus.

Elys spürte, wie sich ihre Augen mit Tränen füllten, als sie das unverhüllte Glück in seinem Gesicht sah, und sie merkte, daß er ihr immer leid getan hatte. Sie freute sich, daß er eine Frau gefunden hatte, die gebührend für ihn sorgen würde.

Die Christmette war sehr lang und die Kathedrale kalt, trotz der zahlreich versammelten Gemeinde, den Kohleöfen und den unzähligen Kerzen. Elys zog ihren warmen Mantel enger um sich und fragte sich, ob es Aylwin wohl gestattet würde, heute nacht die Messe zu besuchen, und ob er wegen des Festes etwas Gutes zu essen bekäme. Sie nahm an, daß er während seiner Haftzeit einigermaßen gut versorgt wurde, damit er gesund blieb, aber die Vorstellung, daß er an Weihnachten allein war, fror und vielleicht nur derbe, ungenießbare Kost bekam, brach ihr das Herz. Sie bedeckte das Gesicht mit den Händen, während sie betete, um die Tränen zu verbergen, die ihr die Wangen herabliefen, und Mistress Mayngod, die weitaus sensibler war, als sie wirkte, legte ihr tröstend den Arm um die Schulter und tätschelte ihr voll Mitgefühl den Arm.

Bald breitete sich der weihnachtliche Frieden auch in Elys' Herz und Seele aus, und sie hob den Kopf, um zu dem Kreuz hinaufzublicken, das im Kerzenschein leuchtete. Robert von St. Albans' tödliche Mischung hatte tatsächlich einen großen Teil des schmutzigen, angelaufenen Belags entfernt, nachdem er einmal abgewaschen war, und das Kreuz erstrahlte viel heller als zuvor. Elys betete aus ganzem Herzen, das Jesuskind, das zu dem Mann heranwuchs, der am Kreuz dargestellt war, möge seine Engel aussenden, um über Aylwin zu wachen und ihn heil nach Haus zu bringen; und sie spürte, wie ein neues Vertrauen und ein seltsames Gefühl des Trostes in ihr aufstieg, so daß sie in dieser Nacht die Kirche viel hoffnungsvoller und glücklicher verließ, als sie sie betreten hatte.

Draußen blickte sie zu den Sternen an dem samtenen, frostklaren Himmelszelt auf und dachte, daß Aylwin vielleicht genau die gleichen Sterne betrachtete, falls seine Zelle ein Fenster hatte. Sie faltete die Hände über ihrem gewölbten Leib und sagte zu dem ungeborenen Kind: »Wenn du geboren wirst, ist er längst zu Hause. Wenn du ein Mädchen wirst, nennen wir dich Mary, denn du wirst im Monat der Jungfrau auf die Welt kommen, und dein Vater wird zum Dank ein wunderschönes Christuskind schnitzen.«

Trotz der späten Stunde – beziehungsweise der frühen, denn es war nach Mitternacht, als alle zu Bett gingen – standen sie am Morgen früh auf, als es noch dunkel war, denn es gab viel zu tun. Lukin sollte den Tag bei ihnen verbringen, und er half Crispin und den männlichen Dienstboten dabei, das Weihnachtsscheit hereinzuziehen und es über dem Kamin anzubringen, wobei Matthew mit der Hand half, mit der er sich nicht auf die Krücke stützte. Er war es auch, in seiner Funktion als Familienoberhaupt, der den Feuerstein an dem Stahl rieb, um den Zunder in Brand zu setzen und ihn unter das Scheit zu halten, ein großes Stück einer alten Eiche, das Edwin abgebrochen im Wald gefunden hatte.

Während die Männer diese schwere Arbeit verrichteten, schmückten die Frauen die Halle mit Stechpalmenzweigen und anderem Immergrün, und auf Elys' Aufforderung hin kletterte Mistress Mayngod auf den Tisch, um einen Strauß Mistelzweige und vergoldete Äpfel an einen der Balken zu hängen, da Elys es in ihrem Zustand lieber nicht selbst tun wollte.

Edwin kam pünktlich, um mit ihnen die Morgenandacht zu besuchen, und mit einer Mischung aus Belustigung und Entsetzen bemerkte Elys, als sie zu ihren Brüdern hinübersah, die während der Messe neben ihm standen, daß er seine Gefährten mitgebracht hatte; ein Dutzend geschmeidiger, bleicher Körper klammerten sich an seine Schultern oder streckten den Kopf aus seinem Umhang hervor, benahmen sich jedoch so sittsam, als wüßten sie, wo sie waren, und warum. Auch sie bekamen ihren Teil von der Weihnachtsgans und dem Pflaumenporridge, denn Mistress Mayngod brachte einen großen Teller für sie, und sie bildeten vor dem warmen Kamin einen Kreis darum und verzehrten alles säuberlich und in bestem Einvernehmen. Auch Tigrus bekam seinen Teller, aber auf der anderen Seite des Feuers.

Nach dem Essen lockerten alle ihre Gürtel, dann gingen die Dienstboten für den Rest des Tages nach Hause zu ihren Familien, und Elys, ihre Brüder, Mistress Mayngod und ihre beiden Gäste saßen, schläfrig nach dem üppigen Mahl, am Kamin und erzählten eine Zeitlang Geschichten und sangen Weihnachtslieder.

Bevor es dunkel wurde, zogen sich alle warm an und machten einen kleinen Spaziergang am Mühlbach entlang; als sie den Steg überquerten, bemerkte Lukin, daß selbst die Katze des Müllers zuviel Gans bekommen hatte, um auf

Fischfang zu gehen, und Mistress Mayngod warf den Enten, die dort kreuzten und tauchten, mehrere Handvoll trockenes Brot zu.

Vor dem Abendessen besuchten sie den Vespergottesdienst und saßen dann lange bei Tisch, weitere Geschichten wurden erzählt und mehr Lieder gesungen, und Lukins heißes Ale machte ihre Kehlen und Stimmen geschmeidig. Es war sehr spät, als sie zu Bett gingen, und Elys konnte kaum noch die Augen offenhalten, als sie sich entkleidete und trotz des warmen Ofens vor Kälte zitterte. Trotz ihrer Müdigkeit nahm sie zwei ihrer Schätze von dem Regal und hielt einen davon in der Hand – den kleinen Vogel, den Aylwin ihr letztes Jahr zu Weihnachten geschenkt hatte – während sie den anderen bei ihrem Gebet fest ansah – die Jungfrau mit dem Kind aus Elfenbein, das Hochzeitsgeschenk ihrer Schwiegermutter, und sie schloß diese in ihre Gebete ein, denn auch sie mußte die Sorge um Aylwins Wohlergehen zermürben.

20. Kapitel

Während der nächsten Tage und Nächte verbrachte Aylwin viel Zeit an seinem Zellenfenster und stellte aufgrund seiner Beobachtungen fest, daß die Wachen auf den Mauern nur wenig darauf achteten, was unten am Flußufer vor sich ging, denn zweimal sah er Männer, die in dem Gebüsch direkt unten am Fluß angelten. Er bemerkte, daß sie von links kamen, also mußte das Ufer dort zugänglicher scin. Soviel er gesehen und gehört hatte, ging keine Patrouille je am Ufer entlang, obwohl, selbst bei Flut, ein breiter Streifen Land zwischen Mauern und Wasser lag. Offensichtlich betrachtete man das Schloß von Bristol als vor Angriffen sicher, was nicht unbegründet war, da Graf Roberts Söldner die Straßen im Umkreis von mehreren Meilen um die Stadt kontrollierten.

Als er wegen der Dunkelheit vom Fenster aus nichts mehr erkennen konnte, setzte er sich aufs Bett und schnitt und riß seine Decken in etwa sechs Zoll breite Streifen, wobei er das kleine Messer verwendete, das er während seines Aufenthalts in Italien in seinem Gürtel verborgen getragen hatte, aus Angst, er könnte von Straßenräubern gefangengenommen werden. Es war eine Ironie des Schicksals, dachte er, als er es hervorzog, daß er es erst jetzt, im eigenen Land, brauchte. Er knotete die Enden der Streifen aneinander, zog die Knoten fest und versteckte das länger werdende Seil im Abort, in den Alfred nie einen Blick warf, dann bedeckte er das Bett mit seinem Mantel, so daß man das Fehlen der Decken bei flüchtigem Hinsehen nicht bemerkte. Manchmal dachte er sehnsüchtig an Elys' pelzgefütterten Mantel, während er vor Kälte zitternd darauf wartete einzuschlafen.

Nach den Wolldecken zerriß er den Sack, in dem die zusätzlichen Decken gesteckt hatten, denn er bestand aus einem kräftigen, dichtgewebten Stoff. Er überlegte, ob er zu guter Letzt auch noch seinen Mantel opfern sollte, doch Alfred brachte ihm zwei weitere Decken – wie er sagte, ein Geschenk seines Bruders an einen Kollegen. Aylwin nahm sie mit einem ausgesprochenen Gefühl der Dankbarkeit entgegen, riß sie in der folgenden Nacht ebenfalls in Streifen und ergänzte damit sein Seil, das jetzt fast lang genug war. Er war froh, daß es auch zu seiner Ausbildung gehört hatte, nur aufgrund des Augenmaßes Höhen möglichst genau einzuschätzen, so daß er zumindest sicher sein konnte, daß das Seil nicht in gefährlich hohem Abstand über dem Boden enden würde.

Die ganze Zeit über war er darauf gefaßt, daß Alfred die spärliche Bedeckung der Pritsche bemerken würde, aber Alfred warf bei seinen kurzen Besuchen nicht einmal einen Blick in deren Richtung. In der folgenden Nacht fertigte er aus der letzten Decke und dem Bezug seines Strohsacks das Ende des Seils, und auf seinem Bett blieb nur ein Haufen Stroh zurück.

Der Mond schien in dieser Nacht hell genug durch das Fenster des Aborts, so daß Aylwin erkennen konnte, was er tat, als er das Seil auf seine Haltbarkeit überprüfte und das eine Ende an dem starken, senkrechten Gitterstab des Fensters festknüpfte. Dann ließ er das andere Ende den Schacht hinab, und da er daran dachte, was sich auf dem Boden des Schachts befinden würde, nahm er das Stroh von seinem Bett und warf es ebenfalls hinunter, in der Hoffnung, es würde einen Teil des Unrats bedecken. Mit einer Mischung aus Vorfreude und Furcht wartete er zitternd auf das Rasseln und Krachen, mit dem die Fallgitter im Brückentorhaus heruntergelassen wurden, was das Zeichen für ihn war, daß vor dem Morgen niemand mehr die Brücke überqueren würde. Er begann zu beten.

Dann erklang unerwartet das dumpfe Schlagen und Krachen von der Brücke und schreckte ihn auf, und der Ausruf ›Tor verriegelt!‹, der dem Lärm folgte, setzte ihn mit einem Ruck in Bewegung. Er zögerte, plötzlich voller Angst vor dem, was vor ihm lag. Er mußte an Elys denken und sich mit dem Gedanken Mut machen, den Versuch ihretwegen zu wagen, und dann rasch seine Pläne in die Tat umsetzen, bevor ihn der Mut verließ.

Die Wände des Schachts würden glitschig, widerlich sein ... Er hatte keine Lust, die Welt mit kotbeschmutzten Kleidern zu betreten, deshalb zog er alles aus bis auf die Stiefel, und wickelte seine Kleider und das Bündel mit seinen Habseligkeiten in seinen Mantel, band ihn fest zusammen und warf ihn den Schacht hinab.

Nach einem letzten verzweifelten Gebet spuckte er in die Hände, packte das behelfsmäßige Seil, zwängte sich durch die Öffnung im Sitz des Aborts, kroch in den engen Schacht und ließ sich mit den Füßen zuerst die Schräge hinabgleiten, wobei er die Geschwindigkeit drosselte, indem er sich an dem Seil festhielt. Nachdem er den breiten Hauptschacht erreicht hatte, konnte er sich mit den Füßen gegen die Seiten stemmen und sich Stück für Stück am Seil herunterlassen. Der Gestank war unangenehm, aber nicht schlimmer, als er es auch schon andernorts erlebt hatte, und der rauhe Stein zerkratzte ihm ab und zu den Rücken, doch zu seiner Erleichterung hatte man den Schacht unnötig breit angelegt, denn er hatte schon befürchtet steckenzubleiben. Dennoch überlegte er, daß er ihn in beiden Richtungen enger gebaut hätte, um Gefangene daran zu hindern, auf diesem Weg zu entkommen, um das Herausragen aus der Schloßmauer zu verringern und um Steine zu sparen, und er lächelte in der

Dunkelheit vor sich hin, weil er in solch einem Moment an den beruflichen Aspekt der Angelegenheiten denken konnte.

Seine größte Angst war nun, daß die Gefangenen, die in den Zellen unter der seinen saßen, ihn hören könnten. Er wußte, daß es mindestens zwei davon gab, und darunter wahrscheinlich weitere Kammern, und er konnte nur hoffen, daß niemand der Insassen das Bedürfnis verspürte, den Abort zu benutzen, während er hinunterkletterte, denn man würde das Kratzen seiner Stiefel an der Mauer kaum überhören können.

Da er das Gesicht zur Außenmauer gekehrt hatte, konnte er die Öffnungen, an denen er vorbeikam, nicht sehen und hatte den Überblick verloren, wie weit unten er sich bereits befand, deshalb war er überrascht, als er beim Hinunterblikken seine Füße erkennen konnte, die sich jetzt unter dem oberen Rand der Öffnung in Bodennähe befanden.

Sein Seil war gerade lang genug, er mußte nur ein paar Fuß tief auf das Stroh am Boden hinabspringen. Er stolperte beinahe über sein Bündel, knüpfte es rasch auf und kleidete sich in der Ecke zwischen Turm und Mauer an, ständig dabei Ausschau haltend, ob auch niemand ihn sah. Wenn er sich dicht an der Mauer hielt, würde ihn kein Wächter, der darauf entlangging, sehen, es sei denn, er lehnte sich gefährlich weit über die Zinnen.

Der Himmel war mit Wolkenbergen durchsetzt, hinter denen der Mond immer wieder verschwand. Er benutzte die hellen Zeitabschnitte, um seine Bewegungen zu planen, und die Dunkelheit, um sie auszuführen, und glitt dicht an der Mauer entlang, bis sie eine Biegung machte; dort stieß er auf den trockenen Graben, der, wenn er erst fertiggestellt und geflutet worden war, einmal der Burggraben werden würde. In seinem Schutz ging er unter der Straße hindurch, die vom Haupteingang nach Osten führte, und löste auf diese Art ein

Problem, das ihm Kopfzerbrechen bereitet hatte; er folgte dem Graben bis etwa zur Hälfte der Nordseite des Schlosses, in der Hoffnung, daß die Wachen im Pförtnerhaus eher auf mögliche Angreifer achten würden, die in das Schloß eindringen wollten, als auf einen Gefangenen, der auszubrechen versuchte.

Parallel zu dem Graben verlief eine schmale Straße mit einer Reihe dunkler Häuser auf der Seite, die der Schloßmauer gegenüber lag, und ein schneller Blick die Straße hinunter verriet ihm, daß sie durch ein Tor in einer anderen Mauer führte – vermutlich die Stadtmauer – wo diese mit der Schloßmauer verbunden war. Eine schmale Straße verlief in nördlicher Richtung bis unmittelbar vor das Tor.

Während der Mond das nächste Mal kurz hinter den Wolken verschwand, verließ er in Sekundenschnelle den Graben, überquerte die erste Straße und rannte den Querweg hinauf, stand dann jedoch vor einem Hindernis, das im Mondlicht schimmerte, als sich die Wolken verzogen. Es mußte der kleine Fluß sein, den Alfred erwähnte hatte.

Es gab eine Brücke, und er konnte auf der anderen Seite des Flusses freies Gelände erkennen, doch die Brücke war von der Stadtmauer aus genau einzusehen. Einer plötzlichen Eingebung folgend, zog er die Kapuze seines Mantels über den Kopf, hielt ihn nach Art eines Mönches gesenkt und schritt über die Brücke, als wäre er ein Klosterbruder, der von einem Besuch in den Außenbezirken der Stadt in die neue Priorei zurückkehrte. Wer sonst sollte bei Nacht diesen Weg zurücklegen?

Auf der anderen Seite erstreckten sich die Felder der Stadt, und der Weg führte zwischen ihnen hindurch nach Norden, deshalb lief er, ab und zu einen Blick zurückwerfend, weiter, doch offenbar war er der einzige Mensch, der in dieser kalten Nacht unterwegs war. Er fragte sich, wie er die Abzweigung zu Graf Roberts Priorei finden sollte, doch dann schimpfte er sich selbst einen Narren, weil er vergessen hatte, daß für ein solches Bauwerk Steine nötig waren. Tatsächlich enthüllte der Mondschein tiefe Furchen auf dem Weg, und bald verliefen die tiefsten davon nach links auf ein seltsam geformtes Gebäude zu, das etwa eine halbe Meile entfernt lag.

Als er näherkam, fand er seine Erwartung bestätigt, daß die merkwürdige Silhouette dem Umstand zuzuschreiben war, daß es sich bei dem Gebäude um eine halbfertige Kirche handelte. Die Bauhütte der Steinmetzen lag auf der Westseite, und drinnen brannte ein Kohleofen, wie der gemütliche Schein verriet, der durch die Ritzen der Holzwände fiel.

Er betete zur heiligen Barbara und den gekrönten Märtyrern, bevor er an die Tür klopfte, in der Hoffnung, daß es kein Fehler gewesen war, hierherzukommen. Die Tür wurde jäh aufgerissen, und eine fröhliche Stimme mit dem starken Akzent der Leute aus Somerset bat ihn einzutreten, stieß jedoch einen überraschten Schrei aus, als er in den Schein des Feuers trat und seine Kapuze absetzte.

»Das ist nicht Jung-Edward,« rief einer der Männer, die um das Feuer saßen. »Wer sind Sie, Fremder? Was tun Sie hier?«

Bevor Aylwin antworten konnte, rief eine leise, nasale Stimme: »Aylwin von Winchester! Es waren also doch Sie, den sie im Schloß gefangengehalten haben! Wir haben gehört, daß es Bischof Henrys Steinmetzmeister persönlich war und haben gerade Pläne gemacht, wie wir Sie retten könnten.«

»Galien!« rief Aylwin. »Was machen Sie hier?«

»Arbeiten«, erwiderte Galien mit vielsagendem Achselzucken. »Ich bin als Zimmermannsmeister für Graf Roberts Bauwerke zuständig. Wie Sie wissen, kümmert es mich nicht, wer mich bezahlt, vorausgesetzt, die Arbeit steht im Dienst Gottes. Kommen Sie ans Feuer, und machen Sie sich mit diesen Burschen hier bekannt.«

Der Bruder, der die Tür geöffnet hatte, stellte sich als Alfreds Bruder Wulfstan heraus, und er und seine Kollegen hatten wirklich Aylwins Rettung geplant, da sie vor Empörung darüber kochten, daß man einen Handwerksmeister festhielt, um Lösegeld zu erpressen.

»Sie haben kein Recht, Sie gefangenzuhalten«, sagte Wulfstan ernst. »Sie sind ein frei geborener Engländer, Steinmetzmeister und vor allem ein großer Künstler. Dieser alberne Krieg geht uns Handwerker nichts an, und sie haben kein Recht, uns mit hineinzuziehen. Aber was soll man anderes erwarten? Eine Frau, die einen gekrönten und gesalbten König angekettet in einem Verlies gefangenhält, hat vor niemandem Achtung, obwohl sie zur Hälfte englischer Abstammung ist, die Xanthippe. Graf Robert ist Normanne und weiß es vielleicht nicht besser. Er zahlt unsere Löhne, aber versteht nur etwas vom Kriegshandwerk, falls man das als Handwerk bezeichnen kann.«

»Dieser Handwerker hat uns also die Mühe erspart, ihn zu befreien, jetzt müssen wir einen Plan machen, wie wir ihn sicher hier wegbringen«, erklärte Galien, der Aylwin zur Begrüßung einen Moment lang fest die Hand gedrückt hatte, und mehr brauchte er nicht, um seine Gefühle auszudrücken, denn Aylwin wußte, welch ein zurückhaltender Mensch er war.

»Ja. Irgendwie müssen wir ihn zum Schiff meines Vaters bringen«, sagte Wulfstan. »Das Problem ist, daß sie morgen nach ihm suchen werden, sobald sie gemerkt haben, daß er fort ist. Am besten wäre es, ihn noch heute nacht wegzubringen, was meint ihr, Leute?«

Man vernahm zustimmendes Gemurmel, dann fragte einer der Männer knapp: »Wie?«

Nach kurzem Nachdenken sagte Wulfstan langsam: »Thorstens Schiff liegt unten, wo der Frome in den Avon mündet, aber auf der anderen Seite des Flusses. Kennen wir jemanden, der ein Boot am Frome liegen hat?«

»Ich«, sagte einer der anderen, ein Winzling von einem Mann mit einem rostroten Schopf. »Ich habe es unter der Westbrücke liegen.«

»Und du würdest es verleihen, Jan?« fragte Wulfstan.

»Aye. Wenn du willst, komme ich mit, damit du es heil wieder zurückbringst.«

»Können Sie rudern?« fragte Wulfstan, und Aylwin verneinte bedauernd. »Macht nichts. Jan und ich werden rudern, und Sie können das Steuer übernehmen. Der Frome umfließt drei Viertel der Stadt, fast an der Mauer entlang, und mündet direkt unter der Ostbrücke, am Schloß, in den Avon.« Er zeichnete mit einem spitzen Stock eine grobe Skizze auf den Fußboden. »Wir gehen quer über die Felder zu Jans Boot und rudern dann zum Kai, wo das Schiff liegt.«

In diesem Moment traf Jung-Edward, ein älterer Graubart, endlich mit einem Karren ein, der beladen war mit einem Korb Brot und Käse, einem Kessel Eintopf, umhüllt von einer Schicht Heu, damit er warm blieb, und einem kleinen Faß Ale. Die Planung wurde eine Weile unterbrochen, da alle sich am Feuer versammelten, um zu essen, wobei einige der Männer ihr Brot auf das Messer spießten und es in der Glut rösteten. Aylwin erhielt einen Teller und einen Becher, und obwohl er erst vor einigen Stunden sein Abendessen bekommen hatte, aß er gern ein wenig von ihrem guten Essen mit.

»Was machen Sie hier in dieser Gegend?« fragte Galien, der neben ihm saß. »Ich dachte, Sie hätten noch mindestens ein Jahr in Waltham zu tun.«

Aylwin erklärte, warum er in den Westen des Landes gereist war und fragte: »Wie ist es Ihnen ergangen, mein Freund?«

»Recht gut. Mir gefällt es hier«, antwortete Galien. »Die Männer sind freundlich und fragen nicht danach, was ein Mensch ist, solange er sympathisch ist und ordentlich seine

Arbeit tut. Ich bin sehr zufrieden hier. Was ist aus Ihrer nomannischen Lady geworden. Hat man sie schließlich doch in ein Kloster gesteckt?«

»Nein. Sie hat sich geweigert, und jetzt ist sie meine Frau«, erwiderte Aylwin. »Deshalb bin ich auch so ungeduldig, zu ihr zurückzukommen – sie erwartet in ein paar Monaten ein Kind!«

Galien beglückwünschte ihn ein wenig gedankenabwesend, und Aylwin, der erriet, was er wissen wollte, jedoch nicht zu fragen wagte, sagte: »Ihr Bruder hat sich ausgezeichnet erholt.«

»Ahh!« Galien atmete leise auf. »Gab es irgendwelche – Schwierigkeiten deshalb?«

»Nein. Die ganze Stadt feierte es als ein neues Wunder, und die wenigen, die ihre Zweifel hatten, waren so vernünftig, den Mund zu halten. Ich hatte vor, Ihnen eine Nachricht zu schicken, aber ich wußte nicht, wohin Sie gegangen waren.«

»Wenn Sie soweit sind, Meister Aylwin«, unterbrach Wulfstan, »machen wir uns am besten auf den Weg.«

Aylwin umarmte Galien rasch und gab den Steinmetzen, die ihn nicht begleiteten, die Hand, dann verließ er hinter Jan die Bauhütte, dicht gefolgt von Wulfstan. Es dauerte ein paar Minuten, bis sich ihre Augen an die Dunkelheit gewöhnt hatten, aber dann schritten sie eilig einen Weg in südöstlicher Richtung entlang, der bald in eine Straße mündete.

»Wir können uns ungehindert bewegen«, sagte Jan. »Ich bringe manchmal ein paar von den Burschen nachts zum Fischen raus. Aus diesem Grund sind wir unterwegs, falls uns jemand anhält und fragt.« Und damit begann er in ganz normalen Ton über die Aussichten beim Angeln zu reden, erklärte, wie tief die Fische in kalten Nächten schwammen, und daß man eine lange Angelschnur brauchte, um sie zu fangen.

»Wir haben keine Angeln«, rief Wulfstan aus.

»Im Boot«, erwiderte Jan knapp. »Ich habe gehört, sie wollen einen neuen Kanal für den Frome bauen und ihn direkt mit dem Avon verbinden, statt daß er sich, so wie bis jetzt, um die Stadt herumschlängelt. Sie meinen, es würde den Hafen verbessern, und das Wasser wäre tiefer. Ich denke, es verdirbt den Fischfang.«

So redete er darauflos, während sie dahinstapften, und hielt die Unterhaltung ständig in Fluß, die irgendwie immer aufs Fischen zurückkam, bis sie die Westbrücke erreichten, die direkt außerhalb des Westtores lag. Über den Zinnen des Torhauses konnte man, scharf abgehoben gegen den Himmel, die Köpfe von zwei Wächtern erkennen, und Aylwin zitterte, nicht nur aus Kälte, und fragte sich, ob er sich trotz all seiner Anstrengungen am nächsten Morgen angekettet in einem dumpfen Verlies wiederfinden würde.

»Wer ist da?« rief einer der Wächter.

»Ich bin es, Henry Brandson: Jan Fisher«, rief Jan zurück. »Ich bringe die beiden mit dem Boot hinaus. Willst du mitkommen?« Sein Akzent war jetzt stärker als vorher.

»Zu kalt für mich!« rief der Wächter. »Hier oben ist es schon schlimm genug, aber auf dem Wasser ...! Paß auf, daß dir bei der Kälte nicht ...«, und er machte eine derbe Anspielung, über die Jan und Wulfstan herzlich lachten, und Aylwin stimmte eine Sekunde später in ihr Gelächter ein.

Das Boot war an einem Eisenring am Brückenpfeiler vertäut, und bald waren sie an Bord und auf dem Fluß; die beiden Einheimischen ruderten, während Aylwin, so gut es ging, zu steuern versuchte, indem er ihnen sagte, ob sie nach rechts oder links oder mehr in die Mitte halten sollten, denn das Boot hatte kein Steuer. Als erstes rammten sie beinahe das Ufer, bis Jan erklärte, sie müßten sich nach der rechten, beziehungsweise linken Seite des Bootes und nicht nach sich selbst richten.

Der Fluß machte einen Bogen um die schlafende Stadt, die, umgeben von ihrer starken Mauer, düster über ihnen aufragte, während das Mondlicht sanft den Wetterhahn auf der Kirchtumspitze beschien, die man aus dieser Perspektive über der Mauer erkennen konnte. Das Wasser floß dunkel und glatt wie Glas dahin, und ab und zu ertranken ein paar Sterne in seinen Tiefen. Bald erreichten sie den weitaus breiteren Avon und wurden von der zurückgehenden Flut erfaßt, die sie schneller davontrug, als sie rudern konnten, deshalb legte Wulfstan die Ruder ein, und Jan gebrauchte seine Ruder nur noch zum Steuern.

»Schauen Sie nach links«, flüsterte Wulfstan. »Können Sie die Kaianlagen am Ufer erkennen? Eines der Schiffe müßte zwei Laternen am Masttop haben.«

»Eine über der anderen?« fragte Aylwin leise, da er wußte, daß Wasser jeden Ton weit trug. »Ja, ich sehe es.«

»Dann steuern Sie uns darauf zu.«

Alle drei schwiegen, während Jan ruderte, nur Aylwin flüsterte ab und zu »Etwas nach rechts – geradeaus«, oder »Eine Spur mehr links«, und gleich darauf legte das Boot am Kai an, an dem das Schiff vertäut war.

Wulfstan stand auf und hielt auf eine Holzleiter zu, die am Kai befestigt war, und Aylwin sagte rasch, als er merkte, daß Jan nicht an Land gehen würde: »Ich weiß nicht, wie ich Ihnen für Ihre Hilfe danken soll. Ich habe Sie gesucht, in der Hoffnung, Sie könnten einem Steinmetzkollegen vielleicht einen Rat geben, wie man am schnellsten von hier verschwinden kann, aber ich habe nicht erwartet, daß Sie soviel für mich riskieren ...«

»Kein Problem, und Sie brauchen sich nicht zu bedanken«, erwiderte Jan. »Wir konnten nicht zulassen, daß ein Mann wie Sie den ganzen Winter über im Schloß friert und wegen Rheumatismus die Geschicklichkeit seiner Hände einbüßt. Ich habe Sie nur zum Fischen hinausgefahren.«

»Aye, und ich will auch keinen Dank hören«, knurrte Wulfstan. »Wir hatten vor, Sie irgendwie herauszuholen, aber Sie haben sich selbst befreit, und das einzige, was wir getan haben, war, Sie hierherzubringen. Sie werden Ihre Passage bei Thorsten abarbeiten, das ist alles.«

»Trotzdem bedanke ich mich«, sagte Aylwin.

»Das haben Sie – lassen wir es dabei bewenden.« Wulfstan klang verlegen. »Jan, paß auf das Boot auf. Kommen Sie jetzt. Mein Vetter ist an Bord.«

Er kletterte flink auf den Kai hinauf, gefolgt von Aylwin, und ging über eine kurze Landungsbrücke voran auf das Schiff, wo ein stämmiger Mann mit einem dichten Bart, eine Laterne zwischen die Füße geklemmt, auf einem Warenballen saß und Schiff und Ladung bewachte.

»Wulfstan? Hast du ihn schon gebracht?« rief er mit Grabesstimme. »Das ist gut. Ich wäre ganz schön in die Klemme geraten, wenn jemand gefragt hätte, warum wir am Morgen nicht abgelegt haben, obwohl wir voll beladen sind.«

»Sein Name ist Aylwin. Hat sich befreit und uns gefunden, ohne zu warten, bis wir ihn herausgeholt haben. Ich haue jetzt ab«, sagte Wulfstan hastig und verschwand auf demselben Weg, den er gekommen war, noch ehe Aylwin etwas sagen konnte.

»Thorsten«, stellte der bärtige Mann sich kurz vor und brachte Aylwin, dessen Bündel er ergriff, rasch in den Frachtraum, wo eine kleine Lampe ein trübes Licht auf die Ladung warf. Der größte Teil davon schienen Barren aus dunklem Metall zu sein, wahrscheinlich, wie Aylwin annahm, Blei aus den Minen in den Mendips, doch der freie Raum auf beiden Seiten war mit Warenballen ausgefüllt. Thorsten zog einen davon beiseite und schob Aylwin an den Platz, den der Ballen verborgen hatte.

»Kriechen Sie hindurch. Weiter hinten wird es etwas breiter«, sagte er. »Ich lasse Sie raus, wenn wir auf See sind und keine Gefahr mehr besteht.«

Aylwin kroch durch den engen Durchlaß; der strenge, ranzige Geruch verriet ihm, daß die Ballen um ihn herum Wolle enthielten. Hinten war ein etwas größerer Raum, der gerade groß genug war, daß er sich umdrehen und mit angezogenen Knien, den Rücken gegen die festgestopften Ballen gelehnt, aufrecht sitzen konnte.

Gleich darauf mußte er eingeschlafen sein, doch plötzlich wachte er auf, beunruhigt über die völlige Finsternis um ihn herum; zuerst wußte er nicht, wo er war, doch dann machte das Schiff einen Ruck, begann zu schwanken und zu schlingern, alle Spanten quietschten und knarrten, und er schloß daraus, daß sie den Fluß hinter sich gelassen hatten und sich auf dem offenen Meer befanden.

Kurze Zeit später bewegte sich ein schwaches Licht den Gang zwischen den Ballen entlang, und Thorstens tiefe Stimme forderte ihn auf, herauszukommen, was er nur zu gern tat, denn er hatte allmählich in seinem Versteck Platzangst bekommen und sich bemüht, die Panik zu unterdrükken, die ihn bei dem Gedanken erfaßte, was wohl mit ihm geschähe, wenn das Schiff sank.

»Sie riechen wie ein alter Schafbock«, stellte Thorsten fest. »Kommen Sie herauf in meine Kabine, wir frühstücken zusammen.«

Als sie auf das Mitteldeck traten, sah Aylwin, daß der Morgen schon fortgeschritten war, aber der Himmel war so grau, daß er die Uhrzeit nicht genau bestimmen konnte. Sie befanden sich weit draußen auf See, auf beiden Seiten war Land zu erkennen – an Backbord eine Küstenlinie und eine flachgestreckte Insel an Steuerbord. Das Meer war grauer als der Himmel, riesige Wellen türmten sich auf, deren Kämme sich gischtspritzend vor einem heftigen Wind brachen. Er erschauerte vor Kälte.

»Steepholm«, sagte Thorsten und zeigte auf die Insel. »Ein prima Wind«, und er drehte sich um und zeigte auf das große viereckige Segel, dessen grober Stoff an den Nähten zerrte, als sie gegen den Wind liefen. Es waren sechs Mann Besatzung an Deck, die auf das Segel achteten oder Wache standen, und der Steuermann, der auf dem Achterdeck an Steuerbord stand, hob eine Hand, um Thorsten anzuzeigen, es sei alles in Ordnung, als er mit Aylwin die Leiter zum Oberdeck hinaufkletterte.

»Wir werden noch vor der Dunkelheit Porlock erreichen«, rief er.

»Ist dies Ihr Schiff?« fragte Aylwin Thorsten und sah sich voller Interesse um. »Es ist groß.«

Thorsten lächelte zustimmend. »Es heißt *Wavecrest*, sagte er stolz. »Eines der besten Schiffe an der ganzen Küste. Wir segeln nach Southampton. Paßt Ihnen das?«

»Sehr gut!« rief Aylwin. »Von dort aus kann ich leicht Winchester erreichen und Hilfe für meine Heimreise bekommen.«

»Das Blei ist für Winchester bestimmt, sie können es also begleiten. Es wird dringend benötigt, sonst würden wir nicht so spät im Jahr damit segeln. Es ist keine Fracht, die man auf winterlichen Straßen auf dem Landweg transportieren kann, weil sie so schwer ist. Lassen Sie uns frühstücken.«

Sie verließen das Achterdeck wieder und betraten eine kleine Kabine, die zwischen diesem und dem Hauptdeck eingezwängt lag, wo sie eine Mahlzeit aus getrocknetem Fleisch und hartem Zwieback einnahmen, die sie mit Ale herunterspülten.

»Wir zünden auf See kein Feuer an«, sagte Thorsten entschuldigend, »aber wir legen abends an und essen dann etwas Warmes. Üble Laviererei, aber wir kommen voran. Hoffentlich war es nicht zu unbequem da unten, aber ich dachte, die Männer der Kaiserin würden das Schiff vielleicht in der Meerenge aufhalten und nachsehen, ob Sie ihnen durch die Lappen gegangen wären. Wulfstan hielt dies für den besten Weg, Sie wegzubringen, denn man wird die Straßen, die aus Bristol herausführen, in einem Umkreis von Meilen kontrollieren. Die gute Dame läßt sich nicht gern hereinlegen, und Graf Robert leidet zu sehr an Geldmangel, um sich ein Lösegeld entgehen zu lassen. Wir müssen etwas Wärmeres zum Anziehen für Sie finden. In dieser Jahreszeit ist es rauh auf dem Meer.«

Es war wirklich sehr rauh, und Aylwin war froh, daß die *Wavecrest* jeden Abend in einen kleinen Hafen einlief oder in einer geschützten Bucht ankerte. Er half bereitwillig, wenn auch etwas ungeschickt, mit, die Taue einzuholen, wenn das Segel herumgeschwungen werden mußte, um den Wind am besten zu nutzen, wenn das Schiff entsprechend die Richtung geändert hatte. Die Küstenlinie schien ständig ihren Verlauf zu ändern, und er hatte nur eine ziemlich verschwommene Vorstellung von diesem im äußersten Westen gelegenen Teil Englands und war nicht sicher, wo sie eigentlich waren.

Er verlor auch den Überblick über die Anzahl der verstrichenen Tage, denn einer schien wie der andere – kalt, feucht, grau und sehr unbehaglich. Sein Magen revoltierte häufig gegen das ständige Schlingern und Schwanken, doch wenn er morgens und mittags spärlich aß, gelang es ihm, das Erbrechen zu vermeiden, und da er mit den Seeleuten arbeitete, schaffte er es sogar, in der Kleidung, die man ihm geliehen hatte, einigermaßen warm zu bleiben.

Eines Morgens fuhren sie eine weite Strecke aufs Meer hinaus, bis die Küste nur noch als ferne Kette beeindruckender Klippen am Horizont zu erkennen war, und Thorsten, der das Segel neben sich einholte, als das Schiff eine scharfe Wendung nach Backbord machte, um offenbar wieder auf diese Klippen zuzuschießen, brüllte ihm ins Ohr: »Land's End!«

»Was?« brüllte Aylwin verständnislos zurück.

»Land's End. Das Ende von England. Das ist der westlichste Punkt Englands. Wir wenden uns hier nach Osten und segeln die Südküste entlang!«

Später schien ab und zu die Sonne, und Aylwin hatte den Eindruck, sie segelten nach Nordosten, kehrten also dahin zurück, wo sie hergekommen waren. Tatsächlich liefen sie jedoch in Mount's Bay ein und machten in einem winzigen Hafen fest, von dem aus man die seltsame, spitze Insel sehen konnte, die Thorsten zufolge St. Michaels's Mount genannt wurde.

»In diesem Teil der Welt scheint es ungewöhnlich viele spitze Berge zu geben, die nach dem heiligen Michael benannt sind«, bemerkte Aylwin. »Ich habe einen in Montacute gesehen, einen in Glaston und jetzt diesen hier.«

»Glaston – soweit ins Inland bin ich nie gekommen«, stellte Thorsten wehmütig fest. »Ich würde gern hingehen, aber es ist zu weit vom Meer entfernt. Ich fühle mich nicht wohl, wenn ich die See nicht sehen oder hören kann.«

In der Nacht drehte der Wind, und sie hatten Schwierigkeiten, am Morgen aus Mount's Bay herauszukommen, doch dann drehte er erneut, und sie konnten die Halbinsel Lizard hinter sich lassen, und am Abend erreichten sie Coverack. Damit Aylwin sich orientieren konnte, zeichnete Thorsten eine Skizze der Küstenlinie auf eine der freien Seiten von Aylwins letztem Skizzenbuch und verwies häufig darauf, während die kalten, grauen Tage genauso langsam dahinkrochen wie das Schiff von Landzunge zu Landzunge; sie suchten Schutz, wenn die Nacht hereinbrach und der Wind sich legte, so daß sie oft nur mit Mühe in den Hafen gelangten, doch bevor sie ihr Abendessen gekocht und gegessen hatten, lebte er stets wieder auf.

Weihnachten verbrachten sie in der Bucht von Lyme, blieben einen ganzen Tag an Land, um in die Kirche zu gehen und in einem Gasthof einen guten Braten zu verzehren. Aylwin gab sich Mühe, ebenso fröhlich zu sein wie seine Kameraden, aber er sehnte sich danach, an diesem Fest bei Elys zu sein, das wie kein anderes Fest jedermann an seine Familie und sein Zuhause denken ließ. Während des Gottesdienstes betete er lange und inbrünstig für Elys und das ungeborene Kind und war froh, daß die Seeleute, die anscheinend spürten, daß er nicht zum Scherzen aufgelegt war, ihn ungestört am Tischende sitzen ließen, ohne den Versuch, ihn aus seiner Schweigsamkeit aufzurütteln oder gar betrunken zu machen.

Im Morgengrauen segelten sie weiter und kamen in den folgenden drei Tage gut voran, doch sie verließen Poole am vierten Morgen bei zunehmend schlechtem Wetter, und Thorsten schüttelte mehrmals den Kopf, als sie aus dem großen Hafen ausliefen.

»Wir werden schleunigst auf Hengistbury zusteuern«, erklärte er, »und im Hafen von Twineham Schutz suchen. Ich werde nicht versuchen, den Solent zu befahren, bevor sich der Sturm gelegt hat.«

Sie umschifften Hengistbury mit Müh und Not, das Segel nur ein paar Zoll hoch gerefft, um das Steuern zu ermöglichen, und schleppten sich sichtlich erleichtert in den hinter der Landspitze liegenden, geschützten Hafen von Twineham, und dort, so hatte es den Anschein, würden sie bleiben müssen, bis der Wintersturm sich verzogen hatte.

»Sie könnten von hier aus versuchen, über Land weiterzukommen«, sagte Thorsten unschlüssig zu Aylwin. »Nach diesem Sturm werden wir schwere See haben, und ich könnte die zusätzliche Hilfe gut gebrauchen, aber da Sie es eilig haben ...«

Aylwin sehnte sich danach, seines Weges zu gehen, er hatte genügend Geld bei sich, um ein Pferd zu kaufen, und in zwei Tagen konnte er in Winchester sein, doch Thorsten schien ihn nur ungern gehen zu lassen, und er fühlte sich ihm stark verpflichtet. Schließlich säße er ohne die Hilfe des Kapitäns noch immer frierend im Schloß von Bristol und wartete darauf, daß sein Lösegeld bezahlt würde.

»Ich fahre bis Southampton mit«, sagte er. »Äh – weil wir gerade beim Thema sind – Sie haben mir noch nicht gesagt, was ich Ihnen als Passagier schuldig bin ...«

»Passagier?« schnaubte Thorsten. »Ich nehme keine Passagiere mit. Sie haben für Ihre Fahrt gearbeitet, mit den anderen die Segel eingeholt und gesetzt und sich als guter Seemann erwiesen, obwohl Sie ein Steinmetz sind. Ich will Ihr Geld nicht, Mann!«

»Und was ist mit Wulfstan und Alfred? Ich konnte ihnen nichts anbieten ...«

»Aus gutem Grund, sie wollten nämlich nicht, daß Sie ihnen etwas anboten«, gab Thorsten zurück. »Alfred hat es Spaß gemacht, die Kaiserin zu überlisten, und Wulfstan ging es ums Prinzip, weil er wütend war, daß man einen Handwerker von seiner rechtmäßigen Arbeit abhielt! Wenn Sie wollen, können Sie ihm die Nachricht übermitteln, daß Sie ihm Arbeit geben, falls er Sie einmal darum bittet, aber sparen Sie Ihr Geld für Ihre Frau und Ihre Kinder, und bieten Sie es nicht an, wo es nicht erwünscht ist.«

Aylwin entschuldigte sich, und Thorsten sagte großmütig: »Schon gut, Junge. Es gibt hier eine schöne neue Kirche. Warum besichtigen Sie sie nicht, wenn Sie schon einmal die Gelegenheit haben?«

Es war nicht Aylwins Art, sich die Chance entgehen zu lassen, ein schönes Bauwerk zu besichtigen, und die Kirche von Christchurch war nicht zu übersehen, da sie die kleine Stadt beherrschte. Wie Waltham war es eine Kollegiatkirche weltlicher Chorherren, und es war kein Problem, hineinzugelangen, da die Türen allen Ankömmlingen offenstanden.

Er stellte bald fest, daß hier früher, wie in Waltham, eine

viel kleinere Kirche gestanden hatte und der Wiederaufbau schon seit einem halben Jahrhundert vor sich ging. Das Hauptschiff stand kurz vor der Vollendung, aber da man mit dem Neubau ungewöhnlicherweise auf der Westseite begonnen hatte, war die alte Kanzel noch vorhanden und wirkte im Vergleich zu dem helleren, höheren Gebäude klein und plump.

Für einen Bildhauer erwies sich die Kirche jedoch als Enttäuschung. Die Steinmetzarbeiten waren gut ausgeführt, die Fugen fast unsichtbar, aber bis auf ein paar mit dem Beil eingekerbten Zickzacklinien in den Bögen gab es keinerlei Verzierungen, und so verbrachte er nur kurze Zeit mit der Betrachtung des Gebäudes, betete für Elys und sich selbst sowie für einen guten letzten Abschnitt seiner Reise nach Southampton, dann betrat er den Gasthof neben der Kirche.

Es war seine Absicht, herauszubekommen, ob er nun weit genug östlich war, um dem Kanzler des Bischofs gefahrlos eine Nachricht nach Winchester schicken zu können; deshalb fragte er, nachdem man einen Becher gutes Ale vor ihn hingestellt hatte, den Wirt beiläufig, wer der Herr dieser Stadt sei.

»Baldwin de Redvers, Graf von Devon«, antwortete der Mann.

»Falls Sie im Zweifel sind, er ist für Königin Matilda und den Grafen von Gloucester.«

»Sie sind also eher nach Westen ausgerichtet, was den Handel und das Reisen betrifft?« tastete Aylwin sich vorsichtig an die Informationen heran, die er haben wollte. »Sie treiben keinen Handel oder haben Kontakte mit Winchester?«

»Da war nie viel«, sagte der Mann und füllte Aylwins Becher, ohne dessen Aufforderung abzuwarten. »Der Forst liegt zwischen unserer Stadt und dort, und die Leute gehen nicht mehr gern durch den Forst, seit König Rufus dort umgebracht wurde. Es gibt noch andere Gefahren. Trotz der Unruhen gilt dort immer noch das Forstrecht, und es gibt eine ganze Reihe von Dingen, weshalb die königlichen Forstmeister einen Mann ins Gefängnis werfen können. Man braucht einen Hirsch nur anzusehen, und sie schlagen dir die Hand ab oder hängen dich auf, so sieht's heute aus. Nein, soviel ich weiß, geht niemand von hier nach Winchester, und ich weiß so gut wie alles! Haben Sie Freunde dort?«

»Meine Mutter wohnt dort. Ich dachte, ich könnte ihr eine Nachricht schicken, daß ich auf dem Heimweg bin«, antwortete Aylwin wahrheitsgemäß, wenn auch ein wenig ungenau, denn er hätte den Kanzler gebeten, seiner Mutter mitzuteilen, er sei in Sicherheit.

Der Wirt schüttelte den Kopf. »Besser nicht. Die Männer des Grafen haben ihre Kanäle, wenn Sie verstehen, was ich meine. Sie würden Sie und Ihre Boten als Spione verhaften, und Sie würden sich wahrscheinlich im Gefängnis von Exeter wiederfinden.«

Da er schon die Gastfreundschaft des Gefängnisses von Bristol genossen hatte, war Aylwin nicht erpicht darauf, sie mit der eines weiteren Etablissements dieser Art zu vergleichen, deshalb zuckte er die Achseln und sagte: »Es macht nichts. Ich werde von Southampton aus eine Nachricht schicken, wenn wir dort sind.«

»Tun Sie das«, sagte der Wirt weise, »und erzählen Sie auch nicht zu vielen Leuten, daß Sie auf dem Weg nach Southampton sind.«

In der Nacht ließ der Wind allmählich nach, und am nächsten Morgen beschloß Thorsten weiterzusegeln, denn er sagte, er wolle so schnell wie möglich das Hoheitsgebiet der Kaiserin verlassen, selbst diesen entlegenen Teil. Die Seeleute erhoben keine Einwände, und Aylwin hielt sich nicht für kompetent, eine Meinung zu äußern, obwohl das Meer seiner Ansicht nach außerordentlich rauh aussah.

Er stellte bald fest, daß es sogar noch rauher war, als es von dem sicheren Hafen in Twineham aus geschienen hatte. Die Wellen warfen die *Wavecrest* umher, als wäre sie ein Spielzeugboot, und türmten sich oft so hoch auf, daß sie hilflos in einem Wellental trieb, während das schwere Tuchsegel schlapp herunterhing und die große Rah hin- und herschlug, bis die See das Schiff auf den nächsten Wellenkamm hob, wo sie erneut vom Wind erfaßt wurde.

Sie bewegten sich ähnlich wie ein Krebs fort, denn das Meer versuchte sie an Land zu treiben, doch es wehte ein kräftiger Westwind, gegen den sie ansteuern konnten, und so segelten sie, wenn auch diagonal, stetig in östlicher Richtung. Unglücklicherweise setzten jedoch, noch ehe sie zwei Stunden auf See waren, heftige Sturmböen ein, und der Wind drehte auf Süd.

»Heiliger Nikolaus, steh uns bei«, rief Thorsten. »Wenn der Wind noch weiter auf Süd dreht, kommen wir nicht in den Solent! Noch ein paar Grad östlich, und wir geraten auf die Landspitze von Hurst! Ich glaube, wie segeln besser an Wight vorbei und versuchen, von der anderen Seite der Insel aus, in den Solent hineinzufahren.«

Er stand auf dem Achterdeck, und sein Blick ging blitzschnell hin und her, während er die flatternden Bänder des Takelwerks beobachtete, die die jeweilige Windrichtung angaben, die Stellung der Segel, die Wellen, die sich hinter dem Achtersteven auftürmten, und die dunkle, drohende Küstenlinie, die immer näher zu kriechen schien.

»Ein paar Grad mehr Steuerbord«, brüllte er dem Steuermann zu. »Zieht die Rah stärker herum, Jungs«, bellte er die Matrosen an.

Aylwin zog mit den übrigen an den Schoten, bis die Rah diagonal zum Schiff lag, und der Steuermann beobachtete besorgt die Vorderkante des Segels, deren erstes Flattern ihm anzeigen würde, daß er zu dicht am Wind segelte. Die

Wavecrest kroch weiter, ihr Raharm hielt der schweren See stand, und sie kam der Küster nicht näher.

In diesem Moment riß das Tau.

Aylwin hatte keine Ahnung, wie es hieß oder wozu es diente. Er sah nur, daß es plötzlich zerriß und er, wie eine Reihe anderer Körper, auf das schräggeneigte Deck und heftig gegen die Schutzwand geschleudert wurde, als die Rah weiter herumschwang und nun beinahe längsschiffs lag, und ein gewaltiger Ruck das Schiff durchlief. Die Backbordseite lag so tief, daß eine Ladung Wasser über das Schiff hinwegging; als die Seeleute sich aufrappelten, um den Schaden zu beheben, da sie auch ohne Befehle wußten, was zu tun war, sauste der Mast zurück nach Steuerbord, wie ein Pendel über Aylwins himmelwärts gerichtetem Gesicht hin- und herschwingend, der noch immer an der Stelle lag, wo er gestürzt war. Dann erfolgte ein eigenartiges Knirschen, der Mast schwang nach Backbord zurück, und als er wieder auf den Beinen war, schien das Schiff zur Ruhe zu kommen und wie zuvor auf den Wellen auf- und abzuschaukeln; und doch war etwas anders als vorher. Das Deck war jetzt nach Backbord gekippt und blieb auch so, selbst in den Wellentälern.

Thorsten, der ebenfalls gestürzt war, kam die Leiter heruntergeklettert und packte ihn am Arm. »Die Ladung ist verrutscht!« rief er. »Das verdammte Blei: wenn man es bewegen will, ist es zu schwer, aber wenn es an Ort und Stelle bleiben soll, macht es sich selbständig. Helfen Sie mir.«

Aylwin folgte ihm die Leiter hinab in den Laderaum und erkannte mit einem Blick, wovon Thorsten sprach. Die Bleibarren, die zuletzt feinsäuberlich in Reih und Glied auf dem Boden des Frachtraums gestanden hatten, hatten sich alle seitwärts geneigt, und überall lagen Wollballen herum, als hätte sie jemand mutwillig durch das ganze Schiff geschleudert.

Thorsten besah sich das Durcheinander beim Schein der

Lampe, die von einem Deckenbalken herabhing und ständig brannte, und erklärte: »Wir können nur beten, daß sie nicht weiter verrutscht, und das Schiff so schnell wie möglich auf Strand setzen.«

»Können wir nicht einen Teil von einer Seite auf die andere Seite verlagern?« fragte Aylwin, während er das Gewicht eines Barrens prüfte. Mit der Kraft seiner Arme und seiner Rückenmuskeln konnte er ihn mit Mühe hochheben, doch er stellte fest, daß pro Barren zwei Männer nötig sein würden, um ihn von der Stelle zu bewegen.

»Keine Zeit«, erwiderte Thorsten kopfschüttelnd. »Wenn die See uns noch einmal am Ladebaum erwischt, bleiben wir ein paar Minuten auf der Seite liegen, bevor wir endgültig kentern. Wir müssen auf Strand laufen.«

Er lief zurück an Deck und erteilte eine Reihe von Befehlen. Die Männer schauten ängstlich, und die meisten blickten, während sie die Befehle ausführten, immer wieder zur Küste. Das Schiff kreuzte vor dem Wind und hielt auf die Küste zu, wobei die Schlagseite deutlich zu erkennen war und die Spanten an Backbord bedenklich unter der ungewohnten Belastung stöhnten, die die verrutschte Ladung auf sie ausübte. Die Steuerbordseite ragte jetzt so weit empor, daß der Steuerriemen das Wasser kaum noch erreichte.

»Was passiert, wenn wir stranden?« fragte Aylwin einen der Matrosen, als sie, nachdem die Befehle ausgeführt waren, dastanden und beobachteten, wie die Klippen und der Strand, die ab und zu über den Wellen sichtbar wurden, rasch näherrückten. »Geht das Schiff zu Bruch?«

»Sieht nach Sand und Kies aus, nicht nach Felsen«, erwiderte der Mann, seine Antwort sorgsam bedenkend. »Wahrscheinlich gleiten wir sanft an Land, und es gibt nur ein paar Kratzer. Dann müssen wir nur die Fracht neu laden und warten, daß uns die nächste Springflut wieder flottmacht.«

»Und wie lange kann das dauern?« fragte Aylwin.

»Kennen Sie sich mit den Gezeiten nicht aus? Sie wechseln mit den Mondphasen; von Nippfluten, bei denen die Flut wenig steigt und wenig fällt, bis zu Springfluten, bei denen das Meer sich weit zurückzieht und ebenso hoch aufläuft. Jetzt haben wir Nippflut, wenn also in ein paar Wochen die Springflut kommt, wird die Flut viel höher steigen und uns hinausziehen.«

Während des Gesprächs hatten sie, wie alle anderen, beobachtet, wie die Küste immer näherkam. Aylwin sah, daß es ein Strand aus hellgelbem, feinkörnigem Sand war, der so aussah, als könne ein Schiff sanft darauf auflaufen, aber er sah, daß die Seeleute sich alle an einem Seil festhielten, deshalb tat er das gleiche, preßte sich gegen die Schutzwand an Steuerbord und hielt sich an einem Stück der Takelage fest.

Der Steuermann schrie auf und riß den Riemen seines großen Ruders nach vorn, so daß das Blatt hinter dem Schiff aus dem Wasser ragte, und mit einem gewaltigen Knirschen und einer ungeheuren Erschütterung lief die *Wavecrest* auf Grund. Der Mast brach etwa einen Fuß hoch über dem Deck, die Rah stürzte schwankend herab, es gab einen heftigen Ruck an dem Seil, an das Aylwin sich klammerte, und er wurde zur Seite und gegen die Schutzwand geschleudert. Er blickte nach oben und sah das Ende der Rah wir eine riesige Keule direkt auf seinen Kopf herabfallen und er lehnte sich wie von Sinnen weiter über die hüfthohe Schutzwand hinaus. Die Rah versetzte ihm einen starken Schlag gegen die Schulter und fegte ihn wie eine Fliege beiseite, so daß er über die Schiffswand ins Meer stürzte. Eine endlose Sekunde lang sah er, wie eine graue, schaumgekrönte Welle auf ihn zu rollte, um ihn mit sich zu reißen, und er fand noch Zeit zu bedauern, daß er nie schwimmen gelernt hatte; dann schrie er verzweifelt ›Elys‹, und das Meer verschlang ihn, der Sog zog ihn nach unten und, fort von Schiff und Küste, weiter hinaus. In seinen Ohren war ein Dröhnen, als umrauschten ihn alle Meere der Welt, und er spürte, daß er ertrank.

Es war ganz und gar nicht angenehm, denn er hatte irgendwann einmal gehört, Ertrinken sei ein leichter Tod. Die See schmetterte ihn auf Felsen und Kieselsteine, die seine Rippen und Knie verletzten, und etwas, das sich wie ein eisernes Band anfühlte, das fest vom Handgelenk bis zur Schulter gewunden war, zerrte schmerzhaft an seinem linken Arm; er griff mit der anderen Hand danach, weil er es abreißen wollte, bevor ihm der Arm aus dem Gelenk gerissen wurde, aber aus dem tiefsten Unterbewußtsein drang etwas in seine Gedanken und befahl ihm, sich an dem eisernen Band festzuhalten, und er gehorchte, obwohl es in sein Fleisch schnitt und ihn hierhin und dorthin zerrte wie ein Lebewesen, das sich befreien wollte. Sein Körper wurde jetzt über den kiesigen Grund gezerrt, als würde er von einem durchgehenden Pferd mitgeschleift. Es war sehr schmerzhaft, denn die meisten Kiesel schienen scharfe Kanten zu haben, und er wurde schneller und schneller über sie hinweggeschleift, während die gierige See weiter über ihm tobte und ihn in ihre unergründlichen Tiefen hinabzuziehen versuchte.

Plötzlich tauchte sein Kopf an der Oberfläche auf, seine Augen nahmen ein verschwommenes Licht wahr, und seine Lunge sog gierig die frische Luft ein. Blinzelnd stellte er erstaunt fest, daß ein halbes Dutzend Männer das andere Ende des eisernen Bandes gepackt hielten, das sich als Seil erwies, und sie zogen ihn an den Strand, als wäre er eine große Flunder.

»Hat einer von euch schon mal ’nen Wal mit blondem Haar gesehen?« fragte Thorsten in ungewöhnlich fröhlichem Ton. Das Zerren hörte auf, und Aylwin lag völlig durchnäßt am Strand und zitterte, keuchte und würgte, während sein Arm von dem Seil befreit wurde und rauhe, freundliche Hände ihm den Rücken klopften.

Die dunklen Wintertage vergingen auch nach Weihnachten nur schleppend; Elys hatte all ihre kleinen Neujahrsgeschenke rechtzeitig fertig. Sie hatte gestickte Federbehälter für ihre Brüder angefertigt, für Mistress Mayngod ein Stück Borte mit Früchten und Blättern bestickt, Lukin erhielt eine Kappe und Edwin ein Dutzend weicher, mit Blumen und Kaninchen bestickter Kragen. Alle waren von ihren Geschenken begeistert, und Edwin legte den beiden Frettchen, die er gerade dabei hatte, Kragen an, und als sie sich nicht wehrten, sondern nur daran schnüffelten und sie dann nicht mehr beachteten, verkündete er, sie seien sehr erfreut und dankbar darüber.

Die Dienstboten erhielten Geld oder ein Stück Stoff als Geschenk, aber Mistress Mayngod, die eher Familienmitglied als Dienstbotin war, bekam einen schönen Kupfertopf ›um darin Lukins Essen zu kochen‹. Sie schenkte Elys bestickte Säuglingskleidung mit der bekümmerten Bemerkung, sie sei zwar nicht annährend so gut wie Elys' Arbeiten, aber gut genug für jeden Tag; dann wartete sie mit einem riesigen, mit Pflaumen und Gewürzen gefüllten Kuchen auf, den die Männer sich teilen sollten, und es schloß sich erneut ein langer, gemütlicher Abend an, den sie mit Essen und Trinken und dem Erzählen von Geschichten verbrachten, von denen Lukin anscheinend einen unerschöpflichen Vorrat besaß.

Alle anderen Geschenke, die Elys erhielt, waren Nadeln, bis auf ein Holzkästchen von Edwin, um sie darin aufzubewahren, und dieser Reichtum veranlaßte sie, fleißig zu sein und den Chorrock fertigzustellen, den sie nun zusammensetzte, in der Hoffnung, ihn bis zum Dreikönigstag fertig zu haben. Sie hatte die beiden Teile zusammengefügt und die

Stickerei über die Naht hinweg ausgeführt; nun mußte sie das Zwischenfutter und dann das Futter einsetzen und an der richtigen Stelle festheften, die beiden Goldborten mußten akkurat an der Vorderkante entlanglaufen und dabei alle drei Schichten mitgegriffen und festgenäht werden. Um sicherzugehen, daß sich nirgendwo Falten bildeten und später alles makellos fiel, befreite sie einen Teil des Hallenfußbodens von den Binsen, breitete saubere Laken aus und legte den Chorrock flach darauf, so daß sie drumherumkriechen und ihn glattziehen und die einzelnen Schichten korrekt aufeinanderheften konnte. Ihr Leib rundete sich allmählich, und sie war froh, daß sie noch nicht dicker war, da es sonst schwieriger gewesen wäre, über den ausgebreiteten Stoff zu kriechen. Sie mußte sich ohnehin von Zeit zu Zeit aufrichten, um keine Krämpfe oder Rückenschmerzen zu bekommen.

Am Abend vor dem Dreikönigsfest nähte sie die Kapuze und die Schnalle fest, schlug den Chorrock in ein sauberes Tuch ein und trug ihn durch die ersten zaghaften Schneeflokken, die von einem bleiernen Himmel herabfielen, hinüber zur Kathedrale. Ein paar der Steinmetzen waren in der Kirche bei der Arbeit, verputzten eine Fläche, die früh im letzten Sommer fertiggeworden und jetzt gründlich getrocknet war. Sie begrüßten sie mit einer Mischung aus Respekt und Freundlichkeit, und sie fragte, ob sie Weihnachten zu Hause verbracht hätten.

»O nein, Mylady, wir waren hier, weil wir kein Zuhause haben«, erwiderte einer von ihnen. »Meister William läßt die verheirateten Männer immer den Winter über nach Hause und behält uns Junggesellen hier, da die Loge die einzige Familie ist, die wir besitzen. Es gibt genug zu tun, Steine schneiden und behauen auf der Werkbank, und dafür zu sorgen, daß der Frost die neugebauten Teile nicht aufbricht. Wir haben unsere Feier und unser Festgelage in unserer Bauhütte abgehalten, und auch die Leute in der Stadt waren sehr nett zu uns und haben uns zum Essen eingeladen. Ist das Ihr schöner Chorrock? Ist er endlich fertig?«

»Ja«, antwortete Elys. »Ich bringe ihn gerade zu Pater Warmand,« und sie ging durch das Mittelschiff und die Sakristei in das nördliche Querschiff, wo Pater Warmand schon ungeduldig darauf wartete, den Chorrock anzuschauen. Erst als sie ihn auswickelte und auf der Holztruhe ausbreitete, in der die Chormäntel aufbewahrt wurden, merkte sie, daß die Steinmetzen ihr alle gefolgt waren und sich im Türrahmen drängten und die Hälse reckten, um ihr Werk zu sehen.

»Nur herein, nur herein«, rief Warmand. »Das ist der schönste Chorrock, den ich je gesehen habe, und Sie haben alle meine Erwartungen erfüllt.«

Er sah tatsächlich wunderschön aus, wie er da vor aller Augen ausgebreitet lag, und die Steinmetzen gaben einen beifälliges Gemurmel von sich, denn da sie gute Handwerker waren, erkannten sie eine vorzügliche Arbeit auf den ersten Blick. Der Busch stand in Flammen, ohne etwas zu verzehren, die Vögel und anderen Tiere leuchteten wie Edelsteine, die Taube schien wirklich im Begriff, auf dem obersten Zweig zu landen, und die Worte auf der Goldborte schienen von dem Hintergrund aus dunkelroter Seide hervorzutreten, doch es war die Schnalle in Form des von zwei Engeln getragenen Kreuzes, die Pater Warmand am besten gefiel.

»Sie haben das genaue Abbild unseres Siegels auf der Schnalle dargestellt!« rief er. »Das beweist aller Welt, daß der Chorrock Eigentum dieser Kathedrale ist! Wenn irgend jemand, König, Bischof oder wer auch immer, uns diesen Chorrock wegnimmt, wie Rufus den anderen, wird es eine ständige Mahnung für ihn sein. Ich muß allerdings feststellen, daß es sich gelohnt hat, den anderen zu verlieren, da wir jetzt statt dessen dieses Exemplar hier haben. Ich kann mich noch gut an den alten Chorrock erinnern, und er war nicht annähernd so schön wie dieser hier.«

Elys errötete und lächelte, glücklich darüber, daß man so zufrieden mit ihrer Arbeit war. »Er soll morgen während des Hochamts geweiht und künftig an Feiertagen getragen werden«, sagte Warmand.

Nachdem der Chorrock fertig und bezahlt war, begann Elys nicht sofort mit dem Festtagschorrock, mit dem die Chorherren sie als nächstes beauftragt hatten, sondern wollte sich eine kleine Ruhepause gönnen, winzige Kleidungsstücke für ihr Kind nähen und mehr Zeit beim Gebet in der Kirche verbringen. Ein paar Tage nach dem Dreikönigsfest brachte sie nachmittags einige Stunden dort zu, erhob sich steif und kalt, als die frühe Dämmerung den vom Kerzenschein erhellten Bereich unter dem Kreuz verdüsterte und wandte sich ab, um die Kathedrale zu verlassen.

Als sie sich dem Südeingang näherte, öffnete sich plötzlich die Halbtür, und ein Mann in einem dunklen Kapuzenmantel trat ein. Der Schatten der Kapuze fiel auf sein Gesicht, so daß nur ein blonder, lockiger Bart zu sehen war, und sie erkannte ihn nicht, aber irgend etwas – vielleicht nur die Hoffnung – sagte ihr, dies könne vielleicht der langersehnte Bote sein, den der Kanzler des Bischofs geschickt hatte. Das Kind in ihrem Leib bewegte sich, und sie blieb stehen und fuhr mit der Hand an die Brust, als wappne sie sich gegen gute wie schlechte Nachrichten, als der Mann auf sie zuging und die Kapuze zurückschlug.

Sie erkannte ihn in der dämmrigen Kirche erst, als er sehr nahe war, dann schwankte sie, stürzte beinahe, und er fing sie in seinen Armen auf und sagte entschuldigend: »Meine Liebste, ich konnte dir keine Nachricht senden, bis es schneller war, selbst zu kommen. Ach, meine Liebe, ich habe dich so vermißt!«

»Du bist unversehrt, das ist das einzige, was zählt«, erwiderte sie und klammerte sich an ihn, da sie kaum glauben konnte, daß er endlich da war.

Sie blieben eine Weile in der Kirche, um ein gemeinsames Dankgebet zu sprechen und gingen dann nach Hause, wo Matthew und Crispin sich so freuten, Aylwin unbeschadet vor sich zu sehen, daß sie zusammenhanglos lachten und weinten, ihm die Hände drückten und auf den Rücken klopften und dazwischen glühende Dankesworte an Gott und alle Heiligen richteten, weil sie für seine glückliche Heimkehr gesorgt hatten. Natürlich erschien gleich darauf Lukin auf der Bildfläche, mit Edwin und einer Anzahl Frettchen, und sie wurden aufgefordert, zum Abendessen zu bleiben, damit sie hören konnten, wenn Aylwin von seinen Abenteuern erzählte. Mit Rücksicht auf Elys spielte er die Gefahren herunter und stellte die Flucht durch den Abortschacht als einfache Angelegenheit dar, aber über das Stranden der *Wavecrest* mußte er die Wahrheit sagen.

»Und dann brach der Mast, die Rah kam herunter, und ich ging über Bord«, berichtete er. »Ich dachte, das wäre mein Ende, denn das Meer warf sich donnernd gegen die Küste und zog mich hinaus und nach unten, bis ich das Gefühl hatte, meine Lunge würde platzen. Ich wußte nicht, daß ich immer noch an dem Seil hing, das am einen Ende abgerissen, mit dem anderen jedoch noch am Mast befestigt war. Man sagt, ein Ertrinkender greife nach einem Strohhalm, aber das Seil nutzte mir sicher mehr als Stroh, und ich klammerte mich daran fest. Der Steuermann hatte mich über Bord gehen sehen und sprang hinter mir her. Mit dem Seil und seiner Hilfe gelang es einigen der Seeleute, mich zurück an Land zu ziehen, und dort wurde ich auf den Kopf gestellt und entleert. Es war bitter kalt, und ich war halb erfroren, doch sie wickelten mich in einen Teil des Segels, zündeten ein Feuer an und rieben mich so lange warm, bis ich wieder Leben in mir spürte.«

»Wurde das Schiff völlig zertrümmert?« fragte Lukin und hielt vor Aufregung den Atem an.

»Nein. Es lief auf dem Strand auf, und als der Kapitän es untersuchte, stellte er fest, daß es nur wenig beschädigt war. Ein paar Männer aus einem Fischerdorf eilten uns zu Hilfe, und ich wurde eines in ihrer Häuser gebracht und einen Tag ins Bett gesteckt. Sie halfen, die Ladung wieder in die richtige Lage zu bringen und die Reste des Masts wieder aufzurichten, damit man ein Segel daran befestigen konnte. Als der Wind sich legte und die See sich beruhigte, halfen sie, das Schiff wieder flottzumachen. Es war bei Ebbe gestrandet, und bei Flut wurde es wieder flottgemacht, das heißt, es mußte ordentlich angeschoben und von einigen Fischerbooten ins Schlepptau genommen werden. Wir segelten bis nach Southampton – ich hatte mich gut genug erholt, um mit den anderen fahren zu können –, und zwei der Fischerboote begleiteten uns, um uns sicher in den Hafen zu bringen. Dort verließ ich meine guten Seefahrerfreunde und begab mich nach Winchester, wo ich auf Fulk traf, der soeben aus Frankreich zurückgekehrt war; er hatte Bischof Henry dort ausfindig gemacht, der ihn sofort mit der Anweisung zurückgeschickt hatte, der Kanzler solle auf der Stelle das Lösegeld für mich zahlen. Es war mir eine große Genugtuung, dem Kanzler mitteilen zu können, er könne dem Bischof die Ausgabe ersparen, obwohl ich natürlich dankbar zur Kenntnis genommen habe, daß er bereit war, so viel für mich zu bezahlen. Ich besuchte meine Mutter und brach am nächsten Tag auf und – nun – hier bin ich.«

Elys hatte kein Wort gesagt, während er seine Geschichte erzählte, aber er hatte die ganze Zeit ihr Gesicht beobachtet, und dessen Ausdruck verriet ihm, was sie empfand. Als er geendet hatte, faßte sie mit festem Griff nach seiner Hand und umklammerte sie mit beiden Händen, als wolle sie damit zum Ausdruck bringen, daß sie ihn nie mehr allein fortlassen, sondern ihn überallhin begleiten würde.

Nach dem Essen kamen viele von Aylwins Freunden und

Bekannten vorbei, um ihre große Freude und Erleichterung über seine glückliche Rückkehr auszudrücken. Es wurde eine große Menge Ale getrunken, und Edwin hatte einen solchen Schwips, daß man ihn samt seinen unzertrennlichen Gefährten auf einer freien Liege in der unteren Schlafkammer unterbringen mußte.

Bald darauf bemerkte Matthew, daß Aylwin, nachdem die erste Aufregung über seine Heimkehr abgeebbt war, sehr müde aussah, und er schickte die letzten Besucher entschlossen nach Hause, damit Aylwin zu Bett gehen konnte, wofür dieser ihm sehr dankbar war.

Als sie oben in der Kammer allein waren, umarmten er und Elys sich lange Zeit schweigend, küßten sich ab und zu, waren aber vor allem zufrieden, daß sie einander wieder in den Armen halten konnten, bis Aylwin schließlich gähnend sagte: »Es tut mit leid, Liebling, aber heute nacht bin ich nicht in der Lage, dich so zu lieben, wie ich gerne möchte. Nach all meinen Abenteuern und meinem Ritt von Winchester hierher – ich ritt, so schnell das gute Pferd konnte, und ließ das arme Tier kaum einmal ausruhen – bin ich erschöpft. Verzeihst du mir?«

Sie lächelte und schob ihn sanft zum Bett. »Heute abend genügt es mir, dich wieder zu Hause zu haben und in den Armen zu halten«, sagte sie. »Wenn du ausgeruht bist, haben wir genug Zeit für die Liebe.«

Als sie im Bett lagen, nahm er sie erneut in die Arme und küßte sie, dann streckte er sich mit einem Seufzer der Erleichterung und Freude der Länge nach aus, schloß die Augen und sagte: »Es ist so schön, wieder bei dir zu sein.«

Im nächsten Moment riß er die Augen auf und setzte sich mit einem Ruck und einem Ausruf des Erstaunens auf, verschwand dann unter der Bettdecke und griff mit der Hand ans Fußende des Bettes.

»Was ist los?« fragte Elys besorgt.

Es wurde etwas unruhig unter der Decke, und gleich darauf tauchte er wieder auf, in der Hand ein kleines, schläfriges Bündel mit cremefarbenem Fell.

»Es ist eines von Edwins verdammten Frettchen!« rief er, und beide konnten sich vor Lachen nicht mehr halten, während die kleinen roten Augen des Tieres sie in schläfriger Entrüstung anstarrten, weil es in seinem tiefen, behaglichen Schlummer gestört worden war.

Postscriptum

König Stephen brauchte ein Jahr, bis er Zeit fand, einen neuen Dekan von Waltham zu ernennen, und es war typisch für ihn, daß es ihm gelang, den Grundstein für spätere Verwechslungen zu legen, indem er wieder einen Henry berief, einen sanftmütig wirkenden, aber fähigen Priester, der beträchtliche Erfahrung als zweiter Dekan in einer anderen Kathedrale aufzuweisen hatte.

Die Chorherren von Waltham, die das mangelnde Urteilsvermögen ihres Königs nur zu gut kannten, vermuteten, es müsse Glück oder, wahrscheinlicher noch, Gottes Wille sein, daß Dekan Henry in jeder Hinsicht für seinen neuen Posten geeignet war, und ihre spontane Zuneigung zu ihm wurde noch verstärkt durch das Interesse und die Begeisterung, die er bekundete, als Pater Brian und Pater Warmand ihm das Kollegium und die Kathedrale zeigten. Zur Krönung des ausgezeichneten Eindrucks, den er gemacht hatte, blieb er mit einem Ausruf des Entzückens vor dem Marienaltar im Querschiff stehen.

Die alte hölzerne Statue der Jungfrau Maria war mit einem wundervoll gestickten Gewand bekleidet und stand jetzt in einer neuen Nische auf der einen Seite der Kapelle, während sich an ihrem ehemaligen Platz über dem Altar eine wunderschöne steinerne Statue der Madonna mit dem Kind befand, und diese hatte Dekan Henrys Aufmerksamkeit geweckt.

»Was für eine schöne Statue!« rief er. »Wessen Werk ist das?«

»Sie wurde von Meister Aylwin aus Winchester gefertigt«,

erklärte Pater Brian ihm. »Von ihm stammt auch unser Taufstein und viele der Tierköpfe unter dem Kirchendach. Er hat bis vor ein paar Wochen hier gearbeitet und uns diese Statue vor seinem Abschied zum Geschenk gemacht, als Dankesgabes für die glücklich verlaufene Geburt seines ersten Kindes, eines prächtigen Jungen. Das Gesicht hat – äh – eine gewissen Ähnlichkeit mit seiner Frau, die das Gewand gestickt und genäht hat, das unsere alte Statue trägt, und das sie uns aus dem gleichen Anlaß geschenkt hat.«

»Sehr passend«, bemerkt der Dekan milde. »Ich habe natürlich schon von dem Handwerksmeister gehört. Steht er nicht im Dienst meines Vorgängers? Gedeiht das Kind gut?«

»Er ist ein prächtiger, kräftiger Junge«, antwortete Pater Brian voller Stolz stellvertretend für die abwesenden Eltern. »Ich hatte das Vergnügen, ihn auf den Namen Lawrence zu taufen, und er brüllte aus Leibeskräften, als er mit dem Weihwasser in Berührung kam und schlug mir, natürlich unabsichtlich, mit der Faust ins Gesicht. Pater Warmand war einer der Taufpaten, die beiden anderen waren unser Vogt und seine Frau. Die Familie ist inzwischen nach Winchester zurückgekehrt, und wir vermissen sie sehr.«

»Der Herr segne sie und ihr prächtiges Kind«, sagte Dekan Henry mit gütigem Lächeln, worauf die beiden Chorherren mit einem inbrünstigen *Amen* antworteten und hinter dem Rücken des Dekans ein zufriedenes Lächeln tauschten.

Schottland im Jahr 1013: Der furchtlose Wikinger Jarl Sigurd kehrt von einer Heerfahrt nach Irland seltsam verändert zu den Seinen zurück. Es scheint, als habe die sagenumwobene irische Königin Gormflath ihn verhext. Der kampferprobte Sigurd will sich in die Schlacht um Irland werfen, um für sie die Krone zurückzugewinnen. Doch er weiß nicht, daß Irland von dem unheimlichen Magier Mog Ruith beherrscht wird. Als dieser im Reich der Wikinger auftaucht, glaubt Sigurd zunächst an einen Höflichkeitsbesuch, bis etwas Schreckliches passiert: Mog Ruith entführt den irischen Jungen Aedan, der angeblich Steine zum Singen bringen kann – und an dem sich Irlands Schicksal entscheidet.

Helga Glaesener

Der singende Stein

Roman

Eine atemberaubende Wikingersaga voll von Magie und Leidenschaft, fesselnd und einfühlsam erzählt von der deutschen Bestsellerautorin Helga Glaesener.

Econ | Ullstein | List

Petra Reski

Palazzo Dario

Roman

Über dem prachtvollen Palazzo Dario direkt am Canal Grande liegt ein Fluch. Das erfährt Wanda Viarelli, Kunsthistorikerin aus Neapel, aber erst, als sie schon auf dem Weg nach Venedig zu ihrem greisen Onkel Radomir Radziwill ist: in eben jenen Palazzo, in dem in der Tat schon kurz nach ihrer Ankunft merkwürdige Dinge passieren. Nur gut, daß Wanda den wunderschönen Gondoliere Primo kennenlernt ...

Ein Schlüsselroman über die Lagunenstadt und ihre Bewohner – ein Panoptikum schräger Gestalten, Ereignisse und Geschichten, in dem Petra Reski die klassischen Venedig-Klischees auf den Kopf stellt, ohne jedoch der Stadt ihre Liebe zu versagen.